中国当代文学现场

2021—2022

王春林 /著

北 京 出 版 集 团
北京十月文艺出版社

目　录 Contents

第一章　悬疑因素、私小说与社会小说

贾平凹，毫无疑问是中国文坛一棵硕果累累的常青树，能够在相当长的时间内，保持差不多两年一部长篇小说的创作节奏。而且这些长篇小说还都在所谓的水平线之上，在业内引起过不同程度的深度反响，其实是非常不容易的一件事情。这不，那部旨在关注、沉思一段沉重历史的《山本》余热未消，他的创作视野很快又返归到当下同样沉重的社会现实，一部主要以城市女性为表现对象的长篇小说《暂坐》（载《当代》2020年第3期）已然横空出世。小说之所以被命名为“暂坐”，主要原因在于其中不仅写到了一个名叫“暂坐”的茶庄，而且这个茶庄还成为人物与故事的主要聚集地和发生地。暂坐，何以为暂坐？单从字面的角度来看，暂坐，大约也就是暂且来坐坐的意思。在日益繁忙紧张的都市生活中，停下急匆匆的脚步，暂且到这个茶庄休憩一下，大约可以被理解为“暂坐”的本义。然而，这样的一种理解，肯定只是最粗浅的层面。一般意义上，我们在客观的现实生活中并不可能看到寻常人等会以如此一种特别的方式来为一座茶庄命名。又或者说，我们恐怕也只有在贾平凹的小说作品中，才能够发现如同“暂坐”这样其实潜隐着某种深邃意味的茶庄命名方式。某种意义上，正因为“暂坐”的命名方式出现在长篇小说《暂坐》之中，才会促使我们去深思，贾平凹到底为什么要把这座茶庄命名为“暂坐”，虽然并没有从贾平凹那里得到过证实，但我私意以为，他的“暂坐”命名或许与古人的诗句存在某种关系。实际上，只要是对中国古典文学有所了解的朋友就都知道，“暂坐”这样的一种表达方式在古代诗文中屡屡出现，意思就是暂时停下来。“坐”是虚指，“暂坐”在诗文叙事中往往会起到调节节奏的作用。比如清代方式济的《远行曲》中有句云：“出门口无言，寸心煎百虑。请取囊中琴，暂坐理弦柱。”写作者离开故乡，孤苦无告，遂以琴解忧。我们都知道，贾平凹是一位对中国古典文学有着通透了解的中国当代作家之一。唯其如此，我才会猜测，贾平凹“暂坐”的命名来历，或许与此有关。倘若结合整部《暂坐》的故事情节，尤其是结合人类个体非常短暂的人生过程来理解，所谓的“暂坐”其实也很明显地包含着在更为浩大的宇宙时空面前，生命过程短暂的人类个体，充其量不过是一个脚步匆匆的人生过客而已。从这个意义上说，贾平凹《暂坐》的思想艺术境界可以说直通陈子昂的《登幽州台歌》：“前不见古人，后不见来者。念天地之悠悠，独怆然而涕下！”正如同在浩大的宇宙时空面前倍感自身的渺小，陈子昂因而发出“独怆然而涕下”的感叹一样，贾平凹其实借助于《暂坐》中那一群城市白领女性的故事所传达出的，其实也正是人生太过短暂，整个过程差不多也就相当于到这个被命名为“暂坐”的茶庄坐着喝了一会儿茶的模样。假若说《暂坐》一定有着什么样的微言大义，很大程度上恐怕也就突出不过地体现在这一点上。质言之，人生终归不过是一个“暂坐”的过程而已。

我们注意到，处于《暂坐》中心位置的，主要是以暂坐茶庄的女老板海若为核心所形成的一个城市白领女性的圈子。关于这一点，叙述者曾经借助于视点人物，那位来自于遥远的圣彼得堡的俄罗斯姑娘伊娃的口吻有所揭示：“伊娃说：你那十个姊妹我只见过三四个，这次我可要全认识哩。”必须承认，这是一种多少会引起一些歧义的话语表达。一种理解是，这里的十个姊妹是包括海若在内的，加一起一共十位。另一种理解是，十个姊妹并不包括海若，加起来也就成了十一位。根据文本中的描写，海若周边的这些女性分别是：陆以可、冯迎、夏自花、司一楠、徐栖、严念初、希立水、虞本温、应丽后、向其语。如此这般罗列下来，连同海若自己在内，一共十一位。由此可见，她们姊妹一共是十一位的理解是正确的。但请注意，在文本中，我们也同时发现了类似于这样的一种叙述表达。比如：“便也端了酒杯，接着陆以可的话，说：咱姊妹么，我觉得叫十钗不好，这是套用金陵十二钗，本来就俗了，何况那十二钗还都命不好。应该叫十佳人。”再比如：“羿光说：向其语认为称作佳人也俗，也确实落了俗套，我建议，既然你们每人都是佩戴了一块玉，不如就叫西京十块玉。”从这样的一种表达来说，海若她们姊妹加起来恐怕应该是十位才对。那么，作家的创作本意到底是十位，还是十一位呢？一种可能的情况是，贾平凹或许一时疏忽，竟然把十位误列成了十一位。细细想来，以上这些女性形象中，从重要的程度来说，如同向其语或者虞本温，都是可以忽略不计的。去掉其中的某一位，并不影响整部《暂坐》的思想艺术格局。

应该注意到，在前面我们所引述的叙事话语中，羿光曾经不止一次地把海若周边的这十多位白领女性比附为《红楼梦》中的“金陵十二钗”。贾平凹或许是要借助这种方式巧妙暗示《暂坐》艺术构思上与《红楼梦》的某种渊源关系。事实上，只要是关注贾平凹小说创作的朋友就都知道，他不仅一贯擅长于女性形象的刻画塑造，而且有不少作品干脆就是以女性形象为核心，为主人公的。典型如中篇小说《黑氏》，长篇小说《带灯》《极花》。只不过这一次到了《暂坐》中，取而代之的是，以海若为中心的一个城市白领女性群体。但问题在于，一部以一个城市白领女性群体为主要关注对象的长篇小说，就必须被看作是一部女性小说吗？就我个人的阅读体会来说，答案恐怕是否定的。正如同《红楼梦》虽然也以很大的一部分笔触书写表现着“金陵十二钗”的生活，但我们却并不能因此把《红楼梦》看作一部女性小说一样，我们也不应该仅仅因为贾平凹在《暂坐》中集中关注一个城市白领女性群体而把这部作品简单而粗暴地指称为女性小说。在我看来，以海若为代表的女性群体固然是《暂坐》的主要关注对象，但隐身于其后的，却是当下时代整个中国的社会现实。贾平凹以一种象征隐喻的方式所真切关注思考的，其实是后者。从这个角度来说，海若所代表的这个女性群体，可以被看作是一种直接通向当下时代中国社会现实的症候式存在。就此而言，一个不容回避的结论就是，与其说《暂坐》是一部女性小说，莫如干脆就把它理解为一部拥有深邃批判意旨的社会小说。

最近一个时期，在和贾平凹次数不多的闲聊过程中，他曾经不止一次地提及过韩邦庆那部以上海滩的妓女为主要表现对象的长篇小说《海上花列传》。此种情形告诉我们，《海上花列传》已然进入到了贾平凹的关注视野之中。尤其是在先后两次认真地阅读过《暂坐》之后，由于两部作品的关注对象都是城市里的女性群体，我便不由自主地把两部作品联系在了一起。众所周知，《海上花列传》是清末的一部长篇小说杰作。因为它主要运用吴语写成，所以便一向被视为中国的第一部方言小说。尽管小说的具体切入点是清末中国上海十里洋场中的妓院生活，但要想写好这帮风尘女子的生活，就势必要广泛地涉略到当时的官场、商界及与之相连接的其他社会层面，这样一来，《海上花列传》自然也就因其对社会各个层面的表现而变成了一部具有突出批判性色彩的社会小说。倘若要寻找《海上花列传》与《暂坐》之间的渊源关系，我想，首先就体现在这一点上。与此同时，我们也应该注意到，韩邦庆自己，曾经在小说的序言部分，就作品的艺术手段，做出过这样的专门说明："全书笔法自谓从《儒林外史》脱化出来，唯穿插藏闪之法，则为从来说部所未有。一波未平，一波又起，或竟接连起十余波，忽东忽西，忽南忽北，随手叙来并无一事完，全部并无一丝挂漏；阅之觉其背面无文字处尚有许多文字，虽未明明叙出，而可以意会得之。此穿插之法也。劈空而来，使阅者茫然不解其如何缘故，急欲观后文，而后文又舍而叙他事矣；及他事叙毕，再叙明其缘故，而其缘故仍未尽明，直至全体尽露，乃知前文所叙并无半个闲字。此藏闪之法也。"[①]虽然也没有从贾平凹那里得到确证，但韩邦庆所谓的"穿插"与"藏闪"之法，恐怕还是在某种程度上影响到了贾平凹《暂坐》的创作。尤其不容忽视的一点是，到了《暂坐》之中，"穿插"与"藏闪"二法更多地呈现为一种难分彼此、相互融合的胶着状

① 韩邦庆：《海上花列传》序言，人民文学出版社2020年1月版。

态。这一点，首先突出地表现在章节的特别设定与命名上。从第一章“伊娃·西京城”起始，到第三十五章“伊娃·西京城”为止，每一个章节名称的构成差不多都是一种类似于首尾两个章节的“人名”加“地名”方式。“人名”，主要意味着这一部分集中讲述的就是这个人物的故事，而“地名”，则明确地告诉了读者这一章故事的主要发生地。依此类推，第二章“海若·茶庄”所集中讲述的就是海若的故事，故事的发生地则是被作为小说标题的那个暂坐茶庄。第三章“陆以可·西涝里”所集中讲述的，则是发生在西涝里的陆以可的故事。就这样，某一章集中讲述某一个人物的故事，三十五章相互勾连，延续下来，自然也就是如韩邦庆所谓“一波未平，一波又起”的彼此“穿插”。但请注意，整部作品中先后登场的多达二十位的人物的故事，作家却没有一次性地全部讲述完毕，而是以断断续续的方式分数次讲完。如此一种情形，借助于韩邦庆的说法，恐怕就是所谓的“藏闪”之法了。

所谓的“穿插”与“藏闪”之外，贾平凹《暂坐》自然也有着自身的艺术特点。首先，是来自于遥远的圣彼得堡的俄罗斯姑娘伊娃这样一位与小说的开头和结尾两个部分均紧密相关的视点性人物的特别设定。小说的故事发生在2016年。在这一年雾霾特别严重的初春时节，曾经在西京城里留学过五年的伊娃，又一次回到了自己魂牵梦萦的西京城：“伊娃确实和街道上的人没有区别。在西京留学的五年里，自以为已经是西京人了，能叫得出所有街巷的名字……更习惯了这里的风物和习俗，以及人的性格、气质、衣着、饮食，就连学到的中文普通话中都夹杂着浓重的西京方言。”具体来说，她之所以要返回到西京城，与她回到俄罗斯后的不幸遭际紧密相关：“当学业完成回到圣彼得堡的五年里，母亲去世，与那个男朋友又分了手，从此多少个夜晚，她都是梦里走在了只有这个城市才有的井字形的街巷里，在城墙上放风筝。听见了晨钟暮鼓……是的，西京是伊娃的第二故乡了，回圣彼得堡是回，回西京也是回，来来往往都是回家。”这里，虽然同样是“回”，但此“回”却很显然非彼“回”。西京留学结束后返回故乡，自然毫无疑问是“回”。但在圣彼得堡待了五年时间后的“回”西京，却只因为她曾经有过在西京留学的经历，因此这个“回”也就多少带有了一点勉强的滋味。细加参详叙述者所给出的致使伊娃返回西京的理由，虽然并没有明确点出，但其中一种情感或者说精神疗伤意味的存在，却是显而易见的事情。无论是母亲的去世，还是和男朋友的分道扬镳，都会给伊娃的情感与精神世界造成相应的伤害。之所以不是在回国之后不久，而是在经历了这一切的五年之后才选择重返西京城，与伊娃内心深处渴盼获得某种情感或者精神慰藉的潜在愿望密不可分。孰料，实际的情况却事与愿违。伊娃重新回到西京城后不过短短的半个月的时间，她在强烈感受西京城雾霾天极端恶劣气候的同时，更是目睹了海若她们那一众城市白领女性不期然间遭遇的种种人生惨剧。事实上，也正是因为有了以上这些经历，尤其是海若被市纪委带走后一直都如泥牛入海没有消息的情况下，失望至极的伊娃方才决定离开西京城返回俄罗斯。当辛起建议不如到什么地方去散散心的时候，伊娃说：“到什么地方去？我就是为了散心才来的西京，也该回去了吧。”辛起便要求伊娃一定要把自己也带走，“伊娃就真的买了她和辛起去圣彼得堡的机票。这事伊娃没给任何人说。过了四天，海若还是没回来，羿光和陆以可也没回来，伊娃和辛起就搭起出租车去了机场。”一路上，伊娃内心里满满的都是感慨，伊娃说：“活佛还没有来，海姐还没有回来，羿老师也不在，我就这样离开这个城了？”辛起无言以对。伊娃说：“唉，西京也不是我的西京，我是该离开了。”“我只说来这里了有新收获，没想丢失了许多倒要回去了。”原本一门心思想着能够在西京城疗伤，没想到得到的却是更大的情感与精神伤害。从表面上或者从物质的层面上来看，伊娃的确如辛起所说，没有丢失什么看得见摸得着的东西。内心世界早已被物欲占领的底层女性辛起根本就不可能理解，在目睹了海若她们众姊妹的人生惨剧之后，伊娃原本就已经受伤的情感与精神世界，变得更是伤痕累累了。她之所以在重返西京城不过半个月的时间就决定回到圣彼得堡去，其根本原因正在于此。但需要我们注意的是，到了小说结尾的时候，贾平凹又如同在《极花》的结尾处一样，“玩”了一个小小的艺术“花招”。请看小说的最后一个自然段：“在抽搐中，伊娃醒来，屋子里空空荡荡，窗外有烟囱在冒烟，烟升到高空中成了云。正飞过一架飞机。”毫无疑问，这样的一个自然段，正构成了对伊娃和辛起一起搭伴乘飞机返回圣彼得堡这一事实的颠覆与消解。这样一来，关于伊娃她们俩到底是否已经启程飞往了圣彼得堡，到底是一种实存，抑或仅仅是伊娃的一个梦境，贾平凹所最终给出的，就是或此或彼的一种带有明显开放性的描述。又或者，无论伊娃最后到底启程返俄与否，伊娃对于西京城，对于自己所目睹的一段人生的强烈失望，却是显而易见的一种事实。一种从伊娃开始的小说叙事，最终又归结于伊娃，所构成的是一个首尾照应的既有开放性又有闭锁性的叙事链环。在一个已然全球化的时代，把一位俄罗斯姑娘设定为视点性人物，借助于一个现代外国人的眼睛来打量一座拥有古老悠久历史的西京城的当下形态，描摹表现围绕在海若周围的一众城市白领女性的人生故事，正是贾平凹艺术智慧的一种体现。

自打1992年去国并最终在日本定居，作家黑孩在这个可谓是一衣带水的邻邦已经生活了将近三十年时间。其间，在经历各种生存艰难的同时，也肯定会受到日本文学的深切浸染。这其中，无论如何都不容忽视的一点，恐怕就是日本的“私小说”。根据我们的阅读体会，参照百度百科中的相关论述，所谓“私小说”，大约分为广义和狭义两种。广义上，举凡运用第一人称叙述方式的小说都可以被看作是“私小说”。但公众却更多的是在狭义的层面上，把“私小说”理解为在脱离时代背景与社会生活的情况下，以单刀直入的方式孤立地表现个人的日常生活琐事与心理活动的一种小说作品。借用日本小说家久米正雄的说法，也就是一种作者把自己直截了当地暴露出来的小说。更进一步说，“私小说”一般会体现出以下三个方面的特点。首先，是视野的收缩性。因为“私小说”的故事背景一般都会局限于个人或者家庭，其主要内容也大都聚焦于个人情感世界，所以作品的视野往往会显得相对狭小，远离看起来更为阔大的社会与国家。其次，是描写内容的私密性。或许因为“私小说”与作家自我之间存在着紧密的内在关联，作品多带有突出的“自叙传”色彩，甚至往往会把作者内心世界中丑恶与绝望的一面，无所顾忌地袒露在广大读者面前。也因之，一种自我忏悔色彩的具备，也属题中应有之义。最后，是基调的感伤性。因为这些作品不仅集中关注人物的私人情感世界，而且更多的会以柔弱的笔调聚焦于其中的不安与茫然一面，这样一来，自然也就会滋生出一种生命的感伤色彩。由以上三方面的特点可见，同样是一种现代的重要文学文类，日本与中国的情况却形成了极其鲜明的区别。如果日本的“私小说”更多地意味着对人物主体内在精神世界的深入挖掘的话，那么中国所谓的“现实主义小说”就更明确地意味着对外部世界与现实社会的关切。在一向强调文学的社会与教化作用的中国，一部小说作品似乎只有在密切地建立与社会和国家之间的关系之后，方才具有了重要的意义和价值。而这，很显然与日本“私小说”的状况形成了某种极端的对照。也因此，深受日本“私小说”传统滋养的黑孩的长篇小说，近期能够接二连三地登上如同《收获》这样的中国文学高地，其实是一件非常不容易的事情。但不管怎么说，因为黑孩近期的小说创作与日本“私小说”之间存在着绝对不容剥离的内在关联，所以我们只能从这个角度来理解与阐释黑孩的小说作品。

尽管我们对于黑孩的日本经历一无所知，但在长篇小说《贝尔蒙特公园》（载《收获》长篇专号2020年夏卷）中，暗合于日本“私小说”传统的一点，首先是那位深度介入故事之中，或者干脆可以被看作是小说一号主人公的第一人称叙述者“我”的特别设定。按照文本的交代，“我”是一位已经在日本工作、生活多年的中国人。不仅和自己的日本丈夫黎本育有一子，而且在故事开始的时候，正供职于日本东京的一个役所：“日本的新年度不是九月，是四月。新生入学，新社会人就职报到，都在四月一日。从三月中旬开始，一大批人因为迁徙而不得不去役所办理搬迁手续。我工作的部署是区民部户籍科住民记录系，工作内容正与这些手续有关。”从艺术结构的角度来说，黑孩围绕身兼第一人称叙述者功能的“我”，分别设定了三条不同但互有交叉的故事线索。第一条，是“我”在住民记录系颇有些“惊心动魄”的职场经历。质言之，在这一部分，作家所集中书写的乃是“我”所经历的那些看似寻常实则“波澜壮阔”的职场暴力。或许与职场暴力乃是这部长篇小说意欲关注表现的核心事物之一有关，小说中曾经专门介绍过日本官方对职场暴力给出的定义：“所谓职场暴力，就是‘利用自身在职务上以及人际关系上的有利性，对同事施加超过业务范围的精神性及肉体性的痛苦的行为’。”更加具体的内容是：“损害对方的人际关系及职场环境。无视对方，将其隔离，或是联合其他人将对方孤立等行为。不教给对方工作所需要的内容，将对方的席位隔离开等幼稚的行为也包含在内。要求过大：交给对方明显不可能完成的任务量，并且在对方没有完成的情况下大声呵斥或殴打对方。要求过小：只交给对方无关紧要的工作内容，等等。”具体来说，在“我”所供职的那个役所的住民记录系，以一种不动声色的方式，对初来乍到的“我”行使职场暴力的，主要是同为中国人的刘燕燕。更进一步说，也包括与刘燕燕俨然形成某种结盟态势的坂本。

其实，早在“我”亲身体验来自于刘燕燕的职场暴力之前，她的同事山崎已经有过相当惨痛的前车之鉴。这个前车之鉴，具体体现为所谓的“山崎事件”。说来事情也比较简单，一次，山崎因为正在和刘燕燕说话，所以，在有一个客人到窗口办事的时候，便下意识地要求坂本前去接待这个客人。没想到，仅仅是如此一桩其实微不足道的小事，竟然发酵出了对山崎来说相当严重的后果：“没过多久，山崎在工作的时候喜欢聊天，能力很差，经常出错给系长添麻烦等坏印象，便在很多人的意识里固定下来。”如果不是作为同期的“我”对山崎有着相对深入的了解，恐怕也会如同其他的很多人一样，道听途说或者以讹传讹地对山崎形成相当糟糕的印象。正因为“山崎事件”的发酵成型与性格特别惯于颐指气使的坂本紧密相关，所以，“我”才会对她们俩形成这样的一种理解与看法：“如果说坂本是群里的一只狼，那么山崎就是群里的一只羊。”也因此，虽然只是“跟坂本一起工作了半年而已，山崎就病了。她老是觉得心悸，严重的时候还会喘不上气”。虽然貌似连同生理上都有了反应，但她实际上所罹患的，不过是一种心理疾病，用中文来表达，就叫作“恐慌障碍”，或者“惊恐障碍”“恐慌发作”。到最后，自觉实在难以继续支撑的山崎，只好万般无奈地决定辞职。作为旁观者的“我”，对山崎的如此一种人生选择，曾经一度大感困惑不解。一直到自己后来也感同身受地“落到跟山崎一样的处境才理解了她的选择是正确的”。正所谓冥冥之中自有定数，“我”到后来之所以会不幸地落到如同山崎一样的境地，乃因为自己竟然阴差阳错地成为山崎的继任者：“我那时根本没有想到，她所经历的一切，我在之后都要经历。正是因为她的辞职，我被阴差阳错地移动到记录系。”关键的问题是，虽然从表面上看，发生冲突的双方似乎是山崎和坂本，但幕后的真正推手，却是刘燕燕。这一方面的一个突出标志就是，一贯强势的坂本，在刘燕燕面前竟然会表现得那样毕恭毕敬，“我以为她基本是一个好人，争强好胜不过是她身上的一个毛病。后来让我感到费解和惊愕的是，在刘燕燕面前，她的这个毛病竟然消失了”。正所谓“强中自有强中手”或者说“一物降一物”，一贯强势的坂本在刘燕燕面前的服服帖帖所充分说明的，只能是刘燕燕的更加强势。大约也正因为如此，在一次和“我”的交谈过程中，坂本才会不假思索地脱口而出：“跟刘燕燕过不去的话，等于用鸡蛋撞石头，是找死。”那么，刘燕燕到底是怎么样的一个人？为什么和她过不去就等于是用鸡蛋碰石头？又或者，看起来“聪慧文静”的山崎，在记录系到底遭遇了什么，到最后以致在罹患心理病症后被迫辞职？所有的这一切疑问，都只有在“我”进入记录系之后的一系列遭遇中才能够找到确切的答案。

但就在“我”即将正式进入记录系，和刘燕燕成为同事之前，却不仅与刘燕燕有过一次不期而遇的机会，而且还初次亲身领教了刘燕燕的两面三刀手段。那一次，在和刘燕燕偶遇的时候，“我”竟然鬼使神差地谈起了“山崎事件”：“我鼓足勇气说出了我的看法。坂本的确聪明并且优秀，在集团里有很强的存在感。但山崎属内向性格，尤其跟坂本的关系较为险恶，工作的时候难免有压力。”尤其不容忽视的一点是，“我”在谈话时居然为山崎打抱不平：“问题被发现后，只山崎一人受‘谴责’，我觉得不公平。”没想到的是，事后不久，刘燕燕就把她们俩之间的对话内容全都分别“出卖”给了山崎和坂本她们两位。虽然“我”不太喜欢刘燕燕的这种背后传话行径，却也不得不面对这种背后“翻闲话”行为所导致的严重后果，尤其是来自于坂本的敌视反应。此后不久，在一次中午吃饭的时候，坂本和其他几个人有说有笑，唯独对“我”既不正眼相看，也拒绝说话。“我察觉到，刘燕燕把我跟她之间的对话也传给了坂本，心里觉得很别扭。”尽管“我”在背后谈论山崎与坂本的确是一种无可否认的客观事实，但刘燕燕也不应该出于一种挑拨离间的心理，把这些既告诉山崎，也告诉坂本。因为这样一来，“我”最起码在坂本面前已经很难做人了。也因此，如果说“山崎事件”可以被看作是“我”一种镜像式的前史，那么，“我”这次对刘燕燕两面三刀手段的亲身领教，就毫无疑问有着格外明显的下马威意味。问题在于，虽然“我”已经有了充分的心理准备，已经明确意识到，“从那天开始，为了我自己好，我决定跟刘燕燕，跟坂本，跟山崎，都保持同样的距离”，但等“我”真正入职记录系之后，还是无可避免地遭遇到了尤其是来自于刘燕燕那一系列简直就是不动声色的职场暴力。

“我”第一天到记录系上班，就因为不小心打错一个字而遭到了刘燕燕的无端指责与非难。先是刘燕燕气势汹汹地指责“我”打错了一个字，就在“我”觉得很抱歉，正准备说“对不起”的时候，刘燕燕却去窗口接待一个突然出现的客人。这样一来，“我”就失去了道歉的机会。原本只是无意间的一次失误，刘燕燕却如此小题大做，她的这种行为使“我”感到很难过，“从原则上说，明明是我打错了一个字，校对的职员应该对我本人说，而不是通过刘燕燕传达给我”。没想到的是，刘燕燕竟然会不依不饶地继续抓住这件事大做文章。面对着她那咄咄逼人的气势，“我”一时气急：“我觉得血液往脑门上冲，那口气终于憋不住了。我不记得是怎样站起来的，也不记得是怎样摘下眼镜的。我把眼镜摔到了写字台上。这一瞬发生得迅速而且自然。事情发生后，我有点儿昏头昏脑的，神志不是很清楚。”但正所谓“道高一尺，魔高一丈”，“我”的激烈反应所引发的，肯定是刘燕燕更加激烈的反应：“刘燕燕优雅地站在我眼前，轻声地对我说：‘黎本，有话说话，摔东西不好，显得你没有教养。有没有教养，能看出一个人的水准。比如你刚才打错了一个字，有教养的话就会道一声歉。你连道歉都不会。’”就这样，虽然只是不经意间打错了一个字，但刘燕燕硬是借此使“我”在记录系的名声大大受损：“我想起之前听到过的关于刘燕燕的一些传言。她真的很厉害，只花费最小的力气便让我失去了理性和思考的能力。没有动用一根手指，就制造了她优我劣的局面。”究其根本，同样身为中国人的刘燕燕，之所以会对“我”采取如此一种不友好的方式，恐怕还是因为“我”此前在她指责山崎时曾经本能地替山崎有所辩护。

然而，正如“我”所强烈预感到的，在记录系第一天的遭遇，仅仅只是自己职场暴力的一个开端。此后等待着“我”的，竟然是一次又一次的类似遭遇。尽管说冲突发生后的第二天，“我”和刘燕燕就在系长的主持下以互致歉意的方式，貌似原谅了对方，但实际上，冲突双方的表现都是在演戏，因为根本的矛盾并没有得到解决。“有一句话叫覆水难收。我跟刘燕燕一整天都没有说话。”紧接着，一场无声的对抗或者说悲剧也就发生了：“噩梦开始以他人看不见的方式降临了。以后的几天，刘燕燕以我是新人为借口，每天都安排我做同一样工作，就是往电脑里输入申告书。客人来的时候，她打发坂本去窗口，而自己寸步不离地坐在我的身边。这一招真可怕，我彻底失去了能够自由喘息的空间，情绪也很混乱。”事实上，寸步不离地坐在“我”身边的刘燕燕，客观起到的既是一种监督的作用，更是一种干扰的作用。面对如此一种监督加干扰，原本心境就非常糟糕的“我”，心境只能更加糟糕。这样一来，出错的概率也就大大增加。而刘燕燕，则正好借此机会不断地告诉其他在场职员，让

“大家觉得我是一个不断出错的人”。与此同时，心机很深的刘燕燕，还会不时地向“我”发出询问：“我不说话，她就进一步地问我：‘你没有什么要问的地方吗？你什么都懂吗？’”刘燕燕的如此行为直接导致的后果就是，在其他人眼里，“我”只能“是一个不懂又不虚心请教的人”。更进一步说，刘燕燕双管齐下行为的严重后果，就是“我”在职场被疏远与被孤立：“本来只是我跟她单枪匹马地斗，但一个星期后，我觉得有点儿不对劲儿。我说不清哪里不对劲儿，反正是职场的气氛渐渐地变了。我常常觉得是一群人的目光和神情使我难受。”质言之，类同于“我”的这样一种糟糕处境，很容易让我们联想到鲁迅先生的所谓“无物之阵”。除了身为始作俑者的刘燕燕之外，“我”在职场虽然感觉到周围充满了敌意，但细细地打量一番，却又找不到一个具体的敌人或对手。事实上，也正是如此一种情形，才致使“我”生出这样的一种感觉：“但在我的感觉里，记录系简直是她的帝国。她被赋予了某一种力量，一种任意支使周围的力量。而这力量又好像一盏灯照着周围的那群人。灯照亮哪里，那群人就看哪里。”之所以会形成如此一种情形，一方面固然与刘燕燕“像一颗钉子似的钉在户籍住民课的记录系”长达十几年之久有关，另一方面更与刘燕燕那样一种长袖善舞的性格特征紧密相关。不管怎么说，这种状况将会对“我”的精神世界产生致命的负面影响，乃是无可置疑的一种客观事实。

著名悬疑小说家蔡骏，在中国文坛，毫无疑问是大名鼎鼎的人物，真正可谓拥趸无数。然而，诚所谓术业有专攻，或许因为悬疑小说属于类型文学的缘故，虽然我内心里并没有什么文类歧视的想法，但此前却也着实无暇去旁顾这一文类。也因此，虽然蔡骏鼎鼎大名，但他的那些悬疑小说，我的确没有机会专门去找来阅读。这一次，之所以会关注到他的长篇小说《春夜》，乃是因为出版社编辑约稿。原以为读到的仍然会是一部悬疑小说，没想到却是一部“悬疑”其表的社会关怀小说，一部有着深刻题旨诉求的“纯文学”小说。事实上，对于《春夜》的这一特点，蔡骏自己在小说后记中已经说得很清楚：“我以悬疑小说出道，当然还会继续写下去。《春夜》中的悬疑元素，比比皆是，本书却称不上是悬疑小说。”[①]身为鼎鼎大名的悬疑小说家，写出的不是悬疑小说，又会是什么呢？原来，“《春夜》最早的灵感，来自芬兰大导演阿基·考里斯马基的电影《升空号》。前几年，我开始系统地看考里斯马基的电影，1988年的《升空号》是一部工人题材文艺片，主角是个芬兰北方拉普兰地区（位于北极圈内，传说中圣诞老人的家乡）的矿工，失业后意外得到一辆白色凯迪拉克敞篷车，这车因为老旧，车篷无法升起。这个失业的男人，只能独自驾车，扎着头巾御寒，四面透风敞开，疾驰在大雪纷飞的北欧旷野，背景音乐响起，一个芬兰男人深情歌唱。这首歌叫*Valot*，我查了一下，芬兰语意为‘灯’。此情此景，此车此声，如一道电光，点燃了我心内的灯”。[②]这首名为“灯”的芬兰语歌曲，之所以会如一道电光般点燃蔡骏的心中之灯，乃因为它以及这部名为《升空号》的电影，在很大程度上激活了蔡骏身为中国工人后代的鲜活工业记忆：“我又想起少年时候，我爸爸上班的

① 蔡骏《春夜·后记》，作家出版社2020年版。

② 蔡骏《春夜·后记》，作家出版社2020年版。

工厂亏损严重，工人们大半下岗回家，唯独我爸爸坚守岗位，每日上班打卡。”[①]正如你所知道的，只是到了21世纪初，蔡骏父亲曾经长期供职过的工厂，就已经彻底灰飞烟灭，消亡不见。虽然说工厂的灰飞烟灭，对于蔡骏这样的70年代生人来说，算不上什么大不了的事情，但对于他的父辈来说，却是天大的事，构成了内心中一种永难磨灭的精神痛楚。很大程度上，正因为少年时的蔡骏，曾经目睹过工人父亲的惨痛人生遭遇，所以，考里斯马基电影《升空号》才会召唤出他的一段鲜活的工业记忆，并最终通过长篇小说《春夜》，把这段难能可贵的工业记忆以文学的方式彻底凝固下来。

关于《春夜》这一小说标题的由来，蔡骏在后记中也有所交代：“故事从一个春夜开始，到一个春夜终结，见识过巴黎圣母院的烈火。其间许多个春夜，犹如春天的露水，湿漉漉，黏糊糊，欲说还休，欲断还留，仿佛一张宣纸上的墨迹，慢慢化开，晕染。”[②]其实，不仅仅是开头与结尾，小说中很多重要情节的发生，也都是在“湿漉漉，黏糊糊”的春夜里。一方面，正如蔡骏自己在后记中已经明示的，另一方面，从我们的阅读感受来说，要想很好地理解《春夜》，就不能不首先关注最后一章“重逢”中，多少带有一点“元小说”意味的那个部分：“我开始写一本新书，关于春夜，关于春申厂，关于我爸爸，关于厂长，关于小荷，最要紧的，关于张海。白天我在公司，每日开不光的剧本会。夜里，我蹲在电脑前写小说。二十年前学的电报码，

① 蔡骏《春夜·后记》，作家出版社2020年版。

② 蔡骏《春夜·后记》，作家出版社2020年版。

如今基本忘记光，只好用拼音输入法。我用了不少上海话，比方‘事体’‘困觉’‘清爽’等吴语词，文言文里也有，五四时期亦有，鲁迅先生，茅盾先生都用过，自能入白话小说。但不用‘侬’‘阿拉’‘白相’‘结棍’等等，因怕北方读者不懂，并在普通话中有一一对应的‘你’‘我们’‘玩耍’‘厉害’。或用相近发音代替，比如‘辰光’就用‘时光’，一目了然，且有古意。还有一大变化，老早我欢喜写长句子，现在这篇小说呢，改成短句子，三个字，逗号，甚至一两个字，标点符号之间，鲜有超过七八个字的。本书通篇，皆是第一人称，看似便当，实则难写。毕竟不是写我一个人，而是一群人，有老有少，有男有女，尤其一个张海，神龙见首不见尾，总是云里雾里。要是第三人称，上帝视角，从洪太尉讲到高俅，从高俅讲到王进，从王进讲到史进，从史进讲到鲁提辖打死镇关西，又从花和尚倒拔垂杨柳讲到林冲夜奔，再到雪夜上梁山，就像一幕滑稽戏，各自粉墨登场，众声喧哗，闹闹忙忙。但我偏偏不唱滑稽戏，而是要唱独角戏，自说自话，像张海一个人唱‘金陵塔，塔金陵，金陵宝塔第一层，一层宝塔有四只角，四只角上有金铃，风吹金铃旺旺响，雨打金铃唧呤又唧呤……’再讲故事，悬疑方面，跟我老早小说不好比，但又保留厂长悬念，张海命运悬念，至今还是未知数。推理破案呢，倒是有1990年春申厂的凶杀案，直到神探亨特烧成灰，建军哥哥之死，还是无头悬案。还有一点，这只漫长故事，大半皆是真的，事体是真的，心情是真的，欲望是真的，我也是真的，还有我一家门，从我爸爸直到我儿子，统统是真的。真归真，却不是非虚构，而是如假包换的虚构。最后这句，好像自相矛盾，有语病，无所谓。”请原谅，无论如何，我们都必须把小说中这位据说也叫“蔡骏”的第一人称叙述者如此一大段带有明显“夫子自道”色彩的叙事话语全部照录在此。因为只有这样，我们才能更精准到位地理解把握这部长篇小说。首先，一个小说家在小说文本中跳身而出，不惜篇幅地大谈特谈正在创作过程中的小说作品，自然也就是现代西方文论中的所谓“元小说”。不管怎么说，这样的谈论，都能给出理解把握小说文本的理想路径。

其次，在这段叙事话语中，作家所集中谈论，或者干脆说“泄露”出的小说写作秘密，主要是关于艺术形式层面的一些自觉追求。第一，是语言运用。这一方面，最不容忽视的一点，就是对上海方言的局部征用。除了作家已经举出的那些个例证之外，给我留下最深刻印象的就是“眼乌珠”。好像只要一写到人物的眼睛，就都会被径直称为“眼乌珠”。因为小说的主体故事均发生于上海，所以，上海方言的局部征用，在使得小说拥有了某种味道特别的叙述腔调的同时，也很好地营造出了一种地域氛围。第二，是句子特别短促。很多时候，两个字，三个字，四个字，就会被作家以逗号的形式顿开。由于我自己原来并没有接触过蔡骏的小说作品，所以并不知道他原来所持有的是一种什么样的行文风格。但据他自承，“老早我欢喜写长句子”。如果说实情的确如此，那么，由一种语法构成相对复杂的长句子，转换为《春夜》中的这样一种短句子，就应该被看作是蔡骏小说叙述上的某种“自我革命”。从艺术效果上来说，短句子的普遍使用，带来的就是一种叙事节奏的明显加快。如此一种形式特征，其实也正暗合于这样一部带有一定悬疑探寻色彩的长篇小说的内涵要求。第三，是第一人称叙述者的设定。关键的问题是，这位被设定的第一人称叙述者，竟然也被作家径直命名为“蔡骏”。不仅如此，还应该注意到，作家在后记中，曾经专门强调小说若干情节的真实性：“小说中关于我自己的经历，我的父母，大半属于非虚构，某种程度而言，可说是我的家庭自传，虚构与非虚构之间，变得尤为模糊。”[①]很大程度上，蔡骏在后记中的这种说法，恰好对应于上述这段叙事话语中所谓“这只漫长故事，大半皆是真的，事体是真的，心情是真的，欲望是真的，我也是真的，还有我一家门，从我爸爸直到我儿子，统统是真的”这种言说表达。问题在于，我们是不是可以由此而断定小说文本中的这位承担着第一人称叙述者功能的“蔡骏”，就是现实生活中的那位悬疑小说家蔡骏呢？答案无论如何都只能是否定的。一般情况下，第一人称叙述者越是强调自己的真实性，其言论的可信度就越是值得怀疑。如此一种艺术手段，我们不妨称之为“佯真”，也就是企图通过一种假装真实的方式来抵达想象虚构的艺术目标。相比较来说，因为蔡骏在后记中曾经专门强调小说文本有着某种非虚构因素的介入，所以《春夜》的情况可能更为复杂。然而，在承认小说具有一定程度上自传性因素存在的同时，我们还必须强调，从西方的叙事学理论来说，出现在小说文本中的那个身兼第一人称叙述者功能的“蔡骏”，不管怎么说也都只能被看作是作家通过想象虚构而出的一个人物形象。尤其不容忽视的，是看似自相矛盾的最后那样一种“真归真，却不是非虚构，而是如假包换的虚构”的特别表达。很大程度上，正是依据如此一种自相矛盾的表达，我们才可以断定，在这部《春夜》中，作家蔡骏所采

---

① 蔡骏《春夜·后记》，作家出版社2020年版。

用的其实是一种貌似“非虚构”的可以明显强化艺术真实性的想象虚构方式。第四，同样是属于一种群体叙事的小说文本，《春夜》又极明显地区别于如同《水浒传》那样一种人物连缀式的“第三人称”与“上帝视角”。一方面，旨在凸显主体重要性的第一人称叙述方式，本身就带有突出的现代性意味，另一方面，也只有这样，才能够使得整部长篇小说拥有某种“总体性”的艺术统摄。

当然，无论如何，对《春夜》来说，最重要的恐怕还是接下来的第五点（即最后一点），也就是对于悬疑艺术方式的有效征用。毫无疑问，对于悬疑小说家蔡骏来说，这一点乃是他的拿手好戏。首先，是围绕厂长“三浦友和”所设定的差不多成为情节主线的悬念设计。“我”爸爸从部队复员后，被分配到上海春申机械厂，成为老毛师傅即“钩子船长”的关门徒弟。因为在长期的工作过程中养成的对职业和工厂的热爱，即使在“我”要出生的时候，他都一无所知地坚持在工厂上班，和师傅一起面对面加工汽车模具。但也正因为爸爸既牵挂“我”和妈妈，也牵挂刚刚从地下挖出的那个青花瓷大瓮缸里迅速分化了的一对男女，一时分心而操作失误，致使机床吃掉了老毛师傅的右手，从此，老毛师傅也就变成了所谓的“钩子船长”。而老毛师傅，即“钩子船长”的外孙张海，则既是“我”的童年玩伴与一生好友，也可以被看作是这部长篇小说的主人公。具体来说，整部小说由老毛师傅即“钩子船长”的葬礼写起，马上就牵引出了很多年前即1998年老厂长的那场葬礼。尽管少年懵懂的“我”并不理解爸爸他们的悲伤，但老厂长为了挽救陷身于“三角债”的旋涡中难以摆脱困境的工厂而不幸遭遇车祸身亡，却是无可置疑的事实。实际的情形是，在那个时候，中国的绝大多数工厂都如同春申机械厂一样身陷“三角债”的泥淖之中。为了讨要债务，老厂长真正可谓无所不用其极地采用了各种手段。其中，山东的一家汽车厂，欠春申机械厂一百万货款，八年了都讨不回来。老厂长开着厂里的桑塔纳去讨债：“豪气干云天，唱了三回《智斗》，念了七十二道行酒令，吃了一斤白酒，方才讨回十万大洋。”为了能够赶回厂里及时给员工发放工资，老厂长星夜兼程地驱车返沪。没想到，“凌晨三点，老厂长刚进上海，就在高速公路昏了头，钻进一辆集装箱卡车底盘”。一种残酷的后果是，老厂长不仅当场身亡，而且上半截还被碾轧成了骨肉渣渣。既如此，出现在追悼会上的老厂长遗体的上半截，便只能造假，用松木和橡皮泥造出来。正因为老厂长为了要债，为了工厂和员工的利益而不幸车祸身亡，所以，“我”爸爸他们一众工友才会在他的追悼会上表现得那样如丧考妣。但我们无论如何都不能忽略如下的一段叙事话语：“苏州河南，一字长蛇阵排开，一片光明大世界：面粉厂，啤酒厂，印刷厂，药水厂，灯泡厂，申新九厂，上钢八厂，国棉六厂，多数已寿终正寝，少数还苟延残喘。”我们都知道，上海是中国工业的重镇。蔡骏在这里所真切写出的，正是上世纪末中国工业所遭遇的严重困境。

某种意义上，津子围这部《十月的土地》（载《小说月报原创版》贺岁号）可以被看作是一部聚焦家族内部矛盾冲突的家族长篇小说。关于章氏家族的来历，小说中有着具体的交代：“按理说，章韩氏说得没错，章秉麟是章兆仁的叔叔，章兆仁这一支儿才是大份儿，据说，章兆仁的父亲章秉麒吃糠咽菜，勒紧裤腰带供弟弟读书，弟弟章秉麟才有了后来的功名和家业。后来，山东老家遭遇天灾，章秉麒因病过世，章兆仁只好带着弟弟章兆义到关外投奔叔父章秉麟，不想逃荒路上章兆义丢了，生死不明。好在章秉麟认亲，收留了章兆仁，帮他娶妻生子，留下这一支血脉。”因为章兆仁是章文德的父亲，所以，章秉麟自然也就成了他的二爷。由以上介绍可知，第一，章氏家族是因为闯关东才从山东老家来到东北的。第二，也是更重要的一点，章氏家族的两个支脉之间彼此互有恩德。先是章兆仁的父亲章秉麒，对弟弟章秉麟有恩。如果不是有他的鼎力支持，也就不会有章秉麟的功名和家业。但到了后来，却变成了身为叔叔的章秉麟对章兆仁有恩，如果没有叔叔的好心收留，也就不会有他在东北的成家立业，更不会有章文德的降生于世。关键的问题是，不论是章秉麟，抑或是章兆仁，他们都无法预料到，章氏家族彼此互有恩德的这样两个支脉之间，后来不仅酿造出各种错综复杂的矛盾冲突，而且竟然发展到了水火不容的严重地步。也因此，虽然津子围不仅把章氏家族的故事纳入到了自晚清一直到抗战近五十年的时间范围之中，而且把很多笔墨延伸出去描写、再现整个东北地区的历史风云变幻，但从实际的阅读效果来看，真正能够吸引我的，一方面是章氏家族数十年间的内部争斗，另一方面则是主要通过男主人公章文德体现出来的对土地的一腔迷恋与深情。

章氏家族两个支脉之间的矛盾冲突，早在小说开始不久跑老毛子的相关情节中，就已经初露端倪了。在东北，章氏家族有两处宅子，一处是他们现在居住的寒葱河，另一处则是老宅子莲花泡。莲花泡是章氏家族最早发迹的地方，当年的章秉麟曾经在那里开垦了大片土地。但到了后来，“中东铁路通车之后，原来的驿道荒废，加之细林河改道，莲花泡从此变得远离人烟了。庚子年之后，章秉麟陆续将家当迁移到了寒葱河，莲花泡只留下老宅和一些雇工，那里是章家的农场，也是不显山不露水的大粮仓”。既然有这么一个老宅在莲花泡，那么，当章氏家族要跑老毛子的时候，莲花泡就会成为首选的目标。问题在于，不仅章兆仁在面临危险的时刻被指派留守在寒葱河，而且在逃难的路上，他们家也明显地受到歧视：“晌午没过，章家的家眷就呼呼隆隆上路了。一共四辆马车，章文德一家四口儿被安排在最后一辆马车上。那是一辆老旧的板车，出了寒葱河大车就颠簸起来，仿佛要散了架一般。颠簸不说，车轴还发出吱扭、吱扭的噪声，一刻也不停歇。”就这样，尽管事后方知这场跑老毛子事件不过是一场波及周边十几个村庄的误传，但仅借助于跑老毛子逃难这一个情节，津子围就已经揭示并挑明了章氏家族两个支脉之间矛盾冲突的客观存在。矛盾冲突的关键在于，从章文德家的角度来说，虽然并不想挑战章兆龙身为一家之主的掌家权威，但作为章家的成员，他们却本能地要求必须如同主人一样地获得相应的权益与尊重，但在章兆龙一家的心目中，尤其是章兆龙、章文礼以及曹彩风他们几位的理解中，却从来都没有把章兆仁他们作为主人看待。很多时候，章兆龙他们只是把章兆仁一家看作方便使唤的仆人而已。既如此，那章氏家族内部的纷争以至于到最后的彻底决裂，也就是顺理成章的一种结果。果不其然，等到章文礼不顾兄弟情义，竟然不择手段地以生米做成熟饭的方式强行霸占了原本对章文德情有独钟的薛莲花，章文德的弟弟章文海为哥哥打抱不平，因行刺章文礼而惨遭曹彩风弟弟曹双举毒打的情况下，两个支脉终于被迫在摊牌后彻底分道扬镳。然而，同样是分道扬镳，两个支脉的想法却有着根本的不同："章兆仁下决心跟章兆龙决裂，章兆龙也是这样想的，只是两个人对'决裂'的内容和方式理解并不一样。章兆仁和章韩氏想的是分家，起码他可以拿到莲花泡河西那40垧土地，那些土地都是他领着人开垦出来的，他手里还攥着章秉麟的转让文书。章兆龙想的却是清理门户，他的目的是要把章兆仁和章韩氏赶出章家门楣。"然而，正所谓"胳膊拧不过大腿"，虽然章兆仁和章韩氏他们的要求不管怎么说都合情合理，到头来却仍然落了个两手空空。尽管他们也曾经百般努力，最终却还是无法改变残酷的事实：打官司不行，动武也不行，尽管章韩氏的几个兄弟都义愤填膺，扬言要讨个公道，可几条莽汉怎么可能对付章家的几十条枪？到了最后，章兆仁和章韩氏只好认栽了。在他们的对垒中，章兆龙有如一只威风八面的老虎，章兆仁或者章韩氏不过是一只小兔子。章兆仁他们不管不顾地打拼了很多年，没想到最后就这样两手空空地被章兆龙"清理"出了门户。

怎么办呢？一家数口人总不能去喝西北风吧。万般无奈之下，章兆仁和章文德他们一家五口人只能够被迫到已经被人们弃置很久的蛤蟆塘去开垦土地了。请一定不要忽视津子围如此一种情节设定的精妙所在。人们都说如同章氏家族这样的山东人闯关东的关键是要开垦土地，但到底是怎么样个开垦法呢？在这里，借助于章兆仁一家万般无奈下去开垦蛤蟆塘，津子围正好可以形象地把开垦土地的状况描摹展示在广大读者面前。具体来说，蛤蟆塘之所以一直未被开垦，与它的实际情况紧密相关："由于地势低洼，没人愿意到那里开垦土地，北方人习惯种旱田，可那里即使开垦出来也是低洼地，很多农作物都无法种植。离开莲花泡之前，章兆仁和章文德曾去过蛤蟆塘，章兆仁说，如果在这里开荒种地，只能选靠东山高岗的那块地了。章文德却说，低洼地水源充足可以种水稻啊，粳米的经济价值更高。章兆仁说，难哪！咱祖祖辈辈只会在大田里种小麦、玉米和高粱，不懂种植水稻的门道啊，章文德沉思良久。”实际上，也正是在父子俩争执的过程中，津子围已经强烈暗示出章文德肯定会在蛤蟆塘这个低洼之处，成功地把水稻种植出来。一种无法否认的事实是，章兆仁他们一家，尤其是章文德，在开垦蛤蟆塘土地的过程中，付出了极其艰辛的劳作与汗水。但正所谓“功夫不负有心人”，经过章兆仁一家人，尤其是章文德的艰苦努力，蛤蟆塘终于被开垦成为产量颇丰的良田，变成了所谓“东北的好江南”。需要注意的一点是，章兆仁他们一家在蛤蟆塘开垦发家的过程，也正是章兆龙他们家开始走下坡路，逐渐败落的一个过程。对此，置身于其中的章兆龙自己可以说有着殊为真切的感受：“过去那些年，他从没把章兆仁放在眼里，在他心目中，章兆仁就是一个大捞金，除了开荒种地，别的什么都不懂、不会。可事实证明，离开了章兆仁，章家的家业开始走下坡路了。”从土地的情况看，莲花泡在章文礼经手后渐趋衰败，而原本被抛荒的蛤蟆塘却被章兆仁和章文德父子经营成了风水宝地。从个人层面的对比来看，看似窝窝囊囊，一副熊到家模样的章文德，表现出了勃勃生机，而看似精明过人的章文礼，不仅在种地上比不过章文德，还一贯地胡作非为，日渐呈现败象。不比较就没有伤害，正是在两相对照的前提下，章氏家族的两个支脉方才显示出了根本的不同。

举凡是优秀的长篇小说，大约总少不了对人物形象相对成功的刻画与塑造。很多时候，一个作家对人性的理解、挖掘与勘探，只有通过人物形象的刻画塑造才能够充分体现。具体到津子围的这部《十月的土地》，在摹绘历史风云，展示章氏家族内部矛盾冲突的过程中，值得注意的一个方面，正是对若干人物形象的成功勾勒与塑造。粗略计来，诸如章兆仁、章韩氏、章文礼、章文智（即后来成为革命者的张胡）、曹彩风、章兆龙、佳馨等人物形象，皆有可圈可点之处。但相比较而言，小说中最引人注目的人物形象，恐怕还是作为土地的精魂而被特别刻画塑造的章文德其人。章文德与土地之间的渊源，其实早在小说开头处就已经被作家暗示出来了。那一次，章兆仁意欲带领尚且年幼的章文德去田里铲地，在门外和章秉麟不期而遇。围绕到底该不该让章文德下地干农活，他们之间曾经产生过一番争执。章秉麟认为读书更为重要，但章兆仁却坚持要让章文德辞学后专门去种地："我掂量过了，这小子将来准是个像样的庄稼把式。"尽管在当时章兆仁迫于叔叔的威仪让章文德去了学堂，但从章文德后来的人生轨迹来看，他其实还真的更适合到田里去侍弄庄稼。实际的情况是，或许与人贪图享受惧怕劳作的天性有关，章文德一开始的时候也并没有对土地产生那么大的兴趣，借用叙述者的话来说，就是："土地对于章文德来说，一时半会儿还热爱不起来。"从这个角度来看，他对土地强烈兴趣的产生，也是被父母日常规训或者说言传身教的结果。首先是父亲，章兆仁在口口声声强调自身农民身份的同时，特别告诉章文德土地的重要："农民没有土地，就像没娘的孩子！文德你要记着，一辈子都给我死死地记着，没啥也不能没有土地，地就是咱农民天大的事儿。"然后是母亲："章文德跟章韩氏也学了不少，他能分辨出白皮葱中哪个是鸡腿葱，哪个是仙鹤腿，还能分辨出宽叶韭菜、窄叶韭菜、马莲韭菜和竹叶青，分辨出辣椒中的猪嘴椒和羊角椒，豆角的种类更多，章文德认识兔子翻白眼、大姑娘挽袖、长豆角、油豆角、刀豆角、胖孩腿、玻璃翠、黄眼荚等等。”章韩氏也觉得奇怪，她对章兆仁说，文德这孩子怕是不能大出息，读书认字他记性不好，可讲起农活农事却头头是道儿。章兆仁说，这样好，实实在在做个农民比啥都强，一辈子心里踏实。反正后来，当章秉麟再一次询问章文德未来的人生选择的时候，章文德给出的明确答案就是种地：“原来不喜欢，后来一点点适应了，喜欢是什么感觉我还说不好。庄稼活儿累，可读书更累，两个必须选一个，我选种地吧。”面对着章文德如此一种出乎意料的选择意向，章秉麟给出的评价是：“命该如此吧，也罢，种地有种地的好处，朝土背天，春耕秋收，平常年月里一辈子不会大起大伏，只是，不知道这世道会不会总是风调雨顺呀。”正如同小说文本已经展示的那样，这个世界无论如何都不可能总是“风调雨顺”，比如，伴随着抗战的爆发，原本只想好好伺候土地的章文德，也被迫离开了那片念兹在兹的土地，不无被动地加入到了抗战的时代进程之中。但即使如此，章文德也仍然无法丢弃他那简直如同性命一般重要的土地。这一方面，一个不容忽视的细节就是，到了小说结尾处，章秉麟和章文德祖孙业已“合二为一”的时候，出现了这样一段叙述：“章秉麟（其实也是章文德）还想到这样一个问题，人的魂儿被身体囚禁，而人的身体却被大地囚禁着。那种感觉，就像不知不觉流失的岁月，人是大地的记忆罢了。说到底，无论你怎么折腾，永远都离不开脚下的土地，土地不属于你，而你属于土地，最终身体都得腐烂成为泥渣，成为土地的一部分……”如此一种明显带有哲思色彩的人生感悟，与其说是属于章文德或者章秉麟的，莫如说更是属于作家津子围自己的。质言之，作家借助于章文德或者章秉麟之口所表述的，也正是津子围自己创作《十月的土地》这部长篇小说的某种思想主旨。

其他国家的情形不太清楚，最起码在中国，现代文学得以发生的一个重要前提，就是所谓现代文化或者说现代文学市场的形成。很大程度上，正是由于具有现代媒介功能的文学期刊的大量出现，才从根本上催生了所谓的中国现代文学。也因此，现代文学期刊与中国现代文学之间，属于一种相辅相成的共生共荣关系。很多时候，作家与文学编辑被形象地比喻为运动员和教练，或者厨师与美食家的关系。假若以上的比喻可以成立，那么，我们这一次读到的中篇小说《我的清迈，我的邓丽君》（载《十月》杂志2020年第5期）就可以被看作是中国当代最重要的“教练”或“美食家”之一——《收获》杂志的掌门人程永新，奉献给文坛的一道别具特色的“美味佳肴”。尽管程永新在题为《所有的记忆都在抵御伤感》[①]（载《小说选刊》2020年第10期）的创作访谈中，也曾经强调《收获》的传统是并不鼓励编辑写作，但这并不意味着身为文学编辑的程永新没有从事文学写作的权利。事实上，即使仅仅局限于所谓新时期文学的范畴，那些既是优秀的“运动员”，也是出色“教练”的编辑型作家或者作家型编辑也大有人在。苏童、金宇澄、徐则臣、石一枫等，都是这一方面的代表性存在。其实，即使是程永新自己，此前也曾经用“里程”的笔名发表、出版过不止一部长篇小说。这一次，他之所以要重

① 程永新：《所有的记忆都在抵御伤感》，载《小说选刊》2020年第10期。

操旧业，再一次操刀小说创作，与疫情的困扰紧密相关：“今年年初开始，新冠来袭，每天禁足在家消夜，把冰柜里的红酒全部喝完，体重重了七八斤，照照镜子，实在讨厌自己那张虚胖的脸，夜观暗黑的星空，感觉人类在宇宙中是何等渺小和无力。终于有机会可以沉下心来，试着把那些个挥之不去的执拗念头用文字表达出来，从二月到五月，完成了两篇小说的初稿和一堆不像样的诗歌。”[①]《我的清迈，我的邓丽君》即是其中之一。关键的问题是，在这一次“重操旧业”的书写过程中，程永新意欲传达给读者的，到底是怎样一种萦绕于胸的“执拗念头”呢？

首先，是某种带有一定公共性色彩的时代情绪。具体来说，也就是“我的邓丽君”那个部分。对于程永新他们这些拥有牢不可破的“八十年代记忆”的中国人来说，邓丽君和她那柔媚清丽的歌声，是其中无论如何都抹不去的一个重要部分。很多时候，邓丽君甚至可以被看作是我们理解“八十年代”历史与文化的关键词之一。尽管程永新在文本中并没有做清晰的说明，但毫无疑问的一点是，阿格、建国以及大胖他们三位好友，之所以在很多年之后要联袂探访泰国清迈，邓丽君正是重要的动因之一。唯其如此，小说开篇不久，作家才会借助于一本时尚杂志上李安筹拍《邓丽君传》的消息而巧妙引入邓丽君：“拍摄筹备期之所以如此漫长，是因为邓丽君早已成为神话。三千多首歌，四十年间的反复流传渗透，她已经成为中国人久远年代里心灵和精神的诠释者。”泰国清迈之与邓丽君，一方面固然因为她生命的最后数年偕法国男友居住于此，另一方面却更因为清迈乃是她的殒命之

① 程永新：《所有的记忆都在抵御伤感》，载《小说选刊》2020年第10期。

处。小说中，程永新所一再书写的，是她生命消逝时撼人心魄的情形。其中，最引人注目的一处就是醉酒后的建国，以醉言醉语的方式，真切追述邓丽君当年的故事："邓……邓丽君喜欢来清迈，你……你知道为啥？她的妈妈不让她吸毒，你知道吗？这里没……没她妈的人管她。"更关键的是："邓丽君，跟我们一样，不要看她当年如何、如何的风光，全是……全是过、眼、烟、云！一九七一年，她回……回不了台湾，因为她拿的是……外国护照，台湾媒体说她是……间谍。邓丽君临死前呼喊谁？不是什么……保罗，她痛苦中喊叫的是她的妈妈，一遍遍地喊叫，邓丽君跟我们一样，都是……都是这个世界上与妈妈走散的孩子。"

在这里，借助于邓丽君临死前的呼喊，借助于一种带有公共性色彩的时代情绪，程永新已经巧妙地触及到了阿格他们三位深潜着的个人精神隐痛："'与妈妈走散的孩子'，这句话深深刺痛了阿格，妈妈或者母亲这个词在阿格的内心里是永远被屏蔽掉的，与母亲的关系可以说是他的一块心病。要说与妈妈走散这句话套在自己身上合适，阿格是跟着舅舅舅妈长大的；套在大胖身上更合适，因为大胖是养父养母带大的，他从未见过自己的生身父母。唯独建国的父母俱在，照理他不该有这样的感受啊。"但阿格他们不知道的情况是，"其实建国母亲是工程师，个性倔强，已与拥有设计师头衔的父亲离婚多年"。三人的个体精神隐痛中，为程永新所集中书写的，却又是占据了文本更多篇幅的主人公阿格。

事实上，除了所谓的邓丽君情结，促使阿格前来清迈的另外一个隐秘原因，就是他要借机寻人："他知道那个人在泰国，近些年阿格一直在苦苦寻找，通过国内公安的朋友查到那个失踪的人还活着，公安的朋友给了他一个手机号码：0066834651122，这是泰国的号码，阿格打过无数次这个号码，电话是通的，对方的手机声音持续地鸣响，但始终无人接听。阿格的直觉告诉他，那个人很可能在清迈，假如是这样的话，按理就应该时常关注美萍酒店。”这个人是谁呢？依照小说中透露出的那些蛛丝马迹来判断，这个人很显然就是与自己的生母有着某种乱伦嫌疑的同胞兄长。追根溯源，原初的故事竟然有两个不同的版本。一个是：“阿格的亲生父亲是轻工业局的局长，‘文革’中受冲击，二十世纪七十年代末重新出来工作，很快就与阿格的亲生母亲离了婚，净身出户，阿格兄弟俩的生活从此失去了父亲。按舅舅他们的说法，母亲在‘文革’中迫不得已与父亲划清界限，导致后来家庭的破裂，阿格之前也默认这样的说法，直到发生那场车祸，他才一点点明白，那不是事情的原委和真相。”这样，也就有了另一个版本。这个版本中，最令人震惊的，莫过于阿格的兄长，也即“男人”和母亲之间的不正常情感与身体关系。与这种不正常关系紧密相关的，是这样几处细节与话语。一个是女人满含委屈地对“男人”讲述的话语：“他是我亲生的，你也是我亲生的，你怎么可以这样对我？”“你不要学你那忘恩负义的父亲，我们母子三人相依为命，现在你对我最重要，你知道吗？”一个是阿格不期然间发现的一处场景：“这时，他看到左侧女人房间门口的地毯上，有两双拖鞋像一对并蒂莲一样盛开，像百合花的花瓣柔软地铺展在柚木地板上，一双是女人的，一双是男人的……”还有一个是：“一年后的某天夜晚，夜幕刚刚降临城市，女人像一只展翅的大鸟毅然从三楼阳台飞身跃下，公寓前面的甬道上鲜血淋漓，脑浆四溅。”无论如何都不能不提及的一点，是舅舅醉酒后给出的解释以及医生的判断。先是舅舅的解释：“舅舅喝多了，说话的语速有点慢，他告诉阿格，家族基因是一种神秘的东西，它无比强大，他妹妹——也就是阿格的母亲，基本上也继承了家族的血统。”然后是医生的“科学”判断：“根据你介绍的情况，你母亲患有抑郁症，可能还伴有先天性性亢进的疾病。”综合以上种种来判断，阿格母亲和兄长之间不正常的乱伦关系，其实可以被看作是他母亲性亢进疾病发作的一种结果。当然，不可避免的悲剧性结果，是阿格母亲的跳楼自尽。

分析至此，我们就不难发现，阿格不惜千里迢迢前来清迈所要寻找的，正是那位早已神秘失踪的兄长。他之所以会对“男人”充满难以忘却的依恋之情，乃因为自己从小就是“男人”一手带大的。当然，正如程永新所描写的那样，阿格的寻找，命中注定是无果的。虽然他不仅在美萍酒店的大堂里发现过一个装扮奇特的僧侣，而且毫无疑问也正是这位僧侣偷偷地拿走了阿格的太阳神木雕，然而，最终与他擦肩而过的（当然，这种“擦肩而过”肯定是身为阿格失踪兄长所刻意营造的一种结果），却正是这位充满神秘色彩的僧侣。由此，我们就可以得出两个互有关联的判断。其一，这位失踪兄长的落发为僧，其实带有突出的自我救赎意味。其二，自打这部中篇小说的写作之初，程永新就没打算让阿格在清迈如其所愿地找到自己失踪多年的兄长。而这，很大程度上，也暗合于现代小说的基本审美追求。

最近数年来，作家宁肯一直孜孜不倦地致力于一个名为“北京：城与年”的短篇小说系列的创作。对于他的这个系列，我曾经在一篇文章中试图用“一座城市”、“一个年代”、“一种文体”以及“一脉精神秘史”来加以概括。[1]具体来说，一座城市，就是指北京；一个年代，指的是七十年代前半期，即宁肯同龄人的少年时期；一种文体，就是指短篇小说；一脉精神秘史，则是指这个系列所集中关注表现的一个少年群体与那个特定历史年代紧密相关的基本心理状况。正如同此前已经使用过的“火车”与“探照灯”一样，这一次，他所征用的小说标题，也是那个特定历史时期的标志性物象之一：防空洞。同样是那一群正处于成长关键阶段的北京普通平民家庭的少年，到了这篇《防空洞》（载《收获》杂志2020年第6期）中，作家所关注与思考的，乃是日常生活伦理与时代伦理相碰撞的问题，虽然其中肯定也触及到了这一群少年的精神状态问题。

首先引起我们注意的是，第一人称叙述者的特别设定。与一般意义上的第一人称叙事方式有所不同，宁肯这个短篇小说系列的特点在于，他的第一人称总是不时地游走于单数“我”与复数“我们”之间，一会儿是“我”，一会儿是“我们”。比如，“我不知道别的院具体是怎样开挖的，我们院是由我们这些孩子挖地窖开始的。当时上面也有规定，院子小的可挖可不挖，我们院以老张为首的老顽固，一直坚持不挖，最终我们开始自行其是。”第一句是“我”，从第二句开始就变成了“我们”。但不论是“我”还是“我们”，在宁肯的笔下都是非常明确的。“我”被称作黑梦，身为侏儒的他，即使在“我们”这个少年群体中，也经常处于被忽略的状态：“我说过，通常我说‘我们’并不包括我，充其量我不过是他们的一个影子，一个旁观者：我

① 王春林：《女性“聊言”、农业时代与畸态人生》，载《长城》杂志2020年第4期。

既没拔过气门芯儿更没扎过带，也从未参与任何意见，我没什么可写的。”“其实我来讲岂不更好？他们同样看到我但像没看到一样，从来如此。”从这样的叙事话语中，一个明显的信息就是，或许与自己是一个侏儒有关，在活跃于宁肯笔端的这一少年群体中，“我”长期处于某种边缘化的位置，甚至，就连“我”的同胞哥哥黑雀儿，都会在很多时候视“我”若无物。但也偏偏就是这样的一个卑微者，被宁肯刻意选定，赋予重任，让他更多地从一种旁观者的角度来讲述“城与年”的系列故事，包括“我”在内的“我们”，则是差不多轮番在这一系列短篇小说中成为主角的一批年龄相当的北京胡同少年。具体来说，这一批少年主要有五一子、大烟儿、文庆、小芹、抹利、大鼻净、秋良、小永、死脖儿、四儿等。当“我”强调“我们”，以“我们”的方式讲述的时候，这个“我们”所指称的，也就是由以上成员为主要构成的一个胡同少年群体。与此同时，我们也应该注意到，虽然文本的第一人称经常游走在单数的“我”和复数的“我们”之间，但相比较来说，还是使用“我们”展开叙述的时候居多。由此不难断定，小说所试图表达的，乃是“我们”这个少年群体共同的一种生活经历与生存经验。

如同“防空洞”这样一个事物在日常生活中的出现，与19世纪70年代前半期那样一个“冷战”的时代氛围紧密相关。正是为了防备来自于敌方的突然袭击，为了贯彻落实最高领袖“深挖洞，广积粮，不称霸”的指示，才会有到处挖防空洞这样一种新生事物出现。小说的主要情节也是围绕到底应不应该在“我们”院子里挖防空洞这一核心问题而展开的。面对防空洞的挖掘，“我们”院子形成了尖锐对立的两大阵营。一个阵营，是“我们”这个少年群体，再加上稍后才粉墨登场的黑雀儿。另一个阵营，则是被认为有历史问题的北京铁路局会计张占楼一家（包括女儿张晨书，独眼老婆祁氏。祁氏的独眼，与张占楼因为历史问题被批斗游街有关：“老张的老婆跟老张一起游街时瞎了一只眼，现在是一只真眼一只假眼。她本来是我们院最漂亮的女人，现在比老张的白色横肉还瘆人，据说就是这只假眼反对我们院挖防空洞。”）。也因此，整篇《防空洞》所集中描写的，实际上也就是对立的两个阵营围绕防空洞的挖掘彼此斗法的一个过程。

先是只知道珍宝岛和原子弹的“我们”，不顾老张他们的反对，积极响应上级号召，偷偷在院子里开挖防空洞：“没人教我们，我们都看过《地道战》，看过不知多少遍，百看不厌，满脑子都是地道战，不用想电影的情景我们就知道挖到下面，土扬不上来，就需要用绳子系一只筐再提上来。”请注意，在小说中，作家曾经多次提及《地道战》这部在当时“我们”所耳熟能详的电影。之所以如此，一方面固然因为《地道战》乃是“我们”挖防空洞的直接仿效对象，但更重要的一点在于，从一种象征的层面上说，《地道战》还可以被理解为时代意识形态的某种强烈暗示。“我们”的开挖行为，很快就遭到了张占楼的坚决反对：“我们唯独担心张占楼，果不其然就是他。”但在展开分析他们之间的斗法过程之前，我们有必要首先对张占楼其人，以及他和“我们”家长之间的内在关联有所了解。因为他是国民党的留用人员，被断定为是有历史问题的“历史反革命”，所以曾经遭到过“我们”哥哥姐姐（其实也就是所谓的红卫兵）的批斗：“我们流着鼻涕看战斗队砸了张占楼的鱼盆、花盆，各种金鱼在廊前地上翻滚，抄出好多我们从未见过的东西，三间半是我们院子里最高的也唯一带廊的正房，现在只剩下一间半了。”但伴随着哥哥姐姐去往广阔天地之后，张占楼又好像什么事都没有了，仿佛恢复到了原来的状态。正因为他已经自我感觉良好，所以，也才有了他和“我们”这伙少年之间的对峙。但不能忽视的一点是，张占楼绝不仅仅只是张占楼一个人，他背后其实是院子里“我们”整个的父辈：“问题在于我们院人来北京多多少少都和张占楼有点关系，清末张占楼祖上就带着一家人离开我们老家到了北京城，我们院大人大多和老张是同乡，亲戚里道，我们的父母竟然都管老张叫‘叔’，动不动就‘占楼收’（叔），听上去特别扭，而且父母从小就让我们叫他‘三爷’，别说，他还真有点座山雕的架势。”从这个角度上来说，“我们”与张占楼之间的对抗，其实也是在对抗“我们”的家长或者父辈。

具体来说，“我们”与张占楼之间的斗法，集中围绕着他那一架名贵的“凤头”自行车的破坏与修复进行。“我们”先是偷偷地拔掉气门芯儿，接着又是扎烂前后两条车带。然后，就是张占楼和“我们”的父辈对“我们”的惩罚。张占楼是要求“我们”写出详细的带有检举揭发性质的交代材料（请一定注意，作家宁肯在这里的艺术戏仿与反讽），“我们”那没有什么文化可言的工人阶级父辈，则是对“我们”悍然出手，不惜吊打。在这场斗法过程中，若非去参加“毛泽东思想学习班”的流氓黑雀儿及时出现，“历史反革命”张占楼眼看着就要大获全胜。黑雀儿这次之所以“折”进去，是因为吃“佛爷”（即接受小偷的进贡）的缘故。黑雀儿甫一出场，就与张占楼形成了势不两立的尖锐对立状态。尽管自己进“学习班”其实很不光彩，但黑雀儿面对张占楼却依然振振有词：“但是你知道吗？都是‘学习班儿’你和我不一样，我打架吃‘佛爷’那是人民内部矛盾，你知道什么叫人民内部矛盾？就都还是人民，是人民和人民之间，你他妈是什么？你他妈敌我矛盾！你上的那是‘黑五类学习班儿’。‘黑五类’！你都忘了吧！你是敌人，我是人民，你看看这些人都是人民，都是无产阶级，你是国民党，你们家是一小撮儿，你还打我，叫你闺女打我，你们这是变天，你们家要变天！”当张占楼强调自己之所以要反对挖防空洞，并不是反对伟大领袖的“深挖洞，广积粮，不称霸”，而是因为所谓的防空洞根本就没用，根本就防不了炸弹的时候，黑雀儿最终使出的杀手锏，就是一种政治威吓：“你们都听见了吧，‘深挖洞，广积粮，不称霸’他说没用，五一子别挖了，你现在就去派出所报案……”面对着黑雀儿简直无人可以对抗的杀手锏，“话未说完，张占楼老婆独眼祁氏从老张背后走出来，众目睽睽，双膝跪下，一句话不说”。紧接着，“张晨书同样跪在母亲身边”。就这样，伴随着祁氏和张晨书母女的下跪，故事情节急转直下，借助于伟大领袖的最高指示，流氓黑雀儿在这场斗法过程中，也就取得了最后的胜绩。

毫无疑问，如果说“我们”坚持挖防空洞的行为体现出的是“阶级斗争”的时代伦理的话，那么，张占楼他们的反对行为所体现出的，就是一种建立在人性逻辑基础上的日常生活伦理。就此而言，这一篇《防空洞》所书写表现的，当然也就是日常生活伦理与时代伦理之间一种尖锐激烈的对立与碰撞。然而，无论如何，我们都不能忽略小说结尾处这样一个耐人寻味的细节：“我们的爹头几年吊打黑雀儿满院子没一家吱声，只有瞎了一只眼的‘三奶奶’劝过，她的一只眼总有种让人说不出的东西。”问题很显然是，独眼祁氏眼中那“让人说不出的东西”到底是什么？

在我的理解中，这种东西当然也就是某种建立在人道立场上的悲悯情怀。从根本上说，这种悲悯情怀，与其说是属于独眼祁氏的，莫如直截了当地说，是属于作家宁肯的。

“你站在桥上看风景，看风景的人在楼上看你。明月装饰了你的窗子，你装饰了别人的梦。”这是现代杰出诗人卞之琳先生那一首脍炙人口的《断章》。但正所谓“诗无达诂”，尤其是《断章》这样一首内在思想含蕴异常丰富的诗歌，到底要传达给读者什么样的一种情感或者含义，长期以来一直见仁见智，众说纷纭。但不管怎么说，其中隐含着某种“螳螂捕蝉，黄雀在后”的相对主义或者互为主体的意味，乃是无可否认的文本事实。当你站在桥上看风景的时候，你是确证无疑的主体，然而，场景一旦转换为“看风景的人在楼上看你”的时候，你就在一种根本不可能自觉的情况下，由主体转换为客体。而那位置身于楼上的人，也就随之成为新的主体。依照这样的一种思维方式，对后面的两句，我们也完全可以做如是解。

笔者在这里不仅专门提及卞之琳的《断章》，还要对它做如此一番剖析，主要是因为不期然间读到了方晓短篇小说《雨夜》（载《文学港》2021年第1期）。说实在话，对于方晓其人到底是男是女，究竟年长年幼，甚至，这个名字是本名抑或是笔名，我自己的确一无所知。既如此，我们关于方晓其人的一切理解和判断，所依凭的，只能是《雨夜》这样一个篇幅不大的短篇小说文本。正是在对《雨夜》先后两次认真阅读的过程中，作品所呈现出来的情感甚或精神方面那样一种简直就是扑朔迷离的迷乱状况，促使我情不自禁地联想到了卞之琳的这一首《断章》。也因此，虽然对于方晓其人的情况一无所知，但根据我的阅读感觉来推断，首先，从性别的角度来说，因其情感描写的细腻入微程度，我觉得这位作家十有八九是一位女性。其次，从年龄的角度来看，方晓不管怎么说都应该是一位年轻作家。如果我的判断无误，方晓的确是一位年轻女作家的话，那么，我首先要大加肯定的一点，就是作家那种非同寻常的艺术控制力。情感上明明已经处于剑拔弩张的状态，叙述者却依然可以不动声色，沉静内敛。这无论如何都是不容易的一件事情。

尽管作品并没有采用叙述者直接现身的第一人称叙述方式，但一开始就被提及的李桃却毫无疑问可以被看作是一位身兼观察功能的视角性人物。而这也意味着，小说中的一切人和事，都是通过李桃的眼睛，经过了她的一番不自觉的过滤后，传达给广大读者的。很多时候，甚至连同作家自己都未必能明确意识到的一些思想，也都是通过这位视角性人物才能够被凝固定型。也因此，对于李桃这样一位视角性人物的艺术设定，作家无论如何都不能掉以轻心。具体来说，小说之所以被命名为《雨夜》，乃因为其中的核心事件，是一桩发生在雨夜里的车祸："那天夜里，她赶到现场时，马纳趴在路边，身体蜷曲在风衣下，仿佛正在支离破碎。密集的雨点像闪着寒光的刀尖落在他身上，每一滴雨，都戳出喷溅的血来。然后警察和救护车陆续到了。一个穿着红色雨衣的小个子男人，一直等待在原地，正在惊魂未定地向警察讲述，他看见有辆黄色面包车加速冲上坡，在转角处精准地撞上了马纳，一个戴口罩的黑衣男人下车来翻弄着马纳，似乎要确认是否已经死亡，又驾车迅速离去。警察断定是蓄意的，但除此之外也没有给出更多的结论。"事实上，从小说创作的角度来说，也根本不需要警察给出更多结论。说到底，这一场车祸不过是小说一个很好的切入点，作家不过是要借助于这样一场早有预谋的车祸，来讲述并呈现两对青年，或者说中年（一个客观存在的问题是，置身于当下时代，什么样的年龄段算是青年，什么样的年龄段算是中年，的确莫衷一是）夫妻之间扑朔迷离的情感与精神危局。

其中的一对夫妻，就是视角性人物李桃和那位因车祸而躺在病床上生死未卜的马纳。九年前结识并最终结合在一起的这对夫妻，尽管婚后的数年间，曾经两情相悦，但到最后，最起码在李桃这里根本就没有料想到，他们之间的感情会出现严重的问题。大约在两年前，生性敏感的李桃就已经根据日常生活中的蛛丝马迹，判断出丈夫马纳很可能在情感上出轨了。很可能是李桃一种本能的逃避与延宕心理作祟的缘故，这一真相一直到车祸发生后才彻底曝光。这一确证和曝光，对李桃形成了极强烈的精神刺激："另一个女人，代表的是另一种生活，她们像一根根箭镞将我和我的生活击穿，哪怕她们消失，也留下了一个弥补不了的洞口。哪怕我的生活没有被摧毁，也至少被背叛过。"一种实际的情形是，在已经敏感察觉到他们的情感面临危机之后，李桃竟然没有采取任何应对的方式，而是"愿意继续维持下去，是因为她连破坏的欲望都没有"。如此一种情形的形成，很大程度上与李桃所持有的那种甚至连她自己都未能自觉到的潜隐世界观紧密相关："她改变的努力都只停留在内心的想法里，无法形成语言也只是因为她害怕了，所有的努力，他的和她的，都不过想回到他们的最初，然后呢，又重复一次爱情终将减弱、模糊、陨落的过程吗？"难道说所有的爱情都要经历由最初的萌生，到后来减弱、模糊，乃至陨落的过程吗？假若真的如此，那李桃干脆就不去努力的想法，其实也还是有一点道理的。令人不可思议的一点是，那位倍觉自己遭受伤害的周森，竟然会提出以一种和李桃一起出轨的方式来报复马纳和唐婉的荒唐建议。关键的问题是，在马纳出轨的同时，李桃自己也并没有闲着。与此相关的两个细节，一是李桃坐等情敌唐婉，当一位清瘦男子出现时的一种自由联想："她在想，他身材清瘦但结实，与他发生关系会怎样，一开始也能相互体会到新鲜刺激吧，但又如何才能说服自己这种新鲜刺激不是廉价的呢？"一位女性，能够在丈夫生死未卜，坐等情敌摊牌时产生这样的一种自由联想，所充分说明的，正是李桃个人潜意识的复杂与暧昧不明。另一个，则是那位只是偶尔被提及，一直处于"神龙见首不见尾"状态的左原。尽管作家始终没有做出明确的交代，但依据字里行间的一些蛛丝马迹来判断，这个左原，毫无疑问是李桃的地下情人。

同样处于情感和精神危局中的另一对夫妻，是车祸的制造者周森和他那位出轨的妻子唐婉。按照周森的叙述，他们之间的情感危机似乎是一下子就出现的："很奇怪，突然有一天，我们之间进行不下去了。"与此形成鲜明对照的是："在我和她没法进行之后，我妻子和你丈夫，却像干柴烈火，一天三次，有一回连续九天。"吊诡处在于，正是在发现了妻子唐婉和马纳的奸情后，周森才又重新对妻子产生了强烈的欲望。或许正因为如此，他才会对妻子的奸情做出这样的理解与评判："一般他们都说爱的。为了找个延续的借口，欺骗对方，也好欺骗自己。他们找不到其他的借口了，其实也不过是一种动物冲动罢了。"实际的情形是，正是出于被羞辱后某种不可遏制的报复冲动，周森方才一手制造了那场车祸。但对自己和马纳的出轨行为，当事人唐婉的理解，却与周森的看法大相径庭。唯其如此，她才会在面对李桃时特别强调，那是“一份难以抗拒的爱。是因为我，我能这么说吗？我也是，我遇见他，也一样”。既然彼此间有爱情，为什么不走到一起呢？对于李桃的这个问题，唐婉的回答是：“我回答过你了。他说他不想放弃婚姻。他还说，一旦出轨，就是把自己置于危险之中。”同样带有一定吊诡意味的是，在那个雨夜，马纳和唐婉在一起，原本是要讨论采取什么样的方式才能够理性地分手，没想到，就是在那个雨夜，那场为马纳蓄谋已久的车祸不期而至，“他被撞了”。

请一定注意，方晓对小说中两对夫妻之间情感迷局的设定，是非常成功的。以至于，当我试图在这里概括复述这个情感迷局的时候，都会感到言不及义的表达困难。很大程度上，无法被条分缕析地复述清楚本身，就强有力地证明着作家那样一种层层剥茧式的情感迷局叙事的成功。那么，这两对自以为曾经拥有过爱情的夫妻，到底为什么会丧失爱的能力呢？马纳和唐婉之间的感情，到底可不可以被看作是一种爱情？尽管确切的答案很可能是不存在的，但文本中的一个象征性细节却不容忽视：“她起身去书架旁，抽出那本《安娜·卡列尼娜》。如她猜测，里面是空的，只是一个徒有其表的空壳。她无声地笑起来，心中充满酸涩的快慰。”虽然说所谓的象征一般都是多义的，但在我的理解中，这一细节恐怕更多还是暗示着真正爱情的缺位。唯其缺位，才会有一种扑朔迷离情感乱象的生成。从根本上说，此种扑朔迷离情感乱象的背后，又是当下时代某种“剪不断理还乱”的精神困境。从这个角度来说，方晓的《雨夜》既是一篇情感叙事，也是一篇精神叙事的小说作品。

第二章　“审父”、张文宏以及文学关键词

与世界上其他很多民族都拥有着坚定的宗教信仰相比较，中华民族的一大特点，就是虽然谈不上什么宗教信仰，但却有着一种真正可谓是根深蒂固的祖先崇拜心理。关于这一点，在邵丽的长篇小说《金枝》（人民文学出版社2021年1月版）上部的第五节中，曾经出现过一个相应的细节：“他们彼此使用的声明是相同的：你们打吧！打掉头我都不用棒槌，只要不提我们爸妈的名字。到今天我都想不明白，小时候为啥那么怕别的小孩知道自己父母的名字。大家吵架最狠的时候，就是喊出对方父母的名字。小孩们个个对自己家长的名字讳莫如深。”对于这样一段文字的阅读，马上就勾起了我少年时期的回忆。在我的少年时期，也如同邵丽在这里所描写的那样，同伴们都特别忌讳别人知道自己父母的名字，而且也同样会把喊出对方父母的名字当作攻击对方最有效的方法之一。也因此，邵丽在这里写出的，与其说是作品中那个名叫周语同的少女一种真切人生经历，莫如说是邵丽自己一种真切的少年生存经验。或者，如此一种描写，又可以被看作是很多人少年时期的一种共同经历。为什么会如此呢？为什么大家

不约而同地忌讳别人知道并喊出父母的名字呢？以我所见，导致如此一种情形出现的根本原因，恐怕就是根深蒂固的祖先崇拜心理在潜意识中发挥作用。正因为我们崇拜祖先，把祖先看作是至高无上的一种存在，所以便不容别人知道并呼喊父母的名字（父母在这里显然已经成为祖先的某种替代者）。如果我们承认中华民族的确有着一种根深蒂固的祖先崇拜心理，那么也就应该认识到，我们这个民族较之于世界上的其他民族，也会生成一种同样牢不可破的家族观念。不是说其他民族就没有家的观念，而是说与其他那些建立在个人本位立场上的民族相比较，中华民族更多时候所恪守的，其实是一种集体，或者说是家族本位的立场。“有钱没钱，回家过年。”每一年的年头岁尾，之所以是中国，而不是其他国家，一定会出现一次规模巨大的人口大迁徙——“春运”，正是如此一种牢不可破的家庭或家族观念作祟的缘故。

事实上，正是在中国人所特有的一种牢固家庭或家族观念的基础上，中国文学史上才会出现一系列可以称之为家族小说的优秀文学作品。古代文学中，如果《金瓶梅》可以被看作是第一部有影响的家族小说，那么，随后出现的《红楼梦》就毫无疑问是家族小说的集大成之作。进入现代文学阶段之后，巴金由《家》《春》《秋》组成的激流三部曲，老舍的《四世同堂》，路翎的《财主的儿女们》，张恨水的《金粉世家》，张爱玲的《金锁记》，甚至包括曹禺的《雷雨》《北京人》（尽管是话剧形式），也都可以被归类到家族文学之中。当然，如果我们的观念和视野更开阔一些，那么，鲁迅的《狂人日记》在某种程度上也可以被理解为家族小说。到了“十七年时期”，尽管说连同文学史著作在内都已经形成了一种约定俗成的诸如“革命历史小说”

与“合作化题材小说”的理解方式，但只要我们换个角度，诸如赵树理的《三里湾》《登记》，柳青的《创业史》，周立波的《山乡巨变》，梁斌的《红旗谱》，冯德英的《苦菜花》等一些作品，甚至包括浩然的《艳阳天》《金光大道》，虽然思想艺术上的成就或有高低，但我们也不妨把它们看作家族小说。进入80年代的“新时期文学”后，或许与“文化热”所提出的文化视角有关，优秀的家族小说真正可谓一时间层出不穷。王蒙的《活动变人形》，张炜的《古船》，贾平凹的《浮躁》《秦腔》，陈忠实的《白鹿原》，路遥的《人生》《平凡的世界》，莫言的《红高粱家族》《丰乳肥臀》《蛙》，李锐的《旧址》，余华的《许三观卖血记》，毕飞宇的《平原》《玉米》等，都可以被纳入到家族小说的谱系之中。由以上简略的回顾可见，家族小说作为一种小说类型，在从古至今的文学史上真正称得上是蔚为大观，硕果累累，很可能与家的观念在国人心目中的过于牢固有关。现在，邵丽的长篇小说《金枝》也加入到了这一文学行列之中。关键的问题是，既然在此之前已经出现过海量的家族小说，那我们所主要关心的，是与此前的这些家族小说相比较，邵丽的《金枝》到底增加了哪些新的思想艺术因素。

在小说下部的第十三节，已经拥有了作家身份的林树苗，曾经围绕自己的小说创作，与周鹏程的媳妇胡楠之间发生过一次饶有趣味的对话。胡楠说：“我看你写的小说里，有这个家族的影子。你是想全方位探索这个家庭吗？”面对胡楠的提问，林树苗给出的回应是：“全方位？我的天！这个家庭的复杂程度，我们是无法想象的，我觉得没有任何人可以全方位地描述。但是，我怀念我的姥爷，我真是想多写写他。其实讲真的，把他写出来了，也就基本上说清楚了这个家族。他留给这个家族的是一个背影，在每一个家族成员眼里都是不同的人设。我妈妈、鹏程的妈妈，包括我的舅舅们，甚至周家的这些亲戚，他们每个人叙述的我姥爷都不一样。我想了解姥爷的过去和现在，然后将这些故事写出来，我想用这种方式表达对姥爷的纪念。”虽然作者巧妙地借助人物之间的对话谈论林树苗的小说创作，但明眼人马上就可以意识到，胡楠和林树苗所具体谈论的这个以林树苗姥爷为核心人物的小说作品，其实正是邵丽的长篇小说《金枝》。在一部虚构的长篇小说中，由相关人物出面谈论这部长篇小说的创作理念与过程，正是西方现代小说理论中的所谓“元小说”手法。行文至此，一个不容回避的问题是，林树苗到底会以怎样的一种方式展开对以姥爷为核心人物的这个家族故事的想象呢？如果我们在某种程度上可以把《金枝》视为林树苗的一种家族故事完成品，那么，一个耐人寻味的现象是，第一人称叙述者“我”的身份错位。依照某种不成文的惯例，在一部小说作品中，身兼第一人称叙述者功能的“我”，往往会是写作者的化身。但在《金枝》中，第一人称叙述者“我”却被设定为林树苗的母亲周语同。既然林树苗在小说中不仅以作家的身份出现，还寻找各种机会大肆谈论自己意欲写作完成的家族故事作品，那作者为什么不干脆把林树苗设定为第一人称叙述者呢？因之，另外一个随之而出的问题就是，假如文本中的若干人物身上会有作家自己的影子，那么，这个人物到底是周语同，还是林树苗？又或者，两个女性人物身上都不同程度地晃动着邵丽的身影？尽管肯定或者否定的答案我们都无法给出，但对这一问题的关注和思考，绝对有助于我们更加深入地理解邵丽的《金枝》这部长篇小说。

既然是一部以林树苗的姥爷为核心人物的长篇小说，为什么又会被命名为《金枝》呢？这里的一个关键问题就是，除了林树苗的姥爷周启明之外，活跃于文本中的其他人物，可以说差不多全都是清一色的女性。在汉语中，我们一般都会把金枝和玉叶连在一起合用，意指那些出身高贵的女性。邵丽在这里虽然单用“金枝”一词，但借此而喻指小说中的一众女性人物，却是无可置疑的一种文本事实。然而，在具体展开对这部作品的分析之前，我们首先应该对小说的叙事方式有所讨论。《金枝》共分为上下两部，各以八节的篇幅平分秋色。虽然不是那么绝对，但约略来说，上下部之间的分界线，是周语同父亲周启明的死亡。上部主要讲述周启明生前的家族故事，下部则集中聚焦于周启明去世后家族后代的故事。也因此，如果说《金枝》所集中讲述的乃是上周村周氏家族前后三代人的故事，那作为中间一代的周语同所承担的，就毫无疑问是三代人之间某种承上启下的重要扭结作用。正如同小说中所描写的那样，倘若没有她这样一个有着强烈家族荣誉感的关键性人物存在，来自于上周村的周氏家族就极有可能是一盘散沙。从这个角度来说，把周语同设定为视角性的第一人称叙述者，自然有着充分的理由。需要提出来加以讨论的一个问题是，邵丽在《金枝》中并没有让周语同的第一人称叙述贯穿文本始终。细细数来，全书的十六节中，第二、九、十、十二、十三、十四、十五这七节，明显溢出了第一人称叙事统摄的范围，采用了非限制性的类似于上帝式的全知视角展开叙事。如此这般，不仅一边是九，一边是七，而且上部基本上是第一人称叙事，下部更多地采用第三人称的全知叙事，倒也还算做到了相对的平衡。一方面，我们应该承认每一位作家都拥有选择叙事方式的权利，但另一方面，我又必须坦言，在阅读《金枝》的过程中，留下更深刻印象的其实是周语同以第一人称展开叙事的那部分。虽然在一部长篇小说文本中采用多种叙事方式，在当下时代的写作实践中已经是一个普遍的事实，但我却不无固执地认为，具体到邵丽的这部《金枝》，如果作家能够克服明显存在的叙事难度，以周语同的第一人称叙事方式来统摄全篇，那么，小说所最终获致的思想艺术效果可能会更加突出。这里，是不是存在着某种叙事上的避难就易问题，也未可知。总之，我的真实阅读感觉就是如此，或许与下部的叙事聚焦过于分散，作家同时要兼顾交代第三代中的林树苗、周河开、周雁来、周鹏程、周天牧等的故事有关，与艺术书写更为成功的上部相比较，下部多多少少显得有些差强人意。

正如同林树苗所宣称的将会把姥爷周启明设定为整个家族故事中的核心人物那样，读完《金枝》后，给读者留下印象最为深刻者，恐怕同样是周启明这个人物形象。尤其值得注意的一点是，作家的“审父”意图，正是凭借着女儿周语同眼中的周启明形象得以最终完成。年仅十五岁的少年周启明，之所以要执意离家出走，乃是为了反抗奶奶给他包办婚姻。因为心里不满意，周启明甚至坚决拒绝以新郎的身份去接新娘穗子过门。奶奶万般无奈之下，只好让自家收留的养孙周庆凡代替周启明前去迎亲。尽管周启明按照奶奶的吩咐，非常勉强地和穗子拜了堂，但拜完堂，他才发现奶奶说话并不算数，“哪里是磕几个头就了的事儿？他被她关在新房里锁了半个月，酒肉饭菜都是用托盘从窗口送进去的”。被莫名其妙地关起来还不算，要命的是，就在这半个月期间，他竟然稀里糊涂地和穗子成就了一番好事。如此一种

“成就”的最终结果，就是女儿周拴妮的出生。当然，等周拴妮出生的时候，生父周启明早已“逃之夭夭”了。一方面出于对婚姻的恐惧，另一方面又怕回到县城的学校后遭到同学的耻笑，十五岁的少年周启明便离家出走，去找爷爷周同尧了。由于离家出走参加革命之后打开了眼界，接受了现代的生活理念，结识后来的妻子朱珠之前，周启明就写信给奶奶，主动提出要和当年包办婚姻的妻子穗子离婚。面对孙子的离婚要求，已经守了一辈子活寡的奶奶万般无奈之下，只好规劝孙媳妇穗子面对残酷现实，不要重蹈自己的覆辙，早日另找人家改嫁。没想到穗子竟是个死心眼的从一而终者：“穗子说，死我也不会走！我是周家八抬大轿抬来的，生是这家的人，死是这家的鬼！我死了也要跟奶奶一样，埋在周家坟院里，埋在你们的脚头。周启明死了，也得拉回来跟我合葬！”正因为穗子的意志如此坚定，所以最后尽管办了离婚文书，她却仍然坚持离婚不离家。这样一来，依照传统的习俗，“在上周村，穗子还是周启明的媳妇”。虽然穗子留在周家是自己心甘情愿的一种选择，但明明曾经有过丈夫，到最后却被丈夫活生生抛却这一残酷事实，使得穗子的心态在不经意之间被扭曲了。这一点，尤其是在周家祖母去世以后表现得特别明显：“祖母在丈夫就在，她是祖母做主娶回来的，与其说她是嫁给了丈夫，还不如说是嫁给了祖母——只有祖母能确定她的身份。祖母便是她人生的戏台，戏台塌了，她再也演不成个角儿。她任着自己的性子过活，在愈积愈多的怨恨里，一日日地刁蛮起来。”此后，穗子的一系列表现，都强有力地证明着她被扭曲的人性。比如，她不仅坚持要把自己唯一的女儿命名为拴妮子，还悍然剥夺了她读书接受教育的权利：“穗子不让拴妮子上学，她觉得读书会使人学坏，会跑出去不回来。周家三代媳妇都守寡，还不是跟她们的男人读书有关系。”尽管我们无论如何不能说穗子婚姻悲剧的酿成与周启明的读书无关，但简单地把这一切都归咎于读书，其实是没有多少道理的。很多时候，大约也只有如同穗子这样的没有见识者才会以如此一种逻辑去思考问题。更关键的问题是，自打祖母去世，失去可以依傍的精神靠山后，心态严重失衡的穗子干脆变成了一个可怕的怨妇：“穗子则彻底变成了一个怨妇，整天骂天骂地，好像谁都欠着她似的。她的生命空间也越来越小，满世界只有自己的女儿拴妮子了，她是她活着的理由。”令人难以理解之处在于，一方面，女儿拴妮子固然是她的救命稻草，但在另一方面，日常生活中，她却又在令人难以置信地折磨着拴妮子：“可拴妮子并没少挨娘的打骂，她常常把拴妮子身上掐得紫一块青一块的。她责骂她，为什么你不托生个儿呢？然后又搂着她哭，说，苦命的儿啊！”拼命地虐待唯一的女儿拴妮子倒也还罢了，更加变态的一点是，虽然在素日里她会把周启明骂个半死，然而，诚所谓“一物降一物”，一旦周启明真的回到上周村的时候，她却又会变得特别安静：“穗子倒也奇怪，整天价骂天骂地、千刀万剐地诅咒的人回来了，她却匆忙地躲到自己的屋里，不哭不闹，也不让拴妮子去跟他闹。”将以上这些相关的细节整合在一起，我们就会发现，虽然着墨不多，但穗子这样一个精神内涵特别丰富的女性形象已经生动活泼地跃然纸上了。单从人物形象刻画塑造的角度来说，穗子这一女性形象，既可以让我们联想到张爱玲《金锁记》里的曹七巧，也可以让我们联想到王蒙《活动变人形》里的静珍，以及铁凝《玫瑰门》里的司漪纹，这样几位现当代文学中经典的女性形象。

如果说整个人类在2020年与新冠病毒的猝然相逢是一场毫无征兆的“遭遇战”，那么，程小莹的长篇非虚构文学作品《张文宏医生》（载《收获》长篇专号2020年冬卷）的写作，也肯定带有某种突出的“遭遇战”性质。虽然只是一种猜测，但我想，如果没有新冠疫情不期然间的突然暴发，作家程小莹很可能也如同笔者一样，不要说对张文宏医生有更进一步的深入了解，恐怕连上海存在着这么一位优秀的医生都未必知道。尽管我们都不希望会有新冠疫情发生，但一个毋庸置疑的事实却是，假若没有新冠疫情，而且还是发生在互联网时代的新冠疫情，那么，绝大多数中国人都不可能知道张文宏医生的存在。同样的道理，在作家程小莹原来的写作计划中，大约也不会有《张文宏医生》。依照一种常规逻辑，肯定是先有了张文宏医生在这次新冠疫情中的突出表现，也才会有程小莹这部建立在深度田野调查基础上的长篇非虚构文学作品的产生。

但请注意，虽然被命名为《张文宏医生》，但这部长篇非虚构文学作品并不是张文宏医生一种完整意义上的个人传记。在其中，虽然也涉及了张文宏医生的身世，但处理得特别简单。作家的书写重心，实际上还是落脚到了抗击新冠疫情期间的张文宏医生身上。也因此，与其说是张文宏传，莫如说是新冠疫情期间张文宏的素描更为准确。在很多人的心目中，既然是抗击新冠疫情期间才涌现出来的一位优秀医生，那张文宏应该被书写成一个英雄，但实际上，出现于程小莹笔端的张文宏，也不过是一位有温度、有仁心又特别恪尽职守的普通医生。在其人生的成长历程中，张文宏也曾经有过犹豫彷徨的时候。这一点突出地表现在20世纪90年代的时候：“90年代的物质主义，社会奢靡之风，世纪末情绪，构成那个年代青年的无尽告白。2001年前后，三十岁出头的张文宏也想过——改行吧。他找到翁心华，提出辞职。”值此关键时刻，出面阻止了张文宏的就是他的恩师翁心华：“翁老师对我说，很多事情，你只要熬过最艰苦的时候，以后总会慢慢好起来的。我觉得他讲得挺对。”毫无疑问，如果不是翁心华的适时阻止，世界上就极有可能多了一个平庸的经商者，少了一个优秀的医生。同样的道理，到了2003年的时候，面对着一次很好的出国做博士后工作的机会，尤其是面对着一年三万五千美金的优厚待遇，张文宏再一次心动。当是时也，出面劝阻张文宏的，还是恩师翁心华。事实上，正是因为有了艰难困境中的一再坚持，才有了张文宏后来的美丽绽放。因为坚持下来的张文宏在各方面都有着突出表现，所以，2010年时张文宏才会在一次民意测验中，以全票的方式被推举为上海华山医院新一任感染科主任。而华山医院的感染科，在中国的感染学科中有着举足轻重的地位。一个不容否认的客观事实是：“如今，它连续九年蝉联中国医院最佳专科声誉（感染与传染专科）排行榜第一名。”很显然，正因为张文宏曾经长期担任华山医院感染科主任这一要职，所以2020年新冠疫情暴发之后，他才会临危受命，顺理成章地被任命为上海新冠肺炎临床救治专家组组长。

虽然武汉疫情大暴发的时候，张文宏也曾经主动请缨，要求前往武汉一线参与救治工作，但上海新冠肺炎临床救治专家组组长这一特殊身份决定了他只能留守上海，以便更好地统筹全局。正因为他不曾前往武汉，后来才会被一些人质疑：既然连武汉都没有到过，那怎么还能够称得上是抗疫英雄呢？实际的情形是，面对着抗疫英雄这一称号，张文宏的态度一直是敬谢不敏。张文宏说："我就是要告诉你，我不是英雄。我只是一个普通医生，还是一个很焦虑的、专门看感染病的医生。传染病大暴发的时候，这个医生特别焦虑，哪有空去做英雄。"焦虑，是的，正是"焦虑"这两个字构成了身为普通医生的张文宏的第一个精神特征。我们注意到，不论是在接受采访的时候，还是在发表演讲的时候，张文宏不仅多次提及"焦虑"一词，而且把它视为医生的一种标志性特征。唯其如此，在谈到自己的工作性质的时候，张文宏才会反复强调："我追逐后获得的是什么？获得的是你的健康。一旦我的追求失败，导致的结果是什么？可能是一个生命的逝去。所以每一位负责任的医生在看病时，他的内心都在非常焦虑地追逐生病的源头。""医生这个职业并不伟大，只不过是一群焦虑的人聚在一起做一些焦虑的事。"虽然普通人不太了解，但在张文宏这样的医生眼里，人类的历史就是一部一直被欺负的人类疫情史。从传染病的角度来说，尽管我们早在2003年就取得了对非典的治愈，但这并不能保证不会再有疫情发生。果然，仅仅是十七个年头之后，就有了新冠肺炎的发生："所幸，2020年的中国已经有了应对的能力。焦虑的张文宏，也许看到了希望，因为那时候他便说：'哪怕传染性疾病再度出现，充足的防护设备也能给予医护人员应对与抢救的机会。'"

焦虑之外，张文宏特别强调的另外一点，就是对常识的尊重。说实在话，尽管已经与新冠病毒相伴长达一年的时间，但身为科盲或者说医盲的我，对于新冠肺炎的病理以及如何有效预防新冠肺炎，才有了一些初步的了解，知道了常识以及对常识的尊重有多么重要。在张文宏看来，"新冠不仅完全可以预防，而且预防方式简单：保持社交距离、洗手、戴口罩"。"'我没有看到哪个人这三点都做得特别好，还被感染的。’张文宏给人一颗基本常识的定心丸。你再听不懂，听不进，你连幼稚园的小朋友都不如。”常识是什么？在张文宏看来，常识就是关于新冠肺炎这样一些传染性疾病的基本原理及预防的可能：“世上最神奇的，不是传说中的神乎其神之物，而是常识。最令人感动的，也是常识。”关键的问题是，在很多时候，我们的实际选择往往会背离常识，视常识为无物。很多时候，生活中悲剧的最终酿成，正是因为不尊重常识。因此，作家才会联系新冠疫情做出这样的一种描述与评价：“说点大的，大至全世界——每个国家采取的防疫措施都是合理的，都做得非常好，中国只是采取了最适合我们的方式。张文宏此说法，有别于通常的‘我们可以被人抄作业’。低调得太多。心态不同，张文宏表达的是对常识和科学的态度。”当然，与张文宏的特别强调常识相匹配的，是他那平白如话的讲话风格。若非如此，我们也很难想象为什么是他而不是别人在这次新冠疫情期间成为了公众所追逐的“网红”。

还有一点不容忽视的，就是张文宏身上所充分体现的职业精神。在这部长篇非虚构文学作品中，程小莹曾经援引很多个事例，比如无论如何都拒收红包，在解脱病人痛苦的同时，也尽可能地给予他们必要的经济支持，总是兢兢业业不摆名医架子地去查房问诊等，来证明张文宏身上的“仁心”所在：“什么叫‘仁心’——这是尊重每一个生命，既不俯视，也非仰视，以真诚的心态，平视世间万物。”这些并不是所有医生都能做到的事情，可到了张文宏这里就是一句话：“这些都是医者本分罢了。”也因此，尽管张文宏无论如何都称得上是医术精湛，但他更看重的，是一种完全可以被看作是“医者本分”的人道精神：“‘我将记牢尽管医学是一门（严谨的）科学，但是医生本人对病人的爱心、同情心及理解有时比外科的手术刀和药物还重要。’此语出自希波克拉底誓言，每个医学生读书辰光便奉为圣言。对张文宏而言，这一誓言贯穿于他每一次问诊，及至整个职业生涯。”很大程度上，也正是因为充分地认识到了如此一种敬畏生命的伦理与职业精神的重要性，程小莹才会情不自禁地将张文宏这样的优秀医生和作家相比较：“张文宏是临床医生，也是一个‘热眼看世界’的人，他说过，他对每个疑难病例，都会在心里‘盘’。有许多时候，他便是这样在‘盘算’——思想。语言会变少，思想就出来了。这是他的原话，也是他的经验之谈。经验是需要反复思考来夯实的。所以，他对于如何走出狭小的生命体验这样的课题，不会太焦虑。令其焦虑的是，作为医生职业的‘临床’——面对生死在自己手中翻云覆雨之间，一双热眼——对生命价值的肯定和珍视。一个作家与一个医生不谋而合。”以一种格外严谨认真的态度面对每一个病人，尤其是特别珍视生命的价值，这便是张文宏医生身上所凸显出的职业精神。

就这样，从从医者一种普遍的焦虑情绪的表达，到对常识即科学的足够理解与尊重，再到特别珍视生命价值的职业精神，拥有以上三方面内涵的张文宏，也就是一位普通的医生而已。但就是如此一位普通医生，却在2020年的新冠疫情期间，成为了数以万计的医生群体中的杰出代表。正所谓“看似寻常实奇崛”，尽管说恪尽职守看似寻常，然而，你一旦真正做到了恪尽职守，也就不复为一位普通的医生了。张文宏医生所带给我们的启迪，大约就在这里。其实，尽管程小莹的这部长篇非虚构文学作品被命名为《张文宏医生》，尽管张文宏也的确是文本中最见神采的一位人物形象，但在张文宏之外，我们也应该注意到，作家也还倾尽心力地描摹刻画了其他上海医生的群像。比如，从戴自英，到翁心华，再到张文宏的华山医院感染科三代人的传承，比如，作为张文宏同道的华山医院感染科的其他医护人员，张继明、毛日成、徐斌、陈澍、孙峰等，所有这些人，都给读者留下了深刻的印象。从根本上说，2020年的这一场抗疫工作，绝不是张文宏单打独斗可以完成的。从武汉到上海，新冠疫情最终被控制，所依托的正是张文宏医生和他所率领的团队，以及全国各地所有的医务工作者。是他们所有人的努力叠加在一起，才最终构筑成为一道抗击新冠疫情的钢铁长城。从这个意义上说，作家程小莹其实也是在为其他的上海医生立传。

作家马举的长篇小说《孽缘》（三晋出版社2020年6月版）是一部聚焦20世纪80年代拐卖妇女现象的罪案社会小说。作者以木佛县公安局展开的“打击拐卖妇女儿童专项行动”为切入点，对艳霞、翠芳和春梅三个如花少女被拐卖前后的遭遇进行了具体形象的文学书写。三个女性形象的苦难经历，某种程度上也可以被看作是当时绝大部分被拐卖妇女不幸遭际的浓缩。以红婶为首的犯罪分子最终归案服法，标志着这次行动的顺利完结。关键的问题是，“打拐”行动可以取得成功，但被拐卖妇女的人生却无法重来。《孽缘》与其他“打拐”小说的不同之处在于，作者既没有过多地强调“打拐”的艰辛与不易，也没有过分地谴责人贩子的丑恶与无耻，而是把更多的笔墨放在了被拐卖妇女身上，对她们的命运沉浮进行了足够深入的思考与书写。如此一种艺术构想，不仅让整部小说在叙事层面上更加灵活自如，也让小说的思想主题跳脱出传统罪案小说那非黑即白式的二元对立思维窠臼，给读者留下无尽的想象空间。

小说《孽缘》的一大引人注目处，突出地体现在作者把被拐卖妇女与购买者之间那种强行结合的非情、非理、非法的关系表述为一种缘。“缘”乃佛家用语，喻指命运纠缠的丝线。日常生活中，人们通常会把自己无法解释，却又实实在在发生了的事情说成是一种缘，也会把人与人之间无法人为控制的聚散离合用缘分加以形容。佛家所谓一切皆是缘，是建立在人与人之间平等的精神基础之上。当我们提到缘的时候，其实更多地包含着一种善念在里头。拐卖妇女作为一种严重的犯罪行为，原本是天下人所深恶痛绝的，绝不会有人把她们的不幸遭遇用缘来进行描述。但作家马举却从一种人道主义的理念出发，以人性逻辑战胜道德逻辑，把这种关系也称之为一种缘，只是，这样的一种缘，只能够被看作是一种孽缘。很大程度上，我们只有从这样一个角度出发，才能够不单纯地以所谓法律、道德的标准来衡量、理解小说中的人物和事件。因为佛教所强调的缘，往往与其生死轮回观念紧密相关，所以在马举的《孽缘》中，也有着一种超越性的对生命本源的形而上思考。

人物形象的刻画与塑造，也是长篇小说《孽缘》艺术成就的一个方面。这一方面，最不容忽视的一个人物形象就是木佛县那位拐卖妇女的主谋红婶。虽然是一名犯罪分子，红婶却也原本是吃斋念佛之人。她之所以没有能够抵挡住金钱的诱惑而走上犯罪道路，主要是因为法律知识匮乏以及自我控制能力薄弱。然而，红婶同时又是一个奇怪的罪犯。之所以这么说，是因为如果按照常理，面对这样一位犯罪分子，不论是执法者，还是老百姓，都应对其恨之入骨，希望她能够迅速归案，得到相应的法律制裁。但是红婶的情形却恰恰相反，她不但可以大摇大摆地行走于木佛县的大街小巷，而且有着广泛的人脉和稳固的群众基础：“上至某些领导，下到街上的百姓，都保护她，维护她。”这就不能不让人心生好奇了。原来，面对拐卖妇女这一恶行，红婶自己却有着一套自洽的逻辑。当公安局的窦副局长斥责她买卖妇女，伤天害理，为了成全一些光棍汉而毁害了无数无辜家庭的时候，她却理直气壮地认为自己是在“积德行善”：“女人总是要嫁人的，她们有了孩子适应下来就好了。我这是为山里人做好事，凡事哪有十全十美的！”除此之外，按照小说中的描述，红婶还是个热心肠的人，经常对左邻右舍责无旁贷地施以援手。面对大家的困难，她总是该动用关系就动用关系，该垫钱就垫钱，“在乡邻们的眼中，她是个热心、大方的女中豪杰”。一方面，我们当然不会承认红婶的这套逻辑是正确的，但在另一方面，我们又不能忽视红婶对木佛县石佛镇无数无望的家庭所做出的“贡献”。对那些生活在封闭、落后的大山深处的老百姓来说，他们也许从来不曾走出过大山，更不用说接受现代化的先进教育了。在他们眼里，祖祖辈辈流传下来的“不孝有三，无后为大”，就是他们生活的座右铭。没有儿子，不能传宗接代甚至成了他们的奇耻大辱。也正因为如此，红婶的犯罪行为才不但不令他们憎恨，反而得到了他们的认同与拥护。但不管怎么说，对红婶这样一位身犯重罪的人物进行“善”的书写，无疑是在“戴着镣铐跳舞”，是一件非常困难的事情。但作者马举却巧妙地把对红婶的评价权利交给了小说中的那些“买主”，借他们之口，把一个客观的，而不是作者主观判断的红婶形象展示给了广大读者。这样一来，法律审判台上的红婶，与石佛镇众多百姓心目中的红婶，自然也就形成了鲜明的对比。一个人性相对复杂的人物形象，就凭此跃然纸上。

最后，必须提及的是，面对着艳霞、翠芳、春梅三个被拐卖花季少女的悲惨遭遇，作者提出了生命的诘问：“被拐卖妇女在万恶的人贩子编织的一张罪恶的网里沉浮，无论是不是被解救，在这张网里结下的孽缘都会给她们留下一生的痛苦，她们永远无法真正地脱离苦海。”对大多数被拐卖的妇女来说，无数次的反抗、逃跑与无休止地承受折磨是她们的必经之路，只不过有的如小说中的艳霞一样，在反抗、逃跑、解救都无望，又无法接受生活现实的情况下，最终选择结束自己的生命；有的如翠芳，历经波折后遇到好人家，在没有其他选择可能的情况下，“自觉”接受命运的安排；有的如春梅，被幸运地解救，开启人生一段新的历程。但无论是其中的哪一种，都会令人心生无限的哀婉与叹息。“人最宝贵的就是生命，生命对每个人来说只有一次”，面对这仅有一次的生命，她们甚至还来不及思考，就已经彻底葬送在了人贩子手里。更悲惨的是，她们在被拐卖后，大都成为了“购买者”传宗接代的工具，被迫在鞭笞与屈辱中生儿育女。而这些无辜的生命，宛如钉在她们生命耻辱柱上的标记，永远无法被抹去。艳霞虽然纵身一跃，结束了自己的生命，她也许认为这样就可以一了百了，为自己短暂而不堪的生命历程画上永远的句号，但事实上她的儿子石头还在，她的屈辱也并未结束。相对来说，春梅算是比较幸运的了，在被成功解救后，不仅继续完成了自己的学业，还找到了心仪的工作，组成了一个幸福美满的家庭。但历史是无法洗刷的，曾经的儿子旺财的突然出现，还是打破了她生活的平静，尽管由于自己的精心安排，暂时没有露出什么蛛丝马迹，但她心里却“再也没有踏实过，心一直高高地悬着”。毕竟，那是一个活生生的生命，旺财犹如她生活中的一颗定时炸弹，随时都有可能被引爆。况且，即使没有旺财的存在，只要是一个正常人，谁又能在内心中彻底埋葬自己的过往经历呢？即使像翠芳那样，不仅貌似心甘情愿地“接受”了现实，而且还做起了村里的妇女主任，但我们又怎么能够忽视她内心深处的无奈与绝望呢？与那些动辄就对买来的媳妇拳打脚踢的光棍相比较，老闷的确算得上是一个好男人。他不仅不强迫翠芳，而且当村民们在“五婶”的带领下，打着除妖的幌子欺负翠芳时，还以死相拼，极力保护翠芳，甚至还曾经主动放走过翠芳。但是请注意，翠芳的最终留下，也并不是因为她真正地喜欢上了老闷，喜欢上了这种生活。她只是清楚地知道，自己即使能够逃离出去，最终也是无路可走。不论是回家，还是隐姓埋名重新生活，都无法抹去她曾经的屈辱经历，她可以欺骗别人，却无法欺骗自己。留下来，既是她没有选择的选择，也是她对自己残缺不全生命的最好慰藉。

由以上分析可见，《孽缘》既是一场“打拐”行动的赞歌，也是一曲被拐卖妇女的生命悲歌。无论如何，《孽缘》都应该被看作是一部聚焦拐卖妇女现象的优秀罪案社会小说。

接下来，我们所面对的，就是作家张炜一部长达二十五万字的文学讲稿《文学：八个关键词》（广西师范大学出版社2021年1月版）。这部讲稿，是由湖北作协和位于武汉的华中科技大学中文系联合设立的“春讲”和“秋讲”的具体成果之一。虽然由于各种原因的制约影响，这一曾经持续了一段时间的文学活动，似乎已经“无疾而终”，但当年的繁盛情景，至今想来仍然让人眼花缭乱，心生羡慕。贾平凹、王安忆、余华、阿来、刘震云、苏童、毕飞宇等一众中国当代的一流作家，甚至包括诺奖得主法国作家克莱齐奥，都曾经参与其中，纷纷云集江城，为华科大的莘莘学子和社会公众提供了一道道文学的盛宴。这其中，自然也少不了名作《古船》《九月寓言》的作者，山东作家张炜。其他作家的情形我不知道，但张炜，仅仅是前后一个月的“秋讲”时间，就最终生成如此一部长达二十五万字的文学讲稿，真的令人非常感佩。关于这一次“秋讲”的情形，张炜自己在“附记”中写道：“本次授课始于2019年10月初，结于11月初。1月匆匆而过，充实愉快。火热的脸庞，满街的花香，绿山和东湖，更有美食梧桐语，变为一帧帧永不褪色的彩图存于心头。”[①]尽管我们并不知道，张炜这长达一个月的授课，是提前就准备了讲稿，还是纯粹的现场即兴（从张炜自己在“附记”中隐隐约约的说法来判断，似乎后者的可能性更大一些），但无论如何，能够在如此之短的时间内，讲述如此丰富广博的内容，的确是非常不容易的一件事情。也因此，即使已经时过境迁，我还是要说一句，当时的那些听众有福了。

说实在话，在阅读这部文学讲稿之前，我只知道张炜是中国当代文坛一位优秀的小说家和散文家（断言他是散文家，仅凭《融入野地》一篇文章便足矣），这次阅读完，我才确切认识到，张炜也是一位知识广博的学者。在这部讲稿中，作家曾经以一种敬

① 张炜：《附记》，见《文学：八个关键词》，广西师范大学出版社2021年1月版，第373页。

佩的态度来谈论古代的苏东坡：“最让人惊讶的还不是身体的流浪，而是精神的远游。他可以终日偃坐，不停地阅读。少有比他读书更多的人，从诗文中可见，他对经史子集的熟悉程度、记忆之深刻，真正达到了信手拈来的地步。典籍在他手中的活化转用处处闪现，以至于同代注解者个个为难，认为要诠释他简直是不可能的。”“这样一个人在阅读上如此死磕，结果也就可想而知了。他的精神远游被标记下来，以诗，以文，以长卷，以短章，这就是我们今天看到的《苏东坡全集》。”毫无疑问，在张炜看来，苏东坡之所以能够在文学创作上取得那么大的成就，与他那广泛的阅读有着紧密的关联。关键在于，张炜的如此说法，其实有着明显的“夫子自道”意味。只有在读过这部关于文学八个关键词的讲稿之后，我们才可以了解到，张炜自己的日常阅读，也正如苏东坡一样丰富广博。那么多古今中外的经典作品，在张炜这里，简直如数家珍一般，信手拈来。这很大程度上也回答了一个问题，张炜之所以能够成为一名优秀作家，除了某种与生俱来的文学天赋之外，也与他足称丰富广博的各类阅读（绝不仅仅只是文学阅读）有着不容剥离的紧密关系。很大程度上，张炜的如此一种情形，再一次证明了“熟读唐诗三百首，不会作诗也会吟”的一种根本道理。

在这部命名为《文学：八个关键词》的讲稿中，张炜主要选取了童年、动物、荒野、海洋、流浪、地域、恐惧以及困境等八个关键词，来展开他对于文学的理解和认识。既有文学史家的宽广视野，也有理论家的理性高度，虽不能说字字珠玑，但从整体上看，真正可谓是处处闪现着作家关于文学的各种真知灼见，启示多多。或许与作家需要讨论的话题过多有关，其中也偶尔会有因其不慎而“马失前蹄”的时候。比如，第七讲《恐惧》中，作家曾经专门用两段话语提及蒲松龄的《聊斋志异》并加以分析讨论：“这里讲一下《聊斋志异》，这是我们中国的原产。书中有很多毛骨悚然的故事，读来有时会引起生理上的不适。我很难忘记年轻时候读它们的感受，不仅是害怕，更有厌恶，有难以忍受的感觉，这是我读西方‘恐惧’文学时所没有的，即使哥特式小说也没有。一些篇章如《画皮》《喷水》《蛇癖》《尸变》《抽肠》《诸城某甲》，看了以后确实会产生生理上的不适。这种阅读感受好像只有《聊斋志异》才会引发，只有某些‘恐惧’文学才有，可见在文学中表达‘恐惧’还不太一样，这显示出文化的差别。”“《聊斋志异》是一部形式上很通俗的民间文学，它把大量民间传说不修边幅、泥沙俱下的内容收进来。如果将其视作中国的哥特式小说也未尝不可，但是一经对比就会发现，它迥异于哥特小说，不仅美学品质不太接近，恐怖的性质也大有异处。它和哥特小说之间不存在任何相互影响的关系，完全产生于本土。可见恐惧作为一种精神基因，一方面属于全人类，另一方面也会在不同的群体中表现出独异的个性特征。”首先，我们必须肯定，在把蒲松龄的《聊斋志异》定位为一部旨在表现“恐惧”的文学作品的同时，张炜已经敏锐地注意到了它与世界上其他表现“恐惧”作品，比如西方哥特小说之间的明显不同。然而，关键的问题在于，同样都是在表现“恐惧”，《聊斋志异》与哥特小说究竟在“美学品质”与“恐怖品质”方面有什么差异。遗憾之处在于，就在我们试图进一步聆听张炜深度分析的时候，他却戛然而止了。如此一种知其然而不知其所以然的未能真正深入下去的探讨，当然应该被看作是张炜这部文学讲稿不应有的瑕疵。

正所谓瑕不掩瑜，与这不应有的瑕疵相比较，张炜这部文学讲稿中更多的，却是作家高屋建瓴的卓异见解。其中非常重要的一个方面，就是对一些经典名作别开生面、极富洞见的分析解读。比如，他从海洋的书写角度出发，对马尔克斯《霍乱时期的爱情》的一种理解："《霍乱时期的爱情》里面写男主角一生的单相思：一辈子都以各种方法接近女主角，最后却在最尴尬的时刻才走到一起。他们年轻的时候无法结合，已经衰老得不再适合结婚的时候，却在一艘船上重燃爱情。他们乘坐的游船插上了霍乱的旗子，结果也就无法靠岸，只好来来回回地行驶在航道上。最后女主人公问：'这要走到什么时候？'男主人公回答：'生命的尽头。'这个精彩的故事让人感受了西方文学的大传统：整部书里最大的角色其实是海洋。它写了主人公在船舱、在灯塔、在水浪下的缠绵，写了一位传奇般的船长，写了奇妙的海外旅行，总之所有故事都和大海有关。那位神奇的远洋船长每当归来，驶入海港时都会拉响汽笛：用两声慵懒的长笛通知妻子，用两声急促的短笛通知情人。"恕我孤陋寡闻，在此之前没有见过有研究者从海洋的角度，联系西方的海洋文学传统，干脆把海洋作为小说的主人公，来分析马尔克斯的名作《霍乱时期的爱情》。就此而言，张炜的这种独到理解，的确给我们打开了一条特别的理解路径。关键在于，张炜的精彩之处并未到此为止，更值得注意的还在于他的某种与海洋文学紧密相关的文学史洞见。"文学是生活的表现，所以从世界文学版图来看，中国的海洋文学可能是最不发达的文字类别之一。在人文地理方面跟西方对比一下，可以清楚地发现中国古代都城大多建在西部和中部，比如秦岭一线、中原地区。北京和南京在古代给人的感觉也属于内陆深处。正统文化的中心离大海很远，大多数人对海没有概念，对‘大水’有些惧怕，并认为这里是贫瘠浅薄的边缘，并非‘皇天后土’。由此形成的文化性格里也缺少水的元素，它顶多是作为一种补充而存在。例如齐文化就是一种海洋文化、商业和冒险的文化，在整个文化版图之中，始终作为一种边缘的部分存在。秦始皇和汉武帝也向往大海，都派人去海上冒险，寻找长生不老药。但这都是国家安定之后才有的行为，与水性格或海洋文化没有多大关系，只是为了一种很现实的眼前利益才向往海洋。”这里的要害处在于，第一，张炜一方面指出了中国的海洋文学与西方相比实在不够发达这一客观事实，第二，形成如此一种状况的主要原因，与中国的政治文化中心更多地地处内陆深处紧密相关，第三，即使是如同齐文化这样的一种海洋文化，也都因为其内在现实功利性而丧失了真正的海洋文化品性。如此一种鞭辟入里的分析，的确能够令人倍觉醍醐灌顶。在此基础上，张炜更对中国文学的内敛性格生发出了一种足够清醒的自省式深入认识：“文学是承载和传承文化最重要的方式。中国文学的海洋意识是比较欠缺的。整体来看，中国文化作为农耕文化的载体，它所呈现的还是一种封闭的性格，这是相对于西方的文学性格来说的。尽管一个族群的文学会有显著的个体差异，但总体性格还是向内收缩的。”首先，无论如何，我们都得承认张炜以上分析的合理性，但与此同时，另外一个随之而出的问题就是，假若我们承认截至目前中国文学的性格仍然是内敛的，仍然严重缺乏海洋文化的精神内涵，那么，一个迫在眉睫的问题是，采取怎样一种积极有效的手段，才能够使我们很好地克服短板，使中国当代文学不仅更为完善，也拥有更为开阔的文化视野与文化胸襟。

但其实，在关于《文学：八个关键词》的阅读过程中，除了关于具体文学作品和文学史的真知灼见之外，我们还能从中明显看出张炜作为一位优秀小说家的若干鲜明个性。比如，他对道德理想的不懈坚持。这一点，集中体现在他对于《金瓶梅》不容置疑的否定性评价上。我们注意到，在这部文学论稿中，张炜曾经不止一次地用不屑的语词来谈论《金瓶梅》这部近些年来评价甚高的中国古典长篇小说。“以《金瓶梅》为例，它在历史上一直都是禁书，却被今天的一部分人释放出来，好像历史上的一切文明和禁忌全都大错特错。甚至有这样的论者，开始热情洋溢地将其判为超越《红楼梦》的‘伟大杰作’。好像正因为格调低下、趣味丑浊，才要被推至这样的位置。他们的理由是，这些作品不仅在艺术上‘绝妙’，而且拥有真正的‘认识价值’。”关键在于，到底为什么一定要否定《金瓶梅》呢？张炜进一步写道：“市井生活的鲜活逼真，细节的绵密与人物的生动，这样历数它的优长还可以有很多语言。这些自然不争。但是他们努力强调和挖掘的不在于此，而是它的另一面：人性的糜烂。好像只有这样的书写才足够无畏和真实，已近旷世之大勇。就此，在文学艺术的价值论辩中，已经将审美、教育、认识诸项功能分割开来，把所谓的‘认识价值’提高到空前的地位。殊不知一部文学作品离开了其他价值，抽离出来的某种价值根本不会存在。如果能够抽离，那么社会与历史中发生的任何至丑至恶的事件与事物，都拥有这种‘价值’。”到底应该如何理解评价《金瓶梅》，在当下时代似乎的确已经成为一个重要的命题。最起码，据我有限的了解，优秀作家中，曾经以《江南三部曲》而获得过茅盾文学奖的作家格非，就是《金瓶梅》的激赏者之一。这一点，自有他那部影响颇大的研究著作《雪隐鹭鸶——〈金瓶梅〉的声色与虚无》为证。问题的关键在于，难道说《金瓶梅》所具有的，只是如同张炜所强调的“认识价值”吗？以我所见，答案恐怕是否定的。虽然说《金瓶梅》里的确存在着一定程度上的情色描写，但作品的审美和教育价值却不能由此而简单否定。更何况，即使是其中的情色描写，也不好简单地定论为淫秽之类，也同样有着不容忽视的揭示人物内在心理的作用。与此相类似的，应该是乔伊斯的那部《尤利西斯》。更进一步说，正所谓见仁见智，对一部文学作品的评价，不同的阅读主体给出迥然相异的评价，原本是再寻常不过的事情。对此，我们完全不必强求一律。无论如何都不能被忽视的一点是，正是对《金瓶梅》的否定性评价，再一次强有力地证明着张炜是一位不折不扣的视道德为神圣的道德理想主义者。

道德理想之外，就是一种可以被称为文化保守主义的价值立场。这一方面，值得注意的，是第一讲“童年”当中一段引人注目的精彩论述：“不要说只过了六七十年，就是几百年的时间也不能算太长。雨果和左拉他们离开我们也就两百年左右，但今天的读者已经将他们看成很遥远的作家了。当下的审美、观念、叙述风格，跟那时相较已发生了很多变化，许多人根本不读这些经典作家，认为他们早就陈旧了。文学审美怎么会这样？是经典陈旧还是我们自己陈旧？不，是因为我们作为读者太浅表、太时髦、太轻浮。经典的美是不朽的，它们不会陈旧。我们越来越满足于追求时间的泡沫，结果先将自己泡沫化了。我们的好奇心不够，追究力也不够。”除了不知道为什么会不无突兀地写出“我们的好奇心不够，追究力也不够”这最后一句之外，对张炜的这一段论述逻辑及其结论，我个人还是持一种认同的态度。当然，与此紧密关联的，还有另外的一段文字："陀氏这一类作品，与现代、后现代那些最顶尖的作品，令现代读者沉迷不已的文字，区别太大了。卡夫卡、马尔克斯和米兰·昆德拉征服了多少现代人，让多少人佩服，多少人模仿和向往。但是读了《卡拉马佐夫兄弟》这样的作品，会因为其中不可解脱的罪感、深深的忏悔、无法言喻的震撼而沉默。这大概是更高一级的文学，直击生命和心灵，由它所引起的折服甚至自卑感，必将长久存在。这是网络时代里最稀缺的元素，它会沉淀下来。"不仅如此，与此相类似的论述，在这部文学论稿中，也还曾经出现过多次。事实上，只要是认真关注当下时代文学阅读现状的朋友，就都不难发现，在整个世界文学进入到所谓现代主义的阶段之后，大多数读者的确存在着不仅疏于文学经典的阅读，而且还进一步怀疑否定文学经典意义和价值的这样一种普遍现象。针对如此一种并不乐观的现象，我的确更愿意和张炜站在一起，和他一起持有某种坚定的反现代性的文化保守主义立场。

最后，我们不管怎么说都不能忽视的一点，就是张炜对于文学审美的反复强调和坚执。比如，在第三讲《荒野》中，张炜曾经不无愤激地写道："进入现代社会，科技和商业主义的发展进一步增强，它比较实体和精神的大自然样态，显然更为干燥和缺乏诗意，这种状态下的人类生活发生了剧烈变化，审美和表达日趋畸形，精神的地平线消失了。农业文明被工业文明所代替，这作为一种进步引起很多写作者的欢呼雀跃，他们天真地认为这将同时步入艺术的现代化。支持这种观念的文学理论也振振有词，动辄言说历史、道德、社会变革，并不关心语言艺术的特质，更无视文学审美的演变。这种空洞的道德感、责任感危害的不仅是文学，还导致了精神的苍白和虚伪，形成空洞肤浅的社会文化形态。”正是在意识到文学审美严重缺失的情况下，张炜才会紧接着强调：“与创作并行的文学批评言必称社会历史道德、进步倒退诸类大词，这些大词牵涉的问题固然重要，但语言艺术本身的问题，如基本的审美判断也仍然需要解决。”道理非常简单，“如果文学批评对语言艺术本身没有兴趣，完全忽视和背离了语言，一定会对作品的温度、质感、诗性、幽默感，包括意境和情思疏失无察，变成一种简单的社会批评，与文学审美无关，可以说基本上属于无效的批评”。无论如何，文学既是一种语言的艺术，也是一种审美的艺术。其他的一切，诸如认识作用、教育作用等等，都只有建立在审美作用的前提下才有意义。文学，首先必须是具有文学审美价值的文学，才会有其他的一切附丽。对于这一点，我们应该有足够清醒的认识。

一种实际的情形是，在这部文学讲稿中，张炜所要表达的真知灼见还有很多，很遗憾我们无法一一尽述。不管怎么说，在一部文学讲稿中，在充分领略作者对诸多文学经典独到见解的同时，更能见出张炜坚执道德理想、文化保守主义以及文学审美三种价值立场，的确是非常不容易的一件事情。从这个角度来说，我们特别赞成作家王蒙的推荐语：“张炜是一位全身心地投入文学创作的作家，文学是张炜的情侣，更是张炜的月亮、太阳、圣母、上帝，是他的崇拜、他的奉献、他的沉浸、他的恋恋念念孜孜愤愤怦怦，超过了一切。如今他又提炼出文学的八个关键词：童年、动物、荒野、海洋、流浪、地域、恐惧、困境，有他的绝妙和力气，要好好看一看、想一想啦！”[①]是的，面对张炜的突出文学成就，面对他的这部《文学：八个关键词》，我们的确需要好好看一看、想一想啦！

“河北四侠”之一的胡学文，这些年来的小说创作，无论如何都称得上是孜孜不倦且风生水起。史诗性长篇小说《有生》在中国文坛掀起的巨大波澜尚在发酵之中，又一部颇具创意的中篇小说《白梦记》（载《长城》杂志2021年第1期）就已经“粉墨登场”。我们都知道，在相当长的一段时间内，胡学文身上一个鲜明的文学标志，就是所谓的现实主义作家。虽然在中国被理解、认定为现实主义作家，无论从哪一个方面看都不会吃亏，但具体到胡学文本人，一种实际的情况，似乎是对这一定位不怎么满意。当然，请一定注意，我这里只是试图描述自己理解中的胡学文道兄，并不涉及一种普遍意义上对现实主义的优劣判断。很大程度上，正是因为对总是被贴在身上的现实主义作家标签的不满（在我的理解中，胡学文在很多时候甚至会把这个“现实主义作家”的标签，看作是艺术上无能的代名词），胡学文才会在近些年的创作实践中千方百计地努力试图有所突破。如果说我的这种判断尚不离谱的话，那么，这部《白梦记》就毫无疑问可以被看作是胡学文这一方面所取得的重要成果。

事实上，《白梦记》的故事情节一点都不复杂。吴然是普通村民吴子宽和杨红的独生子。因为在他之前曾经有一个儿子不幸夭折，所以从小便受到了父母的百般溺爱。很可能与打小的溺爱有

---

① 王蒙推荐语，见《文学：八个关键词》封底，广西师范大学出版社2021年1月版。

关，成人后的吴然竟然变成了一个经常欺骗父母的恶棍：“人活在世，难免被骗。与别人不同的是，骗吴子宽的是自己的儿子，而且骗得不轻。吴然欠了债，债主要割他的耳朵；吴然被车撞了，正在医院里抢救；吴然打伤了人，对方索要医药费……吴然是导演，而他的狐朋狗友就是他的帮凶。”如此一种“狼来了”的伎俩演多了，也就失效了。因此，等到一个名叫刚子的平头，自称是吴然的朋友，开着一辆银灰色轿车专门前来报信，告诉吴子宽，吴然因过失杀人被捕这一消息的时候，吴子宽就无论如何都不肯相信了。没想到，这一次吴然的过失杀人竟然是真的。虽然早已对吴然失望到家，但正所谓打断骨头连着筋，身为父母的吴子宽和杨红，终归还是出于血缘关系关心吴然到底会被判多少年徒刑。拼命地东凑西借，他们最后也只不过筹措了三万五千元，这样的一点钱，要想通过私下的运作让法庭少判几年徒刑，简直就是杯水车薪，无济于事。

但令人意想不到的“奇迹”就在这时候发生了。因为有了那个自称是吴然朋友的刚子一番幕后的积极运作，原本很可能被判不少个年头的吴然，到头来竟然“破天荒”地只被判了六年徒刑。对于过失杀人来说，这样的一种宣判，绝对是从轻处理。这样一来，一个不容回避的关键问题自然也就浮出了水面。这位突然现身的刚子到底和吴然是一种什么样的朋友关系？更进一步说，刚子到底为什么一定要主动地帮助吴然减少刑期？尤其令人百思不得其解的是，帮着吴然少判了刑期之后还不算，这位刚子不仅送给了吴子宽夫妇二十万元现金，还一再强调，这笔钱本来的主人就是吴然。既如此，另外一些问题也就浮出水面。难道这笔巨款果然是属于吴然的吗？如果这笔巨款的主人的确是吴然，那么，这样一个总是在招摇撞骗的社会混混，又有何德何能可以赚到如此一笔巨款呢？所有这些问题，在困扰广大读者的同时，也困扰着吴子宽和杨红夫妇。如果说杨红在很多时候还不够清楚的话，那么，以上这一系列问题的最大困扰者，就毫无疑问是身兼小说视角性人物的吴子宽。从根本上说，正是以上这些令人百思而不得其解的问题构成了某种内在的驱动力，推动着故事情节的演进。

在常规意义上的现实主义小说中，以上这些问题，都会随着故事情节的推进而得到解决，问题的答案最终浮出水面。但到了胡学文的《白梦记》中，却不仅不痛痛快快地给出以上问题的答案，而且越是到后来，越是变本加厉地稀里糊涂。尤其是到小说结尾处，被杨红的二舅苦苦地百般逼迫的吴子宽，竟然在半夜被自己的噩梦惊醒：“半夜，吴子宽被噩梦惊醒。几个公安闯入家中，翻箱倒柜，搜出那张巨额存折。杨红这个不知死活的货，竟扑上去抢夺，还咬了公安的手臂，公安将枪口对准她。吴子宽惊醒过来，大汗淋漓，心跳如擂鼓，好一会儿才镇定下来。他撒了泡尿，躺下，却再也睡不着。脑里翻滚着那个梦，伴着混杂的声音，然后，他听到了警笛，不是幻觉，实实在在，真真切切。他慌张爬起，从大门翻出，跌入黑漆漆的夜。”究其根本，吴子宽之所以会在半夜被噩梦惊醒，其实也还是以上那一系列问题百思而不得其解的缘故。既然从常理出发怎么都无法解释，那其中肯定就隐藏着更大的祸患。请一定注意，吴子宽的如此一种推理判断，乃是建立在他对儿子吴然某种自以为是的理解前提下的。但读过小说的我们都知道，身为父亲的他，对业已成为社会混混的吴然根本就谈不上有多少真正的了解。唯其因为吴子宽一味地认定其中很可能隐藏有更大的祸患，所以也才有了小说结束时他半夜跑回家中的那一幕。这个时候，他做出的决定就是要把那笔巨款交出去。在他的理解中，导致自己一直惴惴不安、焦虑不已的根本原因，就是这一看似从天而降的意外之财。既如此，把它交出去，也就心安了。虽然他的这一决定，遭到了妻子杨红的坚决反对，但他似乎执意要这么干了："他原本就是一只麻雀，却被插上老鹰的翅膀，被无形的巨手扔到高空，每时每刻都提心吊胆。吴子宽想落到地上，他只想成为踏实的麻雀，那么就必须从无形的手掌中挣脱。那笔巨款是炸药，也可以作为扳手，哪怕撬开半条缝隙呢。不知能否成功，必须试试，他不打算和杨红商量了，悄然进行。也许会引爆炸弹，但哑着未必就没有危险。"在断开一个段落后，小说的最后一句话就是："晚上，吴子宽拨通了刚子的电话。"拨通了之后的情况怎么样呢？胡学文并没有做进一步的具体交代，整部中篇小说到此，以一种开放性的方式戛然而止。

实际上，并不只是为了设立这一开放性结尾，依我所见，胡学文打心眼里就没准备把以上我们所分析的那一系列问题给出具体的交代。他所需要的，只是如同阿基米德的支点那样一个事由。借助于吴然的过失杀人这一事件，把吴子宽由此而生成的那种无以名状却实实在在存在着的精神焦虑表达出来，这才应该被看作是胡学文写作这部小说的根本动机。如果说卡夫卡借助于格里高尔变身为大甲虫，企图深刻地表达一种现代人精神的异化，那么，胡学文借助于吴然的过失杀人所要真切表达的，很显然就是现代人一种莫须有的存在焦虑。尤其值得注意的一点是，整部小说从表面上看，都是在认认真真地写实，连一个如同卡夫卡"人变大甲虫”那样超现实的细节都没有出现，但总体读下来却给人一种根本就找不着北的茫然感觉。此诚所谓“以实写虚”者也。能够把一部中篇小说不动声色地经营到这样一种羚羊挂角的地步，的确是非常不容易的事情。正是在这个层面上，不管别人同意还是不同意，我都要毫不犹豫地断言，胡学文的中篇小说《白梦记》（虽然我对这个标题总是会感到一点不够满意），最起码是我个人心目中的一部小说杰作。

在当下这样一个文学话题似乎日渐减少的时代，“铁西三剑客”应该算是近些年来引人注目的文学现象之一。“三剑客”之一的双雪涛，早在2015年的时候，就曾经以一部中篇小说《平原上的摩西》引起文坛的瞩目。虽然此后他也有不少作品发表，但思想艺术水平似乎都没有能够超过《平原上的摩西》。尽管我对于双雪涛其人没有丝毫的了解，但从《平原上的摩西》可以判断出他两方面的精神情结所在。其一，作为东北国企人的后代，90年代因所谓的国企改革而导致的下岗潮，以及那些下岗工人家庭的生存困境，是双雪涛心头永远的痛。其二，不知道是不是与作家的个人身世有关，他似乎的确对充满血腥味的凶杀抱有浓厚的兴趣（当然，另外一种可能的情况是，在那个特殊时期的东北，充满戾气的类似凶杀情形比较普遍）。很大程度上，双雪涛时隔五年再一次刊发在《收获》杂志上的中篇小说《刺客爱人》（载《收获》杂志2021年第1期），用一种彼此缠绕的复杂叙事方式所聚焦书写的，依然是以上两种浓得化不开的精神情结。

并行于《刺客爱人》中或有交叉的，是现实和历史两条结构线索。现实方面的故事主要围绕姜丹和马小千这两位在北京城里打拼的东北姑娘展开。姜丹当年之所以要到北京来，是为了追随一个名叫李页的男友。没想到的是，尽管她一直为李页和自己未来的婚姻生活百般规划，考虑得非常全面，到头来却因为李页和另外一个女人上床而彻底打破了她的梦想。虽然李页和这个女人的婚姻没过多长时间就因为女人的婚内出轨而告终，但他和姜丹曾经的美好也早已荡然无存，一直到很多年后，他们俩又重续前缘。这里需要特别注意的一点，就是双雪涛对于姜丹和李页情感的处理方式。明明是李页自己因为犯错在前而应该受到必要的惩罚，到了双雪涛的笔下，实际的情形却是，时隔多年突然间现身在姜丹面前的平面摄影师李页，差不多只是做了一个简单的道歉，就被姜丹无条件地重新接受了："在等一个红灯的时候，李页吻了姜丹。姜丹迅速把头转向他，接洽了他的吻。"一方面，如此一种情形，似乎也的确可以用在姜丹心目中其实一直都深爱着李页来加以解释。正因为内心一直未能忘却李页，所以李页甫一现身，两个人很快就重归于好，把手言欢。但另一方面，我却禁不住要从日常情理出发，弱弱地问一句：作家的这种处理方式在现实生活中难道是可能的吗？如果说不可能，那从双雪涛如此一种多少有悖常情常理的处理方式中，所隐隐约约透露出的，又是作家怎样的创作心态呢？当然，无论如何都必须肯定的一点是，双雪涛安排姜丹成为了大学里面的一位法学老师，让她和学生一起成天到晚地研究各种法律方面的案例。姜丹的这种人生职业选择，从精神分析学的角度所折射出的，正是她对自己父亲当年被凶杀一事的耿耿于怀。

与当年学习成绩出色的姜丹相比较，同样身为那一次凶杀案中被害者的后代，打小就不喜欢学习读书的马小千，在北京的生存境况就没那么理想了。很大程度上，她的生存处于某种严重的分裂状态。在公开的层面上，她是一个不怎么成功的女演员，一个热衷于平面摄影的女模特。正是她的模特身份，决定着她不仅结识了李页，而且被李页拍摄的照片竟然还堂而皇之地登上了杂志的封面。但在不为人所知的私下，她又是一个出卖身体以赚取高额嫖资的高级妓女。按照小说文本里的描写，马小千接一次客，一晚得到的酬金最多竟然高达六万元。事实上，她之所以最终陷入到差一点就丢掉性命的悲惨境地，也正与她所从事的这一隐秘职业紧密相关。无论如何我们都得承认，类似于马小千这样依靠卖身而获得高额报酬的行径，在当下的北京或者说中国，是一种不容否认的客观存在。如此一种并非出于生存必要的卖身行为充分说明，在消费时代日益畸形的消费欲望刺激下，人们普遍的精神扭曲。

事实上，正是马小千的私下接客行为差一点为她带来杀身之祸的同时，作者把北京的现实与1996年前后的S市的那一桩凶杀案联系在了一起。从表面上看，那场凶杀事件的起因，主要是姜丹的父亲，那位小拖拉机厂的保卫科长姜卫刚，以及他的两位朋友王旭升、赵仝，还有居中牵线的马连众（马小千的父亲）过于贪婪，出尔反尔，要价过高，激怒了霍光的缘故。但倘若追究更为深层的原因，姜卫刚他们之所以狮子大张口，又与东北地区当时因国企改革而导致的下岗工人普遍的生存困境紧密相关。当然，这困境具体来说又体现在外与内两个方面。从外部来看，是失业带来的生存艰难："一九九五年父亲虽然已是保卫科长，但还是面临着失业的风险，母亲的工作相对稳定。"从内部来看，则是潜隐于婚姻危机中的精神问题："其实两人的矛盾由来已久，姜丹虽小，早已意识到母亲的生活不那么简单，因为父亲的工作使他经常整夜不归，一周至少有三天住在厂子里，他也喜欢那种生活，有朋友，有漫长的夜晚，有炉子上的吃食和散装白酒。”如果说“母亲的生活不那么简单”连十几岁的姜丹都能感觉到，你就很难断言父亲姜卫刚竟然会对此一无所知。也因此，那一场凶杀案看似只是起因于姜卫刚等人的过于贪婪，但作家所真正表现的，是东北广大产业工人们足称艰难的生存困境，以及日渐逼仄的精神世界，虽然我们无意为他们在那场地下古董交易过程中的失信行为辩护。

多少带有一点戏剧性巧合的，是霍光和马连众女儿马小千（在场的还有姜丹，但姜丹和霍光之间后来没有发生任何联系）一九九七年的意外结识。无论如何我们都必须承认，无论是让霍光杀人灭迹后只把马连众那双四十四码的皮鞋穿走，还是让他一年后因为皮鞋的事情而重返野湖边的杀人灭迹现场，从一种精神分析的角度来说，都是很好的艺术设计。但让霍光和马小千、姜丹她们两位不仅在野湖边偶遇结识，并且让霍光和马小千曾经一度有过很长时间的信件来往，在我看来，就未必有多么高明了。这其中，尤其令人不可思议的一点是，霍光时隔多年后与马小千的刻意见面。因为他们俩一个身在明处，一个身在暗处，所以，这一次的见面肯定出于霍光的一种特意设计。如果因为曾经的杀人行为而内疚悔过，并把这种内疚悔过心理进一步落实到资助曾经长期通信的马小千的行为之中，倒也可以理解。关键的问题是，再一次见面后的霍光，却不仅对马小千痛下杀手，而且还有这样的一番言论：“这些年里我经常后悔，我活得不好，现在我终于有机会把遗憾弥补了。不要怕死，这些记忆我都已经录了下来，在以后的日子里陪伴着我，跟你活着没什么区别。你准备好了吗？”请恕我见识能力浅薄，或许双雪涛另有深意存焉，反正，依照我个人粗浅的见识，不管怎么说都不能理解的一点就是，在马小千没有对他构成任何现实威胁的情况下，霍光为什么一定要对曾经的故人马小千痛下杀手。

但九九归一，本文开头处我所强调的双雪涛的两种精神情结，恐怕是一种难以否认的客观事实。既如此，通过小说创作的方式来自觉或不自觉地折射类似的精神纠结，对双雪涛来说，也就是某种任重而道远的艺术使命。且让我们拭目以待，看一看在今后的岁月里，双雪涛还会讲出什么样的精彩东北故事。

山西作家杜斌，近些年来很是有一点风生水起，颇有一些渐入佳境的感觉。或许与他本人有着相当丰富的商业人生经验紧密相关。他近期的小说创作所集中表达的，往往是商业领域的人生故事。中篇小说《赶浪，赶浪》（载《大家》2020年第6期）就是聚焦于商业人生状态书写的一篇佳作。虽然中国似乎早在1993年就进入了社会主义市场经济的阶段，在此之后，商业经济得到了可谓是突飞猛进的发展，但一种令人遗憾的情况是，以商业人生为表现对象的文学作品相对缺失。导致这种情形的根本原因，或许是国人某种重农轻商的潜意识作祟的缘故。越是如此，我们便越是应该充分注意如同杜斌《赶浪，赶浪》这样的一种小说中的商业书写。

杜斌之所以要把小说命名为《赶浪，赶浪》，固然因为故事的主要发生地珠海毗邻大海，更重要的原因恐怕在于女主人公谢小飒的日常生活状态过于紧张。谢小飒（我们无论如何不能忽视谢小飒这一人物命名中作家某种深意的寄予。其中的“飒”字，毫无疑问是“飒爽英姿”的意思。以“飒”来为女主人公命名，凸显出了杜斌艺术构想中的谢小飒乃是一个能够以“飒爽英姿”来积极打拼商业人生的设立）是一位来自于黄土高原的商业女强人：“为了不烂在黄土高原保守落后的泥淖里，她飞向珠海奔放活跃的大海，却远离了妈蒸的大白馍，妈炸的香酥麻花，千万年屹立的中条山，凝视黄河入海流的鹳雀楼，甜到发腻的莺莺塔，以及绿汪汪的麦田，勾人魂魄的大槐树，色彩纷呈的桐树，摇尾巴的老黄牛。”作家在这里对于黄土高原景观的细致罗列与描述，很显然是要用这种充满诗意的田园风光与谢小飒来到珠海后总是处于“赶浪”状态的高强度商业人生形成一种鲜明的对比。

一种实际的情形是，来到珠海之后的谢小飒处于多重的人生困扰之中。首先，是对依然生活在黄土高原的父母家人的内心牵挂。尤其是父亲竟然好端端的就鬼使神差地把电动车开进了沟里。电动车受损且不要说，父亲的右胳膊竟然被摔断了。自己无论如何都不可能赶回去的谢小飒，只好大包大揽地给弟弟转了两万块钱，嘱咐家人一定要到最好的骨科医院去治疗。其次，是老公的不成器以及老公父母的牵绊。老公秦泓“早上上班是从酒吧直接去单位的，打过卡，混了一会，和办公室的人一串通，对领导说要下企业调研，便回家睡觉”。而她的公公秦于飞还有着一种吃土的怪癖：“公公专吃淇澳岛东澳湾古遗址的土，一天三顿，还必须是表土层和扰土层之下的第三层土，说那里头岁月叠加着岁月，人骨覆盖着人骨，有五千年积淀的精气神。”关键的问题在于，秦于飞好端端的为什么要去吃土呢？原来，他曾经是SARS病患者，严重后遗症导致他无法正常工作。他后来之所以养成了吃土的习惯，正是想要凭借土方治疗如此一种顽症。只要稍加思考，我们便不难发现杜斌如此一种情节设定背后的现实意义所在。但对谢小飒来说，既然公公有此癖好，那她就免不了隔三岔五地去挖土以满足公公的需求。最后则来自于不省心的儿子，曾经被邝老师命名为“灰太狼”的秦浩。尽管秦浩有些时候的出轨举动是出于所谓的“路见不平，拔刀相助”，比如他曾经为了保护一个家在农村的受欺凌的同班同学，不惜把一个高一级的男同学给打了，但在更多时候，他的调皮捣蛋却是出自少儿顽劣的天性。因此，整个小说的开头才会是这样一副“剑拔弩张”的样子：“吉莲路上的羊圈导致谢小飒发疯。不省心的儿子隔三岔五在里面搞事，比她低半头的邝老师邝靓女三天两头居高临下，嘴角微微上翘六颗牙齿微露。一句脏话不吐地把她搞成一泡鸟屎。可怜的她憋着一肚子怒火，还不得不弯腰鞠躬赔笑脸，认错，道歉，请靓女老师多多包涵。她牙根咬得痒痒的，恨不得一把将还在一边若无其事、嬉皮笑脸的儿子拎到案板上剁巴剁巴做成叉烧。”事实上，受到子女问题困扰的，在小说中绝不仅仅是谢小飒一位。作品中，与谢小飒差不多同龄的同事与朋友们，也都不同程度地置身于同样的困扰之中。因为实在不胜其扰，所以王楠楠才会做出这样一种极端的表示：“王楠楠的瑞凤眼黯然神伤：我宁愿带三个团队，也不愿意辅导女儿做作业。”一方面，父母对于孩子的成长绝对负有不容推卸的重要责任，但在另一方面，当孩子已经入学成为在校学生之后，学校和老师的教育责任便无论如何都不容推卸。《赶浪，赶浪》中一众学生家庭教育方面的普遍乱象所充分说明的，乃是当下时代中国教育制度方面存在的根本问题。

自然，最为困扰商界女强人谢小飒的，还是来自于她身为副总的那一家电子企业经营方面的巨大压力。作为一位已经在公司打拼了十七年七个月零七天的副总，谢小飒曾经伴随着老总瘦骨仙经历过企业转型的艰难。在其他股东因为经营理念不同弃瘦骨仙而去的时候，只有谢小飒坚定地站在瘦骨仙一边，义无反顾地追随他另起炉灶。就这样，在经过了数年打拼后，谢小飒连同瘦骨仙，终于联手把原来“两层小楼的黑暗小屋”打造成了“菱形玻璃楼”。在这个过程中，因为她和老板瘦骨仙过从甚密的缘故，甚至传出过他们俩之间的绯闻。一直到老公秦泓去医院偷偷地做了DNA检测，才彻底打消了她这方面的不实传说。原来，老板瘦骨仙对于谢小飒来说，的确称得上是志同道合的蓝颜知己。到小说故事开始的时候，公司又一次面临着转型的挑战。这一次，围绕公司的转型，股东会议再一次陷入僵局。这个时候，发言力挺老板瘦骨仙的，依然是身为副总的谢小飒：“下午一复会，按照瘦骨仙的意思，她居高临下，万炮齐发。她说得很实际，珠海确实偏安逸，不是一个让人有饥饿感的地方，公司员工的战斗力跟深圳那边完全没法比。她说的也是事实，公司再不改变，真有那么一天会连友商的尾灯都看不到，这是一种骄傲和尊严被打碎、被践踏的疼痛感。她说这句话时，眼睛里闪出泪光，结束发言时，嗓子哽咽了。瘦骨仙都感动得如花岗岩一样棱角分明的双唇蛇行似的微微颤抖。冯葶的大鼻子像被硬灌进去一大勺芥末。金相容的脸像被激怒的眼镜蛇，眼镜圈纹呼呼地直逼谢小飒。王楠楠像是被鱼刺扎了嘴，虚弱的双唇哀伤地抖着。”别的且不说，单只是这些同事的不同反应，就说明了围绕转型问题，公司内部各种矛盾的盘根错节。事实上，正如杜斌在小说中所描写的那样，商界女强人谢小飒承受着从老板到副总，再到其他各个层面的种种压力。正因为面对着以上种种压力的困扰，谢小飒才会在忍无可忍的情况下，给根本就无济于事的老公秦泓打电话大吐苦水。虽然这样的电话打过之后，谢小飒还得打起精神继续面对公司里的各种挑战。

其实，对于公司这又一次转型改制的结果，杜斌并没有给出最后的交代。与其说作家在关注结果，莫如说他关注表现的，是打拼在商界第一线的女强人谢小飒一种总是在无休无止地“赶浪”的生存状态。唯其如此，我们这篇文章的标题才会是“聚焦于商业人生状态书写”。但在结束本文之前，必须指出的一点是，从小说的基本叙事形态上说，杜斌的这部《赶浪，赶浪》自始至终都保持着一种如同“箭在弦上”的高度紧张状态。究其根本，杜斌的这部中篇小说之所以能够把商界女强人谢小飒的一种“赶浪”人生表现出来，与这样一种紧张叙事形态的营造，存在着不容忽视的内在关联。

第三章　自传体、女性主义与文明的反差

不长时间内先后两次对《民谣》（译林出版社2021年4月版）的深度阅读中，我都会情不自禁地联想到现代一位杰出的女作家萧红，联想到她那部早已被经典化了的长篇小说《呼兰河传》。我们注意到，关于萧红和她的《呼兰河传》，权威的文学史曾经给出过这样一些评价：“《呼兰河传》以更加成熟的艺术笔触，写出作者记忆中的家乡，一个北方小城镇的单调的美丽，人民的善良和愚昧。萧红小说的风俗画面并不仅为了增加一点地方色彩，它本身包含着巨大的文化含量与深刻的生命体验。‘呼兰河这小城里住着我的祖父’，这一句几乎可以被看作是全篇的主题词。从她的作品视界所能看到的故乡人民的生活方式，几乎便是无生活方式：吃，睡，劳作，像动物一般生生死死，冷漠死灭到失去一切生活目标，失去过去和未来。在这样停滞的生活中是必然产生小团圆媳妇的悲剧的。但这里‘城与人，少女与老人，生者与逝者’的关系中，也存在着生命的永恒。”[1]如果说呼兰河

① 钱理群、温儒敏、吴福辉：《中国现代文学三十年》，北京大学出版社1998年7月版，第309、310页。

是一座典型的北国小城镇，那么，王尧笔端的莫庄（也即江南大队）就是一个南方水乡极有代表性的小村庄。更进一步说，呼兰河不仅是一个坐落在一贯以白山黑水著称于世的东北方的小城镇，因为小说故事发生的时间是在萧红的童年时期，大约也就在辛亥革命发生之前，中华民国尚未成立时，莫庄则是坐落苏北的一座南国小村庄，弥漫着非常浓郁的南方文化气息。故事发生的时代背景，则是集中在了“文革”中的70年代前期。

值得注意的是，在萧红与王尧之间，还存在着某种写作伦理的一致性。具体来说，这种写作伦理突出地表现在小说的写法上。“从创造小说文体的角度看，萧红深具冲破已有格局的魄力。她说过大体这样的话：‘有一种小说学，小说有一定的写法，一定要具备某几种东西，一定学得像巴尔扎克或契诃夫的作品那样。我不相信这一套，有各式各样的作者，有各式各样的小说。’她就注重打开小说和其他非小说之间的厚墙壁，创造一种介于小说与散文及诗之间的新型小说样式，自由地出入于现时与回忆、现实与梦幻、成年与童年之间，善于捕捉人、景的细节，并融入作者强烈的感情气质，风格明丽、凄婉，又内含英武之气。萧红的忧郁感伤可以和郁达夫的小说联系起来看，但她没有那样病态、驳杂，更有女性的纯净美。她的文体是中国诗化小说的精品，对后世的影响越来越大。”[①]从一般的意义上来说，每一种文体都有其长期形成的一些基本特点，即萧红所谓的常规写法。但在另一方面，某一文体比如小说的所谓常规写法，恐怕更多的还是针对理论批评家而言的。对于那些以追求思想艺术的原创性为根本

① 钱理群、温儒敏、吴福辉：《中国现代文学三十年》，北京大学出版社1998年7月版，第309、310页。

旨归的作家来说，他们在进行创作时需要更多考虑的，应该是“破”而不是“立”。也就是说，作家的创作只需要更多地考虑怎么样才能够忠实地表达自己对世界、社会、人性或者人性世界的理解与认识，而不需要把更多的精力投入到是否合乎某一文体规范的思考上。萧红所刻意强调的“有各式各样的作者，有各式各样的小说”（其实，王尧在《新“小说革命”的必要与可能》一文中所强调的“反对用一种或几种定义限制小说发展，反对用一种或几种经典文本规范小说创作”的观点，明显暗合于萧红的这种小说主张）的说法，自然也是可以成立的。在我的理解中，鲁迅先生在评价萧红时所谓“越轨的笔致”[①]的说法，也主要是针对这一点而言的。身为批评家的王尧，对萧红的小说观念及其《呼兰河传》肯定有着足够深入的了解。因此，无论是否出自作家的一种艺术自觉，仅就客观呈示在读者面前的文本而言，《呼兰河传》和《民谣》之间，的确存在着某个层面上的相似处。一方面，王尧的长篇小说《民谣》如同《呼兰河传》一样，既具有散文的品质，也有着抒情诗的特点。另一方面，不论是萧红的《呼兰河传》还是王尧的《民谣》都有着突出的纪实色彩，都有着鲜明的自传性，都与自己的童年记忆存在着不容忽视的紧密关联。由于相关的研究性文字已经很多，《呼兰河传》这一方面的情况无须多言，需要展开进行论述的是王尧的《民谣》。在展开具体的论述之前，有一点疑问不能不加以澄清，既然早在20世纪的30年代，就已经出现过萧红《呼兰河传》这样以“越轨的笔致”著称于世的小说杰作，那么，在很多年之后，王尧在《民

① 鲁迅：《萧红作〈生死场〉序》，见《鲁迅全集》第六卷，人民文学出版社2005年版，第422页。

谣》中再度征用萧红的若干艺术经验，也能够称得上是新的“小说革命”吗？诚所谓“太阳底下无新事”，一种绝对意义上的“新”或者“革命行为”其实是不存在的。正如同王尧也曾经明确指出的那样，很多时候，所谓的“创新”往往是“旧中出‘新’”，是既往艺术经验的某种创造性转化。只要我们在一个相对阔大的文学史视野内加以考察，就不难发现这样一种现象的存在，当某一种艺术经验或者写作范式因为这样或那样的原因而在文坛沉寂很长一段时间，然后再度出现于文坛的时候，就可以被看作是新的“小说革命”了。对于王尧与萧红之间写作伦理与书写范式某一方面的相似性与传承性，我们应作如是观。

问题在于，我们怎样才能认定王尧长篇小说《民谣》具备某种自传性色彩呢？要想确证这一点，我们就需要把《民谣》和王尧的若干散文作品进行深入的比较。一个必要前提是，我们必须确认，散文这种同时兼备叙事和抒情两种艺术功能的文体，其中所涉及的人与事都应该是真实的，不应该做任何的想象和虚构。比如，《民谣》中故事的主要发生地是一个原名叫作莫庄，后来在那个特定的历史时期曾经一度更名为江南大队的南方水乡。莫庄就是一个真实的地名。这一点，首先可以在王尧的散文《先生和学生》[①]中得到切实的印证。“我在那里代课近一年，多数时间是每天来回，下课了走回莫庄，早上起来去吴堡。”“我们那一带用‘堡’来命名的村庄几乎只有吴堡。舍和庄是常用的，比如我们村就叫莫庄，在不远处有陶庄、草舍之类的村庄。”我们都知道，在小说中虚构一个村庄的名字是简单不过的一件事情。

① 王尧：《先生和学生》，载《雨花》杂志2020年第7期。

在拥有可以随便命名的权利的情况下，王尧仍然要坚持使用莫庄这样一个真实的地名所要告诉读者的，就是《民谣》中的自传性色彩。

更值得注意的是，《民谣》中的一些人物和事件与王尧散文《那是初恋吗》中若干人物和故事甚至叙事话语的相似甚或相同。首先是人物，比如小说中的第一人称叙述者“我”即王大头，初中时内心里最早恋慕的异性，是跟随着她的父亲一起来到我们村即莫庄供销社工作的方小朵：“朵儿在我的生活中若隐若现，她突然在庄上出现，又在我没有思想准备中离开。朵儿姓方，方小朵。我们都叫方小朵的爸爸老方。老方父女俩是坐船从另一个公社的供销社到我大队的，他在供销社百货柜台工作。老方镶了一颗金牙，他对所有人都微笑着，金牙总是露出一部分。”到后来，我们才知道这位老方之所以见了谁都是笑眯眯的，和他已经被打入另册的社会政治身份紧密相关。原来，老方属于已经被改正了的“右派”。在方小朵的讲述中，父亲被打成“右派”有着鲜明的荒诞色彩：“方小朵说她父亲之前在商业局工作，他在一次会议中上厕所了，回来后知道领导和群众决定了他是‘右派’。”面对着“我”的满目狐疑，方小朵做出了进一步的解释：“我像我爸爸，喜欢说话，喜欢提意见。”只有到这个时候，所有的谜底才被全部揭开。一方面，在那场声势浩大的反右派运动中，如同老方这样因为不合时宜地上了一次厕所，所以就不幸被打成“右派”者的确大有人在。另一方面，事情其实也没有这么简单。只有联系方小朵所说的，父亲不仅一向话多，而且也还总是喜欢提意见，方才可以确证，正所谓祸从口出，或者说凡事皆有因果。正因为老方平时喜欢提意见的行为在不经意间得罪了领导与群众，所以他才难免遭此一劫。诚所谓“吃一堑长一智”，既然已经在政治上摔过大跟斗，老方才不得不夹起尾巴做人，才会对所有人笑脸相迎。如果说方小朵是《民谣》中不可忽略的一位重要人物，离开了她，小说基本的叙事动力很可能会受到一定的影响，那么，她的父亲老方就只可能是文本中一位可有可无的边缘性人物。倘若舍弃掉这个人物也不会从根本上影响到小说的总体格局。即使是这样一位看似无关紧要的边缘性人物，王尧也不肯掉以轻心，通过不多的一些生活细节，同时写出了方小朵父女的精神分析学深度。如果老方的精神分析学深度体现在他那无时不在的微笑行为（此种微笑行为，因其被动，所以一定是僵硬的）上的话，那么，方小朵的精神分析学深度就集中体现在她对死亡的莫名恐惧上。小说中写到，刚刚插到我们班上读书的方小朵，原本被安排坐在了王大头朋友余光明（也即余三小）曾经坐过的座位上。然而，等到后来她了解到此种实情后，坚决要求和王大头调换座位：“有一天下午放学时，方小朵突然哭了，她知道了她坐在死人坐过的位置上。”面对方小朵的强烈要求，在征得班主任同意后，王大头答应了她的请求。“我后来才知道，方小朵对死亡的恐惧，源于她母亲的突然去世。方小朵没有说出她母亲去世的详情，她说她父亲到西鞋庄劳动改造时认识了她的母亲。”就这样，在强有力地揭示出方小朵一种惧怕死亡的精神情结的同时，王尧也不动声色地暗示出了方小朵父母那带有一定传奇色彩的婚姻感情生活。她的父亲老方，明明是劳动改造的戴罪之身，她的母亲为什么要选择嫁给他呢？在如此一种看似不般配的婚姻中，男女双方又会经历怎么样的心路历程？与此同时，方小朵的母亲又是怎样突然去世的？所有这一切，王尧都把它深深地潜藏在了文本的背后。然而，从文学接受学的角度来说，正所谓“不著一字，尽得风流”，虽然作家表面上写出的只是冰山一角，但他所暗示的，却是海平面下那含蕴更加丰富复杂的冰山本身。

然后是《那是初恋吗》中的相关描写：“那个叫小朵的女生到我们初二班插班时，是穿着凉鞋过来的。我们男生女生穿凉鞋的很少，天气特别热的时候，我们都穿木拖鞋，平时我们都穿布鞋子。小朵的爸爸到我们这边的邮电所工作了，她跟着过来。我和她并没有交往，有一天她发现自己坐的是不久前死去的同学的座位，在放学时突然大哭起来。我是班长，就请示班主任同意，跟她换了位置。她问我，你不怕死人？我说，一起长大的，他不会吓我的。”请注意，除了连同人物的命名（都叫小朵）都没有变化之外，不论是初二时的插班还是和“我”调换座位，全都在现实生活中实实在在地发生过。与现实生活相比较，王尧的艺术想象集中体现在两个方面。其一，小朵父亲的工作单位由邮电所变成了供销社。其二，更重要的是，到了小说中，不仅小朵的父亲被赋予了改正后的“右派”这样一种社会政治身份，还穿插叙述了她父母之间的传奇婚姻，以及母亲的突然死亡。经过王尧如此一番可谓是“点石成金”的想象之后，散文中的真实故事就变成了小说中有机的故事情节。尤其值得注意的是，在经过了这样一种艺术转换之后，原本意义有限的散文故事，因其与时代背景之间的紧密结合，也就拥有了更加重要的社会价值。散文中，这位在“我”的心目中突然漂亮起来的小朵，曾经送给“我”一方手帕。紧接着，王尧写道：“我的一篇未刊稿中，记录和虚构了我对她的印象：其实我并不能说出她哪里漂亮，你甚至说不出她的眼睛、鼻子和嘴巴什么样，但你对她的长相无可非议。”在这里，王尧所特别提及的那篇未刊稿，毫无疑问也就是我们这里正在分析的长篇小说《民谣》。《民谣》中与此相关的描写是：“在我后来的回忆中，朵儿还是那样若隐若现，我无法在记忆中复原我见过的她。我能够想起来的是，小朵的脸上点着几点淡淡的雀斑，但我记不清在脸部哪个部位。”更进一步说，与王尧的散文《那是初恋吗》形成明显互文效应的，是《民谣》中的这样一段叙事：“在我后来写的散文中，方小朵成了冬妮娅，我回忆了在字里行间见到冬妮娅的感受……冬妮娅几乎让我丧魂落魄，我甚至觉得我第一次失恋是保尔与冬妮娅两个人分手的时刻。冬妮娅哭了，她悲伤地凝望着闪耀的碧蓝的河流，两眼饱含着泪水。我一直记着小说中的这一段描写，我让自己代替了保尔，我看着冬妮娅远去的背影，我也哭了。”首先，这里“我后来写的散文”无疑就是指《那是初恋吗》这一篇。其次，以上这一段文字，除了个别标点符号的位置调整之外，几乎原封不动地被复制到了《那是初恋吗》（当然，实际的情况也可能相反）这篇散文中。

如果着眼于小说的形式层面的话，那我们对唐颖《个人主义的孤岛》（载《收获》长篇专号2020年秋卷）的分析，恐怕只能从作品的尾声部分开始。与几乎到处都是细节的小说主体部分相比较，尾声部分带有明显的抽象概括意味。在小说的主体部分，作家以很大的篇幅所集中讲述的故事时间跨度不过是一年，到了尾声中，虽然只是寥寥数页，故事的时间跨度却长达三十年之久，从女主人公明玉的三十岁，一下子就跨越到了她的六十岁，也就是1960年的时候。三十年的时间里，有这么几个节点显得相对重要。一个是1933年，这一年，为逃避即将到来的遍地战火，通过格林先生的人脉，明玉得以携带两个孩子前往美国的旧金山落脚。一个是抗战结束后的1945年底，明玉曾经短暂地回过一次朝思暮想的上海。这一次，她见到的格林先生已经因为身体原因被迫坐上了轮椅。尽管格林先生明确表示自己不愿意离开上海，“可对于明玉，是否回到上海生活，却很难作出决定”。再一个，是朝代更迭后的1950年，一个耐人寻味的细节是，这一年，“海格路的公寓房子已被收为国有”。还有一个节点，就是明玉六十岁时的1960年。这个时候的明玉，一方面研究日本的历史，一方面不断地回望自己曾经的生命历程：“她点点滴滴在做笔记，历史帮助明玉思考经历过的时代。然而，汹涌的情感在内心起伏，泪水模糊了她的眼睛，她不得不放下笔。是的，思念家祥的浪潮常常向她涌来，她静静地坐着，让泪水流淌。”就这样，到最后，“明玉用英语写了一本书，放下笔的那一天，她六十岁”。关键的问题是，六十岁的明玉用英语完成的这本书，到底是什么样的一本书？因为作家在文本中并未明示，所以我们只好自己去猜测。在我看来，饱经生命与情感沧桑的明玉，以一种真正可谓是百感交集的方式最终完成的这本书，也就是这一部《个人主义的孤岛》。当然，如此一种设定，肯定是作家唐颖的障眼法。作家唐颖在伪托小说中的人物明玉书写一部与明玉自己的生命体验紧密相关的书稿。毋庸置疑的是，借助于这种方式，小说本身的真实性会得到极大的增强。

与尾声部分的伪托明玉完成书稿紧密相关，到了《个人主义的孤岛》这一长篇小说的正文中，身为主人公的明玉进一步成为视角性人物也是一种合乎逻辑的结果。虽然并没有以第一人称的方式径自登场，但在我的理解中，唐颖这部长篇小说最终取得成功，与明玉这样一位视角性人物的设定有着非常重要的关系。正如同苏东坡那首著名的《题西林壁》中所写的那样，同样是一座庐山，却因观察角度和视野的不同呈现出“远近高低各不同”的状况，一部长篇小说也会因为叙述者或视角性人物的不同，呈现出判然有别的不同面貌。这一方面，鲁迅先生的短篇小说《伤逝》就是一个很好的例证。《伤逝》所采用的就是第一人称限制性叙述方式。以第一人称现身的叙述者涓生，同时也是小说中的男主人公。正因为如此，小说的副标题才会被设定为“涓生的手记”。在涓生看来，自己和子君之间情感悲剧的最终酿成，主要责任应该更多地由子君来承担。曾经的子君是时代精神的体现者，唯其如此，她才可以讲出那句铿锵有力的“我是我自己的，他们谁也没有干涉我的权利”的话语来。然而，等到他们真正走到一起，结合在一起之后，在日复一日的日常生活中，涓生却越来越清晰地意识到了自己和子君之间精神差异的存在：“屋子和读者渐渐消失了，我看见怒涛中的渔夫，战壕中的兵士，摩托车中的贵人，洋场上的投机家，深山密林中的豪杰，讲台上的教授，昏夜的运动者和深夜的偷儿……子君，——不在近旁。她的勇气都失掉了，只为着阿随悲愤，为着做饭出神；然而奇怪的是倒也并不怎样瘦损……”前面所罗列的那些，毫无疑问是人生战场的一种象征。如果说涓生自己一直置身于这样的一个人生战场的话，那么，进入家庭生活后的子君，却因其日渐地沉迷于“阿随”和“吃饭”的日常生活而慢慢地成为了一个时代的落伍者。正因为已经明确意识到了两个人之间精神落差的存在，所以，涓生最终在经过一番犹豫之后，把这“无爱的真相”不无残忍地告诉了子君。既如此，最后的结果，也就只能是子君被父亲接走，以及稍后一些的猝然而逝。一场既是情感的，更是生命的悲剧，就此而彻底酿成。然而，不知道有没有朋友想到过，假如《伤逝》换一个人物，比如子君，来承担第一人称叙述者的角色，整个文本的面貌将会如何。尽管这样的一个文本并不存在，但依循最起码的艺术逻辑，我们完全能够想象得到，这肯定会是一个与现有文本大相径庭的全新文本。

唐颖的《个人主义的孤岛》同样如此，如果把小说中的其他一些人物形象，比如明玉的丈夫赵鸿庆，或者情人宋家祥，或者与明玉情同姐妹的金玉，或者干脆是那位英国人格林先生设定为视角性人物，那我们所看到的文本样貌肯定会大为不同。我们之所以要在本文的标题中特别强调“角度”的重要，其落脚点正在于此。从根本上说，只有把明玉这样一位人生经历坎坷曲折的现代女性设定为视角性人物，作家唐颖才能够相对圆满地完成其对男性和女性、日常与革命之间关系的重审和观照。首先，是一种站在女性立场上的男权批判。这一点，集中体现在明玉和丈夫赵鸿庆的关系上。明玉十岁那年父亲去世，十一岁时便被迫和她的弟弟一起随母改嫁给一位打鱼为生的鳏夫。没想到，仅仅过了两年，明玉还只有十二岁的时候，就遭遇了人生中的一大劫难：“母亲和继父商量，准备把她卖去花船，她嗓音好，爱唱歌，又识字（明玉能够识字，是因为父亲生前曾经让她读私塾认字。笔者注），可以多卖几个钱。”因为明玉在水上生活的一年时间里，已经目睹了花船生活之糜烂不堪，所以就只身逃了出来。当然，只有在逐渐阅读了解文本的过程中，我们才会知道，明玉的被迫出逃其实也与母亲的万般无奈紧密相关。“她的继父也曾经骑在她的身上，幸亏被母亲发现，为此他们激烈地打了一架。她是在婚床上才突然明白，母亲为何急着让她离开家。”关键在于，我们不知道唐颖自己是否意识到，她的两处细节描写实际上存在着自相矛盾的问题。依照后来的描写，母亲对明玉其实是充满关切的。正是出于保护女儿免受继父糟害的缘故，母亲才要急着让明玉离开家。那么，明玉在匆匆忙忙离开家之后，到底应该到哪里去呢？问题也就出在这个地方。按照前面的描写，是母亲和继父一起商量着要把明玉卖到花船去。难道说，母亲竟然不知道花船是一种什么样的所在吗？难道她不知道把明玉卖给花船就意味着明玉刚刚逃出狼窝马上又进入虎口了吗？一个细节在凸显母亲对女儿的悉心关爱，另一个细节，则正好相反，凸显出的乃是母亲的所谓蛇蝎之心。前后两个细节设定的自相矛盾乃是显而易见的事实。因此，虽然我坚定地认为唐颖的本意是要凸显明玉母亲无可奈何情况下对母爱的某种执着，但也还是为作家写作时的一时疏忽而深感遗憾（又或者说，唐颖的如此一种处理方式，乃是要凸显母亲人性构成的复杂）。之所以得出这一结论，还有一个不容忽视的细节，就是等到明玉追随丈夫在日本居留的时候，在不期然间生成过这样一种认识：“她此时此刻回想往事，突然有些明白，母亲去私塾做清洁工，其实和私塾先生有其他交换，老先生才让她进私塾读了两年书。噢，母亲并非不爱她。”那么，在母亲和私塾先生之间，到底会有什么交易呢？对此，虽然唐颖也只是点到为止，但明眼人却完全可以想象得到。一个毋庸置疑的事实是，这一细节的确能够证明母亲爱的存在。

幸运的一点是，从故乡苏州被迫流落到上海的明玉，不仅被一个戏班子收留，还因此结识了作为台柱子的金玉：“明玉在戏班子里做小群演，有天分，格外努力，也会看人脸色，她乖巧得像跟屁虫一样跟着戏班子里最红的金玉，很得金玉欢心。‘明玉’是金玉给她取的艺名，明玉拜金玉做干姐姐，是点香磕头，有仪式的。”毫无疑问，明玉之所以要拜金玉做干姐姐，一开始肯定是出于寻求保护的目的。但没想到的是，等到数年相处下来，她们俩居然真的超越了最初的功利想法，成为了一对彼此心心相印，情投意合的好姐妹。在成为好姐妹的同时，明玉的演艺水平也有了明显的提高：“在金玉严厉的指导下，她扮演的角色才有了光彩，渐渐坐稳旦角的位子。这出戏（指《司马相如与卓文君》。笔者注）让她赢得与金玉并肩的‘双玉’美誉。出去唱堂会时，金玉点名让她做搭档。”但也正是在唱堂会的过程中，明玉的命运又一次发生了重要的改变，因为她“幸”或“不幸”地遇到了一个名叫赵鸿庆的男人：“赵鸿庆是同盟会会员，革命党人。他们当时为躲避袁世凯迫害暂居日本。堂会相遇那次，是赵鸿庆回上海参加一个会议，那天是去饭馆和同人商讨会议议题，便遇上金玉和明玉搭档唱折子戏。”或许真的是前世有缘，赵鸿庆一见明玉就喜欢上了她。这样一来，在付给班主一笔钱之后，赵鸿庆就不仅把明玉赎了出来，还把她带回了日本。尽管赵鸿庆在日本看似体面地通过一条结婚告示和一场酒席使得明玉变成了“赵太太”，但明玉很快就搞明白，赵鸿庆在老家湖州还有一个明媒正娶的太太，她的真实身份其实只是姨太太。他们夫妻俩之间的性别战争，就最早发生在居留日本期间。

虽然明玉幼时曾经接受过一定程度的私塾教育，但这却远远配不上她的革命家丈夫。也因此，一方面出于丈夫的要求，一方面更出于自己的内心要求，明玉便开始进入学校接受各种新式教育：“她搭电车去市区大学补习日语，校园热气腾腾，一些中国留学生无心课堂，他们聚在一起，谈论西方自由平等的理念，说出的话都是热血沸腾的大词：民族解放，国家富强……诸如此类。”正是在外出接受新式教育的过程中，明玉不仅大开眼界，对外部世界有了相对深入的了解和认识，而且更是结识了她生命中一位重要的男性李桑农。李桑农属于日本校园中激进的中国留学生团体，在校园演讲时滔滔不绝，有着突出的人格魅力。最起码，年轻的明玉是被这位校园青年对理想的热情程度深深地感动了。“这是她的人生中，第一个与她平等相处的朋友。并非他的那些革命大道理，而是他对她的尊重唤醒了她自身的人权意识。”在这里，我们首先应该注意到的，就是男女之间的性别差异。李桑农感兴趣的是那些革命大道理，而明玉真正的兴趣所在，却是李桑农对自己的尊重。也因此，李桑农成为了明玉青年时代一个不可或缺的重要存在：“假如说她的青年时代有什么值得回忆的片段，便是与他的相处。然而丈夫的一声断喝，戛然止之。她的新女性角色，只是在校园、在他目光里存在片刻。”问题在于，丈夫的这一声断喝所为何来？却原来，1919年巴黎和谈失败，急着要回国的赵鸿庆，匆忙间去校园找明玉，没想到却看到了自己不愿意看到的一幕：“彼时日本校园充满动荡的气氛，学生们站在操场，围成不同的小圈子议论。赵鸿庆一眼就看见明玉，她正在和李桑农交谈，他们脸上充满激情，眼神热烈，让他脸色大变。”这样一来，也才有了赵鸿庆的那一声断喝：“他把她带回家，刚进家门，便朝她连扇几大耳光，破口大骂：‘给我跪下，我是让你读书长见识，不是让你去勾搭男人，你戏子本性不改。’”赵鸿庆还气哼哼地警告明玉：“你要是不听我的话，我可以把你赶出家门。不过，我并不希望这种事发生，你也不会再想回到戏班子。”面对这种情况，已经有了自我尊严意识的明玉，一时陷入矛盾纠结的状态之中。一方面，她清楚地意识到，自己和李桑农之间不仅有更多的共同语言，而且，“年轻的身体彼此吸引”，但在另一方面，丈夫的怀疑却也谈不上什么道理：“事实上，她并没有其他想法，假如身体的能量不由自主流淌，她的理性仍然会坚守对丈夫的忠贞。”从根本上说，正是来自于丈夫的耳光促使明玉清醒地意识到了自己在赵鸿庆心目中真正的地位所在：“而这一切是丈夫带给她的，一个有社会地位却脾气暴躁的男人，他把她从社会底层打捞上来，他付钱让她读书，同时对她打骂任意。她想，命运不可能只给你糖吃。”

因为这个时候的明玉，已经接受过一定程度的新式教育，拥有了一定程度的现代意识，所以，在和丈夫发生尖锐激烈的矛盾冲突之后，她曾经一度起念，试图摆脱这个家庭暴君：“但她已经不是那个只想活下来的小戏子，在日本两年多至少学到了‘平等’和‘自由’这些词语，她怎么说服自己在一个恩威并施的男人身边过下去？”如果不是恰好在这个时候明玉发现自己有了身孕，那自我意识已经明显有所觉醒的明玉，或许有可能选择离开赵鸿庆这个家庭暴君式的丈夫。或许与孩子的即将到来有关，理性占据了上风后的明玉，最终还是决定继续留在丈夫赵鸿庆身边。面对着身边这位有着强烈控制欲的男人，以及那位多少带有一点虚无缥缈色彩的李桑农，明玉“很容易就分清了生活和幻想。思念一下有李桑农的校园生活不影响现实，她可以心无旁骛扮演妻子和母亲角色。每天让自己怀着感恩而不是无奈，这是她给自己的道德底线”。归根到底，一种无法被否认的事实就是，尽管在接受一定程度的新式教育后，明玉的女性独立意识已经有了极明显的提升，但一方面由于内心里的母爱发生作用，另一方面更迫于一种严酷人生现实羁绊的缘故，明玉最终还是选择留在赵鸿庆的身边。从根本上说，丈夫去世后的明玉，之所以要千方百计地设法在上海的环龙路与拉都路朝东转角处创办一个饭店，在解决起码生计问题的同时，更是为了尽可能地维持一位现代女性某种相对独立的生存方式：“丈夫去世后，她才开始真正自立，开一家小饭店，解决谋生，也是解放自己，至少，她有了社会角色。”“她有了自己的事业，虽然不过是一家不起眼的小饭店，可她并不认为仅仅是一门生意，这是她社会生活的空间，她不再是囚在家的囚徒。她不需要婚姻。她经历过婚姻，婚姻给她太多痛苦。婚姻跟饭店一样，需要全力以赴经营；却又跟饭店不同，即使全力以赴经营，也未必能够成功。”饭店的创办之外，还有一点值得注意的，就是她对女儿朵朵的悉心培养。这一方面，一个不容忽视的重要细节就是，因为担心自己因罹患肺结核而弃世的明玉，曾经写下过一个很长的备忘录：“明玉做好了自己可能挺不过这场疾病的准备，她最无法放下心的是朵朵。她给丈夫写了很长的备忘录，关于朵朵作为女孩子在发育过程中可能遇上的疾病和麻烦，一一罗列。她要丈夫发誓，朵朵十六岁以后，把她送去日本读书。那时，日本仍然是她向往的国度。”无论如何，明玉之所以会特别牵心于女儿朵朵的培养，以及女儿未来的人生道路，都与她自己曾经带有明显屈辱色彩的苦难经历紧密相关。正因为有过“曾经沧海”的人生经历，所以，明玉不管怎么说都不愿意让朵朵重蹈覆辙。借助于这一点，唐颖所强有力揭示出的，其实是明玉这一现代女性形象的某种精神分析学深度。

面对陈继明的长篇小说《平安批》（载《人民文学》杂志2021年第1期），我们首先所生发出的一个疑问就是，究竟何为“平安批”？依照小说中的一位外来者董姑娘的说法，所谓的“平安批”，其实也就是“番批”。原来，在中国南方的潮汕地区，“大多数妇女的丈夫都下了南洋，在暹罗、安南、石叻、老挝、马来等国出苦力或者做生意，往往几年都不回家，有些甚至死在途中。村中常常只剩下妇女和孩子。由于人多地少，再兼风灾雨灾频发，留在家里的人通常无事可做，全靠男人从国外定期寄回钱银维持生计。收到钱的同时通常也会收到一封或长或短的信。两者合起来，被称作番批”。之所以叫“番批”，与“番”的具体语义紧密相关。作为一个多音多义字，“番”一个非常重要的义项就是指外国的或外族的。因为这些信件都由男人从国外寄回，所以便顺理成章地被命名为“番批”。一个不容回避的问题是，“番批”为什么又被称为“平安批”呢？对此，作家曾经巧妙地借助于少年郑梦梅（也即阿佛）的视角而有所表达：“从小就知道有一种家书叫‘平安批’，在少年阿佛的想象中，人因此而分为两种，一种是寄平安批的人，一种是等平安批的人。”由于国内和国外的亲人天各一方，长时间都无法谋面，在不断往返的“番批”中，毫无疑问都包含有互报平安的意思。正因为如此，陈继明方才会饱含深意地把“平安批”移用为小说的标题。

说实在话，对于中国东南沿海一带，尤其是潮汕地区国人，利用毗邻海洋的地缘优势而最终形成的下南洋（所谓“下南洋”，就是指东南沿海地区的人们，因为毗邻海洋舟楫便利的缘故，往往会离开母国前往东南亚一带去讨生活。此处的南洋，可以被看作是坐落于海洋之中的东南亚一带的统称）现象，我此前也有所耳闻。虽然不能说所有的华侨都与下南洋有关，但由于下南洋而导致一大批华侨的产生，却是一种不争的事实。这一次，借助于陈继明的《平安批》，我终于有机会对前后持续了数百年之久的潮汕地区下南洋的情况有了相对深入的了解。我们都知道，在中国的文学理论界，曾经一度强调文学创作应该同时具备认识作用、教育作用以及审美作用三种功能。尽管80年代开始所谓“纯文学”的观念不仅形成，而且大行其道以来，文学的审美作用不仅逐渐成为最主要的功能，而且很明显地遮蔽了其他的两种功能。但其实，一种更具合理性的理解是，在承认文学最主要的功能的确是审美作用的同时，也不能轻易忽略另外两种功能的存在。从教育作用的角度来说，无论怎样的迂回曲折，文学作品都应该真正有益于世道人心。从认识作用来说，有很多作品的确能够帮助我们加深对许多未知事物的理解和把握。具体到陈继明的这部《平安批》，一个不容忽略的重要功能就是它突出的认识作用。实际上，正是从这一点出发，我才特别认同《人民文学》编辑的评价：“中国北方人迁徙的历史现象，比如走西口、闯关东等，曾被许多优秀作品一再表述过；相形之下，从中国南方发生的那些出国门过大海的下南洋故事，有较大影响的力作显然要稀少得多。《平安批》的发表，不仅有望改变这类题材创作长期存在的南北失衡的格局，而且有可能使得‘迁徙’母题的创作现出新的艺术海拔。”[①]我们都知道，在学术研究领域往往有一种填补空白的说法，从题材的角度出发，如果在文学创作领域也有填补空白一说的话，那么，陈继明的这部《平安批》自然也可以被看作是下南洋这一题材的填补空白之作。

正是从文学的认识作用出发，在阅读小说的过程中，我才特别注意到了很明显具有尾声意义的“沉批博物馆”这一部分的存在。这一叙事推进速度极快的简短部分，所集中概括介绍的乃是主人公郑梦梅在1949年朝代更易之后的人生行状。考虑到自己在未来时代肯定无法逃避的尴尬处境，郑梦梅断然决定离开潮汕，远走天高皇帝远的暹罗。虽然身在异国他乡，但郑梦梅总是牵挂着故国。其间，他以只身走邮路的形式多次亲近过自己的母国。就这样，到1958年，伴随着国家政策的改变，年已七十岁的郑梦梅终于不顾家人的劝阻执意回国：“那个阶段他急需一个回国的理由——办一个和番批有关的小小博物馆，是再好不过的一个理由。回到汕头后经过梦梅和采儿的艰苦搜寻，一部分沉批终于找到了下家。”依照批局长期以来形成的规矩，信誉是最重要的：“侨批业的头号规矩是，无论如何都不能让寄批人和收批人蒙受损失，批款必需如数送达侨眷手中，批局往往不得不以倾家荡产为代价来维护行业信誉。”既如此，千方百计地为沉批（所谓沉批，指的是因为收批人找不到而长期积压下的那些批件）找到相应的收批人，就是郑梦梅他们所必须承担的一个重要使命。当然，对这个时候的郑梦梅来说，他更重要的使命是想方设法建立一个在当时被命名为“抗战时期沉批博物馆”的文化博物馆。

① “卷首”，载《人民文学》2021年第1期。

“再后来，梦梅开始逐渐丰富‘抗战时期沉批博物馆’的内涵，满世界收集各个时期、从各个国家寄回国内的番批实物和书信。让博物馆渐渐成为较为整全的具有史学、文学、人类学等广泛学术价值的侨批博物馆。”很大程度上，郑梦梅经过一番努力建立起的这个博物馆，应该被看作是事关侨批业的最早的一个沉批博物馆。倘若联系此后的事实，我们就不难发现，身为一位资深的侨批人，郑梦梅之所以早在1958年的时候就急急忙忙地筹建沉批博物馆，与他对侨批业即将彻底消失的精准预感紧密相关。果不其然，到了稍后的1976年，业已存在了数百年的侨批业被成熟的邮政和银行体系完全取代。而郑梦梅自己，则在两年之后以九十岁的高龄安然辞世。在郑梦梅去世二十多年后的2004年，一家建立在“抗战时期沉批博物馆”基础上的国内首家侨批博物馆在汕头正式成立。到2013年6月19日，“广泛分布于广东潮汕、珠海、中山、阳江、江门，福建漳州、泉州、厦门、福州以及海南海口、文昌、琼海、万宁等地的二十多万侨批档案正式申遗成功，成为‘世界记忆遗产’（Memory of the World）。因为，它除了‘具有近代中国国际移民的集体记忆’之外，还在‘同类国际移民文献中具有独一无二的突出价值’”。这时，我们方才恍然大悟，正所谓“卒章显其志”，陈继明之所以要专门设置最后一部分，正是为了把自己的全部书写都落脚到最终申遗成功的那些侨批档案上。如果说小说中的郑梦梅是要通过自己的积极努力建立一个作为实物存在的侨批博物馆的话，作家陈继明就是要在一番扎扎实实的田野调查基础上，以长篇小说这一文体在纸上打造一个侨批博物馆。

然而，多少带有一点吊诡意味的是，活色生香地热切书写着潮汕地区下南洋故事的作家陈继明本人，却并不是一位土生土长的潮汕人。只要对陈继明稍有了解的朋友就知道，他原来是地处大西北的宁夏作家。他在大西北一直生活到了新世纪初叶，方才南迁到地处东南沿海的珠海市工作。从天旱少雨遍地大漠的大西北，到气候潮湿闷热的东南沿海，别的且不说，单只是气候与地理条件的适应，就够考验陈继明的了。实际的情形确也如此，在和我的交谈中，陈继明曾经明确告诉我，刚刚来到珠海的那几年，他一度产生过打道回府的想法。亏得他意志坚定，才最终彻底适应了气候和地理的变化，在珠海扎下根来。由一位侨寓于潮汕地区的土生土长的大西北人（或者说新潮汕人）来书写潮汕地区的下南洋故事，看似吊诡，但细细想来，又别有一番道理。首先，是一种"迁徙"的心理同构。如果潮汕人的下南洋是一种迁徙，那么，陈继明从处于大西北的宁夏来到东南沿海的珠海，也同样是一种迁徙。只不过，一个是群体的，一个是个体的。但即使是群体，也由一个又一个个体组成的。因此，虽然各自迁徙的地理方位有所不同，但从心理的角度来说，所有的迁徙，最起码都有一个由不适应到最终适应的过程。在这个过程中，有一些共同的心理感受生成，既合乎逻辑，又顺理成章。在我看来，侨寓于潮汕地区的陈继明，之所以能够在广泛而深入的田野调查的基础上，完成《平安批》这样一部拥有充沛想象力的长篇小说的创作，与如此一种心理同构紧密相关。其次，是一种建立在文化或文明反差之上的深刻思索。所谓文化或文明的反差，意指由于自然与社会条件各方面的限制，即使在同一个国家同一种社会制度之下，各个不同的区域之间也有着非常明显的差异，这一点，如果集中体现在文化或文明的层面，所造成的自然也就是文化或文明的反差。具体到陈继明个人，与其生活轨迹紧密相关的两个区域，一个是大西北的宁夏，另一个是东南沿海的珠海。相比较而言，大西北属于地处内陆深处的经济与文化发展滞后的农耕文化（或游牧文化），而东南沿海则属于一种经济与文化比较超前的商业文化（或海洋文化）。无论如何，二者之间经济与文化，乃至基本生存方式上的差异，是一种无法被否认的客观存在。

我们注意到，关于文化反差，学者谢泳曾经结合山西作家的小说创作做出过深入分析："'晋军'在小说上的成就，我们以为除了那些知青作家来自北京这个文化中心，有较为开阔的视野之外，也与他们在山西农村的真实生活处境有关。他们是一些由都市到乡村的青年知识分子，他们在农村的生活比那些长期生活在农村的人（如山西本土作家）更有新鲜感，这种城市和乡村的差异，使他们对于同样的生活产生了不同的感受，我们把这种感受称为文化反差。"[①]何为"文化反差"？"所谓文化反差是我们观察一个人文化阅历幅度和深度的概念。比如一个人，在他生活经历中有了两种以上相互间差别很大的文化环境，特别是当他从一个文明程度较高的环境到了文明程度较低的环境时，他就容易获得比在那一环境里长期生活的人更为深刻的认识，对于作家来说，这种反差就是一种创作上的优势。反差越大，优势也就越明显。""在'晋军'当中，它的第一部分作家（指知青作家。笔者注）与山西本土的文化反差有这样几个层面：一是地域的反差；二是身份的反差；三是命运的反差。第二部分作家中也有同样的文化反差，但他们的反差就不如第一部分作家的反差

① 谢泳：《山西作家的文化构成》，载《当代作家评论》2001年第3期。

大。他们的反差从区域上说，只是在同一块土地上由乡村到都市的反差，而且这种反差是由低级向高级的。但对于知青那部分人来说，他们的反差是由高级到低级的一个过程，这给一个人心理上带来的变化是极强烈的。这种反差对作家的情感气质、思想境界、艺术追求和审美理想都有很大的作用。”[①]虽然谢泳谈论的是山西作家，但他关于文化反差，以及文化反差对小说创作的制约和影响的认识是具有普遍性的。我们也完全可以借助于他的文化反差来理解、分析由大西北迁徙到东南沿海的作家陈继明。需要特别强调的一点是，虽然谢泳认为只有知青作家那种由城市到乡村，由高级到低级的反差才会给作家的心理带来强烈的变化，但在我的理解中，如此一种情形反过来也可以成立。如同陈继明这样的作家，当他从相对滞后的大西北地区迁徙到相对高级的东南沿海地区的时候，同样需要面对一种较大的文化反差。这种文化反差不仅会对作家个人的情感气质、思想境界、艺术追求以及审美理想产生影响，还可以使他对潮汕地区特有的社会生活现象产生一种本土作家未必能够达致的理解和认识。因此，虽然并非潮汕地区的本土作家，但陈继明在书写如同侨批这样的迁徙题材时，也有着某种身份优势。

《明月几时有》（中国文史出版社2020年10月版）是赵燕飞的第二部长篇小说。小说内容仍然是作者近年来一再书写的以其故乡冷水江为原型的同江故事。这点与五年前的第一部长篇《香奈儿》稍有不同。但与《香奈儿》相似之处是作者探究思考的仍

---

① 谢泳：《山西作家的文化构成》，载《当代作家评论》2001年第3期。

然是爱情与婚恋问题。故事围绕报社记者苏晓月展开，也与《香奈儿》围绕文学杂志社编辑陶子叙述有一定的相似之处，两人有着相似的生活交际圈，更重要的是两者都“显然与作者的真实生活和体验有关”[①]。当然，小说并不是赵燕飞的“自传”，事实上，《明月几时有》即使与郁达夫式的自叙传小说写作相比也相去甚远，但毫无疑问，故乡“同江”给作者留下了许多刻骨铭心的记忆，对于编辑、记者等构成的文化圈作者有着深切的生活体验。不同之处在于，《香奈儿》从男性陶子的视角展开书写与思考，《明月几时有》中却换作了女性苏晓月，然而，唯其如此，赵燕飞通过两部小说展开的关于爱情婚恋问题的思考与探究又具有了一种互补性。因而完全可以说《明月几时有》是《香奈儿》的姊妹篇。

小说的主线是小城同江的女记者苏晓月对一种理想爱情的不懈追寻，借此展开对何为真正爱情的追问与探究。这样的追寻与探问在小说中主要通过《同江日报》女记者苏晓月与三个男人——青梅竹马的前夫于伟军、青年大学生陆清风和市长秦汉明——的多组关系而展开。由于陆清风与秦汉明在电脑网络的虚拟空间里都具有另外一重身份：QQ好友“寻寻觅觅”与匿名发电子邮件者，而且两者在网络虚拟世界里显现出来的形象与现实中又有很大的不同，因而在小说中苏晓月与三个男人实际构成了五组男女婚恋关系，通过这五组关系，展现出男女爱情婚恋的多种可能。托尔斯泰的名作《安娜·卡列尼娜》亦是在探究婚姻与爱情（至少这是其中一个重要的主题）。托翁亦是通过安娜/卡列宁、安娜/沃伦

---

① 聂茂：《无处安魂的漂泊与迷离》，载《创作与评论》2016年第9期（下半月）

斯基、列文/基蒂、基蒂/沃伦斯基以及安娜的哥哥司捷潘/多莉、列文的哥哥尼古拉/玛丽亚等多组男女呈现出婚恋关系的多种可能，却都走向悲剧性的结局，以此来表达“不幸的家庭各有各的不幸”的主题。在这里，多组男女关系是一种线性的组接，这样的结构容易使小说叙事变得散漫拖沓，非有如托翁这样的非凡艺术功力，很难驾驭。与此不同，《明月几时有》采用了另外一种故事结构，在上述五组关系中，苏晓月处于中心位置，以苏晓月为联结点，把五组关系联结起来，形成一种车辐状的结构。与线性的组接相比，这样的车辐状结构更易于把故事叙述得紧凑，有其优势。

在小说写到的苏晓月的三段情感经历中，于伟军与苏晓月同属矿区子弟，是幼时的邻居与玩伴。但是，农转非后才迁到矿区的于伟军，因童年在乡下生活留下的印记而受到同龄人的取笑与歧视，于是在于伟军眼里“简直就是天上知一半地下全知晓”的苏晓月“俨然成了于伟军的保护伞”。但是，随着苏晓月的父亲在矿难中遇难，这样的关系易位，于伟军实际代替苏晓月的父亲成了苏晓月的保护者，成了苏晓月真正意义上的“哥哥”。尽管这样的保护是善意的、无私的、非功利的，而且在苏晓月的成长中也是不可或缺的，苏晓月对此也始终心存感激，但是这样的保护对于现代女性的平等意识与自主意识构成了压抑。这样基于保护与被保护的不平等依附性关系并非爱情，随着婚后苏晓月对于伟军更切近的接触有了更明确的意识。这是苏晓月与于伟军婚变的根本原因，而苏晓月被马青云强暴只是触发这一事件的导火线，或者说仅是苏晓月为离弃于伟军找到了缓解其道德压力的理由。

而在苏晓月与陆清风的关系中，男女双方的关系再次易位，对于“大男孩”陆清风，本就是女大男小的姐弟恋。当然重要的不是年龄差距，而是相对于大学尚未毕业的陆清风，苏晓月有着丰富的社会阅历，再加上陆清风后来孤身一人到同江就业后，在同江上层社会有着丰富人脉的苏晓月显然承担着保护者的角色。但是问题在于陆清风一开始就把自己定位于强者的位置。在两人见面之前，以QQ好友“寻寻觅觅”身份与苏晓月交往的陆清风一直在指导着苏晓月的情感生活，在网络虚拟世界里，他是苏晓月的“老师”。而在他与苏晓月初一见面，就多次试图把自己塑造成苏晓月的保护者，比如，在游泳时，陆清风对不会游泳的苏晓月说“我的水性足够保证你的安全”；对于苏晓月怕蛇，陆清风说“有我在，别说是蛇，就算碰到老虎，你也用不着怕”。尽管陆清风作为一代新人其思想意识似乎相当前卫，可以不顾一切地去爱比他年龄大，有过婚史的苏晓月，而且爱得相当真诚，但是要摆脱男强女弱的文化观念还是相当不易，这种观念可以说是漫长的男权社会形成的深入人们骨髓的集体无意识。在外部世界中，女性获取政治、经济、法律上的平等容易，而在意识观念方面，要把这样的男权观念驱除出去确是一个非常漫长的过程。尽管披上了爱的外衣，但这种意识再往前走一步，即是对女性情感与身体排他性的独占，底色仍然是女性对男性的依附，这样的意识极易被现代女性解读为男权意识，刺痛她们敏感的女权神经。因之，陆清风在与苏晓月“上了床”之后便自然而然地认为获得了独占苏晓月情感与身体的权利，如果这种权利受到挑战便被看作是“关系到他的男子汉尊严”，于是在苏晓月参加市政府组织的舞会并与秦汉明跳舞之后的第二天，陆清风因一整天联系不到苏晓月，一见面就一再追问其行踪，这里不排除陆清风对苏晓月的爱，对她的安危关心，但其更关心的显然是“昨天晚上你在哪里睡”，客观来看，对于恋爱中的男女，陆清风的行为其实也没有出格之处，这样的反应也属正常，换一种角度看，或许这恰好证明陆清风对这场爱情的投入，证明其对苏晓月用情至深，对于这一点，苏晓月其实也承认。尽管如此，这样的爱确乎也对女性的自由与独立构成了一定程度的限缩，引发了苏晓月激烈的反抗：“她圆睁着双眼，瞪着陆清风，一个字一个字地说：‘如果你认为我和你上了床，你就是我的什么人，你就可以限制我的人身自由的话，告诉你，没门！’”而之后，当秦汉明送苏晓月回家时，陆清风突然出现，这一类似于抓奸的行为更体现出这个年轻男孩隐藏在前卫之下的“旧”观念。陆清风与苏晓月恋情的终结有多种原因（比如秦汉明的原因，文章将在后文详加分析），但是，陆清风身上残存的男权意识与苏晓月对两性关系中平等自由独立的追求之间的冲突肯定也是其中一个重要的原因。

与前两段情感相比，作者显然是把苏晓月与秦汉明的恋情当作理想的爱情来写的。但是秦汉明的市长身份，一方面很容易被人看作权色的交易而非无功利的纯真爱情，另一方面，同于伟军与陆清风相比，在与苏晓月的关系中，身后有权力支撑的秦汉明更是强者，秦汉明更有能力为苏晓月提供保护。为此，作者在小说中做了这样的处理。首先，小说写秦汉明最先吸引苏晓月的是苏晓月在同江市欢迎秦汉明上任的大会上发现秦汉明与其父亲一样“眉心长着一颗黑痣”，正是由于秦汉明与苏晓月父亲的这一相似使其“在心底无数次将那个男人驱逐，他却如影随形，令苏晓月无计可施”，以此来表明苏晓月对秦汉明的爱源起于其对早逝的父亲的依恋而非市长的权势。更重要的是，最后秦汉明与苏晓月乘车赶回同江时发生车祸，秦汉明把生的希望给了苏晓月，而自己被撞成重伤，秦汉明的选择除了要冒生命危险之外，还会使其地下恋情彻底曝光，搭上自己的政治生命，身败名裂，这样的书写意在表明秦汉明对于苏晓月不是官员依仗权势的渔色而是纯真的爱情；而苏晓月，在秦汉明失去权位，成为植物人之后，仍然悉心照顾秦汉明，选择与其长相厮守，以此来表明苏晓月对于秦汉明，也不是依附于其权位，而是发乎情。如果说之前秦汉明有能力也确实为苏晓月提供了许多保护，到此保护者与被保护者完全易位，这种易位对前期苏晓月所受秦汉明的保护起到一种平衡作用，这可以看作苏晓月与秦汉明两性情爱关系中一种变相的平等。另外，秦汉明在小说中除了市长这一身份外，另一身份是不断给苏晓月发电子邮件的匿名者。在以电子邮件为交流媒介的网络虚拟世界中，正如秦汉明在邮件中始终称苏晓月为“苏老师”，苏晓月始终是秦汉明情感与家庭困境的解惑者与指导者，在这里，是苏强秦弱的。而在这种交流中，秦汉明的另一面被呈现出来，公众生活中呼风唤雨的强者，在家庭的私密空间里恰恰是渴求获得帮助的弱者，这两种形象的叠加才是完整的真实的秦汉明，在公共空间中以强者面目示人的人未必是真正的强者，他们往往是把虚弱的一面隐藏起来，小说这样的设计可以说是对苏晓月与秦汉明关系的另外一种平衡。简而言之，从于伟军到陆清风，再到秦汉明，苏晓月追寻的似乎是一种平等的，独立的，不对个体的生活与情感空间构成限缩的爱情，追寻的是一种如沈尹默《月夜》中所说“我和一株顶高的树并排立着/却没有靠着”和舒婷《致橡树》中“我必须是你近旁的一株木棉/作为树的形象和你站在一起”的摆脱依附性的爱情理想。

但是，苏晓月在追寻这样一种摆脱对男性依附性的爱情理想的过程中又充满了矛盾，苏晓月始终在摆脱男性的保护与寻找男性的保护之间徘徊游移。在离开于伟军之后，在网络虚拟世界中，秦汉明与陆清风几乎是同时进入苏晓月的情感生活的，但是与现实世界里不一样，在网络世界里，化名“寻寻觅觅”的陆清风是一个“去年一口气谈了几十次恋爱”的两性世界阅历十分丰富的情场老手，有着丰富的情场经验来指导苏晓月，他在网络空间里体现出来的老成使得“苏晓月以为他的年龄应该在三十岁上下，从事着一种较为轻松稳定的职业”。而秦汉明化身的匿名的电子邮件书写者，则是家庭生活一团糟，渴望找人倾诉，渴求获得别人的指点。在网络虚拟空间里，苏晓月与陆清风之间，陆清风是老师，苏晓月是学生，而秦汉明与苏晓月间，是苏晓月在开导指点秦汉明，苏晓月是老师，秦汉明是学生，“寻寻觅觅”与匿名者相比，谁强谁弱，谁更可依靠，很为判然。苏晓月可以说是不自觉地选择了“寻寻觅觅”，在与“寻寻觅觅”的聊天中生发出男女之情，由网恋走向现实中的两性情恋。而在另一组关系中，身份的隐匿只是对于苏晓月而言，秦汉明是知道苏晓月的身份的，因之秦汉明发邮件给苏晓月不能仅仅看作找人倾诉家庭生活中的困惑以缓解内心的郁结，选择苏晓月作为自己的倾诉对象，其实也是在对苏晓月示爱，因之秦汉明给苏晓月的邮件中字里行间肯定隐藏着对苏晓月的爱情表达，但是苏晓月对此显然无感，在发现匿名者可能是秦汉明之前，苏晓月只是把他当作一个求教于自己的普通读者，最多是与自己相似的欲爱而不能的同病相怜者，始终没有对其产生出一丝两性的情爱来。之所以如此，其原因在于，在两性关系中苏晓月潜意识里依然在寻找一个可以依靠的肩膀，依然在期望获取对方某种保护，依然有一种小鸟依人式的传统女性人格隐藏在灵魂深处。

“城与年”是宁肯最近几年悉心创作的一个短篇小说系列，彼此之间有着相互的勾连与指涉。比如，这位被命名为“黑雀儿”的北京小胡同里的底层顽主，前不久，刚刚出现在短篇小说《防空洞》里。出现在《防空洞》里的黑雀儿，不仅曾经因为吃“佛爷”（也即接受小偷的进贡）而被迫参加过“毛泽东思想学习班”，而且正是因为他的现身参与，才使得秉承阶级斗争造反理念的“我们”，在和“历史反革命”张占楼的对峙争斗过程中大获全胜。既然小说被命名为《黑雀儿》，那就意味着黑雀儿从《防空洞》中相对边缘化的位置摇身一变，成为了作品中的核心人物。但我们必须注意到，《黑雀儿》在“城与年”系列中的出现，情况多少有点特殊，可以说既在构想之中，也在预料之外。黑雀儿这个人物应该很早就纳入到了宁肯的“城与年”写作计划之中，而《黑雀儿》的文体依照最初的构想，“城与年”是清一色、齐刷刷的一个短篇小说系列，没想到要想写出黑雀儿这个底层顽主的人物形象，仅有短篇小说的容量还是不够的。这种情况下，宁肯也只能尊重小说创作内在的艺术规律，任由《黑雀儿》自动膨胀为一部中篇小说了。

关注“城与年”的朋友都知道，这是一个在文本叙事层面上特别讲究的小说系列。除了整体文本叙事上的巨大控制力之外，还有一点，就是对叙事人称问题的精心处理。关于其中的“我”和“我们”不仅总是会有所交叉，而且更多时候“我们”的叙事角度更为重要，笔者此前曾经在若干文章中[①]有所探讨，但或许与书写对象发生变化有关，到了这部《黑雀儿》中，这一方面又有了新的情况。相对而言，如果说其他小说更多地关注、表现着第一人称叙述者“我”即黑梦自我之外他者的生活，那么，到了《黑雀儿》中，作家所集中关注表现的就是“我”即黑梦一家人的生活。黑梦一家共有八口人，除了只是被偶尔提及的四个远在外地的姐姐之外，活跃于小说现场中的一共是四个人。一个是绰号为“刚果”的黑雀儿爹：“人们总是抓住一点不及其余，事实上除了嘴唇，黑雀儿爹与非洲人毫无相似之处。而最不像的是他的眼睛，一条缝，刀裁一样，绝对蒙古人种。”从职业的角度来看，他虽然是一个出苦力的板爷，却又不是寻常意义上的板爷。一方面，作为临时工的他，在一家区级医院做勤杂工作。另一方面，下班后的晚上，他又会带领一家四口人上街去捡垃圾。之所以一定要去捡垃圾，肯定是因为家庭生计困难的缘故。再一个是神经不正常的疯娘：“外人不知道原因，我们那片人都知道，这家有个叫疯娘的疯女人，所以不但不觉得奇怪，反而觉得有时还能补补就算不错了。”小说中，疯娘的标志性动作有二，一是坐在破烂儿上乱唱一些固定的唱词，二是用老家话骂人，而且一旦骂起来就越骂越冲动。再有，就是身兼第一人称叙述者的“我”，即侏儒黑梦：“黑雀儿有个弟弟（我），身高不到一米，大脑袋，小身子，四肢像藕，除厚嘴唇有点像黑雀儿爹，不像这家任何人。或者干脆不像人，但也不像猩猩，约在两者之间吧。”这是叙述者“我”也即黑梦一幅生动形象的自画像。与黑梦此人紧

---

① 可参见王春林《一座城市，一个年代，一种文体和一脉精神秘史》与《日常生活伦理与时代伦理的对撞》两文，都曾经发表于《收获》公众号。

密相关的，就是《黑雀儿》别具一格的叙事人称问题。具体来说，《黑雀儿》叙事人称上的一个突出特点，就是第一人称和第三人称的混用，时而第一人称，时而第三人称。这一方面的一个典型段落就是："疯娘骂院子里的任何人或外来陌生人，从不骂自家人，从没骂过黑雀儿、黑雀儿爹、黑雀儿的四个姐姐。但是她骂我，好像我是陌生人，永远的陌生人，哪怕我像黑雀儿一样喊她娘。"这段叙事话语中，句号之前的是第三人称，句号之后的是第一人称。道理其实也简单，从伦理关系的角度来说，如果采用第一人称，那"我"也即黑梦无论如何都不能张口闭口黑雀儿长，黑雀儿爹短，他必须称呼黑雀儿为哥，黑雀儿爹为爹爹或者爸爸。正因为作家在文本中总是迅即地实现着第一人称向第三人称的转换，所以才可以没有任何过渡地径直使用诸如黑雀儿、黑雀儿爹以及疯娘这样的称呼。在我的理解中，宁肯之所以要进行这样的一种叙事人称探索，一方面，固然是出于叙事便利的需要，另一方面，更重要的，却是要借此象征性地表达第一人称叙述者"我"即黑梦，置身于那样一个特殊的畸形政治时期的某种自我精神分裂状况。

既然小说被命名为"黑雀儿"，那黑雀儿其人，毫无疑问也就是作品中最不容忽视的一个重要人物形象。如果黑雀儿可以被看作是北京小胡同的底层社会里一个带有流氓色彩的顽主形象的话，那整部《黑雀儿》的基本内容也就可以被顺理成章地提炼概括为"底层顽主到底是怎样炼成的"。原本一直沉默的黑雀儿，之所以奋起反抗，是因为他一次次目睹弟弟黑梦被街头一个绰号叫"蝈蝈"的顽主无端欺辱（尽管在家庭内部的日常生活中，身为兄长的黑雀儿总是看似对黑梦很冷漠）："谁都没想到就在蝈蝈转身之际，黑雀儿弹起，在空中鱼跃，看准位置，一口咬住了蝈蝈肥滚滚的胳膊。”虽然说黑雀儿凭借他的一咬而开始奠定自己的江湖地位，但出乎一般人预料的一点是，他的这种本能反抗却遭到了父亲刚果的强力打压：“黑雀儿一咬成名，但在刚果看来是大逆不道。”刚果之所以会得出如此一种看似荒唐的结论，一个直接的原因，就是黑雀儿在无意间竟然也咬了他一口。正因为对此耿耿于怀，所以一回到家，刚果便不管青红皂白地用绳子把黑雀儿吊了起来。但其实，正如同黑梦一样，刚果也一样处于某种自我分裂的状态之中。这一点，集中表现在这样一个对比鲜明的细节之中：“蝈蝈用脚尖挑黑雀儿的下巴。刚果雄伟的身体跑过来，但是一看就是非掠食动物，憨笑，点头哈腰，但转脸又像掠食动物——顺手看都没看黑雀儿就给了黑雀儿一耳贴子，非常准，黑雀儿应声倒地。”毋庸讳言，正是刚果的如此一种“内外有别”，最大程度地暴露了连同他自己都丝毫没有自觉的自我分裂状况。在家庭内部，刚果是一位刚愎自用的专制暴君，面对外部如同蝈蝈以及稍后登场的胡继军等比自己更强大的社会存在，他却奴性十足，总是一副奴颜婢膝的做派。很大程度上，正因为刚果的自我分裂，所以也才有了黑雀儿在相继连续地咬了蝈蝈和胡继军两位街头的顽主之后，黑雀儿的两次在家里被吊起来。亏得黑雀儿第二次的受伤情况非常严重，才不仅迫使在医院工作的刚果连夜赶忙把黑雀儿送进了医院接受及时的治疗，而且也正是黑雀儿的这一次住院，以及他出院后对胡继军的不依不饶，彻底扭转了家庭里刚果和黑雀儿彼此间的地位：“黑雀儿找胡继军吓死了刚果，他不能理解，也不能再打，不能说捆就捆起来，吊起。”如此这般，到最后，竟然是黑雀儿取代刚果成了家里说一不二的主儿：“这时黑雀儿已完全像陌生人，像闯入的强盗。”“流氓就是这样，让你摸不着底。”

与黑雀儿在家庭内部地位的上升相匹配的，是他在社会上底层顽主地位的强化与稳固。“与西城、海淀或部队大院的顽主不同，我们南城的顽主多出自底层，像胡继军这样的机关家庭凤毛麟角。”关于前者，我们在王朔的小说里已经看到过太多，但关于后者，我们所读到的相关小说作品却非常少。也正因此，宁肯的《黑雀儿》便有着某种相对的填补空白的意义和价值。那么，黑雀儿能够成为雄霸一方的顽主的根本原因究竟何在呢？“黑雀儿没想成为顽主而成了顽主。别的亡命徒多是诈、讹、赌，黑雀儿不是，就是不想活了。不是一时冲动、失控，他非常理性——或者说还有什么比不知死不怕死更理性？而事实是无论以什么方式生命本能，黑雀儿一旦灭了顽主他就是顽主。”与理性与否相比较，更重要的一点，我觉得是宁肯关于时间节点的深度辨析：“黑雀儿崛起于土站，与红卫兵无关，甚至也与‘宣武小混蛋儿’或‘红山会’之类的无关，及至1968年，无论红卫兵还是‘红山会’，一样都被‘广阔天地，大有作为’一勺烩了。历史就是这么有办法。”所谓“历史就是这么有办法”所一针见血指出的，正是黑雀儿的成为顽主与当时那样一种大的时代背景之间一种不容剥离的内在紧密关联。“此前——我是说1966年以前——顽主也是讲义气、讲规矩的，茬架约定了时间地点，不管对方带多少人，所有问题都在现场解决，讲单打独斗，胜负一出握手言和。蝈蝈、胡继军不是这样，十足地痞流氓，到黑雀儿这就只剩下‘咬’了。”谁说顽主的生成与时代无关？毫无疑问，如果不是到了1966年之后，连同顽主的产生都不讲任何江湖规矩，哪里还会有如同黑雀儿这样一种唯有依靠死缠烂打才能够“一咬成名”的底层顽主出现呢?!也因此，一言以蔽之，底层顽主就是这样炼成的。

但请注意，黑雀儿的一味要蛮斗狠之外，我们无论如何都不能忽略黑梦在那样一个禁毁图书时代简直就是如饥似渴的阅读行为。对此，黑梦自己有着真切的描述：“我真正想说的是，或者我喜欢土站的原因是，日常捡破烂儿时随时的阅读。”“昏黄灯光下，煤灰中央，我读烂报纸上的字，香烟盒上的字，鞋盒子上的字，药瓶、药盒、药膏上的字，罐头上的字，实在无聊会读出声。”正因为在土站有着甚为广泛的阅读行为，所以黑梦才会强调：“没在土站生活过的人不会经历生活的另一面，土站是真正的思考之地。”具体来说，在土站读什么呢？一方面是“《参考消息》、《人民日报》、《解放军报》、《红旗》杂志，还有《光明日报》”。另一方面，则是书中竟然会莫名其妙地钻了一个洞的，从卷二开始，到卷十一消失的无名书籍：“书是文言文，许多小标题都是人名，如阿宝，九山王，胡四娘，婴宁，单道士。这些人名读起来没问题，但里面就读得幽幽暗暗，迷迷糊糊，像做梦，像阴间，冷飕飕的，经常刮起一阵风将我周围的破烂儿刮得满天都是。”黑梦不知道，但我们却知道，他所阅读的这本残破之书，乃是蒲松龄的名作《聊斋志异》。在那个禁毁图书的时代，如同侏儒黑梦这样一种坚持不懈的阅读行为，的确让人感佩不已。与此同时，一个耐人寻味的地方就是小说结尾处的这样一种表达：“黑雀儿无法阻止黑梦，如同当初无人能阻止他。”这是在强调黑梦的执着于阅读。“他们是兄弟。不是兄弟。是，不是，是。”明明是亲生的兄弟，宁肯却为何会有此一问呢？他的如此一种表达方式，到底要传达一种什么意思呢？难道是意在强调黑雀儿和黑梦兄弟俩乃是一个人的一体两面吗？不管怎么说，宁肯如此一种极其耐人寻味的结尾方式，理当引起我们的深思。

一般来说，当下时代一部中篇小说的正常体量，应该是三四万字的样子。但余一鸣这部旨在聚焦英雄形象的中篇小说《湖与元气连》（载《人民文学》2021年第2期）的体量，却竟然多达七万余字，无论如何都可以被看作是一部大中篇。之所以一定要把一部中篇小说经营成大中篇，肯定是因为作家意欲表现的内容太过丰富。阅读这部中篇小说，首先耐人寻味的一点，就是小说标题的由来。大凡文史知识相对广博的朋友就会知道，“湖与元气连”乃是诗仙李白的诗句。当年，李白在途经丹阳湖的时候，曾经赋诗一首《姑孰十咏·丹阳湖》。其具体内容是：“湖与元气连，风波浩难止。天外贾客归，云间片帆起。龟游莲叶上，鸟宿芦花里。少女棹轻舟，歌声逐流水。”小说故事的发生地，就是丹阳湖南边一个叫上元的村庄。文本中的视角性人物王三月，一位学中文出身的大学生，在前往上元村出任村官，也即村书记的路上，因为看不到李白诗中所描绘的情景而大失所望：“那莲叶呢？那芦花呢？那浩难止的风波呢？”一种实际的情形是，不管王三月如何失望，小说标题来自于李白的诗句，乃是无可否认的事实。

《湖与元气连》的一大艺术特色，就是一种现实与历史双线艺术结构的特别设定。首先是现实这一条结构线索。与这一条线索紧密相关的人物形象，除了视角性人物王三月这位大学生村官之外，还有两位不容忽视。一位是曾经担任过村里的书记，因为两个任期届满而被村民推举为村委会主任的刘四龙。在上元，刘氏家族的势力真正可谓强大。曾经长期担任村书记的老支书刘大宝有四个儿子，大龙在南方做建材生意，小龙在省城做到了厅官，三龙在部队是校官，只有四龙留在身边，接了他的班。这个刘四龙，虽然工作能力很强，但却颇遭非议："刘四龙本来是上元的书记，满了两届，能力强，负面消息也不少，乡党委早想换人，这次机不可失，没想到村民选举，又把他选成了村委会主任。"一方面，刘四龙能力方面的突出表现是带领群众集体致富："刘四龙带领大家投资养螃蟹。别的村养螃蟹，都是各家养各家的，上元成立了螃蟹养殖合作社，刘四龙是合作社董事长。从村委会的宣传栏看，上元是全乡集体致富的典型，刘四龙的事迹还上了市里和县里的报纸。"另一方面，王三月从村民，比如胡老头那里了解到的，却是截然相反的情形："胡老头一边划桨，一边说，那都是大村头刘姓的人，得听刘四龙招呼。王三月说，养螃蟹收入应该比种稻收入高吧？胡老头冷笑，也就是说得好听，养蟹户六七成都亏本，真正赚钱的就刘四龙，除了销售，他还经营蟹饲料、塑料挡板等，稳赚。要是我们卜胡二村跟风，只怕会人人亏得裤子没裆。"胡老头的这一番话，再加上关于刘四龙和村妇女委员卜银花之间的风言风语，使得我们不仅认为刘四龙是一位"问题人物"，而且还会误判《湖与元气连》的一大要旨就是要书写表现王三月和刘四龙之间的权力争斗。然而，正所谓"卒章显其志"，只有在读完全篇之后，我们才会了解，原来，刘四龙是一位建立在真实人性描写之上的英雄人物。能够充分彰显其英雄本色的细节主要有二。其一，是他在2020年的那场大洪水中，曾经身先士卒地驾驶快艇救人。最终，在第五次驾艇离开后，再也没有能够回来。后来，人们在露出水面的树梢间，发现了刘四龙的遗体。其二，只有在刘四龙因抢救村民去世之后，前面设定的谜底才被彻底揭开：“卜银花搬出了螃蟹合作社的账本，刘四龙把每年的分红都补贴在螃蟹亏损户，拿到补贴的人都有签字或者按了指印。按记者要求，卜银花打开了刘四龙住的房间，房间的模样和他（指王三月。笔者注）住的一模一样，只是房间里有一股溲酸味，那天晚上他换下的衣服扔在沙发上，没来得及洗。”有了以上两个细节的存在，刘四龙这个英雄形象自然也就立住了脚跟。

另一位，是长期被村里人看作不正常的陈疯子陈玉田。陈玉田是县农业局种子站的退休技术员。作为一名基层知识分子，陈玉田最大的特点就是他那一种难能可贵的书生气。具体来说，他的书生气集中表现在两个方面。其一是格外的认真，甚至认真到了不通情理的地步：“陈玉田做事顶真，眼睛里含不得沙子，常把站长联系好的业务掐黄掉。”其二是即使已经退休，他不仅仍然怀抱着育种的理想，而且把这种理想的追求践行到了具体的行动中：“陈玉田还常年坚持一个梦想，培育出本县圩区的稻种，稻子一般是高产不好吃，好吃不高产，他的梦想是种出的稻子既好吃又高产……”如果把陈玉田的育种理想进一步具体化，那就是“陈玉田原来是研究外来稻种，寻找在本地育种的可能，屡试屡败，陈玉田转变方向，培育本地的湖熟稻稻种，梦想替本地农民夺回稻子的种子权”。正是为了能够更加便利地进行稻种实验，陈玉田才不惜伴随老父亲一起从县城移居到了毗邻丹阳湖的上元乡下。在陈玉田的理解中，只要能够找到本地野稻，就不仅可以重新复活“湖熟”，甚至还可以培育出比它更好的稻种。为了实现自己的育种理想，陈玉田即使被村人看作疯子，仍然不屈不挠地坚持四处寻找本地野稻。诚所谓“功夫不负有心人”，到最后，陈玉田终于发现了两兜野稻。在从滔天洪水中抢出这两兜野稻后，“陈疯子再也不出去疯了，他把那两兜野稻移到了试验田里”。从此，这两兜昭示着育种希望的野稻就成为了陈玉田心目中的宝贝。虽然小说并没有交代他育种的最终结果，但如此一种开放性的结尾，总还是显示出了希望的存在。

小说之所以能够由以上所描述的现实生活进一步探向相对遥远的历史图景，与作家对陈玉田的父亲老老头这样一个曾经的县中历史教师形象的设定紧密相关。很大程度上，正是借助于老老头对既往历史的回顾，才搭建起了历史生活这一条结构线索。与这一线索关系密切的另一个人物形象，就是陈玉田的祖父陈大先。如果说陈玉田是一位基层知识分子，那么，他的祖父陈大先就是一位毕业于上海大同大学水利系的高级知识分子。身为水利专家的陈大先，早在1941年就曾经来到上元，进行实地的水利研究工作。因为当时的伪县政府政务瘫痪的缘故，陈大先只能被迫落脚到乡绅刘金奎家。亏得身为刘氏家族族长的刘金奎也还听说过德先生和赛先生，才会对知识分子陈大先礼敬有加。然而，陈大先无论如何都不可能料想到，到最后，自己竟然会命丧于刘金奎的手中。之所以如此，原因在于，陈大先曾经扮演过刘金奎合力筑圩计划的坚决反对者角色。那一次，上元的刘金奎与魏村的魏老爷两位乡绅，商量着要合两县人民之力将丹阳湖筑成一个新圩。新圩一旦建成，他们就可以在须臾间获得良田万亩。没想到，他们的计划却遭到了水利专家陈大先的坚决反对：“陈大先说，两位老爷，请允许我讲几句。相国圩金银圩筑成后，丹阳大泽水患没有明显增多，但丹阳圩筑成后，横截水势，每遇泛涨，冲决民堤……倘若将丹阳湖再筑圩围垦，无异于雪上加霜……”毫无疑问，陈大先之所以要竭力反对刘金奎他们的筑圩计划，正是虑及未来的水患将会给广大民众的日常生活带来严重负面作用的缘故。在其中，一种为民请命的意味是无法否认的客观事实。究其根本，正因为陈大先曾经竭力反对筑圩的计划，所以，等到后来筑“亮陡门”需要用活人祭奠的时候，他才会不幸“中彩”，被残忍地投入水中。尽管说余一鸣看似用障眼法的方式让老老头强调陈大先也还很可能会有其他的死法，但依照常理和小说的艺术逻辑来推断，这位被用作活人祭奠者，肯定非陈大先莫属。假若我们的推断可以成立，那高级知识分子陈大先，就毫无疑问可以被看作是1945年一位为民请命的英雄。

在小说的主体故事部分讲述完成之后，作家余一鸣曾经借陈疯子之口做这样一种表达：“陈疯子说，湖让人一步，人也应该让湖一步，人与这湖天生有个度，不能过度。其实，根本就用不着再去管它了，人类不去插手，三五年之后，这丹阳湖就能恢复元气，回到李白笔下的美境，湖与元气连，风波浩难止。还有那什么什么的诗，我也忘记了。”就这样，不仅以彼此映照的方式同时刻画塑造出了刘四龙、陈玉田以及陈大先这样三位带有自我牺牲精神的英雄形象，而且到结尾处还以一种巧妙回应李白诗句的方式体现出了生态文学的某种意义和价值，余一鸣的《湖与元气连》这部作品，自然也就应该被看作是近期内一部内涵丰富、品质优秀的中篇小说。

作为一位正在成长过程中的青年作家，唐诗云的小说创作数量，无论如何都称不上多。虽然数量不多，但其中的一些作品却往往会以较为鲜明的思想艺术个性而给我们留下难忘的印象。她最近的短篇小说《腐烂的泡萝卜》（载《湖南文学》2021年第3期）也同样如此。一般情况下，当下时代的大多数中短篇小说，作家在写作时都会围绕某一个贯穿始终的事件来构思情节，推进故事。鲜少有人打破这种写作惯性，采用另外一种以人物形象为中心的“去故事化”的写作方式。作为一个典型的叙事文体，小说当然不可能离开故事。所谓“去故事化”并不意味着小说文本中没有故事，而是说在这一类小说文本中，故事的形态往往是破碎化的，是围绕着某一位核心人物形象而被随时穿插的。这一方面最典型不过的一个例证，就是鲁迅先生那篇早已被高度经典化了的短篇小说《祝福》。首先，《祝福》毫无疑问是一个没有中心故事存在的短篇小说。任你说掉大牙，恐怕也难以说出这个短篇小说到底讲述了怎样的一个中心故事。究其根本，主要原因还是在于，鲁迅只是在用若干零散的精彩细节，以一种深度揭示内在精神世界的方式，刻画塑造祥林嫂这一人物形象。需要注意的是，与那种拥有中心故事的小说创作方式相比较，如同鲁迅《祝福》这样一种“去故事化”的创作方式，写作难度无疑要更大一些。而唐诗云的《腐烂的泡萝卜》所采用的正是类似于《祝福》这样的一种具有艺术挑战性的“去故事化”创作方式。

如同《祝福》一样，《腐烂的泡萝卜》所采用的也不仅是一种限制性的第一人称叙事方式，而且叙述者“我”身上也很明显地打上了作家唐诗云的烙印。小说之所以被命名为“腐烂的泡萝卜”，大约与小说第5节开头处的这样一个细节有一定关联：“堂奶奶和东临叔住的老房子虽说暗淡陈旧，在一片竹林后倒显得很阴凉。我翻过后院的篱笆，推开门，一阵腐烂的泡酸萝卜味扑鼻而来，散发出令人作呕的尸味。”这里的“尸味”一词，或许与“我”前来参加东临叔的葬礼有关。但作为小说标题由来的“腐烂的泡酸萝卜味”，却毫无疑问可以被看作是主人公东临叔的某种象征。很大程度上，种种人生行为均不堪的东临叔，也正像一根散发着难闻气味的“腐烂的泡萝卜”。

小说开宗明义就是东临叔的突然死亡。“东临叔叔才过完45岁生日，怎么就死了呢？他是怎么死的呢？死在哪？”叙述者“我”的这样一些疑问，同时也是广大读者的疑问。吊诡之处在于，在实际的写作过程中，唐诗云的关注重心却并没有停留在这些问题的解答上，以至于一直到读完全篇，我们对以上问题的答案也仍然一无所知。作家真正的聚焦点在主人公东临叔这一畸形灵魂的点染与勾勒上。那么，以一场突如其来的死亡把“我”从遥远的武汉牵引回小镇的东临叔，到底是一个什么样的人物形象呢？稍加概括，东临叔其实是带有一定无赖色彩的落魄知识分子形象。一是他有一定的文化修养。东临叔不仅在电视台有公职，而且每隔一段时间，他就会把自己箱子里的书拿出来晒一晒：“他这样晒大约有两个目的，一是他真爱这些书。二是他享受人们说他是一个文化人。”其次，是他的好面子与热衷于吹牛。明明已经沦落到了连饭都吃不起的地步，但他却依然要打肿脸充胖子，假装很快就会有朋友请他去吃饭。就这样，一直等到“我转了些钱让他请朋友吃饭”，他才肯移步离开。到他去世后，“我”数了数，发现东临叔差不多每隔半个月就要想方设法向“我”借一次钱。甚而至于，明明是因为自己买不起房而致使女朋友嫁给了别人，他却偏偏要强词夺理，试图找回自己的脸面和尊严：“东临叔叔无论怎么样都要表达自己是优秀的，当年是有为青年，有体面工作，有无限可能。对方至少连工作也没有啊，怎么配得上他呢？”三是他没有自制力地热衷于赌博和嗜酒。首先是赌博，不管有天大的事，他“只要一坐上麻将桌就不会下来”。然后是嗜酒：“东临叔叔就好酒，只要有酒给他，他总能找到门路，他挂在嘴边的话是：路子都是喝出来的。”

相比之下，更重要的恐怕还是第四点，即他那恩将仇报式的精神分裂人格。这一点，突出不过地体现在东临叔和“我们”家的复杂关系上：“有段时间，关于父亲违反计划生育（政策，作家在这里无疑少写了两个字。笔者注）的举报信一封接一封，父亲的熟人把其中一封举报信拿出来，我母亲从字迹上发现了惊人秘密——字迹像极了东临叔叔在我家废报纸上写的字。东临叔叔在我家寄居了5年，谁也没想到我父亲违反计划生育（政策）被举报的事居然是他干的，自母亲知道了这件事，我们家是容不下他了。”一方面，不仅长期寄居于“我们”家，而且，“东临叔叔总是向我父亲提出各种要求，说多不多，说少不少，我父亲有些为难，但也不得不满足他”，无论如何都称得上是有恩于他。但在另一方面，真正了解内情的他，却在背后成为了一个可耻的告密者。两相对比，东临叔此人的精神分裂也就称为一种不争的事实。

常言说得好，我们不仅要知其然，更要知其所以然。如果说唐诗云这篇《腐烂的泡萝卜》存在什么遗憾之处，那就是，作家只是生动形象地描摹出了东临叔这样一位性格复杂的无赖式小镇落魄知识分子，而没有能够更进一步地把自己的笔触探入人物的内心世界，把东临叔何以会精神分裂，何以会落魄至此的真正原因挖掘和表现出来。倘若能够做到这一点，那毫无疑问将会在很大程度上提升这个短篇小说的思想艺术水平。

但与此同时，值得肯定的一点是唐诗云竟然把东临叔的突然死亡与大约一年前爆发的新冠肺炎巧妙地联系在了一起。请一定不要忽视这样一些相关的细节。一个是，小说开始不久，“我开车回到老家的时候，堂姐妹们都戴着口罩和黑色的袖章”。再一个是，“相比他四处借钱和骗酒喝，堂奶奶更怕人说东临叔是因为在外面喝酒染上了肺炎。只要能把这个丑事遮过去，都好”。还有就是小说结尾处：“东临叔叔喜欢过无拘无束的生活，一切都随心所欲，现在他该美美地睡了。回武汉那天晚上，我用84消毒液洗了衣物。刚坐下来，便收到武汉明天十点封城的消息。我站在阳台上看车来车往，天亮之前，他们都要赶到哪里去呢？我不知道东临叔叔是不是死于没有症状的肺炎。”尽管到最后，作家唐诗云也没有明确交代东临叔的死因，但以这样一种暗示的方式把他的死亡和新冠肺炎联系在一起，就使得唐诗云的这个短篇小说同时具有了反思这场不期而降的人类劫难的意义。对于这一点，明眼人不可不察。

第四章　现实和历史的残酷与温情

最早接触到薛忆沩长篇小说《“李尔王”与1979》（载《作家》杂志2020年第3、4、5期）是2020年的3月中旬。虽然还不能够一睹全貌，但仅仅是前三分之一的阅读，再加上薛忆沩此前的一系列小说作品给我留下的深刻印象，便对这部肯定会沉甸甸的厚重文本充满了期待。等到5月中旬，当我终于从薛忆沩这一部思想艺术构成相当繁复的长篇小说中跋涉而出的时候，在明确断定这肯定是一部具有突出思想艺术价值的小说作品的同时，我就最早产生了撰写相关批评文章的打算。但正所谓计划赶不上变化，由于工作不期然间的变动，以及其他说不清楚的事务干扰，这篇拟议中的批评文章竟然迟迟动不了笔，提不上议事日程。虽然无法着手动笔，但内心总是会时不时地想起这件未竟之事，总觉得欠下了一笔必须偿还的文债。不是欠作家薛忆沩，而是欠中国当代文学，因为如果我的判断不错，《“李尔王”与1979》这一部长篇小说大约总会在中国当代文学史上留下一定的痕迹。也正因为我私以为《“李尔王”与1979》是一部极有价值的长篇小说，所以也才会在差不多一年后，在所谓“黄花菜都早已凉了”的时候，再一次翻开装帧设计一向特别精美的《作家》杂志，再一次认真阅读薛忆沩这部精心结撰的长篇小说。虽然已经是第二次阅读，但我从中获得的依然是一种思想艺术的极度震撼。说实在话，在当下时代的中国文坛，能够如同《“李尔王”与1979》这样经得起二度乃至多次阅读的作品，还真的是凤毛麟角。某种意义上，第二次阅读依然能够带给我足够的震撼，如此一种现象，本就充分说明这部“时间”在其中发挥着重要作用的长篇小说，其实已经经受住了时间的考验。从这个角度来说，我就更有必要完成相关批评文章的写作。

且让我们从那个小小年纪便具有非同一般思想能力的小外孙说起。小说中的“父亲”和“母亲”一共生育有三个女儿，这位拥有非同寻常思想能力的叛逆少年，是大女儿大桃的小儿子。正所谓“不打不成交”，需要特别强调的一点是，身为外公的“父亲”和他的小外孙之间也曾经发生过尖锐到难以调和的激烈冲突。1979年到来之前的某一年，小外孙曾经被送回乡下和外公外婆一起过暑假。没想到，因为对既往历史毫不知情的小外孙，仅仅只是问了一句“父亲”家曾经的那座祖屋在什么地方，就被一时狂暴失控的外公隔着桌面狠狠地打了一个耳光。等到1979年“父亲”和“母亲”被摘掉“帽子”后，因为要检查身体到省城的大桃家小住，结果出乎意料地遭到了正处于思想叛逆期的小外孙的冷遇。然而，一旦“父亲”按照大桃的提示，和小外孙展开平等的思想交流，年龄差异极大的祖孙俩很快就超越既往的隔阂，成为了精神上的密友：“他们就这样交谈起来。他们先谈了一下《浮士德》的人物，接着又谈到了歌德的生平和性格，最后又谈起了《少年维特之烦恼》。外公很惊奇地发现，自己的小外孙对爱情的看法也像他对政治的看法一样激进，比如他说真正的爱情可以超越一切限制（如性别、地位和年龄等）。”正是在如此一种精神深度沟通的基础上，“父亲”和小外孙他们祖孙俩有了更深入的关于文学的交流。比如关于旷代杰作《红楼梦》的深度探讨：“他说在他看来，‘假’才是《红楼梦》作为小说的立足点，也是《红楼梦》对文学的大贡献。最简单的，宝玉本人就是假的，所以叫‘贾宝玉’。一个人怎么可能嘴里含着宝玉出生？小外孙说正是这从医学上说不通的‘假’为文学的‘真’提供了广阔天地。听他这么说，父亲马上想到《李尔王》也是建立在一个不可信的假设之上的，一个国王怎么可能要急不可耐地将国土全部分给自己的女儿？而就是在这不可信的基础上，莎士比亚建成了一座巨大的文学丰碑。”“他说他最反感那些强调《红楼梦》是‘现实主义’作品的红学家，这部作品明明是一个梦，一个包罗万象的梦，怎么一定要用‘现实’来局限它？他说传统的评论家总是说文学作品要真实地反映现实。其实，真实地反映现实不仅完全没有可能，也完全没有必要，而且也完全没有意义。”（请注意，虽然从表面上看，这些文学观点是属于小外孙或者“父亲”本人的，但实际的情形是，由于整部长篇小说全都出自于薛忆沩之手，所以，我们在某种意义上完全可以把以上这些文学观点看作是薛忆沩自己的某种“夫子自道”。我们之所以要不惜篇幅地摘引这些文字，其实是要借此而更充分地理解、把握薛忆沩包括这部长篇小说在内的小说创作。）

尤其不容忽视的一点是，正是在他们祖孙俩的深度精神交流过程中，外公方才得以真切了解到小外孙有着想要成为一名大作家的文学理想：“‘我想去发现人性的全部奥秘。’小外孙很认真地说。‘这可是一个很大的梦。’他的外公说，‘因为人性的全部奥秘一定是无限的。’小外孙显然非常高兴外公提到了‘无限’，理解自己梦的宽度和深度。‘是啊，所以我的确想当作家。而且是能够写出大作品的大作家。’小外孙说。”也因此，到了小说的结尾处，薛忆沩才会再一次通过“父亲”和小外孙之间的对话来回应小外孙的“大作家”梦。这一次，“父亲”首先明确地强调祖屋就是“我们”的家：“因为你妈妈出生在那里。因为我出生在那里。”“因为我的爸爸和我爸爸的爸爸也出生在那里。”在他们祖孙俩因此而达成真正的和解之后，“父亲”给出了一个耐人寻味的建议。他建议，立志在未来成为“大作家”的小外孙不妨写写“父亲”的故事。敏感的小外孙迅即做出回应，说故事的起点无论如何都应该从那座曾经引起过他们俩尖锐冲突的祖屋开始。对此，“父亲”在表示认同的同时，也给出了进一步的建议：“‘是啊。’父亲说，‘然后，故事的线头走啊走啊，走了大半个中国，走了大半个世纪……到后来到了我们现在站的地方。最后来到了这不可思议的1979年。’稍稍停顿了一下，父亲充满感叹地说：‘这不可思议的1979年就是我的故事结束的地方。’”但“父亲”的建议却并没有到此为止，紧接着，他又按捺不住或者说迫不及待地给出了三点相关的建议。一个是，“其实这1979年也应该是故事开始的地方”。再一个是，“如果不是因为这不可思议的1979年，我的生活就不会变成故事，也不值得变成故事”。还有一个就是，“‘跟人的生命不同，’父亲说，‘真正的故事是不会结束的。’稍微停顿了一下，他接着说：‘一个大作家应该知道怎么去写“不会结束”的故事’”。面对着“父亲”接二连三给出的这些很是有一些令人眼花缭乱的建议，一贯对自己充满自信的小外孙也感到有些犯难了：“小外孙突然感觉做一个‘大作家’是比登上喜马拉雅山的巅峰还要难的事情。”一方面，我们固然应该意识到，借助于小说结尾处“父亲”和小外孙他们祖孙俩之间的这样一番对话，薛忆沩是在以一种类似于西方“元小说”的方式，在自己的小说作品中充满机锋地谈论着这部小说作品（我们不妨把这部作品直接理解为《“李尔王”与1979》）。但更需要我们关注的是由这一番对话牵引出的艺术层面上小说观察视点的设定问题。如果联系小说正文之前作家专门给出的那个“题记”（“题记”的全部内容是：“献给/我的外公/唐振元先生/不可思议的1979年/生活在/湖南省宁乡县/历经铺人民公社立新大队第四生产队/的/‘李尔王’”），我们可以认定，小说里这位打小就立志要成为“大作家”的小外孙，其实就是薛忆沩自己。也因此，在确认薛忆沩自己的外公唐振元先生就是小说主人公“父亲”的人物原型的同时，我们也完全可以认定小说中某种自传性元素的存在。然而，一个非常有趣的问题是，倘若我们认定薛忆沩就是小说中的那位小外孙的话，那么，作为又一代或者说第三代的他，为什么在文本中不直接以小外孙的视点叙述外公的故事，而偏偏要将外公设定为“父亲”呢？道理也非常简单，一旦把外公变为“父亲”，那小说故事的视点也就由小外孙而变成了大桃、二桃或者小桃这三个女儿中的任意一位。当然，甚至也可以被理解为是她们三位女儿的某一集合体。这样一来，小说文本也就因为小外孙在借用母亲和姨妈们的视点来打量并呈现外公的生活而显得幽微曲折了许多。关键的问题在于，薛忆沩到底为什么一定要在叙述视点的设定上绕这么大的一个弯。在承认他的设定肯定会有自身考量的同时，我个人的一种理解就是，大约也只有通过连同第三人称全知叙述在内的如此一种（弯弯绕的）视点设定方式，薛忆沩才可能更加客观冷静地表现外公那一代知识分子的曲折生活历程与幽深精神世界。

从艺术形式的层面上，我们一定不能忽视小说中“父亲”按照大桃的安排写自己一生的“完整陈述”这一细节：“同样不出父亲的意料，公安局还要求他本人再写一份关于自己一生的‘完整陈述’。不过大桃认为这只是‘走过场’的要求，根本就没必要写得那么‘完整’。她说两千字左右的篇幅就已经足够。”尽管大桃没有提出什么更高的要求，但因为“父亲”强烈地意识到“人生经历里的‘事实’其实跟所谓‘真理’一样，也是相对的，深受措辞和角度的影响”，所以真正要动笔的时候，却感觉到特别犯难，不知道怎样才可以把自己其实非常跌宕起伏的人生合乎要求地呈示出来。正当他为自己无论如何都做不到在陈述时“不动情绪”而一筹莫展的时候，还是“母亲”及时给予了他提示。“母亲”说：“‘最重要的是时间。’她好像是自言自语似的说，‘时间就像是这些抽屉。人整个一生都可以清清楚楚地放在时间的里面。’”因为有了“母亲”的及时点拨，满脸愁容的“父亲”茅塞顿开，很流畅地“写下了应该出现在陈述里的关键时点和主要经历”。因为“父亲”乃是小说中最重要的知识分子形象，也即所谓“一号人物”的缘故，所以请允许我把他的这份简历也照抄罗列在此：“1915年6月：出生/1915年6月到1922年8月：童年/1922年9月到1925年8月：私塾/1925年9月到1928年7月：高小/1928年9月到1931年7月：初中/1931年8月：结婚/1931年9月到1932年8月：休学/1932年9月到1935年7月：高中/1935年

9月到1936年8月：休学/1936年9月到1940年7月：大学/1940年9月到1944年3月：教书/1944年4月到1945年8月：逃难/1945年9月到1947年7月：教书/1947年8月到1949年1月：南京/1949年3月到1951年1月：教书/1951年4月到1951年9月：待业/1951年10月到1965年9月：沈阳/1965年5月至今：务农。”一位中国现代知识分子长达六十五年的漫长人生就这样被高度地浓缩在了这一系列看起来枯燥无比的数字之中。大约也正因为如此，在完成了这个罗列书写过程之后，“父亲”才会倍感疑惑，难道这就是自己的一生？在他的理解中，自己的一生绝不应该如此简单：“然后，他又心灰意冷地数了两遍自己写出的总行数。他真是没有想到令自己感觉如此沉重的一生居然可以被如此简短的十八行文字和数字‘完整’地陈述出来。”这个时候，看似不动声色地站出来，一语点破迷津的，依然是有着惊人的预感直觉能力的“母亲”（说到“母亲”那非同寻常的对未来的预感直觉能力，小说中的相关细节真正可谓比比皆是。比如，她对“地球村”的命名，比如，她竟然能够精准地预测到中国不会参加1980年的莫斯科奥运会，而会参加1984年的洛杉矶奥运会，等等）。她说：“其实一个人最重要的生活细节往往是别人不需要知道也不可能知道的，比如自己心灵的快乐，身体的疼痛。”面对“母亲”的惊人妙语，“父亲”倍觉惊奇，他惊奇于“母亲”竟然一语道破了自己最近的最大发现。这样才有了紧接着的一段叙事话语：“‘我想这恐怕就是大家喜欢读小说的原因。’母亲继续说，‘因为小说里有丰富的细节，也只有小说能够呈现丰富的细节。’听到母亲这么说，父亲又将视线移到了手里的稿纸上，他现在更加觉得自己‘完整’地勾画出来的并不是自己的人生。他叹着气转过身去。这时候，他听到母亲好像安慰他似的说：‘如果要我来勾画自己的一生，只需要五行就够了。’”一方面，我们无论如何都不能说“父亲”那十八行关于自己人生的“完整陈述”是不完整的，是虚假的。但在另一方面，却也应该承认，“父亲”和“母亲”他们俩关于人生总结与小说作品的对比性话语，的确有着能够洞幽烛微的真理性价值。从这个角度来说，我们恐怕只有通过薛忆沩的《“李尔王”与1979》这部充满了各种各样丰富细节的长篇小说，才能够真正地借助于艺术的方式直观他们俩走过的人生道路。尤其不容忽视的一点是，正是在这份事关平反与否的人生“完整陈述”的书写过程中，“父亲”不无惊讶地洞察到了命运某种吊诡且本质的存在：“这种反复的阅读和琢磨，更让父亲发现了一个他以前从来没有注意过的悖论：对自己的个体生命具有决定性影响的许多经历其实对自己作为社会动物的存在几乎毫无意义，根本就不需要也不应该出现在关于自己一生的‘完整’陈述里。身体的躁动和精神的痛苦自然就不用说了，那些匪夷所思的谜呢？比如自己十二岁（也就是自己订婚）那一年与鬼的相遇；那块像盖头一样的红布怎么会从半空中落下接着又不知去向？又比如李尔王和自己命运的关系：到底自己是‘因为’被选中扮演李尔王，才有这样的命运，还是自己有这样的命运‘因此’才被选中扮演李尔王……这些深深困扰着父亲个体生命的谜，对于他准备为公安局写的这份陈述却毫无价值。”所谓吊诡，就是不可解，即无法用理性的话语将其说清楚。比如，对我们理解薛忆沩这部小说甚为关键的“父亲”和李尔王之间到底是怎么样的一种彼此影响或相互呼应的关系，正因为不可解，才只能够把它归结为一种命运使然。

包括小说在内的各种不同文体的文学作品，首先是语言的艺术。余华《文城》（北京十月文艺出版社2021年3月版）在语言运用上的突出特点，就是一如既往的简洁、精准而又不失形象、生动。比如，写那些被土匪绑票后好不容易才能够见一回太阳的人票："他们贪婪地张大嘴巴，仿佛不是在呼吸，是在吃着新鲜的空气。徐铁匠低头发出哧哧的笑声，其他人票也低头哧哧笑起来，笑声在陈耀武那里变成哭声以后，他们一个个开始泪流满面，然后阳光晒干了他们脸上的泪水。"一般意义上，空气肯定是用来呼吸的，从来也没有过要"吃空气"的说法。余华之所以要让这些人票大口大口地"吃空气"，一个基本前提，乃是他们已经被迫在阴暗潮湿的票房里不见天日地度过了十五天的缘故。将"呼吸"更易为"吃"，对动词的非常规使用所恰如其分传达出的，正是这些人票的艰难生存处境。紧接着，不仅是徐铁匠，其他一众人票竟然也都发出了"哧哧的笑声"。处于如此一种被绑票的悲惨境地，这些人票为什么会如此反常地"不哭反笑"呢？余华要借此充分表现出的，正是被囚禁多日后人票们的某种精神失常。唯其精神失常，才会带有传染性的"不哭反笑"。也正因此，这些"笑"才会最终转换为一众人票的"泪流满面"。很大程度上，大约也只有如同余华这样的写作高手，才能够以如此一种手段将人票们委婉曲折的微妙心态表现出来，进而达到这样一种以喜写悲的艺术效果。再比如，"陈耀武看见母亲李美莲，她哭成了一个泪人，手里捏着的手帕好像也在掉着泪水。他看到父亲陈永良笑容满面，同时也是泪流满面，林祥福和林百家，还有陈耀文，都是眼泪汪汪"。这一段叙事话语中的出彩之处，毫无疑问是违背一般生活常识的"手里捏着的手帕好像也在掉着泪水”这一句。手帕本来是用来揩泪水的，身为物的它，又怎么可能掉出泪水来呢？却原来，余华的艺术智慧，不仅表现在富有想象力，而且带有一定延展能力，借用了手帕的揩泪水功能。质言之，借助于这块本身好像也掉着泪水的神奇手帕，作家所充分传达出的是身为母亲的李美莲对能够活着从土匪手里脱身的爱子陈耀武的一腔深情。还比如，“这时候一直面带笑容的李美莲哭出了声音，她捧着林百家的脸看了又看，林百家也呜呜哭了起来，李美莲擦着林百家的眼泪，说着别哭别哭，自己却哭得满脸泪水。陈永良把李美莲拉过来，扶到船上，他说哭什么呀，自己也禁不住流出了眼泪”。余华在这里呈示的，是早已经亲如一家的林祥福父女与陈永良一家人分手时的难舍难分场景。采用什么样的一种方式才能够将如此一种“难舍难分”传达出来呢？余华所找到的是一种姑且可以被称为“自我言行悖反”的表达方式。顾名思义，所谓“自我言行悖反”就是指一个人的言行并非故意不一致。具体到这段叙事中，体现为李美莲口口声声劝说林百家不要哭，但自己却“哭得满脸泪水”，陈永良虽然也想设法制止妻子李美莲的哭声，但自己还是“禁不住流出了眼泪”。巧妙地借助两处无法被控制的泪水把一种难舍难分的亲情表达出来，充分凸显出余华某种非同寻常的语言能力。

语言运用之外，《文城》艺术形式层面上还有其他可圈可点处，比如，正偏式艺术结构的创造性设定。这里所谓“正偏式艺术结构”命名的灵感，来自于语言学上的“偏正词组”一说。偏正词组，又被称作偏正短语，是由修饰语和中心语组成，结构成分之间有修饰与被修饰关系的一种词组。具体来说，就是动词、名词、形容词和那些在它们前面起修饰作用的成分合在一起组成的词组。名词前的修饰成分是定语，动词、形容词前的修饰成分是状语。定语（状语）和中心语之间所构成的，是一种偏和正的关系。虽然没有明确标明第一部分是“正篇”，但《文城》这一小说文本由存在着一定内在关联的两部分组构而成，却是毋庸置疑的事实。我们之所以认定小说的主体部分是“正篇”，主要因为后一部分被余华命名为“文城 补”。既然后一部分是“补篇”，那前一部分无疑就可以被称为“正篇”。从一种艺术表达的角度来考量，“正篇”之后要有一个“补篇”存在就是为了结构和传达的完整性。如果“正篇”所集中讲述的是男主人公林祥福真正可谓跌宕起伏的人生故事，那么，带有鲜明补语性质的“补篇”就是为了“填漏补残”，转而以女主人公小美为中心，将虽然为读者所高度关注却因为叙事焦点的限制而未能在“正篇”中交代清楚的内容，在“补篇”中做进一步的补充性交代（即使如此，从一种可持续性写作的角度来说，《文城》中也仍然为作家下一步的小说写作埋下了伏笔。比如，一方面，是林祥福的爱女，那位吃百家奶长大的林百家。在匪患初起时，被父亲送到远在上海的中西女塾读书接受新式教育。另一方面，则是顾益民家那位早已和林百家定亲，但却一直处于浮浪状态的纨绔子弟顾同年。小说中，浪荡到上海滩的这位富家子弟，不仅已经被人拐卖到遥远的澳洲去做劳工，而且也还有这样一种带有突出预叙色彩的提前交代：“可是哭泣与喊叫不会改变他此后在澳洲矿上食不果腹衣不蔽体劳役繁重的命运。”值得关注的问题，除了林百家与顾同年他们两位个人的命运之外，还有他们俩，当然也包括只登场一次的那位北洋军旅长的副官李元成，他们三位之间是否会发生进一步的命运纠葛，也还都是未知数。我们在这里之所以要把李元成扯进来，与他这一番同样带有预言性质的话语紧密相关：“记住我，李元成，将来你在报纸上看到有个大英雄李元成，必定是我，你若是落难了，就拿着报纸来找我。”依循一般的人性和事理逻辑，一方面已经有了以上这些相关的暗示性交代，另一方面却还没有展开真正的故事讲述，那就必然会有小说写作上更进一步的安排。或许，这所有与林百家、顾同年以及李元成紧密相关的那些人生故事，就在余华下一步的小说写作过程中）。余华之所以没有把《文城》中前后有着内在关联的两部分安排为通常意义上的上下部，而是设定成“正篇”和“补篇”，恐怕正是考虑到二者之间从内涵到篇幅的不平衡问题，并不是“补篇”中小美他们的故事不重要，而是“正篇”中林祥福他们的故事更重要。即使仅仅从篇幅来看，“补篇”也大约只占了全书的四分之一。

《文城》的另一可圈可点之处，就是对于中国本土小说传统的借鉴与创化。一个是所谓的“有话则长，无话则短”。“正篇”第四节的开头“此后时光易逝，有几次林祥福沿着田埂走回家中时，见到小美坐在门槛上，她双手托住脸颊陷入沉思，迷离的眼睛眺望远处”。这里需要注意的是“时光易逝”四个字。可以想象，在林祥福和小美的日常生活中，肯定会有很多事情发生，但这些事情都与小说主旨无关，所以余华便以“时光易逝”四个字异常简洁地一笔带过。与此相似的还有“正篇”第二十五节的开头：“岁月的流逝悄无声息，转眼间十年过去了。十年里林祥福没有停止对小美的寻找……”到了这里，就不仅仅是对所谓“有话则长，无话则短”叙事传统的承续，更有一种轻易难以察觉的巧妙叙事重心转换。如果在转换之前，小说的重心是在书写林祥福对小美的执意寻找的话，那么，经过了如此一种巧妙转换之后的篇章，作家的书写重心很显然就转向了对溪镇民众日常生活造成了巨大困扰的匪患（当然，并不是说林祥福从此就放弃了对小美的寻找。对林祥福来说，上天入地地寻找小美，是终其一生都不可能遗忘的重要使命）。

另一个，则是类同于《红楼梦》第一回石头神话那样带有鲜明预叙特征的小说开头方式的设定。关于小说开头的重要性，曾经有论者写道："开头之重要于此可见一斑也。尤其在《红楼梦》这样优秀的作品中，开头不仅是全篇的有机组成部分，而且能起到确定基调并营造笼罩性氛围的作用。如以色列作家奥兹用戏谑的方式所说：'几乎每一个故事的开头都是一根骨头，用这根骨头逗引女人的狗，而那条狗又使你接近那个女人。'""假如《红楼梦》没有第一回，假如曹雪芹没有如此这般告诉我们进入故事的路径，假如所有优秀文学作品都不是由作者选择了自己最为属意的开始方式，或许，我们也就无须寻找任何解释作品的规定性起点。"①既然一部小说的开头如此重要，那对此同样心知肚明的余华，肯定也不会轻易便放过《文城》的开头。小说一起始，劈头一句便是，"在溪镇有一个人，他的财产在万亩荡"。紧接着，在描写介绍了这个人的土地财富情况之后，作家另起一段写道："溪镇通往沈店的陆路上和水路上，没有人不知道这个名叫林祥福的人，他们都说他是个大富户。可是有关他的身世来历却没有人知道。"或也正因此，林祥福的身世来历，自然也就构成了《文城》最根本的一个艺术悬念。接下来的一段叙事话语，就开始交代这个男人最早出现在溪镇时的一个标志性行为：

① 张辉：《假如〈红楼梦〉没有第一回》，载《读书》杂志2014年第9期。

“那时候的溪镇，那些哺乳中的女人几乎都见过林祥福，这些当时还年轻的女人有一个共同的记忆：总是在自己的孩子啼哭之时，他来敲门了。”这段叙事话语中，有两点信息不容忽视。一个是带有明显时间意味的“那时候”与“当时”。这说明叙述者讲述林祥福故事的具体时间，距离事情的发生已经有了相当长的距离。一种事后追述的叙事基调得以明确确立。再一个是，林祥福随身携带着一个虽然还在哺乳期但却已经失去了娘亲的婴儿。唯其如此，他才需要四处敲门为幼女讨奶吃。或许正因为林祥福和幼女处于相依为命的状态，所以，小说开头处与此相关联的另外一个信息，就是林祥福那个总是在随身携带着的大包袱：“林祥福留给陈永良的背影是一个庞大的包袱。”“他仿佛把一个家装在了里面。”实情也确是如此。既然是一个携带着需要讨奶吃的幼女，似乎总是行色匆匆的外来男子，那他的整个家当也就只能变成大包袱时时刻刻背在身上。当然，与前面的几点相比较，更重要的恐怕却是最后一点。在林祥福身背大包袱怀抱哺乳期的婴儿四处讨奶吃的同时，他总是会不停地询问：“这里是文城吗？”而他得到的回答却永远是千篇一律的“这里是溪镇”。之所以说这一信息更为重要，因为它不仅很明显地关涉到了被余华用来作为小说标题的“文城”，而且明确提及了故事最主要的发生地溪镇。只有结合小说后来的主体情节，我们才能够搞明白，男主人公林祥福之所以会对文城这个实际上属于子虚乌有的地名念念不忘，想要千方百计地找到这个名叫文城的地方，只是因为当年那个名叫阿强的男子曾经亲口告诉他，他和妹妹小美来自于一个叫作文城的地方。由以上分析可见，小说开头处的“正篇”第1节中，余华不仅给出了诸如“富户林祥福”“携女寻人”“文城”“溪镇”等一些与《文城》紧密相关的关键性信息，而且从根本上奠定了一种由后来的某一个时间为端点进一步追忆往事的叙述基调。需要特别注意的是，尽管叙述者此前也曾专门强调有关林祥福的身世来历，溪镇根本就没人知道，但实际的情形是，尽管其他人不知道，但这位隐身的非限制性第三人称全知叙述者，却对大富户林祥福的身世来历一清二楚。正是在这个层面上，包括“正篇”“补篇”在内的《文城》这一长篇小说文本，才可以被看作是一种带有突出解密色彩的，由这位隐身的第三人称叙述者专门交代林祥福身世来历的叙事过程。

还有一点，就是余华在《文城》中关于故事所依托的时代背景所采用的一种特别处理方式。一方面，余华为整部小说设定了非常明确的时代背景。从叙事话语中所隐约透露出的蛛丝马迹来判断，故事最早发生在晚清时代，因为还有皇帝存在。紧接着，伴随着辛亥革命的发生进入了民国年间。根据小说文本中提到的北洋军和国民革命军作战的相关话语基本可以断定，林祥福的死亡即主体故事的终结时间应该在1927年之前。那个时候的林祥福正值壮年。小说中，与作家时代背景的如此一种设定相呼应的，是分别对应于男女主人公的两段文字。其一，“清王朝坍塌之后，战乱不止，匪患泛滥。流窜在万亩荡的土匪与日俱增，这些土匪绑得最多的是花票，抓去富裕人家的闺中女子，索取高额赎金”。尽管如此，“林祥福这个时候仍在收购万亩荡的田地，他不在意时局的动荡，也不在意匪患会使万亩荡的田地颗粒无收，他心想留得青山在，不怕没柴烧”。然后，是顾益民对林祥福发出的一句关于时局的由衷感慨：“民国的大总统走马灯似的换了一个又一个，不知道是谁的天下。”其二，“小美入土为安，她生前经历了清朝灭亡、民国初立，死后避开军阀混战，匪患泛滥，生灵涂炭，民不聊生”。首先，从一种历史写实的角度来看，余华之所以要把《文城》的时代背景设定为清末民初，与这一时段政治权力的真空状态紧密相关。从一种历史的实情来看，尽管早在1911年就推翻了清政府统治，但民国政权一直迟至蒋介石主导的所谓“四一二事件”之后，才算是真正稳定了下来。很大程度上，从晚清到1927年的这个历史时间，算得上是一个政治权力相对松弛的阶段。正因为这个阶段出现了权力真空，所以才可能发生如余华在《文城》中所描述的溪镇所面临的严重匪患。在相对正常的情况下，匪患无论如何都不可能发展到如此严重的程度。无论如何，放眼一部已然超过了一百年的中国近现代历史，大约只有余华所选择的这个时段才能够容纳得下《文城》中所描述的严重匪患。而这，恐怕正是余华刻意选择这一时段的理由所在。与此同时，我们更应该注意到，除了以上我们所分析的这一点之外，《文城》的主体故事情节与时代背景之间并没有无法割舍的内在关联。如此一种境况也就意味着，余华所讲述的关于林祥福和小美他们这一群人的故事，放置在任何一个具体的历史时空也都是能够成立的。很大程度上，正是因为《文城》的主体故事情节对具体的历史时空没有什么要求，所以小说才具有了某种抽象的特质。就此而言，《文城》可以被看作是余华在抽离了具体的时代背景之后，对普遍人性展开的一种多少带有一点实验性质的艺术书写。如果我们的分析可以成立，那么，余华在《文城》中一如既往大肆渲染涂抹的那些人生苦难（其中，既有如同雹灾、龙卷风以及雪灾这样的天灾，也有严重的匪患这样的人祸）也就在超越了社会写实的层面之后，具有了某种不容忽视的象征意味。质言之，作家所象征隐喻的，也正是如同所谓“五蕴皆苦”的人类一种悲剧式生存境况。从这个意义上说，余华的《文城》既是一种真切的历史书写，也有着鲜明不过的现实意义。

其实，早在疫情肆虐的2020年，已经有一些敏感的作家捷足先登地以小说的形式回应这场新冠疫情劫难。随着时间的推移，2021年之后这一方面的作品无论是虚构还是非虚构，都在渐次增加的过程之中。虽然其他的同类题材作品肯定各有千秋，但如果就我个人有限的阅读视野来说，截至目前，这一方面最值得注意的一部长篇小说是姚鄂梅的这部篇幅不算太大的《十四天》（载《收获》杂志2021年第3期）。一部长篇小说为什么要被命名为“十四天”？在没有阅读作品之前，这个标题就已经引起了我足够的现实联想。一般来说，新冠疫情期间人们被迫自我隔离的时间也就是十四天。难道说，这是一部直击当下时代新冠疫情现实的长篇小说吗？实际的情况也的确如此，展卷不久，当我读至“入住”部分，读到刘子建的岳父一家竟然打破原定计划，以自驾车的方式提前在腊月二十八这一天抵达宜都这一情节的时候，就已经强烈预感到这是一部以迅捷的方式直击新冠疫情的长篇小说。这里，一个不容回避的关键问题是，姚鄂梅到底会采取一种什么样的方式艺术地切入到疫情现实之中。

我们都知道，当下时代的中国社会，虽然在所谓现代性的冲击下，家庭或者家族观念的重要性较之传统时代降低了很多，但与世界上其他的国家和民族相比较，我们依然是最重视家庭或家族观念的。这方面一个突出的例证就是“家国一理”或者“家天下”这类语词迄今为止的普遍流行。大约也正因为如此，中国的很多作家才会在他们的写作过程中自觉或者不自觉地选择家庭或家族作为切入点。借助于家庭或家族的透视，作家往往可以巧妙地折射出总体意义上的社会问题。这部《十四天》中，姚鄂梅的睿智之处首先体现在她选择了家庭这样一种基本的社会细胞作为自己的艺术切入点。在这部很难说哪一位是主人公的长篇小说中，整个故事情节的始作俑者是地处鄂西南地区的宜都市一位特别好面子的名叫刘玉成的普通市民。刘玉成和妻子秀枝一起育有二子一女。大儿子刘子建是一个不通事务，只知道读书的书呆子：“大儿子子建拖到今年（当指2019年。笔者注）夏天才结婚。这个只会读书的老实坨，一直都是刘玉成两口子的心病，不是操心他读书，恰恰相反，他读书从来不让人操心，只要是读书以外的事，没有一件不让人操心的。”单只是恋爱结婚一事，就足以让刘玉成夫妇操碎了心。因为早在大学期间就一厢情愿地单恋上了一位比自己高一届的师姐的缘故，他竟然把自己的婚姻问题一耽误就是很多年：“女同学就是子建的初恋，也是子建的灾难，因为她，子建把自己与整个世界隔绝了。”既如此，最终成为他妻子的武汉本地人圆圆的出现，对早已为儿子的婚事操碎了心的刘玉成夫妇来说，简直就是天大的福音。由于宜都和武汉相隔太远，两亲家连同婚礼在内也一共只见了两次面。没想到，就在婚礼上第二次见面的时候，这位心胸不够宽阔的刘玉成却在心里打起了自己的小九九，莫名其妙地生出了一定要和居住在大城市里的亲家比一比的念头：“那一刻刘玉成认识到，这场和亲家的无声较量，他不是输在金钱上，也不是输在地位上，他是输在见识上。也可以这么说，表面上，是他输给了亲家，实际上，是宜都输给了武汉。他服气，又不服气。当时他就在想，一定要找个机会扳回这一局，让亲家知道他并非一无是处。”从根本上说，刘玉成如此一种看似莫名其妙的精神情结，其实也还是自卑心理在作祟的缘故。既然如此，他扳回面子的计划就是，想方设法把武汉那边的亲家请到宜都来过一次年。这样也就有了婚礼上两亲家之间的一段对话：“婚礼后的家宴上，刘玉成说：我这两年没干别的，就做了一件事，我弄了个房子，三层，七八百个平方。亲家大惊：哇！土豪啊！什么时候乔迁新居啊？我们一起喝杯喜酒！刘玉成说乔迁就算了，现在连结婚祝寿都限制规模了。我有个想法，孩子们是第一年，我们亲家也是第一年，不如我们合在一起过个年吧，过年谁也管不着，正好也免了孩子们两边跑，怎样？亲家笑呵呵地说：我看可以。”尽管亲家在当时也特别强调自己是一个六口之家，但一心一意想要借助于这个机会好扳回一局的刘玉成，根本就没有把这六口人当回事：“亲家说，我算算，我现在可是六口之家，一大家人哦，你要有个思想准备。刘玉成说，没我多，我加在一起十一口。两人哈哈大笑：十一加六，一十七。一四七，三六九，好吉祥的数字！”就这样，一方面是由于刘玉成实在意欲通过对自家三层楼房的炫耀而扳回面子，另一方面也由于亲家吴爸爸丝毫都没有推托地积极配合，两家人在一起度过2020年春节的计划也就被正式提上了日程。其实，被刘玉成用来加以炫耀的资本，即那套听上去特别了不起的面积多达七八百平米的三层楼房，其来历带有突出的“误打误撞”性质。尽管在刘玉成自己的感觉中，“幸亏当年没有跟风给她（指刘玉成的妻子秀枝。笔者注）办‘农转非’，老老实实当他的‘半边户’。想想看，农转非三万多（80年代的三万），如今的地皮费三十八九万，就因为他一个正确的决定，竟然全都省了，一分钱都不用出！”。但事实的真相却是，并非刘玉成有非同寻常的先见之明，能够预见到未来的社会发展趋势，而是当时的他，根本就没有能力替自己的妻子“农转非”，没想到到头来随着时世出人意料的迁移，刘玉成的如此一种不作为，竟然“歪打正着”地成为了一种带有突出先见之明色彩的正确抉择。一个已经退休在家的普通市民，因自己当年的无能而沾沾自喜到如此一种不知廉耻的地步，其虚荣和浅薄自然也就昭然若揭了。但无论如何，对姚鄂梅的《十四天》这部长篇小说来说，刘玉成这种炫耀心理的存在却是非常必要的。很大程度上，刘玉成的如此一种炫耀心理，非常类似于阿基米德所需要的那个支点。阿基米德说，只要有那个推想中的支点存在，他就完全可以撬起地球。我们说，如果缺少了普通市民刘玉成那种难以遏制的炫耀心理，整部《十四天》也就丧失了故事情节的根本内驱力。因此，从一种假定性叙事的角度来说，刘玉成的炫耀心理实际上构成了一个基本的叙事前提。

正如同那个无知的渔夫不小心打开了所罗门王的瓶子，放出了已被封押很多年的魔鬼一样，一心只想借助于自我炫耀的方式挽回面子的刘玉成，根本就不可能料想到，自己无意间打开的也正是一只类似于所罗门王瓶子的“瓶子”。尽管早就做好了接待亲家吴爸爸一家人的各种准备，但出乎刘玉成预料的是，吴爸爸他们竟然会“违约”提前出现在宜都。按照此前的计划，在宜都过完年后，吴爸爸一家还要继续前往重庆，“所以武汉一家只能放弃自驾，于腊月二十九乘高铁到宜昌，宜都这边派车去接站”，但由于子建他们两口子突然改变行程，要绕道北京办事，便决定等到他们两路人马会合后，“再通知宜都的接站人员”。但谁知，还只是在腊月二十八，吴爸爸一行人就已经以自驾车的方式突然出现在了宜都。虽然刘玉成夫妇一直被蒙在鼓里，但叙事过程中的一些蛛丝马迹已经隐约透露着社会局势的逐步恶化。一个是口罩的突然出现，“一个戴口罩的年轻姑娘走了过来，那是圆圆姐姐”，“刘玉成这才发现，圆圆妈妈也是有口罩的，这会儿她把它套在手腕上”。再一个是吴爸爸一家表现得不够正常：“大家听了，都不说话，只是嗯嗯、哦哦，心不在焉，刘玉成有点疑惑，如果他们真的对这个城市不感兴趣，为什么又眼睛都不眨一下地望着外面呢。”另一个不正常的地方就是：“说完他自己也发现问题了：从荆州过来两个小时都不要，他们怎么一脸瞌睡，像开了夜车的样子？”然而，一直等到子夏他们从南京回来，事情的真相才开始逐渐浮出水面。先是在得知吴爸爸他们全家都已到来的消息之后，子夏的激烈反应：“妈你不知道吗？武汉现在有很厉害的传染病，他们当中有没有人咳嗽？有没有人发烧？”紧接着，就是吴爸爸他们在从盐池河返程宜都的路上，武汉封城消息的正式发布。虽然一直到这个时候，刘玉成仍然处于懵懂的状态之中，但吴爸爸一家人的激烈反应却足以说明事态的严重。若非如此，吴爸爸也不可能在和大女婿发生激烈的争执之后，干脆不管不顾地扣押了他的车钥匙。就这样，一方面是按照此前的计划，刘玉成和吴爸爸他们两家人的确聚集在了刘玉成家的三层楼房里，一个传统意义上的年节就此拉开了帷幕。另一方面，伴随着隔离令的下达，一场意想不到的现实和人性劫难也开始逐渐地降临到这两个临时拼凑在一起过春节的家庭之上。在正式开始他们长达十四天之久的居家隔离生活之前，首先爆出火花的，却是子夏与吴爸爸他们的一种短兵相接。先是子夏那咄咄逼人充满火药味的率先发难：“我直说了吧，按规定，从武汉回来的人，与武汉来的接触过的人，都要自我隔离十四天，你是不知道这个规定还是想明知故犯？不光他们要隔离，现在连我们也要隔离了，我们跟他们一样，这个屋里的所有人，都成了被怀疑对象，哪都不能去。”接下来便是吴爸爸的即时回应：“我敢保证，我们一家人都是安全的”“其次，我对我们家的免疫能力非常有信心”“这次到宜都来，实在是因为当初有约，如果不是有约在先，我们也不会贸然离家。其实我现在也很焦虑，一来给你们添了太多麻烦，二来我在武汉还有很多亲戚朋友，我非常担心他们，还好，到目前为止，他们都没事”。一种实际的情况是，吴爸爸的这段自我表白有真有假，可谓虚实参半。一方面，吴爸爸他们的到来的确是因为有约在先。否则，无论武汉的情况怎样紧急，他们大概也不会想到要到亲家这里（中国的伦理文化使然）来逃避疫情劫难。但另一方面，吴爸爸他们提前以自驾车的方式到来的这一行为本身，就说明他们的到来的确含有不容否认的逃避疫情的动机。从叙述学层面上的预叙角度来说，子夏和吴爸爸他们在长达十四天的隔离生活开始之前的如此一种互不相让的短兵相接情节，在很大程度上预言或者昭示了未来十四天隔离生活中，这两个家庭之间抑或是各自内部那不可能回避的尖锐矛盾冲突，以及那人性本然层面上的恶。

与被封城的武汉有所不同，宜都的具体隔离是从大年初一那一天开始。面对着有关部门下达的隔离令，刘玉成他们一家所必须做出的选择，就是如何处置来自于武汉的亲家吴爸爸一家人。尽管遭到了子夏尚且算不上多么激烈的隐约反对，但出于维护亲戚之间亲情的目的，刘玉成最终决定要把吴爸爸他们留在家里："我决定了，我们不报。武汉的亲人们你们也不要有其他想法，你们是我千呼万唤请来的，我一定会对你们负责到底，不过这几天你们得受点委屈，白天尽量不要出来，尽量不要拉开窗帘，不要给外人看到，尤其不要给别人听到你们的武汉口音。"因此，尽管有着浅薄与平庸的一面，这个时候的刘玉成因了把吴爸爸他们断然留在家里，也还算得上是一位重然诺有担当的男人。这个时候的刘玉成根本就无法料想到，自己一时慨然大义地把吴爸爸他们一家留下来不要紧，但由于置身于新冠疫情这一特定时期，到头来竟然会引发一场严重的亲情伦理危机。更进一步说，在这场意外出现的亲情危机中，伴随着原本光鲜亮丽的生活表象背后一种千疮百孔的生存本质被揭示，潜藏在内心深处的人性本然之恶也会随之大发酵、大爆发。

虽然是一部看似比较"笨拙"地采用了习见的第三人称非限制性叙事方式的长篇小说，但面对《春山谣》（人民文学出版社2021年3月版）的时候，我们首先应该关注的，却还是小说的叙事视点问题。依照我的理解，张柠在《春山谣》中设定的，分别是顾秋林和王力亮的双重视点。先是顾秋林。由于受到家庭出身的影响，顾秋林兄弟俩返城回到上海的时间要明显晚于那些知青同伴。在主动把工作机会出让给弟弟之后，一直和父母住在一起的顾秋林不愿意吃闲饭："在街边摆个小摊子，卖些香烟、烟斗、打火机之类的小东西。生活不是问题，只是烟瘾和酒瘾越来越大。"因为知青时代的恋人陆伊已经留居日本，单身一人的顾秋林不仅经常去探望女友的父母，还会以"女婿"的身份自居。

“顾秋林孤单一人生活着。他的心一点也不孤单。他跟这个世界和爱相伴，内心充满了感恩之情。他写下的诗篇，是感恩的诗篇，感谢陆伊，感谢生活，感谢生养儿女的父母，感谢天下的所有！”“此后的十几年里，顾秋林每天都做着同样的事。那是三件很小的事，但也可以说是很大的事：卖香烟，想陆伊，写诗歌。”“他生活着，爱着，写着爱的颂歌。这个表面上沉默寡言，生活似乎了无生趣的男人，内心里却总是被巨大的幸福所充斥，对陆伊的思念没有一刻停歇。”一方面，我真的不知道，当张柠借助于叙述者的口吻写下以上这些文字的时候，内心深处是一种真诚的感觉，还是反讽的感觉。另一方面，如果设身处地地站在顾秋林的角度想一想，我又的确搞不明白他的这种“巨大的幸福”感究竟从何而来，甚至于，流淌在他笔端的那些诗歌，竟然是充满着“感恩”和“爱”的生活的颂歌。按常理推断，这个时候的返城知青顾秋林，其实已经被迫离开了生活的中心地带，彻底变成了生活的边缘人。如果不是家庭出身的拖累，顾秋林或许早在知青时期就被推荐上了大学，或者被招工，最不济，也不至于由于返城时间的相对滞后，失去从事普通工作的机会。更何况，唯一可能给他带来精神慰藉的陆伊也已经远涉重洋，留居日本不归。只要是任何一位正常人，面对以上这些林林总总的失意或者不堪，都会生成一种强烈的失落感。更何况，顾秋林还是一位素以敏感著称的诗歌写作者。某种意义上，还是以上叙事话语中的“烟瘾和酒瘾越来越大”这一细节透露了一点顾秋林的内心端倪。无论如何，所谓的“烟瘾和酒瘾越来越大”，只能出现在那些人生的失意者身上。如果不是出于一种艺术上的反讽需要，作家非得从某种外在的理念出发，硬性地安排顾秋林这样一位已经被生活排斥的边缘人，在感受到“人生幸福”的同时，发自内心地以诗歌的形式书写充满着“感恩”和“爱”的颂歌，就既违背了人性，也违背了艺术逻辑。从这个角度出发，我更愿意相信张柠的所有这些描写乃是出于一种“正话反说”的艺术反讽的需要。如此一种极富艺术智慧的反讽性描写便如同犀利无比的长矛，洞穿生活的某种虚幻表象。

我们之所以认定顾秋林乃是小说文本中的视点性人物之一，与他在知青时期，以及之后一直从事的诗歌写作行为紧密相关。在小说开头带有序幕性质的“楔子”部分，叙述者交代，很多年之后的春山岭景区来了一位特殊的嘉宾，那就是“曾在春山岭林场生活近十年（请注意，顾秋林、陆伊这些知青最早来到春山岭林场的时间，应该是1969年或者1970年的春天。这个时间点得以确定的理由是小说中的一个细节：“会议前半段是政治学习，由程南英用普通话读《人民日报》社论《高举“九大”的团结旗帜，争取更大的胜利》”。由于中共九大的召开时间是1969年的4月，所以，春山岭林场的员工们学习中共九大精神的时间，就无论如何不可能早于1969年，如果考虑到时间差的话，更有可能是1970年的春天。与其他的大多数知青同伴相比较，陆伊被招工离开春山岭林场的时间，相对来说，要早一些。尽管没有进行明确的时间交代，但根据故事情节的发展进行推断，陆伊被招工的时间应该是在1972年，最晚也不会晚于1973年的秋天。这样一来，陆伊在春山岭林场的时间，再怎么说也不过只有四年左右。因此，陆伊曾经在春山岭林场生活了“近十年”的时间是有问题的。一种更为精准的表达应该是“近五年”）的上海女人，当年春山岭林场的团支部书记陆伊”。关键在于，她还带来了一份特别珍贵的礼物，“那就是陆伊自费出版的诗集《春山谣》。诗集的作者不是陆伊本人，而是同样在春山岭生活了十年（与前面的时间交代相比较，这里的时间就是相当准确的），如今长眠地下的顾秋林，他是陆伊的恋人！《春山谣》里的诗，写在春山岭，写的也是春山岭”。这里首先需要注意的一个现象，就是被命名为“春山谣”的这部出自当事人顾秋林之手的诗集竟然与张柠这部长篇小说的名字一模一样。这一同名现象绝非巧合，只能是作家张柠的有意为之。关键处还在于，按照“尾声”中的交代，从春山岭返回上海，一直到因心肌梗塞突发不幸去世的数十年时间里，内心里思念着陆伊的顾秋林一直在孜孜不倦地写诗。保守一点估计，假如一年只写十首诗，这几十年下来，他所积攒的诗作数量最起码也得有三百首左右。但所有的这些却一首都没有被收入到这部名为《春山谣》的诗集之中。之所以这么说，是因为“楔子”中说得很明白：“《春山谣》里的诗，写在春山岭，写的也是春山岭。”依照“楔子”里的这种说明，如果被收入到《春山谣》里的全部一百多首诗歌全都是由顾秋林创作于在春山岭林场做知青的前后大约十年的时间里，那么，顾秋林每一年的诗歌产量也不过十首左右。而这毫无疑问就变成了我们估量他在后知青时代诗歌写作数量的一个基本参照。同样是依照叙述者在小说临近终结处的介绍，顾秋林这些以春山岭为主要表现对象的诗歌，其书写的内容和主题前后两个阶段有着明显的不同：“写诗，也是春山岭给予顾秋林的恩赐。顾秋林把几年来写下的诗歌整理了一下，有一百多首。刚开始的时候，他主要写春山岭的生活，写春山岭的风景、花草树木、日月星辰、河流小溪，歌颂农耕劳动，歌颂自然，叙说内心的喜悦和痛苦，还有难以理解的梦境。自从陆伊离开之后，顾秋林的诗歌不再涉及那么宽阔的题材了，他只写对陆伊的思念，他把自己心爱的词汇、心声、梦想，全部献给陆伊。”从以上的描述可见，顾秋林在春山岭期间的诗歌写作存在着一种由外在而内在，由他人到自我的转换过程。在这个转换过程中，陆伊的被招工，有着举足轻重的影响。很大程度上，正是顾秋林内心深处对陆伊那种由衷的爱恋与思念，召唤并最终促使他生成了个性鲜明的自我主体意识。唯其顾秋林不仅把自己的诗集也命名为《春山谣》，而且诗集所集中叙写的内容也都来自于春山岭的生活，所以，我们才认定他是《春山谣》这部长篇小说中一位隐在暗处的视点性人物。

既然提到了顾秋林的诗集《春山谣》，那无论如何都不容忽视的一首代表性诗作，就是副标题为“春山谣1号”的《杉树林里的小鸟》。之所以认定这首诗歌对于理解张柠的这部长篇小说有着举足轻重的重要性，主要因为文本中不仅不惧重复地前后三次专门提及这首诗歌（第一处是在小说开头不久处“楔子”部分的第2页。第二处是在第十三章，具体说也就是第267页的时候。第三处则是到了小说结尾处的第十六章，也就是说第348页的时候），还干脆把这首诗歌的片段摆到了封面上。让我们先把这首篇幅不是很长的诗歌抄录在这里：“杉树是我们种的/小鸟不是我们种的/杉树在长高/小鸟在变老/杉树的根越扎越深/小鸟的梦越来越沉/小鸟说它想飞高飞远/杉树上的老鹰/抓住小鸟飞翔的影子/狠狠地摔在地上/她在哭泣/我在发呆/老鹰在咯咯地笑”。尽管在小说里，这首诗歌的作者被伪托为上海知青顾秋林，但我们都知道，它的实际作者只能是张柠自己。如果说作为诗集的《春山谣》可以被看作是长篇小说《春山谣》的另一种书写方式的话，那么，作者在其中所真切寄寓的，也就是他从上海这样的大城市来到遥远而偏僻的春山岭林场插队落户期间所生成的全部感受。依照那个时候具有鲜明时代特色的说法，如同顾秋林这样来自于城市的知识青年，来到如同春山岭这样的林场，或者春山村这样的乡村，是要扎根农村干革命，是要如同程南英口口声声所强调的那样做一个“永久牌”。多少带有一点巧合意味的是，相关的上级部门恰恰把他们这一批知青安排到了刚刚开始开发不久的春山岭林场。既然是林场，那种树肯定也就是题中应有之义。这样一来，也就有了诗中的第一句“杉树是我们种的”。在这里，所谓的杉树其实是全部树种的一种代名词。因此，作者首先是在一种写实的层面上真实再现上海知青在春山岭林场的植树工作。但从象征的角度来说，作者这里所隐喻表达的，其实也正是知青们以“扎根”农村为主旨的这一场上山下乡运动。但从实际的情形来看，所谓的“扎根农村干革命”恐怕更多的还是停留在政治口号上，几乎所有的知青到农村落户一两年乃至数年后，都已经萌生了退意。这样一来，也就有了第二句“小鸟不是我们种的”。从写实的角度来说，天上飞翔着的小鸟，无论如何都不可能是“种的”。但从一种象征的角度来说，这里的“小鸟”其实完全可以被理解为是知青的隐喻。如果“小鸟”的确可以被看作是知青的一种象征，那么，“小鸟说它想飞高飞远”这一句也就可以被理解为是知青一种试图挣脱农村的羁绊重返城市的强烈愿望。但如果着眼于当时包括意识形态因素在内的现实环境，知青们如此一种“远走高飞”重返城市的愿望，是无论如何都很难实现的，正是从这一点出发，才会有接下来的那个老鹰不仅抓住小鸟，而且还把小鸟“飞翔的影子”“狠狠地摔在地上”如此一种情节的进一步延展发生。很显然，如果说“小鸟”是知青的象征，那么恶狠狠的“老鹰”就毫无疑问是残酷或者不合理时代环境的一种象征和隐喻。这首诗歌的最后三句“她在哭泣/我在发呆/老鹰在咯咯地笑”也正是建立在这一基础之上才能够成立。这里的一个重要佐证，就是文本中间，当叙述者第二次提及《杉树林里的小鸟》这首诗歌的时候，曾经专门写到这样一个细节：“王力亮说：‘种树我懂，种小鸟就不懂。抓住小鸟我懂，抓住影子就不懂。’顾秋林正要解释，传来了敲门声。只见陆伊气呼呼地绷着脸走进来，把王力亮吓跑了。”在发现气呼呼的陆伊眼里噙着泪水的时候，“顾秋林笑了笑，双手握住陆伊的双肩说：‘我的预言也成了现实啊，我前几天刚在诗里写，“她在哭泣”，你就哭着找我来了’”。由这样的一个细节，我们首先可以确定，当顾秋林最早写“她在哭泣”这一诗句的时候，在他的潜意识里，这个“她”的具体所指乃是恋人陆伊。但在另一方面，诗歌意象的象征意蕴却又往往是普遍性的。就此而言，这个哭泣着的“她”，在确指陆伊的同时，更应该被看作是带有普遍性的知青这个群体。面对着这一切，身为抒情主体的“我”只能在一旁傻傻发呆。如此一种情形，也特别切合于顾秋林自己的真实处境。由于受到家庭出身影响的缘故，顾秋林根本就不可能像自己的知青同伴那样，想方设法挣脱乡村世界的羁绊，他根本就不具备“飞高飞远”梦想的权利，只能乖乖地认命，老老实实地待在春山岭这样的乡村世界，以一个旁观者（或者视点性人物）的身份而傻傻地“发呆”。由以上的分析可知，小说中出自顾秋林笔下的《杉树林里的小鸟》这首诗歌所表达的，的确可以被看作是那个特定时代知青群体某种共同的精神状况。准乎此，我们在一定程度上认定张柠的长篇小说《春山谣》乃是顾秋林诗集《春山谣》的铺叙与展开，就无疑是一种合乎艺术逻辑的判断。

为一种叙事的艺术，小说与时间和空间之间，总是会发生各种各样内在的紧密关联。一些小说意蕴表达，会与空间的转换紧密相关，而另外一些小说的主旨表达，则会更多地与时间的秩序发生关联。尹学芸这部读后令人震惊不已的中篇小说《乌龙球》（载《收获》杂志2021年第3期），很显然就是一部与时间的秩序关系密切的优秀作品。正如同尹学芸的其他许多小说一样，这部中篇小说中的尹学芸元素也非常明显。一个是故事的发生地依然是那个名叫埙城的地方，另一个是，小说不仅一如既往地采用了第一人称的限制性叙事方式，而且这位第一人称叙述者，也仍然是那位习惯于舞文弄墨的王云丫。

习惯于舞文弄墨的王云丫无论如何都不可能料想到，在《乌龙球》里给自己惹来祸端的，竟然就是自己一贯擅长的舞文弄墨行为。为了说明事件的来龙去脉，我们必须首先把关注的视野推移到二十多年前的1998年，即那一届世界杯在法国举办的时候。这实际上也是小说中至关重要的一个时间节点。那个时候，王云丫的身份还仅仅只是乡里的一个通讯员，日常工作就是给各家报社撰写以新闻报道为主的稿件。没想到的是，王云丫虽然只是一个地位普通的通讯员，有一天却被别人求上门来，前来求情者竟然还是外号为大老张的乡派出所所长。具体来说，大老张希望王云丫帮他写一个偷盗案件的新闻稿：“‘你写个报道。’他这时才说，‘知道十棵树吧？这里有我朋友，他家进贼了，贼没得手，让他家老的少的给绑了。主要是他妈，都快八十了。’”在实地调查的过程中，王云丫无意间发现了一个明显的破绽。那就是，这位被口口声声强调年龄已经将近八十岁的窑老板翟天赐他妈，看上去就像“六十多的壮年妇女”。从新闻真实性的原则来说，这里肯定潜藏着问题。但由于过于信任大老张（请注意这样一段相关叙事话语的存在：“大老张只比姚明矮一点点，他喜欢拉胡琴，热衷跳舞，女人跟他搭手，就像他拎着个小书包。他在乡政府大院是明星级的人物，有学问，人缘好，人品周正。还有人说他铁面无私，像个黑脸包公。总之我没听到过谁说他不好的话，我有理由相信他。”）的缘故，王云丫最终还是“打了马虎眼”，给一家党报写了这一偷盗案件的新闻稿。大老张不仅一再催逼，而且特别强调这个名叫丁淼的小偷有一个当局长的叔叔在试图为他设法开脱。为此，王云丫还曾经随同大老张一起，为了让这篇新闻稿赶在开庭前发表出来，专门找到这家党报的责任编辑张小北去送礼，以求打通关节。很大程度上，正是因为有了王云丫关键时刻的如此一种“鼎力相助”，那个名叫翟天赐的窑老板方才打赢了那一场官司。为了感谢王云丫，大老张曾经专门带着翟天赐上门来感谢她，送给她在当时非常稀罕的两条大中华。事实上，也只有在很多年之后重新回想起来，王云丫才意识到当时窑老板的表现并不是很正常：“老翟的兴奋溢于言表，他还沉浸在打了胜仗的荣耀里。我茫然看着他，不知为什么，很难产生共情心理。”尽管说与小偷相比较，此时的王云丫还是更愿意相信这位窑老板，但他所表现出的那种十足霸气，还是使王云丫对他的印象有了很大的改变：“‘我还治不了他。’老翟轻蔑的一句话，透出十足的霸气。一股凉气又从我脚板底升起，心也像被风吹歪了。他这一面我不熟悉。我只在十棵树见过他，给我的印象是朴实敦厚而木讷，与现在反差很大。”或许是因为对大老张仍然有着足够的信任，或许是因为那两条大中华潜在作祟的缘故，这个时候的王云丫虽然内心里有过一丝不安，但这不安却像“天空中飞着的羽毛”一样，“根本无处降落”。

由这两条大中华牵引出的另外一个关键性情节，就是王云丫曾经的师父丁不村。原来，原本是一家福利厂工人的王云丫，之所以能够成为乡政府的通讯员，与师父当年对她的大力举荐紧密相关。因此，在拿到贵重的大中华之后，王云丫和丈夫商量的结果，就是把其中的一条去送给师父丁不村。没想到因此引出了师父与师娘之间的一场不愉快。不愉快的关键原因是师父和师娘对手下工人所持态度有所不同。丁不村的工厂之所以被命名为福利厂，主要因为他收留了一部分残障人士做员工。用王云丫的说法：“师父办厂不为挣钱，而是为那些残疾人有个饭碗。”由于受外贸形势影响，工厂的经营不够景气，工资就难以保持正常发放，这时候，就会有一些工人要无赖，甚至还会跑到家里向师父讨要。师父尽管自己也不宽裕，却会咬着牙把家里的钱拿出来给他们。正是围绕这个问题，师父和师娘发生了冲突。对于他们的冲突，王云丫分别表示了理解。首先是对师父说：“我知道师父丢不下那些残疾人，十几年在一起，师父对他们有感情。”然后是对师娘说：“师娘一向凌厉，但不是不讲道理。眼下的师娘有点反常，也许是因为日子太难了，超出了她的承受能力。”其实，作家设定如此一种冲突的根本用意是试图借此尖锐揭示当下时代类似于埙城福利厂这样的小企业一种艰难的生存处境。

再一个时间节点是二十多年之后。这个时候的王云丫早已经离开了那个乡政府，进入行政局工作。一方面是因为在小区内意外偶遇大老张，另一方面是因为王云丫的母亲因胆囊炎住院。这两个偶然事件又勾连起了当年的一些往事。王云丫母亲住院时，没想到同一病房的一个情况非常严重的病友竟然就是当年那个偷盗案件里的“小偷”丁淼。只有到这个时候，王云丫方才彻底搞明白，自己当年以写新闻稿的方式无意间介入的这一偷盗案件其实是一个彻头彻尾的冤假错案。用丁淼姐姐泣不成声的话来说：“年轻的时候因为一些纠纷，让人倒背着手绑了装进麻袋，打得烂蒜一样。那家人歹毒，把人打坏连个说法都不给，那年他才二十一岁……就成了一个废人……”“‘那个老板黑心，不给工钱还诬赖人……’她凑近了我，突然朝墙上指点了下，‘就是她爹……’那是几排护士的美颜照，打头的护士长叫翟小婉。”这就意味着，当年的窑老板他们其实是在“贼喊捉贼”。原本是窑老板欠下了丁淼工钱，没想到，等到丁淼上门讨要工钱的时候，他们不仅拒付，而且还干脆把丁淼诬指为小偷，把他装在麻袋里打成了一个废人。面对如此一种无端的欺辱，不甘心屈服的丁淼他们家，万般无奈之下只好借助于打官司一途以求讨回公道。没想到，由于王云丫的新闻稿以“打横枪”的方式“鼎力相助”的缘故，丁淼他们家的官司最后还是被迫以败诉而告终。这样一来，也才有了窑老板得意扬扬地给王云丫送大中华的情形出现。更进一步，还牵扯出了王云丫曾经的师父，那位埙城福利厂的厂长丁不村。带有明显巧合意味的一点是，这位丁不村才是丁淼真正的嫡亲叔叔。不仅如此，通过大老张酒后的一番言辞，我们也进一步了解到，后来在城市拆违的过程中，为了保护福利厂也还发生过残疾员工们对抗拆违的过激行动。作家真切关注的小企业及其员工命运，就此得到了更加深入的延展与表达。

很大程度上，正是在了解到事情的真相后，第一人称叙述者王云丫才会对神秘而吊诡的“命运”大发感慨：“可有啥办法呢，你生来就是主人公，谁也不能改变你命运的走向，不是吗？我短暂地想起了‘助纣为虐’这个成语，摇了摇头，晃开了，大老张是知情人，我不是。也许连他也不是。都过去了。无可奈何。真的是无可奈何。只是命运碰巧让我洞悉了真相。不是吗？我没想到进小区会碰见大老张，这就是命运。你总能遇见你当遇见的人，毫无办法，你拿命运毫无办法。”在对所谓“命运”的神秘而吊诡产生真切感受的同时，我们更是可以从中窥探到人性的奥秘。比如，王云丫一开始印象极好的那位大老张，只有伴随着事情真相的水落石出，才逐渐暴露出了自己性格中不堪的另一面。最起码，在替窑老板摆平所谓“偷盗案件”的过程中，大老张自己到底捞取了多少好处，恐怕就是一件昭然若揭的事实。因此才会有马老师对他的这样一种评价：“这个人名声很坏。他退休早，也是因为摊上了事，拿人家钱财却没能给人消灾，正好小区发生了械斗，被打发到了这里。”关键的问题还在于，在大老张的从警生涯中，类似于窑老板这样的事件，到底还会有多少。也因此，才会有王云丫的相应感慨：“我在想大老张，他怎么越来越像个谜。年轻的时候见到他，多少崇拜。除了有才华身量高，职位还高。不单我崇拜他，派出所的小警察都对他毕恭毕敬。可要说了解他多少，还真是一点都不了解。”因为不了解，所以我们只能够以一种推理加猜测的方式去面对这“谜”一样的人性构成复杂的人物形象了。同样不容忽视的，还有身兼第一人称叙述者功能的王云丫。正如同意识到自己未必在无意间很可能吃了妹子的“肉”之后的狂人会陷入一种深深的懊悔之中一样，在意识到自己不经意间成为“助纣为虐”的帮凶或者帮闲之后，王云丫也陷入到了深深的懊悔和自责之中：“我心中有大波澜，但我不动声色。黑心、不给工钱、诬赖……我不知用何种面目面对她，我的身体在隐隐发抖。”从根本上说，只有到这个时候我们才能够彻底想明白尹学芸到底为什么不仅要把这个中篇小说命名为“乌龙球”，而且还要从1998年法国世界杯揭幕战的那场球写起。那场巴西对苏格兰的揭幕战中，苏格兰队的博伊德就曾经踢过一个乌龙球：“苏格兰队长亨得利拼命将球从球门线上解围，但回追心切的博伊德没有判断好方向，一下用胸膛把球撞进了自家的球门。”出乎意料地踢了个乌龙球后，“博伊德瞬间石化的表情，简直难以形容，错愕、惶恐、懊丧、绝望、痛不欲生”。某种意义上，王云丫当年以新闻稿“助纣为虐”的行为，也相当于在球场上踢了一个“乌龙球”。就此而言，所有那些属于博伊德的“错愕、惶恐、懊丧、绝望、痛不欲生”同时也是属于王云丫的。

接下来，我要尝试着给出评价的是，一向被业界称作“恐怖大王”的作家李西闽一篇非恐怖中篇小说《怪物》（载《福建文学》2021年第6期）。既然小说被命名为“怪物”，那我们首先关注的就是何为“怪物”。尽管在一般的意义上“怪物”似乎应该属于物的世界，但李西闽小说中的“怪物”却是一个人。这个人不是别人，正是一个年近七十岁肯定隶属于爷爷辈的卢大为。事实上，多少带有一点颠覆常识或者颠覆“三观”意味的是，小说中最早把卢大为看作是一个“怪物”的不是别人，而是卢大为的嫡亲孙子卢小亚：“卢小亚咬了一口蛋糕，对张嫱说，妈妈，昨天晚上，我做了个梦。张嫱笑笑，梦见什么了。卢小亚说，爷爷像摘苹果一样，把我的头摘了下来，我的头在他手中变成了篮球，在地上不停地拍打，不停地往篮筐上投送。我大声喊叫，求他把我的头安装回脖子上，他就是不理我。”紧接着这一怪异梦境的描述，卢小亚说出了一句他自己实在不应该说的话，那就是：“卢小亚轻声说，我觉得爷爷是怪物。”其他且不说，单只是小说开头处如此一种颠覆性的反常规书写，就足以吸引我们的眼球。之所以要强调这一点，或许与中国人长期形成的文化观念紧密相关，我们这个国度一向有着隔辈亲的说法。意思是，只是隔了辈，比如在爷爷和孙子之间，外祖母和外孙之间，都会有着超乎于寻常的内在情感关联。所谓“含饴弄孙”这个成语的形成以及普遍流行，所说明的，正是如此一种情形。更何况，这一点，也同样突出地表现在李西闽《怪物》中关于外公张怀山和外孙卢小亚之间亲密关系的书写上：“张怀山疼爱卢小亚，如果卢小亚要他身上一块肉，他都会毫不犹豫割下来。”反过来，卢小亚也非常喜欢外公张怀山：“卢小亚也喜欢和外公在一起，外公不但风趣，一肚子讲不完的笑话，还总是偷偷买零食给他，这是卢八一不允许的。”如果张怀山和卢小亚之间的关系是正向度的，那卢大为和卢小亚之间的关系就是反向度的。这样一来，不容回避的问题就是，原本应该非常美好的爷孙关系，为什么会这般糟糕？为什么卢大为刚刚从乡下来到在上海工作的儿子卢八一家里，就会被唯一的孙子宣布为不受欢迎的“怪物”呢？假若我们把以上的问题视为“谜面”的话，那么，李西闽整个中篇小说的书写过程，也就完全可以被看作是给出问题答案的一个“解谜”过程。

在给出具体的答案之前，我们必须承认，卢小亚说爷爷卢大为是“怪物”，即使在他的父母卢八一和张嫱看来，某种程度上也是能够得到认可的。先是卢八一：“你不是不知道，我和我爸的关系，从我懂事起，他就离我很远，我们从来都亲近不起来，仿佛是两座独自兀立的山峰。”再是张嫱：“张嫱只要睡觉时一想问题，一时半会就无法入眠了，想着想着，心里就越来越不舒服，觉得要崩溃。她的眼前竟然出现了幻觉，卢大为变成了一个张着血盆大口的怪物，朝自己扑过来，她差点惊叫起来。”如果说卢小亚的说法还有孤证的嫌疑，那么，将他们三位的真实感受整合在一起，断言这位刚刚出现在卢八一家的卢大为的确是一位不同寻常的“怪物”，就毫无疑问是一个相对可靠的结论。一个紧接着发生的事实，似乎马上就强化“证实”了关于卢大为是“怪物”的判断。那就是临睡前的卢大为竟然一个人偷偷摸摸地跑到卢小亚的卧室，卢小亚由此而大受惊吓：“卢小亚说，我看见了怪物，他摸我的脸，我醒过来，就看见他的脸离我很近，黑乎乎的脸，有股怪味。我大叫起来，他就走了。张嫱想到有人下楼梯的声音，还有那一声轰响，心里明白了什么。”就这样，既然卢大为作为一个“怪物”已经是铁板钉钉的事实，紧接着的问题就是，卢大为原本好端端的一个人，到底是怎样成为“怪物”的？

卢大为夜探卢小亚这一事件卢八一给出的解释是，因为卢小亚长得特别像自己那位早已夭折了的弟弟卢建军：“我爸喜欢他，他的死对我爸是个沉重打击，也许是小亚勾起了他的回忆，他把小亚当成我弟弟了。”原来，这里潜藏着一段格外沉重的往事。那时候的卢八一只有七岁，正属于虽然懵懵懂懂但傻胆大的人生特殊时期。由于父亲卢大为在遥远的大西北当兵（请注意，曾经有过行伍生涯的卢大为，其实有着相当浓重的军队情结。否则，他也不会把自己的两个儿子分别命名为卢八一和卢建军），他们曾经被母亲李芸带着，千里迢迢地跑到大西北去探亲。弟弟卢建军的悲剧，就发生在卢八一七岁时随母去探亲的那一次。尽管卢大为在事发前曾经对懵懂胆大的大儿子卢八一百般叮咛，但年少顽劣的卢八一却仍然“肆意妄为”了：“尽管卢大为一开始就告诫他，千万不要带弟弟到戈壁滩上去玩耍，卢八一还是带着弟弟，在一个阳光强烈的午后，悄悄地溜出了营门，走向了戈壁滩。”年幼无知的卢八一，根本就不知道戈壁滩上天气的变幻无常，明明在出发时还是朗朗晴天，没过多长时间竟狂风大作：“黄毛风很快地将他们裹住，顿时昏天黑地，飞沙走石，狂风怒号。”不幸就这样于不期然间骤然降临，等到“风平浪息之后，卢大为带着部队官兵在荒漠上寻找，最后，找回了奄奄一息的卢八一，而五岁的卢建军却永远离开了这个世界，带着那颗白色的宝石般的石子。”这一悲剧事件的意外发生，从根本上改变了卢氏一家的生活状况。一方面，是卢大为在爱子卢建军惨死后心灰意冷，意志颓丧，在部队一直都未能再获官职的提升。三年后转业的时候，他仍然只是一个很不起眼的副连职干部：“转业时，他强调自己有打篮球的特长，爱好体育，就被安排在柳树镇中学，当了个体育老师。”

但更关键之处在于，这一事件竟然严重影响了卢大为和卢八一之间正常的父子关系：“卢大为一直固执地认为，小儿子卢建军的死和大儿子有关，而且卢八一是罪魁祸首。”因此，卢八一才无论如何都忘不了，在弟弟死后：“卢大为狂暴地将他提起来，狠狠地摔在戈壁滩的情景，那时，父亲在他眼中，是个怪物，残暴的怪物，曾经有一度，卢八一觉得自己会死在这个怪物的手上，纵使慈爱的母亲将他紧紧地搂在怀里，像袋鼠那样呵护着幼崽。从那以后，卢八一和父亲就没有了很好的交流，卢八一也不愿意见到他，就是他转业回闽西老家后，卢八一也躲避着他。”明明是有着亲密血缘关系的父子，就这样因为卢建军死亡事件而变得彼此心存芥蒂，特别生分。以至于，长大成人后的卢八一总是想要远远地逃离：“我就不明白，为什么他对我那么仇恨。我从小就想逃离柳树镇，最重要的就是逃离卢大为，我离开后，对他对我，都是一种有效的解脱。”究其根本，正是在如此一种内力的强力驱动下，大学毕业后的卢八一才在远离家乡的上海成为了某设计事务所的合伙人。细细想来，由卢建军的意外死亡事件所导致的结果，可以从精神分析学的角度给出两方面的分析。首先是那位一直被家人视为“怪物”的卢大为。卢大为不仅与大儿子卢八一长期处于一种精神的对立状态，而且一直到年近七旬的时候，仍然能够干出在夜晚偷偷摸摸地“流窜”到孙子卢小亚的卧室去这样的一种“勾当”，从根本上说也终归是因为当年的卢建军之死不断发酵的缘故。其次，从《怪物》的叙事表层来看，身为兄长的卢八一似乎自始至终都在抱怨着父亲卢大为，抱怨他因为弟弟之死而对自己形成的长期仇恨和成见，似乎他从来就没有思考过自己应该对弟弟的死亡承担什么责任。一方面，我的确无法判断，李西闽自己在创作时是否联想到了这一点，但在另一方面，从人性和艺术的双重逻辑来推断，卢八一不管怎么说都应该对自己当年不晓事时的莽撞行为所导致的严重后果有所忏悔和内疚。他成人后对故乡柳树镇和父亲卢大为的坚决逃脱，在潜意识中或许暗含有一些自我忏悔的成分。只有在那次卢大为醉酒后，卢八一才曾经有过这样一种念头：“卢八一想到一个问题，在自己四十多年的生命里，是不是选择性地遗忘了父亲的好，而固执地记住了父亲凶暴的那一面，并且将其无限地放大了，就像他在某段艰辛的旅行中，记住的都是那些陡峭的山路，而忘记了平坦道途。在过去岁月里，他试图理解父亲，试图和父亲和解，却是那么的困难，只要面对父亲，心中就会产生极度的逆反情绪，并不是要和父亲对抗，而是逃避。”从这样的一段叙事话语中，我们可以隐约感觉到卢八一的忏悔情绪。然而，多少有点遗憾的是，李西闽并没有能够沿着这一思路做更深入的挖掘和表现。依循着这一条线索，在经过了一番必不可少的摩擦之后，我们发现，小说结尾处，当张嫱和卢小亚他们不仅也分别认识到自己的内心世界里也都有“怪物”（张嫱说：“这些日子，我也一直在反思，是什么造成了亲人之间的隔阂，从自己内部寻找问题的症结，是的，我心里也有个怪物，一直使我执迷不悟。”）住着，而且决定在春节时回去探望已经和吴四娣结合在一起的卢大为的时候，此前长期存在的矛盾纠结就得到了明显的缓释。

但请注意，在我们提到吴四娣的时候，实际上也就关涉到了《怪物》这部中篇小说另外一条情节线索——卢大为和吴四娣这两位老年人之间的情感故事。小说中，卢大为之所以要跟随情感上一直疙疙瘩瘩地合不来的大儿子卢八一离开家乡柳树镇，千里迢迢来到上海，正是因为单身一人生活的他在柳树镇无端遭遇困扰的缘故。只有卢八一匆匆忙忙地乘飞机赶回柳树镇之后，他才从卢大为和一贯热情助人的堂叔卢一品那里了解到事情的来龙去脉：“那个叫吴四娣的老女人，丈夫早就过世，一人将儿子李狗崽拉扯大，李狗崽长大后不学好，和几个赌鬼在一起瞎混，弄得人不像人，鬼不像鬼，娶过一个老婆，在一起没几个月，老婆就和他离婚了。吴四娣管不了他，他也不着家，在外面漂着，没有人知道他怎么混日子的。吴四娣和孤寡老人没什么区别，谁也指不上，生病在家也没人过问，要不是卢大为发现，将她送去医院治疗，吴四娣兴许死在家里也没人知道。卢大为救了吴四娣一命，她十分感激，经常会给他送些自己菜地里种的菜，日子一长，这两个老人就成了无话不说的知己，柳树镇也就有了他们的风言风语。前些日子，在外浪荡的李狗崽突然就回到了柳树镇，那些流言蜚语传入他的耳朵，气得他暴跳如雷。这个年近四十的浪荡子，对母亲还是有点畏惧，不敢对她怎么样，可是对卢大为，那就不一样了。”具体来说，李狗崽这里所谓的不一样，就是对已经年近七旬的卢大为百般恐吓与威胁，口口声声扬言，一定要卢大为补偿给自己十万元钱，否则就要用砍柴刀把卢大为给砍了。

一方面，谁也不是厦（吓）大的，尤其对于卢大为这样曾经有过军队履历的人来说，更是如此。但另一方面，明明知道李狗崽是在无理地讹诈，任何一个正常人都不应该和这样一个社会上的小混混计较。很显然，正是在如此一种心态的主导下，卢大为在卢八一和卢一品的一再劝说下，终于答应暂时到城里的卢八一家躲避一下。这样一来，才有了卢大为与儿媳张嫱、孙子卢小亚之间前述那些矛盾冲突的集中爆发。然而，躲避终归只是一时的策略，卢氏父子必须得想方设法正面解决吴四娣和李狗崽的问题。最后，同样是由于卢一品的热情介入，卢大为在认真地检视了一番自己的内心世界，并以夜里在阳台烧纸的方式“征求”过已逝前妻的意见的情况下，决定和吴四娣在一起生活：“还有一件事，我也对你妈讲了，就是吴四娣的事情，我想和她在一起生活，她是个体贴的女人。你妈过世后，我基本上不和人说话，过着孤独的生活，我从来没有想过要来上海打扰你们，尽管我很想出来看看你们到底过得怎么样。自从走近吴四娣后，我有了讲话的人，这些年来，她给了我安慰，否则我也活不下去。”正如你已经预料到的，面对卢大为要和吴四娣在一起生活的想法，由于距离太远实际上一点也照顾不上老父亲的卢八一，无论如何都不可能持反对的态度。如此一来，自然也就成就了一对老年人的感情佳话。然而，多少有点出人意料的是，小说结尾处竟然还会发生反转。在小混混李狗崽因赌博而被杀身亡后，为了从根本上安抚吴四娣这个自己生命中第二个珍贵的女人，给她被摧残的心灵疗伤，年近七旬的卢大为竟然携她离开了柳树镇这个伤心之地。很大程度上，正是依凭着这样的一种情节反转，原本被家人视为“怪物”的卢大为摇身一变，成为了社会公众心目中“有情有义的人”。

最起码，罗伟章的《从第一句开始》（载《芳草》杂志2021年第5期）是一部开头比较怪异的，带有一定先锋气息的中篇小说。我们都知道，从广义上来说，任何一篇文章的写作都应该从第一句开始。没有第一句也就不会有文章本身。即使你有再大的能耐，也没办法让自己的文章越过第一句，直接从第二句开始。对此，著名学者吴晓东也曾经发表过精辟的见解：“小说家大都表白说，写小说最困难的是写第一句话，第一段文字。因为它将奠定小说的总体语气、叙事方式和艺术风格，更重要的是奠定了展开叙事的角度与起点。”[①]很多时候，包括小说在内的作品的第一句，就像老子所说的“玄牝之门”一样，是滋生万物的本源，是文章的“道”之一。因此，一旦罗伟章别出心裁地将“从第一句开始”直接移用为一个中篇小说的标题时，带给我们的自然是一种异常明显的陌生化效果。只要联系小说文本我们就不难发现，罗伟章之所以一定要征用这么一个陌生化效果明显的标题，其实也正是为了恰如其分地切合小说主人公“我”，那位名叫陈小康的特别痴迷于文学创作的文艺青年（当然，经过了一番真正可谓是百般艰难的努力和挣扎之后，陈小康最后还是“如愿以偿”地成为了一名作家）的基本生存状态。对于特别讲究原创性价值的“纯文学”创作来说，如何避免重复或者抄袭，怎样才能够找到独属于自己的写作方式，简直就是一件比登天还要难的事情。但要想做到这一点，首先的问题是作品的开头，也就“第一句”到底应该如何解决（很大程度上，这也正应了“万事开头难”的那句俗语）：“我感觉到，每部书的结尾，都可以当成开头，‘哎呀呀，人真能走’，是结尾还是开头？我觉得是开头，而这位南非作家做了结尾。如此说来，任何一个开头也都可以当成结尾，作家就没什么可写的，书就没有必要存在。”应该说，差不多所有的作家都能够意识到作品开头第一句的重要性，关键的问题在于，到了罗伟章这里，他甚至直截了当地把“从第一句开始”移花接木地征用为一部中篇小说的标题。这就很有一些耐人寻味了。如何以一部中篇小说的形式讲述一位拥有坚定不移的文学写作梦想的文艺青年的“前世今生”，不仅不容易，也

① 吴晓东《〈城堡〉的寓言性质》，见《如此愉悦，如此忧伤》第6页，生活·读书·新知三联书店2018年9月版。

的确存在着一个“一部二十四史，不知从何说起”的问题。正因为如此，罗伟章才会为如何找到开头的第一句话而百般踌躇。换个角度来看，一部中篇小说，不仅在如何开头的问题上用了不少篇幅，还把标题设定为“从第一句开始”，丝毫都不让人感到矫情，主要原因在于小说的主人公“我”就是一位以文学创作为根本志业追求的文艺青年。

到最后，几经周折的“我”所择定的第一句话，就是“这是我来到这座城市的第一个冬天”。“我就这样开了头。”与这样的开头相呼应的是小说的结尾：“那次在书架上待到第四十一天，我终于认定，‘这是我来到这座城市的第一个冬天’，别人没有写过，那就是我的原创，我以这句话开头，写成了我最著名的作品。”一方面，这部《从第一句话开始》的中篇小说的第一句话，就是“这是我来到这座城市的第一个冬天”。另一方面，身兼第一人称叙述者功能的“我”又特别强调：“书名想必不需要我说出来吧？一部发行数百万册而且还在不断再版的作品，一部被公认为当下最具文人气质的作品，你不知道书名，就不是我的错了。”以此来判断，这部第一句话为“这是我来到这座城市的第一个冬天”的文学作品，似乎又不是我们正在分析的这部中篇小说。很大程度上，这也正是罗伟章希望达到的一种摇摆于“是”或“不是”之间的带有一定“元小说”意味的艺术效果。归根到底，借助于如此一种特别的方式表现一位怀抱梦想的文艺青年所走过的一段艰难人生历程，可以被看作是罗伟章这部作品的根本主旨所在。

粗略看来，小说主人公“我”即陈小康在成为一名成功的作家之前所走过的人生道路，大约可以被切割为不同的三个阶段。第一个阶段就是市场经济初起时“我”被裹挟而南下，以及南下的最终受挫。在下决心南下之前，早在大学期间就已经形成了“文学信仰”的“我”，也曾经有过对南下的本能抗拒：“我为什么要走呢？十几年的读书生活，我早就烦了，不是烦读书本身，是烦没个独立空间。”既然单位已经能够给“我”提供由原来的仓库分割而成的一个独立单间，那“我”还有什么理由要随大流而南下呢？但也正因为“我”的坚持不肯随大流，所以倍感某种“反潮流”压力的巨大：“是的，我将被钢铁时代抛弃。钢铁时代并不是刀叉吃饭那样简单，也不是体质、魂魄和文化象征那样复杂，它就是英雄退位团队进位的时代，是信息和人群的时代，谁拥有它们，谁就拥有成功。钢铁时代的1加1不等于2，等于11。可是我，连1加1也不要，就要那个1。听上去我好像把自己当成了英雄。可你又怎么知道我不是英雄？你当然可以反问：没有舞台的英雄还是不是英雄？只有眼睛没有眼光，能不能称为英雄？你要这样问，我也不好回答，因为说不清。特别是眼光这个词，完全不是你认为的那样才叫眼光。”絮絮叨叨大半天，“我”所想要表达的，不过是自己意欲逆潮流而动的某种个性化坚持。但正所谓大势所趋，“我”的坚持到头来却仍然抵挡不住潮流的巨大力量：“我不在时代里，却在潮流中。不走，就有人推你走。”尽管叙述者语焉不详，并没有具体交代到底是哪些人在“推你走”，但一个确凿无疑的事实是，“我”终于还是被潮流裹挟着南下了：“做出这个决定，遭遇裹挟的被动感汹涌而来。”

虽然很明显只是一种出于被动的无奈选择，但“我”在办理了停薪留职手续之后，还是乘坐拥挤不堪的火车南下广州了。依照“我”后来对妻子贾敏的讲述，南下途中最惊心动魄的一幕，是在一家看似不起眼的小饭店吃饭的经历。“我”眼睁睁地看到，在小黑板上被标价为“一份五毛”的豆芽，吃完后竟然被索价二十五元。亏得“我”灵机一动，非常巧妙地利用另外一家人进店点菜的机会结账，否则真还有可能吃不了兜着走：“那家人救了我，我却是以坑害他们的方式得救，他们点得更多，被敲诈也会更多，我把敲诈更多的权利，暗送给了黑大汉。”实际上，同样是按照“我”事后的追述，南下的过程中，也还是遇上过可以就职的机会，却都被自己给放过了：“说不定，出发之初，我就定下了归宿。难怪录用我的单位让我尽快去报到，我都是恭恭敬敬答应下来，出门后却又漫游向另一个地方。”九九归一，虽然俗话说“好马不吃回头草”，但身为文学青年的“我”，在南方漫游了一阵后，却还是以失败者的方式灰溜溜地重新回到了东轩城：“我的伤疤不只于经受了恐惧，亏欠了良心，还在于当我两个月后回到东轩城，回到原单位，就必须承受热脸背后的冷笑了。”就这样，南下受挫的“我”在重返东轩城，回到原单位之后，开始进入了人生的第二个阶段。

正如你已经预料到的，既然“曾经沧海难为水”，那么，重返东轩城之后，“我”的低调就可想而知：“当年，我从南方回到州河畔的东轩城，遭人小看，自己也觉得无趣，因此除了逛书店，除了节假日偶尔回趟老家，平时很少出动。”原本就对文学创作情有独钟的“我”，自然也就回归到了原来那种远离人群，独自一人索居的生存本来样式：“只要不朝人堆里去，我就心里舒坦。我在那间小屋里，读书，写作。我知道，当我热爱上了读书和写作，其实就是爱上了逃离人群。”但也正因为“我”的视读书和写作如命，所以便无可避免地形成了两种相关的症候。一个是文学创作的被迫处于隐蔽状态：“叫人知道你有第二职业是危险的。下班后你尽可以去吃喝玩乐，但不能有第二职业，否则就是不务正业。如果你身边都是平庸的人，你一定要做出跟他们一样平庸的样子，否则你的前面就没有路，你的梦想将被平庸所困，变成一地鸡毛。”对于“我”的如此一种精彩描述，我相信很多的中国人都会表示坚决的认同。对于信奉“出头的椽子先烂”原则的中国人来说，你尽可以和我一样平庸，但绝不能表现得比我更优秀。凭什么我在这里平庸地“吃喝玩乐”，你却在本职工作之余在那里一心一意地从事如同文学写作这样的第二职业呢?！既如此，“我”只能想方设法使自己钟爱的文学写作处于隐蔽状态。再一个则是“我”对妻子贾敏怀孕的莫名恐惧。再次返回东轩城后不久，“我”就和身为中学教师的贾敏恋爱结婚了。但“我”根本就没有料想到，随之而来的竟然是两方面的困扰。其一，是文学写作所需要的独立空间的彻底丧失：“而且，我没有独立的空间了。那是我最想要的！如果贾敏有晚自习辅导，我还能独处两个钟头，但每周她只辅导一次……”这就让“我”无法容忍了，因为只要贾敏待在家里，即使是她翻纸的声音，在“我”听来也会如同“锯齿般锋利”。其二，是得知贾敏怀孕后的绝望情绪：“更令我绝望的是，贾敏的肚子大了，据说她肚子里的那东西钻出来后，也和我们是一家人，也要跟我们共居一室。”“她和她的大肚子，与我的关系是如此紧密。每当想到世上有人跟我紧密到不可分割，我就相当难过。”请一定不能忽视以上叙事话语中若干语词的强烈情感色彩。明明是妻子怀孕，却被叙述者表达为“肚子大了”，明明是自己的孩子，却被他径直称呼为“那东西”，明明是关系密切的骨肉亲人，“我”却对此而倍感“难过”。借助于如此一种严重有悖常情常理的现实表现，罗伟章所尖锐揭示出的，其实是“我”无意识中企图从日常生活中逃逸而出的病态心理。

然而，多少带有一点吊诡色彩的是，“我”这么一位甚至要远远地逃离日常生活的文学青年，此后不久竟然在不期然间成为了自己所供职单位的人事科长：“一个逃离人群的人，却主管着一个单位的人事，总感觉这当中有些意味深长。我看见了命运那张嘲讽的脸。并且还将看到，它嘲讽的不是人被它捉弄，而是它总是顺从人忽隐忽现的心意，也就是说，它嘲讽的不是人，是它自己。命运是人的奴仆，而不是反过来。从古至今，历来如此。”就这样，摇身一变成为陈科长的“我”，没过多长时间就适应了这样貌似可以呼风唤雨的到处被请客的醉生梦死的生活状态。

“我”第二个人生阶段的终结，缘起于某一天他突然听到了不知来处的“陈小康，你很快就老了”这样一句断喝：“即使我的记忆力毁如瓦砾，我也记得，那是有天中午，同事们或回家去了，或下馆子去了，我胃不舒服，不想吃饭，就坐在办公室里没动。整幢楼里，只有时光流逝的声音。这声音证明，钢筋水泥在老去，我桌上的文件和纸笔在老去，挂在对面墙上的那幅水仙画，同样在老去。”就是在这个时候，“我”突然间听到了那声“陈小康，你很快就老了”的莫名断喝（细细推敲，这声音恐怕更有可能来自于他自己的内心深处，是他自己的某种意识自觉）。正是在如此一种意识觉醒发生之后，“我”为了专心致志地从事文学创作，不顾一切后果地彻底辞掉了公职，成为一名体制外的自由职业者。辞掉公职的同时，为了使自己“连根拔起”，“我”决定把家也干脆从东轩城搬到蓉城去。这样一来，在借款买了房子后，先是“我”携带幼子去蓉城生活，没过多久，伴随着妻子贾敏的接踵而至，“我”们家庭的生活就一时陷入到了甚至连食物都极度匮乏的状态之中：“如果家里有个拿工资的人，过得拮据些是可能的，但不至于把十块钱算成坐十趟公交车、二十个馒头、十四斤土豆，也不至于搬出‘指鹿为马’，然而，我和儿子到蓉城不到一个半月，妻子就跟过来了。”贾敏的很快到来，意味着“我”们家连一个有工资可拿的人都没有了。既如此，“只能够喝西北风”的一家三口的日常生活的困顿，也就成了意料之中的事情。对此，罗伟章做出过相当形象的描述：“至今让我疑惑的是，在最困难的日子里，妻子是怎样在安排每天的生活？感觉这顿吃了，绝对就没有下顿了，可下顿到来时，又听见她进了厨房，过一阵就通知吃饭。菜很少，且都是叶子菜，很难见到肉，但米饭是够的，基本上够。”人都说，“贫贱夫妻百事哀”，罗伟章所精准呈示的，大约就是如此一种境况吧。正因为如此，才会有贾敏这样一种肺腑之言的表达：“‘如果有来世，’她眼泪汪汪地说，‘我只要过平平淡淡的日子，绝不嫁给一个有梦想的人。有梦想的人太自私了……’”然而，等到面对来自于母亲对丈夫的指责的时候，贾敏却又会不自觉地为自己的丈夫辩护：“责怪母亲不懂得有梦想的人怎样生活。”很大程度上，正因为自己对于辞职后的生活困顿有着过于真切的体验，所以等到后来某位女学员慷慨陈词，“号召大家向陈小康老师学习，敢于为梦想破釜沉舟，哪怕受穷，因为：‘沉迷于舒适区，比没钱更可怕’”的时候，“我”才会“既惶然，又伤感”地专门强调：“没钱是最可怕的。”

自然，除了以上的人生三阶段之外，还有那些穿插于三个阶段过程中的，主要发生于“我”和妻子贾敏之间，很多时候都在围绕着贾敏的写作老师而生发出的关于文学写作的争论。这些争论，连同我们前面所主要分析的人生三阶段所构成的，就是“我”这样一位痴迷于文学创作的文学梦想者的“前世今生”，也可以说是“一个作家在市场经济时代是怎样被炼成的”。无论如何我都相信，只要是认真地读过罗伟章的《从第一句开始》这部中篇小说的朋友，都会对这一点表示坚决的认同。

第五章　烟火人生、罪案推理与苦难叙事

从艺术结构上看，整部《一把刀，千个字》（人民文学出版社2021年4月版）被王安忆不无果断地切割为上下两个部分。尽管很难把标题中的前后三个字截然分开，小说叙事过程中二者之间彼此的交叉穿插，毫无疑问是一种客观的事实，但相对来说，“一把刀”更多地对应着上半部，“千个字”更多地对应着下半部，这样的一种判断也不能说就完全没有道理。事实上，王安忆在上半部里所集中讲述的，乃是男主人公陈诚从少年时代开始就不断四处漂泊的人生故事。倘若仅仅聚焦于陈诚其人，断言这一部分带有一定的成长小说色彩，也是合乎文本事实的。具体来说，陈诚的漂泊人生从他大约七岁的时候开始的：“那时候，他大约七岁，住在上海虹口的弄堂。”为什么这么说呢？因为与那些长期和父母一起生活的正常孩子明显不一样的一点是，小小年纪的陈诚，只和一个被他称为嬢嬢（上海话里关于姑姑的一种称谓）的人生活在一起。当然，他们两个能够在一起生活的一个必然前提是，嬢嬢同样处于单身一人的生活状态。即使是作为当事人的陈诚，也是到了后来方才从嬢嬢那里进一步了解到，原来，

嬢嬢不仅曾经有过婚姻，还生过一个孩子：“原来嬢嬢有过一次婚姻，双方父母都不看好，因门第不对等。那一方是怡和洋行襄理的公子，这一方只是市井人家女儿。”但因为男女双方皆属青春年少，对未来和爱情充满幻想，所以两个人不顾家庭的反对坚持走到了一起。然而，少年人的热情来得快也去得急，没过太长时间，就在他们刚刚生下一子不久，他们的婚姻就出现了问题。分手前达成协议：“产下一子，留给夫家，因是孩子的母亲，便承诺负责生活，再嫁时候截止。到底生意人，有诚信，自此月月给付，无论时局改变，市面动荡，从不曾中断和拖延——他不禁要问，嬢嬢后来没有结婚？嬢嬢颇有得色：他们想不到要养我一辈子，这就叫人算不如天算，婚姻的好处坏处都尝过了，足矣！”毫无疑问，不从事任何职业的嬢嬢，之所以能够既养得起自己，也养得起陈诚，与她因为这桩异样婚姻所获的经济补偿紧密相关。尽管陈诚正是在这个时候和后来成为自己妻子的师师最初结识，但一个小小年纪的男孩子，成天价守着嬢嬢这样一个单身女子一起过日子，自然会有难以排遣的愁闷生成。这种愁闷使陈诚跟随黑皮的爷爷，即自己的舅公，来到了位于高邮西北乡的家长住，他也正是跟随着四处办厨的舅公才开始最早接触厨艺的：“九月到来，黑皮上学，并没有如承诺的，带他一同去。看他孤寂，舅公问要不要跟着去办厨，点头说要，于是，一老一小便上路了。”正是在跟随着舅公四处奔波的过程中，陈诚开始了他带有明显偶然色彩的厨艺生涯：“他是从白案入行。先只不过剥葱捣蒜择菜，给豆芽换水，洗了小脚丫，伙计肋下一叉，叉进面缸里踩面。实在忙不开，就当个人用了，发酵，擀皮，揪剂子，捏包子——一个包子二十六个褶！他脑子好，眼和手有准头，学得进东西，最要紧的是，勤快。”不容忽视的一点是，在学习厨艺的同时，他也在接受着别一种教育：“传授厨事之余，舅公还和他讲书。孃孃用《红楼梦》作脚本，舅公是皇历。”虽然一直没有能够接受正规的科班教育，但陈诚并没有成为一个大字不识的文盲，从根本上说，恐怕也正是拜孃孃和舅公如此一种特别教育方式所赐的结果。就这样，一直追随舅公学习厨艺三年后，已经初通厨艺的陈诚，才离开高邮西北乡，再次回到上海，回到了依然孤身一人的孃孃身边：“再次来到上海，觉得一切都变小。街道窄了，楼矮了，一方方的窗格子，蜂房似的，人却多了，密密匝匝的。”之所以会有这样一种感觉，一方面因为他刚刚从广阔的乡间大地回到逼仄的上海城，另一方面则是因为经过了三年的时间，他的个子已经长高了不少。事实上，这个时候的陈诚不仅个子长高了不少，也开始初通人事了。一个标志性的细节就是，他竟然把自己学习厨艺过程中积攒下的一笔钱全都主动交给了孃孃：“孃孃用手帕在镜片后面擦拭一下，喃喃说：你还是个孩子呢！他低下头，窘得不行。这般大的少年人，最怕动感情，尤其他和孃孃，都不惯表达和交流。”一方面在孃孃的心目中，他已经长大成人，另一方面，因为孃孃发现他已经在厨艺上有所成就，所以便决定利用自己既往的关系，给陈诚找一个比舅公的厨艺水平不知道要高出多少倍的真正的淮扬菜大师傅，也就是孃孃一位久违的故人单先生：“先生姓单，淮扬菜大师傅胡松源外系后人，亲不亲，舅家人，也就称得上嫡传。二十岁出头来到上海，先在洋行做司务，后被高级襄理目中，高薪聘用，专为要客办宴。”无论如何我们都得承认，这位单先生不仅授徒方式奇特，授徒效果也非常显著：“拜单先生为师，算是入了胡松源宗门，有了业内的身份。单先生授徒另有一功，不动手，只动嘴。到他家里，各坐一把椅，中间隔一张矮几，几上两杯清茶，一个讲，一个听，听的给讲的添水，递毛巾，方才分出上下长幼。讲着讲着，又颠倒过来，长的对幼的说：你忙不忙？还有几句，耽误了太久。好像不是他教他，而是求他学。”正是如此一种口口相传式的点拨方式，最后却奏了奇效。陈诚之所以后来到美国开餐馆不仅大获成功，而且还被别人以讹传讹、一厢情愿地指认为是淮扬菜系正宗传人莫有财的嫡传弟子，都与单先生当年那番真正可谓煞费苦心的调教和点拨分不开。

我们注意到，在讲述陈诚如何走上厨师这一条人生道路的过程中，作家也会时不时地穿插讲述他后来怎样想方设法地在美国落脚打拼的故事。具体来说，厨师陈诚之所以有机会来到美国，与他的嫡亲姐姐关系密切。20世纪80年代，已经在三棵树插队的姐姐首先有机会被保送到工业大学，等到大学二年级的时候又被推选公派留学，这样才有机会漂洋过海，来到大洋彼岸的美国留学。在经过一番周折，亲身感受到母国与美国之间存在的根本差异之后，最终选择长期居留美国。若干年后，陈诚携手父亲一起，以探亲的名义步姐姐的后尘，也来到了这片新大陆。“不知不觉间，三个月的签证到期，父亲回去，他又续签三个月。”等到续签的三个月再次到期的时候，他终于下定决心黑了下来，非法居留美国不归。再到“后来，他是顺着政治庇护的潮流，通过闸门，获得居留。那些黑了七八、十数年，难民监进进出出的人，称他‘福将’。他倒也不那么自得，因觉着不过早晚的事，有些道家的精神，其实是走哪座山，唱哪支曲，相信天无绝人之路”。就这样，等到陈诚在法拉盛居住第三年的时候，大号名为

“师蓓蒂”的师师没有一点征兆地突然出现在了他的面前。这样一来，自然也就有了我们在前面涉及的，师师的居留、他们之间的婚姻问题，以及相关问题的最后解决。

然而，就在我们根据上半部的小说文本，差不多已经要认定《一把刀，千个字》就是一部从陈诚的高超厨艺切入并最终表现他终其一生的漂泊（他后来在美国的故事，自然也可以被看作是人生漂泊故事中的一个有机组成部分）的长篇小说的时候，到了从第七章开始的下半部，整部作品的叙述方向却一下子“峰回路转”，由“一把刀”转向了“千个字”。时间的视点也随之转向了看似有些遥远的20世纪中叶。到这个时候我们才恍然大悟，原来，王安忆这部长篇小说真正的书写重心，并不在前面已经占了很大篇幅的陈诚身上，而是落脚在他的其实一直处于闪闪躲躲状态的母亲身上。小说叙事上的如此一种“峰回路转”，倘若借用众所周知的名句来说，无论如何都称得上是“众里寻他千百度，蓦然回首，那人却在灯火阑珊处”。事实上，如果你的确称得上是一位敏感的读者，那么，早在上半部作家有意无意留下的一些蛛丝马迹中，就应该已经注意到陈诚母亲这一形象的若隐若现。比如，在父亲携带姐姐专程到上海来看陈诚的时候，曾经出现过这样的一段叙事话语：“停一时，父亲开口了：以后，你管孃孃叫‘妈妈’。孃孃接着说：这样，你就可以在上海读书。他有些蒙，心里恍惚着，问出一句话：我妈妈呢？两个大人被问倒了，面面相觑，然后，他看见孃孃的眼镜镜片奇怪地闪烁一下，戴眼镜的人哭了。”由这一细节而引发的一连串无法回避的问题显然是，母亲到底是怎么回事？为什么父亲要他喊孃孃为“妈妈”？为什么一提到母亲，孃孃就会哭呢？再比如第四章里写到陈诚在那个物质匮乏的时代终于想方设法买到一只猪后蹄，并且做成挂丝的蹄髈的时候，曾经出现过一个他和孃孃以及朋友小毛一起看照片的重要场景：“再翻一页，就是一家四口，年轻的父母和幼雏儿女。小毛脱口道：你，兔子！他也认出父亲和姐姐，那抱他在怀里的，仿佛认识，却又不认识。孃孃合起相册，说：没有了！站起身，就是逐客的意思了。”后来，等到故事情节行进到上半部最后一部分，即第六章的时候，出现了一个与前面看照片的场景相呼应的另外一个场景，只不过，这一次看照片的只剩下了陈诚一个人。其实，他是偷偷背着孃孃看照片的：“抽屉里面放着相册，就是小毛来吃饭的那天晚上，孃孃取出来给他看的那一本。他没有看见孃孃收在哪里，可是却又像是知道。”出乎意料的是，等他取出相册打开的时候，却发现此前那张一家四口合影的照片“不翼而飞”了：“照片抽走了，危险避开了，‘勤劳的人’终于没有说话，它究竟要说什么呢？”毫无疑问，由以上两个看照片的场景，我们所生出的问题自然是，那张无可置疑是包括妈妈在内的一家人的照片到底有什么忌讳，会让孃孃“神不知鬼不觉”地抽走呢？难道说问题的确出在大家似乎唯恐避之不及的妈妈身上？对于这一切，王安忆在上半部里并没有提供答案，但那一首在陈诚偷看照片时窗外一直响着的“马兰花，马兰花，风吹雨打都不怕，勤劳的人在对你说话”的歌谣，从此之后却时不时地就会回响在陈诚的耳际了。这一点，我想无论如何都只能从精神分析学的角度予以解释。陈诚之所以总是不由自主地联想起少年时期在上海弄堂里听到过的童谣，不是因为童谣本身有什么微言大义，而是因为它很显然牵系着他内心深处某种难以言说或者不足为外人道的精神情结。这种牢固存在着的精神情结所指向的，就是他那位很是有一点“云深不知处”味道的母亲。

与王安忆笔下的烟火人生有所不同，东西长篇小说《回响》（载《人民文学》2021年第3期）却明显地借用了推理小说的艺术方式。对推理小说形式的借鉴在东西这里成为了一种自觉行为。对于这一点，他在“后记”里有着明确的自述：“下笔如此之难，原因是多方面的。首先是对小说涉及的两个领域（推理和心理）比较陌生。之前，我从来没碰过推理，也从来没有把心理学知识用于小说创作，但这次我想同时使用。显然，这两方面的经验和知识储备都不够，必须抓紧恶补。2017年下学期，新加坡南洋理工大学聘请我为驻校作家，我在校园里一边写小说的开头一边构思，一边构思一边利用空余时间阅读和聆听心理学方面的知识。”依照一般的常识，小说这一文体的本质规定性之一，就是对想象虚构的特别强调。但无论如何都应该认识到，这里所强调的想象虚构，并非是没有任何依据的向壁虚构，而是建立在现实社会与真实人性基础上的一种合乎艺术逻辑的想象虚构。一种理想的效果就是，在读者读完你的小说之后，明明知道是一种子虚乌有的想象虚构，却能够心服口服地信以为真。即如东西这部带有突出推理色彩的《回响》，读者在读得津津有味的时候，又哪里能想象得到，作家在写作的过程中，竟然会在“推理”和“心理”两方面下这么大的功夫。道理其实也非常简单，倘若东西没有在以上两个方面下足功夫，那《回响》肯定也就难以获得相应的思想艺术上的成功。

既然可以被归类于“罪案小说”，那罪案自然也就成为了推进故事情节发展演进的一个核心要素。小说一开始就开门见山地写到了一具在西江中被发现的无名女尸："冉咚咚接到报警电话后赶到西江大坑段，看见她漂在离岸边三米远的水面，像做俯卧撑做累了再也起不来似的。但冉咚咚马上发现这个比喻欠妥，因为死者已经做不了这项运动。她的右手掌不见了，手腕处被利器切断。冉咚咚的头皮一麻，想谁这么暴虐？"虽然罪案是小说中一个不可或缺的核心要素，但与这个被谋杀者相比较，小说真正意义上的主人公，其实是负责勘破这一案件的优秀女警察冉咚咚。大约也正因为如此，小说开头处劈面而来的三个字才会是"冉咚咚"。由于冉咚咚既有着出色的侦破能力，同时也是一位女性，所以便被王副局长指定为这一案件的负责人："王副局长相信从受害者的角度来寻找凶手更有把握，而且女性之间容易产生共情或同理心。"由于这具女尸被发现的具体方位是西江的大坑段，所以，在将这一案件命名为"大坑案"的同时，冉咚咚他们马上就投入到了案件侦破的过程之中。需要注意的一点是，关于案件的命名，冉咚咚的助手邵天伟曾经有所异议："投入工作是转移念头的最好办法，她用地点'大坑'命名本案。助理邵天伟举手反对，说坑太大会填不平。她说填不平就跳进去，我们不能为了好听而更改地名吧，假如取个'一帆风顺'你不觉得别扭吗？说完，她的脑海迅速浮现一个巨大的坑口，深不见底。"正所谓一语成谶，从"大坑案"此后一波三折的复杂侦破过程来看，这个案件也的确称得上是冉咚咚他们侦破历程中罕见的一个"大坑"。更进一步说，与这一案件的曲折侦破历程紧密相关的一点是，它也象征性地暗示着冉咚咚自己的人生将会面临一个"大坑"式的重大转折。

首先，根据半山小区房东提供的一位年轻的女性房客突然间没有按期缴纳房租的信息，冉咚咚他们把死者锁定在了一个名叫夏冰清的二十八岁女性身上。与此同时，紧锣密鼓的各种调查询问过程也迅速有序地展开。虽然经过与夏冰清父母，她的雇主兼情夫徐山川，以及徐山川的妻子沈小迎和徐山川的另一位情妇小刘的一番接触和询问之后，冉咚咚凭借自己多年办案的直觉，把犯罪嫌疑人锁定为徐山川，但苦于找不到有力证据。正因为冉咚咚他们一时根本拿不出证据，所以“案件陷入停顿。大家都感到压力山大，尤其是冉咚咚，她感觉整个身体仿佛浇灌了水泥，全都板结了”。万般无奈之际，因为从居民那里了解到夏冰清生前经常到一个“噢文化创意公司”喝咖啡，所以，冉咚咚他们便找到该公司的法人吴文超了解相关情况。通过对吴文超的询问，冉咚咚他们了解到，身为“第三者”的夏冰清，不仅的确曾经被徐山川强奸过，而且还和他签订过一个其实就是“合理卖身”的合同。因为夏冰清迫切地想要蹬开沈小迎，自己上位，和徐山川结婚，她甚至出资要求吴文超给出相关的策划案：“她说要么策划一个让她跟徐山川结婚的方案，要么策划一个除掉徐山川的方案。”正是在吴文超这里了解到相关情况之后，冉咚咚才敢于“弄虚作假”，以一条上面沾着血迹的白色女性蕾丝内裤使出“讹诈”手段，迫使徐山川承认自己确实强奸过夏冰清。

就在“大坑”案由此而看似隐约透露出一点曙光的时候，曾经承认强奸的徐山川却突然翻供。导致徐山川翻供的原因就是那条被用来“讹诈”的假内裤。因是之故，王副局长决定，冉咚咚暂时停止负责此案的侦破工作，接替者是她的同事凌芳。在此受挫时期，始终心有不甘的冉咚咚在反复聆听徐山川被监控的通话后，发现了两个明显的反常情况。那就是，在案发之后的通话过程中，有两个人的通话次数较之从前锐减。一个是他的妻子沈小迎，另一个既是他的专职司机，也是他的亲侄儿徐海涛。一贯心细如发的冉咚咚，由此怀疑他们或许是在试图掩盖什么。这样一来，看似与此案无关的徐海涛也就浮出了水面。正是通过徐海涛的自述，冉咚咚他们才把目标初步锁定为吴文超，吴文超也就因此变成了所谓的“两面人”，既接受夏冰清的委托，要替她策划如何才能早日上位，取代沈小迎成为徐山川的正式夫人，又接受徐海涛的委托，想方设法让夏冰清从此远离徐山川。

正是在询问吴文超的过程中，通过他的所谓“策划”，又牵扯出了他的大学同学，一个名叫刘青的人。这个时候的刘青正供职于一个A移民中介公司。道理非常简单，如果夏冰清能够如吴文超所愿被刘青策动移民到异国他乡，那她自然也就远离了徐山川，更不可能纠缠着要结婚了。但正所谓“螳螂捕蝉，黄雀在后”，即使是吴文超自己也没有想到，到最后，自己的委托人刘青竟然瞒天过海地又将此事委托给了一个名叫易春阳的一个民工：“他把夏冰清当成了我的女朋友，我忽然有了一个想法，像灵感那样来得猝不及防。我说虽然她漂亮，却给我带来了许多麻烦，我有老婆有孩子，但她却闹着要跟我结婚。他说让她不闹就行了。我说怎么能让她不闹？他说办法多得很。我说你有什么办法？他笑而不答，就像吹牛皮被揭穿的那种表情。”尽管易春阳终究还是没有透露自己将会采取何种方式帮刘青解决夏冰清的问题，但在刘青实际支付给易春阳一万元之后，夏冰清纠缠徐山川的问题也就随着她生命的结束而被彻底解决。一直到这个时候，非常残忍地杀害了夏冰清的凶手易春阳才真正浮出水面。在了解到整个过程之后，冉咚咚倍觉感慨：“冉咚咚想他们都把做这件事当成做生意，徐海涛是这么说的，吴文超也是这么说的，每个人都说得轻描淡写，好像夏冰清的命是一件商品。”无论如何，我们都不能忽略来自于冉咚咚的这种真切感受。很大程度上，与其说这种感受是属于冉咚咚的，莫如说是属于作家东西的。借助于如此一种真切感受，作家把犀利的批判矛头对准带有一定邪恶性质的资本的同时，也对准了现代社会普遍的人性冷漠。只要我们回顾一下真正可谓是错综复杂的夏冰清被害案，就可以对资本在其中所发挥的巨大力量有一种清醒的认识。徐海涛之所以愿意帮着自家叔叔徐山川解决夏冰清的死命纠缠，是因为徐山川“借给了”他二百万元。而徐海涛找吴文超想方设法地让夏冰清远离徐山川，事先承诺的支付资金是五十万元（尽管他所实际支付的金额只有二十五万元）。到了吴文超这里，他试图借助于刘青的力量促使夏冰清离开徐山川，先后两次一共支付的资金是十万元。到了第四个，也即此案的最后一个环节，即刘青委托民工易春阳解决问题的时候，所支付的酬金，就剩下了一万元。这实际上也就意味着，夏冰清这样一个靓丽的青春生命，在几经周折“倒手”，层层剥削之后，其价值竟然只剩下区区的一万元。一方面，我们一向所奉行的一个信条是“生命无价”，而夏冰清的遭遇恰恰是这一信条的反命题，生命不仅“有价”，而且最终还只值区区的一万元。一边是一条活色生香的青春生命，另一边是冷冰冰的一万元，面对这样一个极不平衡的天平，我们无论如何不能不感慨于人性的极端冷漠。如果一个人的生命可以用这种“层层转包”的方式来加以处理，那现实人性的冷漠与沉沦程度也就可想而知了。但在另一方面，诚所谓“有钱能使鬼推磨”，在强大的资本面前，几乎所有人都是自觉顺从的卑躬屈膝者。为了获得相应的金钱回报，许多人都会手足无措，甚至出卖人格尊严。从徐海涛到吴文超，再到刘青，最后到易春阳，这些与“大坑案”紧密相关的人物全都被资本某种隐秘却巨大的力量驱使着。更进一步说，即使是此案的被害人夏冰清，也同样是资本的顶礼膜拜者。倘若徐山川不是一位拥有巨大财富的资本家，那我们无论如何都无法想象，夏冰清在被强奸后不仅忍气吞声，而且屈尊成为了徐山川的情妇。

按照一般的逻辑，既然冉咚咚他们历尽千辛万苦终于找到了真正的杀人凶手易春阳，还把他捉拿归案，整个小说也就应该告一段落。但冉咚咚却仍然有着极大的不满足：“虽然抓到了凶手，但冉咚咚却不满足。因为按现在所获得的证据，所有当事人都找得到脱罪的理由。徐山川说他只是借钱给徐海涛买房，并不知道徐海涛找吴文超摆平夏冰清这件事。徐海涛说他找吴文超，是让他别让夏冰清骚扰徐山川，而不是叫他杀人。吴文超说他找刘青合作，是让他帮夏冰清办理移民手续或带她私奔，却没有叫他去行凶。刘青说他找易春阳是让他搞定夏冰清，搞定不等于谋害。而易春阳尽管承认谋杀，但精神科医生及另外两位权威专家鉴定他患间歇性精神疾病，律师正准备为他做无罪辩护。”从这个角度来说，冉咚咚他们千辛万苦的侦破过程就等于做了无用功。一方面，从本职工作的角度，冉咚咚他们的确忠于职守，在找到凶手的同时也已经把他抓获归案。但在另一方面，诚如以上的逻辑推演，从链条初始的徐山川一直到链条终端的易春阳全都能够在不同程度上找到脱罪的理由。这样一来，冉咚咚他们所破获的这一案件也就如同“竹篮打水一场空”。正因为有着一种强烈的受挫感，所以生性要强的冉咚咚无论如何都心有不甘：“冉咚咚想这么多人参与了作案，但现在却只有一个间歇性精神错乱者承认犯罪，这严重挑战了她的道德以及她所理解的正义。”“冉咚咚想本案就像多米诺骨牌，第一个推牌的人是徐山川。她特别想让徐山川认罪，服判，但他拒不承认他曾叫徐海涛去谋害夏冰清，甚至说连半点暗示都没有。”事实上，作家一开始就已经做出明确交代，根据冉咚咚建立在丰富侦破经验基础上的敏锐直感，此案的犯罪嫌疑人最大的可能就是徐山川。唯其冉咚咚心有不甘，才借助于先期发现的沈小迎与自己的健身教练偷情，以及她的女儿与丈夫徐山川血型不匹配这样一些关键信息，最终迫使沈小迎交出了一个录音U盘。凭借这个U盘才终于找到了徐山川的犯罪证据。当徐海涛询问徐山川那件事到底还做不做的时候，徐山川给出的回答是：“做，不做会很麻烦，她一直在告我强奸，而且还留有我的证据。”面对着沈小迎的“背叛”，面对着确凿无疑的证据，徐山川一时恼羞成怒，口出狠言：“他恨得咬牙切齿，说早知道沈小迎监听我，出卖我，那我做掉的就是她而不是夏冰清。我想过跟她离婚，娶夏冰清为妻，但看在孩子的分上我没有离，我当初怎么会爱上这么一个狠人？冉咚咚说祸福无门，唯人自召。善恶之报，如影随形。”诚如冉咚咚所言，徐山川的如此一种结局，可以说是人生因果中的恶有恶报，符合中国人所谓的善恶各有其报的人生理念。如果从小说艺术的角度来考虑，在我的理解中，与其一定要让整个案件水落石出，让徐山川的罪恶借助于沈小迎的“出卖”而以一种貌似“大团圆”的方式浮出水面，反倒不如干脆让徐山川的罪恶一直处于不被冉咚咚他们察觉的状态，不仅更合理一些，而且悲剧性的审美效果也无疑会得到强化。这里，一种悲剧的质点在于，冉咚咚他们虽然经过百般周折后终于使得案件告破，但因为位于链条终端的易春阳被诊断为间歇性精神疾病患者，使得他们的所有努力变得毫无意义。原因在于，如此一种类似于西西弗斯推石上山看似“了无意义”的“无用功”，在强化《回响》悲剧效果的同时，更是把意向直指人生的某种虚无本质。

相比较而言，刚刚出道不久的杜阳林在长篇小说《惊蛰》（浙江文艺出版社2021年7月版）中，则把自己的书写方向指向了乡村的苦难叙事。一种无法否认的事实是，在阅读《惊蛰》的过程中，我曾经不止一次地联想到路遥的如上两部作品。更进一步说，除了路遥之外，我还联想到了余华的《活着》，以及苏联作家高尔基由《童年》《在人间》《我的大学》三部作品组成的“自传三部曲”。一方面，我的确一点都不了解作家杜阳林曾经的文学阅读经历，另一方面，如果联系杜阳林如同云青一样出生于70年代初期，加上作家少年时期中国特定的社会文化语境，同时参照我个人（我的年龄比杜阳林要大五六岁）少年时期的阅读经验，不难断定，少年时期的他肯定接触过高尔基的“自传三部曲”，到了青年时期，则肯定少不了对路遥和余华作品的阅读。倘若如上的推论可以成立，那么，掩映于《惊蛰》之后的一个文学谱系，或者文学传统的存在，就是无法否认的事实。具体来说，这里所说的文学传统既是一种乡村叙事传统，也是一种苦难叙事传统。这其中需要稍加辨析的是高尔基的“自传三部曲”。一方面，高尔基的自传叙事，固然远离乡村，与乡村无关，但在另一方面，无论是对于苦难的书写，还是主人公面对苦难时那种不折不挠的反抗态度，“自传三部曲”与《惊蛰》之间的确有着不容忽视的一脉相承之处。高尔基之外，如果说余华的《活着》更多地影响着杜阳林的苦难叙事的话，那么，路遥的《人生》与《平凡的世界》（虽然《惊蛰》中的云青只能读到《人生》，但现实生活中的杜阳林却不仅读到了路遥的这两部小说，而且还确凿无疑地影响到了《惊蛰》的创作）对杜阳林的影响可能就是全方位的。极端一点，我们甚至可以说路遥对于杜阳林来说，多少带有一点“文学教父”的意味。唯其如此，杜阳林才会在小说文本中专门提及《人生》，并以这样一种特别的方式来向他致敬。不管怎么说，假如我们承认杜阳林的《惊蛰》的确称得上是一部专注于乡村苦难叙事的长篇小说，那么，它肯定应该被归入到包括高尔基、路遥以及余华在内的一种文学传统（在强调这一文学传统的同时，我们更须注意到这三位作家之间根本差异的存在。通常意义上的研究者，一般都不会把这三位看似风马牛不相及的作家归为同一个类型。我们之所以不惜违背文学界的共识也要把他们归类为一种文学传统，主要还是考虑到了杜阳林实际所接受的文学滋养的缘故）之中。因此，一个可信的判断就是，如果没有作为潜文本存在的高尔基、路遥以及余华的相关小说作品，或许就不会有摆在我们面前的这部《惊蛰》。当然，与这些潜文本的重要性相比较，杜阳林自身真切的生存经验对作品的内在支撑更不容忽视。很大程度上，《惊蛰》的生成可以被看作是这些潜文本与作家的个人生存经验彼此激发互动的结果。

具体来说，杜阳林这部长篇小说留给我们最为深刻的印象之一就是乡村苦难叙事。这一点再集中不过地表现在主人公云青身上。小说一开始，云青正值年壮的父亲凌永彬便不幸因病亡故。“那一年的一月份，敬爱的周总理去世，村民们聚在晒场哭了一场。”没想到的是，云青的父亲凌永彬，一个正当壮年的汉子，却也因病在这一年离开了人世。对于当时年仅四岁的云青来说，这种状况绝对称得上是幼年失怙。但请注意，在我个人的理解中，作家如此一种情节设定的象征性意义恐怕更不容忽视。所谓象征性的意义更多地体现在精神层面上。因为父亲的去世，云青便失去了可以依仗的靠山，从此之后，只能靠一个人的单打独斗来面对充满了恶意的外部世界。从四岁到十四岁的短暂十年之中，正处于成长关键时期的云青遭遇了诸多的人生苦难。先是受到陈富贵的蒙骗，明明已经约定好赌输烟盒板之后，让云青到他们家去烤烘笼子，没想到，等到陈金柱气势汹汹地指责云青上门来欺负富贵的妹妹吉祥的时候，心知理亏的陈富贵却站在一旁一言不发，最终致使火冒三丈的陈金柱大打出手，致使云青的两腿之间被炭火烧得血肉模糊。如果不是周爷跑到城里买回了药物及时加以救治，云青那一次很可能会挺不过来。等到云青上小学之后，早熟的他先是靠贩卖米花棒贴补家用，中途意外受挫后又开始琢磨着做破烂儿生意。在四处搜求破烂儿的过程中，每逢炎热的夏日，他就会扑进堰塘里消暑。岂料正是这样一种看似“自然”的消暑方式，到后来竟然会给他带来一场巨大的灾难：“云青在烈日下，一次次地扑到堰塘中，用水降温，起身穿着打湿的衣裤行走，拿自己当活动的晾衣架子，竟为日后埋下那么大的祸根。”事端发生的时候，云青已经是镇中学的一名学生了。那时候，他突然感到左腿隐隐作痛：“先是膝盖疼，他以为自己上体育课时不小心拉伤了膝盖，歇两天就会好。哪知过了两天，以膝盖为圆心，整条左腿都呈现辐射状的疼痛，小腿和大腿疼得像要造反一般。”要害处在于，“云青的怪病发展得很快，现在以左腿膝盖为界，向上，大腿肿胀发亮，粗如水桶；向下，由于血液循环不畅，小腿肌肉萎缩，形如枯木细枝，无法正常承力行走。手指按压左腿，膝盖上方肿泡泡的，皮肤绷得发紧，膝盖下方肌肤皱巴巴的，按下一个凹，半天弹不回来。”虽然徐秀英想方设法筹钱把爱子送进了医院，但大夫最后给出的诊断结果是，除了采取截肢的手术之外，别无其他良方。万般无奈的情况下，束手无策的徐秀英只好让云鸿用板车把云青拉回家中。若非有幸遇到了善治各种疑难杂症，敢于以毒攻毒的民间中医吴中孝，把他死马当作活马医，云青这一次难逃一劫。关键在于，云青生命中的苦难却并未到此终结。死里逃生之后，为了解决吃不饱饭的问题，徐秀英突然想起自己在广元还有一个打小就过继给别人家的弟弟，便打发云青前往广元投奔这个舅舅，期望可以在那里谋个活路。正如你已经预料到的，舅舅一家对云青的突然到来，态度非常冷淡。自尊心因此而备受伤害的云青，遂打定主意离开广元回到母亲身边。问题出在路费的欠缺上。来的时候有徐秀英想方设法筹措的路费，等到云青打定主意要返回家乡的时候，却没有人可以给他提供这笔费用了。在拦车的计划受阻的情况下，别无他法可想的云青只能一路步行回家。正是在一路行走的过程中，为了能够吃饱自己的肚子，云青竟然创造出了一种“以工代粮”的生存方式。所谓的“以工代粮”，就是云青依靠出卖自身的劳力，给别人干活，以换取必要的食物。就这样，“以工代粮”的云青用了整整二十九天的时间，终于长途跋涉从广元走回到了自己的家乡观龙村，回到了母亲徐秀英的身边。这一次长达二十九天的长途跋涉，虽无性命之忧，但也算得上是云青人生中经历的一次苦难。一个年仅十四岁的孩子前后加起来一共十年的人生中，竟然会遭遇如此之多的苦难，认真推敲一下，多少会显得有点不可思议。我们之所以强调余华的《活着》构成了杜阳林《惊蛰》的一个潜文本，根本原因正在于此。我们都知道，余华的小说标题虽然叫作“活着”，但真正位居文本核心地位的，却是男主人公福贵身边的亲人们一个接一个的死亡情景，到最后，陪伴在年老力衰的福贵身边的，只剩下了一头同样年迈的老牛。如果从一种现实主义的角度来说，如此之多的死亡命运全都落在了福贵的亲人们身上，不仅会显得充满巧合意味，还会显得不那么真实。正是在这个意义上，余华貌似现实主义的《活着》，其实因死亡情景的不断重复带有了突出的现代主义特质。很大程度上，对于杜阳林在《惊蛰》中简直就是“堆积”在云青身上的这么多人生苦难，我们也可以作如是观。从现实主义的角度看来不那么真实的人生苦难在云青身上的“堆积”，一旦转换为现代主义的视角，一切就可以迎刃而解，获得合理的解释。更为宽泛地说，杜阳林《惊蛰》中的乡村苦难叙事，还可以让我们联想到吴承恩的《西游记》，联想到唐僧师徒在去往西天的取经路上所经历的九九八十一难。如果唐僧师徒只有在经历了九九八十一难之后，方才可以取得真经，修成正果，那么《惊蛰》中的主人公云青也只有在经历了诸多的人生苦难之后，方才能够通过高考的方式“鲤鱼跳龙门”，最终摆脱家乡观龙村的羁绊，考入西北大学，获得通向理想未来的路径。

在强调余华的《活着》的确在某种程度上影响到了杜阳林《惊蛰》创作的同时，我们也不能忽视，路遥包括《人生》和《平凡的世界》在内的小说创作，也同样构成了《惊蛰》这部长篇小说的潜文本。这一点同样突出不过地体现在云青这一人物形象身上。尽管在日常生活中迭遭了那么多的人生苦难，云青却从来都没有丧失过对生活的信心。一方面，小小年纪的他就知道如何凭借一己的努力去体恤母亲和家人。无论是贩卖米花棒，还是四处去搜购破烂儿，他实际的出发点都是赚点钱以贴补家用。另一方面，也是更重要的一点，虽然由于家庭条件所限，云青曾经数度被迫辍学，但他从来都没有放弃过读书的渴望，坚持通过自学的方式满足求知的欲望。当细妹子告诉他不仅可以把二哥使用过的课本都借给他看，自己也可以不时地到野棉花山顶给他做一些讲解的时候，云青一时间变得非常激动："茅草屋内光线昏暗，空气滞重闷热。热辣的太阳光芒被房屋挡到了门外，却未挡住酷暑。云青汗津津的脸充满了笑意，他的腮边各自显出一个酒窝来。细妹子瞬间有种错觉，屋里光线骤然亮堂，气息变得甘爽。"云青一瞬间神情的变化所折射出的，正是他内心深处对知识的强烈渴望。行文至此，无论如何都必须再一次提及细妹子专门送给云青阅读的路遥的《人生》。尽管说相关时间节点的设定可能会存在一些瑕疵，但由此而明确暗示路遥与云青，与杜阳林的这部《惊蛰》之间的内在精神关联却应该得到充分的肯定。不管怎么说，杜阳林不仅能够在正视人生苦难存在的同时，对人生苦难进行必要的艺术描摹和表现，而且也能够以一种理想主义精神进一步地对抗并超越人生苦难，这正可以被看作是杜阳林受到路遥影响的一种结果。这一方面，值得注意的一个细节就是，小说临近结尾处，云青和云鸿兄弟俩曾经一起眺望远方："那时兄弟俩犁了一上午的旱田，坐在田埂上歇息。云鸿忽然站起身，目光平平地望向远处，漫不经心地说：'我要去很远很远的地方看一看。'云青吃惊地看着他。云鸿好像是在和自己说话，并不需要他人的回应：‘我想看看那些很远的地方，是否和观龙村一样，有那么多烦恼和苦难。’云青没有说话，抬头深深地看了哥哥一眼，兄弟两人的视线在空中遇上了，这应该是他们生平第一遭，清晰地看到了彼此，认识了彼此。出自同一娘胎的两个人，明白了对方是和自己流着相似血液的手足兄弟。云青默默不语，却在心里应和着云鸿：‘也许，只有到了很远的地方，才会让我们真正明白，观龙村也给我们留下了这么多的温暖和牵绊。’”一定要想方设法去往远方的话语主体看似是身为兄长的云鸿，实际上却是默默地表示强烈认同的云青。如果云青的向往远方是一种扎根在大地上的理想主义精神的张扬，那么，对他产生示范性影响的，就毫无疑问是路遥笔端的高加林与孙少平。与此同时，我们也注意到这样一段叙事话语的存在，在云青已经考上大学之后：“即将离开这片土地的云青，也许是经历过了认真的审视和反省，才明白了人活着的价值和意义。知识就是承载云青远航的舟，能渡他们这一代年轻人驶向广阔壮丽的海域，去实现远方的瑰丽梦想。”尽管如此一种理念性话语的强制性直接插入，从艺术表达的角度来说未必合适，但这样的表述却非常切合于云青自己走过的人生轨迹。云青的人生道路充分证明的一点，就是读书和知识可以从根本上改变命运。正因为这一点也非常契合于高尔基的“自传三部曲”（高尔基“自传三部曲”中的阿廖沙，正是凭借着酷爱读书，才从根本上改变了自己命运），所以，我们方才指认“自传三部曲”同样可以被看作是《惊蛰》写作的潜文本。

虽然文体形式明显不同，但梁鸿在其长篇非虚构文学作品

《梁庄十年》（载《十月》杂志2021年单月号第1期）中，却把自己的书写方向同样指向了乡村世界。在面对这部《梁庄十年》的时候，我才突然意识到，梁鸿那部曾经产生过广泛影响的长篇非虚构文学《中国在梁庄》在《人民文学》杂志发表（发表时的作品标题是《梁庄》），已经过去了整整十年的时间。当然，与此紧密相关的一点是，非虚构文学这样一种提法的出笼，在中国文坛也同样是整整十年的时间。尽管在西方文学界，建立于丰富创作实践基础上的非虚构文学概念的形成，其时间绝对要早于中国文坛许多，但具体到中国文坛，明确提出所谓非虚构文学的概念，并在文学界产生广泛影响，且这种概念主导下的文学实践一直延续至今不绝如缕，其最初的推动者的确是2010年李敬泽主政时期的《人民文学》杂志。从那个时候开始，作为一种文体的非虚构文学以其相当丰富的创作实绩，取得了与曾经长期流行的报告文学分庭抗礼的文学地位。掰着指头认真数一数十年来真正产生了影响的那些作品，我甚至要说，由于在书写时尽可能挣脱政治意识形态束缚的缘故，非虚构文学的实绩要远远地大于报告文学。这一方面最有代表性的作家之一，就是为我们奉献出了“梁庄三部曲”（《中国在梁庄》《出梁庄记》《梁庄十年》）的梁鸿。

我们都知道，在具体从事非虚构文学创作之前，梁鸿是一位成绩突出的当代文学批评家。一直到现在，她那些关于乡土文学与河南（或者说中原）作家的真知灼见，依然是相关研究者无论如何都绕不过去的重要存在。以我所见，正是作为学者的梁鸿在这一方面所取得的文学批评实绩，构成了作家梁鸿在非虚构文学写作方面一个不可忽视的基本前提。这里的一个关键问题在于，身为学者的梁鸿的研究领域，与后来变身为非虚构文学作家的梁鸿的写作对象，有着叠合与同一化特征。所谓的叠合与同一，就是指梁鸿从事文学批评工作时作为研究对象的乡土文学和河南（中原）作家，与具体成为其非虚构书写对象的河南省穰县吴镇梁庄，有着不可忽略的同一性。而这也就意味着，当梁鸿试图以非虚构的方式进入作为标本或者写作对象的梁庄的时候，她所携带的正是在长期的文学批评工作过程中形成的关于乡土文学，关于河南这一特定地域的理性定见。从这个角度来说，梁鸿非虚构文学的写作过程正是她长期形成的理性定见与田野调查过程中所实际观察到的现实状况发生强烈碰撞的过程。当然，换一个角度也可以被看作是梁鸿先验的理性定见不断被修正的过程。无论如何，假若梁鸿不是一位在乡土文学与河南（中原）作家研究方面有着超卓识见的文学批评家，那她所创作出的“梁庄三部曲”肯定也不会是现在的这个模样。

正如同作品的标题已经明确交代的，具体到“梁庄三部曲”最后一部的《梁庄十年》所集中书写的，是从2010年到2020年这十年间梁庄那些值得注意的人和事。我们注意到，杂志编者在“卷首语”中曾经刻意强调《梁庄十年》有着突出的“去社会学化”的特征：“放弃先在的问题设定，和对于深度意义的焦灼企图，从村庄内部翻腾的人事开始叙述，是文学或者小说的观察方式。尽管章节结构仍然借用‘房屋’‘土地’等社会学主题，这一次的《梁庄十年》，梁鸿在社会学与文学的天平两端明显偏向文学。这不仅指溢出章节主题的复杂故事维度，也包括作家在文本形式上的轻度洁癖，剔除议论和主观、保留细节与故事，将材料和思辨的部分以脚注的方式呈现。”[①]一方面，我们固然承认编者如上一种解读分析的合理性，但在另一方面，即使在这部貌似“去社会学化”的《梁庄十年》中，我们仍然能够真切地感受到一种社会学价值的存在。又或者，从根本上说，一种社会学价值的具备，正是非虚构文学这一文体区别于其他文体比如小说的根本特征所在。面对一部小说作品，我们未必非得从中获得某种社会学价值的启示，但在面对一部非虚构文学作品的时候，如此一种衡量标准的存在，似乎又是一种天经地义的事情。

《梁庄十年》的社会学价值，首先突出地体现在乡村政治的涣散以及村民公共意识的相对匮乏。这一点集中体现在第三章“土地”中的“人家”一节。乡村政治涣散的主要问题，就是党员的老龄化与村支书的难产。首先是党员的老龄化：“一调查，才发现，农村党员的老龄化极为严重。以梁庄为例，两千多口人，六十岁以上的有十几个党员，五十岁左右的四个，四十岁以下有五个，年轻人有五个，这五个主要是那些在外上学的大学生，他们在学校期间入党，指标会转回到村里。在外打工的年轻人几乎没有入党的，除了栓子。”之所以会是如此，与那些出外打工者客观的生存状况紧密相关。这些打工者常年在外工作，每年返乡过春节，前后只有十多天的时间。在这短暂的十多天时间里，他们需要完成乡村伦理所规定的各种使命。因此，他们根本就没有可能去关注并完成入党的任务。与此相连带的一点是，既然党员都这么难产，那必须从党员中选举产生的村支书就更是可想而知了。具体到梁庄，先是在2016年初的时候，时任村支书的

① “卷首语”，载《十月》2021年单月号第1期。

韩治景，连同村会计一起，因“公款私用”被人告状，结果是韩治景被上级免职。紧接着上台的韩天明，为人过分老实，因为实在无法适应村干部的工作状态，于2016年底坚决撂了挑子。万般无奈之下，乡领导只好在征求本人同意的情况下，把外出打工者中唯一符合条件的党员栓子推上了梁庄村支书的领导岗位。尽管在和梁鸿（也即小清）的交谈过程中，栓子似乎的确充满了雄心壮志，但在接受梁鸿关于栓子这个村支书称职与否的询问过程中，村民的回答却是：“在说到栓子这三年到底干得如何时，大家相互看了一眼，干笑两声：‘哈，啥咋样？成天都见不到人家一面。’”理想和现实之间的落差于此可见一斑。尽管作品中没有明确交代栓子成为村支书的具体时间，但明太爷的悲剧却在很大程度上说明着村一级政权（或者，不仅仅是村一级政权）的不作为，或者胡作为。具体的情况是，国家因为所谓的南水北调，修建南水北调大河占用了梁庄的不少土地。按照国家（国家的具体体现就是地方政府）的相关规定，占地的赔偿款是一个人两万多块。要想拿到赔偿款就必须有户口本。但明太爷家的户口本上没有儿媳妇和孙子的名字。于是，明太爷一家便急急忙忙设法去办理上户口的相关事宜。没承想，等到他们前前后后用了快一个月的时间办好后，却遭遇了一个不知道从哪里来的“土政策”：“寒露前交户口本的，能分到钱，寒露后就没了。”仅仅因为迟了一个月的时间就莫名其妙地失去了四万多块钱，明太爷无论如何都不甘心。万般无奈之下，明太爷除了到村委会和乡政府骂一圈儿人之外，剩下的就是酗酒，借酒消愁了。从根本上说，正是因为他的内心郁闷，他无节制地酗酒，最终导致了深度醉酒情况下，被那口破缸的豁口扎死的悲剧。虽然从表面上看，明太爷死亡的直接原因是酗酒，但细细推敲，只有那个不知从何而来的“土政策”才算得上是真正的罪魁祸首。明太爷的悲剧所充分说明的，正是我们前面所谓乡村政治的涣散。

事实上，除了明太爷悲剧的最终酿成之外，能够说明这一点的，还有梁庄房屋建筑的杂乱无序状态。由于“新房和旧房，共同造成了梁庄越来越拥挤、越来越混乱的内部空间”，所以，一种实际的情形就是：“从我家出门向左，原来通往村庄外面的那条路被一栋房子生生截断，向右通过村庄后面的路则被沙土堆、垃圾场堵上，而雪上加霜的是，邻居老老支书家儿子，多年来在安阳打工，忽然回来，半年之内，在他们宅基地的最前端，也就是我家的出路口，盖了两层全封闭的楼房，说是按‘趟’盖的。这样一来，我家几乎被圈在四面房屋之中，只有一条狭窄的出路，要想进车，就得贴着他家楼房的墙根进去。”正常情况下，一个村庄的建筑和道路设计，都应该有一定的规划和秩序，即文中所谓的“趟”。但梁庄的情况很显然不是如此。梁鸿他们家竟然“几乎被圈在四面房屋之中”，如此一种不堪状况的形成，正是这一方面的明证之一。正因为如此，梁鸿才会不无沉痛地写下这样的一些话语：“梁庄内部空间，如同一个错综复杂的网络，不在其中，很难摸清楚其路径。”“如果是一个旅行者，他所看到的，完完全全是一个杂乱无序的北方村庄。”在这里，错综复杂也罢，杂乱无序也罢，从表面上看作者所针对的似乎是梁庄的建筑和道路状况。但如果从一种象征的角度来说，梁鸿所要表达的，恰好是同样处于“错综复杂”和“杂乱无序”状态的梁庄乡村政治的基本面貌。

或许与乡村政治的涣散状况有关，特别耐人寻味的一点是，梁鸿对梁庄村民们社会政治意识的敏锐洞察。对“人家”一词的频繁使用，所充分说明的正是这样的一种状况：“固然，梁庄是文哥、霞子妈、丰定的家，他们终生都在此生活。但是，在谈到一些公共事务时，说到村支书、村会计，甚至哪怕是一个队的小组长，都会用‘人家’来代替，‘不知道人家是怎么想的’‘都是人家上面人管的’‘人家都是有权有势的’等等之类的语气。这样说的人不乏那些长期在城市工作且受过一定教育的年轻人。”在描述了以上这种状况的前提下，梁鸿紧接着结合她对梁庄村民普遍心理状态的了解，对梁庄人口口声声的“人家”一词进行了足称深入的语义分析：“‘人家’，这里面包含着两层意思。一是大家把自己从公共事务中择了出来。村庄垃圾、房屋改造、坑塘恢复等等之类的事情，都是‘人家’要管的事情，和我们这些普通人没有关系。二是自动臣服于某种权力。‘你想盖房，那非得找人家不行’，‘那南水北调的工程，肯定是人家承包了呀，人家有权有势的’。在这里，梁庄的村民认同了村干部高于自己并且因此得到很多便利的事实。”前者的深层语义是一种在公共事务上“事不关己，高高挂起”的明哲保身态度。后者所揭示出的，则是梁庄村民们一种普遍在权力面前的奴颜婢膝、自我矮化的心理状况。尤其值得注意的一点是，梁鸿在此基础上对梁庄村民们的集体意识或者无意识又有着进一步的解读分析：“因此，在梁庄人意识深处，存在着两个梁庄。一个梁庄是自己的家，自己院子和院子以内的那片地，每个梁庄人都花大价钱来打造、修建；还有一个梁庄是‘人家’的、公共的梁庄，一个宏观的、不可撼动的梁庄，跟‘个人’没有关系。”我们都知道，中国社会迄今为止都普遍流行传唱一首名为《国家》的歌曲。其中有句云："家是最小国，国是最大家。"意思是在中国，有着甚为悠久的家国一理的传统，个人的小家与国家这样一个抽象的大家之间，有着千丝万缕的内在关联。梁鸿通过对梁庄这样一个小社会的深度考察，提供了一种与《国家》的歌词内容截然不同的反命题。在梁庄人的心目中，只有那个院子里的小家才是属于自己的，院子之外的其他种种均属于与己无关的"人家"。但从社会学的角度来看，这个被梁庄人所普遍视而不见的"人家"，恰恰是事关每一个村民的梁庄公共事务。仅此一斑，我们既不难从中见出梁庄人一种建立在社会关怀基础上的公共意识的普遍匮乏。在此种洞见的前提下，才会有梁鸿关于梁庄公共意识悖论的进一步论述："这样一来，'人家'和'人家'相关的那部分梁庄事务变成大家聊天议论时的对象，而不是与己相关的生活。那么，谁来当村支书，梁庄怎么发展，梁庄的集体用地到底多少，北岗地是租还是不租，就没有那么重要了。虽然，梁庄最后如何发展会涉及每一人的利益。"按照梁鸿的分析，问题的要害似乎是，由于公共意识淡薄的梁庄人对于梁庄公共事务的漠不关心，最终导致自身利益的严重受损。但在我看来，情况恐怕没有这么简单。表面上看，似乎的确是这些梁庄人太过于自私，只关心自家的那一亩三分地，但从实际上看，我们现行的乡村社会政治规则根本就没有留下作为个体的每一个梁庄人积极参与公共事务的相关通道。因此，与其浅表地指责梁庄人公共意识匮乏，莫如更加深入地思考致使梁庄人公共意识匮乏的形成原因。虽然出现在梁鸿笔端的是那地处中原腹地的梁庄一隅，但作家所尖锐揭示出的公共意识普遍匮乏的问题并不仅仅存在于梁庄，也不仅仅存在于中国的乡村世界，而是包括广大城市地区在内的中国当下社会的一个根本症结所在。私以为，只有在这个层面上，我们才真正切中肯綮地理解了梁鸿非虚构书写的一番良苦用心。

宁肯的中篇小说《黑梦》（载《收获》杂志2021年第3期），是他“城与年”系列的收官之作。由于必须要收官，要以“豹鞭”的方式强劲有力地为这个小说系列收尾，宁肯想要表达的内容太多。如此丰富庞杂的内容根本就不是一个短篇小说所能容纳，所以，宁肯如同《黑雀儿》一样，再一次容许文体演变这样一种“阵前起义”现象的发生，而且，单从字数来看，《黑梦》这部收官之作的体量也要明显大于《黑雀儿》。就这样，因为有了《黑雀儿》与《黑梦》这两部中篇小说的“意外”加盟，由于小说文体演变现象的发生，宁肯最早构想中的短篇小说系列“城与年”也就彻底变成了一个中短篇小说系列。

首先，我们注意到，关于黑梦的“侏儒”特征以及总是想着要待在房顶上，《黑梦》中有了进一步的翔实描写与交代。“黑梦长时间待在房上，在房上搭了个凉棚，有了一点家的感觉。总在房上待着就会想头上有点什么，这很原始，但也是真正的天人感应。”实际上，除了所谓的“天人感应”之外，黑梦之所以要在房上搭凉棚，还与他试图以此而逃避他们家的“混乱”紧密相关：“我不知道我是否来自许昌（按照人类学的一种考证研究，被称为‘许昌人’的尼安德特人，是一种典型的矮小人种。笔者注）尼安德特人是小人国，平均身高不足一米六，就算如此也仍然比我高，这也很正常，非常正常，人类不一定总是进化，甚至方向相反，变异，反正我们家肯定是混乱得找不到一点头绪。”正是在如此一种情况下，习惯于待在房上的黑梦，琢磨着要搭凉棚了：“按照我原始的想象我找来了四根竹竿，用四堆砖头固定，上面绑了一条破床单，床单上有几个洞，下面的阴凉中就有好几个亮孔。我在凉棚下看似懂非懂或完全不懂的书，眼睛不时望着阳光的孔洞。”“凉棚在两个高高的房脊之间，谁也看不见黑梦，除了大烟儿和小永有时到房上来，还有就是小永家的大黄猫。还有鸽子。”事实上，正是在读完这部以黑梦作为主人公的“城与年”系列收官之作之后，我才一下子恍然大悟，明白了宁肯之所以要设定黑梦为第一人称叙述者的根本原因。这里，一个不容忽视的重要参照就是德国作家君特·格拉斯的长篇经典名作《铁皮鼓》。

《铁皮鼓》最具创造性的一个地方，就是设定了一个到了三岁时开始拒绝继续成长的男主人公奥斯卡。早在娘胎里就已经发育成熟的奥斯卡，在刚刚能够听得懂成人世界话语，初步具备社会观念的时候，便非常及时地停止生长，拒绝长大，身高一直都是九十四公分。以如此一种特别的方式来巧妙抗拒现实世界对自己的规训与教化，尽可能地保持“本我”的基本状貌。虽然身为“侏儒”，但奥斯卡拥有两种特异功能。一个是在他过三岁生日时，母亲送给他的一个铁皮鼓，他可以用它来及时地表达自己对世界和社会的愤怒。另一个则是一种可以用自己尖厉的嗓音唱碎玻璃的奇异能力。既如此，这两种特异功能也就成为奥斯卡对付外部世界的有力武器。每每遇到令他反感的人或事物，他就会本能地击鼓或喊唱。正是如此一种设定赋予了同时身为小说主人公的叙述者奥斯卡以“第三只眼睛”来观察世界的特别才能。既然身高如同幼儿一样只有九十四公分，那么，他在观察、看待各种事物的时候，所采用的也就是一种45度仰视的“蹲着的青蛙”视角。因此，他所能看到的那个世界会迥然有别于被遮盖在各种社会面具之下的成人所习见的世界。最难能可贵的一点是，尽管奥斯卡的人性构成可谓善恶兼备，但面对纳粹势力的时候，他却能够是非分明地坚持对抗性的思想立场。而这也正是君特·格拉斯设定并塑造奥斯卡这个永远也长不大的侏儒形象最根本的意义和价值所在。尽管我并没有从宁肯那里获得过切实的求证，但依据个人的猜测和判断，他在设定黑梦这一身兼第一人称叙述者功能的人物形象的时候，肯定从君特·格拉斯的《铁皮鼓》这里得到过思想艺术启示。二者均是长不大的侏儒，即可被视为这一方面一个强有力的明证。当然，启示也仅仅只是启示而已，除了都是长不大的侏儒这一点之外，二者之间所更多表现出的，其实迥然有别。当然，在强调他们之间差异的同时，有一点异曲同工却无论如何都不容忽视的是，正如同君特·格拉斯要借助于奥斯卡实现对纳粹的一种强劲批判和对抗一样，宁肯也是要借助于黑梦而最终实现对“文革”那个特定历史时期的深度挖掘与反思。

一个是凭借自身的蛮力和一口不管死活的“咬”功而一度“雄霸一方”的底层顽主，另一个则是看似特别柔弱，只知道一味读书的看似永远也长不大的侏儒。更何况，他们俩还是有着血缘关系的嫡亲兄弟。他们俩之间“文明与野蛮”的冲突，主要围绕一个名叫七姐的女性展开。七姐的专属权归于底层顽主黑雀儿，是由底层顽主黑雀儿“带着”的一个“圈子”。在这里，“带着”和“圈子”都是“文革”后期顽主圈里的行话：“七姐和黑雀儿走在街上，一望而知两人的关系，七姐漫不经心，大大咧咧，旁边是瘦削的穿着军大氅颇有些空荡的黑雀儿，两人怎么看都不像有关系却有了一种关系，格外引人注目。”“彼时有一个词儿叫‘带着’，比如谁谁谁让谁‘带着’呢——七姐让黑雀儿‘带着’呢。‘带’的意思丰富多样，首先是一种毫无疑问的两性关系，但也可能只是隶属关系，如同物品。”关键的问题在于，七姐之所以被黑雀儿“带着”，并非出自于心甘情愿，而只不过是迫于他那“雄霸一方”的强硬蛮力而已。出乎七姐意料的是，因为成为了黑雀儿的“圈子”，总是被黑雀儿“带着”，她竟然一下子变成了没有异性敢靠近的“孤家寡人”：“七姐虽出尽风头，却没想到自己成了无人敢近的孤家寡人。七姐最初并不知道爹和黑雀儿达成的那些条件，还奇怪那些平时跟踪她的人怎么一下消失了，再没人邀她轧马路，晃大街，看电影，没人为她打架，争强斗狠……”却原来，在背后作祟的人乃是黑雀儿。因为黑雀儿他们放出了话，所以便不再有其他男性敢接近七姐：“七姐一下像生活在真空里，一个人踽踽独行。”面对如此一种被空前孤立的情形，个性一贯执拗倔强的七姐，当然要千方百计地设法打破。具体来说，她所采用的办法，就是与总是要待在房上读书的黑梦来往并结盟：“七姐牵着黑梦，走在前青厂通往琉璃厂或永光寺的路上。没人真正知道七姐和黑梦是怎么回事，为何过从甚密，通常都以为黑梦是黑雀儿的弟弟，七姐照料黑梦带着黑梦玩。”但只有彼此惺惺相惜的黑梦和七姐知道，他们俩如此一种过从甚密的结盟方式，其根本意图只不过是要积极对抗来自于黑雀儿的“专制”与“强权”：“我不想说我们相互利用，但事实如此。无论如何我都喜欢七姐，感到身心舒坦，感到一种简直是飞来的呼吸，七姐报复黑雀儿，恶心黑雀儿，我无所谓，仍一次次从房上下来让七姐领着去常发买烟。”正如同哪里有压迫，哪里就会有反抗一样，倒过来之后，现在变成了哪里有反抗，哪里就会有更加严厉的压迫。在了解到相关内情，倍觉自己的权势受到空前挑战的情况下，底层顽主黑雀儿果然反戈一击，采取了更为变本加厉的压迫措施，那就是再一次把黑梦吊起来："与刚果不同，也与黑雀儿过去不同，黑雀儿这次吊起黑梦不是惩罚，既没有抽打也没掐脖子，没像以前掐得黑梦眼珠几乎悬空，掉出来，而是更为愚蠢的囚禁。"面对来自于黑雀儿的强势与淫威，无论是黑梦还是七姐，不仅没有屈服，反而做出了更加积极的反抗。黑梦的坚决不妥协之外，更有七姐在了解到相关情况后的坚持每天把黑梦从梁上放下来："七姐将黑梦放下来。从这一天开始，有很长一段时间七姐每天早晨先到我们院，把我接下来，然后才去上学。"就这样，面对着黑梦和七姐结盟之后的柔韧反抗，黑雀儿最终只能万般无奈地败下阵来，彻底放弃吊起黑梦，被迫默认了他们俩过从甚密的事实。因为黑雀儿只凭蛮力混世，而黑梦却酷爱读书，从一种象征的角度来说，他们俩之间的冲突，便是一种文明和野蛮的冲突。更何况还牵涉到了自由与否的重要命题：强蛮的黑雀儿企图限制七姐的人身自由，但个性倔强的七姐偏要以接近黑梦的方式予以坚决的反抗。

其实，带有明显叛逆性的七姐之所以主动接近黑梦，除了凭此而对抗黑雀儿所代表的专制强势之外，另外一个重要的原因，就是在那个思想和文化被禁锢的年代，她可以从酷爱读书的黑梦这里获取充分的精神滋养："七姐动辄就让黑梦讲故事，讲黑梦看过的书，有时说着说着就会打断黑梦：讲故事吧。讲什么都行只要讲，有时听，也是并没听，像这样趴在房脊上时多半没听。没听黑梦照讲不误，就像收音机，与她有关，又无关。没错，黑梦差不多就是七姐可开关的收音机。尽管黑梦知道的也不多，没什么书好讲，但还是使出浑身解数，添枝加叶，想入非非，顺讲顺编，就像不久后我们在房顶上一个贴着封条的阁楼看到的《一千零一夜》山鲁佐德竭力吸引国王山努亚一样，黑梦几乎就是山鲁佐德，七姐就是山努亚。”事实上，在这里我才突然意识到，宁肯为什么一定要让黑梦习惯于待在远远高于地面的房上。这样的一种细节设定饱含深意，也有着不容忽视的象征意味。如果与黑梦的酷爱读书联系起来，那么，其象征意味就很显然是要借此而提供一个凌驾于普通庸众或者借用勒庞的话来说也就是那些“乌合之众”之上的难能可贵的精神高地。这方面一个不容忽略的例证就是：“北京房上是另一个世界，一个平缓的但却类似复眼的世界：一眼看去房上不再有胡同，院门，道路，街区，但下面又有，只是上下不同。我看到了完整的世界，这很重要，甚至影响了我的思维结构。”很大程度上，只有把黑梦的房上理解为一个难能可贵的精神高地，并作为一个切实的出发点，我们才能够更进一步地理解宁肯在《黑梦》中关于那个神秘阁楼的特别设定。

作为“70后”的代表性作家之一，葛亮的小说创作在近一个阶段开始酝酿发生一些新的变化，那就是，作家的关注视野聚焦在一些“器物”之上，借这些生命力足以穿透时间长河的“器物”来凝结历史与现实，体悟、书写生命的存在奥秘。既然要书写“器物”，就少不了要关注到创造这些“器物”的工匠，即那些手艺人。大约也正因为如此，葛亮自己才会把这些作品称之为“手艺人”系列。刊发于《当代》杂志2021年第1期的中篇小说《瓦猫》就是极有代表性的一篇。

面对这部作品，我们首先需要搞明白的就是何为“瓦猫”。

关于“瓦猫”，文本中有过这样的一种描述：“而吸引我的，是这房子的坡顶上有一尊雕塑。这是周边其他房子上所没有的。它黑乎乎的，像是某种图腾。在我有限的关于藏传神佛像的知识储备里，似乎了无印象。它更像是一只动物，确切地说，是一头老虎。它虽然体量不大，但有双怒睛，突兀地张着大嘴，面目可称得上狰狞。”对于“我”的发现和疑问，同行的卓玛姑娘强调这一只“瓦猫”雕塑乃是“昆明龙泉的形制”的同时，也给出了进一步的说明：“它是云南汉族、彝族和白族的镇宅兽，自然是模样恶一些。多半是在屋顶和门头瓦脊上。这大嘴是用来吃鬼的。大门对着人家屋角房脊，一张嘴吃掉。要是向着田野，有游魂野鬼，也要安一只镇一镇。”我们也应该注意到，在《瓦猫》中，作家采用了一种双重第一人称和第三人称混用的叙述方式。所谓双重第一人称，一方面是指小说一开始的序幕部分，借助于第一人称“我”这样一个外来者的视角，在德钦那个地方不仅发现“瓦猫”的存在，而且也受托往昆明的一个地方捎一封陈年旧信。另一方面，则是“我”抵达昆明，好不容易找到了收信人荣瑞红。年迈的荣瑞红打开信封，从中拿出一个红色笔记本的同时也拿出了一沓照片。“我”接受荣瑞红的委托，开始阅读本子上的文字。这些文字，自然也就是小说正文部分那些用楷体字特别排出的日记。在日记中，德钦“瓦猫”的制造者（联系上下文，这位制造者，其实也就是小说的男主人公宁怀远）以第一人称“我”的身份，记下了自己从2004年4月1日起，一直到2007年6月3日的一段生活经历。这样一来，也就有了双重的第一人称。所谓的第三人称，就是在小说的正文部分，作家以第三人称的方式，讲述了昆明龙泉镇荣瑞红他们这个“瓦猫”制作世家在前后的时间跨度差不多七八十年之久的曲折人生故事。自然，故事的重心毫无疑问是20世纪三四十年代的西南联大时期。很大程度上，我们在荣瑞红这个“瓦猫”制作世家几代人以及周边西南联大师生这一人群身上，所强烈感受到的，正是一种难能可贵的超越世俗庸常的胸襟、气度与生命的庄严。

这胸襟、气度与生命的庄严，首先最突出不过地体现在包括宁怀远在内的那一群西南联大的师生身上。比如闻先生（其原型很显然是闻一多），他不仅和另一个姓朱的先生（原型是朱自清）一起，自己动手盖房子，而且重拾铁笔，以治印的方式贴补家用和他的研究生们。没想到，等到抗战结束后，一介耿直书生的他竟然不幸被暗杀身亡：“散会后，返家途中，突遭特务伏击，身中十余弹，不幸罹难。”再比如，那简直就是如神仙眷侣一般的梁先生与林先生（其原型为梁思成和林徽因）。困难的战争期间，在西南联大的大多数教授和内眷都已经在衣着打扮上“入乡随俗”的情况下，他们夫妇俩却依然不改高贵和优雅的本色：“而这两个人，男的西装革履，戴眼镜，含着烟斗。他身旁的妇人，也像男人穿了衬衫和齐腰裤装，举止间是极飒爽的样子。”衣着打扮之外，更能凸显他们俩非凡神采的是这样的两个细节。一个是，在为包括林先生嫡亲弟弟林若恒在内的八位青年空军军官送行的那个晚上，这对主人的当众翩翩起舞：“这对主人舞蹈着，渐渐走出了屋外，走进了更为广阔的园地里。乐曲便也追了他们出去。这时竟然有很好的月光洒落在他们身上。他们的背景便阔大了，近处的竹林，在微风中簌簌作响；远处的山峦，幽深的轮廓，似乎也在跟着音乐起伏。荣瑞红想，他们多么美啊。”如此一种场景出现在残酷而荒乱的战争期间，其中所充分表现出的，的确是一种生命本身从容不迫的庄严。再一个是，得到林若恒的死讯后，林先生万分悲伤时一种超乎寻常的镇定自若：“林先生站在门口。她的脸色虚白着，眼睛有些浮肿。人们不知道她是何时装扮停当的，穿了黑丝绒的旗袍，头上梳了很紧的发髻，胸口别了一小朵白绒花。”无论是战争环境下的翩翩起舞，还是面对死亡时的镇定自若，凸显出的都是一种特别时代、特定人群的精神气度与生命境界。正因为如此，作家才会从荣瑞红的角度发出由衷的感叹：“荣瑞红从未经历过这样朴素的丧仪。”

同样的情形也突出地表现在宁怀远和荣瑞红他们这个“瓦猫”制作世家身上。身为闻先生得意弟子的宁怀远，之所以会和荣瑞红这个目不识丁的姑娘发生情感故事，与他们俩之间的“换工”约定紧密相关。宁怀远为了能够让荣瑞红来给他们主厨，不惜把自己“奉献”出来，主动要求拜荣瑞红的爷爷荣老爹为师学习“瓦猫”的制作手艺。正是在这一来二往的过程中，宁怀远和荣瑞红之间，酝酿并碰撞出了情感的火花。就在他们俩的情感日渐深笃的时候，或许与林若恒那些青年的精神感召有关，深受闻先生器重，未来有着很好科研发展前景的宁怀远却不顾恩师的反对，毅然投笔从戎，加入到了抗战的队伍之中。岂料想，就在一次执行任务的过程中，由于地雷爆炸，宁怀远付出了惨重的代价，身体严重残疾：“荣瑞红看到，他的右脚已经变了形，翻转着，在地上轻微地抖动。”“这张脸上，一只眼睛，在瑞红的目光里躲闪；另一只，只有一个黑洞。”“这黑洞已经干涸了。能看见一丝丑陋的黑红的肌肉，缠绕着，从眼睛里贯穿下来，到鼻梁，便成了长长的疤痕。蜿蜒着，如同一条在皮肤下爬动的蚯蚓。”实际上，正是面对着宁怀远突如其来的身体残疾，葛亮成功地写出了宁怀远和荣瑞红身上一种精神的高贵和生命的庄严。荣瑞红对已然是“惨不忍睹”的宁怀远的不离不弃，即使遭到爷爷的激烈反对，她还是一意孤行地当众宣布自己一定要和宁怀远结婚。此外是宁怀远精神上一种难能可贵的自我超越。严重残疾的他原本再也没有勇气出去见人，但在荣瑞红的激励和鞭策下，他终于重新挺起了自己的脊梁骨：“斗转星移，宁怀远渐渐也明白了，日子不是过给别人看的，最终还是过给自己。这样朴素的道理，荣瑞红早就看得比他明白了。他再去送瓦猫，脊梁便挺得直直的。‘自重者人恒重之’，读书读来的话，他也才算真正懂了。”尽管说在得知闻先生不幸被特务暗杀的噩耗后宁怀远突然间的不知所终，成为了小说一个最大的谜面（对此，除了在宁怀远第一人称的日记部分略有所知之外，他到底为什么会悄然失踪，以及失踪后的人生轨迹，我们均一无所知），但他精神上这种艰难的自我超越还是给读者留下了足够深刻的印象。宁怀远和荣瑞红之外，一种特别的生命气度也再突出不过地表现在他们的儿子荣宁生身上。到了后来的“破四旧”时代，因为荣宁生不仅可以背诵那么多的毛主席语录和“老三篇”，而且可以背诵整部《古文观止》，遂赢得了出身于一个资本家家庭的知青萧曼芝的芳心。两个看似不般配的青年便缔结了一桩同样带有传奇色彩的姻缘。关键的问题是，等到后来高考制度恢复之后，荣宁生不仅硬是逼着萧曼芝考上了昆明师范学院的中文系，而且等她毕业分配回成都后，他还采取主动态势，“硬生生地把婚跟她离了”。唯其如此，村里人才会认为，荣家人做事又不循例了：“见的都是知青这边寻死觅活地要离婚。他倒好，一个乡下小子，硬是把城里的小姐给休了。”但也正是在这种不“循例”的离婚过程中，我们能够再一次充分地感受到荣宁生身上某种生命气度的非同寻常。

一边阅读叶端的《岁寒》（载《文学港》2021年第9期），一边思索小说的个性化特色究竟体现在什么方面。就这样，一直到我第二次读完《岁寒》之后，方才似有所悟，一力认定小说最大的特色就是所谓“日常叙事的‘去高潮化’书写”。具体来说，小说主要讲述的是走出大学校门后的青年知识分子在一座名为夷陵的普通城市里的灰色人生故事。虽然作品刻意地回避宜昌这样一个真实地名的使用，但只要是对地理掌故稍有了解的朋友都知道，宜昌的古称便是夷陵，因“水至此而夷，山至此而陵”得名。尽管我们无意于指认故事的发生地一定是宜昌，但了解这一点，似乎能够帮助读者更好地理解《岁寒》。毕业于武汉华中师范大学化学系的女主人公顾慎夕，被分配到夷陵护专任教。因为高中同学方慧贞也被分配到同一单位的缘故，顾慎夕便被雇请给她那一年要参加高考的小姑子补习功课：“这是最后一次去了，明面上是帮忙估分，但是慧贞婆婆电话里暗示了，有客人来，让她穿好些。”为什么一定要穿好一些呢？只要联系顾慎夕的年龄我们就知道，同学的婆婆这是要给她撺掇介绍对象了。果然，在慧贞家，她见到了一个来自于五一钢厂的陌生男性：“看起来比慧贞丈夫大许多，梳一个中分的汉奸头，好像还抹了摩丝，油光光的，她一进门他就站起。”虽然身为慧贞公公的钢厂党委书记口口声声称这个男人为“陆科长”，但顾慎夕还是对他心生反感，并表示出了本能的拒绝：“难道我就配得上这样的人？她默默地想，一边从他不容拒绝的汗津津的手掌中，佯装矜持地抽回。”

虽然顾慎夕对毕业于武汉大学流体力学专业的陆永山的第一印象相当糟糕，但架不住陆永山那多少有点没皮没脸或者说死缠烂打的无赖式追求（“一天晚上，舍友不回来，永山也不走”），她最终还是被迫答应和他结婚。只不过，新婚之夜带给她的，同样是一种难以接受的尴尬体验：“闹洞房时她磕到牙，送走客人，蒙蒙眬眬睡了一阵，忽然被一阵揉捏惊醒。舌苔像长虫的树莓，刺进她发疼的牙龈。他那麻风病人似的脸紧紧贴过来，黑黢黢的脑袋趴在她身上，不知何时入了夜，窗外仿佛沉入另一个季节。在宿舍小床很快结束的，却不知满足地延宕起来。她的丈夫身上有一种臭味，无论如何也洗不掉的臭味，像过期的熏肉刺着花椒的腥。”明明是自己的丈夫，新婚之夜却被发现有一种“无论如何也洗不掉的臭味”，这样的一个细节，就已经非常明确地暗示了他们未来婚姻道路的不平坦。更进一步说，除了他们自身的原因之外，也还有另外两方面的情况在影响着他们的婚姻生活。一方面是陆永山的原生家庭，尤其是她那位似乎总是在自作主张的婆婆。或许是对顾慎夕头胎生下女儿陆狸心存不满的缘故，陆母竟然建议在把陆狸过继给陆永山的弟弟陆永河的同时，让陆永河家的那个男孩子改为他们的孩子。另一方面，则是他们各自，尤其是陆永山那起伏不定的工作状况。身为五一钢厂销售工作负责人的陆永山，虽然也有过少年得志的短暂时光，但正所谓好景不长，伴随着他所一力主张的“赊销钢材”方式的受阻，他个人的处境也日渐糟糕：“赊销钢材是一出险招，弄得不好，就是有去无回。越来越多的坏账，成了厂长一派修理书记一派的良机。厂长在内部会议点名批评，将赊销钢材定性为陆永山个人对形势的错判，陆永山降职为副处长，命他追讨拖欠债务。”即使陆永山一再退让，但他还是没有能够料想到，到头来，被任命为驻北京办事处主任的他，竟然会落魄到成为一个“一切费用自理”的光杆司令的程度。“永山一怒之下干脆在北京报考研究生，万幸他底子打得好，顺利被北京高校录取。”但即使是退而求其次的求学决定，也仍然需要付出相应的代价：“条件主要是两项：房子得退还，永山到北京以后的工资得退还。然而他的工资早被他拿来投资股票、期货，现在形势不好，股票也往下跌。若是动用积蓄，那么学费就不够了。还有生活费呢。住哪里呢？”尽管面对着重重障碍，陆永山内心里也曾经一度想要打退堂鼓，但他最后仍然决定不放弃这次难得的求学机会。

陆永山坚持要去读研究生不要紧，真正苦了的其实是顾慎夕。首先是住房被迫退还后，住到了夷陵护专提供的一间临时住所里。但更严重是家庭收入的入不敷出。“永山带走了全部的积蓄，这是自由的代价。”关键问题是，依然留在夷陵的顾慎夕到底该怎么办呢？如下一段看似平静异常的叙事话语道出了顾慎夕基本的生存境况：“永山读书的第二年，家里就陆陆续续地断粮了。慎夕一个人的工资，大半要寄到北京，有时从农村来的客人，还得她来招待。没排班晚自习的时候，她出去带家教。教高中生，也教小学生。到了月底，她和陆狸就一起把落在梳妆台里的硬币搜集起来，到菜场买一元一孖的挂面，对付到发工资的日子。”即使如此，陆永山却还是要不断地添乱。他会说：“我英语没考过，要再读一年。”这真的是有点站着说话不腰疼了，陆永山知道他的再读一年对顾慎夕意味着什么吗？但陆永山就这么没心没肺地“再读一年”了。与顾慎夕他们一家在生存线上苦苦挣扎相对应的，是夷陵总体光景的大不如前。这一方面，最突出的症候就是国有工厂的纷纷倒闭。倒来倒去，五一钢厂也被迫倒闭。这样一来，陆永山尽管已经研究生毕业，却仍然面临找不到工作的困境。怎么办呢？“永山还没有找到工作。慎夕决定供他读博士。本质上来说，他们都是赌徒。”

艰难的生存困境至此已经被写透，作者的笔锋便转向了对顾慎夕情感困境的书写。故事发生在顾慎夕和她的同事江寒之间。其实，他们俩之间早在顾慎夕婚前就有过发生故事的可能：“他隐约知道慎夕是爱慕过自己的，如果他有心料理她，当时就成了，而后分手，也没有什么故事可言。”也只有到这个时候，我们方才会明白，《岁寒》一开始为什么要从顾慎夕和江寒写起。原来，作者早已埋下了相应的伏笔。很大程度上，正是因为他们彼此间早有情愫相连，所以，在顾慎夕对丈夫和婚姻倍感失望的情况下，才会有那一次重庆之行时他们俩的一拍即合。这样一来，也就有了一段不无仓皇的偷情生活：“橘子不是她买的。江寒在护专附近的茶庵村租了一小间房子。低矮的橘子树伸进后院，随手可摘，她都吃腻了，可着实比外头的甜些。他们没有太多时间。每一次都是仓促而混乱地结束，下一次则更加仓促混乱地开始。”单只是借助于一个“腻”字，再加上“仓促”与“混乱”两个词，作者便巧妙写出了他们俩约会的急迫与频繁。我们注意到，对于自己和江寒之间的这段感情，知识分子顾慎夕有着极理性的审视和认识：“即便在他们最为契合的时候，她也没有考虑过他们长久在一起的可能性。如果丈夫是个可爱的人，她或许以为自己遇上了真爱。可她的丈夫是那么无趣，她从结婚起就知道自己一定会背叛丈夫，不管是心理上还是生理上。而那个偷情的对象，可能是他，也可能是别人。她并不把这件事看得重要，甚至认为，只有边缘的爱，才能维系一个平庸的家庭。”实际的情况也的确如此，面对如此糟糕的丈夫，如此平庸的家庭，如此不堪的生存境况，若非还有与江寒偷情这样的一个出口存在，你很难想象在夷陵这个普通城市里，知识分子顾慎夕到底该怎样努力把自己其实千疮百孔的生活勉力维持下去。但顾慎夕根本没有料想到，到最后，对这段情事认了真的，竟然是那位看似潇洒的江寒：“他不会轻易放过她了。畏惧的同时又有些不可思议，他一点也没想遮掩他的愤怒。他只是想惩罚她。因为她和自己的丈夫做了爱？笑话。”更进一步地，江寒还提出了逼迫她离婚的要求。针对江寒的如此一种咄咄逼人，顾慎夕对自己进行了相应的“精神分析”：“她不是固守道德的人，道德从本质上仍是利益的交换。女人用道德绑住男人，男人用道德换取性服务和长期帮佣。这就像炒股，你买了一只股票，亏损了很多年，几乎倾家荡产、身心俱疲，终于开始上涨。这时，即使另有一只看起来效益更好、回报更多的股票出现在你面前，你还是会舍不得把原来的股票卖掉，因为你在它身上投入了太多时间、精力，仍固执地希望从它手里把输掉的赢回来。”这里，能够给人留下深刻印象的大约也就是作者借助于顾慎夕之口所表达出的关于婚姻生活本质的石破天惊之论。“道德从本质上仍是利益的交换”“女人用道德绑住男人，男人用道德换取性服务和长期帮佣”，从根本上说，真正优秀的文学作品，需要有强烈的破坏和冒犯精神。这其中，对既成道德观念与道德规范的破坏和冒犯，毫无疑问是一个重要的选项。从这个角度来说，叶端这部《岁寒》的一个值得肯定处，正是某种破坏与冒犯精神的具备。既然早已看穿了婚姻的本质，那顾慎夕又怎么可能再一次“奋不顾身”地和江寒一起跳入婚姻的窠臼呢?! 很大程度上，正是依循着如此一种事理逻辑，才有了女主人公后来考取华中师范大学的研究生这样一种人生选择。“一个人在读书的时候，多多少少会规避责任。”正所谓“跳出三界外，不在五行中”，究其根本，知识分子顾慎夕是在以这样的一种方式尽可能地使自己不再落入曾经的婚姻、情感，或者说是生存的窠臼之中。

第六章　方言征用、英雄传奇与历史的隐形书写

大凡一部优秀的长篇小说总是少不了人物形象的成功刻画与塑造。罗伟章的《谁在敲门》（广西师范大学出版社2021年4月版）也同样如此。作为一部人物形象众多的长篇小说，其中的很多人物，比如大姐、父亲、大哥、大嫂、二哥、二嫂、春晌、弟媳、侯大娘、朱占惠、四喜、秋月、灰狗儿、燕子、任达友、杨津、贺怡、华运翔、申晓菲、广里等，都在读者心目中留下了相对深刻的印象。惜乎篇幅所限，无法在这里展开分析，但大姐夫李光文和身兼第一人称叙述者功能的“我”即许春明这两个人物形象，却无论如何都应该引起我们的高度注意。先让我们来看大姐夫李光文。我们在前面曾经指出，作为一位生活中的强者，大姐夫李光文在《谁在敲门》中所处的地位，相当于《红楼梦》中的王熙凤。从人物形象刻画塑造的角度来说，他毫无疑问也是小说中人性构成最为复杂，最具审美价值的一位。作为一位生活中的强势人物，大姐夫李光文的突出特点就是各方面能力的非同一般。首先，他自己特别能挣钱：“大姐夫手头，挣钱的活路多。经营挖掘机和采砂船，是他的私活，他还有公家活。”有了钱，

才有可能去帮助自己家族以及周边那些需要帮助的弱者，并建立起自己在生活中的权威。正所谓财大才能气粗，大姐夫之所以在生活中有着简直就是一言九鼎的发言与决断权，其根本原因在此。其次，作为村干部，他对社会公共事务不仅保有着极大的热情，而且有着相应的自我牺牲精神。“在这条河上，至少在回龙镇，大姐夫是响角儿，虽没能当上镇干部，镇里不少棘手的事情，却要他去料理。那个叫李家岩的村子，以前是三个村，后来合并，成为一个大村，大姐夫毫无悬念地任了大村的支书。”为什么一定是大姐夫呢？因为“他在村民中的威信，不是摇旗儿摇出来的。全镇没通乡村公路的时候，他就上下奔走，四处筹资，把李家岩的路凿通了，非但不要村民出一分钱，还为他们挣好处，比如占了村民田地，本来只有五分田，他说，把弯道折算过来，就六分了，算六分！占了村民山林，那林子里只有十棵成材树，村民自己胆胆怯怯报了十一棵，他说，我数过了，是十三棵，那两棵桤木树虽说歪七拱八，也是树嘛！拆迁时量屋基，行道上都是量前不量后，量左不量右，大姐夫前后左右都量。他回到家，往躺椅上一歪就打呼噜，但为村里的事，又可以几天几夜不眨眼。有年杨侯山遭雷劈，发山火，他一个昼夜冲在头里，小腿和脊背都被烧伤，火救下来，却没休息，也没去医院，而是忙着安排受灾户，给他们找住处，筹米粮。”以上这些细节充分说明，大姐夫之所以能够在村民中享有如此之高的好口碑，与他自己长期的努力付出是分不开的。他的威信是自己踏踏实实，一步一个脚印地干出来的。

第三，他善于处理和上级领导的关系。由于他总是能够在各个方面帮着上级领导解决问题，所以颇获领导的信任：“若干年来，历届镇领导，都是我大姐夫的朋友。这除了关键时刻大姐夫能帮上忙，还因为李家岩从不出一个上访户。整个回龙镇，只有李家岩不出上访户，为领导省了许多麻烦和风险。于公于私，镇领导似乎都没有理由不成为我大姐夫的朋友。”

第四，给读者留下极深刻印象的一点就是大姐夫极善于处理各种复杂的矛盾冲突。这一点再突出不过地表现在鄢敏意外死亡事件的处理上。李家岩的村民鄢敏，趁一个赶场的日子偷偷地跑到自己的情夫，本村的村民李保顺家约会，没想到，李保顺只是去冲了个澡的工夫，她就因心脏病突发赤身裸体地死在了李保顺家的床上。事发之后，鄢敏的丈夫李财，便偕同鄢敏的娘家人一起，大闹李保顺家。等大姐夫闻讯赶到李保顺家的时候，看到的就是如此一个不堪的凌乱现场：“看来已闹过一场，锅儿罐子都打碎了，黑儿被砍死在院坝，肋下一条长口子，流出的血，已经发暗，把毛弄得脏洼洼的。李财和鄢敏的娘家人，弯刀斧头、铁锹木棒，都拿在手上。鄢敏的娘家也在李家岩村——以前属豌豆坪村，小村并大村后，并到了李家岩。大姐夫一看阵仗，心想这还了得，已经出了一条人命，要是晚来一步，说不准还会弄出人命。”面对这样一个棘手的难题，大姐夫到底该怎么办？他采取什么样的方式才能够很好地摆平这个事情呢？首先，他先“召见”李财。在搞明白李财因为鄢敏的偷情已经不再喜欢她的情况下，大姐夫便对症下药地提醒他：“既然这样，你在这里闹啥子？你胀饱了没事干？她死在李保顺家，你正好脱手不是？你现在就回去，问都懒球得问一声，让李保顺那龟儿子去收拾！”紧接着，他又“召见”了鄢敏的堂哥鄢发云，用犀利的言辞直击他的软肋：“是她自己拿起两只脚跑来的，跑来还死在李保顺床上，你们当娘屋人的，硬是有脸？想要赔偿啊？看看这个家，能拿得出啥子来赔？认真说起来，又凭啥要赔？医生已经来过，医生说的你们也晓得，鄢敏死于突发性心脏病，是病死的，不是李保顺整死的。”“就该你们赔她（指李保顺的妻子施漱玉），不是她赔你们！何况你们还杀了她的狗，打烂了她的家什。”这一番话说下来，鄢发云原本气鼓鼓的嚣张气焰，便消了一大半。接下来被“召见”的是李保顺。在用极有可能被敲砂罐即被枪毙的话语对李保顺形成威慑的前提下，大姐夫一时变得咄咄逼人：“莫给我说她是心脏病发作，她在娘家住了十八年，在李财家住了十三年，没见心脏病发作，跑到你家里来，就发作了。发作在一个好地方！还脱得裸儿精光的！”眼看着李保顺被自己完全慑服，大姐夫紧接着做出了不容置疑的指令：“赶快给老子滚出去，该扎灵堂扎灵堂，该请阴阳请阴阳，该做道场做道场，一样都不能少！鄢敏那娘家人守在这里，你要天天供他们好吃好喝，锅儿罐子打烂了，去借！法事做完，再敲锣打鼓，发送到李财的祖坟去安埋。”最后，大姐夫“召见”的是李保顺的妻子施漱玉。在给施漱玉讲清了李保顺被处置和她自己的利害关系之后，大姐夫建议施漱玉一定要想方设法积极配合丈夫把事情处理好：“保顺进了鸡圈（监狱），就没法过了。可要是不让鄢家把心放平，就算不把保顺咋样，只咬你一大笔赔偿，你划得着不？划不着嘛！事情是保顺做出来的，你完全无辜，但赔钱的时候，保顺的钱还不就是你的钱？另外呀，漱玉，你还要听我说，鄢敏她再是个不争气的婆娘，再是个没德行的三角货，但死都死了，你就莫跟她一般见识，你就当做好事积德，把她的后事安排妥当。”就这样，大姐夫凭借自己对当事人各自不同心理的精准揣摩与判断，紧紧抓住对方的软肋，凭借自己足够丰富的社会和人生经验，当然也凭借自己那三寸不烂之舌，以超强的控制力摆平了鄢敏意外死亡事件，没有使它发酵成更为严重的事端。从我个人的阅读直觉来说，大姐夫在处理鄢敏意外死亡事件过程中的表现，足可以让我们联想到《红楼梦》里的王熙凤协理宁国府那一段故事。如果说王熙凤的处事能力在协理宁国府时得到了极其充分的展现，那么，大姐夫处理复杂事件的能力就在鄢敏意外死亡事件的处置过程中得到了充分的体现。

当然，身为强者的大姐夫除了具备以上这些值得肯定的正向度性格特质之外，也有一些负面性格特征存在。比如，他对于钱财的贪婪与报复他人的狠毒。这一点集中体现在放高利贷上。吊诡之处在于，一方面，现实生活中的大姐夫是一个在钱财方面出手特别大方的人，虽不能说仗义疏财，但从不抠抠搜搜。无论是对家人、亲戚，还是对那些干儿干女，甚至于包括像灰狗儿这样的无赖懒汉，他都尽可能地在钱财方面施以援手。但在另一方面，他却不惜违法也要放高利贷给钱文这样的人。之所以要放高利贷，肯定是为了获取高额利润。如此一种矛盾情形的出现，所说明的正是大姐夫人性的复杂。又或许，正因为大姐夫总是出手大方，所以才需要通过高利贷这样的违法方式聚敛钱财？总之，钱文因高利贷而欠钱还不上，大姐夫才不惜动用类似于黑社会这样的残忍方式整治钱文。这样一来，他也就为自己未来的锒铛入狱预先准备了一个“筹码”。比如，他为了讨好上级不惜触犯刑律。翻船事件的处理就是极好的一个例证。那一次，回龙段的清溪河上翻了船，二十多人中有五人死亡。依照规定，类似事件中死亡人数只要超过三个，事发地乡镇以上的一把手就会被免职。那个时候，回龙镇的书记冯泉刚刚上任不满八个月，眼看着就要丢掉头上的乌纱帽。这个时候，“毅然”站出来替冯书记“排忧解难”的就是大姐夫。因为其中有三位死者是李家岩村的，他就私下找到了三位遇难者的家属。用许以重金的方式，迫使他们接受了“死亡两人，失踪三人”的定案结果：“这重金既是补偿费，也是保密费，但大姐夫并没说出口，乡村人做事，仰仗的不是协议，是意会。”由于大姐夫的拔刀相助，冯书记的官位保住了，“事情过后，冯书记跟我姐夫，成了死死的朋友”。但正所谓“出来混总是要还的”，或者说冥冥之中自有定数，大姐夫根本就不可能料想到，若干年后这件事情不仅再次发酵，而且还成为把自己送进监狱的一个重要“筹码”。这一次，因为他无意间得罪了回龙镇新任韩书记的缘故。用大姐夫后来的话说，他之所以最终锒铛入狱，乃是因为中了“连环套”，而绾套的人正是这位韩书记：“韩书记恨他。这恨，在韩书记当副镇长时就种下了。恨和爱不一样，爱种下去，不一定生根发芽，恨是一定要的。恨比爱顽强。所谓君子报仇，十年不晚，说的就是恨的顽强。有些恨发不出来，一辈子捂在心里，就在心里变成石头，最终把整颗心化成石头。大姐夫从没得罪过韩副镇长，但那时候，他在书记和镇长心目中的位置，超过了韩副镇长，就为这个，韩副镇长恨他。当韩副镇长成了韩镇长，进而成了韩书记，恨的种子就破土而出，长成大树，枝繁叶茂，把大姐夫罩住。大姐夫成了阴影里的人。只是他开始并没察觉。如果一直不察觉，也好，一旦稍有醒悟，恨你的人比你自己还先感觉到，这时，恨里便掺杂了恐惧——再强势的人，当知道别人知道你在恨他，也会恐惧，消除恐惧的最好方式，是行动，是把对方摁进水里。韩书记虽是上级，要把大姐夫摁倒也非易事，否则直截了当就是了，不必绾套。韩书记绾的套一环扣一环，先大，后小，直到勒紧大姐夫的脖子。”认真地想一想，大姐夫虽然并不是完人，但也实在算不上什么恶人。但仅仅因为自己各方面表现出色，便在无意间得罪了身边人，让身边人不仅恨你，还想方设法地置你于死地而后快，无论如何都是一件特别瘆人的事情。大姐夫的不幸之处，就在于莫名其妙地陷入了如此一种悲催境遇之中。很大程度上，诚所谓“机关算尽太聪明，反误了卿卿性命”，正是因为有韩书记在作祟，翻船事件和高利贷事件的先后发酵，加上莫须有的与黄二妹之间的“腐化堕落”，大姐夫最后只能万般无奈地落得个锒铛入狱的悲惨结局。

在结束关于大姐夫的全部论述之前，我们还要注意他内心深处一种不容轻易触碰的精神情结。当年在新疆的时候，他已经因为“偷窃”而有过一次锒铛入狱的痛切体验。那一年，因为自以为给表叔的儿子寄题有功，在误信了表叔“你将来考上大学，学了技术，过来帮我撑持”的虚伪承诺后，大姐夫带着自己“并没结婚却是新婚”的妻子，即“我”的大姐，不惜千里迢迢地从内地赶到遥远的新疆，去投奔这位曾经一度“信誓旦旦”的表叔。想不到等他们抵达新疆之后，发现实情根本不是那么一回事，表叔根本就容不下他们的存在。但要想离开就必须有路费，这对于两手空空的夫妻俩来说简直比登天还难。万般无奈之下，只好开口向表叔借钱。但因为表婶的介入，借钱一事最终无果。走投无路的情况下，大姐夫只好无奈“行窃”，偷了表叔家的三百块钱。被发现并被抓获后，大姐夫竟然被判处三年徒刑。自此之后，大姐夫就落下了终身都无法治愈的病根儿。一个是见不得

“坐牢”这个字眼。他之所以对张大超的因盗窃而入狱，以及后来的刑满释放耿耿于怀，根本原因正在于此。再一个则是他总是怕“穷”。对此，知他甚深的大姐曾经有过一针见血的谈论：“‘早晓得这样，我不该捡了他的好酒。捡了他的酒，他每次回到家，都心慌意乱地站在酒柜前，东摸摸，西摸摸。你哥呀，’大姐抹了一下眼睛，‘他把好东西搁在明处，有时也不是显摆，是穷怕了，穷出病根儿来了，要眼里光亮，他才心里踏实。想起来呢，也是可怜。”原来，在现实生活中强大如大姐夫者，也有自己难以克服的精神情结。写出了这一点，作家罗伟章自然也就赋予了大姐夫李光文这一人物形象一种难能可贵的精神分析学深度。

从艺术结构的角度来说，黄怒波的长篇小说《珠峰海螺》（人民文学出版社2021年5月版）主要由两条彼此拥有内在联系的故事线索组构而成。一条是英甫以“东方梦都”这一大型房地产项目为聚焦点的商界艰难打拼过程，另一条则是英甫对世界第一高峰珠峰同样不失艰难的攀登过程。前一条为主线，后一条为辅线，两条时有扭结的故事线索，通过英甫这一人物形象而联系在一起，以相辅相成的方式齐头并进，最终完成了对强者人生的一次真切书写。先让我们来看英甫在商界的艰难打拼。需要特别强调的一点是，这虽然是一部商界小说，但黄怒波并没有完整地呈现英甫商界人生的全部过程，对他进入“东方梦都”这一大型房地产项目之前的人生经历，作家只是以极其简洁的笔触一带而过。具体来说，一个是他六岁时陪伴他的那条大黑狗，在突然间遭到雷击之后被烧焦了，英甫活了下来。对此，一种带有明显神秘色彩的解释是狗代替了英甫：“我哭着不想走，突然耳边有人说了话，‘走吧，毛羔（英甫的小名。笔者注），这条狗替你转世投胎去了。’我惊得站了起来，河滩上不见人影。自此，刮风下雨，打雷闪电时，我总能听到和看到许多别人听不见也看不到的东西。”再后来，等到十一岁的时候，当英甫举起一头岩羊的时候，他再一次遇到了那个“奇人”：“当时，我突然又听到那个人说话了。‘嘎小子，放了它吧，他是个刚转世投胎的人，别误了他的修行。’紧接着，一道闪电，我又失去了知觉。”等到少年英甫醒来的时候，身边居然出现了一个牧羊的老头和一个三岁左右的小男孩。牧羊老头一边催促英甫赶紧喝下三岁小儿的尿液，一边一语道破了玄机：“碎怂，你前生是个阿修罗，好斗。再这样下去，你会伤害世人，也会祸害自己。这是童子尿，喝了，你以后的魔性就会消了去。”一方面，在一部现实主义品格的小说里出现这样一种带有神魔色彩的细节，多少显得有点不那么合拍。但在另一个方面，借助于这种神魔细节，黄怒波试图传达给读者的，就是这个被认定前生为阿修罗的人，由于天赋不凡使命的缘故，生来就是干大事的生活强者。那么，后来总是被英甫挂在嘴边用以自况的阿修罗到底是何方神圣呢？原来，阿修罗出自于佛教界，乃是梵文Asura的音译，被认为是欲界天的大力神或是半神半人的大力神。亦被译作阿须罗、阿素洛、阿修伦等，略称“修罗”。其实是一种天性好斗的战神，其王常统率部属与帝释等诸天争战，争夺美女、美食及天界统治权。当那位神秘的牧羊老头强调英甫的前生乃是阿修罗的时候，他其实是在试图以这种象征的方式巧妙地暗示并解释，现实生活中的英甫为什么会拥有源源不断的力量来支撑自己成为勇于奋斗的强者。再一个则是他在下海经商之前，曾经在吴铁兵担任副部长的一个国家部委任职：“不久，吴铁兵分管的一个行政部门的下属处长英甫辞职下了海。四年后，为解决待遇问题，吴铁兵到一家以金融为主业的大型央企做董事长。离开部委前，吴铁兵推荐叶生投奔到英甫的门下。”然而，下海经商的英甫根本就不可能预料到，若干年之后，曾经的顶头上司吴铁兵和后来的部下叶生都会摇身一变，成为自己事业发展最大的劲敌。诚所谓“此一时，彼一时”者是也。当然，这些都是后话，需要我们特别注意的一点是英甫曾经在部委担任处长的履历，与他后来的下海经商并获得成功，这二者之间的内在关联。尽管作家在这一方面并没有做更进一步的揭示与描写，但只要是对中国的国情和体制有所了解者，就不难意识到上述二者之间难以被忽略的微妙关系。很大程度上，如果英甫的人生履历中缺少了在部委担任处长的环节，那么他后来的下海经商恐怕也未必就能获得多大的成功。这一方面，一种切合实际的推论就是，正因为在下海经商后动用了在部委任职时的人脉关系，英甫才有可能很快就在属于自己的民营企业运营的过程之后取得相应的成功。以上两处细节之外，关于自己下海经商后的艰难打拼尤其是一开始的创业过程，英甫也只是在谈话的过程中三言两语地草草带过而已：“自打下海那天起，我哪一天不是夜半惊梦？一开始，我只会倒卖茶叶、复印机。刚借了六万块钱，就被人一把骗了去。感谢佛，没忘了我。下海一年，就让我歪打正着地拿到了一块没人要的地。说资本是血淋淋地来到世上，可这上面，也沾满了我的血哪！”尽管说了，但其实似乎什么也没说，反正，一个眼见的事实是，等到英甫下海经商四年时间，叶生前来投奔自己的时候，英甫已经拥有了多达五千万的个人资产。歌词里说“没有人能随随便便成功”。英甫的情况，恐怕也正是如此。短短的四年时间，赤手空拳下海打市场的英甫虽然拥有超乎一般人的能力，但要想一下子就积聚多达五千万的个人资产也是很不容易的一件事情。内中奥秘，我们完全可以推想而知。

事实上，黄怒波笔下的英甫在房地产市场的艰难打拼，集中表现在金融资本力量的强烈碰撞与博弈上。尽管从表面上看起来，最早公开对英甫发难的人，是一期工程完工庆典上的那些不明真相的建筑工人，但实际上，英甫所必须面对的是来自于“隐”与“显”两大阵营的对手。所谓“隐”的阵营，主要指英甫当年的上级吴铁兵，以及曾经给予过他援手的齐延安。在“梦都广场”一期工程启动的时候，这两位都通过自己子女的名义，以注资的方式介入到了英甫主事的工程之中。具体的情况是，吴铁兵的儿子吴亦兵的海外地产私募基金公司注资十个亿，齐延安的女儿齐婷婷则以信托资金的方式注资二十个亿。与此同时，也还有齐延安和吴铁兵的个人干预。齐延安说：“2007年，为了办好奥运会，市里请我帮着引进企业和资金搞棚改。调研时，我知道你已经在‘东方梦都’项目的区域盖了几座住宅楼。我就建议，以政府为主，引进社会资金，让民营企业也参与进来。正好，婷婷的信托公司有资金，你又在当地有基础。一拍即合，这项目就这么起来了。”对此，英甫给出的补充是：“主席，这么大的项目，定位、立项肯定得靠您。但项目的落地实施，也得感谢我的老领导。”总之，正是在以上种种的合力作用下，英甫的“东方梦都”项目才正式得以启动。但正所谓“螳螂捕蝉，黄雀在后”，等到项目的一期工程结束的时候，一直被蒙在鼓里的英甫才彻底搞明白，吴铁兵与齐延安他们的如意算盘其实是放长线钓大鱼，把鸡养肥了再杀。他们的真实目标是要千方百计地迫使英甫把接下来的二期工程，甚至自己的公司全都拱手相让，直接转换到他们的子女名下。英甫虽然一方面对他们两位心怀感恩，但另一方面却要拼死抗争，根本原因正在于此。所谓“显”的阵营，就是英甫身边的那些吃里爬外的“兄弟阋墙”。其中既有身为总裁的叶生，也有财务总监于曼丽、物业总监黑一杰、销售总监汪来旺、副总裁丰学民等团队核心成员。具体的情况是，当年空着手进入公司的叶生，暗中与吴铁兵、吴亦兵父子合谋，企图设法排挤掉英甫，由自己接手公司董事长的职位。财务总监于曼丽监守自盗，竟然偷盖英甫的手签章十七次，先后从项目中弄出去一亿八千万。物业总监黑一杰联手施副区长的小姨子，利用自己操控的物业公司出资，试图把“东方梦都”前后两期的物业服务垄断在手。销售总监汪来旺则是让自己的老婆担任销售中介公司的老板，内外勾结地既与公司，也与客户玩溢价游戏，从中牟取暴利。副总裁丰学民的联手合作者，同样是施副区长的小姨子，他们共同组建一个具有二级资质的建筑公司，然后想方设法地从英甫的大公司里收取二期工程的高额管理费。尤其恶劣的一点是，眼看着通过其他方式无法迫使强者英甫就范，他们竟然无所不用其极地企图以暗杀的方式干掉英甫。可自诩前生为阿修罗的英甫，天生就是一位遇强更强的，拥有强烈征服欲的强者，他的人生词典里最关键的一个字眼就是“征服”。因此，面对着来自于“隐”和“显”两大对立阵营的挑战，从来也不知道屈服二字为何意的英甫，才会挺起胸膛，以百倍的豪气进行殊死抗争。

英甫虽然是一位满身豪气的生活强者，但并不是一位只知道赤膊上阵的李逵，面对着来势汹汹，甚至意欲置自己于死地而后快的“隐”与“显”两大对立阵营，他所选择的对策是避其锋芒，暂时回避，留待最终摊牌时刻再做出彻底的反击。这样一来，他那登山运动爱好者的身份也有了用武之地，小说中的另一条攀登珠峰的情节线索，自然也就因此应运而生。我们此前之所以认定商战为主线，登山为辅线，根本原因就在于后者是由前者进一步衍化派生出来的。但请注意，即使在这一条攀登珠峰的故事线索中，另一条故事线索依然如影随形地伴随着英甫的个人行踪。具体来说，就是叶娜、尕子以及西门吹雪他们三位的联袂登场。虽然小说并没有明确交代他们三位的幕后指使者到底是谁，但他们与意欲置英甫于死地的“隐”与“显”的对立阵营有着不容剥离的内在关联，却是毋庸置疑的客观事实。质言之，联袂登场的他们所承担的根本使命，就是如何借助于大自然的力量千方百计地让英甫“滞留”或者干脆死在珠峰顶上。只要英甫“逾期”不归，只要他无法在2013年5月19日的下午5点整从珠峰撤下，那他苦心经营多年的房地产公司就会被早已觊觎日久的叶生他们据为己有。当然，除了必须时刻小心地对付如同尕子和西门吹雪这样的无耻宵小之外，这一条故事线索中的强者英甫，更需要正面征服的，乃是作为世界第一高峰的珠峰本身。我们在这里无论如何都得提及作家黄怒波在这部《珠峰海螺》中对叙事时间的特别设定。整部《珠峰海螺》除了后面带有交代故事结局性质的“尾声”，共由三章组成。第一章被命名为“第一天，大难临头”，第二章被命名为“第二天，雪上加霜”，第三章被命名为“第三天，绝地恐狼”。更进一步说，这三天分别是2013年的5月17、18、19日。这三天之所以会成为《珠峰海螺》整部长篇小说的主体叙事时间，因为登山爱好者英甫正是在这三天被困在了珠峰顶上。由此可见，三章的具体命名，首先与被困在珠峰顶上的英甫的具体情况紧密相关，是英甫被困情形的一种真实写照。先是英甫的被困珠峰：“英甫呢，眼下是坐在8750米的高度等死。”“这是珠峰第三台阶的脚下。”“此刻，是2013年的5月17日的下午6点。”为什么要等死呢？请先看一下珠峰顶上严酷的自然条件：“往日珠峰顶上的旗云，被高空风撕碎了。雷电，从宇宙的深处，又闪又吼地在英甫的头顶直劈下来。好似在响应，狂风暴怒地席卷着冰冷坚硬的雪片、冰粒以及野性十足的各种石砾，从他脚下的万丈深渊，以蹿出地狱般的邪气污秽地扑了上来。”唯其如此，作者才会更进一步地写道：“这是世界之巅，太高了，高得没有任何人间事物，能从上而下。高得此刻的他，再也没有什么可以依靠。”一位来自于北京的财大气粗的大老板，万般无奈地被困在了珠峰顶上，自然会牵动很多人，尤其是身为珠峰攀登行动中方大本营负责人罗布，以及登山向导加措、索多（当然，英甫的被困也引起了京城里与他对立阵营的高度注意）。到底该不该去救援？到底怎么样去救援？一时间成为了引起大家高度关注的重要问题。后来，英甫之所以能够顺利获救，与他此前的广施善缘紧密相关，正因为他2012年从南坡的尼泊尔那边登顶珠峰时赢得了登山向导甘米发自内心的尊重，所以才有了甘米不惜冒着越境的危险也要给他运送两瓶氧气的行为。从根本上说，正是依赖于这简直就是“从天而降”的两瓶氧气的强力支持，才有了英甫最后的被救助下山。当然，不管怎么说，英甫之所以能够最终从珠峰撤下，所依凭的最根本力量还是自身的强力意志。从这个角度来说，不仅能够成功地登顶珠峰，而且还可以从珠峰全身而退的强者英甫，毫无疑问应该被看作是大自然的征服者。但请注意，小说三章的命名，一方面固然是英甫登顶并被困珠峰的一种写实性呈示，另一方面其实也一语双关地指向了京城里的商战博弈。就此而言，强者英甫可以被看作是大自然和房地产事业的双重征服者。

行文至此，有必要提及小说为什么被命名为“珠峰海螺”了。珠峰，一方面当然是实指，意谓英甫登顶世界第一高峰。另一方面则有着再突出不过的象征色彩，象征一种人生的高度。海螺则是佛教里一种象征吉祥的事物。正因为如此，小说临近结尾处时，英甫才会做这样的一种表示：“海螺呀！你是佛音圣器。你象征着孕育万物，天籁之音。我愿意就此了却一生，作为人类的祭品，怀揣着你，接受上面的审判。做一个伟大的犯人，在阶下陈述自己的污秽之中埋藏的光耀。”到最后，在经历了一番心灵挣扎后，伴随着海螺的吹响，英甫完成了精神的自我救赎与超越：“把救生毯脱到了脚下，他从怀里掏出了海螺。仰头看了看天空，又俯视了一下山谷。再平眼四望，卓奥友带着群山都抖动起来。群峰，昂首挺立，等待着佛音。‘呜、呜——’摘下了氧气面罩和防风雪镜，英甫把螺口朝天，双手捧住螺身。张嘴含住螺嘴，用尽全身力气吹响了圣物。‘呜——’天上的回音立刻传向了四面八方，视线内，群峰都在‘呜、呜、呜——’地回应着。阳光，把每一座峰顶都照耀得金黄灿烂。”这哪里是在写海螺，简直就是在描写一种神圣之光的生成。正因为如此，“英甫新生了，像是刚从母亲子宫里孕育而出的婴儿，要踏上回到人间的路。这一次，他是清新而又干净的。因为，他接受了审判的洗礼。这一次，他是自信而又从容的。因为，他明白了，生，是为了死。而死，又是为了生……”质言之，当珠峰顶上的英甫真正堪破生死大关的时候，他的精神就已经因顿悟而获得新生了。

曾经是一位杰出诗人的韩东也同样是一位杰出的小说家，我不仅非常喜欢他的诗歌，比如《有关大雁塔》《你见过大海》，也很喜欢他的小说。或许因为我更多关注小说这一文体的缘故，这些年来，我曾经先后给他的《扎根》《小城好汉之英特迈往》《知青变形记》《欢乐而隐秘》《我们见过面吗？》等作品撰写过专门的批评文字。因为喜欢他的创作，所以在去年年初，看到他要推出一部专门的言论集《五万言》（四川文艺出版社2020年3月版）的时候，我便对这部言论集充满了期待。关于书名的由来，韩东在后记中有清楚的交代：“书名比较难起。《言论集》《语录》之类的就没有考虑了。最后以《五万言》勉强名之。‘五万言’就是五万个字。全书字符数五万多，不算是走题。”说是没有考虑过诸如《言论集》或者《语录》这样的书名，意味着其实考虑过。否则就完全没有必要写在这里。因为字符数五万多，所以便干脆命名为《五万言》，虽然从表面上看，也属“诚不我欺”，但细细品味，总觉得其中暗含有某种不羁的“野心”。这一方面，一个重要的参照，恐怕就是老子的《道德经》。我们都知道，《道德经》的别名之一就是《五千言》。说是五千言，实际的字数却是五千多一点。一个是五千多一点，被命名为《五千言》，另一个是五万多一点，被命名为《五万言》，虽然不好做简单的类比，但在如此一种命名方式背后某种“野心”的存在恐怕是难以否认的事实。最起码，在这样一种看似谦逊的命名方式背后，潜隐着韩东某种强烈的文学或者言论自信。

之所以把《五万言》看作是一种言论集，只因为按照韩东的说法，“这些言论均来自网络上的即兴发言，时间从2010年到2018年”。加起来一共九年时间。既然是言论集，而且这些言论都属于即兴式的发言，那就肯定不会是连篇累牍的长篇大论或者正襟危坐的高头讲章，只能是一个又一个貌似毫无逻辑关系的话语片段或者“片言只语”。这部言论集之所以曾经考虑过干脆命名为《语录》，只因为它实实在在可以被看作是一个真诚写作者的语录。关于这部言论集的整理过程，韩东在后记中也做过相应的交代：“网络言论一般是反应式的，有较强的针对性，整理时我有意识地剔除了时代背景，希望其指向能在更为抽象的意义上得到理解。原始言论亦有明显的‘战斗’意味，火气很大，在这点上也进行了处理。其中也有不少言论属于表达性的自言自语，记录了思考的痕迹，这一部分修改较少，基本保持了原貌。”实际上，更重要的原因恐怕是因为原始言论大部分都是针对具体的某一人物或事件的，明显有碍于一种带有普遍性的抽象表达，但这种普遍性的抽象表达却又是韩东写作出版《五万言》的根本追求所在。这样一来，一种有针对性的提升性整理，其必要性就无可置疑。经过这一番必要的提升性整理之后，《五万言》就不仅仅是韩东个人写作与人生经验的表达，更具有了一种箴言的性质，带有了更加突出的普遍性意义。最起码，就我本人一种真切的阅读体验来说，阅读《五万言》的过程中总是会有被不期然间点醒的醍醐灌顶之感，真正可谓受益匪浅。也正因此我才会特别强调，韩东的《五万言》虽然看似只是零零碎碎的缺少必要逻辑关系的“片言只语”，但其中所蕴含的真知灼见的确多多。

在第一部分有这样的两则言论。一个是“中国古典小说值得学习的有三：1.散点透视；2.示意性语言；3.从小说到小说。西式现代主义以降的小说值得学习的亦有三：1.主题的创意性；2.整体性构造；3.个人化”。另一个是“中国古典小说的问题在我看来也有三：1.主旨老套；2.散文化；3.排斥个性。西式小说的问题也有三：1.科学主义的焦点透视（虽通过拆分加以丰富，但毕竟僵硬）；2.语言难以摆脱工具主义的羁绊，无论是客观写实，还是意识描摹，总难显跳脱；3.过分严肃导致的虚假责任”。因为两则言论所集中讨论的都是中西小说各自的优劣短长问题，所以二者之间的内在关联显而易见。我们首先应该注意的是，韩东的比较对象分别是中国古典小说和西方现代主义以降的小说。为什么不是中国古典小说与西方古典小说，或者中国现当代小说与西方现代主义以降的小说？难道在韩东看来，中国现当代小说还不够成熟？或者西方古典小说并没有多少谈论的价值？韩东肯定了中国古典小说三个方面的优长，也指明了三个方面的短板。第一点优长是“散点透视”，这可以说是中国古典小说尤其是那些广有影响的长篇小说，比如《红楼梦》《三国演义》《水浒传》等名著的显著特点。小说传统中的散点透视与中国的写意画传统可谓紧密相关。写意画的一大突出特点就是缺少像西方油画一样严格的焦点透视。就此而言，散点透视可以说是中国传统文学艺术的一大特质。第二点优长是“示意性语言”。所谓示意，就是用表情、动作、含蓄的话或图形表示意思。我们都知道，与其他语种的拼音文字有所不同，作为一种象形文字的汉语本身就有着突出的示意功能。既如此，中国古典小说以示意性语言的运用为艺术优长也就自是题中应有之义。相比较来说，第三点优长是“从小说到小说”，因为有一点像绕口令便显得令人费解。但如果联系此前韩东对小说阅读的专门强调，我们也约略可以明白，韩东这里的意思仍然是在强调了解小说传统对小说创作的重要性。然后是三点短板。首先是“主旨老套”。这一点主要是针对中国古典小说的思想内涵层面而言的。不能说中国古典小说的思想内涵全都陈腐不堪，但除了《红楼梦》与《金瓶梅》等个别作品之外，相当一部分小说的思想主旨陈腐、老套，缺乏新锐之意，乃是不容否认的一种客观事实。其次是“散文化”。如果将此话放在整体的语境中来考量我们就不难体会到，韩东这里所指斥的“散文化”并不是我们通常意义上说的某一篇小说具有散文化的特点之“散文化”，而是在指斥绝大多数的中国古典小说缺少自觉的艺术结构意识。苛刻一点说，即使如《水浒传》和《三国演义》这样的长篇小说名作，也很难谈得上有什么整一的艺术结构，更遑论其他。复次是“排斥个性”。要想理解这一点，首先必须对中国的文化特质有所了解。从根本上说，个性主义思想在以板结性为突出特点的，更强调认同与群体利益的中国文化中本就难以容身。“木秀于林，风必摧之”“出头的椽子先烂”“枪打出头鸟”，各位只要认真地想一想，以上这些熟语为什么会在中国社会广为传播，并能获得绝大多数人的认同，就可以理解我为什么会斩钉截铁地认定中国文化就是一种板结性的群体性文化。一种真正意义上的个性主义思想之所以要一直等到五四新文化运动的时候才算在中国生根发芽，根本原因正在于此。依照一种常规的逻辑，生成于如此一种板结性群体文化土壤中的中国古典小说，怎么能够容得下个性主义思想？

无独有偶，对西方现代主义以降的小说，韩东也在发现三方面优长的同时，指出了三方面短板。先来看三方面优长。一是“主题的创意性”。这一点，应该说是从根本上抓住了西方现代主义小说的要害。虽然不能说所有的西方现代主义作家都具有哲学家一般的深邃思想能力，但绝大多数都对现实世界和人类存在有着相对深入的思考和认识，却是难以被否认的一种客观事实。尤其是，当我们把这一点与中国古典小说主题的陈腐进行对照的时候，西方现代主义“主题的创意性”就更是表现得非常突出。二是“整体性构造”。如果转换一种表达方式，所谓“整体性构造”也就是我们通常所说的结构完整。从根本上说，这一特点的形成与西方人所一向擅长的分析性、理性思考能力紧密相关。这一点同样与中国古典小说结构能力的匮乏形成了鲜明的对照。三是“个人化”。从根本的文化土壤来看，如果中国文化是一种板结性很强的群体文化，那么西方文化则可以说是一种松散的个性主义文化。这一点早在古希腊文学中就有着突出的表现。当阿喀琉斯自己一个人可以任性地宣布退出战斗，或者当奥德修斯在返程时与汪洋大海（可以被理解为大自然的代表）单独对峙的时候，我们所强烈感受到的正是一种个性主义精神的强力张扬。既然西方文化从根本上说就是个性主义文化，那“个人化”成为现代主义的鲜明特点也就是一种合乎逻辑的结果。接下来是三方面的短板。其一是“科学主义的焦点透视（虽通过拆分加以丰富，但毕竟僵硬）”。正所谓“成也萧何，败也萧何”，如果中国文化的一大特点在于“科学”精神与“科学化”思维的严重缺失，那么西方文化的优长之处则正在此二端的具备。拥有焦点透视固然值得肯定，然而一旦“科学主义”思维走向极端，就不免会显出过于刻板与僵硬的弊端来。韩东这里所指斥的，恐怕正是“科学主义”缺乏相应灵动性的艺术思维弊端。其二是“语言难以摆脱工具主义的羁绊”。都说文学是语言的艺术，这“语言”到底该作何理解？是作家传情达意的工具，抑或是干脆把语言视为文学的全部，即所谓本体？对于长期以来一直强调“诗到语言为止”的韩东来说，他的选择毫无疑问是后者。因此，尽管极有可能是受到“科学主义”思维影响的缘故，西方现代主义小说语言的这种工具主义倾向，还是遭到韩东的非议和抨击。其三是“过分严肃导致的虚假责任”。很大程度上，这又是一个“成也萧何，败也萧何”式的命题。一方面，对于现代小说来说，无论如何都应该承载表达某种深刻的思想题旨，似乎是一个无可置疑的艺术公理。但在另一方面，过分看重思想题旨的深刻不仅会明显地排斥小说本身所应具备的游戏性，而且其极端者甚至会如韩东所说的由于“过分严肃”而导致某种“虚假责任”。从这个角度来说，韩东的指斥当然称得上是一种打击目标明确的有的放矢。

文学是语言的艺术，语言是建构一切文学作品的本体，从语言运用的角度来说，阎连科小说与散文写作的一大特点就是对于方言的自觉征用。这一点也同样非常突出地表现在他的长篇小说《中原》（载《花城》杂志2021年第2期）里。我们注意到，在小说第三章的开头部分，作家曾经借助于第一人称叙述者之口明确表达出：“我念书念到高中搁下了，没有考学就从山那边嫁到山的这边来。到现在，儿娃都过了二十岁，娘家话我好像一丁点儿都没忘。你要允我用我娘家话来说，这事的缘由末梢我能给你说出文篇来。”所谓的“文篇”，当然就是指文章了。“我就用我娘家话来说。只要一说娘家话，许多事的拢来去处在我脑里便明白条理了，纹络捋顺了。要我这时去说镇上话，说你们都说的官话普通话，事情反倒麻乱一团着，理不出根藤毛须来。我娘家那儿的人说话，和这儿高高低低（原文只有一个“低”，但我个人怀疑应该还有一个“低”字才对）、粗粗细细都不一样。我们那儿说话和唱歌样，他们这儿说话嚷嚷呼呼和吵架样。我娘家那儿把日头不叫日头叫日阳，把你们说的上午叫上时，将下午叫下时。把流水叫走水，将白云叫云白，把啥和啥儿叫何与怎何或怎着。有一天，你能和我同脚到我娘家去，你就知道我娘家话有多么俊俏润耳了。可他们这镇上话，长相太丑了，把上午叫前晌，把下午叫后晌，将粮食叫吃食，话土得和红薯芥菜一模样。在我几岁小着时，省会有个教授不知怎何到了我娘家，他听到我的娘家话，在村口愣着痴了一上时，后来脸上生着光，喜得要从地上起脚跳起来，说他归终找到中原话又一脉的源头了。那教授说我娘家怪不得单在清末十年间，一个村就出了两个进士、三个举人、四个秀才哪，原来那儿的人说话都是诗文语。他说耙耧山那边，我们九儒村的话是中原话的又一支。说中原话是汉人话的化石话。所以他说他找到中国话的又一源头、根土在哪了。”

阅读这段文字，有几点令人印象深刻。其一，叙述者强调，只有允许她大胆充分地使用她的娘家话，她才不仅能够尽情尽兴地展开自己的相关叙述，而且可以“明白条理”“纹络”清楚地干脆使得自己的叙述构成一篇文章。但如果一定要求她必须用“镇上话”或者“官话普通话”去表达，那她就很可能颠三倒四“麻乱一团”地说不成个话。按照海德格尔的说法，语言既然是人类存在的家园，那对于身为第一人称叙述者的“娘”来说，她自己打小就一直生存在由“娘家话”构成的世界中。很大程度上，那一种“娘家话”的边界就意味着“娘”自己所生存的那个世界的边界。正是在这个意义上，要想相对精准地讲述、呈现她那个世界的故事，所依赖的只能是这里所一再强调的“娘家话”了。其二，不只是离开了“娘家话”说不成个样子，更关键之处在于，在充分甚或放肆地使用“娘家话”的过程中，叙述者的内心深处还充满着一种在我们看来很难理解的骄傲感。在她的理解中，说话如同唱歌一样的“娘家话”，听上去特别地“俊俏润耳”。“润耳”可以理解为，把一般人用来描述女性容貌的“俊俏”一词，用来形容语言的极度可爱。如此一种用法，非常稀罕，简直就是绝无仅有。唯其“娘家话”特别“俊俏润耳”，所以在她的心目中，“镇上话”便显得丑陋无比了。尤其是她竟然会指责“镇上话”“土得和红薯芥菜一模样”。这样的一种表达尽管会令很多人忍俊不禁，但“娘”的表达却毫无疑问是非常严肃的。依此类推，既然“镇上话”已经“长相太丑”，那“官话普通话”的地位自然就更不入流了。如果叙述者的所谓“娘家话”属于耙耧山区的方言的话，我们就完全可以将“娘”的这种看似莫名其妙的语言骄傲感形象地表述为：假若把耙耧山区理解为世界的中心，那么，即使是北京，恐怕也只能被看作是耙耧山区的郊区。更进一步说，这里涉及了一个话语主体互置后的建构问题。通常意义上，我们都会想当然地把诸如北京这样的中心城市看作中国的中心，然而，当身为叙述者的“娘”因为对“娘家话”的坚持使用而倍感自豪的时候，她就以一种话语的方式确立了自身的某种主体性。当坚持使用“娘家话”的“娘”以自己所居身于其间的耙耧山区为基本的立足点，以自我为尺度讲述故事的时候，她所呈现出来的那个独特世界就与我们早已司空见惯的世界形成了鲜明的反差。其三，这段话语中曾经专门提及大学教授对“娘家话”感到惊艳，以及教授在经过一番研究后断言，既然中原话是汉语的活化石，那么，“娘家话”的存在毫无疑问应该被看作是汉语的一个重要源头。因为是以“虚构”而著称的所谓“小说家言”，所以我们也不必非得将大学语言学教授的如此一种研究坐实。与此同时，另外一个必须承认的事实是，包括耙耧山区在内的这一块幅员广袤的中原地区，甚至可以被看作是人类文明最早的发祥地之一。作为人类文明的发祥地之一，其不可忽略的一个标准肯定是语言的生成。当然，这种语言肯定不会是现在居于大一统地位的所谓“官话普通话”，而只能是现在已经明显被归入到方言行列中的那些与其他方言相比差异很大的方言。由于语言学教授考察研究的细节出自于《中原》这样的小说作品中，如果着眼于文学文体的自身特征，我甚至愿意把文本中的那些方言干脆理解为作家阎连科的一种虚构行为。之所以这么说，一个关键的原因是，在当下这样一个现代化趋势显然已经呈不可逆状态的情况下，纯粹的或者说真正意义上的方言很可能早已荡然无存，即使侥幸存在，恐怕也只能是一鳞片甲，零碎不堪。因此，阎连科所能做的就是在那些零碎不堪的残缺方言的基础上，经过一个必要的虚构加工过程后，给我们营造出如同长篇小说《中原》这样一种方言景观。如果我的判断大致不差，《中原》中的那些方言景观的确带有一定程度的虚构色彩的话，那么，阎连科通过这样的一种方言方式所试图达到的叙事意图就很显然带有不容忽视的文化对抗的意味。作家试图以如此一种方式对抗的，正是隐藏于“官话普通话”背后的某种大一统意志。

其实，只要我们稍加留心就不难发现，在《中原》这一小说文本中，对于方言的存在和使用也同样存在着另外一种坚决否定的人物表达。这个否定者不是别人，正是那个一门心思想要离开家乡，远走高飞的“儿子”。在第一章中，身为第一人称叙述者的“儿子”曾经不无愤激地强调：“我们这儿的语言和一堆堆土样。我一听父亲张嘴一口粪土似的方言我就想把口水吐在他脸上。把口水吐在他正说话的嘴里去。让我的口水暴雨样从镇子的上空落下来，把村落镇子和整个中原都淹掉。皋田这个破败小镇子，人们把上午说成前晌儿，把下午说成后晌儿。把太阳叫日头。把同行叫厮跟。把生活叫日子。反正你已经离开这个地方了，你不用再难受去听这些了。”首先，饶有趣味的一点是，与“娘”把“镇上话”看成“土得和红薯芥菜一模样”的态度正好相反，到了“儿子”这里变成“一堆堆土样”的不登大雅之堂的语言，反倒是皋田镇上那一口“粪土似的方言”。请注意，尽管在同一个小说文本中的确同时出现了以上两种看似极端对立的关于方言的看法，实则却难称矛盾或者悖谬。因为以上两种不同观点发声主体的思想价值立场有着极明显的差异，甚或说是严重对立。对于曾经在遥远的南方海边读过“大学”，接受过现代思想熏染的“儿子”来说，他的人生追求就是挣脱故土的羁绊，真正走向外面的广阔世界。正因为他把外面的现代世界作为基本尺度，才会读家乡皋田的方言时百般厌恶，认定它是一种“粪土似的方言”。相比较来说，“娘”不仅从未见识过外面的世界，还会因为“儿子”被外面世界的强烈“蛊惑”而对外面的世界充满一种本能的憎恶。因此，她才对自己的“娘家话”充满自豪感的同时，一力认定“镇上话”以及更陌生、遥远的官话普通话“土得和红薯芥菜一模样”“长相太丑”。究其根本，与其说“儿子”和“娘”的对立体现在对方言的认识上，莫如说体现为一种世界观的差异。一种更准确的表达是，方言认识方面的严重对立所表征的，其实是潜隐于其后的思想价值的迥然相异。但请注意，小说中以上两种对于方言针锋相对的观点都并不能被简单地理解为是作家阎连科的立场。这里的关键问题在于，即使是“儿子”和“娘”关于方言立场彼此驳诘以至于对立的行为本身，也都是出自阎连科之手的一种想象虚构。因此，这其实是两个不同层面的问题。无论如何，小说文本中“儿子”对于家乡方言的嗤之以鼻不能被看作是阎连科自己对方言的一种态度。尽管阎连科无论从哪一个方面说都和“娘”迥然不同，但在对方言的“珍视”与“器重”方面却有着明显的相似之处。如果说“娘”看重方言主要出于一种无理性的本能，那么阎连科对于方言的看重则更多出于理性的考量。有如下两种原因：其一，与“娘”在叙述过程中曾经提及的那位语言学教授一样，他也会把日益萎缩的方言视之为某一种文化难能可贵的“活化石”。其二，正是因为意识到了方言存在的重要性，身为作家的阎连科才会坚持在已经呈一鳞片甲状态的残存方言的基础上，哪怕加上自己的想象虚构也要坚持在《中原》这样的小说文本中创造性地征用方言。从根本上说，阎连科坚持这么做所欲达到的艺术目标无非有二，一是借助于方言尽可能逼真地还原那一片特定地域的日常生活原貌，二是试图凭此而达致一种文化对抗的意图。

正因为阎连科《中原》中对方言的征用带有突出的想象虚构的特点，所以在某种程度上，我们可以把这种方言看作是由阎连科创造而出的“阎连科式的方言”。既然是“阎连科式的方言”，那就会带有一定的个性化特质。非常突出的一点，就是对一些语词习惯性用法的倒置使用。事实上，只要是关注阎连科文学创作的朋友就应该知道，他的这一语言特点早在2020年的《她们》那部长篇非虚构作品中已经有所表现。在《中原》中这一特点在延续的同时“变本加厉”。比如，“那拳大的石头朝着污水沟的水面飞过去，水面破开水上的污脏开始荡动起来了。臭水的味道比香椿叶和麻油的香味大许多，呈着酱色朝我身边的世界荡动蔓延着”。一般来说，我们习惯性的构词方式肯定是“动荡”，诚所谓先“动”后“荡”。但阎连科却把它写成了“荡动”，是先“荡”后“动”。由“动”到“荡”，意在说明事物的动荡程度渐次加大，而先“荡”后“动”，则意在强调事物，比如水面，在被石头击打之后，先发生猛烈的“荡漾”，然后才开始慢慢地波动起来。由“动荡”到“荡动”，在制造某种语言的陌生化效果的同时，更加强了总体的语言气势。比如，“娘正提着给爹送饭的保温罐儿站在院里等着我，像静静安安等着爹的死讯样”。“安安静静”是成语，颠倒语序后的“静静安安”就不是成语。不仅不是成语，而且我们日常也不会采用这样的一种构词方式。与阎连科此处的颠倒语序紧密联系在一起的，是“儿子”意欲用农药敌敌畏置自己的父亲于死地。这处情节中，一方面是对生命的谋杀，另一方面则是颠倒语序后的“静静安安”。愈是“静静安安”，愈是能够见出亲情被扼杀后的残酷。再比如，“前先的车尾要一律对着路边去，车头必须对着路中央。可眼下，镇子败衰了，镇上没有了镇容管理员，来赶集的人们谁想何样停车谁就何样停，像风想把树叶、草纸吹到哪，它就随心所欲地吹到哪儿样”。“娘”的这段叙事话语中，除了“何样”这样特色鲜明的“娘家话”之外，顺序被颠倒的还有“前先”和“败衰”这样的语词。虽然所表达的语义并没有因此发生太大的变化，但因了顺序的颠倒，同样的语义便得到了明显的强化，言语的表达能力有了明显的提高。某种程度上，阎连科的如此一种语言实验甚至可以让我们联想到乔伊斯的《尤利西斯》。据称，在《尤利西斯》中，乔伊斯的语言实验方式之一就是语序的颠倒或者前后缀的添加。

阅读蒋韵的中篇小说《我们的娜塔莎》（载《收获》杂志2020年第6期）后，我们首先做出的判断就是，这个被称为娜塔莎的人物肯定是一位来自于俄罗斯或者说苏联的女性。实际的情形果真如此，而且她还是一位有现实生活原型做支撑的女性形象。只要对蒋韵的长篇非虚构文学作品《北方厨房》稍有关注就不难发现，在讲述一种被称作沙拉酱的食物的制作过程时，蒋韵专门提及过一位名叫“娜塔莎”或者“玛莎”的苏联姑娘：“当年，一个中国小伙子被派去苏联学习，认识了这个叫娜塔莎或者玛莎的姑娘。那应该是中苏的蜜月时期吧？反正他回国时把这娜塔莎或者玛莎勇敢地带回了我们的城市，或者说，她勇敢地追随这爱情来到了这异国的深处。他们结婚、生子，两个混血的儿子都像妈妈，有蔚蓝色天空般澄明的眼睛。后来，中苏交恶，再后来，在珍宝岛打仗，她的丈夫因为她的缘故，受了牵累，被批斗，生病离世。这个娜塔莎或者玛莎，在我们这个城市，成为一个特别突兀、特别不合时宜和特别冒犯的存在。”尽管蒋韵对娜塔莎这位异域女子的情况不甚了了，但有一点毫无疑问，那就是沙拉酱的制作方法是由这位异域女子最早传播到这座北方城市的。也正是从现实生活中这位名叫娜塔莎或者玛莎的异域女子出发，蒋韵最终创作出了中篇小说《我们的娜塔莎》。在这部中篇小说中，蒋韵已经坚定地把她命名成为娜塔莎。作家想象、创造的神奇之处在于，非虚构文学中短短的二百多字，到最后竟然可以被演绎为多达三四万字的，思想艺术含蕴相当丰富深刻的中篇小说。

正如同《北方厨房》中娜塔莎的出场与沙拉酱的制作紧密相关一样，到了《我们的娜塔莎》中，时代青年杜若与娜塔莎的结识也同样缘于菜式的制作。兼具视点性人物功能的杜若是那个特定时代带有明显异类思想色彩的青年女性。为了阅读好不容易才从朋友那里借到的陀思妥耶夫斯基的《罪与罚》，她竟然不惜动用朋友关系，千方百计地找到在省人民医院做护士的姜友好，以“走后门”的方式开了两天的病假条。事实上，也正是从这一次的开假条开始，杜若和姜友好才真正地熟识并进一步发展成为好朋友。在她们成为无话不谈的好朋友，并且了解到杜若对厨艺有着浓厚的兴趣之后，姜友好方才居中介绍她认识了来自苏联的娜塔莎。实际上，早在认识娜塔莎之前，杜若就已经对这位带有突出“另类”色彩的苏联女性有所耳闻。原因在于，她和娜塔莎的那位混血儿子安德烈（中文名为安向东）是同一所学校不同级不同班的同学。一般情况下，一位女性认识另一位女性，哪怕她来自于异域，都构不成什么问题。杜若通过姜友好与娜塔莎结识并日渐亲近，这之所以令人感到讶异，乃因为那个时候正是中苏两个国家交恶对立的特殊时期。然而，国家之间的对立无法阻挡如同杜若这样的另类青年和娜塔莎亲近、交往的愿望。于是在那个星期天，杜若就在姜友好家见到了娜塔莎这个来自于异国的女性：“杜若进门来，看见一个丰硕的、有些臃肿、远远谈不上美丽的异国女人，正端着一只碗，在搅拌着什么。”大约正因为杜若和娜塔莎她们的结缘与菜式制作紧密相关，所以在这部中篇小说中，蒋韵用很多笔墨来描述各种菜式的详尽制作过程。比如蛋黄酱：“原来她在搅拌蛋黄酱。那是做土豆沙拉必备的酱料。将新鲜鸡蛋磕进碗里，只取蛋黄，加一点花生油进去，用筷子不停地、朝着一个方向搅拌，等到蛋黄和油充分融和，再继续添加食油，接着搅拌，再加油，再搅拌，如此循环往复，直到蛋黄变成如奶油般浓稠缠绵，蛋黄酱就算是大功告成。做法简单，但要有耐心，也要有一些技巧。”如果蛋黄酱的制作叙述只是在言说菜式的话，那么到了描述面包的时候，就好像有了一点弦外之音：“新烤的面包在筐子里，切了片，放在餐桌正中央。没有奶酪奶油，却配了一小碟中国的豆腐乳。鲜红的腐乳，白瓷碟，鲜明如画，却有一种挣扎在里面似的。”表面上在描写面包，实际的重心却落在了腐乳的鲜红与瓷碟的白两种色彩之间的对比上。一方面描绘得鲜明如画，一方面又有一种挣扎体现在其中。从象征的层面上说，红与白两种色彩的挣扎所体现暗示的，正是如同娜塔莎内心的一种介于中苏两国之间、撕裂一般的精神痛楚。更进一步说，这种撕裂般的精神痛楚再集中不过地体现在安德烈这一人物形象身上。

在杜若远距离的视野中，安德烈是一位特别“高大、英俊、迷人”的中苏混血儿。他的美差不多已经到了可以令杜若窒息的程度：“好美啊。她觉得呼吸不畅。第一次，她被美伤害。原来，‘美’和帝国主义一样是霸道、不讲理、有侵略性的。”安德烈的人生轨迹以他因被伤害成为瘸子而开始酗酒为界线，明显地分作前后两个阶段。前一个阶段的安德烈是沉静、内敛而美好的，尽管那个时候的他早已在日常生活中饱尝被另眼相看的滋味：

“安德烈应该是从小就习惯了这样的目光，他知道在别人眼里自己是个另类。”在听到少年安德烈“我不结婚”的宣言之后，姜友好敏感地意识到：“这美少年，他不快乐。姜友好想，她其实有点懂得他不快乐的原因。那就让他快乐起来吧。”身为清纯少年的安德烈的一个显著特点就是坚决拒绝饮酒。之所以如此，与他对酒鬼外公的负面记忆紧密相关。很大程度上，娜塔莎不惜千里迢迢嫁到中国的这个内陆城市，一个重要的原因就是这个简直如同“噩梦”一般存在的“酒鬼外公”。在了解到安德烈心里的秘密之后，姜友好内心里充满怜惜之情：“那一刻，她真觉得自己有了一个弟弟，这个非亲非故的城市给了她一个混血的、身份难堪的弟弟。她会保护他，她想。安德烈，不安向东，我会保护你。”

然而，信心满满的姜友好却根本想不到，在那样一个乱世，仅凭个人的力量根本就保护不了在国人眼中一直被视为异类的安德烈。这样也就有了在挖防空洞时不幸坠落的严重后果：“可是他出事了。掉进了防空洞里。是被人推下去的。股骨粉碎性骨折。”一般来说，安德烈这样的骨折只要治疗方式合理，并不至于导致腿瘸。但不幸遭逢乱世，只能是这样一种悲催的结果。正如你已经预料到的，遭此人生大劫之后的安德烈便与此前判若两人。对此，安德烈也有着清醒的自我认识与判断：“我一直想努力做一个安向东，可是我永远做不成。假如有一天我回到我母亲的故乡，在那里，恐怕也没有人把我当成一个纯正的安德烈。我只是个二毛子，对吧？好在我这个二毛子还算好看，漂亮，那是我仅有的一点东西，假如连这个也没有了，变成一个残疾，那你让我靠什么活？”如此一种意外的劫难，对安德烈来说当然是一种沉重的打击。正是在遭受意外的伤害之后，原本无论如何都拒绝饮酒的安德烈不仅开始向母亲娜塔莎主动要酒喝，而且最终成为一个不可救药的酒鬼。以至于出现在姜友好眼中的安德烈与此前判若两人：“姜友好一抬眼，看到眼前站了个陌生人：又高，又臃肿，皮肤粗糙，眼睛浑浊，满脸的粉刺，红肿着，浓浓的、不洁的络腮胡须，满身的酒气。”面对着日益堕落，变成酒鬼的安德烈，娜塔莎和姜友好倍感无能为力：“她们站在拥挤狭窄的楼道里，对望着，没有谁来救她们。门里，是那个绝望和无辜的、正在放弃自己的孩子，她们束手无策。”让我们认真地想一想，遭此劫难的安德烈究竟何罪之有？难道仅仅因为他的混血身份就必须遭遇这样的伤害吗？从这个角度来看，安德烈就毫无疑问是在以最后的失踪向这个不尽合理的社会发出了强有力的批判。

其实，在那个特别的年代，同样遭受不应有的劫难的，绝不仅仅是身为混血儿的安德烈。安德烈之外还有娜塔莎、姜友好，以及杜若本人。安同志原本答应一定会死在娜塔莎的后面，要好好地照顾她，没想到自己却先行一步告别尘世。从此，娜塔莎在这座北方城市便举目无亲。幸亏有了姜友好和杜若，娜塔莎才获得了友情的慰藉。但随着杜若的被迫远离以及姜友好被调回北京，娜塔莎在这座城中终于再也没有朋友。如同安德烈一样染上酒瘾的娜塔莎，年仅四十二岁就不幸因病弃世，徒剩下“古老的双塔，悲悯地俯瞰着罪孽的城市”。杜若在那个时候被看作是“思想意识不健康”的青年，原本发誓和娜塔莎、姜友好她们三位“丽人”永不分开，没想到仅仅只是因为女友夏莲的父亲威胁要告密就被迫放弃了自己曾经的诺言：“杜若心里，也在告别。”“和还没来得及抄录的菜谱，和那些菜式后面的故事，和互为知音的那种默契与欢喜，和期待的采蘑菇、野游，和一诺千金的承诺，和不畏惧人言，和不掺杂任何杂质的友谊、情谊，和对被欺凌者的悲悯，和坦荡、骄傲、崇尚自由、特立独行的那个自己，一一告别。”正是在这个过程中，杜若不无敏感地发现了内心那些不可告人的症结：“怯弱、自私、猥琐、不敢担当、人云亦云。”出身于曾经的高干家庭的姜友好，虽然有着一种“有恃无恐”的特立独行品格，到最后却还是“胳膊拗不过大腿”地被迫屈从于时代的畸形要求，为了不影响夫君的政治前程而主动提出离婚。虽然一度强作欢颜，但最后，深夜里她还是哭倒在了娜塔莎的臂弯里：“怎么办啊娜塔莎，我舍不得他……”

就这样，蒋韵中篇小说《我们的娜塔莎》中出场的每一个主要人物，几乎都在那个乱世里处于精神上伤痕累累的状态之中。将所有的苦难因素积累在一起，蒋韵借助于自己的书写所最终发出的是对历史和精神的双重思考和追问。

熟悉中国艺术史的朋友都知道，画家齐白石曾经接受作家老舍的建议，画出过一幅题名为“蛙声十里出山泉”的名作。作品构思的精妙之处在于，虽然画面上并没有出现过青蛙的形影，却格外成功地传达出了如闻蛙声之感。只见在四尺长的立轴上，画家只是在远山的映衬下用简约的笔墨涂抹出一道急流，急流中，六只小蝌蚪摇曳着尾巴顺流而下。正所谓象外有意，既然有小蝌蚪，那一定会有青蛙妈妈存在。不仅如此，眼看着稚嫩的小蝌蚪消失在自己的视野之外，一时心急如焚的青蛙妈妈也一定会鸣叫出声。这样一来，齐白石便巧妙地实现了一种视觉向听觉的转换，以形象可见的视觉形象“画”出了无法用画面传达的蛙声。某种程度上，作家刘建东的短篇小说《无法完成的画像》（载《十月》杂志2021年单月号第6期）就是一篇拥有与齐白石相同艺术旨趣的优秀作品。

既然小说被命名为“无法完成的画像”，那画像也就顺理成章地成为了文本中的核心事物。作品采用了第一人称的限制性叙述方式。故事发生的时候，叙述者“我”作为学徒，正追随着自己的师父——炭精画画师杨宝丰为他人作画：“三年前，他来到城里，在南关开了个画像馆，专门给人画像，给活着的人画，也为故去的人画。”师父恪守的一个传统是：只要是为死者画像，就一定得到死者的家里去画。这一天，他们师徒俩就应小卿舅妈的邀请，专门来到那一年即1944年时年仅十岁的小卿家，为小卿的母亲画像。小卿的舅妈之所以要这么做，是因为小卿的母亲已经失踪三年而不知下落。既如此，身为至亲的他们便认定小卿的母亲大约已经不在人世。因是之故，他们就把师父杨宝丰专门请到家里来为小卿母亲画一幅遗像以留作纪念。问题在于，要想画像就必须有照片，就在“我”和师父到来前不久，年仅十岁的小卿刚刚自作主张地把母亲的所有照片付之一炬。正如同后来的相关描写中所透露出的，小卿之所以会有这种极端之举，是因为她内心无论如何都不愿意相信母亲已经死亡。好在小卿舅妈从家里千方百计地找到了一张家庭合影，才化解了这一场“巧妇难为无米之炊”的危机。这一次开端艰难的画像，其具体进程更是称得上一波三折、异象丛生。先是心有不甘的小卿仍然在以不合作的态度扭筋作怪。这样自然也就有了第一张画像仅剩一只眼睛未画的情况下不知所终。真正令人难以理解的却是师父杨宝丰的一系列异样之举。先是第一次看到合影时的异常表现：“师父掐灭香烟，盯着照片，似是认真辨认照片中的人，半天没有说话。”接着是打破顺序后的从鼻子画起。依照老规矩，因为认定眼睛是一幅肖像画的灵魂，所以师父的画像都会从眼睛画起。但这一次，他却破天荒地从鼻子开始画起。而且原来差不多只需要一天时间就可以完成的画像，师父第一次用了“四天三夜”，第二次用的时间不仅更长而且还累到了精疲力竭的程度：“除了要修整一下细微处的头发，连最后的那只眼睛都已经画好了。那一刻，在傍晚来临之前到达，师父四肢摊开，瘫坐在椅子上，面色苍白，汗湿衣袖，头发打着绺垂在额头上。”尤其令人不可思议的一点是，画像好不容易完成后，他竟然在暗中毁掉了凝结自己数日心血的画像：“前边那人终于有了动静，他打着了火，他在烧什么东西。他点了几次，才点着，我立即闻到了燃烧的味道。燃烧的面积越来越大，被火映照的地方也扩展得越来越大，我的视线顺着火光向上移动，一屁股坐到了地上。那个人竟是师父。”就这样，在先后两次的画像都因为小卿和师父两人的作梗而或失踪或烧毁的情况下，小卿母亲的这一幅画像终究还是无法完成。小说的标题很显然来源于此。

然而，小卿母亲的画像两次未完成所构成的只是刘建东小说的谜面，作品的意义和价值尚需要揭晓谜底。等到谜底揭晓的时候，时间已经行进到了1951年。请一定不要轻易忽略文本中明确交代的时间，如果舍却了时间因素，小说的意义和价值将会大打折扣。这一天，阔别已久的小卿突然出现在了“我”的画店里。正是从意外现身的小卿这里，“我”才得以了解到事情的真相。原来，小卿母亲的真实身份是一个从事革命多年的烈士。这时，我们方才明白师父此前画像时的失常行为，以及在小卿舅妈讲述中小卿母亲的一系列不正常行为。先是真实身份同样是革命者的原名为宋咸得的师父。原来，师父之所以在给小卿母亲画像时会表现得那样失常，因为他不仅从小卿舅妈提供的合影中辨认出了自己的战友，而且已经知道战友为革命献出了生命。然后是小卿舅妈的讲述："这兵荒马乱的世道，您说一个年轻女子，不好好在家，找个安分守己的男人，守着自己那个小家，好好过活。天天在外面疯跑，尽和一些陌生的人打交道。谁知道她找的那个男人是谁，是干啥的，是好人还是坏人。她都自己决定了，也不让我们参考一下意见。甚至都不让我们见上一面。"如此一种不正常的情形，只有联系小卿母亲的革命者身份才能够得到合理的解释。

正所谓"不着一字，尽得风流"，整个小说文本虽然没有用任何字眼描写小卿母亲和师父杨宝丰（宋咸得）的实际革命行动，但通过先后两次未遂的画像过程，作家刘建东已经特别巧妙地把这一切进行了成功的艺术塑形。很大程度上，正因为刘建东的如此一种奇思妙想，既能够让我们联想到齐白石的名作《蛙声十里出山泉》，更能够让我们联想到海明威声名震赫的"冰山理论"，所以《无法完成的画像》应该被看作是难得一见的优秀短篇小说文本。

如果深圳是一个典型的移民城市，那么从湖北武汉迁徙到深圳的邓一光就毫无疑问是一位移民作家。然而，由于在深圳生活了不少年头的缘故，邓一光不仅早已如鱼得水地融入到了深圳的生活之中，而且从早些年开始就以小说的形式书写、表现着深圳的生活。我们这里所关注的短篇小说《第一爆》（载《收获》杂志2021年第2期）即是一篇典型的书写深圳“前世今生”的优秀作品。

就像那首著名的歌曲里所咏唱的那样：“1979年，那是一个春天/有一位老人在中国的南海边画了一个圈/神话般地崛起座座城/奇迹般聚起座座金山……”很大程度上，因为“那个圈”，1979年被认为是深圳建城史的开端。既如此，邓一光要想在短篇小说《第一爆》中书写深圳的“前世今生”，其起始的时间点，或者说故事的主体时间，只能是1979年。在小说中率先登场的就是深圳最早的建设者：“我说的是1979年，蛇口工业区建设刚刚拉开序幕，我们队头一批开进蛇口，任务是挖掉五湾和六湾之间的虎崖山，在海边建两座港口。”因为地势过于狭窄，堆不下重型机械，仅仅依靠人工，第一期多达六百万方土石的工程量根本无法如期完成。因此，上级机关才制订出了后来被称为“第一爆”的工作方案：“局里一看不是办法，决定采取集群爆破，在山上掏几十个竖井，井里填上炸药，直接把虎崖山炸掉，有个豪气冲天的说法，叫移山填海。”作为小说标题的“第一爆”很显然来源于此。但即使是要掏这几十个竖井也不是很容易的事情。身为队里车队副队长的胡莲生，即第一人称叙述者“我”口中的那位老胡，就是在这个过程中涌现出来的一位先进工作者。“老胡本名胡莲生，大我和邹不三几岁，一米八个头，有个让人羡慕的大喉结，是那种特别有爱心，想把所有人的事情都给包圆了的热心快肠人。”面对着巨大的工程量，为了解决工程进度问题，“有人建议实行超产奖励”。很大程度上正是这一“超产奖励”政策的实施从根本上激发了劳动生产力：“大伙儿的干劲儿一下子提起来，工程进展神速，头一个月下来，进度超了几倍，数老胡那组最猛，最多一天拉了一百三十一车，奖励四块一毛四分，当月拿了一百零六块八毛奖金，成了大新闻。”要知道，在1979年的时候，敢于在劳动过程中引入竞争奖励机制尚属于极有勇气的改革之举。大约也正因为如此，这一“超产奖励”举措才被人“告”了。但也正因为被人“告”了，老胡才引起了省里大人物的重视，并被许诺调到更重要的大战场去：“省里大人物走后，老胡被叫到局里去谈了一次话，很快大伙儿就知道怎么回事了。中央刚开完会，下达了五十号文件，不光在蛇口拼刺刀，还要把战场扩大，在深圳、珠海和汕头试办出口特区，老胡被大人物看上了，要调去特区的大战场。”

关键的问题是，这位老胡刚刚被大人物看上，他的现实表现就一落千丈了：“让人意外的是，拉走虎崖山第一车土、创下最高土石方采拉纪录、在大人物面前拍着胸脯提出挂灯夜战的老胡，那些天却表现蹊跷，他的组效率一落千丈，从排头落到队尾。”之所以会出现如此一种反常的情况，与老胡的生活中突然闯进了一个名叫盘妹乃的瑶族妹子紧密相关。在展开盘妹乃的分析之前，我们首先应该对老胡行伍时期的一桩情事有所了解。在军队服役期间，家里曾经给老胡定过一门亲事，对象是乡小学里的一位代课老师。虽然老胡一门心思地早就做好了结婚的准备，但“谁知老胡提干命令刚下达，对象就跟一位乡中学的老师跑了”。面对这样一个意外事件，一直处于“剃头挑子一头热”状态的，简直如同铁打汉子一般的老胡，因一时气急竟然得了一场大病，以至于满嘴都起了干痂。即使如此，等到别人一味地怂恿他可以状告那个乡中学老师破坏军婚罪的时候，他的态度依然是一种难能可贵的严词拒绝："这事做不得，好歹一门亲事，别毁了一个，再把那两个也毁了。"从根本上说，在讲述盘妹乃的故事之前，邓一光之所以要插入这样一个细节，不仅借此证明老胡的确是"那种特别有爱心，想把所有人的事情都给包圆了的热心快肠人"，而且要对他在盘妹乃事件中的表现做一种叙事的必要铺垫。

原来，这位瑶族妹子盘妹乃是发生于1979年的一场大规模抢关偷渡事件的积极参与者。这一年的5月6日，在深圳的宝安一带曾经发生过一场十万人参与的抢关偷渡事件。由于很多偷渡者被淹死在海里，用蔡工的话说，"那几天海湾里密密麻麻漂的全是死尸"。那次偷渡事件的参与者中就有瑶寨里的盘妹乃和他的弟弟。他们之所以不惜冒着生命危险也要偷渡，主要因为早在自然灾害的那一年，在宝安边境地区就曾经有数十万人跑了出去。这些跑出去的人第二年就往家里寄了粮食。因此，包括盘妹乃姐弟在内的那些普通民众的冒死偷渡肯定与他们艰难的生存境况脱不开干系。没想到的是，由于吃不饱饭，过度饥饿的缘故，仅仅下海游了半个小时，盘妹乃姐弟就都游不动了。结果弟弟不知所终，"盘妹乃灌了一肚子海水，被潮水冲回蛇口，人没苏醒就被民兵抓住，和成千上万偷渡者一起关进收容所"。在被遣送的路上侥幸逃跑后的盘妹乃，即使已经"被抓住两次，逃了两次"，但仍然坚持要寻找弟弟，哪怕是找到他的尸骨，因为"盘妹乃说，最后时刻，弟弟解下拴在胳膊上的绳索，给她留了条生路，她得回来找到他，带他回家"。关键的问题是，一贯古道热肠的老胡虽然和盘妹乃只是萍水相逢，但在了解到事情的真相之后，他还是不管不顾地伸出了援手："我给她弄了点吃的，然后帮她去海边找弟弟，断断续续二十天，该找的地方都找了，就剩往滩涂下挖了。今天早上我本来说服了她，带她出了警戒线（这里的所谓“警戒线”就是因为要搞“第一爆”的缘故），可她突然往回冲，说山要崩下来弟弟会被埋进去，那就再也找不到人了。我把她死死抱住，不让她进入警戒线，她狠狠咬了我……”

故事并没有到此结束，因为毅然出手援助萍水相逢的盘妹乃的缘故，原本已经准备被提拔重用的老胡，命运就此而彻底改变：“听队长说，老胡不是去特区报到，是去边防部门接受调查。我哭丧着脸问队长，老胡会怎么样？队长有点后悔，说昨天就不该去捉人，胡莲生和那个女的挖泥的地方昨天也没炸着，可警一报，人一捉，女方身份也查清了，偷渡累犯，肯定会判，老胡牵涉到这种事情里，特区的工作肯定泡汤了，背不背处分得看局里的态度。”老胡以及盘妹乃的结局到底如何，叙述者“我”没有做进一步的交代，小说的主体故事到这里已经宣告结束了。

然而，主体故事的结束并不意味着小说的终结。从一种完满表达思想主题的角度来说，接下来回到当下时代的叙事，也还是很有必要的。“说起来，事情已经过去了四十二年，如今我已经办了退休，从蛇口招商集团地产总部副总工程师位置上退下来。”关键之处在于，原本对深圳的建设一直处于懵懂状态的“我”，只有时过境迁方才真正认识到了自己当年所从事工作的意义所在：“现在我知道蛇口工业区的意义了，它的确是一项了不起的工程，它让整个世界不一样了，它改变了很多人的命运，而我年轻时为它奉献了青春，我的命运也改变了，这一切都是我努力创造得来的。”尤其不容忽视的一点是，那位曾经因为受到瑶族妹子盘妹乃的牵连而被迫改变了命运的老胡，虽然已经快七十了，但一直都没有成家，只是以一种“收养多位孩子”的方式“有了自己的家庭”。尽管老胡不愿意和“我”见面，但“我”总是忘不了自己当年的这位老大哥。这样才有了结尾处“我”专门在电话里唱给老胡听的两句早已脍炙人口的歌词：“大哥大哥你好吗？多年以后是不是有了一个你不想离开的家……”究其根本，这位第一人称叙述者“我”无论如何都难以忘怀的，其实是老胡大哥与盘妹乃紧密联系在一起的不幸遭遇，或者说，是一种既往历史的“精神隐痛”。事实上，在盘妹乃他们姐弟俩的拼死偷渡与“我”们这些建设者当年的蛇口建设之间还是存在着内在因果关联的。很大程度上，也正是为了能够不再让盘妹乃他们继续萌发偷渡之心，包括蛇口在内的深圳建设才是必须的。无论如何，对邓一光的《第一爆》这一短篇小说来说，只有以如此一种方式积极有效地写出深圳“前世今生”中潜藏着的历史“精神隐痛”来，方才算得上取得了思想艺术的成功。

第七章　从金克木的透视到工业题材的开拓

眼睁睁地看着2021年行将远去，又到了回顾、盘点一年文学“收成”的时候，我的内心里倍加感慨。这一年，新冠疫情依然像2020年一样横行肆虐，中国人如同整个人类一样沉浸在一种前所未有的苦难体验之中。虽然说由于体制的不同，我们似乎更能感受到其他国度不可能具备的恩惠，但沉潜于内心里的悲苦却是共同的。在这样的一种情况下，回顾2021年的中国文学，端的是别有一番滋味在心头。在我个人有限的阅读视野里，即将成为过去的这一年，在长篇小说方面值得注意的作品主要有林白的《北流》、余华的《文城》、阎连科的《中原》、罗伟章的《谁在敲门》、东西的《回响》、鲁敏的《金色河流》等，中篇小说方面，主要有宁肯的《黑梦》、尹学芸的《鬼指根》、孙频的《天物墟》、葛亮的《瓦猫》等，短篇小说方面，主要有钟求是的《地上的天空》、刘建东的《无法完成的画像》、邓一光的《第一爆》、南翔的《伯爵猫》等，非虚构文学方面，则有蒋韵的《北方厨房》、陈福民的《北纬四十度》、韩少功的《人生忽然》等。虽然说这些作品在思想艺术上各有千秋，但对于历史和现实，以及人性的深入挖掘与表现，却有着共同的特点。这里且就几部令我印象格外深刻的长篇小说略说一二。比如，林白的《北流》中一个特别重要的方面，就是对北流方言、粤语方言的使用，从语源学的角度来说，我们的现代汉语大概来自于四个路径：第一，可能是从古汉语来的，它需要从前人那里借鉴一些东西，并完成创造性的转化。第二，我们的现代汉语来源跟文学的翻译有关系，可以说是构成我们语源学的一个重要方面。第三，语源学上需要特别强调的一点是来自于民间的广大百姓的方言。文学是语言的艺术，从语言运用的角度来说，方言的写作是一个非常重要的方面。它不只是野生的，鲜活的，很大程度上，只有借助方言才能完整呈现林白的世界观，呈现她对整个世界，整个人类生活的理解和认识。第四，就是文体的创造，文体的丰富性与多样性。注、疏、笺、异辞、《李跃豆词典》、《西域语大词典》、诗歌……但是这些丰富的文体，比如注和疏、笺、异辞，从表面上看好像来自于传统，当然跟我们的本土传统有关，但严格说来又不仅仅是传统的，当林白把这些征用到《北流》整部长篇小说中时，其实带有一种现代性的气质。所以，这种文体的丰富多样既是传统的、本土的，同时又是现代的、开放的，是指向未来的。再比如，阎连科的《中原》中的语言特质，同样再突出不过地表现在对方言的创造性运用上：“由于语言学教授考察研究的细节出自于《中原》这样的小说作品中，如果着眼于文学文体的自身特征，我甚至还愿意把文本中的那些方言干脆也理解为作家阎连科的一种虚构行为。之所以这么说，一个关键的原因是，在当下这样一个现代化趋势显然已经呈不可逆状态的情况下，纯粹的或者说真正意义上的方言很可能早已荡然无存，即使侥幸存在，恐怕也只能是一鳞片甲，零碎不堪。因此，阎连科所能做到的，就是在那些残缺方言的基础上，经过一个并非不必要的虚构加工过程后，给我们营造出如同长篇小说《中原》这样一种方言景观。如果说我的判断大致不差，《中原》中的那些方言景观的确带有一定程度的虚构色彩的话，那么，阎连科通过这样的一种方式所试图达到的叙事意图，就很显然带有不容忽视的文化对抗的意味。作家试图以如此一种方式对抗的，正是隐藏于‘官话普通话’之后的某种大一统意志。”尽管无法一一尽述，但通过以上的分析，我们也可以管中窥豹地对2021年中国文学的某一侧面有真切的了解与洞察。

我们这一次的具体考察要从青年批评家黄德海的一部长篇非虚构文学谈起。黄德海《读书·读人·读物》（载《江南》2021年第5期）这部长篇非虚构文学作品的标题，很显然来自于金克木发表于《读书》杂志1984年第4期上的一篇同名文章。这篇文章黄德海的评价是：“自陈少、懒、忘的读书经验，由此而推至读人、读物，思路跳荡，见解通透。”在这篇肯定并非随意写来的文章中，金克木立足于自己的人生经验，对读书一事做了相当精彩的阐释与解说：“我读书经验只有三个字：少、懒、忘。……读得少，忘得快，不耐烦用苦功，怕苦，总想读书自得其乐；真是不可救药。现在比以前还多了一点，却不能用一个字概括。这就是读书中无字的地方比有字的地方还多些。”“我读过的书远没有我听过的话多，因此我以为我的一点知识还是从听人说话来得多。其实读书也可以说是听古人、外国人、见不到面或见面而听不到他讲课的人的话。反过来，听话也可以说是一种读书。也许这可以叫‘读人’。”“我听过的话还没有我见过的东西多。我从那些东西也学了不少。可以说那也是书吧，也许这可以叫作‘读物’。物比人、比书都难读，它不会说话；不过它很可靠，假古董也是真东西。……物是书，符号也是书，人也是书，有字的和无字的也都是书，读书真是不易啊！”首先，如此一种特别的读书经验，恐怕只能够独属于金克木自己。不仅仅是通常意义上的“读书”，连同“读人”和“读物”在内，都被金克木看作是读书的题中应有之义，是读书三种不同的境界或者状态。与此同时，金克木还明确提出了“无字之书”的说法。有文字的地方，当然是书，这个很好理解。但如果能够从另外那些没有文字的地方读出更加丰富的思想内涵来，恐怕就是读书的别一种高远境界了。如此一个过程的完成，所充分依仗的只能是阅读主体某种非同寻常的思维与联想能力。其实，依照我的理解，当黄德海把金克木这篇文章的标题征用为这部金克木编年录的标题的时候，很显然也还包含有与金克木自己的理解有所不同的内涵。这就是，倘若联系整体意义上这部金克木编年录，如果我们从根本上还原“书”、“人”和“物”的本义，那么，所谓的“读书”还是读书，是金克木作为一位知识分子的一种本质属性。而“读人”则变成了金克木在其漫长的人生历程中与各色人等打交道的全部经历。至于“读物”，假如我们可以把“物”置换为人和物共同构成的“世界”，所谓的“读物”就可以被理解为金克木对自己置身于其间的社会与世界的理解与认识。从这个角度来看前面曾经提及过的“有字之书”与“无字之书”，如果我们把“有字之书”理解为各种书籍的话，那么“读人”（理解认识各色人等）与“读物”（理解认识社会与世界）也就完全可以被看作是对所谓“无字之书”的一种阅读过程。很大程度上，只有以上“书”“人”“物”三个方面全都被包含在内，金克木的人生方才称得上完整。

阅读《读书·读人·读物》，有一个细节非常耐人寻味。那就是，不止一个到访者注意到，晚年金克木在北大朗润园居所偌大的书房里，竟然空荡荡地很难找到书的踪影。比如，钱文忠的回忆：“我第一次见金先生，是在大学一年级的第二学期，奉一位同学转达的金先生命我前去的口谕，到朗润湖畔的十三公寓进谒的。当时，我不知天高地厚，居然在东语系的一个杂志上写了一篇洋洋洒洒近万言的论印度六派哲学的文章。不知怎么，金先生居然看到了。去了以后，在没有一本书的客厅应该也兼书房的房间里（这在北大是颇为奇怪的）甫一落座，还没容我以后辈学生之礼请安问好，金先生就对着我这个初次见面还不到二十岁的学生，就我的烂文章，滔滔不绝地一个人讲了两个多小时。”一个是德高望重学富五车的前辈先生，一个是初出茅庐刚刚入学不久的青年学子，前者竟然不管不顾地给后者滔滔不绝地主动讲授两个多小时，一方面，固然说明着金克木早已渗入骨髓的平等意识，另一方面，却也说明着钱文忠的孺子可教。如果不是早已凭文章认定钱文忠是一位可造之才，狂狷如金克木者，又怎么可能面对他一个人而滔滔不绝两个多小时呢？同样引人注目的一点，就是那个“没有一本书的客厅应该也兼书房”。比如，李庆西的回忆：“扬之水丽雅带我去见金克木先生，骑着自行车，从东城骑到海淀。金先生住北大朗润园，家里房子好大，却空空荡荡，连个书架都没有（一点不像大学者的居室）。当时就奇怪，没好意思问。”李庆西之所以能够对金克木那空空荡荡的大书房留下深刻印象，很显然是因为如此一种情形太出乎他的预想。之所以没有书架，关键在于无书可放。一位如金克木这样鼎鼎大名的前辈学者，他的书房又怎么可能空空荡荡呢？正因为有钱文忠和李庆西他们两位的回忆互为参证，所以，晚年金克木的朗润园居所里几乎难觅书的踪影，应该就是确凿无疑的事实。无论如何，金克木书房的如此一种情形总会让我们大跌眼镜，甚至会让我们感到有那么一点点无所适从。一个关键的问题是，难道我们真的可以由金克木书房的空荡荡情形而进一步确证他自己在《读书·读人·读物》那篇文章中强调读书经验时的所谓“少、懒、忘”吗？答案自然是否定的。晚年金克木的书房里之所以总是空空荡荡，主要因为从某种角度说，到这个时候的他，书早已读完了（请注意，金克木发表在《读书》杂志上的一篇文章，干脆就被他自己径直命名为《“书读完了”》。一方面，书无论如何都不可能读完，但在另一方面，倘若按照金克木的理解，书又是可以“读完”的。这里的关键在于对书的某种理解与界定：“只就书籍而言，总有些书是绝大部分书的基础，离了这些书，其他书就无所依附，因为书籍和文化一样总是累积起来的。因此，我想，有些不依附其他而为其他所依附的书应当是少不了的必读书或则说必备的知识基础。”既然存在着“不依附”其他的必读书，那么，阅读者一旦把这些无论如何都不可能被忽视的必读书读完，也就在某种程度上可以说“书读完了”）。当然，书在理论上可以被“读完”，与金克木晚年书房里的空空荡荡，并不能简单地画等号。我们不能简单地因为金克木晚年书房的空荡程度而否定他事实上的学富五车。只要我们认真回顾一下金克木的曲折人生历程，就不难发现，某种程度上，对金克木来说，他的书或许早在1912年至1945年的所谓“学习时代”期间就已经全部“读完”了。

一方面，由于金克木出生于一个拥有读书传统的官宦人家，另一方面，却也与中国社会长期以来形成的“万般皆下品，唯有读书高”的潜在观念影响有关，金克木小小年纪就开始了他那至今看起来都特别令人惊艳、咂舌的读书生涯。金克木最早的启蒙老师是他的大嫂：“严格说，正式教我说话的第一位老师是我的大嫂。我不满三足岁，她给我‘发蒙’，教我认字，念书，实际上是教我说话。”从四岁开始，他就以背诵《三字经》的方式开始认字了：“我探索人生道路的有意识的学习从三岁开始。学说话的老师是从母亲到大嫂，学读书的老师是从大嫂到三哥。读书也是说话，当大嫂教我第一个字‘人’和第一句话‘人之初’时，我学习了读书，也学习了说话。”但仅有大嫂是不够的，“在他念了一段书以后，上新学堂的三哥认为这样死背书不行，买了一盒‘字块’给他。一张张方块纸，正面是字，背面是画。有些字他认得，有些字认不得，三哥便抽空教他。他很快念完了一包，三哥又给他买一包来”。就这样，时间不长，到了五岁的时候，金克木就已经念完了《三字经》和一大盒“字块”，只是还“不会写字，不会讲”。到了下一个年头，金克木的学习视野就进一步扩大了。先是“三哥奉大哥之命教读书，因《百家姓》《千字文》《千家诗》《龙文鞭影》不适合作儿童读物，教读商务版《国文教科书》”。金克木六岁的时候是1917年，在那个时候的内陆中国，他能够接触到商务版的《国文教科书》应该说是非常了不得的一件事情。这一套《国文教科书》“可能是戊戌变法后商务印书馆编的第一套新式教科书，书名题字下是

‘海盐张元济题’。书中文体当然是文言，还很深，进度也快，可是每课不长，还有插图”。我们都知道，如果着眼于教育理念和教育制度，金克木的幼年时期，恰好是中国由传统的私塾教育向源自于西方的现代教育转型的初始时期。更多地取决于三哥的开明，少小年纪的金克木能够得以开风气之先地直接接触到这一套商务印书馆的新式教科书，真正称得上是三生有幸。一个人精神底色的形成，很大程度上，与他幼年时所接受的家庭教育紧密相关。金克木学贯中西的最早被赋形，恐怕就是他六岁时对商务版《国文教科书》的学习。能够与三哥的教育理念相媲美的，还有在那时身为一家之主的大哥。那是在金克木七岁的时候：“大哥临行，嘱咐读书及相关事宜。‘趁记性好，把《四书》念完就念《五经》，先不必讲，背会了再说，长大了，记性一差，再背就来不及了。……到十岁再念诗词歌赋、古文，开讲也可以早些。《诗》《书》《易》《礼》《春秋左传》，只要背，先不讲，讲也不懂。这些书烂熟在肚子里，一辈子都有用。’”“十岁以后念点古文、唐诗、《纲鉴》。现在世道变了，没有旧学不行，单靠旧学也不行。十岁前后，旧学要接着学，还要从头学新学。”“头一条是要把书念好，然后才能跟你三哥同大嫂学那些‘杂学’。那是不能当饭吃的。”无论如何都不能被忽视的一点是，也正是在他七岁的时候，通过三哥，金克木最早开始接触学习英文：“跟三哥学英文，有所感：‘我读了几本古书以后就学英文，由哥哥照他学习时的老方法教。’”由于在这个过程中不得不接触英文语法，金克木竟然产生了这样一种奇怪的感觉，由英文的学习联想到了中西冲突问题：“英国人的脑袋这么不通，怎么能把中国人打得上吐下泻？什么地方出了毛病？”到了下一年，等到金克木八岁的时候，他的阅读视野得到了进一步的扩大。先是各种“闲书”被发现：“助大嫂理书，见《天雨花》、《笔生花》、《玉钏缘》、《再生缘》、《义妖传》（《白蛇传》）等，并见《六也曲谱》及棋谱《桃花泉弈谱》《弈理指归图》等。大嫂有言：‘念书人不光是要读圣贤书，还要学一点琴棋书画。……圣贤书要照着学，这些书不要照着学；学不得，学了就变坏了。不知道又不行。好比世上有好人，有坏人，要学做好人，又要知道坏人。不知道就不会防备。’”与这一批“闲书”被发现紧密相关的一点是，到了他十到十四岁期间，金克木曾经以速读的方式大量阅读各种古典小说：“家长另有一个小小的藏书箱子，里面全是小说，大半是石印的小字本（叫“刀头本子”），也有大本子，也有木版印的，什么都有，有全有不全。《三国》《水浒》《西游》等这时才看到。他那时大半能看懂，可是傍晚偷偷去看，眼睛吃了大亏。”具体来说，金克木的快速看书“这一习惯是由于偷偷看书怕被发现而来的。尽管是正经书，也不许私自动，所以非赶快翻看不行”。与这一批“闲书”的被发现差不多同时，对金克木的精神成长更为关键的一点是他在家中对一批西方典籍不其然间的发现：“在另一箱里，叫《富强斋丛书》，里面开头就讲电学。其中有个书名很奇怪，叫《汽机必以》（就是现在的“手册”）。这是‘格致书院’出版的。还有一套字同样小得不得了的大部书是《皇清经解》。有一箱子里有一些洋纸大字两面印的新书，都印着‘作新社藏版’，是在日本横滨印的。还有一批《新民丛报》（梁启超编），一套《不忍杂志》（康有为编）又有梁启超的大部书《饮冰室文集》。还夹着小本石印书，是《劝告国民爱国说》《劝告妇女放足说》，都是白话的。有一本铅印线装书，长长的，封面上三个大字：天演论，下署‘侯官严复’……忽然在夹缝中找出一本不大不小的铅印书，题为《巴黎茶花女遗事》，署名‘冷红生译述’。他翻看了一下，觉得文章很好，可是不懂讲的是什么事，茶花女为什么要死。这同他看《天演论》一开头说，‘赫胥黎独坐一室之中……’一样，只觉得有趣，却不知说的什么。更不知道他已经接触到了当时两大译家：严复、林纾。他觉得这些洋人跟中国人很不一样。”以上林林总总，黄德海为我们所形象展示出的正是金克木十岁前的基本阅读情况。看一看金克木，想一想我们自己在十岁前的所谓“阅读学习”情形，端的是好不愧杀人也。说实在话，我们在同一个年龄段的阅读学习，较之于二十世纪初叶的金克木，只能够勉强说是九牛一毛。其他且不说，单只是认真端详了解一下金克木少年时期的读书状况，我们就可以搞明白，一代杰出的知识分子金克木到底是怎样炼成的。

老藤的《北地》（人民文学出版社2021年7月版）毫无疑问是一部拥有极丰富社会学内涵的长篇小说。又或者，一种更精确的表达是，老藤的《北地》就是一部以长篇小说的形式巧妙完成的形象化的社会学调查报告。在这部形象化的社会学调查报告中，作家对数十年来北地（当然也是中国）发展演进过程中面临的诸多重要社会学命题，展开了深入细致的思考与辨析（虽然未必能够提供合理的答案）。

比如，曾经在多个章节都有所涉及的关于社会发展与生态环境保护的矛盾问题。最早涉及这个问题的，是刚刚开篇不久的第三章“红花尔基”。在红花尔基，常克勋一个突出的政绩就是保护了当地的珍贵树种樟子松：“你们看到红花尔基山上有许多樟子松了吗？那可是原始森林。樟子松寿命可达两百多年，那些树都是老树、古树，珍贵难得。这些樟子松能保住，完全是常克勋的功劳。”为什么要这么说呢？原来，当时正赶上大炼钢铁的热潮，红花尔基有人打起了用樟子松来做燃料的主意。“好在上级派来了常克勋，这个军人出身的场长不信邪、有韬略，他通过部队弄了些煤炭炼钢，保住了红花尔基的大片樟子松，凭保护樟子松这份功劳，足以遮盖他生活中的各种瑕疵。”除此之外，常克勋祭出的更为重要的一个手段，就是巧妙转移农场职工的劳动力：“他做了一个谁也不敢反驳的决定，学习北京大修十三陵水库，在红花尔基修一座七星泡水库。”既然“大家都来修水库，就没有余力上山伐木炼钢铁，上级来检查，对修水库的理由也不敢否定，就这样错过了伐木炼钢的狂热期”。大炼钢铁的狂热期一过，红花尔基那些珍贵的樟子松自然也就得以保护下来。但正所谓“成也萧何，败也萧何”，常克勋自己也难以预料到，修建七星泡水库，在有效保护樟子松的同时，却也给红花尔基造成了新的生态灾难：“不过，七星泡水库是蓝甸的噩梦，就像女人完整的裙子被裁去了一截，总之红花尔基有得也有失。”具体来说，因七星泡水库的修建所导致的蓝甸之失，就是彻底失去了蓝甸黑鱼。七星泡水库最大的泡子叫黑鱼泡，泡子里生长着一种蛇纹黑鱼。这种黑鱼，炖出的鱼肉像豆腐一样嫩，熬成的鱼汤像乳汁一样白，有着效果明显的滋补价值。但由于七星泡水库的修建，黑鱼泡消失，滋补价值突出的黑鱼也随之而彻底销声匿迹。这样一来，常克勋在成功保护樟子松的同时，却也无意间毁灭了黑鱼这样一个珍贵鱼种。功也罪也，是耶非耶，一时难以给出一种公允的评说。关键问题在于，50年代大炼钢铁时期的中国，根本就不知道什么叫作生态保护，就连基本的生态意识都没有形成。但这却并没影响到常克勋对生态问题的无意识触碰。

明确地凸显现代生态意识的是第二十章“伊林密”。这一章所集中关注的是鹿鸣春钼矿的建设问题。围绕鹿鸣春钼矿的建设，时任地委书记的常克勋和刚刚被提拔为专员的毕克功意见明显相左：“鹿鸣春钼矿如果建成，将是北地最大的钼矿，效益相当可观，而且能为当地安排三千人就业。常克勋看重该项目的原因正在此处，就业乃民生之本，三千人稳定就业，对于白河地区百姓来说无疑是一大福音。”“当时在会议上，首先对这个项目提出质疑的是毕克功，他明确反对上这个项目，理由有三：一是尾矿药物容易污染伊林密河，二是露天开采劈山毁林，破坏生态，三是地方配套基础设施投入太大，白河财政不堪重负。”按照当事人老何的说法，毕克功的理念相当超前，因为国家环保总局一直要等到1998年才正式成立。在当时，常克勋之所以一定要力主钼矿项目上马，除了发展经济的考虑，更是因为必须同时解决三千知青的就业问题：“县城根本无法消化这些知青，数量众多的大男大女无业可就，成为社会治安的一大隐患。这个问题如何解决？钼矿恰好能缓解这个矛盾。常书记和建矿方达成一个很重要的协议就是，用工一律在白河招录，而且招录要优先录用那些尚未安置的回城知青。”时值经济发展乃是硬道理的80年代初期，尽管毕克功明确反对，但由于有常克勋的坚持，带有很大隐患的鹿鸣春钼矿最终还是决定上马。但正所谓怕什么偏来什么，过了若干年后，鹿鸣春果然发生了一次严重的尾矿砂泄漏事故，约有二百万立方米伴有尾矿砂的污水进入了伊林密河，整条河被严重污染："这次尾矿泄漏，整条伊林密河变成了一条死河，死河是极其恐怖的，矿砂所到之处，连芦苇都不能存活。"经此巨大创伤后，"生态渐渐恢复的伊林密河发生了很大改变，就像一个人大病之后性格脾气变得暴戾，先是有些鱼类不见了，比如雅罗鱼、狗鱼都不见了踪迹，河底原本有很多河蚌也不见了，最令人担心的是水耗子绝迹了。当地人都说水耗子逃走，说明它不再吃这条河里的鱼，伊林密河已经变成了一条有害之河"。无论如何，如此严重的一种生态后果，既是常克勋不愿意看到的，也更是他无法承受的，唯其如此，晚年的他才会深深陷入到一种自责的忏悔情绪之中："梦中的伊林密河不再温顺静美，她会变成一条蟒蛇来盘我，勒得我透不过气，我质问她为何加害我，她说是我杀死了她，要我还她性命。""我真的是杀死伊林密河的刽子手吗？伊林密河现在仍然在日夜流淌，但是今天的伊林密河已经不同昨日，因为河中许多生物已经没有了。"

以上这两章之外，与生态意识同样紧密相关的，既有第十九章"刺猬沟"里刺猬曾经的异常繁殖以及后来的彻底销声匿迹，也有第二十三章"宝山"中五龙背玛瑙因开矿而彻底消失，还有第二十五章"老鳖湾"里那个名叫老鳖湾的湖泊因高速公路的建设而毁灭。不管怎么说，生态保护与经济发展之间的矛盾冲突，可以说是老藤在《北地》中集中关注与思考的社会问题之一。到底是要经济发展，还是要生态保护，即使在生态意识已经极度强化的当下时代也仍然是一个值得我们深入思考的重要问题。从根本上说，经济发展与生态保护的矛盾，乃是人和自然之间天然冲突的一种突出反映。事实上，当人类最早从大自然中剥离出来的时候，就已经不可避免地需要面对这个问题了。从本质上说，人的社会化发展本身就意味着对大自然的剥夺与欺凌。一方面，如果不管不顾地一味发展，人类肯定会遭到大自然的疯狂报复。但在另一方面，如果只是一味地强调生态环境保护，那人类的生存也可能面临很大的问题。因此，一种理性的态度恐怕应该是，如何才能够真正求得经济发展与生态保护之间的某种微妙平衡。

比如，借助于锅炉厂事件以聚焦透视东北的工业发展模式问题。这一点，集中表现为第二十一章“铁西”中的白河锅炉厂破产事件。事件发生的具体时间是1986年的冬天。那一年冬天，白河爆出一个震惊全国的新闻，白河锅炉厂突然宣布破产：“这不是一个简单的消息，它标志着国有企业的铁饭碗从此不保。”但其实，按照当事人后来的说法，白河锅炉厂完全可以不必破产。一方面，厂子的亏损的确是不争的事实，当时的负债率为60%。但在另一方面，关键的问题是：“事实上白河锅炉厂一直给地区上缴利润，忠实地执行计委下达的生产计划，更何况我们有一大批人才和设备都被无偿调拨去了西部搞三线建设，这些怎么统计？不看过去的付出，孤零零拿出现在一个负债率来说事，这是职工想不通的地方。”还有一个无法被忽视的事实是，在当时，锅炉厂也还有不少订单。正因为如此，在时任《白河日报》记者的老何看来，锅炉厂的被破产很不得当：“反正我退下多年了，说点真话也无妨，说实话选择白河锅炉厂祭改革之旗有点不公平，因为白河锅炉厂是有订单的，技术也不落后，但地委做出了决定，别人就不好再说什么。”其实，虽然有事后诸葛亮的嫌疑，但一种更为合理稳妥的处理方式却应该是：“如果当时换一个思路设计改革，白河锅炉厂也许不会遭到肢解，那样毫无疑问白河锅炉厂会成为地区财政的支柱性企业。从字里行间看，老爷子对白河锅炉厂的消亡充满惆怅，认为与自己施政不当有关。铁西不应该是住宅区，那里应当是工厂连成片，是白河最大的税源，很可惜，那些热气腾腾的厂区都被推平，搞了房地产开发。”在当时，常克勋之所以能够最终说服坚持上访的总工程师史运来，是因为他在谈话的过程中特别强调，所谓的破产乃是一种大势所趋的必然：“但我明白了常书记的画外音：要明白时代大趋势，一个人不能与时代拔河，只能顺应时代。我们锅炉厂是8月3日破产拍卖，这一年的12月2日，国家就通过了《企业破产法》，小型地方国企就像台风扫过的麦地，倒伏逐渐成了常态。”时过境迁，重新回顾锅炉厂的被破产事件，无论如何都应该被看作是常克勋人生中的一大败笔。正因为心存愧疚，晚年的他才会一直为此耿耿于怀：“任多秋点点头，他已经隐隐感觉到铁西应该是老爷子的失魂落魄之地，因为铁西的改造并不成功，用一片住宅区来替代33家工厂，这道算术题的答案谁都会算出来。老爷子晚年回忆起这件事心有不甘不是没道理，一个资产负债率刚刚三分之二的企业，生生就给破产了，这种操作太简单化了，企业资产负债率到了70%才是警戒线。”需要引起我们特别注意的一点是，白河锅炉厂破产的发生地竟然被老藤命名为“铁西”。不知道作家自己有没有意识到，他的如此一种命名方式很容易就能够让我们联想到沈阳那个曾经被拍成著名纪录片的大名鼎鼎的铁西区。又或者，作家的本意就是为了促使如此一种象征性联想的生成。从这里延伸开去，老藤《北地》某种潜在的写作主旨，大约就是借此对东北地区国企的总体衰落有所思考和探讨。

但在《北地》中，与顺应时势的史运来形成鲜明对照的，是不仅不那么顺应时势，而且还要对抗时势的人物形象，比如第十九章“刺猬沟”里那位能够给读者留下深刻印象的土育种专家袁五仁。一方面，身为土专家的袁五仁的确为当地大豆的增产做出过贡献。他“在刺猬沟繁育出大豆良种黑丰一号至黑丰五号，为当地大豆增产做出过贡献，并因此被评为县劳模”。没想到的是，这位育种专家在80年代中后期，我们的农业部门大规模地推广美图一号的时候，竟然变成了一位看上去完全不可理喻的疯狂反对者。他竟然因为毁苗行为而遭受治安惩罚。即使如此，袁五仁仍然不屈不挠地坚持以给地委、行署领导写信的方式强烈要求停止对美图一号的推广。在了解到相关情况后，常克勋首先咨询了农研所的专家，专家给出的答复是：美图一号和黑丰五号之间存在利益之争。既然已经认定是发生于官方的农研所和民间的袁五仁之间的利益之争，那常克勋站在农研所一边就是一种合乎逻辑的必然选择。但问题并没有这么简单，后来常克勋才真正了解到，袁五仁当年之所以要不管不顾地抵制美图一号，关键原因在于作为种子的美图一号其实存在着很大的问题：“五仁认为黑丰五号是好马和好马交配生下的宝马良驹，是千里马，美图一号呢，是好马和好驴交配生下的骡子，骡子再好也是一茬儿货……”既然美图一号是一种“断子绝孙”的种子，那它遭到育种专家袁五仁的坚决反对也就完全可以理解。要害处在于，由于袁五仁无权无势，所以他的反对到最后只能以无果而告终。而当初的决策者常克勋也只有在离开权力岗位之后，方才可能对自己当初的决定有所怀疑和反省：“当我回归了平民身份，看到网络上关于种子问题的诸多讨论，我对当年自己的决策产生了怀疑，袁五仁也许比我这个地委书记远看了五十年。当然，这只是也许。”事实上，正如我们所了解到的那样，在现代社会，诸如大豆种子的培育问题，甚至已经关乎国际上不同国家之间的利益冲突。尽管老藤根本就不可能对这样的问题给出一个合理的答案，但问题的提出就已经有着足够重要的意义和价值。

除以上这些重要的社会问题之外，其他诸如如何看待当年知青的牺牲，当年的包产到户是不是也可以在某种程度上被抵制，如同二人台剧团这样的文化单位到底应该怎样改革等一系列社会问题，在《北地》中也都有不同程度的涉略与思考，惜乎篇幅关系，我们在这里不再一一展开。然而，“作家如何书写苦难，如何让他笔下的人物应对苦难，一定程度上可以看出一个作家看待世界和人生的态度”[①]，作家老藤能够在一部长篇小说中，以一种相对别致的艺术形式，在对历史进行沉思的基础上，呈现给读者一份形象化的社会学调查报告，其实是非常不容易的一件事情，理应得到我们充分的认可与肯定。

正如作品的标题所已经明确标示出的，《我和我的亲人们》这部非虚构文学作品，在某种意义上可以被看作是作家崔巍的一部人生回忆录。如果把它理解为崔巍的人生回忆录，那么，依我所见，整部作品的目次编排其实存在一些问题。整部作品由十四节组成。“序言”、“引子”、“跋”，以及“附”之外，正文部分由十节组成。这十节中，除了崔巍自己亲自执笔完成的七节之外，另有崔巍的三个女儿崔琛、王艳和崔静三位分别写作的《秋》《我的父母》《命运的奇迹》三节内容。虽然她们三位的文笔也都不错，但与身为行家里手的崔巍相比较还是稚嫩了许

① 谢有顺、李浩：《“有生”之痛及其纾解方式——读胡学文的〈有生〉》，载《小说评论》2021年第4期。

多。因此，尽管崔巍把三个女儿的相关文章收集进来是为了和自己的文字形成某种并非不必要的参证，但将自己的回忆性文字和女儿们的这些文字混杂为一体，恐怕还是有着一些违和感。如果让我来重新编排调整，我更愿意把崔巍自己的文字，连同“引子”和“跋”在内，处理为整部作品的正文部分，而把三个女儿的相关文字，连同现在的“附”，全都作为附录部分加以处理。这样一来，作品的署名也就可以由“崔巍编著”而改为名正言顺的“崔巍著”了。我之所以在这篇批评文章的副标题中干脆把《我和我的亲人们》视作崔巍的作品，根本原因正在于此。

我们注意到，关于这部非虚构文学作品最早的创作动因，崔巍曾经在“引子”中写道：“人到晚境，常以回忆来消磨时光。回忆最多的，就是自己的至亲之人——父亲、母亲和我的四个姐妹、我的妻子……我的人生中，正是因为有了他们，才从一个个艰难险阻中跋涉出来。若无他们，我的人生肯定不见光明，只有天昏地暗，不用说走出故乡，上了大学，成了作家，很可能困厄故土，潦倒一生。有了他们，我则一次次从山重水复之后，又云开日出、逢凶化吉，到达彼岸。”既如此，每当夜深人静的时候，既往亲人们的音容笑貌便会“不约而同”地联袂而至，频频访问崔巍的梦境。“按说，这般魂牵梦绕，早该写写他们了。但是，我为文一直有个误区，觉得他们的人生，他们对我的诸般贡献乃是家事，平凡得很。殊不知这等腐见才是不知文学为何物。现在回头重新审视父母和姐妹们的往事，亲人们才是最该书写的人物。因为，从（此处的“从”其实替换为“在”才更合适些）亲人们的身上，真正闪烁着人性的光辉。亲人们才是我最应该讴歌的人。”崔巍的这种创作观念变化，毫无疑问应该首先引起我们的高度注意。我们都知道，崔巍这个年纪的作家，其文学观念的最初形成，应该是在那场史无前例运动的后期。当时，带有集体主义色彩的“大我”与带有个人主义色彩的“小我”被理论界做了明确的区分。只有摒弃“小我”，关注表现所谓“大我”，即关注自我之外更为广阔的世界和人群的文学作品，才算得上是真正有意义的文学。这一点，甚至在作家张石山的“序言”中都还残留有一点痕迹。当张石山不仅刻意强调“作家应该关注民瘼，代沉默的大多数发声，这也是最普通的常识”，而且更强调“我们的父母兄弟姐妹，原本属于沉默的大多数，我们却无意间忽略了自己的亲人”的时候，他的创作观念似乎仍然停留在文学创作更应该关注表现“大我”的那种传统思维窠臼之中。因此，在我看来，恐怕还是崔巍的感受来得更真切也更合理一些。事实上，一切有意义的文学书写都应该关注表现自己生命感受中最真切的部分。从题材的意义上来说，无论“大我”还是“小我”，都应该是平等的。如果没有切肤的生命之痛，“大我”也是无效的书写。如果有自身的真切体验做底色，即使是“小我”，其书写的意义和价值也不容被漠视。倘若崔巍这次关于《我和我的亲人们》的书写，的确如张石山所言称得上是作家的一种“衰年变法”，那么，其具体所指恐怕更多地体现在崔巍文学观念的变化上。只有在如此一种文学观念的烛照下，崔巍才会在充分意识到“亲人们才是最该书写的人物”的前提下，创作完成《我和我的亲人们》这部非虚构文学作品。

在历史的某一个不正常阶段，我们曾经从某种神圣的名义出发而过度地强调所谓的“大义灭亲”理念。其实，如此一种理念的张扬，已然构成了对某种道德伦理底线的挑战与颠覆。一种无法被否认的客观事实是，人类社会之所以能够得以正常运转，所依赖的重要基石之一就是长期以来形成的亲情伦理。崔巍这部《我和我的亲人们》的难能可贵之处，就在于他从自己真切的生存经验出发，通过对父母和姐妹们既往人生的回忆，写出了亲情的“血浓于水”。比如，父亲在把可口的甜瓜从地里给年幼的崔巍带回家之后的那个感人场景：“定定儿看着我的小脸上的泪痕，想替我拭去，手指头上的粗糙，拭醒了我，但见站在身旁的是一个带着寒气的庄稼汉、看瓜人，眼睛因熬夜而充满血丝，不住地眨动着，眨出疼爱、慈祥，鼻梁挺直，嘴唇周围的胡须呈黄褐色，凌乱不整，沾满疲惫之色。”一个刚刚在瓜地里值守了整整一个晚上的庄稼汉，其实早已疲惫不堪。但即使如此，他也要勉力支撑着把自己从地里专门带回来的那一只熟透了的香美甜瓜，亲自递送到唯一爱子的手中。崔巍在这里所活画出的，正是一幅令人感动的乡村舐犊情深图景。正因为牵系着浓浓的父子感情，所以，崔巍才会特别强调：“这是我此生最甜的一次吃瓜经历，也是吃得最甜的一个瓜。”细细想来，“最甜”的并不是那只瓜，而是父子间那彼此依恋的真切情感。比如，二姐为了崔巍能够得到上学机会的一再坚持。那是在崔巍被迫转学到武乡县故县高小的时候，由于反右派运动的影响，教师队伍严重短缺的故县高小“根本不接受转学生”。眼睁睁地看着天资聪颖的幼弟面临失学的危险，一贯心性刚强的二姐，虽是女流之辈，却不依不饶地与校方展开了“持久战”。正是在她坚持不懈的努力下，那位姓郝的班主任方才最终收下了崔巍：“这位班主任姓郝，文质彬彬戴一副秀气的眼镜，目光炯炯，起先他也不答应，但看到转学证上写有‘该生天资过人，思维力强’的评语，便起了惜才心，动了伯乐意，最终点了头，在教室的角落，挤挪出个座位来，我这才没辍了学。”无论如何，我们都得承认二姐这一次坚持对于改变崔巍未来命运走向的重要性：“后来又得以上了中学、高中乃至大学，假如没有二姐的这次果敢顽强，我的命运也许就这样折戟沉沙，回村里去做人民公社里的小向阳花了。”在这里，二姐之所以要不管不顾地坚持帮崔巍解决转学的问题，毫无疑问是血浓于水的亲情在发生作用。

其实，母亲和三位姐姐之所以无论付出怎样的代价，克服怎样的困难，也都要让崔巍这样一位家里的“孤根独苗”上学识字，学文化，与他们这个家庭因为不识字而遭遇的人生苦难紧密相关。具体来说，也就是崔巍在“引子”里曾经专门写到的父亲和伯父他们兄弟俩平白无故地被诬为“汉奸”那个重要事件。那还是在抗战期间血雨纷飞的1942年。那一年，身为崔氏家族头面人物，一贯在村里出头露面的崔巍大伯，突然被村长卫庙虎指派要把一封鸡毛信送到抗日政府县长武光汤手里。因为天黑路远，世道不宁的缘故，大伯便强行把自家的同胞兄弟拉上壮胆。父亲无奈，只好随同一起去送。没想到，卫庙虎让他们俩连夜送来的这一封鸡毛信的内容，却只有短短的六个字，即“送信人是汉奸”。那时恰逢锄奸年月，在拿到这封信后，武光汤不由分说，便命令手下把伯父和父亲他们兄弟俩“拿下”，吊在了院外牛棚的梁上，眼看着就要以“汉奸”的名义处死二人。如果不是二姑家的三儿子赵永和不仅恰好在场，而且也了解两个舅舅的内情，赶忙向县长武光汤说明情况，兄弟俩那个时候也就遭了非命。如此一件看起来充满蹊跷的事情之所以能够成立，关键在于崔氏两兄弟竟然大字也不识一个。正因为不识字，才会闹出这一场提着自己的脑袋送上门去让别人砍头的悲剧。没想到的是，历史竟然有惊人相似的一面。过了几年，到了1947年土改的时候，大伯和父亲竟然因为根本就莫须有的“汉奸”问题而再一次面临劫难。因此，“如果说父亲第一次蒙难使他对不识字铭了心，那么灾难又临头之时则刻了骨。这刻骨铭心，因父亲早逝，只留下了遗志，母亲则接过遗志，把它又传秉进四姐妹的心中”。“于是，这个苦难的家庭中，这才有了四姐妹围绕我这个奶名‘留根’的孤根独苗，一定要念书识字的目标，各倾心力，各尽所能。”这里，崔巍的表达因其笼统而出现了一点小瑕疵。尽管崔巍一共有四个姐妹，但根据他自己的记述，那个年龄最小的妹妹其实与崔巍一定要念书识字的求学生涯没有什么内在的关联。因此，一种更准确的表达方式就应该是三位姐姐才对。但即使如此，作家通过大伯和父亲他们兄弟俩当年因为不识字没有文化而遭受的人生劫难所写出的母亲和三位姐姐，当然也包括崔巍自己在内永远的痛，从弗洛伊德精神分析学的角度来说，就是一种殊难超越的精神情结。很大程度上，正是因为有了如此一种强劲异常的内驱力，也才有了崔巍在母亲和三位姐姐的坚决支撑下，堪称一波三折的艰难求学生涯。

如同崔巍自己早已熟练创作的小说一样，包括回忆录在内的非虚构文学这一文体，一个非常重要的方面就是在对人性洞察的基础上刻画塑造人物形象。这一点，再突出不过地表现在《追忆母亲》这一部分。正如同大伯和父亲一样，母亲也是一个不识字没有文化的乡村女性。虽然不识字没有文化，但崔巍的母亲却是一位不仅谙熟人情世故，而且深明大义，很是有一点胆识与远见的乡村女性。她的深明大义，首先表现在对独子崔巍不肯有一丝一毫迁就的教育方式上。小时候，不晓事的崔巍因为没有吃上炒豆子，就把家里的豆子偷出来，以泄愤的方式满天挥洒。被母亲发现，几经说服教育无效的情况下，母亲只好“痛下杀手”。虽然有好心的邻居以“孤根独苗”为由加以劝阻，但母亲却还是在一时犹豫后采取了果决的处罚措施：“然而，就在人们以为已风平浪静，想把我招回母亲身边，却见母亲忽又分开人群操棍朝我扑来，而且有了更为掷地有声的理由：‘不行……越是孤根独苗，越得管严！’”尽管母亲的教子有方已经足够令人惊讶，但她人生最大的亮点是生命意志的格外坚韧。虽然只是一位大字都不识一个的普通乡村女人，但她却硬是先后扛过了人生中的六大劫难。第一次，是“娘家的亲人们在不到二年内相继谢世，成了吹灯拔蜡的‘绝户’”。第二次，是崔巍那位已经长到十六岁的大哥的不幸猝然去世。白发人送黑发人，其中的痛楚可想而知。第三次，是在土改运动中，母亲“为了保护本家族中一个被诬指为国民党的小学教员而获罪，先后被残酷斗争了七次，差点儿丢了命”。第四次，是人到中年时的不幸丧夫。丈夫去世后，周边的人们都以为她肯定要改嫁他人，没想到，意志刚强的她，却在丈夫的坟头立下了这样的誓愿：“乡人出于怜贫惜弱，还进一步代母亲划策：母亲改嫁另觅生路，我去放羊糊口，妹妹则送人逃个活命。然而，乡人万没想到母亲却在父亲的坟头哭祭出‘三不主张’：她不改嫁，我不放羊，妹妹不送人。”用乡间的习惯性说法，母亲的行为就是要坚决地“寡妇熬儿，抚孤守志”。第五次，是反右派运动时的被诬为“右派”。第六次，则是崔巍参加高考前的突然罹患严重眼疾。面对着这样一场不期而遇的人生灾难，母亲再一次显示出了她的“神态自若”“有说有笑”的“大将风度”：“如果不是母亲以那样的姿态肩住了灾难的闸门，不掉一滴泪、不发一声叹息，仅靠我的心志和肩膀，是断然抗不住这场灾难，早就自暴自弃，一蹶不振了。”正是有了以上人生事迹的坚实支撑，也才有了崔巍对母亲这样一段言之凿凿、铿锵有力的评价和断语：“如果不是我1964年耽搁了一年考大学，那么就可说母亲正好是抚孤于初入小学，仙逝于（儿子）大学毕业。这对母亲的生命来说，应当是个奇迹。不要忘记她在父亲去世前就已历经三场大劫难，而在这十七年中，除了生计的诸般艰辛，又遭遇了丧夫、当“右派”、儿子患眼疾等三场新的劫难。这就是说：母亲一生中共经历了六场大的劫难。然而，即使这么多的劫难荟萃于母亲一身，她竟然能活下来，并把儿子送进了让乡人羡慕得眼珠不转的大学。有句名言：奇迹多在逆境中出现。母亲的生命就创造了这个奇迹。”一个看似普通寻常的乡村女性，竟然能够创造这样的人生奇迹，也就难怪崔巍要情不自禁地把自己的母亲比作“孟母”“岳母”了：“且志存高远，教子有方：常激儿立志、示儿克难、勉儿做人刚正、敦儿勤学发愤。严教苛指，情志可追孟母、岳母；善诲良诱，慈心可鉴天地日月。”这个部分的文字虽然不长，但崔巍却能够在真切记忆的基础上，把母亲这样一个屡屡创造生命奇迹的普通乡村女性的形象生动地展示在读者面前，其深厚的艺术书写功力，当然应该得到我们充分的肯定。

正如有学术同行已经明确提出过的，我们衡量评价一部小说作品，最起码应该从“写什么”“怎么写”“写得怎样”这样三个层面[1]来加以展开。用相应的文学术语来说，这里的“写什么”也就是我们通常所说的题材问题。从题材的角度来说，阿莹的《长安》当然应该被归入到所谓“工业题材”的范畴之中。然而，一旦提及工业题材，一个无法回避的问题就是中国当代文学史上这一题材的创作总体上“投入”与“产出”之间的极不平衡现象：“对于左翼文学来说，城市有其重要的表现对象，这就是作为‘领导阶级’的工人的劳动和生活，工厂、矿山、建设工地的矛盾斗争。这一领域，因为联系着国家现代化的期待，它的重要性更是不言而喻的。但是，这一描写范围被严格窄化的所谓‘工业题材’创作，并没有取得预期的成绩：它们大多数显得乏味，即使是出自有经验的作家之手。”[2]我相信，只要是对中国当代文学史稍有了解的朋友，就不会否认洪子诚相关描述与判断的准确性。关键的问题是，导致如此一种不合理现象生成的原因到底何在呢？对此，我也曾经给出过自己的思考：“首先，虽然当下中国的工业化与城市化已经有了长足的发展，但从总体文化传统来看，中国却依然是一个以乡土文化为主体的农业国家，现代都市工业文化的匮乏乃是导致工业题材小说创作不尽如人意的一个重要原因。其次，从中国当代作家的基本文化经验来看，他们大多来自于广大的乡村世界，乡土生存经验的丰富与工业部门生活经验的相对贫乏，乃是中国当代作家所拥有的一种相当普遍的精神特征。最后，更为根本的一个因素当然还在于从事于工业题材小说创作的小说家个人是否拥有足够的艺术天赋的问题。曾经

---

① 参阅刘纳《写得怎样：关于作品的文学评价——重读〈创业史〉并以其为例》，载《文学评论》2005年第4期。

② 洪子诚：《中国当代文学史》，北京大学出版社1999年版，第131页。

创作过《百炼成钢》的艾芜，创作过《铁水奔流》的周立波都取得过相当骄人的艺术成就，然而由于他们缺乏足够丰富的工厂生活经验的缘故，他们的工业题材小说创作却只能以艺术的失败而告终。此外其他一些主要从事工业题材小说创作的作家，比如雷加、草明、胡万春、唐克新等，他们艺术努力的失败当然就更多地与个人艺术天赋的不足有关系了。”[①]尽管已经过去了好几年，但对于当代文学中优秀工业题材文学作品的严重匮乏，我现在所持有的依然是这样的一种基本立场。依照一种相对严格的文学标准，已然超过了七十多年的一部中国当代文学史上，能够给我们留下深刻印象的工业题材文学作品的确非常稀少。说实在话，除了蒋子龙和他的短篇小说《乔厂长上任记》，以及他那一系列工业题材的中短篇小说，其他能够一下子进入我们脑际的相关作品，甚至连一部也都找不出来。

既然当代文学中的工业题材文学创作如此这般的乏善可陈，那么，大声疾呼相关优秀作品的出现也就是我们这些从业者义不容辞的责任。尤其是那些拥有这一方面丰富生活经验的作家，更是应该做出相应的积极努力。而我，也只有在结识阿莹之后方才了解到，他不仅有过在军工企业长期工作的经历，也已经在着手创作一部以军工人为主要关注对象的长篇小说：“当我的工作又一次与企业有了直接关联，创作长篇的想法竟强烈起来。我想，我的视角应该聚焦在相对熟悉的军工企业。因为我从小生活在一个负有盛名的军工大院里，在这座军工厂参加了工作，又参与过军工企业的管理，后来我尽管离开了难以割舍的军工领域，但我

① 王春林：《〈飞狐〉：工业题材长篇小说的新收获》，载《新世纪长篇小说观察》，中国书籍出版社2018年1月版，第176—177页。

依然对军工人一往情深，依旧和一帮工友保持着热络的联系，几乎年年都要与他们在一起喝喝酒聊聊天，那些看似乏味的酸甜苦辣，那些听着不很入耳的粗俗玩笑，那些有些夸张的过五关斩六将，让我心里很受用也很过瘾，军工情结已深深地渗透到我的血液里了。”[①]除了所谓的艺术天赋，因其过于神秘，我们不太好展开谈论之外，我觉得阿莹为《长安》的创作所做的努力，最起码有三个方面应该得到充分的肯定。首先，是一种足够深入细致的“田野调查”。虽然说曾经是一位军工人的阿莹本就有着相当丰富的军工生活经验，但为了这部长篇小说的写作，他却仍然在竭尽所能地努力了解把握军工人更多的生活经验：“为了寻找从生活中走来的艺术形象，我翻阅了我的父母和数十位老军工的档案，那厚厚的牛皮纸袋，浸润着老军工的汗水和泪迹，装着他们的人生，也装着他们的灵魂，几乎每一个人都是一部长篇，那已经远行的我的父母、我的师傅、我的领导，又微笑着向我走来，活生生地出现在我的视野里，让我禁不住想跪下了；我翻阅了几部军工企业的厂志，那波澜壮阔的轨迹，那艰苦卓绝的努力，那给共和国带来激情和荣耀的故事，像画卷一样在我面前徐徐展开，让我沉浸在激情燃烧的岁月而不能自拔；我还借阅了解放后的《人民日报》和《陕西日报》，两人多高的合订本，一页一页地翻过去，就像在阅读一部生动的共和国的发展史，其中的体会便融进了人物的背景，让作品中的人物在那般氛围里开始了自己的生活；还有部队的朋友提供了共和国经历的几次战争的资料，让我从中感受到极大的震撼，也让我深刻理解了军工与战士、军

---

① 阿莹：《后记》，见《长安》，作家出版社2021年7月版，第468、469、470、471页。

工与战争、军工与国家的关系，让我不得不陷入了多重思考。我想，这是文学不该忘记的‘角落’啊！”[①]尽管生活和文学之间并不存在一种简单的对应关系，但相比较而言，对于文学创作来说，更重要的恐怕还在于作家对生活一种独具个性的理解与开掘，能够占有更为丰富的生活经验，依然是保证文学创作取得成功的一个重要条件。从这个角度来说，阿莹的这一番看上去多少显得有点笨拙的“田野调查”，对于小说创作后来所取得的成功，绝对称得上是功不可没。

其次，是来自于文学史的相关“规训”。应该注意到，在一部被命名为《五万言》的著作中，拥有丰富创作经验的作家韩东，曾经先后表达过这样一些带有箴言性质的“真知灼见”：一、“多读多写的道理在于，小说和小说自成一个世界。要沉浸于这个世界，学习这个世界的语言，做这个世界的公民。对一个写小说的人而言，现实世界的作用要小于小说世界的作用”。二、“从小说到小说是必然的，传统就是你作为一个小说家的来源。小说艺术的立足点在小说传统与现实历史之间，其间的张力使你有所作为。这就像坚韧的生命体现于遗传和环境之间的对峙、交换”。三、“从小说到小说是所谓小说的正宗”。四、“一本新小说孕育于旧小说，当然必须与新的发现之间构成张力”。五、“没有生活过的人（假使有这样的人）就不能写小说了？也许，更有资格写了。但，没读过小说的人真的不能写小说。没读过好小说的人也写不出好小说”。六、“对所谓现实生活的迷信，对知识信息量的迷信，以及对思辨分析的迷信构成了我们对小说写

---

① 阿莹：《后记》，见《长安》，作家出版社2021年7月版，第468、469、470、471页。

作的外行判断。对一个有热情的书写者而言，则形成了心理障碍。可以有生活，可以有知识，可以有思想，但也可以没有。这些储备和能力可以在正常人的水平之下。但你是写小说的，写的是小说，又怎么能不读小说？怎么能不昏天黑地地阅读”？[①]只要是有一些创作经验的朋友就都明白韩东这一番言论的“叛逆性”意味。从根本上说，当韩东反复提醒一定要对小说进行昏天黑地的阅读的时候，尤其是当他小心翼翼地提出一定要破除对现实生活的迷信的时候，那种认为文学传统的重要性远远大于现实生活的“叛逆性”观点早已昭然若揭。文学传统和现实生活到底哪一个更重要，我们这里且不去关心，之所以要引述韩东关于文学阅读重要性的这些言论，意在强调要想写出优秀的文学作品，就必须对相关的文学传统有相当的了解。具体到阿莹这里，当他准备动笔创作《长安》这部以军工人为主要表现对象的长篇小说的时候，就必须对既往工业题材的总体创作情况有所了解。正如阿莹自己在“后记”里所坦承的，为了能够胸有成竹地从事《长安》的写作，他不仅曾经先后阅读了一批国内外的工业题材小说，而且对这些工业题材小说思想艺术上的得失进行了有针对性的深入思考。比如，“我在阅读我国工业题材的小说时，感觉这类作品喜欢沉浸在‘方案’之中。解放后的作品习惯反映技术方案的先进与落后，后来的作品习惯反映改革方案的正确与否，当然这类作品也的确诞生了经典。但我想，我这部长篇小说不应拘泥于方案之争，而应抓住人物在工厂大院里的命运来铺排，所以我将人物置入巨大的工业齿轮中去咬合去博弈，以便释放人物内在的性

① 韩东：《五万言》，四川文艺出版社2020年3月版，第5—6页。

格。也就是说想努力反映军工人的灵魂轨迹，而没有仅仅将工厂作为一个背景，以使工厂大墙里的喜怒哀乐具有更为深刻的时代烙印”[①]。能够在广泛阅读文学史上同类作品的同时，不无敏锐地发现既往作品业已模式化了的思想艺术弊端，乃最大程度地保证了阿莹在《长安》的写作过程中，最起码不会简单地重复这些思想艺术模式。

再次，正如我们在前面已经提到的，写作《长安》的过程中，已经有过四十多年文学创作经历的阿莹为了使作品能够拥有更高的思想艺术品质，不仅曾经十几易其稿，还四处向文坛各路诸侯虔心求教：“当然，我的上述思考都是一厢情愿，我对自己能否驾驭这般题材，心里始终是忐忑的，因此我写完初稿后，开始了一遍一遍的修改，如今有记载的已有十五六稿之多了，都不好意思说写了多少根笔，积累了多厚的底稿。而且每次完稿搁笔后，我都要送给不同的人去阅读，大家看得认真无比，得到的意见都是良言，几乎都在以后的修改中得到了体现，也使得小说逐渐丰实起来，一个个人物也生发了灵性，这才让我敢把书稿投给出版社和杂志社了。”[②]在当下这样一个人心日益浮躁的时代，一个拥有数十年创作经验的作家，仍然能够对文学抱有一种敬畏之心，仍然能够以“十年磨一剑”的精神，精益求精地潜心打磨一部长篇小说，单只是先后多达十五六次不厌其烦的反复修改行为，就应该获得我们充分的敬意。很大程度上，阿莹的《长安》

① 阿莹：《后记》，见《长安》，作家出版社2021年7月版，第468、469、470、471页。

② 阿莹：《后记》，见《长安》，作家出版社2021年7月版，第468、469、470、471页。

之所以能够以如此一种成熟的面貌出现在我们面前，与他这种精益求精的打磨和修改脱不开干系。

既如此，一个不容回避的关键问题就是，与既往的那些工业题材小说尤其是长篇小说相比较，阿莹《长安》的值得肯定处究竟何在呢？细细想来，很可能体现在以下几个方面：首先，是所谓宏大叙事与日常叙事的紧密结合。其实，对于这一点，阿莹自己在“后记”中也已经在不经意间有所涉及。当他强调既往的那些工业题材小说“喜欢沉浸在‘方案’之中”，强调“解放后的作品习惯反映技术方案的先进与落后，后来的作品习惯反映改革方案的正确与否”的时候，无论是“技术方案”也罢，还是“改革方案”也罢，所有这些围绕种种“方案”展开的工业叙事，实际上都属于我们所指认的所谓宏大叙事的范畴之中。如果具体到工业题材领域，所谓宏大叙事，就是指那些只是一味地注重工厂劳动生产流程的展示与描写的工业题材作品。比如，如何设计图纸，工人同志们在劳动生产过程中是怎样地“一不怕苦，二不怕死”，怎样地废寝忘食，大家是通过什么样的一种努力，才真正实现了某一个项目的根本性突破，以及在这个过程中发生了怎样的矛盾冲突，等等。诸如此类，全都属于所谓宏大叙事的范畴之中。具体到阿莹的《长安》，其中宏大叙事的存在也是显而易见的客观事实。比如，原先被不无神秘地称为八号工程，后来被称为长安机械厂的兵工厂，是怎样在西安城墙外的韩信坟（只有到后来，等到忽大年从遥远的东北返回西安之后，方才搞清楚，所谓的韩信坟，其实是“秦庄襄王墓”）从最初的赶工期修建厂房，到后来的造出一般炮弹，再到后来终于制造出了能够与世界先进水平相媲美的二代反坦克火箭弹。比如，在整个长安机械厂由无到有，由最初的一千五百人的规模而最终发展到八千人的大厂的过程中，如同连福、焦克己这样的工程技术人员是怎样凭借着自身的智慧攻克了一个又一个技术难关，如同忽大年、黄老虎、哈运来这样的厂领导又是怎么样想方设法地以所谓的大将风度战胜各种困难，积极组织劳动生产，终于如期保质保量地完成了北京总部下达的目标和任务。再比如，曾经长期担任长安机械厂的一把手（虽然其间也曾经遭遇到过被迫“下野”成为兵工厂第三把手的“走麦城”的难堪经历，但就总体而言，三十多年来兵工厂组织安排劳动生产的大权，更多时候还是相对牢靠地掌握在他的手里）的忽大年，是怎样处于各种特别艰难的困境中，哪怕自己已经被关进牛棚，失去起码的人身自由，也仍然不惜以地下工作的方式指挥全厂的生产大局。所有这些描写与叙述，全都可以被看作是长篇小说《长安》中的宏大叙事部分。但请注意，除了以上这些直接关注描写长安机械厂差不多三十多年发展历程的宏大叙事部分，阿莹也还把相当多的笔墨花费到了以忽大年为突出代表的一众军工人日常生活的展示与描写上。举凡他们的喜怒哀乐、爱恨情仇，乃至于鸡毛蒜皮的家长里短，阿莹都以非常细腻的笔触进行了真正可谓是鞭辟入里的生动书写。说到这里，有一点我们必须清醒意识到，那就是，中国当代文学史上的那些工业题材小说作品，之所以总是令人味同嚼蜡，乏善可陈，没有出现什么值得注意的优秀作品，一个关键原因，恐怕就在于作家们在写作过程中过分地或者说只是一味地进行所谓的宏大叙事，而从根本上忽略了更能够见出人情冷暖的日常叙事。我们都知道，与工业题材小说的备受冷落形成鲜明对照的，乃是乡村题材小说创作以其骄人成就的特别引人注目。在我看来，乡村题材小说创作的成功，很大程度上正取决于其中占据了绝大部分篇幅的日常叙事。因此，一条切合艺术规律的表达就是，工业题材的小说创作要想获得相应的思想艺术成功，首先必须做到宏大叙事和日常叙事（更进一步说，还必须使得日常叙事成为文本的主体部分）的有机结合。

面对白琳的中篇小说《玫瑰在额头上》（载《收获》杂志2021年第5期），我首先产生的竟然是一种亲切的感觉。具体说来，感到亲切的原因主要有二。其一，作者白琳我不仅认识，而且是文学方面和我心性颇为投合的一位小朋友。其二，小说故事所伪托的那所师范大学，以及那个伪托地，也都会令我感到莫名亲切。故事发生在一所并非省城所在地的师范大学，这所师范大学的所在地在小说中被命名为“晋城”。事实上，“晋城”虽然实有其名，是山西的一个地级市，但这个城市并没有一所师范大学。山西师范大学的所在地，是另外一个叫作临汾的城市。一方面，我清楚地知道，白琳所做出的这些伪托努力全都是小说家所谓有虚有实的障眼法，但在另一方面，因为山西师范大学乃是我自己母校的缘故，所以，明明知道是伪托，明明知道白琳笔下的故事更多出于作家的一种想象虚构，但在先后两次的认真阅读过程中，内心里一种莫名的亲切感还是无以自控地油然而生。

或许与作家自己身为女性有关，白琳这部中篇小说的引人注目处，首先在于对女性心理的一种通透把握与书写。更进一步说，这种把握和书写，乃是通过小说中两位女性之间一场看不到硝烟的战争而充分凸显出来的。都说“三个女人一台戏”，只有在读了白琳的小说之后我才认识到，原来两个女人也可以演出一场精彩的戏。这两位精彩出戏的女性，不仅是生活在同一个大学校园里的邻居，而且是图书馆的同事，其中一位是年长一些的周太太，另一位则是比她年幼一些的聂倩。虽然早在两年前就已经成为邻居，但严格说来，她们之间的战争是从聂倩也进入图书馆工作，二人发生实际的交集之后才真正开始的。原本在留学生处工作的聂倩是因为一场桃色事件而调入图书馆的："周太太此前知道聂倩卷入一场不大不小的桃色绯闻，却没想到她来了图书馆。"虽然周太太私心以为那一场绯闻会对聂倩形成一定的精神打击，没想到，自打进入图书馆工作起始就在她面前晃来晃去的聂倩，却表现出一副若无其事的样子。不仅若无其事，反而还显出了几分趾高气扬的神态："来图书馆工作没几天的聂倩就换了打扮，牛仔裤老爹鞋，硬生生又穿年轻了几岁。她不咯噔咯噔走路，周太太却觉得这清汤寡水的样子，也莫名地叫人要与她多纠缠两眼。"毫无疑问，白琳这里所描写的正是周太太眼中的聂倩。仅只是"纠缠"一词的创造性使用，就足以传达出周太太内心深处心有不甘的某种醋意。尤其是因为聂倩的到来，古籍修复室原本不怎么来上班的大王小王两位男士竟然肉眼可见地频繁出现，更是令周太太的心态大为失衡："周太太不忿——不也是一个图书管理员么，有什么傲的？"很大程度上，正是因为心态失衡的缘故，周太太才会时不时地对聂倩语含讥讽。然而，令她倍加失落的一点是，面对自己的各种挑衅言行，聂倩表现出的竟然是无意应对的淡然与不屑："如同被刺了一下，聂倩眼睛忽然一跳，从下眼眶跃上眉底，直视周太太，目光里多了几分不常有的不耐。"以至于，如此这般三番五次下来，一种必然的结果就是，"她（指周太太）说着话的时候总有意无意往里探看，聂倩觉得自己像一本淫书，周太太想看却不敢正大光明地翻，总要偷偷窥视两眼”。仅是如同“窥视”“淫书”这样的比喻，就已经活生生地写出了周太太在面对年轻且充满活力的聂倩时一种虽然满怀嫉恨，却又无可奈何的不平衡心态。

尽管周太太和聂倩这两位女性之间的战争在此前已经称得上是“如火如荼”，但周太太唯一的儿子达利从德国的意外归来，却如火浇油似的使得这场战争趋于白热化的程度。具体来说，她们之间战争的白热化集中通过以下三个细节而充分显示出来。首先，达利以感谢聂倩为名的一次约饭，首先对周太太形成了强烈的刺激：“你知不知道她名声不好？她原本不想这么说，这让她觉得自己不再像一个知识分子，至少她不能在儿子面前不是。”没想到，达利根本就没有把她的话当回事：“达利没有说话，但是他转过身，让他看了一个故意的明确的充满讽刺的微笑，然后他关上了卧室的门。”其次，是达利和聂倩在朋友的婚礼上不仅不期而遇，而且还一起相跟着回家。在楼梯口道别的时候，达利忽然问聂倩，我可以拥抱你吗？聂倩回答说，可以。然后两个人便紧紧拥抱在了一起。没想到，大概是因为他们讲话的声音传到了屋里，所以，周太太就打开了铁门：“楼道里恢复了光明，白炽灯衬得周太太脸色铁青，但是聂倩懒得答疑，她朝她笑笑，把他们都关在了门外。”从此，“她不避讳她对她的研究、探索和防御。聂倩知道她重复对自己说着没有音量的台词：不许勾引达利”。最后，是借用聂倩的汽车前往殡仪馆参加了朋友的葬礼后，无论如何都不想回家的达利，一头扎到了聂倩独居的家里，睡了一大觉。其间，虽然周太太不仅曾经数次按响门铃，到后来还大捶其门，但达利却要求聂倩千万不要开门。在这个过程中，一个近乎本能的动作，充分暴露出了达利内心对周太太的厌恶与惧怕：“达利身上的肌肉迅速蜷缩，像是不小心被外界震慑的爬虫，浑身缩成硬邦邦的一团。”至于室外早已愤怒至极的周太太的情形，则“像是一棵弯腰的老树，头夹在两臂之间，松鼠从她的左肩跳到右肩，颤抖的鸟栖息在她的腋下，飞行的门随时都会把她的腿撞断。她看上去那么可怜”。由以上细节可见，从德国意外回来的达利，其实有意无意地成为周太太和聂倩这两位女性之间无声战争的一种筹码。

借助于周太太和聂倩之间的战争，白琳相当成功地刻画了周太太和达利这一母子两代人生失败者的形象。首先，是周太太。约略计来，打小就心性甚高的周太太的人生受挫，先后有这么几次。其一，是那个和自己第一次发生性关系的男人——“如果说第一次性关系决定了这个人的重要性，那么，周先生就不是那个最重要的人。她得承认那个不能忘却的男人是她生命中很重要的一部分。”但就是这么一位在周太太的生命中打下极深烙印的男人，等到自己发达后，却竟然连达利上高中的事情都不肯施以援手。其二，是自己曾经的“闺密”王玉静。求学期间，“她学习一直很好，王玉静长得漂亮。这两种风格拥有自然的平衡”。虽然后来遇上周先生，让曾经一度因貌丑而备受打击的周太太自以为扳回了一局，没承想，等到怀着达利且预产期快到的周太太见到王玉静的时候，获得的却是王玉静已经调入电视台工作的消息。这样一来，周太太自然又会备受打击：“去做什么呢？周太太觉得自己喉咙坚硬，和多年以后患了甲状腺增生一样，吞口唾沫都觉得难。”“周太太动了胎气，九月九号，达利就是那天生的。”其三，则是丈夫周先生对于自己的满不在意。那一次，周先生骑着自行车带她上坡。由于她使小性子不肯下车，周先生竟然不管不顾地自行从自行车上下来，致使她腿部受伤。这一事件的发生，使“她知道了自己要嫁给一个不会为自己感到心疼的男人”。以上几个方面，加上与聂倩战争中的屡屡受挫，以及儿子达利人生的同样失败（这一点容稍后详述），周太太的人生便只能是一种充满痛苦的失败人生。

然后，是被周太太寄予了厚望的儿子达利（这一很容易就能够让我们联想到西班牙著名画家的命名，其实带有突出的反讽色彩）。依照白琳的描写，少年时的达利似乎还是很有一些天赋的：“达利小时候，周太太经常带他到池塘边玩。达利就喜欢盯着水面看，他视力极好，经常看得到周太太看不见的细微之处。四五岁的达利不但爱看，也爱提问，周太太觉得他智力是高于一般人的。”一方面，由于认定达利有天赋，另一方面，更由于自己的人生处于失败状态，周太太总是希望能够以达利的成功来弥补自身的失败，所以，周太太便对达利充满了期待，寄予了厚望。可事与愿违，或许正因为周太太打小就对达利施与重压、实施“绑架”的缘故，从周太太托关系把他“强制”送进师大附中重点班起，达利就“开始了垫底的人生”。唯其成绩不理想，考上大学无望，周太太才被迫想方设法送他去德国留学。为此，周太太甚至“连换新房的机会也放弃了”。但即使如此，达利到最后也无法避免自己的失败人生，最终万般无奈地选择了从德国撤离，自行回国。每当达利不由自主地表达孤独感的时候，周太太的回应都会是“谁不孤独呢？”：“达利每一次听到她这么说的时候，都加深了内在的无助。从小到大，所有他不能够做到的事，她总是逼迫他去做。他满足了她的要求，按照她的意见来，然而他们从来没有成功过，一次都没有，反而失败来得迅速又凶猛。”依照懦弱者达利的无奈自述，他自己那一无是处的失败人生，到最后，竟然发展到了连自裁的勇气都丧失的地步。很大程度上，正因为人生处处充满着失败，所以，达利才会对聂倩“那里好还是这里好”的询问做出如此一种沮丧回答：“不知道。他说。居住的权利、生活的权利和不被剥夺本性的权利，我在哪里都没得到。”

从根本上说，只有洞察了达利在母亲周太太强势控制下（请一定注意这样的描写语句：“她拥有了巨大的力量，把达利从地上拎起来，像一只雌鸟把雏鸟叼回鸟巢。”很多时候，周太太的这种强势控制，甚至可以让我们联想到张爱玲笔下的那位曹七巧）人生的彻底失败，我们才能够理解达利和聂倩他们俩关于海参的谈论。在达利的理解中，海参是一种不知道怎么保护自己的令人感到恶心的生物。因此，海参常常会成为隐鱼的寄宿对象，那些鱼不仅钻进海参的身体，而且还会吃掉它的各种内脏。万般无奈之下，柔弱的海参也只好反抗：“它们在肛门的地方长出一些钙质凸起物，你可以简单地把它们想象成牙齿。它们很像是科幻电影里的那种舱门。”质言之，这些足够柔弱的海参，其实是在以一种自残的方式来自卫。很大程度上，达利借助于聂倩（聂倩曾经说：“我是达利的一个工具”）以对抗母亲周太太，极类似于海参的这种反抗方式。正是在这个层面上，达利才会一力认定：“自己的失败一直都是同一种源自温柔的软弱。他觉得没有比海参更像自己的生物了。”无论如何，我们都必须承认，失败者达利自比为“反抗的海参”的这种自我认识，还是非常清醒到位的。

以中共十一届三中全会的召开为突出标志，从70年代末起始的中国改革开放进程一个非常重要的方面，就是传统国有企业之外一批拥有极大自主权的民营企业的迅猛发展。从那个时候开始，民营企业就成为社会经济领域一支不容忽视的重要力量。倘若说改革开放以来的确已经形成了一种“中国崛起”的局面，那么，民营企业在其中所做出的突出贡献无论如何都不容忽视。与民营企业如此一种强势存在的现实相比较，或许与我们的作家对民营企业的状况不够熟悉有关，文学领域内对民营企业的关注和书写多少显得有点不尽如人意。也正是在这样的一个前提下，我才特别看重自己本身就是民营企业家的杜斌在其一系列小说作品中，对民营企业状况的高度关注。中篇小说《马儿啊，你慢些走》（载《黄河》杂志2021年第4期）就是其中很有代表性的一篇。

小说的核心事件是围绕蛇城G县经济开发区的三百亩土地所发生的一场激烈争执。对立的双方分别是民营企业家牛布斯和G县的县委、县政府。身为三福堂掌门人的牛布斯，可以说是出身于一个祖祖辈辈数十代人都兢兢业业经营豆腐业的豆腐世家。他的先祖，早在明朝的时候，就已经开始了豆腐的制作：“一把柴火从明朝烧到了现在，整整三百七十年。”到了改革开放年代，由于乘上时代的东风，牛布斯的豆腐业得到了突飞猛进的发展。尽管事业已经发展得相当顺风顺水，但心怀大志的牛布斯仍然感到不满足，仍然在寻找一切机会发展自己。正因为如此，一旦得知G县政府准备在经济开发区招商引资，牛布斯才会不管不顾地投入海量资金。想不到的一点是，因为领导班子变故更迭的缘故，这件事竟然最终被搁浅：“第二天，我迫不及待地就把一个亿的真金白银，作为保证金按照G县政府提供的银行账号打过去。可没想到一个星期后，G县领导班子突然调整，在协议上签字的苟县长和县委书记一并调离，原因是他们尿不到一个壶里。猝不及防的变故像洽洽河一河水浇到我头上，三百亩地的招拍挂手续的鲜花，还没来得及在阳光里露一下花骨朵，就同我一起被无情的现实冲进污水井里。”事实上，牛布斯之所以心心念念地要利用这三百亩地兴建豆腐产业园，一方面固然是要发展自己的祖业，另一方面也是要通过这种方式很好地传承、发扬民族传统。面对着来势汹汹的耐克、阿迪达斯、麦当劳、肯德基等诸如此类的独角兽商家，“我手里的三福堂不想挨打。三福堂要发扬牛家秘宗拳，引领豆制品潮流”。“我要把国外的先进技术和理念一滴不剩地带回国，将它们像砖瓦砌到我的豆腐事业的高楼大厦中去。我还要用我的聪明才智和一腔热血，打造一款集陆基、海基和天基于一身的导弹防御系统，把一切可能给国产豆制品产业带来致命威胁的导弹拦截在国门之外。”为了实现自己的人生理想，为了拿到经济开发区的这三百亩地，牛布斯甚至和自己那已是半老徐娘的爱妻姬小小之间都发生了尖锐、激烈的冲突。时值中国房地产业发展的黄金阶段，眼睁睁地看着投资房地产可以很快就一本万利，姬小小千方百计地企图说服牛布斯转行经营房地产业，但心志坚定的牛布斯无论如何都不为所动，他所一再坚持的就是“我姓牛的只做豆腐”，“我只想做豆腐”。

然而，一心一意地只想很好地利用经济开发区三百亩地兴建豆腐产业园的民营企业家牛布斯根本就不可能料想到，到头来，自己的雄心壮志竟然会因为G县领导班子的变化而一搁浅就是整整的五年之久。从表面上看，与牛布斯发生激烈争执的另一方，即G县县委、县政府一方的代表性人物，是小说中的女主人公，身为县长的马自若。之所以说她是对立方的代表性人物，主要因为从五年前担任经济开发区主任的时候开始，到后来相继成为副县长，乃至县长之后，代表政府一方出面，与三福堂掌门人牛布斯他们打交道的，一直都是这位令牛布斯的副总罗索一见面便格外着迷的美女地方官员。与那些长期得不到升迁的地方官员相比较，各方面能力都很突出的马自若的仕途，其实也还足够称得上是顺风顺水："五年时间，马自若伺候了三位县委书记三位县长，她也一步一个台阶，由开发区主任升为副县长，一个月前经县人大通过，她坐上了县长的宝座。她还想进步。她觉得她当了县委书记，有能力，有信心，一任内就能让G县跨入全省十强县。"关键的问题在于，马自若即使个人能力再强，也无法突破社会政治运行机制的强力框限。她明明在内心深处特别希望能够帮助牛布斯尽快解决经济开发区三百亩地的问题，但偏偏因为各种阻力的存在，最终无能为力、无所作为。

小说中，一心想着要早点把三百亩地拿到手的牛布斯，之所以会和马自若发生"尖锐激烈"的矛盾冲突，是因为他对G县领导班子决策的内幕根本就不知情。正因为不知情，他才把账都记在了长期和自己打交道的马自若身上，并与下属罗索一起，合谋要演一场"苦肉计"："中午马县长突然来电，约晚上8:30见面。本来他不想来，可经不住罗索再三央求和对豆腐产业园的渴望。他和罗索从午饭后密谋策划到月亮点亮。在商场摸爬滚打几十年，他自信自己是强者，而设计游戏，制定规则，是强者的权利。面对G县新的招商引资标准，他既无法忍受豆腐产业园被踢出局，也碍于马县长的面子，现在他不得不按照强者的文化逻辑赤膊上阵了。”牛布斯这一次“赤膊上阵”的直接结果，就是小说开头处马自若办公室里那一场矛盾冲突的表现。冲突的最终结果是牛布斯不慎“假戏真做”，真的在冲突的过程中严重受伤，如果不是有幸得到了医术高明的熊院长的及时救治，事情的最后结果还真有可能酿成一场无法挽回的悲剧。亏得一方面牛布斯在熊院长的救治下很快病愈康复，另一方面，也有马自若不动声色的积极配合，终于促成了三百亩地豆腐产业园事件的解决，整部中篇小说方才获得了一个看似“大团圆”的结尾。但其实，在我看来，小说中“大团圆”的结局带有一定的偶然性。因此，杜斌此作最根本的现实意义，恐怕就是通过牛布斯兴建豆腐产业园的个案及其遭际，非常有针对性地提出了我们的各级政府到底应该以什么样的态度来面对民营企业，如何给民营企业的发展尽可能地营造良好社会环境，给它们的未来发展插上理想翅膀的问题。

从艺术上看，杜斌的这部《马儿啊，你慢些走》也有不少可圈可点之处。首先，是标题的由来。作家之所以要用这首歌名来为小说命名，主要因为男主人公牛布斯和女主人公马自若，作为曾经的恋人，他们在年少时一起合作过这一首歌。合作的方式是，牛布斯用家传古琴“如期”演奏，马自若则放声高歌。到了这次征地风波中，为了彻底解决问题，牛布斯主动上演“苦肉戏”，马自若将计就计逼迫县委书记就范，而精明的县委书记侯双收则顺势而为，最终化险为夷。其次，是马自若、牛布斯以及熊氏家族这样三条故事线索以交叉的方式来推进故事情节的逐步演进。之所以要在前两条线索之外，再设定包括熊院长在内的熊氏家族这条线索，其用意很显然是要借熊氏家族和牛氏家族之间很多代的彼此间重情重义、恪守诚信，与G县政府的不够诚信暗中形成对照。再次，则是杜斌对小说语言的进行打磨。回头想来，结识杜斌已经有不少个年头了。能够在这些年的努力过程中使自己的语言能力迅速提高，对杜斌来说是非常不容易的一件事情。最后，是那些晋地或者干脆说是太原历史文化元素的精心穿插。因为我自己曾经长期在太原生活过，每每读到这些地方，我都会发出会心的微笑。

不管怎么说，能够把一部中篇小说不动声色地经营到如此一种“惊心动魄”的地步，无论如何都应该看作是杜斌小说创作的巨大成功。行将结束此文之际，我真心希望自己的老朋友杜斌，这样一位年龄已经不算小的“新锐老作家”，能够在未来的写作道路上取得更大的进步。

说实话，我怎么也不愿意相信艺术控制力如此之强的短篇小说《孔雀》（载《收获》杂志2021年第4期）竟然是叶昕昀的小说处女作。圈内的朋友都知道，一个新锐作家的小说处女作能够一下子就登顶《收获》这样的顶级文学刊物，其实是非常不容易的事情。我最早知道这篇小说的存在，并且得知小说即将刊发于《收获》杂志的消息，是在2021年7月初的一次会议上。从那个时候开始，就已经对《孔雀》，对叶昕昀其人充满了期待。也因此，拿到刊物以后，首先就阅读叶昕昀的这篇小说。读了一遍还不过瘾，于是，在搁置了若干天之后，我又第二次认真地阅读了这篇小说。先后两次认真阅读的结果告诉我，《孔雀》的确是近期内不多见的一部优秀短篇小说，叶昕昀这个初出茅庐的年轻人诚然了得。

《孔雀》所讲述的是发生在两个残疾年轻人之间的一段情感

纠葛。身兼视角性功能的女主人公名叫杨非，是一个因双腿瘫痪而被迫坐在轮椅上的年轻姑娘。因为受到身体影响的缘故，她只能在一个名叫大觉寺的寺庙流通处售卖香烛和文疏。即使是这样一个看似很不起眼的工作，也还是父亲百般努力的结果："当时为了这份工作，父亲托了好些关系，工资虽然不高，但拿的是县里文物管理所的编制，保障很好。"同样是因为身体残疾，杨非的婚姻也就成了一个大难题。虽然也相过很多次亲，但终究还是没有结果。杨非和男主人公张凡的结识就是因为再一次被介绍相亲。张凡虽然也是一个残疾人，但他的残疾程度较之于杨非却明显要轻一些。他的残疾体现在眼睛上。却原来，曾经有过在云南边境地区当兵经历的他，因为一次抓捕毒犯时左眼被毒犯捅瞎，所以就装了一只玻璃眼睛。在杨非看来，由于两个人的残疾程度"不匹配"（"她早发现他的眼睛问题，可这种残缺和她的残缺并不对等，和她比起来，他仍旧是健全的。她厌恶他的健全，却又贪恋他的健全。"饶有趣味的是最后一句看似带有自我矛盾意味的表达。杨非之所以"厌恶"张凡的健全，是因为张凡的健全更映衬出了自己双腿瘫痪的不健全。她之所以又"贪恋"他的健全，乃是因为不健全的自己内心深处向往一个健全身体），张凡和自己交往其实是"吃了亏"，但张凡还是要执意和她交往。用张凡的话来说，就是"我想了想，觉得我们能处"。就这样，两个同病相怜的"天涯沦落人"开始了恋爱。他们相处的过程也的确如张凡所预感到的，虽然偶尔会有一些小磕碰，但总体上还算融洽，否则，我们就无法解释他们俩到后来为什么会在一家不起眼的小旅馆里发生"两情相悦"的身体关系。

但杨非和张凡这两个残疾人曾经一度的两情相悦，却并非是叶昕昀关注的重点。作家所真切关注的其实有二。一是对底层民众艰难生存困境的呈现。比如，张凡："从前那只是一座不到三米宽的小石桥，每天晚上下自习，他就骑着自行车穿越那座小桥，去大伯家里。他借住在那里，留给他的是一个三平方米的小房间，之前是他奶奶住，最后奶奶死在这个小房间里。"不管是奶奶，还是张凡自己，居住的小房间竟然只有区区三平方米，单只是这一个细节，就足以彰显他们生存的艰难。比如，杨非，首先是在丝厂工作的父亲的下岗："他听见她说，丝厂倒闭那年。嗯，他应。她说，我爸没了工作，我学舞蹈费钱，九几年的时候上一节舞蹈课五十块。他说，真贵。她接着说，我爸说要出去打工，但不放心我一个人。"一方面是丝厂倒闭后的下岗，另一方面是女儿舞蹈课的昂贵费用。两相比较，杨非他们家的生存困境可想而知。关键的问题还在于母亲的离家出走。杨非的母亲天生丽质，长得如同香港的女明星一样漂亮。她之所以要嫁给个子很矮、其貌不扬的杨非父亲，主要因为自己当时已经有孕在身，不得不找一个人来接盘。因此，在一块生活了五六年，大约觉得已经"仁至义尽"之后，杨非母亲终于还是跟人走了。只剩下其实没有血缘关系的杨非和父亲他们父女俩相依为命。虽然叶昕昀没有在这一方面展开过多的描写，只是点到为止，但我们却完全可以推想得出他们父女俩各自的精神痛苦。二是在对杨非与张凡致残过程的追溯性叙述中一种"罪与罚"的尖锐诘问。首先是张凡。如前所述，张凡的左眼是在缉拿毒犯时被毒犯捅瞎的。与此相关联的一点是，他因此而欠了李哥一个极大的人情："他轻轻呼出一口气，像是在跟自己说话，我眼睛被戳穿的时候，是李哥开的枪。停顿了一下，张凡又说，他暴露了位置，被毒犯埋伏的同伙射穿胳膊，摔下山去，那只胳膊再没能抬起来。张凡抬头看窗外，第二年，他就退伍了。”凡事有因必有果，正因为承了李哥如此之大的一个人情，所以才会有多年后张凡的专门替李哥跑长途运输孔雀这一事件的发生。其次，当然也是更重要的，是杨非。杨非的双腿瘫痪不能说与他们父女俩的生存困境无关。如果不是父亲外出打工，把她托付给了二孃，也许就不会有她双腿瘫痪惨剧的发生。杨非读高中的时候，与家境相对优越，被她称为“胖子”的一位同学相好。一天晚上下自习之后，他们俩在开发区一幢刚刚完工的楼里约会。没想到的是，因为“胖子”迟到，先到的杨非竟然遇上了一个满身酒气、戴着安全帽的男人：“我要走，闻见他身上的酒气。他拉住我不让。我挣不过他，他捂住我的嘴，把我按在地上，脱我的裤子。力气有点大，我一使劲儿，楼道没有护栏，直接从楼上摔下去了，再醒过来，就成这样了。”多少带有一点巧合意味的是，只有到了后来，在自己的保安父亲因为忠于职守而被严重捅伤的时候，杨非才从张凡这里了解到，那个伤害了自己的强奸犯不是别人，正是张凡的父亲：“他看着房间里杨非的裙摆，说，他早年喝酒好赌，家里欠下好些债。后来在工地做建筑工，就现在开发区购物中心那片地，他晚上喝多了，强奸一个女学生，不小心摔下楼来，死了。”与此相关联的，是张凡母亲和张凡他们俩的态度。先是张凡的母亲：“我妈在电话里哭，说，儿，我们欠了天大的债。”然后是张凡自己：听完杨非的讲述后，“他突然坐起身来，又开始找他的烟盒，打火机再打不出火来，他有些恼怒，一把掰掉了银色金属的防风罩，急躁地持续划动，点火头终于升起微小的火苗，他急不可耐地凑上去，点燃他的烟”。虽然只是一连串的动作描写，但只要抓住其中的“突然”“恼怒”“急躁”“急不可耐”等一些关键性语词，我们却还是能够明显感觉到张凡这个时候既悔恨又无奈的那种复杂微妙的心态。关键的问题在于，如果进一步联系小说的结尾部分，我们就可以发现，在一次不期然的性事结束后，杨非面对着张凡的这一番讲述，很可能并不是事实的全部真相。“杨非闭上眼睛。胖子向她走来，按住她的身体和喉咙，短暂的窒息之后，那个无数次出现在她梦里的男人现在终于在她眼前清晰起来。他从后面赶上来，试图帮她推开胖子压在她身上沉重的身体，却被轻而易举地推到一侧。他抓住胖子的手臂，胖子往旁边一推，他就从楼道旁的缝隙往下坠落。几乎是一瞬间，她本能地伸手去抓他，然后一起，穿过那个夜晚黑暗的尽头，在地面上降落。全部的，父亲断气前干枯的面孔，五岁那年母亲离开时喷的茉莉花香的香水，那天晚上胖子按住她的身体和喉咙的短暂窒息，统统从她的身体里奔涌出来。”在我看来，小说结尾处的这个情节“反转”，既出人意料，又有一定的说服力。按照这个“反转”，真正的罪犯应该是杨非曾经的男友“胖子”，是他在那座刚刚竣工的楼里，企图强奸女友杨非。而那个被诬为强奸犯的男人，也即张凡的父亲，是因为试图帮助杨非才不慎坠楼身亡。能够“卒章显其志”地在小说结尾处实现如此出人意料的“反转”，所充分说明的，正是叶昕昀一种非同寻常的艺术想象力。但与此同时，一个小小的遗憾就是，杨非在此前到底为什么要隐瞒事实的真相？难道说是“胖子”他们家凭借财力做了什么手脚吗？无论如何，因为对这一点没有交代清楚，所以，小说多多少少留下了一点艺术上的缺憾。

最后必须提及的是小说的命名。在承认“孔雀”这一标题具有强烈象征意味的同时，我们应该注意到，它的象征性其实来自于与女主人公杨非的某种艺术同构。这一方面有两个细节不容忽视。一个是，1999年上初二时，杨非曾经在学校礼堂以领舞的方式跳过孔雀舞，再一个则是小说开始不久，关于张凡喂孔雀情形的描写："食物就在面前，孔雀仍站在原地不动。张凡蹲下，将碗往里面推了推，孔雀警惕地扬起脑袋，头上的冠羽轻轻地晃动。张凡这才注意到孔雀蜷着一条腿，准确来说不是蜷缩，而是萎缩，它只凭一条腿立在那里。张凡突然想知道它怎么走路，于是又往前走一点。孔雀意识到入侵，往后退，它萎缩的右腿落在地上，右半边身子大幅倾斜，左腿立即向后一步，将身子稳住。"我想，我们只要把以上两个细节与杨非的实际状况联系在一起，小说标题"孔雀"的象征意味就昭然若揭了。

第八章　思想辩驳、“反翻转叙事”与人性的丰饶

作家林白长篇小说《北流》（载《十月·长篇小说》2021年双月号第3、4期）在艺术形式上最突出的特点有二：一是北流方言的征用，二是多种文体的设定。但她所有这些艺术努力的根本目标是为了能够更恰切充分地把自己对人生和世界、现实与历史的理解尽可能完美地传达出来。在“疏卷：在香港”的最后一部分，我们读到了这样的一段叙事话语：“不能怪饥饿的胃没有分辨力，不要指责蒙昧无知，不要说我们对时代没有批判……在高处指点的人，我断不理你们。有电影有演出我就是那样欢喜若狂。然后我穿过东门口的空地走入街肚，一种柿黄色的小花在卵形的叶子间闪烁。”如此这般感慨得以生成的前提，是李跃豆在情不自禁地回想自己当年在北流时观看庆祝圭宁县革命委员会成立的文艺演出的场景。因为预想到了这样的描写很有可能会遭到某些拥有批判癖的相关文学界人士“批判性缺失”的无端指责，李跃豆方才做出了如此一种回应。更进一步说，这种感慨其实已经涉及了林白小说创作所持有的一种基本美学理念。我们注意到，完成长篇小说《北去来辞》后，林白在接受一次访谈时曾经

专门强调："这肯定不是一部激烈对抗什么的书，我想文学的价值不仅仅在于'对抗'，对于《北去来辞》这一部书，文学的价值也许在于那种切肤的百感交集、复杂的五味杂陈。"[①]在中国的现实语境中，林白所强调的"对抗"，完全可以被看作是"批判"的另一种表达方式。既如此，把以上两方面整合在一起，我们就不难得出这样的判断，那就是，在作家林白这里，"批判"或者"对抗"固然重要，但与"批判"（或"对抗"）相比较，能够"切肤"地把现实和人性的"五味杂陈"呈现出来，乃是更重要的一种小说美学。就此而言，我们完全可以把《北流》看作是充分践行林白包容了批判在内的"切肤"呈现"五味杂陈"的小说美学观的一个典型文本。

比如，关于女性在北流这座"七线小城"的生存状况，林白不无痛切地写道："生育力在这里令人羡慕，生得越多越得羡慕。繁殖甚至比财富更有力量，设若一个人当上了富豪太太却没有生育能力，那定是凄惨至极。地方越小，女性的空间越窄，越有可能被天然地当成生育机器。"在一个女性主义思潮已经在大城市荡涤的时代，大龄的单身女性在北流这样的小城市里却依然备受歧视，甚至连自己的亲人也都要嫌弃。如此一种情形简直有点令人不可思议。唯其如此，女性才会千方百计地想要逃离县城："在县城，女性实在更是委曲，她们要去大城市，并非那么爱慕繁华，是小地方太窒息，熟人社会就像一个大家庭，从头到脚，压抑多了几层。丁玲《我在霞村的时候》里的贞贞为什么要去延安，是想要找到崭新的东西吗？"如果说大城市是一个陌生

---

① 金莹：《林白：文学的价值不仅仅在于"对抗"》，见《文学报》2013年7月10日。

社会，那么，北流小城就是一个熟人社会。正因为北流是一个类似于乡村那样的熟人社会，所以一个人的隐私便会成为公众的关注与议论对象，女性之所以会在北流产生强烈的窒息感，根本原因正在于此。多少显得有点突兀的是对丁玲名作《我在霞村的时候》的提及。《我在霞村的时候》旨在塑造一位在遭受日寇的凌辱之后仍然强忍着灵与肉的双重痛苦坚持做地下工作的乡村青年女性贞贞的形象。与一般的理解不同，林白的别出心裁之处在于，提出了贞贞在名誉严重受损的情况下为什么要选择去延安的问题。如果联系作家在此处所集中讨论的女性在北流这样的小地方更多地只能被当作生育工具的命题，那么，贞贞选择延安作为自己最后归宿地，也就能够从这个角度得到相应的解释。贞贞企图以如此一种方式尽可能地规避小地方足可以杀人的流言蜚语。小说中的李跃豆之所以坚持不肯原谅自己的母亲，就因为她和弟弟米豆在少年时期曾经遭受过母亲的“遗弃”。那一年，因为母亲和继父结婚并生下海宝的缘故，李跃豆和弟弟米豆一起被遣送回乡下的老家。被遣送回乡下后，米豆的表现是安之若素。与米豆的表现形成鲜明对照的是李跃豆的焦躁不已。从根本上说，李跃豆的焦躁不已与她的想象力过于发达紧密相关。在她的推理和想象中，自己将会因为被母亲的遗弃而成为一位只能在乡下充当生育机器的女人：“多年来，她一直构思一部平行命运的小说，有关另外一个自己，那个小学没有毕业、十六岁就嫁在山里充当生育机器的女人，她满含热泪与之相逢。从那时起，这番从未成为现实的命运紧紧罩住了她，如同深渊，无尽黑暗。”尽管说现实生活中李跃豆走上的是另外一条截然不同的人生道路，但从一种理论推演的角度来说，嫁到山里成为生育机器也不是完全没有可能。作为那一年被遣送标志的鸡丁锄，最终成为一根长到李跃豆肉里的簕，就是一个顺理成章的结果：“鸡丁锄成了这一年历史和个人的象征，成为一根簕长入肉里，怎么拔都拔不掉。”对于如此一根长到肉里拔不出来的簕，我们只能从精神分析学所谓精神情结的角度才能给出恰切的解释。就这样，从北流那些无名的单身女性到丁玲笔下的贞贞，再到李跃豆，林白所真切呈示出的，正是相当一部分小城女性百般无奈的艰难生存困境。一直到很多年之后，李跃豆才设身处地地对母亲梁远照那个时候割裂般的心灵痛楚有所理解：“现在她仍以为早已真切体谅了远照。换了是她，碰上这种严重时刻，也会作出割肉般的选择。远照那时才三十多岁，她要建立自己的生活，拖不起这两个前夫的儿女。想想《苏菲的选择》，放弃自己的骨肉迟早要把人逼疯的。”一面是自己亲生的一双女儿，另一面是新结合的婚姻以及刚刚出生的幼子，没有办法两全的梁远照只好做出这样的一种亲情割舍。虽然现实生活中的梁远照并没有成为苏菲，但她内心深处因此而遭受的亲情撕裂的煎熬，恐怕也是难以否认的事实。

一方面，对如同《北流》这样一部篇幅相对巨大的长篇小说来说，作家对现实和人性的“复杂”或者“五味杂陈”的呈示，一般都会集中通过人物形象的刻画塑造而体现。另一方面，能否鲜活而饱满地刻画出若干富有人性深度的人物形象，本就是衡量评价一部长篇小说成功与否的重要标准。有鉴于以上两个方面，我们在这里重点展开分析的是那位在不正常的政治时代被冤屈处死的庞天新。首先应该注意到，庞天新出身于一个“有问题”的家庭，他的父亲庞应烈当年在广东测量学校毕业后，曾经被分到国民党部队搞测量技术工作。虽然他在起义投诚后加入了中国人民解放军，后转业到地方工作，是圭宁中学的一名数学教师，但参加过国民党部队的这一既往经历，在那个特定的时代毫无疑问会成为影响自己乃至家人生活的一个污点。庞应烈后来之所以会被安排到地处偏远山区的石窝中学工作，原因主要在此。再后来的情况是，庞应烈竟然失踪了：“据讲是从石窝到高州，再去湛江，然后消失在湛江的海里。”一种当时流行的说法就是，曾经的国民党测绘员庞应烈逃港了。正因为父母的工作都已调到石窝，庞天新才会留在县城，被迫寄住在远照姨母家。当是时也，年轻的庞天新正处于好奇心与荷尔蒙均极其旺盛的时候，这样才有了他两项癖好的生成。一个是自己动手亲自组装矿石收音机，另一个则是借助于楼板上的孔眼，暗中偷窥住在楼下的远照姨妈。正是在不断偷窥远照姨妈的过程中，庞天新逐渐养成了随手涂画∞的习惯：“他的符号多飽邋，其中有只∞，在他的密码中有多种含义，有时是乳房，有时是生殖器，有时指性交。此事他本毫无经验，但时常，一见这两只圆孔他身上会变硬。当然这只∞，有时也代表原本的意思——无限。”究其根本，在那个特定的时代，庞天新的执意画∞，甚至还会有一种不自觉反抗的意味：“领袖一号召学雷锋，年青人就人人有了日记本，每人的日记本开头都抄有这样一条语录。要求进步的青年，日记雷同，专供组织阅读。天新既不愿，就只有使些奇里古怪的符号。若一时想不出，他就一概用∞。”思想略显异端的林场工人庞天新命运天平的被迫倾斜，是从他由大容山林场的总场调动至分场工作时开始的。生活条件的特别特别简陋且不说，关键问题在于，分场的工作人员不仅只有十三位，而且都是清一色的男性。在谈不上任何精神生活的情况下，在夜色里绘声绘色地谈论女性，自然就成为了这些男性工人唯一的精神消遣。比如。“涎水”就会以这种方式向庞天新他们炫耀自己和女性之间的性经历：“就是下底阿只开着细口的洞……睇无到的，一丛毛挡住了，要叉开她的大腿才睇得清楚……”与此同时，对庞天新产生直接刺激的还有罗世饶（他和庞天新其实有一定的血缘关系，只不过两个人对此都毫不了解）与“涎水”之间同性关系的发生。正是在罗世饶和“涎水”他们俩的影响和诱导下，庞天新不仅和罗世饶发生了同性之间的性关系，而且主动虚构了自己和表妹李跃豆之间的两性关系故事：“他把跃豆说成一个早熟的、勾人心魂的小妖精，虽然只有十岁，却有着成熟的胸部，异常丰满鲜嫩，一碰就会淌水。他的想象力不断发酵，酵母就是‘涎水’讲的西门口的白寡妇，‘涎水’炫耀描述了他与白寡妇的某次性经历，天新不愿意忍受他的趾高气扬，性幻想便也从压着的深处一路蹿起，水涨船高地生动起来——”幼稚的庞天新根本就不可能料想到，正是自己如此一种出自炫耀心理的虚构，后来被检举时使他成为了“坏分子”。由于相应的行政机关懒得调查，庞天新的罪名很快被坐实：“林场总场也觉得这个庞天新很合适，既然他父亲逃港了，家庭出身又系地主。”就这样，原本是林场工人的庞天新变成了一名可耻的劳教分子：“从林场工人到劳教分子，这可不像溜旱冰，而是，被人推下了一只悬崖。”关键的问题还在于，在劫难逃的庞天新的厄运并未到此为止。由于他不仅总是热衷于摆弄收音机，还往往在深夜里收听收音机的缘故，后来竟然被诬为是在偷听敌台：“对方不耐烦听这些，只讲他偷听敌台里通外国。”偷听敌台在那个阶级斗争的年代可是一种天大的罪名：“天新大惊，偷听敌台里通外国，这罪名远远严重过猥亵少女。”既如此，庞天新不仅从荔枝场的劳教队换到了隔壁的劳改队，而且到最后，竟然被诬为现行反革命分子处以极刑：“没过多久就到了11月27日。为了赶在本地解放纪念日前夕开公审大会，县革命委员会决定，要扬革命的威风，枪决几个人犯，之前已经有了一个反革命分子，要再加上两个，凑够三个，天新偷听敌台，正好赶上。”就这样，原本特别无辜的庞天新，因为自己喜好鼓捣、摆弄并收听收音机的癖好，因为自己一种不经意间的炫耀，不仅两次遭受莫名冤屈，到最后还丢掉了年轻的生命。如此一种莫须有的极端人生悲剧，很大程度上恐怕也只能发生在那样一个畸形的时代。因此，你无论如何都不能否认，在林白关于庞天新人生悲剧的书写过程中没有批判的因素存在。与批判相比较，更重要的还是如同作家自己所强调的那样，是一种包含批判因素在内的“五味杂陈”的呈示：在那样一个不正常的时代，有一个名叫庞天新的普通青年竟然以这样一种非同寻常的方式走过了自己短暂的悲剧人生。

与庞天新的被无辜处决紧密相关的是他母亲梁远素的百般牵挂，以及姨妈梁远照一种绞尽脑汁的遮掩。自打远素他们离开县城，包括后来远素他们又重新回到县城，甚至一直到远素年事已高的时候，梁远照一直都在想方设法地刻意编造庞天新“外出远行”的故事：“这期间远照写信给她的三姐，讲天新不在原先的大容山林场了，改在县城附近的荔枝场（其实是荔枝场附近的监狱）劳动。之后又隔了很久，远照来信讲，天新又去参加大串联了，这次是重走长征路。待远素回到县城，远照还是没有报她真相。世间凄惨事多知何益，所以还是不告诉的好。”远照之所以如此煞费苦心地隐瞒事情的真相，主要原因在于她唯恐一贯神经脆弱的堂姐承受不了庞天新噩耗的打击。正是从这种善良的愿望出发，她才会竭尽所能地结合社会和时代的变化编造出与庞天新有关的各种故事：“远照要做到的，就是紧紧攥住飞奔的子弹，一点铁腥气都不透出。”一方面，是缘于远照所做出的种种努力，另一方面，更由于远素内心里虽然很是怀疑但却又实在不愿意相信自己的儿子早已遭遇厄运，所以，远照对远素采取的“欺瞒”策略还是相当成功的。究其根本，正是在远照的积极努力下，远素越来越坚定地“不谂坏处，只谂好处”：“她要乐观。谁会深究那些呢？无数的深渊，黑暗的洞穴，掩埋着的无数不能触碰的东西。生生就咬烂人，不死也百孔千疮。要活着，就无要刨根挖底。深处有炸弹，挖到就衰了。”问题在于，尽管从理性的层面上说，远素相信着远照各种善意的谎言，相信爱子庞天新一定落脚于地球的某个地方在参加所谓的“世界革命”，但在她的内心深处，随着时间的推移，却也有着一种强烈的自我怀疑，怀疑远照各种说辞的真实性。到后来，远素之所以会不仅收留那个花果山街巷里的癞痢头孩子，而且给他命名为“天落”，实际上就是把他当成了天新的替代品：“孩子颈细细的，眼睛微突、招风耳，耳壳薄得透光，这耳壳，正是她的庞天新的样子啊。”也因此，“远素感到他跟她的天新有着某种神秘的联系”。这里一种潜在的逻辑关系是：“设若天新死了，设若他转世，他的灵魂、那些飘着的东西，讲不定就落到这只孩子身上呢。”由此可见，庞天新的下落不明早已在远素的内心深处积淀成为一种无法解脱的精神情结。她情不自禁地收养“天落”的行为本身，充分说明了这一点。

在疫情依然肆虐的2021年，最令我感到震惊的一件事莫过于作家李锐在阔别文坛十年之后的再次强势归来。由于受到疾病困扰的缘故，李锐已经整整十年没有公开发表小说。因此，单只是他能够战胜病魔的困扰，再度执笔从事小说写作这一行为，就足以使我们额手称庆。十年前，李锐公开发表的最后一部作品是聚焦表现1900年庚子事变的长篇小说《张马丁的第八天》。这一次的《囚徒》（载《收获》杂志2021年第4期）直接被标明为“天母河之二”。毫无疑问，当李锐把《囚徒》标识为“天母河之二”的时候，也就意味着他已经把《张马丁的第八天》“追认”为“天母河之一”。作家之所以要以“天母河”“之一”“之二”来给作品命名，主要因为两部长篇小说的故事都发生在太行山脚下那条天母河的旁边。而“天母河”的命名由来，毫无疑问与散布于那条河两岸的女娲娘娘的远古传说紧密相关。到了《张马丁的第八天》中，这一古老传说的具体承载者就是那个早已在巨大天石上屹立千百年之久的女娲娘娘庙。由此可见，《囚徒》最起码可以被看作是《张马丁的第八天》的续篇。进一步说，如果此后李锐还能够写出“天母河之三”，那也就可以干脆称之为“天母河三部曲”。当然，这是后话。

正因为《囚徒》乃是接续《张马丁的第八天》而来的一部长篇小说，所以也才有了那个正文开始前的“楔子”。在这个带有序幕意味的“楔子”中，李锐开宗明义地写道：“《张马丁的第八天》和《囚徒》的发表相隔十年，可它们讲述的却是同一场悲剧。一百二十年前的庚子之乱，让两个世界，两种不同信仰的人陷入同一场浩劫之中。”紧接着，在以极简洁的文字概述了十年前那部《张马丁的第八天》的基本内容之后，李锐不无悲愤地写道："最终，去压迫的和被压迫的，去仇恨的和被仇恨的，相互屠杀的和相互扶持的，舍生取义的和苟且偷生的，还是都身不由己地留在了这个万劫不复的此岸。这是一首哀歌。这是一个关于人的寓言。浩劫之后活下来的芸芸众生们又将何去何从呢……"是的，李锐在这里已经说得很明白，自己之所以要创作《囚徒》这部长篇小说，正是为了充分地揭示那些经历了一场历史浩劫之后的芸芸众生接下来的人生走向。由此不难断定，在《张马丁的第八天》发表后的漫长时日里，李锐其实一直都未有停歇地思索着自己笔下诸多人物未来的命运走向。但与此同时，我们无论如何都不能轻易忽略意大利著名的文艺批评家、历史学家、哲学家克罗齐那句"所有的历史都是当代史"的至理名言。很大程度上，正是因为受到克罗齐名言的影响，我才会在一篇关于《张马丁的第八天》的文章中，写下过这样的一段话："从这个角度来看，李锐这部《张马丁的第八天》，虽然具体描写的是发生在一百多年前的中国历史故事，但作家那尖锐无比的思想锋芒却很显然没有仅仅停留在遥远的过去。李锐之所以执意要叙述一个遥远过去的故事，一个非常重要的原因，正在于那样的一个过去和我们所置身于其中的当下时代有着千丝万缕无法被割断的深层联系。在这个意义上，我们完全可以说，李锐对于遥远过去的书写，实际上也应该被理解为是对于当下时代的一种象征性表现。重要的，不是被书写的历史年代，而是书写历史的年代。从根本上说，李锐之所以要讲述一个过去的纠结不已的人性困境故事，关键的原因，显然就在于我们当下的这个时代实质上也正是一个特别令人纠结不已的时代。”[①]如果说如此一种理解中的所谓“当下时代”更多的还是带有一种抽象意味，以至于难以落到实处的话，那么，这部《囚徒》的情况就明显不同。尽管并没有从李锐那里得到确切的证实，但在我个人的理解中，《囚徒》具体写作动机的生成很可能与2020年这样一个特定的年头紧密相关。2020年，按照中国传统中所谓天干地支的说法，同样是一个庚子年。这一年，不只是中国，而是整个人类世界都遭受了一场空前的新冠疫情，以及由这场新冠疫情所进一步引发的自然与社会各个层面的劫难。因此，一种合乎情理的推想就是，由一百二十年后的这一场庚子疫情，尤其是这场疫情所造成的各种生存困境，李锐首先联想到了很多年前也即1900年的那一场庚子事变，并进一步联想到了曾经的长篇小说《张马丁的第八天》。由《张马丁的第八天》里的那一场历史劫难，作家自然会进一步联想到经历了那场劫难后幸存下来的那些芸芸众生未来时日里的命运走向。这样一来，《囚徒》在这个历史关节点上的出现似乎也就是一种顺理成章的必然结果。

细读《囚徒》我们不难发现，活跃于这部篇幅字数只有十多万字的长篇小说中的人物形象，约略可以被划分为四类。第一类，是率先登场的前东河县知县孙孚宸，以及隶属于他的县衙捕头陈五六。第二类，是以张五爷为代表的天石村上村和下村（包括柱儿她娘在内）的一众村民。第三类，是以玛丽亚嬷嬷和马修神父（前为医生，后为神父）为代表的教会人士（其中，也包括那位后来才幡然悔悟了的老三）。第四类，则是以张天保和张寿山他

---

① 王春林：《纠结：文化冲突中的人性困境透视》，载《文艺争鸣》2012年第10期。

们为代表的与中国现代性的发生、发展紧密相关的若干人物。文本中，以上四类人物依照各自的人生轨迹向前运行，他们的运行轨迹虽或时有交叉，但从总体上说是并行不悖的。正是在这个意义上，我们可以把四类人物的人生轨迹干脆就理解为贯穿于《囚徒》中的四条结构线索。从根本上说，正是发生于以上四类人物之间错综复杂的矛盾冲突构成了《囚徒》最主要的故事情节。

然而，同样是错综复杂的矛盾冲突，李锐的《囚徒》却又与我们通常在其他小说中所看到的有明显的区别。如果说其他小说中更多出现的乃是情节层面上的矛盾冲突，李锐《囚徒》中出现的就可以被看作是思想意识层面上，更多地带有自我对话与驳诘性质的矛盾冲突。首先，所谓驳诘，依照词典的解释，也就是辩驳、诘问的意思。再加上自我，就是自己和自己对话、诘问的意思。请一定注意，我们在这里强调一种思想的自我驳诘的前提，是把李锐看作了一位堪称杰出的思想型作家的缘故："在我自己的印象定位中，李锐从来就是一位类似于鲁迅先生一样的以思想性见长的小说家。需要特别说明的一点是，当我们强调李锐以思想性见长的时候，绝不意味着其他的作家就不具备思想性。只不过与那些更多以感受性以日常生活的描写见长的作家，比如说贾平凹，比如说莫言，这样的作家相比较，李锐更多地以思想的深刻取胜而已。""不同的作家具有不同的思想艺术个性，实际上，也正是这些不同个性作家的同时存在，极大地丰富着我们当下时代的文学景观。正所谓李白杜甫，各有所长，姚魏黄紫，各有所擅。面对着诸如贾平凹、莫言、李锐这样一些艺术个性鲜明独异的作家，我们绝不能秉持某种僵化的标准，做一种简单粗暴的是非臧否。以一种理性的宽容姿态，接纳更多艺术个性迥异的作家，方才是我们应该坚持的基本价值立场。”[①]尽管说到现在已经过去了整整十年的时间，但我仍然愿意坚持自己关于李锐是一位以其思想能力的深刻见长的作家这一基本判断。正因为李锐的小说创作一向以思想的深刻见长，所以，如同《囚徒》这样一部带有突出自我驳诘性质的长篇小说在他笔下出现，就自是题中应有之义。很大程度上，正因为我们把李锐看作是一位以思想的深刻见长的思想型作家，所以才会由他而进一步联想到法国的狄德罗这样一位同样以其思想的深刻而见长的杰出作家。众所周知，狄德罗是法国所谓“百科全书派”最具代表性的思想家之一。因此，他在人类文明史最突出的贡献主要体现在思想层面上。能够获得思想家的称号本身，就足以说明他思想能力的非同寻常。同时，狄德罗却也是一位文学创作成就斐然的作家。尤其值得注意的是他的一部命名为《拉摩的侄儿》的对话体长篇小说。在这部对话体的长篇小说中，身为流浪汉的拉摩的侄儿一方面甘心于成为统治阶级的帮闲，在日常生活中显得低三下四，任人作践，另一方面却又有着耿直而坦率的性格，总是利用一切机会无情地攻击、咒骂处于醉生梦死状态的上层社会。在这个人物形象身上，天才与愚蠢，高雅与庸俗，疯狂与沉静，正确观念与错误认识，卑鄙低劣与光明磊落等一系列带有明显矛盾性的对立选项竟然出人意料地被组合在了一起。以至于在很大程度上，我们完全可以借用刘再复当年曾经产生过极大影响的那个“性格组合论”来对拉摩的侄儿做出相应的评价。需要特别强调的一点是，《拉摩的侄儿》是一部纯粹意义上的对话体小说。小说的全部内容都是

① 王春林：《纠结：文化冲突中的人性困境透视》，载《文艺争鸣》2012年第10期。

“我”即狄德罗和拉摩的侄子之间的一次对话过程。既没有情节，也没有具体的时间和地点，甚至连同小说的主人公，作为对话另一方的“拉摩的侄儿”这个人物形象的名字也都没有给出。虽然整部小说从表面上看似乎只是一次对话过程的单纯记录，但我们却不难从中看出作家狄德罗对诸多社会问题的看法。更进一步说，这里所谓对诸多社会问题的看法也就构成了小说最主要的思想内涵。因此，借一部纯然意义上的对话体小说，最大程度地承载、表现足称复杂丰富的思想内涵，恐怕正是狄德罗这部《拉摩的侄儿》最根本的思想艺术价值所在。

尽管说我的确不知道李锐是否曾经阅读过狄德罗的《拉摩的侄儿》，但由对李锐《囚徒》的阅读而联想到狄德罗的这部对话体小说，在我这里却是一种无可置疑的客观事实。虽然并不像《拉摩的侄儿》一样通篇都是对话过程，但相比较而言，李锐在小说写作的过程中不仅把重心更多地放置到人物的对话上，而且很多试图传达给读者的思想意旨也都被作家以一种自我驳诘的方式巧妙地处理在了对话过程之中，恐怕也是一种难以否认的文本事实。这里，且以第一章为例加以说明。第一节，可以说主要由东河县前知县孙孚宸和他曾经的部下，县衙里的捕头陈五六二人之间一来一往的对话组成。第二节，主要由发生在玛丽亚嬷嬷、马修神父，以及隐名埋姓的老三他们三位之间容或错位的对话组成。紧接着的第三节，是以张天保为主体的他和大师兄之间的对话。第四节，是以张五爷为主体的他和天石村张氏家族成员之间的对话。第五节，两个主要对话者分别是张五爷和柱儿他娘。第六节，前半段虽然不是对话，但到了后半段却又变成了孙孚宸和陈五六之间的对话。尽管其间肯定也少不了会有场面的铺陈和动作的描写，但主要依靠人物之间的对话推动情节的发展演进也是文本的一种实际情况。对话倒也还罢了，关键的一点是，李锐笔下的这些对话不仅很少与充满烟火气的日常生活发生关联，而且更多地承载着思想上自我驳诘的功能。比如，罪臣孙孚宸在天石镇天主堂面对着早已是阴阳两隔的高主教发出的“惊天三问”：“请问主教，可真有复活之事？若然，何不早日以实相告，某岂能枉杀张天赐。不杀张天赐即无此案。既无此案，何来血仇？既无血仇，何来日后教堂惊天血案，死伤枕藉，血流成河？此某一问也。”这第一问，乃是从张马丁（也即乔万尼）是否死而复活问起。一下子就抓住了根本要害所在。发生在天石镇天主堂前的那一场惊天血案，都是因为张天赐的被处死而引起。而张天赐的被处死，却又与张马丁（乔万尼）的“死亡”紧密相关。这样一来，张马丁（乔万尼）是否“死而复活”自然也就成为问题的症结所在。唯其如此，与此案关系紧密的孙孚宸才会首先有此一问。“竟至两败俱伤，死伤无数。应去天堂者而尽入地狱，悲夫哉，人间浩劫莫过于此。在下敢冒昧请教：以此惊天动地之浩劫，天主允之乎？天主禁之乎？想主教烈焰之中悲天呼号，亦必有此问耶？举问至此，心如刀割，泪如泉涌。此某再问也。”上承第一问，孙孚宸联系天主教的教义紧接着有此一问。天主教“奉天主为至尊，《圣经》为至上”，其志在于“欲拯救天下众生脱罪恶而入天堂，超生死而获永生”。既然天主教教义的主旨是拯救天下众生，那天主又何以能够容忍前述惊天动地血案的发生呢？它如何能够视生灵涂炭而不顾呢？紧接着，孙孚宸又发出了第三问：“但有一问郁结于心，不吐不快：列强各国得白银四万万五千万两之巨，亦得四万万五千万之人心乎？列国若与四万万五千万人互为仇寇，天下可有一日之宁欤？更有一问，百口莫辩无以自答，庚子之初，吾皇亦以人心自持，竟与各国同时开战。转瞬间，土崩瓦解，一败涂地。京畿失守，两宫出走，颜面丧尽，国将不国也。人心可恃乎？枪炮可恃乎？国势可恃乎？其必问，孔孟之道皇皇圣言悠悠哉两千余载，国祚何以隳堕崩坏而至此耶？”说是一问，其实是两问。一个指向了来自于外部世界的各国列强，另一个则指向了自己也曾位列其臣的天朝国君。庚子事变的结果，是清朝在惨败后的被迫赔款白银四万万五千万两之巨。面对着中国国民人均一两白银的如此一笔巨额赔款，曾经的朝廷命官孙孚宸倍感愤愤不平。正是从这一点出发，他想到了由此而引发的人心向背问题，以及由这一问题更进一步牵引出的西人和国人之间的矛盾冲突何以能够化解的问题。与此同时，面对着惨烈的庚子事变，尤其是天朝上国一败涂地的悲惨结局，内心里对朝廷一直忠心耿耿的孙孚宸，情不自禁地要追问自己这个拥有两千年悠久文明的国家，到底为什么会惨败到如此一种不堪的地步。孙孚宸的以上三问，被问的对象是那位早已在血案中被活活烧死的天主堂前主教莱高维诺的亡灵。既然是莱高维诺主教的亡灵，那他们二者之间肯定也就构不成现实的对话关系。明明知道无法从莱高维诺主教那里得到回应，孙孚宸却仍然要坚持发问，那这问题很大程度上就是提给自己的。实际的情况是，其中的一些问题，连他自己也给不出答案来，唯其如此，等到三个问题发出之后，孙孚宸才会不无悲怆地感叹道：“悲夫！此问天，非问人也。”

因为此前的《六人晚餐》和《奔月》，我都曾经写过专门的评论，所以，到这部《金色河流》（载《收获》杂志长篇专号2021年秋卷）就已经是我第三次给鲁敏的长篇小说作评了。从聚焦老工厂区两个单亲家庭的《六人晚餐》，到不无荒诞意味且带有明显的假定性和精神分析色彩的《奔月》，再到这一部无论是艺术形式还是精神内涵都有所拓展的《金色河流》，鲁敏在长篇小说这一文体的创作上，真正称得上是一步一个脚印地扎实前行着。

阅读《金色河流》，首先值得注意的是作家对“短”与“长”双重叙事时间的明确设定。现代小说的一大特点，往往会表现为所谓的小切口长纵深。意即故事的切入点很小，但总体的开掘却相当深邃。这一点在鲁敏的《金色河流》中就突出地体现在所谓“短”与“长”时间的处理上。具体来说，所谓“短”时间，即小切口，就是指小说主人公穆有衡（更多时候被称为有总）的突然罹患脑中风，到他不幸弃世而去前后差不多一年八个月的时间。故事开始的时间是寒气尚未消退的二月：“二月里还是冷，乍进门眼镜一层雾。雾退了，看到有总在淌眼泪。”在这个依旧寒气逼人的二月，有总突然罹病：“这一场脑中风来势虽猛，但并不致死，有总却像得到久盼的指令，十分投入地演弄起这样的垂死气氛。”到了小说结尾处，即第四部分的第九节“依偎”，劈面而来的叙事话语同样与时间紧密相关：“是九月末了，金秋安详，街巷里满是老桂树浓郁沉静的香气。因河山忙乱着慈善和拍卖，这次是王桑陪着丁宁，也差不多是倒数一次两次的产检了。”当王桑在金秋时节陪同妻子丁宁去做产检的时候，有总已经因病不治而去世了。从发病的二月到次年去世的金秋九月，前后加起来也就一年八个月的时间。这一年八个月的时间，毫无疑问构成了小说叙事的主体时间。这就是所谓的“短”

时间。所谓“长”时间，即长纵深，就是在“短”时间的叙事过程中，作家巧妙地借助于相关人物的回忆和联想等艺术手段，不断地追溯过去的时光，不仅追溯到了有总和好友何吉祥当年的无奈下岗，而且追溯到了20世纪50年代末的极端困难时期。有总和发妻王云清最早的情感交集就发生在他们共同忍饥挨饿的少年时期。这一方面，一个非常重要的细节，就是王云清趁父母不在家而偷取家里的小面饼疙瘩给有总吃：“她神奇地不知从哪里摸出两个黑乎乎圆乎乎的东西，放到蒸架上。天哪，那是吃的。”在那个根本就吃不饱饭的饥饿年代，能够从女同学王云清这里意外地吃到两个完全没有看相的小面饼疙瘩，有总自然会铭记在心。很大程度上，他们夫妻俩的情缘，其最初的出发点也正维系于此。因为有总去世的时候为七十岁，即所谓的古稀之年，所以由一年八个月的主体“短”时间而进一步拓展开来的扩充“长”时间，就可以说差不多是半个多世纪。而这也就意味着，包括有总在内的七八位主要人物的命运变迁故事，正是在一年八个月的“短”时间与超过了半个世纪的“长”时间这样一种双重时间框架的叠加中得以最终完成的。

其次，《金色河流》艺术形式上的一个突出特点，就是对所谓“元小说”手段的精妙征用。所谓的元小说，“又译‘元虚构’‘超小说’。‘元小说是有关小说的小说：是关注小说的虚构身份及其创作过程的小说。’（戴维·洛奇《小说的艺术》）美国作家威廉·加斯于1970年发表的《小说和生活中的人物》中首次使用了这一术语，它的一般含义就是‘关于怎样写小说的小说’。帕特里夏·沃说：‘所谓元小说是指这样一种小说，它为了对虚构和现实的关系提出疑问，便一贯地把自我意识的注意力集中在作为人造品的自身的位置上。这种小说对小说作业本身加以评判，它不仅审视记叙体小说的基本结构，甚至探索存在于小说外部的虚构世界的条件。’（《元小说》）与传统的小说相比较，‘正常的叙述——认真的、提供信息的、如实的——存在于一个框架之内，这类陈述有说话者和听话者，使用一套代码（一种语言）并且有某种语境……如果我谈论陈述本身或它的框架，我就在语言游戏中升了一级，从而把这个陈述的正常意义悬置起来。同样，当作者在一篇叙事之内谈论这篇叙事时，他好像是已经把它放入引号之中，从而越出了这篇叙事的边界。于是这位作者立刻就成了一位理论家，正常情况下处于叙事之外的一切在它之内复制出来’（华莱士·马丁《当代叙事学》）”[①]。

《金色河流》中，与“元小说”紧密相关的一个人物形象就是那位曾经追随有总长达二十年之久的记者（或者也可以称之为时代记录者？）谢老师。这位谢老师，曾经是有总的对立面，曾经以批判者的形象出现在有总的创业初期。那时候，有总在某个县城里投资创办了一个小包装厂。有总之所以要创办这么一个小包装厂，关键是发现那个地方不仅穷，而且有着很多不念书的半大小子成天价在街上游荡，每每无事生非。厂子一办，一方面收拢了这些半大小子，另一方面也可以降低人工成本，真正可谓是两全其美的事情。没想到的是，有总的办厂举动却在无意间触碰了所谓非法使用童工的底线，而且还出了一个“童工瞎眼”的不大不小的工伤事件，这就引起了时任报社记者谢老师的高度警觉。跑上门来便是一番振振有词、上纲上线的批判与训斥：“他还跑

① 王先霈、王又平主编：《文学理论批评术语汇释》，高等教育出版社2006年5月版，第798页。

上门来跟我演讲呢，讲的全是大词，还排比句。说，这可不是你个小老板的事，不是包装厂的事，不是小童工的事，不是赔点碎银子的事，这是关于贫穷，关于生命，关于当下和未来，关于价值和常识，明白吗？普利策奖您听说过吗？这绝对普利策……”这位年轻的谢老师在记者圈子里很是有一些影响，业界曾经有所谓“北胡南谢中有张”的说法。即使如此，他也仍然不是强大资本的对手。谢老师和有总一番较量的最终结果，是他被挑下马，差不多算是被封杀，整个新闻界竟然没有一家报社敢收留他。值此谢老师人生的关键时刻，有总那长于谋略的特点也同时被凸显出来。他不惜亲自出马，上演了一出主动上门“求贤若渴”的戏剧：“我把黑脸一捋变红脸，特意上门请‘谢老师’到我这边屈就，做公关总监，替我‘防火防盗防记者’，以其长矛反攻其盾，实在是对口。”为了能够让谢老师心服口服地为自己所用，有总甚至还想方设法给予其足够的尊严和必要的尊重：“为着给他面子，我要求我所有的副总、中层和员工，包括后来他在我家里随意走动，我也要求孩子们和肖姨，一概地，要尊称他为‘谢老师’，相当于我这小小王国的国师，多荣耀。还有独一份儿的年薪，那，不算薄。”究其根本，有总与谢老师的这一番较量，以及谢老师最终败北后的被招安，所充分说明的正是在一个资本当家的经济时代，人文知识分子实在难以避免的悲剧性遭遇。

作为曾经的批判和反对者，谢老师之所以会如此这般貌似服服帖帖地为有总所用，鞍前马后地如同半个管家替有总处理甚至包括家务在内的各种事情，内心里却有着自己的小九九，打着自己的小算盘：“因‘童工瞎眼’深度稿被有总挑出媒体界，而后他又重金前来收拢——谢老师能就这么没皮没脸地倒伏了吗？说复仇太严重，也没那么孩子气，但将计就计是真的，心里总是有一根逆刺：不让我写？我偏要写，只写你，这辈子只磕这一桩事。”一个不容回避的问题是，怎么样才能如愿以偿地完成这个使命呢？一个重要的方面就是做好自己的生活观察笔记，及时记录看到的各种与有总紧密相关的点点滴滴：“每晚睡前，他都会想一想，有值当的素材或场景，就顺着时间先后编号记下，有如结绳记事。夜里偶尔起身，窗外有光，朦胧照着床头的大红皮本子，谢老师就挺踏实的，认为他的时日并没有虚度。”原来，不甘心就这么驯服于有总或者背靠资本力量的谢老师，他所念兹在兹的“将计就计”就是要充分利用自己的“卧底”机会，尽可能地搜寻与有总紧密相关的一切秘密，以便在未来时日完成一本有总原罪史的写作：“这一投靠，是生存意义上的续命，值得言谢，这不假。可想想看，此生何为，当真由媒体良心一变为资本家的走狗，说卖身就卖身了？不，可，能。想想当初一起争稿源抢线人的那帮子老弟兄，能让自己就这么过去吗，哪怕是作为‘北胡南谢中有张’的唯一代表，他也得暗战到底。而有总，则算是资本那一方的代表吧。故而他的转身掉头，是为着潜伏与卧底，他要做一个长线的、总账性的选题，搭上大半辈子来干，以揪出有总的黑暗原罪史（思路一）。直到末了的末了，把他写个底儿掉。”

既是如此，在先后长达二十年之久的“潜伏和卧底”过程中，谢老师一方面固然是在尽心尽职地完成着有总交付的各种任务，但在另一方面，他更多的心思却用在了各种“大料小料”的记录和整理，以及对总体写作思路的思考与调整上。这样一来才有了小说文本中很多地方都出现过的“素材”“思路”“橡皮”

等。所有的这些“素材”“思路”“橡皮”都意味着从来都没有放弃过远大写作计划的谢老师，一边服务着（有总），一边观察着，同样也一直在思考准备着。正因为如此，才会有一些与未来的写作紧密相关的文字不断地出现在文本之中。

比如，“真实，算他谢老师的命根，也是硬通货，就为了这亲力亲为的真，他从三十而立死死咬到年近半百，并打算咬到穆有衡的终点呢，怎能半道松口呢。所以，就这么着吧，只写穆有衡其人其事，其真人真事，才不写那所谓集大成的时代之子呢”。这是在和很早就建议他写一写有总的学生伟正聊天时，谢老师针对伟正可以用所谓典型化的方式描写一个“集大成的时代之子”的建议做出的反应。与伟正的建议形成鲜明对比的一点是，谢老师坚持一定要在真人真事的基础上写出一个真实的有总。比如，“自然，不必再谈黑暗原罪史或了不起的时代之子之类，这不是要换成穆有衡和他的儿女们嘛，他听到自己竭力振奋的声音，阐释他的人物定位。吏、户、礼、兵、刑、工”。这是有总昏迷之后，谢老师在和伟正一次通话时所表达的想法。毫无疑问，由于这个时候的谢老师和有总乃至有总一家人的情感状态已经发生了变化，彼此更紧密地缠绕在一起，谢老师对自己的写作计划又做出了新的调整。临近小说结尾时，在和伟正进行交流时，谢老师的想法又有所变化：“还有一点，他不太好意思，也不想跟伟正说出来。对这几个人，他可能已经失去了一个书写者所必需的距离与冷静了。这些年，由远，而近，而琐屑日常，喜哀冷暖进退，俨然是连为一体了。他喜欢他们，包括他们的拧巴、玩花招、走回头路，变得㞞，变得狠，他都愿意去理解和支持他们——而不是轻佻地去‘写’他们，他实在已经没法写了！伟正听了肯定会笑死的，不是‘北胡南谢中有张’的嘛，瞧您这杆枪，软塌了，老年人了吧。”面对着连同自己也料想不到的变化，谢老师一时间陷入到了莫衷一是不知道怎么样才好的状态之中：“难不成，真要放弃他那些红皮笔记本吗？一百三十五个素材，三十多个场景，六条人物脉络，几组时代关键词……一阵锥心之痛，他也是一条独自奔腾的河流啊，要怎么样交代自己这大半生的航道？”无论如何，放弃都是不可能的，当此之际，还是那位伟正不失时机地给出了一个建议。他建议内心纠结不已的谢老师干脆放弃非虚构的写作打算，在把“非”字去掉之后，以有总的相关故事为原型，将其改弦易辙为带有一定虚构色彩的网剧（即带有突出市场色彩的IP剧）。从伟正处意外获得这样一个建议后，谢老师很快陷入到了别一种犹豫和踌躇之中：“只不知道，不知道他这支秃笔，还能搞得出来吗？但伟正这回的指点，还真叫他有点动心。虚构的非虚构（思路四），似乎可以处理成一种无羁而万能的非虚构……”

毫无疑问，以上那些长期缠绕着谢老师的一百三十五个素材、三十多个场景、六条人物脉络、几组时代关键词等等，再加上发生在谢老师和他的学生伟正之间难以计数的讨论过程，所有这些其实都可以被我们看作是作家鲁敏对“元小说”手法的精妙征用。因为在一部虚构的小说文本中，带有突出视点色彩的人物谢老师简直就是在无休无止地思考并谈论着自己拟议中的未来写作，自然可以被理解为是一种“元小说”的艺术方式。

拿到作家李明春新近完成的《川乡传》（四川文艺出版社2021年11月版）这部长篇小说后，首先引起我注意的就是小说那不无特别的命名方式。所谓“川乡传”者，当然是指以长篇小说的方式为四川的乡村树碑立传。或许与乡村社会特定的存在方式有关，举凡关注表现乡村生活的当代长篇小说，大多都会聚焦于某一个具体的村庄。比如，柳青《创业史》中的蛤蟆滩，周立波《山乡巨变》中的清溪乡，陈忠实《白鹿原》中的白鹿村，贾平凹《秦腔》中的清风街，更有甚者，如赵树理的《三里湾》或者贾平凹的《古炉》，干脆就把村庄的名字直接征用为小说的标题。很可能正是为了区别于如此一种流行的具象命名方式，李明春方才设想出了《川乡传》这样既抽象又具象的标题表现方式。一方面，把乡村直接嵌入到标题之中，当然是一种抽象，但在另一方面，这乡村又不是其他的乡村，而是四川的乡村（当然更具体说来，乃是渠县的乡村），这就是所谓的具象。虽然说在长期的阅读过程中，我个人已经先后寓目过很多部乡村题材的当代长篇小说，但或许是我孤陋寡闻，如同李明春这样干脆把某一地域与乡村拼贴在一起并且还要为之作传的命名方式，在我个人的有限视野里却还是第一例。然而，从李明春的创作动机来说，虽然从表面上看他似乎只是要集中笔力书写表现带有突出地域色彩的四川乡村故事，但其实，正所谓“窥一斑而知全豹”，他的艺术“野心”绝不仅仅是要写出赍人谷这样一个四川渠县的乡村故事，而是要借助于赍人谷这一具体“麻雀”的描摹进一步辐射表现整个中国的乡村世界。

正如同李明春在后记中所坦承的，他的这一部试图书写表现包产到户至今的乡村生活的长篇小说，酝酿构思的时间前后加起来长达十年之久。其间，他曾经数次提笔，但又数次搁笔。主要原因在于，李明春总希望能够不人云亦云地琢磨出一点独属于自己的道道来：“包产到户至今已有四十余年，书写这段历程的小说，这些年特别多，其中不乏名家名作。我是一个后来者，如同集体合影，前排后排都站满了，我只能在最后面踮起脚，望人项背不行，要尽量露出脸来，须得努力寻找空隙。”关键的问题是，李明春意欲寻找的“空隙”究竟何在呢？围绕这个核心问题，作家给出了一些相关的思考。比如：“同样是改革动因的叩问，我总觉得不能少了历史纵深感，一定要有人口与土地千年撕扯的痕迹，要有根源性思考。农民不能只是一个符号，要着笔于他们的利益、诉求、处境、个性……使之成为不同群体中个性鲜活的个体形象。包产到户看似共同呼声，却是由不同声部组成的合唱，若把黝黑作为农民的脸色特征，也应墨分五彩。”事实上，作为一部试图对乡土生活做深度透视的长篇小说，整部《川乡传》的时间跨度长达四十余年，从最早包产到户的1979年（请一定不能忽视小说对这一时间节点的艺术性呈示。小说开头的一句话，与主人公欧阳生有关：“那一年，欧阳生第一次办大事，为本队曾杨氏治丧。”隔开若干行后，视点挪移到曾杨氏这里：“那一年是哪一年？曾杨氏至死都迷糊，好像是己未年，属羊，是自己的本命年。”己未年又是哪一年？联系文本的实际情形，这个己未年，其实也就是1979年），一直写到了晚近一个时期的精准扶贫，以及欧阳生怎么样想方设法完成相关的精准扶贫任务。李明春很显然是一位忠实于生活的现实主义作家，从己未年至今四十余年来中国乡村社会所发生的重要历史事件，诸如包产到户、乡镇企业、计划生育、征收粮款、乡村选举、外出打工、免征农业税、精准扶贫等等，都进入了作家的关注视野，在作品中得到了不同程度的表现。就此而言，说《川乡传》较为全面地书写了中国乡村社会自包产到户以来迄今四十余年的生活变迁状况，当不为虚言。关键问题在于，尽管以上各种历史事件都在李明春的《川乡传》中有所表现，但或许与作家的倾情程度不同有关，也或者是因为作家个人生活经验的真切程度存在着差异，最终获得的艺术效果却有着明显的不同。其中，最令人印象深刻的莫过于作家对包产到户的艺术表现。如果说其他一些历史事件的处理多少会显得有点浮光掠影，未能深入下去，那么，李明春对包产到户这一带有突出转折性意义的历史事件的处理，就因其体验的格外真切与思考的特别深刻而给读者留下了难忘的印象。

在展开讨论李明春关于包产到户事件的书写之前，我们首先需要对《川乡传》叙述速度上的变化有所了解。整部《川乡传》以三百五十页的篇幅书写表达自打1979年以来，迄今四十余年的乡村社会变迁，倘若以四十年的整数加以计算，平均每一年所需要的页码应该是8.75。其实，不管是哪一位作家都不可能如此平均地展开自己的叙述。具体到李明春的《川乡传》，我们发现在叙述上存在着一个明显的不断加速的过程。详加考察的结果是，从一开头到136页第七章结束为止，作家差不多用了将近三分之一的篇幅来叙述农历己未年即1979年发生的包产到户事件。接下来，从第137页开始，一直到第228页，作家用不到一百页的篇幅，集中围绕乡镇企业的起伏兴衰这一历史事件展开叙述。虽然查阅资料显示，一直到现在为止，所谓的乡镇企业都处在发展的过程之中，但据我个人的观察和了解，实际的情况并非如此。乡镇企业自从70年代末期起步以来，其发展的鼎盛时期应该是80年代的中后期，那个时期曾经一度流行的“万元户”这一专有名词，具体指称的恐怕就是那些创办乡镇企业的农民。但正所谓好景不长，差不多到90年代中期的时候，曾经一度风光无比的乡镇企业已经陷入到了发展的瓶颈之中，举步维艰。从这个角度来说，李明春在《川乡传》中用将近100页的篇幅叙述的，就是以乡镇企业的发展为中心的前后加起来差不多十五六年时间的赉人谷那一段乡村故事。然后，从第229页第十三章开始，一直到终篇，作家用一百多页篇幅所叙述的，就是从乡镇企业开始衰落的90年代中期，一直到一力强调并践行精准扶贫的当下时代，前后差不多长达二十五六年时间的赉人谷乡村故事。由以上分析可见，如果我们把136页一年设定为一个基本速度来观察李明春的《川乡传》，那么，整部小说的叙述速度很显然存在着一个逐渐加速的特点。之所以会是如此，一个不容忽视的关键原因就是发生于四十余年前的包产到户那个历史事件，不仅对中国的广大乡村社会影响深远，而且也在有着长期乡村生活经历的李明春内心深处留下了难忘印象。唯其如此，他才会不惜征用将近三分之一的篇幅入情入理，尤其是从众多当事人的心理被震动层面，全方位地书写表现包产到户这一重要历史事件。换个角度来说，因为包产到户这一部分相当精彩，以至于我们在某种程度上甚至可以把《川乡传》看作是三分之一部“杰作”。

应该注意到，“长期以来，中国当代文学书写的一大痼疾，就是一种前后对比鲜明的‘翻转叙事’模式的生成。所谓‘翻转叙事’，就是为了充分凸显某一历史关节点的重要性，而对这一历史关节点前后的社会状况做一种对比鲜明的描摹与书写。比如，以1949年为分界线的‘解放前’与‘解放后’，以1976年或者1978年为分界线的‘文革中’与‘文革后’（或者‘改革前’与‘改革后’）。与此紧密相关的一种惯性书写模式就是，‘解放前’或者‘改革前’的生存状况会是多么糟糕，一旦进入‘解放后’或者‘改革后’，生存状况就会发生根本的变化，就会如同芝麻开花一样节节高。更进一步说，如此一种书写模式的背后，也还潜藏着某种类似于‘进化论’式的‘时间神话’。所谓‘进化论’式的‘时间神话’，就是由时间给出的某种关于未来生活的美好承诺。正如同‘再过二十年，我们来相会，伟大的祖国该有多么美’的歌词所咏叹的那样，‘时间神话’带给我们的一种明显错觉就是，随着时间的自然推移，现实生活将会变得越来越美好”。[①]这一方面，很有代表性的一个作品就是何士光那篇曾经产生过不小影响的短篇小说《乡场上》。早在1980年就已经发表的这篇小说中，作家敏锐地抓住日常生活的细节，借此揭示时代和社会的变化对农民的精神产生的根本影响。小说的故事发生在偏远山区一个名叫梨花屯的小村里。这篇小说的矛盾冲突，一方面发生在食品供销站罗会计的女人与民办教师任老大家的女人之间，另一方面则发生在主人公何幺爸的内心深处。当前面两位在乡场上发生了激烈争执的时候，一贯遭人欺凌的庄稼人何幺爸被叫来当场做证。在经过了一番不无激烈的内心冲突之后，之前在以罗家为代表的乡场上层人物面前从来都没有能够挺起过腰杆来的何幺爸，终于以绝大的勇气道出了事实的真相，大义凛然地站在了被欺辱的任老大家一边。正所谓“窥一斑而知全豹”，何士光的根本创作方向，毫无疑问就是要通过这个看似寻常的日常生活细节，深刻地揭示庄稼人冯幺爸内在心理所发生的变化。一直到现在我都记忆犹新的一点是，在小说发表的新时期文学之

① 王春林：《乡村苦难叙事与一种文学传统》，载陈思广主编《阿来研究》第十六辑，四川大学出版社2022年版，第63页。

初，何士光的《乡场上》由于被认为“真切”地写出了时代与社会政治变化所导致的农民精神心理的变化而得到了普遍的肯定和赞誉。虽然并没有直接点出包产到户来，但致使何幺爸心理发生变化的那个历史关节点，肯定是当代乡村这个有着重要影响的历史事件。倒不是说不能够表现社会和历史的重大转型，但在今天看来，何士光在当时的想法很可能还是有点过于简单乐观。现实生活中那位曾经在过去饱受各种打压的冯幺爸，无论如何都不可能那么迅即、简单地就把自己弯曲时间过久的腰杆挺起来。但同样是对社会历史转型的关注与表现，与过于“简单”“乐观”且不无“浪漫”色彩的《乡场上》相比较，李明春《川乡传》值得肯定的一个地方，就是在透彻地理解把握世道人心的前提下，写出了包产到户这样一个重要历史事件酝酿与发生的艰难程度。大约也正因为如此，相对于如同何士光《乡场上》那样的“翻转叙事”，我们不妨把李明春《川乡传》中关于包产到户艰难过程描写的那一部分，干脆就称之为是一种带有颠覆和解构意味的“反翻转叙事”。

正如你已经看到的，《川乡传》中关于包产到户的书写，是从一场非同寻常的乡村葬礼开始写起的。小说一开始，就是那个名叫曾杨氏的乡村女性的不幸去世。人死了，当然要依照乡俗举行葬礼，但因为曾杨氏身份的特殊，所以，为她举行什么样的一种葬礼也就成了摆在新上任的生产队长欧阳生面前一件颇为踌躇的棘手事情。那么，曾杨氏的身份到底特殊在什么地方呢？一方面，因为她是过去的大军阀、大地主曾庆彪的大老婆，所以，在那个阶级斗争的时代，她曾经戴了长达几十年的地主分子帽子，长期被打入政治另册之中。但等到她不幸去世的农历己未年，即1979年的时候，她地主分子的帽子已经随着政治形势的变化而被摘掉了：“一年里四处都在纠错，弄得她有些喜忧参半。她是老爷的发妻，老爷纠错，成了起义将领，自己当然喜欢。自己叫摘帽，有点忧虑，不知还算不算地主？她自此有些恍恍惚惚，逢人便说老爷来找她了。多数是夜里，有时白天也来。听的人笑她，说你是高兴昏了头，摘了帽子乐的。”这样一位刚刚被纠了错，刚刚被摘掉了地主分子帽子的乡村女性去世，尤其是她竟然还有一个名叫繁望的儿子，虽然远在海峡对岸，却并非寻常人物，乃是执掌大权的要害角色，因此，采取什么样的方式为她操办葬礼，自然也就成了一个欧阳生不能不面对的难题。正所谓“一朝被蛇咬，十年怕井绳”，由于在既往的岁月里曾经被打入政治另册的缘故，等到县统战部的张部长询问曾庆彪曾经的五太太戴维娅准备怎么样埋葬曾杨氏的时候，戴维娅给出的说法才会是：“我能咋办？一个地主老耄死了，拖出去挖个坑埋了就是。”戴维娅之所以要这么回答，很显然是因为自己仍然心有余悸，唯恐一不小心，把那顶已经被一阵风吹没了的政治帽子再吹回来。针对家属和基层乡村组织的如此一种试图“潦草了事”的态度，身负政治使命的张部长极为不满：“这不行，我这次来，就是要跟你们说，曾杨氏的后事不能草率了事，要按乡下老规矩办。”“曾杨氏虽是一个地主分子，但已摘了帽子，属于人民内部的人了，她儿子在海峡那边，是好人派到坏人内部的，还是坏人内部出了好人？一时半会儿说不清。但有一点是清楚的，今后两岸统一的事还要他出力。所以，上面领导担心丧事办潦草了，会影响到她儿子的好坏程度，特意叫我下来打招呼，要认真办！”事实上，正是因为有了代表地方政府出面的张部长的强力干预，赍人谷的地方乡贤大先生才会被郑重地延请出山，依照乡村旧俗为曾杨氏风风光光地举行了一回葬礼。人们都说“一滴水可以反映太阳的光辉”，虽然只是一场看似不起眼的乡村葬礼，但借助于曾杨氏后事不无曲折的处理过程，李明春所巧妙写出的，正是社会政治已经发生的巨大变化。

毛泽东曾经说，一个人，做一件好事并不难，难的是能够一辈子做好事。仿其例，我要说的是，一个作家，写一部优秀的中篇小说并不难（其实，对很多作家来说，这个要求也已经很难），难的是能够不断地写出优秀的中篇小说来。放眼近些年来的中国文坛，倘若要寻找一位在中篇小说这一文体领域不仅能够不间断地持续发力，而且其作品的思想艺术水准均抵达了相当高度的小说家，你无论如何都不能不承认，尹学芸很可能是重要的人选之一。虽然不能说篇篇珠玑，却也可以说差不多达到了轻易不会失手的程度。这部标题看上去多少显得有点怪异的《鬼指根》（载《收获》杂志2021年第5期），同样是尹学芸一部不容轻易忽视的优秀中篇小说。

面对《鬼指根》，首先浮现出的一个疑问就是到底何为鬼指根。只有在认真读过作品之后，我们方才可以了解到，所谓“鬼指根”，其实也就是一种有着更广泛认知度的俗称“灰灰菜”的野菜：“鬼指根又名灰灰菜，春天可以凉拌或做馅吃，像许多野菜一样，能上餐桌。但深秋它们就脱了形，从叶子中间挑起一根细细的茎，顶着球状的针形尖刺，挑衅样地随时连发枪弹，准确无误地击中你，把你变成一只刺猬。”正所谓，灰灰菜常知而鬼指根不常知，如果说灰灰菜，恐怕很多人都知道，一旦置换成鬼指根，虽然指称的是同一种野菜，但知道的人却一下子就会变得稀少许多。然而，尽管属于同一种野菜，即使仅仅是从艺术表现的角度来说，如此一种置换也是不成立，或者说不被允许的。关键问题在于，抛开实指的内涵，仅仅从三个汉字组构在一起所发散出的字面气息来看，鬼指根三个字较之于灰灰菜，似乎天然挟带着某种不可名状的神秘、诡异味道。从艺术象征的角度来说，如此一种神秘、诡异的味道，其实直接通向了小说文本意欲传达给读者的关于人物命运的神秘与诡异。更何况，即使仅仅着眼于一种阅读的直觉，能够勾起读者强烈阅读兴趣的也肯定是鬼指根，而不是灰灰菜。事实上，尹学芸之所以要征用鬼指根这个并不为很多人所知的野菜名作为小说的标题，更多的是要依凭这个不无神秘、诡异色彩的命名来统领整部小说文本。

敏感的读者或许早已发现，我这篇批评文章的标题，虽然未必像尹学芸小说的标题那样充满神秘、诡异色彩，但却也有着非同一般的另类性质。实际上，正如同作为小说标题的鬼指根一样，我这里所罗列出的“盘子”“馅饼”“镜头”“挂件”，均属于尹学芸小说文本中非常重要的物象。很大程度上，尹学芸正是借助于包括标题在内的这些重要物象，才最终艺术地完成了中篇小说《鬼指根》的构想与书写。

首先是盘子。这里的盘子指的是女主人公，身为埙城行政局办公室主任的倪依，用来盛放送给行政局前局长鲍普的野菜馅饼的一只蓝花盘子。就在鲍普意外失踪的头一天，他忽然要求办公室主任晚上给自己做几个野菜馅饼吃。虽然内心里也有过不安，但倪依还是依从了他：“采野菜是一个复杂的过程，倪依明显比平时尽心，只掐最嫩的那一部分。”由此一细节，我们即可以见出倪依做馅饼时的用心与投入程度。想不到的是，等她把馅饼送到办公室时，虽然没有找到鲍普，但听到了里间里哗哗的淋浴声。受到此种情景惊吓的倪依，赶紧一时慌乱逃出：“倪依对自己说，你明早来收盘子。别忘了，你明早一定来收盘子。”问题在于，倪依的人虽然逃走了，心里却是乱作一团：“丢下盘子就走真的符合行为规范和礼貌礼节吗？所有的说服其实都无效，倪依知道自己不会回头。漆黑的夜，空荡荡的楼，散发着潮湿气息的鲍局，身上浸润了迷迭香，这都是危险！你没有能力承担全部后果，就不要企图稍越雷池！”没想到，到了第二天，因为鲍局迟迟不开门，等到倪依用钥匙开门之后，却意外地发现，不仅鲍局早已悄然不知所终，连同那只蓝花盘子也都不见踪影：“鲍局就此失踪。倪依又气又恨。他吃了自己的馅饼都不知会一声。他就这样打发了她，连同她的希冀和情感——她有希冀和情感吗？这真是一个未知数，倪依自己其实也不是很清楚。”是的，正所谓剪不断理还乱，由这只随同鲍局一起失踪的蓝花盘子牵扯而出的，乃是倪依和鲍局之间一种如同雾里看花一般的，只能以朦胧、暧昧称之的情感关系。如此一种暧昧的情感关系得以生成的前提，是他们两个人各自的家庭生活都非常糟糕。这种暧昧关系存在的铁证之一，就是有一段时间鲍局总会在夜晚给她打电话：“有一段时间鲍局总在夜晚给她打电话，引得黄柏偷偷去打电话清单。关键是，鲍局的那些话都没什么特别，就好像他突然想起了什么，要与人分享，不分享下一刻就忘了。”一个和妻子的关系相当糟糕的男上司，刻意地给一位异性的女下属打电话，不是暗生情愫还能是什么？更何况，他失踪的时候竟然会把那只蓝花盘子也一起带走。关键在于，对于此种情愫，身为当事人的倪依其实也是暗含期待的："白天都忙，她和鲍局很少单独说上话。夜晚的电话粥甚至是倪依的期待，不管说什么，倪依都暗生喜欢。"因此，虽然双方都没有过公开的表示，但如此这般暗中的"两厢情愿"本身就可以被看作是他们俩同时精神出轨的突出表征。事实上，只要是稍有写作经验的朋友就都知道，有分寸感地书写一种男女双方都有所节制的暧昧情感状态是一件比较困难的事情。从这一点来说，尹学芸的相关艺术努力应该得到我们的充分肯定。无论如何，倪依和鲍局之间如此一种剪不断理还乱暧昧情感状态的书写，是《鬼指根》中最令人印象深刻的部分之一。

其次是馅饼。这里的馅饼当然是指野菜馅饼。需要注意的是，同样是野菜馅饼，在《鬼指根》中却有两种不同的功用。一种功用，诚如前述，因为出自倪依之手，所以就和那只蓝花盘子一起，作为倪依和鲍局之间暧昧情感的见证物而存在。另一种功用，则是因为出自王居士和李居士她们之手，所以便可以被看作是倪依和丈夫黄柏之间情感不堪的见证物。按照小说的交代，倪依和黄柏一直处于不对等的状态。黄柏狂热地喜欢倪依，倪依却对黄柏没有什么感觉："他是有些自卑的，家在农村，其貌不扬，拙嘴笨舌，可他就是喜欢倪依，这是没办法的事。足足用了五个寒暑，如果不发生意外的事，估计倪依还是天鹅在空中飞着。"这里所谓的意外之事，其实就是再寻常不过的英雄救美。某一日，倪依依照惯例到水库大坝去背英语，不料却险些被强奸："她抖了抖酸麻的右腿，刚一转身，一个黑影忽地扑过来，把她放倒了。一块尖石头硌了她的腰，她的后脑跌落在一个树坑里，因为堤面本身坡度大，这让身体呈一个反向弧度，让挣扎出现了一个短暂的时间差。她一声'救命'没容出唇，嘴里就被塞进来一把泥沙，她被呛得险些一口气憋过去。男人撕飞了她的衣服，口水涂到了她的胸脯上。她抖得一塌糊涂，牙齿像是在敲梆子。又一道影子掠过来，把那个男人掀翻了。她慌忙往起爬，看着男人顺着坡道往下滚，迅速沿着水边跑远了。”毫无疑问，这位英雄救美者正是苦苦追求倪依而不得的黄柏。有了奋不顾身的英雄救美，黄柏后来自然也就如愿以偿地抱得美人归。然而，倪依意外地遇到王居士和李居士她们几位，在品尝野菜馅饼美味的同时，也不期然间从王居士口中了解到了当年这一英雄救美故事的真相。原来，当年的那一场英雄救美，是因为黄柏苦苦追求倪依不得，所以和小学同学翟志刚密谋后设的一个局：“黄柏那个时候经常去我们家，跟我儿子商量对策。当年黄柏追你追不上，就让我儿子耍流氓，他装英雄救美。”更进一步地，他们俩还专门为此而立了字据。正如你已经预料到的，对于一贯心性甚高的倪依来说，如此一种真相的意外获得简直就如晴天霹雳一般：“‘字据呢？’心‘咚’地一震，似是裂了口子，便有鲜红的血顺着嘴角往外爬。”“倪依端着纸袋的手不停地抖，她悄悄用左手握住了右手的手腕，顺便往胸前揽了下。”一时心慌意乱的倪依，顿时生出了无法形容的强烈痛感：“我为什么要来这里呢？我为什么要见那个翻鼻孔的女人呢？看来老天爷不忍看我像傻子一样一辈子受蒙蔽——你还以为自己是个女王，其实不过是人家魔法里一只可怜的兔子。”但事实的真相并未到此为止。到后来，从丈夫黄柏那里，倪依才进一步了解到，他为什么会和曾经助自己一臂之力的小学同学翟志刚反目为仇：“只是有些事情我想告诉你。当年追你追得很辛苦，但我没想伤害你，计谋是翟志刚出的……我知道现在这样说有失厚道，可确实是他想出来的法子。

不过我们有言在先，那就是吓唬你一下，但不能碰到你。那晚的事情无须我说，是你一辈子的梦魇。他不单下手，还下口。就因为他不信守承诺，我一辈子都不原谅他，当然也一辈子都不原谅自己。”就这样，随着故事情节的进一步深入发展，随着事件真相被揭示，翟志刚和黄柏性格中的复杂一面也就更加清晰地凸显在读者面前。原来，翟志刚是要借着帮助黄柏的契机，好在倪依身上揩一把油。而黄柏，则是在悔恨心理的长期伴随下，度过了自己痛苦赎罪的大半生。

接下来是镜头。指的就是鲍局花费巨资购得的那些昂贵摄影镜头：“有一款镜头几百万，市场上根本买不到，商家只接受私人订单——这不是疯了吗？”“下面就是这些大小镜头的图片，最大的一个镜头居然像榴弹炮，颜色也是绿莹莹。想到这样一个家伙居然价值几百万，倪依心都是疼的。”或许与倪依内心里对鲍局有一份真诚的情愫有关，在最初从后来的沈局那里听说鲍局曾经花了两千多万公款的时候，自以为非常了解鲍局的倪依的本能表现就是坚决不相信：“倪依‘噌’地站了起来，说这不可能！鲍局的工资都花在了兴趣爱好上，地球人都知道！他的生活很简朴，车改后普通干部都有买奥迪A6的，他只买了一辆小破车，八万块。这在行政局，大家有目共睹！”但其实，正如这些价格昂贵的镜头所充分见证的，鲍局不只是一位违法犯罪的贪官，而且是一位重度抑郁症患者。对此，了解内情更多一些的黄柏曾经有过一针见血的揭示：“如果你想知道有关鲍普的信息，那么我现在可以告诉你，公安从他的抽屉里搜出来许多抗抑郁的药，他是严格意义上的抑郁症患者。专家有种说法，他疯狂购物也是抑郁的表现之一，只是，你离他那样近，反而是雾里看花。”

就此而言，这些昂贵的镜头所昭示出的正是鲍局心理的复杂状态。

最后是挂件。这里的挂件指的是那一尊由鲍局赠送给倪依的深棕色菩萨。当时的具体赠送情形："那是在杭州开会时的餐桌上，鲍普随手丢过来，说送你个玩意儿。碰巧倪依喜欢，她觉得，是他在外边随意买的。即便是随意买的，她也喜欢。就是这样。如果当时鲍普说'一片万钱'，那会成为一块烫手的山芋，倪依绝不可能接受得这般心安理得。"由此可见，这一尊菩萨，首先是倪依和鲍局之间暧昧情感的又一个物证。但也正因为如此，等到鲍局悄然失踪之后，倪依才会为这一尊菩萨挂件而倍感惴惴不安。先是试图将它转赠于萍水相逢的张居士（根据小说文本中隐隐约约的暗示，这位张居士很可能就是鲍局的母亲），被拒后，她又把菩萨挂件悄悄放到了一块大石头底下："她离开寺庙遗址，下到了谷底，把挂件放到这块大石头下，用几块小鹅卵石埋住，上面又遮了一块石板。"之所以一定要这么做，主要因为"这枚挂件越来越让她寝食难安，感觉到它与肌肤接触，过去是心怡现在是惊骇"。没想到，等她再次找到这块大石头的时候，不无惊讶地发现那尊佛像已经被有缘人请走了。但在最后，就在一切看似水落石出，故事即将走向终结，就连倪依和黄柏也似乎已经历经劫波"重归于好"的时候，这一尊"一片万钱"的菩萨挂件又一次神奇地出现在了张居士手里。面对着倪依的一再推拒，张居士给出的说法是："别人请都请不到，你怎么还……丢了呢？""即便是别人送的，也该用心收着。""当初它值得挂在这里，现在也值得。你不要心有挂碍。既然收下了，就不要丢掉。既然想丢掉，当初就不该收下。""菩萨没有错，她不该遭人遗弃。”首先，出自张居士之口的这些话语的确带有某种形而上的谈禅说道色彩。其次，以上这些话语再加上“倪依张口结舌。张居士把头埋在倪依的胸前，她的脸跟菩萨的脸离得很近，像是彼此确认和辨认。倪依看见的是她长着柔软头发的后脑，那些头发似乎更白了”这样一段叙事话语，我们可以得出结论：尹学芸借助于这一尊菩萨挂件和张居士其人的描写，最终给出的是一种宗教式的精神救赎之道。当然，这种精神救赎之道既是针对倪依，也是针对鲍局、黄柏、翟志刚他们的。

小说结尾处，尹学芸专门提及了佛教经典《楞严经》：“倪依没有告诉张居士，她也在读《楞严经》。那么长的经文，世尊只在开端问了阿难一句话：心在哪里？并没有问他心是什么。心是什么阿难不会知道，倪依就更不知道。这一桩事情在佛法里叫深密，而非秘密。太深了，不是凡人能够了悟，所以称之深密。”紧接着，尹学芸又写道：“你以为你有一颗心，你其实不知道心是什么。”那么，心到底是什么呢？到底谁才能够真正识得人心？我们虽然不能说作家尹学芸已经识得了人心，但无可置疑的一点是，凭借着包括这部《鬼指根》在内的一系列优秀小说作品的创作，尹学芸一直行走在依靠小说创作的方式识得或者说勘定“心是什么”问题的道路上。

前不久，忽然收到了久违的《长江文艺》杂志社副总编喻向午的两条微信。在微信中，他不无郑重地特别向我推荐作家胡性能的中篇小说《马陵道》。其中一条的内容是：“春林老师好！《长江文艺》第11期刚刚出炉的头条，胡性能的中篇，我要求做的责编，写得真不错，请春林老师关注！”另一条带有说明性质的内容是："胡性能写作非常严谨，很珍惜文本，2018年这个稿子交给刊物，后又撤稿，酝酿了三年再修改，今天才发出来。"胡性能是我非常要好的一位朋友，他的人品好酒品好文品好，在业界是众所周知的不争事实。或许与他对文学创作自始至终的心存敬畏紧密相关，胡性能写作态度的严谨也一向为我所知。但一部篇幅只有三四万字的中篇小说，却要大费周章地在交稿后又撤稿，先后酝酿打磨竟然超过了三年时间，在业界，虽不能说是绝无仅有，却也极其罕见。关键的问题是，胡性能如此这般不惜耗费数年心血打磨出来的，到底是怎样的一部小说精品呢？正是怀抱着这样一种强烈的疑问，我先后两次认真地阅读文本。依照我个人的阅读经验来判断，胡性能的《马陵道》当是一部充分体现了作家非同寻常的历史想象力的中篇小说。

《马陵道》的核心物象有二，一个是早已消失在历史深处的剪影戏，另一个则是从古一直传唱至今的戏曲《马陵道》（小说的标题，很显然由此而来）。与这个物象紧密凝结在一起的乃是那个身为剪影戏创始人，名叫丁汝成的小说主人公。正如同小说标题的设定早已经暗示给我们的，丁汝成一生跌宕起伏的命运酷似戏曲《马陵道》所讲述的故事，甚至可以被看作是《马陵道》故事的"翻版"与"复制"。戏曲《马陵道》所讲述的是战国时期发生在孙膑和庞涓师兄弟二人之间一段手足相残的仇杀故事。孙膑和庞涓二人均师从鬼谷子学习兵法，不料孙膑却惨遭庞涓的陷害，差一点被问斩，最后以刖足之刑代之。师兄弟恩义从此断绝。到后来，足智多谋的孙膑巧妙设计，在马陵道这个地方设伏让部下射杀了庞涓。由于丁汝成的生母玉香枝本人不仅是一个优秀戏曲演员，而且特别喜欢唱《马陵道》，丁汝成可以说是听着父亲母亲演唱这出戏长大的。那个时候的他根本想不到，父母亲的彼此唱和其实已经给自己未来的不幸命运埋下了祸根：“丁汝成听父亲母亲唱《马陵道》，土城棉纱商人的宅院，晚饭后时常响起二胡、皮鼓和铙钹的声音。丁汝成的父亲不只是一个简单的戏迷，他能开嗓唱，还能熟练地耍弄各种乐器。只是棉纱商人肯定想不到，他与小妾玉香枝的唱和，每一句唱腔以及家里下人的叫好声，都像是一片片飞刀，越过丁家大院静默的瓦脊，传到备受冷落的大娘耳中。”正因为备受刺激的大娘从此后的怀恨在心，所以才有了后来生母玉香枝被毒杀，以及丁汝成年仅十二岁时被迫亡命天涯的人生经历。很大程度上，正是现实生活中的如此一种手足相残悲剧，才会让他小小年纪便在马陵山的那次夜晚行走过程中，不由自主地联想到了历史上孙膑庞涓他们俩之间的手足相残：“此后，丁汝成每当想起夜晚穿行于马陵山的经历，总觉得两千多年前的那场厮杀，就是他记忆里的一部分。他后来甚至能够隐约回忆起那天夜里庞涓的模样，也能回忆起孙膑夜宿的羊圈，面对馒头与污秽时的犹疑，还有刖足的疼痛让孙膑一脸扭曲的表情。”这哪里是在写孙膑和庞涓，这完全可以被看作是离家后狼狈出逃时丁汝成自己生存与心理困境的真实写照。

除了丁汝成少年时的这一段惨痛经历之外，与《马陵道》紧密相关的另外一段故事发生在抗日战争时期的1940年前后。同样与丁汝成脱不开干系的这一次矛盾冲突，毫无疑问已经上升到了中日两个在当时呈敌对状态的国家之间。窑湾镇湘记百货店的老板朱廷湘，多年前就已经来到窑湾镇。除了经营百货店之外，平时的朱廷湘总是胸前挂着一个徕卡相机游荡在窑湾周边，相当清楚地了解到了相关的各种情况。但到了后来，丁汝成才于偶然间发现，朱廷湘的实际身份乃是日本人，他一直在利用湘记百货店老板的身份从事间谍活动："朱会长总是能让那些来源神秘的物资顺利出手，并让那些提供货物的商家获得丰厚的利润。直到1945年8月日本无条件投降，湘记百货店的功能，实际上就是通过窑湾繁荣的商贸，替日本人组织必要的军需物资。"首先，胡性能在这里出现了一个不应有的微小瑕疵。根据后面的情节发展，既然朱廷湘早在1940年3月的一天中午就已经被人刺杀，那他无论如何都不可能把间谍活动一直持续到1945年8月日本无条件投降的时候。其次，更重要的是丁汝成在无意间发现朱廷湘的日本人身份后的相关情节发展。朱廷湘的被刺杀固然很重要，但与小说主旨关系更为密切的是日本少佐大垣一雄对丁汝成所悍然提出的必须改编《马陵道》故事情节的要求："'丁老板，你说孙膑和庞涓本是师兄弟，为何后来非要弄得个你死我活？'大垣一雄说，'我的士兵们来到中国，不是为了战争，而是为了和平，为了大东亚共荣而来！'""我在你的剧场看过《马陵道》，能不能不要那么血腥和暴力？""两个人虽然有点误会，可最后冰释前嫌，像我的左手和右手一样，又成为朋友。"面对丁汝成出乎本能的强烈质疑，大垣一雄给出的说法是："'历史也是人写的嘛，'大垣一雄说了一句相当有哲理的话，并且为自己的这句话感到得意，'你的，不觉得，我们正在改写历史？'大垣一雄说我们的时候，用右手食指点着自己的胸口。"也因此，丁汝成才知道，"大垣一雄嘴里所说的我们，并没有包括他这个中国人"。这样一来，借助于大垣一雄的强行要求修改剧情，胡性能非常巧妙地把《马陵道》因素嵌入了自己的抗战书写之中。很大程度上，正是因为自己的身份在当时有了极大的暴露可能，丁汝成方才不得不在不惑之年时再度出逃：“母亲暴病而亡，父亲瘫痪在床。母亲安埋的当晚，丁汝成连夜出逃的情景，的确与古时孙膑从庞涓的掌控下逃到齐国有几分相似。只是丁汝成当年没有想到，二十多年以后，在他不惑之年，他又不得不离开窑湾，远走他乡。”

戏曲《马陵道》之外，小说中的另外一个重要物象就是“剪影戏”。“剪影戏”一方面紧密维系着丁汝成的个人命运，另一方面也可以被看作是中国现代化发生的某种象征性缩影。子承母业而成为戏曲演员的丁汝成，后来之所以会成为“剪影戏”的创始人，与他早年在上海第一次看默片电影时所受到的强烈刺激紧密相关：“默片《盘丝洞》给丁汝成带来的冲击比第一次看到‘西洋镜’还要大，他发誓要搞清楚唐僧师徒为什么能够爬到幕布上不掉下来。”有了如此一种强烈的好奇心，也就有了他接下来的悉心观察与琢磨：“那一年，丁汝成在上海待了一个多星期，离开时，他已经从默片《盘丝洞》里看出了端倪，并为此深深着迷。他发现几天前让他大惑不解的电影，其实就是一张张闪过的幻灯片。‘一秒钟闪过16帧。’放映师很内行地说，‘银幕上见到的人就会像真人一样。’”诚所谓“功夫不负有心人”，依托于这样一种强劲的内驱力，加上千方百计从法国专门购买回电影放映机和透明胶片，再加上妻子赫如玉那简直就是出神入化一般的剪纸艺术的助力，到最后，丁汝成终于如愿以偿地创造出了“剪影戏”。这样也才有了日本人到来后，丁汝成放映剪影戏《马陵道》给大垣一雄他们看的情节。而大垣一雄则“对《马陵道》拷贝上的剪纸赞叹不已，称赞是他见过的最为精美的纸艺杰作”。从内在的因果逻辑来说，先有了抗日战争期间大垣一雄对“剪影戏”《马陵道》拷贝的强烈兴趣，后来才会有他的后代大垣峻实企图高价购买相关拷贝。从根本上说，只有借助于大垣父子，“剪影戏”《马陵道》的拷贝才能够与很多年前的那场抗日战争，与胡性能这部中篇小说的思想主旨发生内在的关联。

请注意，从艺术形式的层面来看，“剪影戏”这一物象的重要性更体现为它的存在，以及对它的追寻。事实上这构成了小说一条特别重要的叙事线索。第一人称的叙述者“我”之所以能够最终完成这一大篇历史故事的讲述，其逻辑起点正是对“剪影戏”这一拟议中的非物质文化遗产的探寻与调查：“经过艰难而漫长的寻找，直到2018年春天，当我走遍马陵山下那些大大小小的村庄，最终才在一个叫‘花厅’的村子，找到剪影戏创始人丁汝成的后人。在我所进行的非物质文化遗产调查里，20世纪三四十年代，窑湾一带流行的剪影戏在历史上是个空白，甚至在地方的文史资料里也没有什么记载。”正是因为“剪影戏”的情况一直暧昧不明，“我”才要想方设法对它展开“上穷碧落下黄泉”式的深入调查。关键的问题是，除了“我”这样一位第一人称叙述者，文本中还有另外不少于三位“隐形”的第一人称叙述者存在。一个是马冰清，丁汝成的妻子赫如玉正是她的曾外祖母。当身为非物质文化遗产调查者的叙述者“我”陷入困境的时候，正是马冰清的出现和她以第一人称讲述的往事，使得整部小说一时间“柳暗花明”。然而，敏感的读者应该注意到，在“我”与马冰清所讲述的故事中，又套嵌着她的曾外祖母赫如玉，以及奶奶丁腊梅她们两位同样以第一人称出现的相关讲述。究其根本，正是依托于他们四位或显或隐的第一人称叙述，胡性能方才得以最终完成了中篇小说《马陵道》全部历史故事的讲述。

然而，一个不容忽视的问题是，除了最早现身的与丁汝成不存在任何血缘关系的第一人称叙述者的叙事内容之外，谁又能够充分保证另外三位第一人称叙述者讲述内容的全部真实性呢？一方面，我们没有任何理由怀疑她们在故意说假话，但在另一方面，因为缺乏相应的实证，我们也的确不敢轻易相信她们所有言说的真实性。导致这种情形出现的关键原因在于，这三位实际上都是所谓不可靠的第一人称叙述者。与作家的如此一种设定不无关联的，则是主人公丁汝成及其所创造的“剪影戏”最终双双下落不明：“1940年晚春的一天，丁汝成晚饭后像往常那样出门散步，从此杳无音信，去向成谜。”“遗憾的是，丁汝成发明的剪影戏最终没有被列入苏北地区的非物质文化遗产。没有了实物，也没有传承人，曾经在窑湾红极一时的剪影戏消失在岁月的风尘中，几乎没有留下什么有价值的痕迹。”明明可以设定可靠的第一人称叙述者，胡性能为什么偏偏热衷于这些不可靠的第一人称叙述者呢？细细想来，此中的关键问题恐怕与作家的一种历史观有关。虽然没有当面请教过胡性能，但依据小说文本来判断，胡性能所持有的大约是一种带有突出“新历史主义”色彩的历史观。所谓“新历史主义”的一个根本要义，就是尽管承认历史是客观真实的，但却认为要想在时过境迁之后重返真实的历史现场是不可能的，完全是一种徒劳的行为。以我所见，胡性能中篇小说《马陵道》的创作正是得“新历史主义”真义之后的一种写作行为。质言之，他之所以一定要设定这种明显不可靠的第一人称叙述者，正是为了达到某种叙述的自我消解的写作意图。既然真实的历史现场根本就不可能重返，那最终剩下的恐怕也就只能是如同《马陵道》这样的一种胡性能式的对历史的想象了。

作为当代一位颇有影响力的作家，阿袁的小说创作长期以来已然形成了两副不同的笔墨。一副笔墨的书写对象是如同阿袁本人一样的高校知识分子群体，因为阿袁自己也置身于其中的缘故，所以这副笔墨可谓是一种本色书写。另一副笔墨因其书写对象为市民社会中的芸芸众生，所以在某种意义上亦可被看作一种广义上的市井小说。其中，影响力最大的应该是由《米红》《米青》《米白》三部中篇小说联袂组成的“打金枝”系列。米红、米青与米白乃是生活在一个名叫“辛夷”的小城里的三姐妹，这个系列的主要思想艺术成就，是在真切展示三姐妹人生历程，塑造三姐妹人物形象的同时，对辛夷这座小城市里的市井文化心理进行了比较深入的挖掘。《米白》（载《长江文艺》2020年第5期）即是其中很有代表性的一部。

《米白》的引人注目，首先在于作家以生动的笔触勾勒表现出了辛夷米白一代人真正可谓是充满了各种阴差阳错的婚姻与人生。依照裁缝朱凤珍的意思，原本想把自家的三女儿米白嫁给苏全德的儿子苏茂盛，最不济也要嫁给银店老板韩六指的矮个儿子，没想到，最后却把米白嫁给了自家铺子里原本的学徒工三保。米红面对着苦苦追求自己的陈吉安，当然也包括曾经对自己产生过强烈兴趣的三保，执意嫁给了辛夷名人俞麻子的儿子俞木，没想到，后来却因为和莲昌堂的黄佩锦出轨乱搞而“被俞麻子家休了”。那位一直被苏家弄人称作“苏榜眼”的苏茂盛，一弃市长家的小女儿不娶，二弃邮政局同单位的一枝花姜艳芬不婚，到头来却出人意料地娶了“全身上下，没有一点美丽地方”的同事顾美丽为妻，简直让人大跌眼镜。其实，苏茂盛“苏榜眼”内心深处自始至终牵挂着的，却是那位不讨米家大多数人喜欢的米白。自己喜欢的人到头来却嫁给了别人，却和不喜欢的人最终成就了婚姻，如此一种情形也的确称得上是阴差阳错了。因此，才会有这样一段多少触及一点小说写作题旨的叙述话语：“怎么不相干？男女结婚能说明什么？一个男人和一个女人结婚了，并说这个男人爱上了这个女人，说不定正好相反，是因为他不爱这个女人，他爱另一个女人，但爱不上。怎么办？只好和别的女人结婚了。用结婚来表达他的委屈和怨恨。这怨恨，说到底，和爱也差不多。陈吉安娶苏丽丽是这样，三保娶米白也是这样。这种难言之隐，只有米红懂。”其实不只是米红懂，对于这种充满了阴差阳错的婚姻状态，作家阿袁，连同我们这样的读者在内，也都懂。说透了，又何止是婚姻，我们每个人的现实人生，究其本质，恐怕也常常处于某种阴差阳错的状态之中。就此而言，阿袁所书写表现的，与其说是市井社会里的婚姻，莫如说是人生的某种本相。

文学是人学，小说更是人学，要想成为一名优秀的作家，一个必须具备的重要条件就是要对充满着各种微妙心理的所谓人情世故有相对通透深入的了解和把握。很大程度上，只有在这个前提下，作家才可能对人物精神世界的微妙处有精准到位的把握，才可能在此基础上洞幽烛微地刻画塑造相对成功的人物形象。这一点，在《米白》中同样有着突出的体现。比如，被直接作为小说篇名的米白。用那位被苏家弄人称作状元的米白二姐米青一种不无刻薄的表达来说，自己的这位以憨厚、单纯甚至多少显得有点呆笨的妹妹米白，其实相当于大观园里的那位傻大姐。姐姐米红既因为天生美貌，更因为打小就被算出是“娘娘命”而受到母亲朱凤珍的百般宠爱，二姐米青，因为学习成绩优秀而受到身为教师的父亲老米的特别喜欢，唯独除了拥有做家务的才能外其他似乎百无一用的米白，在家里属于那种真正可谓是“姥姥不疼，舅舅不爱”的角色。米白之所以显得百无一用，恐怕与她的天生愚笨紧密相关。由于天生愚笨，她不只是学习成绩不好，而且连裁缝都做不好：“读书不成，没办法，只能学艺了。可学艺也不成。裁缝学了好几年，连一件简单的衣裳也不会做。”更有甚者，因为理解力不到位的缘故，她甚至连同苏茂盛的主动示爱也无法理解。用叙述者的话来说，男女之间爱的表达，可以有陈述句与反语两种不同的方式。直白的，叫陈述句，蜿蜒曲折的，叫反语。偏偏苏茂盛使用的就是看似更高级的反语。对于米白，他的一贯表现是：“在弄堂遇见了，米白不计较，眯了眼，要打招呼，可苏茂盛脖子一梗，下巴一扬，仇人般的，就过去了。”对此，米白感觉苦恼得很，百思不得其解。苏茂盛对别的女同学不这样，为什么偏偏要对自己这样呢？她根本就搞不明白，苏茂盛其实是在以这种方式表达着对她的一种爱意：“这是一种隐身术，也是读过书的人掌握的一门独门暗器。苏茂盛用的就是这种暗器。可苏茂盛碰上了米白，这暗器就行不通，米白是只能听懂陈述句的学生。用反语说的话，米白也当陈述句听了。”既然是如此这般的鸡对鸭讲，那苏茂盛和米白婚姻苦果的最终酿成，也就是顺理成章的事情。到最后，憨厚、单纯到呆笨程度的米白也只好万般无奈地服从父母的安排，和三保结婚成家了。他们俩的婚姻生活看似风平浪静，但细细品来，其中也有着无法否认的酸楚意味。

与米白相比较，小说中更具有性格深度的一位人物形象，其实是米白的母亲朱凤珍。尽管用墨不多，阿袁却把一个虽然庸俗不堪但骨子里也有着精神创伤的小市民形象刻画得栩栩如生。朱凤珍的庸俗不堪，首先表现在她的裁缝生意上。身为裁缝，朱凤珍总是带着一种雁过拔毛的心理要把顾客的布料窃为己有："米青瞧不上她姆妈，也是因为朱凤珍总做些上不了台面的事。裁缝不偷布，三日一条裤。这是苏家弄的妇人，背后讥讽朱凤珍的话。"其次，表现在她对米白婚姻的多方算计上。她之所以首先相中苏茂盛，一是因为他才学好，是"苏榜眼"，二是因为他有一个好的工作单位。之所以退而求其次是银店韩六指的儿子，乃因为韩家不仅有手艺，而且称得上是家道殷实。怎奈屡屡受挫，方才彻底灰心。大约因为以上这些的缘故，即使在她丈夫老米的心目中，朱凤珍也与所谓的"庸俗不堪"脱不开干系："朱凤珍这个妇人，庸俗。看人看狗不能看内在，只能看外在。所以她才给米红找俞木那样的纨绔子。所以才看不上三保。她其实不如苏粉莲，长相不如，见识也不如。人家虽然作风不好，没有妇德，至少有眼力，会看人，看出了三保的好。"事实上，正是因为苏粉莲不仅看出了三保的好，而且还试图离间三保，以便把三保拉出去与小鱼成婚，然后开个裁缝铺，朱凤珍方才在丈夫老米的点拨下恍然大悟，在意识到三保的潜在价值后，最终决定把米白嫁给了三保。即使是如朱凤珍这样一位看似庸俗不堪的小市民，内心里也有着难以言说的精神隐痛。那就是她一生无子："朱凤珍不论养什么畜生，都只养公的，这是没生儿子落下的毛病。她说米家阴盛阳衰，要采阳补阴，所以连裁缝铺里的学徒，都非要收男学徒。这在辛夷其实很不寻常的，裁缝活本来是女人的活，可朱凤珍不管，非男学徒不收。这毛病苏家弄的人都知道。”因此，当米白总是挑那些花颜色的布给即将出生的孩子做衣服的时候，她才会禁不住气愤无比：“朱凤珍气得要命。她命里没有儿子，难道命里也没有孙子吗？”很显然，作家阿袁的难能可贵之处就是在一种精神分析学的层面上写出了朱凤珍的精神隐痛。

第九章　“三栖”、宣纸与生命痛感

2020年的5、6月间，由于前任主编李国平兄到龄退休的缘故，我遂得以跨过黄河，来到自己其实早已熟悉的“十三朝古都”西安，接替李国平兄执掌《小说评论》杂志的编辑工作。一方面，由于《小说评论》是一本拥有三十多年办刊历史的评论刊物，长期以来在前任各位主编和工作人员的积极努力下，不仅已经形成了理性、平正、扎实的办刊风格，还因为这样的风格而在业界赢得了良好的口碑。另一方面，我自己多年来一直在高校从事教学研究工作，虽然说对中国当代文学的创作和批评现场也有着相对深入的了解，但毕竟没有任何办刊经验。尽管我对于文学批评期刊的编辑工作充满热情，甚至也会一时“踌躇满志”，但到底采取怎么样的一种办刊方式才能够不辜负陕西作协领导以及李国平兄的信任，较好地延续《小说评论》多年来形成的良好办刊品质，是一个摆在我面前的迫在眉睫的重要使命。

就在我为办刊一事焦头烂额的时候，有仗义的老朋友及时出手相助了。就在这一年下半年的时候，我有一次到南京去参加会议，正好遇上了南京大学的吴俊教授。会议间隙，在私下聊天的过程中，吴俊适时地给我提出一个建议，那就是，因为当下时代的中国文坛已经出现了一种非常重要的作家跨界或者说跨文体写作的现象，所以不妨在《小说评论》上开设一个名为“三栖”的研究专栏，专门探讨这个重要的文学现象。此议一出，结合我自己平时对文学现场的观察和了解，便顿觉吴俊的确抓住了某个重要的关节点。鉴于吴俊不仅已经敏锐地关注到了作家跨界或跨文体写作这一形象，而且已经对这个现象有所思考，我便“一不做二不休”，直截了当地恳请吴俊承担起繁重的组稿任务，“加盟”《小说评论》，专门主持“三栖”这个研究专栏。好在吴俊也是爽快之人，我这里一说，他那里不仅马上就应了下来，而且很快就利用自己在学界的各种人脉资源，多方积极约稿。这样一来，没用太长时间，“三栖”作为一个全新的研究栏目，就在《小说评论》2021年的第1期闪亮登场了。从那个时候一直到现在，“三栖”专栏已经发刊九期，李敬泽、南帆、孙郁、王尧、张新颖、何向阳、张清华、毛尖、张柠等九位跨界或者跨文体写作的高手，先后成为被研究的对象。虽然专栏开设的时间只有短短的一年半，但由于吴俊的精心组织以及九位被研讨对象和其他批评者的努力配合，“三栖”已经在业内产生了一定的影响。

关于开设这个专栏的初衷和意义，吴俊在《“三栖评论”专栏致辞——代首期主持人语》中，开宗明义即关于“三栖”的界定：“三者，取其多数之意，虚数而非确数。”“本栏之三栖，是指学者批评家而擅多种创作文体的现象。”然后，在总体罗列了当下文坛“三栖”现象的基本状况之后，他进一步给出了“三栖”专栏的开栏宗旨：“本栏之设，目的就在针对创作领域自成一家的学者批评家现象，专题探讨学术批评以外的多文体创作现象，或就其学术批评与创作进行贯通研究。不夸张地说，多栖写作已是当代普遍现象，个别研究也曾有过，但将之作为一种学术和文学现象进行批评史、文学史研究，或将之作为作家创作现象而进行文学评价，并未形成自觉观念，遑论予以普遍性的观照和考察。就此可以明白本栏旨趣，主要在专业文学批评和文学史的学术层面上，对学者之创作进行文学价值的研究。”更进一步说，“借此也想倡导一种风气，文学本是最有生命活力气象的领域，多栖写作本是文学题中固有之义，不要把文学狭隘化，把文学写小了。文学小了，文学家就成了侏儒。归根结底，我们要把文学的世界、文学的眼光，发扬光大”[①]。由以上的这些表达我们可以清楚地知道，“三栖”这个专栏旨在从一种或者专业的文学批评或者开阔的文学史的学术层面上尽可能地深入探讨那些身为学者批评家的多栖写作这一重要现象。尽管不知道吴俊自己是否有类似的意识，反正在我，由他的如此一种关注所联想到的，就是早在80年代的时候，作家王蒙就已经不仅公开提出，而且大声疾呼的“作家学者化”这一现象。在当时，王蒙之所以要提出这一重要命题，其初衷大约是考虑到了与通常所谓的“鲁郭茅，巴老曹”这样一些可以说是“脚踏中西文化”的学富五车的现代作家相比较，由于时代、社会以及作家自身的原因，当代作家们普遍存在着各方面学养都不够的问题。如此一种难称乐观的情形，并不足以支撑当代文学作品走向思想艺术高峰。正因为如此，所以王蒙才会不遗余力地力倡“作家学者化”。尽管说他们两位的出发点肯定不同，但饶有趣味的一点是，假如王蒙当年的“作家

---

① 吴俊：《“三栖评论”专栏致辞——代首期主持人语》，载《小说评论》2021年第1期。

学者化”是一个正命题，那么，吴俊现在所关注到的学者批评家在本行当之外对文学创作领域的涉足，就可以在某种意义上被看作是“作家学者化”的反命题。需要展开思考的一点是，这些一贯操持运用理论话语、以富有逻辑性的理性思维能力见长的学者批评家，到底是出于何种原因而不再“安分守己”，非得越界去从事文学创作呢？细细想来，或许是因为以下两方面的原因：其一，这些学者批评家在现实生活中所获得的生存经验无法通过理论批评的方式得到充分表达，只有借助于文学创作的方式才能完成某种审美或者艺术的传达。其二，不仅熟知文学经典而且饱读各种批评理论的他们对这一时代的文学创作不够满意，所以就要像中学老师写下水作文一样意欲亲自给出某种示范。

其实，假如我们退回到1949年之前那个狭义上的中国现代文学阶段，王蒙所说的“作家学者化”与吴俊所敏锐观察到的学者批评家的多栖写作现象很可能都不会成为问题。因为在那个阶段，学者批评家和作家之间似乎并没有如同当下时代一样泾渭分明。比如鲁迅，既是优秀的学者批评家，著有《中国小说史略》《汉文学史纲要》等富有创见性的学术著作，同时也是杰出的作家。单凭借薄薄的《呐喊》《彷徨》《故事新编》三本小册子，就被誉为中国现代小说第一人这一点，就足以见出他创作品质的出类拔萃。比如茅盾，既是见识不凡的文学批评家，也是无论如何都不可忽视的长篇小说作家。比如老舍，既是杰出的小说家，也作为大学教授著有专门的《文学概论讲义》。再比如周作人，既是拥有超卓学识的学者批评家，更是不可替代的开创了一代文风的杰出散文作家。之所以会是如此，根本原因在于那时候并不像现在一样，即使是在看似以自由为突出特征的文学创作领域，也特别讲究专业行当的分割。

从根本上说，所谓文学创作和理论批评的分野，甚至连同诸如小说、诗歌、散文、非虚构文学（报告文学）、戏剧文学这样的文体区隔，都是进入现代社会之后的产物。尽管我对国外尤其是西方的这一方面情况不是太了解，但依照中国的情形推断，应该也差不到哪里去。就中国的情况来看，尽管我们的古代文学史教科书往往会遵循现行的文体体例来进行书写，但这里需要注意的一个问题就是，包括古代文学史在内的文学史观念和实践的生成，都是进入现代社会之后的事情。既然连同文学史本身都是拜现代性所赐的结果，那在中国古代的文学中，也就不可能有类似于小说、诗歌、散文等这样一些文学文体的区分与界定（当然，另外一种毋庸讳言的事实是，在中国古代，肯定也存在着对于诗、词、曲、赋等的文体区分）。因此，一种可以推想而知的状况就是，唯其那个时候并不像现代社会这样有着严格的文体界限，越是沿着时间轴往前推，作家在进行文学书写时的自由度就越大。极端一点说，唯其文学无界，所以那时候的作家才能够在不考虑什么文体规范的前提下，毫无顾忌或者说随心所欲地挥洒自己的才情。然而，进入现代社会之后，尤其是到了晚近一个时期，所谓不同文体之间的界限与区隔，似乎越来越成为了制约作家文学创作的一个必然前提。小说家只能写小说，小说就必须是一种虚构叙事文体，必须有故事情节和人物形象活跃于其中。诗人只能写诗歌，诗歌就必须是分行排列的，且有一定节奏感即内在的音乐性的抒情文体。非虚构文学作为一个叙事文体，其最根本的写作伦理就是不允许虚构，只能依据实有的人物和事件展开叙述过程（关于非虚构文学，我这里稍微想多写两句。那就是，我原本以为非虚构文学是一种能够据实写来的文体。但现在却越来越倾向于它其实也如同小说、诗歌一样，是一种运用文学手段尽可能抵达艺术真实的方式。这一点，恐怕也只有摄影才差堪比拟。摄影虽然从表面上看似乎是在真实地反映被摄对象，但实际上，只要是有摄影经验的朋友就都知道，由于角度、距离的远近也即拉近还是推远、曝光度等其他因素的介入与影响，所实际拍摄出来的作品，其实是完全可以大相径庭的。非虚构文学也同样如此，尽管有真实的人物和事件存在，但由于写作者主体的介入与取舍，也会出现类似于摄影那样的与文本大相径庭的状况。正因为如此，我越来越倾向于把非虚构文学理解为一种运用文学手段以充分表达艺术真实的方式）等等，不一而足。很大程度上，正是因为受到以上这些其实最初来自于文学理论批评界关于文学文体长期的规训之后，伴随着不同文学文体之间界限的日益“壁垒森严”，我们的作家才越来越遵守文学文体的规范，只在文体规范允许的范围内进行自己的书写表达。

当下时代的中国文坛之所以会出现包括吴俊所已经关注到的学者批评家等本行当之外的多栖写作这类“越规”“跨界”的写作现象，某种意义上，完全可以看作是被所谓的文学文体规范约束太久之后的一种带有对抗色彩的强力反弹行为。换个角度说，我们也完全可以把这种“越规”“跨界”的写作行为看作是一种文学层面上的“返祖”现象。因为在文学发生之初，肯定所有的作家都处于有感而发的状态之中。那个时候的作家在进行文学表达的时候，肯定处于某种百无禁忌的绝对自由状态，根本不需要预先设定所写作品到底是小说、诗歌还是非虚构文学，也无须考虑作品的文体归属问题。只是到了后来，在人类文明的演化（或者也可以说是提高？）过程中，尤其是进入晚近的现代社会之后，伴随着各行各业越来越精细化的分门别类，才有文学文体的各种明确分野。到这个时候，原本“无界”的文学，自然也就变成了被规训后的“有界”的文学。与此相伴随的则是作家写作自由度的明显收缩。很大程度上，只有在这个意义层面上来理解当下时代的“越规”和“跨界”，我以为才算得上是真正把握了其中的要义所在，尽管绝大多数“跨界”写作者未必能达到如此明了的思想认识层次。

当然，对文学的“有界”与“无界”问题，我们不妨换一个角度来加以理解和论说。那就是必须严格区分创作界和理论批评界。虽然由于长期的被规训，大多数作家已经习惯了匍匐在各种文学文体规范的脚下，但只要细细观察你就不难发现，那些足够优秀的作家事实上总是想着要以“起义”的方式“造”文学文体的“反”，总是琢磨着采取什么样的手段才能够有效“破界”（当然也就是“跨界”）。与此形成鲜明对照的就是那些整日挥舞操持着理论大棒的文学理论批评界的精英。他们总是想着怎么样才能够更好地对文学文体做更加精细的分类，总是想着要给文学写作划定各种各样的条条框框，即“赋界”。他们自觉或不自觉的一种潜在理想就是看着作家们怎么样在自己划定的“界限”里循规蹈矩地进行文学写作。从这个角度来说，总想着“跨界”的创作界和总是试图给文学“赋界”的理论批评界之间就有着天然的不可调和的矛盾。但其实，在我的理解中，创作界和理论批评界中的单独一方，恐怕谁也不是真理的最终拥有者。如果着眼于当下时代未必尽如人意的文学现状，我觉得一种比较理想的状态就是既可以任由创作界的作家们竭尽全力地去“跨界”，也可以允许理论批评界的学者们继续想方设法去“赋界”。从根本上说，只要我们回顾一下中外文学史的发展过程就不难发现，很多时候，正是在文学的“有界”与“无界”这一正反命题的简直就是无休无止的争斗和博弈中，文学才可能获得真正意义上的“进步”与“发展”。

话题最后再回到《小说评论》的这个“三栖”专栏上，尽管说对所谓的“三栖”专栏，以及当下时代文学的“有界”和“无界”问题，我与吴俊的理解不尽相同，但如何尽可能积极有效地在推进文学创作的同时，也能够对我们的文学理论批评有所推进，毫无疑问是我们共同的目标。无论如何，“三栖”专栏还会再持续一段时间。它的存在，或许可以实实在在地为中国的当代文学尽一点微不足道的绵薄之力。

赵焰的长篇非虚构文学作品《宣纸之美》（安徽文艺出版社2021年12月版）是一次以宣纸为中心的中国文化巡礼过程。关键问题是，这一次不无庄重色彩的宣纸之旅，或者说中国文化的巡礼过程，到底应该从哪里开始呢？赵焰所实际给出的起点是江南那片特定的土地，以及滋生于其上的所谓江南文化。细细想来，从根本上支撑赵焰做出这种选择的理据，在中国，或许是“一方水土养一方人”的理念，在西方，或许是如泰纳（丹纳）的“种族、环境和时代”三要素论。虽然赵焰自己也未必认同那种简单的地理环境决定论的思维方式，但某一事物的生成与其所处的地理环境之间存在一定的内在关联也是毋庸置疑的客观事实。赵焰之所以首先要把宣纸这一器物放置到江南特定的地理环境和文化氛围中加以考察，根本原因正在于此。既如此，赵焰的首要任务便是对江南的理解和定位。在赵焰看来，江南首先是一个地理概念，泛指长江的下游地区，当然也包括“福建、江西，以及湖南、湖北的江南地区，还有四川东南部、贵州东北部一些地区”。在他的这部《宣纸之美》中，江南的指称范围乃是包括江苏、上海、安徽、浙江部分地区在内的长江下游地区。其次，江南是一种文化和生活方式，是“青衫长袍、杨柳细腰、烟花柳巷、扬州瘦马，是书院、诗词、昆曲、评弹、园林、龙泉剑、目连戏、文人画、藏书楼……”。复次，江南是一种内在的精神：“有更多深入骨髓的气质、举手投足的精神和风度、回眸一笑的妩媚和风致。”最后，江南“还是中国文化至柔至刚的表现。它可以说是中国文化最有智慧、最理性、最先进、最有想象力和创造力、最有文化（尽管我非常明白赵焰这里试图传达出的那种意思，但苛求一点来说，强调江南文化是中国文化中最有文化的那个部分，以文化来说文化，感觉还是多少有一点同语或同义反复的弊端），也最实事求是的那一部分”。接下来，赵焰的视野就由广义上的江南缩小到了皖南这个更具体的地理范畴。在对皖南的山水、风景以及村落、建筑进行描述的基础上，进一步把皖南与美的理念联系在一起：“皖南，着实是上天的宠儿、美的宠儿，不仅有美丽的风景，还体现了美的内在精神。如果世间着实存在黑格尔所说的‘理念’的话，那么，皖南的山水一定体现了对‘理念’的‘模仿’，呈现出绝对之美。”借用所谓经济基础与上层建筑的理论，倘若说皖南一带以徽商为突出标志的物质财富是经济基础，那么这样的经济基础也就必然会生成带有精神属性的上层建筑：“富庶之地，必有文化；文化之地，必蕴含着内在精神，也必定有相应的符号。也难怪中国文化标志性的工具

‘文房四宝’产于江南，更集中在皖南。关于‘文房四宝’，通常的说法是宣纸、徽墨、端砚、湖笔。除了端砚产于广东，其他的几项都产于江南。如果考虑到宣笔悠久的历史，以及歙砚出类拔萃的品质，完全可以说皖南就是‘文房四宝’之乡。”在确认了皖南与“文房四宝”之间的内在关联后，赵焰得出的结论是：“灵秀之地，必有灵秀之理由；文昌之地，必有文昌之繁荣——山川之美，需要笔墨纸砚来摹写；世道人心，需要笔墨纸砚来摹写；锦绣文章，同样需要笔墨纸砚来摹写。”更进一步，赵焰的视野又由“文房四宝”缩小到了宣纸本身，洞见了宣纸与江南之间的隐秘精神关联：“在月光中，有宇宙的真理，有星空的秩序。如果闭上眼睛感知，你会觉得宣纸的特性暗合月光的特性，也暗合江南的特性——它是轻盈的、深情的、飞翔的，也是艺术的、灵动的，有着形而上精神的。江南之灵，唯有宣纸可以表现：可以显现深浅不一的墨色，显现参差交错的线条，表达氤氲之气，彰显朦胧之景，传递高远之意。如此景画相宜，实在是浑然天成，是冥冥之中的恩典。”说来说去，赵焰的意思很明显，那就是只有皖南这块最为“江南”的特定地域，才配得上生成宣纸这样白净而富有灵性的文化精灵。

然而，即使皖南或者说江南这块特定地域再怎么富有灵性，它也不可能自动生成一种后来被命名为宣纸的特定器物。归根到底，宣纸作为一种文化的承载物，终归还是技术的产物。赵焰之所以要把全书的第一章设定为“那个叫蔡伦的纸神”，从蔡伦的“造纸术”说起，正是为了从技术的角度深度说明宣纸的被创造过程。提及与中国的“四大发明”紧密联系在一起的蔡伦，首先必须强调，他发明的并不是纸，而是造纸术，一种造纸的方法。

蔡伦的造纸术之所以特别伟大，关键在于它在很大程度上促进了人类文明的交流：“相对于人们对书写物件的利用，中国的造纸术可以说是一种伟大的发明。这种方式带有明显的工业特点，可以成规模地生产出便捷而有质量的书写材料，给人类文明的留存、传承和交流以极大方便。文明，只有当进入叠加和传承时，才能真正具有积极的推进作用，更有效地影响社会的进程。从这个角度说，东汉时代发明的造纸术，是人类伟大的发明，它对社会的促进作用，远远超过其他任何产品。”在赵焰的理解中，蔡伦造纸术的革命性特点主要体现在两个方面。一是对造纸的原料进行了拓展，将树皮引入到造纸的原料行列之中。二是对抄纸工具进行改造，用竹帘取代了此前的麻织帘。接下来，赵焰用一节的篇幅考察并展示了自蔡伦发明造纸术后一直到现代意义上的宣纸出现之前，多少显得有点“剪不断理还乱”的中国造纸技艺的发展演进过程。经过如此一番考察，赵焰得出了这样的结论：“不管怎么说，宣纸的诞生，建立在古往今来各种纸张制造的基础上，如果没有历史上的白麻纸、黄麻纸、白绵纸、黄绵纸、狼毒纸、磁青纸、花草纸、竹纸、太史连纸、蚕茧纸、麻沙纸、罗纹纸、黄蜡笺纸、开化纸、棉连纸、毛边纸、毛太纸（说实在话，在阅读赵焰的这部作品之前，我根本不知道光只是古纸的分类与命名，就有这么多名堂）等等，就不可能有现代意义上的宣纸。宣纸的身体里，流动着各种古纸的血液，也游走着各地域纸张的灵魂。正是古往今来的无数机缘，以及对纸张意义的坚守，才成就了现代意义上的宣纸。”

至于宣纸自身的生产技术流程以及分类特点，赵焰把它们专门放在了第四章“宣纸，宣纸”部分加以介绍。比如，宣纸的制作流程。用青檀皮造纸的方法，先是“陈化”，即专门挑选生长两三年的青檀枝条，砍下来后妥善存放一年以上。然后是“燎皮”，就是在把存放了一年时间的青檀枝条蒸煮后，再将其平铺后日晒雨淋。接下来的工序就是“碓皮”“切皮”“踩料”“袋料”。以上程序完成后，下一步的程序就分别是“捞纸”和“晒纸”。“捞纸（或抄纸）”是由两个工人抬一张竹帘，从纸槽里捞起一层薄薄的纸浆。“晒纸”则是将叠加在一起犹如一块大豆腐状的纸垛，一张一张分揭下来，贴在炕焙的“火墙”上。最后一道工序乃是“检纸”，就是把晒好的纸张打成捆，送到检纸车间，由检纸工逐张检验是否合格。另外，宣纸的制作流程中还有两点不容忽视。一个是加入猕猴桃藤汁。这一道工序的作用在于：“抄纸时将其放入纸浆之中，能使纸槽里的纤维漂浮均匀，榨纸时纸张易分开不破裂。”再一个是加入沙田稻草。这样一来，一种歪打正着的结果是：“掺入一定比例的沙田稻草后，不仅可以皴擦勾斫，还能泼墨渲染，更好地表现笔墨的快慢疾徐、枯涩浓淡。”比如，宣纸的分类特点。根据配料比例，宣纸可以分为棉料、净皮和特净三大类。根据厚薄，可以分为单宣和夹宣两类。与以上分类相比，更重要的是，根据加工程度的不同，宣纸又可以被分为生宣和熟宣两大类。“生宣是直接从纸槽里抄造出来的宣纸，烘干制成后，未经过加工处理，也称‘原白纸’。”“熟宣是生宣的再加工，方法是先将生宣铺平，再将用明矾等多种成分熬成的通明胶汁，用排笔轻轻刷在生宣上，填满生宣的纤维细孔。熟宣也称作‘矾宣’，特点是质地较强，不洇墨，墨色的层次较好，看起来比较光滑。”除“生宣”与“熟宣”两大类之外，还有一种特别的“生宣”叫作“色宣”：“色宣是将生宣按照不同用途，通过印制、染色、加料、擦蜡、砑光、泥金、泥金银粉、洒金银箔片、描金银图案等方法制成的宣纸产品。”

宣纸作为一种器物之所以会在中国文化史上占有如此重要的地位，还是因为它与书法、绘画发生了紧密关联。具体来说，赵焰在第二章“书法绘画入纸来”和第三章“从李白到李煜”中所集中探讨展示的就是这一方面的内容。不管怎么说，书法作为一种中国特有的艺术形式，它的诞生所严重依赖的一个物质前提就是纸：“蔡伦发明造纸术，是中国社会发展中的一个大事件，也是中国文化史上的一个大事件，更是书法诞生的前提。”对此，用赵焰一种富有诗意的形象化描述就是：“原先在简牍上结结巴巴、缩手缩脚的文字，在纸上变得自由、活跃、健康，它们的一招一式，变得有造型，有节奏，有徐疾，有韵致。文字的外貌美了，举手投足有气质了，至简至朴至深至厚，之后，架构成为造型，线条成为艺术，墨色变成永恒……书法，由于纸的助力，变得空前精进。可以说，没有纸，就很难有书法，更难有后来定型的字。若没有纸，文字就像失去水域的垂钓者，或没有棋盘的对弈者，或失去空间的习武者。”从根本上说，中国的书法艺术之所以会成熟于魏晋时代，一方面固然是由于人们内心世界的普遍觉醒，另一方面也与这个时期书写工具的充分发展脱不开干系。说到书法与纸笔之间的内在关联，最有代表性的莫过于赵焰在书中对大家熟知的书圣王羲之名作《兰亭集序》的一段精彩分析：“文章落笔之时，基调还是明媚的，有春风吹拂的明朗与轻松，可是随着笔墨的深入，文章很快流露出沉郁的悲苦，字里行间生命气息氤氲散发，若浓雾乍起，愁云漫卷。一切都在流动：

蜿蜒的曲水之中，觞在流动；纸上，笔墨在流动；文章中，情绪在流动；春光明媚中，时间在流动……作者徜徉于时间之河，敏感敏锐，时悲时喜，情绪如音律一样抑扬顿挫，极尽波澜起伏之势。《兰亭集序》总共三百二十四个字，一共二十八行，书法之美，还在于跟文章内容高度契合，内在与外在浑然天成，文学的诗意和书法的洒脱珠联璧合，因而文以帖传，帖以文传，同为不朽。”这里，赵焰既是在文学的层面上探讨着王羲之对人生的悲苦与无常本质的真切感悟，也是在书法的层面上辨析着王羲之风流蕴藉、内含筋骨的艺术风格。当然，无论如何都不容忽视的一点是，王羲之《兰亭集序》所使用的书写材料应该是一种植物和蚕茧絮渣混合而制成的纸。

从基本的社会接受而言，人们似乎更多地倾向于把塞壬的文学作品定位于散文这一相对宽泛的文体范畴。但在我个人的理解中，却更愿意把塞壬看作是一位格外优秀的非虚构文学作家。之所以会是如此，一个关键的原因在于，很多年来，散文这一文体似乎更多地与一种风花雪月的抒情紧密联系在一起，而很少能够直面惨淡的真实人生，也不能够以具有艺术穿透力的简洁、凝练话语把残酷的人生真相袒露在广大读者面前。而塞壬这样一位看似柔弱的女子，却能够以其一系列关注书写普通人不幸命运遭际的简短非虚构文学作品实现一种直击人心的审美效果，真正是直教须眉男儿倍觉汗颜不已。具体来说，她的这一特点突出地体现在《镜中颜尚朱》（译林出版社2022年1月版）一书之中。阅读塞壬的这部非虚构文学作品集，首先引起我注意的乃是《镜中颜尚朱》与《追赶出租车的女人》这两篇。两篇全是与塞壬自己的人生经历紧密相关的非虚构文学作品。《镜中颜尚朱》一篇旨在追忆塞壬当年在湖北一家国企钢铁厂开天车时所遇到的一位内心里强烈热爱着文学写作的女友颜尚。在其中，塞壬首先写出了国企的管理不善与潦倒不堪及其即将倒闭的必然性：“那个时候，钢铁厂的管理千疮百孔，有的人名字在班组的名单里，可是多少年，都没有人见过他来上班。空饷，挂职，留职的到处都是。人不知去向。”也因此，“对于1999年的那场浩大的人事改革，我内心是赞许的。尽管我并不是幸存者。尽管它让千万家庭陷入困境”。其次，通过几个细节相当成功地写出了颜尚这样一个虽然置身于生活的困境中却守住了自身人格尊严的现代女性形象。一个是，颜尚之所以一定要追随塞壬做配料工，乃是因为她自己也特别热爱文学，“准备跟我一起学习写作”。一个是为了维护师父的人身尊严，在几个男人公然对塞壬身体的一些具体部位进行语言猥亵和意淫的时候，颜尚终于忍无可忍，出手反击。尽管说，她自己也为此而付出了被男人当众殴打的惨重代价。再一个是当塞壬惨遭一个露阴癖侮辱的时候，还是颜尚“用砖头砸晕了那个露阴癖的变态。她拉着我的手向有光的地方跑去。第一次，我感受到一种力量试图把我从泥潭里拉出来”。还有一个是颜尚的执意离婚，竟然只是因为看不惯丈夫笑声的缘故：“他笑得一抽一抽的，样子非常愚蠢。”另外的一个是，当颜尚最终确证由衷热爱文学写作的自己其实并不具备写作天赋的时候，她“于是来江边码头开吊车，不再写，也不想见你。剩下的人生，不过，混吃等死罢了”。将以上若干个细节整合在一起，塞壬得出的结论就是：“在我看来，这些年，她严格地依着文学的标准而活着，道德、审美、心性，跟二十年前一样，完好如初。”“无论我们怎么折腾，无论我们的人生处在什么样的低谷，或者遭遇什么样的困境，我们从来就没有慌过。”“我们是独立的，人格和精神，不依赖任何一个人。她的眼泪流了出来。因为彼此懂得。”

如果说《镜中颜尚朱》聚焦的乃是颜尚其人，那么《追赶出租车的女人》聚焦的就可以说是二十年前初到广州闯荡江湖时的塞壬自己。首先令人印象深刻的是塞壬笔下那一幅底层民众的生存图景：“我冲到那个小窗跟前，把头伸出去，向下看，一条细长的蛇街，不论多晚依然有密集的人群在喧哗。伸手可及对面楼，那粗糙的白色墙堵在你的脸上，避无可避，让人绝望。睡梦中常伴有暴雨，雷声追进梦的深处，蟑螂和蜈蚣在地板奔跑，我的皮肤渗出晶亮的盐粒。隔壁房间有人做爱，他们的呻吟毫无教养。晚归的妓女喝醉了酒，用脚踢门，而后是吵架、耳光、叫骂。几个皮实的脏孩子老是躺在过道凶狠地哭闹，尿迹斑斑。有人摔门而去，有人敞开门放歌。进出的人，脸盆哐啷响，电视传来字正腔圆的TVB港剧。门外楼道拖鞋走路声啪嗒啪嗒脆响，从未间断，直到尽头依然能够清晰地听到。咳痰的人，愤怒一吐。不知是谁家养了一只丑陋的泰迪，眉耷耳趴，它在过道冲来冲去，嗷嗷乱叫，对着空气做着令人羞耻的交配动作。”正是在如此一种糟糕的环境中，塞壬被迫四处求职，其间竟然还遭遇了一场可怕的被抢包事件。那一事件给塞壬留下了难以平复的精神创伤：“即使没有丢失什么，但这件事带给我的心理创伤是可怕的。它摧毁了我对重新经营未来人生的最初憧憬。它掐灭了光，也抽走了最终的意志力。我被绝望笼罩。”然后，就是那一幅曾经引起了塞壬强烈认同和代入感的绘画作品《追赶出租车的女人》：“画中有一个女子。风扬起的半长发遮住了脸，看不见表情。她在追赶正从身边开过去的一辆出租车，很明显，她已经追不上了。画中的她是那种正要停住脚步放弃的一个瞬间，然而有一只脚却依然朝前奔去，没来得及停下。昏黄的色调，有落叶飘过，一只扬起正欲放下的手停在空中，我分明还听见她喊叫了一声，还分明看清了那张哀绝的脸。这幅画莫名其妙地打动了我，恍惚间，我代入了自己。不，这画的不就是我吗？这个穿着白衣裙在追赶出租车的女人不就是我在街头的一个瞬间吗？我想起我的种种过往，一宗宗，它们在我面前一一闪过，在大街上痛哭的人，逃进大巴车脱险的人，差点落入传销窝的人，拖着疲惫的身体回那个阴暗出租屋的人，深夜大汗淋漓地醒来四处找水喝却无着的人……”如此一个在艰难处境中为了谋生而“追赶出租车的女人”，所传递给读者的是一种真切的生存痛感。

最后，我们无论如何都不能不提及的是塞壬的《即使雪落满舱》这一篇。尽管缺乏与作家本人相应的交流，但毫无疑问，这大概是塞壬一系列非虚构文学作品中书写难度最大的一篇。之所以会是如此，关键原因在于这是一篇以罪犯父亲为聚焦点的书写亲情的文学作品。一般情况下，任是谁，都不愿意自揭疮疤，坦承自己就是一个罪犯的女儿。阅读这篇作品，最令人难忘处有二。一是对父亲和塞壬自己生命中自我超越的真切书写。首先是父亲。从一个趾高气扬的乡镇建筑公司老总到一名锒铛入狱的罪犯，父亲的自尊心在遭受重大打击的同时更是万念俱灰，甚至失去了求生的欲望。值此关键时刻，有两个人先后对父亲产生了积极的影响。一个人是塞壬自己，是她经过一番努力终于出现在了大雪纷飞中的那艘渡轮上，出现在了父亲的面前：“这艘破败的渡轮，多么像父亲此刻的命运，眨眼就驶进水中央了。中年，雪落满舱，风雨飘摇，尽显下半世的光景来。我已然坐在了那艘船上，去跟他共这相同的命运。我不能让父亲一个人面对这一切。如果这是人生的劫难，抑或是坠入修罗场，我愿意毫无保留地参与其中，我不能缺席这场盛大的炼狱，最终，我们会回归成宁静安详的良人。”另一个人是名叫李运强的因抢劫杀人而被判处了死缓的罪犯。用父亲的话来说，李运强才是“他人生中拨云见月的重要人物”。尽管被判处了死缓，李运强却依然对“活着”充满渴求，“那种震撼的力量让人不能不珍视拥有的生命本身”“正是这个朋友，让父亲走出了绝望”。其次是塞壬自己。对于年少气盛的塞壬来说，最严酷的现实就是如何才能接受罪犯父亲这一事实：“可怕的是，相比我的尊严和高傲，父亲的处境和命运竟然不是最大的困扰。相比接受‘父亲坐牢’和‘我是罪犯的女儿’这两个事实，后者更让我难以忍受。”以至于“我不知道要如何穿越这内心的地狱而抵达澄明，无人可以诉说”。关键时刻，是父亲的一封来信发挥了重要的化解作用。因此，等到那一次“雪落满舱”的时候，当塞壬看到已然苍老如一截枯木的父亲的时候，她突然意识到了父亲存在的重要性：“我的所谓尊严和面子，罪犯的女儿，这些都不重要了。此刻，我唯一需要的是，一个活着的父亲回来。”就这样，依托于某种特定情境的暗示与点化，塞壬实现了一种难能可贵的自我心理超越。

二是对父亲心理堕落轨迹的挖掘与表现。年少时的父亲曾经一度踌躇满志：“那个时候，他还是一个踌躇满志，充满理想的年轻人。”然而，由于年少气盛的他拒绝弄虚作假，所以迟迟无法获得成功。一直到他最后放弃自己的价值立场，做出必要的妥协，参与作假后，方才重新登上了人生的高处。这一事件，留给父亲的人生启迪就是："最后，你发现，你对抗的不是那个让你作假的人，而是这个庞大的致密的世俗道德价值体系。他写道，即使是像约翰·克里斯朵夫那样的人最终也放弃了反抗精神，变成了一个彻底的俗人。"联系父亲后来的成为罪犯这一事实，他最初的被迫妥协成为一个俗人其实是迈开了精神堕落的第一步。到后来，当他进入人生高处的时候，本可以就此打住，怎奈人要想摆脱物欲的控制是一件极端困难的事情："然而，一切都已是深渊中了，无法回头。他类比到，就像岳不群（金庸小说《笑傲江湖》的大反派）贪恋辟邪剑谱，越走越远，永远也回不去了。"

就这样，在一系列非虚构文学作品中，塞壬完成了一个又一个痛感人生的真切书写。我们注意到，在《即使雪落满舱》中写到母亲对父亲的理解的时候，塞壬曾经引用过前辈作家张爱玲的名句："因为懂得，所以慈悲。"倘若借用张爱玲的这句名言来描述塞壬自己的文学创作，那么，我们也完全可以说，塞壬之所以能够写出这一系列极具人生痛感的非虚构书写，从根本上说，恐怕也应该是"因为懂得，所以慈悲"。

只要认真阅读一下小说的后记《汉水如是》，你就能够了解作家杨志鹏对依傍于汉水江畔的那片自己生于兹长于兹的故乡热土的满腔深情。很大程度上，正是出于如此一种故土恋情的强力支撑，再加上作家自己曾经创意实施陕西汉中天汉文化公园人文景观群等多项文化产业的特殊经历，才最终酿就了《唱河渡》（作家出版社2021年9月版）这部长篇小说。

小说之所以被命名为“唱河渡”，乃因为故事主要发生在汉江上游上水市一个名叫唱河渡的生态文化公园（其前身为唱河渡村）。作为一个地名，唱河渡自有其特别的来历。首先是关于河唱的现象状写：“他俩刚站在那儿没有说几句话，突然汉江响起了河唱的声音。先是一阵类似于唢呐的音调，像有千军万马奔腾，高亢激越，整个河面，在月光下显出少有的平静，没有波涛，没有浪花，连水流似乎也停止了，只有河唱的声音惊天动地。”然后是河唱的成因与寓意：“因为唱河渡所在地理位置，形成河湾的水流回音，形成好像汉江唱歌的效应。河唱本来是一种自然现象，可被唱河渡的人说成是某些祸福的神谕，说每有大事发生，必有河唱出现。”无论对汉水河唱的现象做何种理解，唱河渡由此而得名却是无可否认的一种客观事实。

从艺术结构的角度来看，《唱河渡》由两条结构线索交织而成。一条是当下时代的现实生活，集中围绕唱河渡生态文化公园的打造而展开叙事。另一条则是借助于渡爷李万昌的回忆而渐次展开的历史叙事。前者为主，后者尽管为次，但也不可忽视。既如此，就让我们的分析从这一条相对次要的结构线索开始。“渡爷的名字叫李万昌，之所以叫他渡爷，因为他在唱河渡口，做过五十多年的摆渡人，直至108国道跨江经过唱河渡东头时，修了跨江大桥，渡口被废弃，渡爷才结束了他的摆渡生涯。”虽然看似一个普通的摆渡人，但实际上，“渡爷的称呼，不仅是一个名字，它概括了唱河渡的一段历史，而且凝聚了渡爷一生的威望”。从小说艺术的角度来说，由年已百岁的渡爷牵扯而出的是唱河渡一段跌宕曲折的历史。年轻时的渡爷因为父亲李农吉身为当地大财主沈德福的管家，家境小康，不仅曾经读过一些四书五经，而且因为身处战乱年代，还习得过一些武功身手。没想到的是，由于沈德福一心向往革命，曾经在暗中数次给红军运送粮食和盐巴的缘故，竟然惨遭灭门之祸。身为管家的李农吉自然也难逃一劫。亏得李万昌受托专门保护沈家小姐沈山灵，灵机一动，当人们都一窝蜂地拥向后山的时候，反方向地沿着大路外逃，方才侥幸逃过一劫。万般无奈之际，幸存下来的李万昌和沈山灵只好依祖训沿汉江一路上溯，最后抵达唱河渡这个地方。由于李万昌在危急时刻毅然出手，协助年已六十五岁的老渡爷把渡船在风疾浪高的情况下摆渡过河，所以，原本已经走投无路的他在接受委托成为新一代渡爷的同时，也就和沈山灵一起在唱河渡这个地方落下脚来。从此便扎根于此，一直到唱河渡口因跨江大桥的开通被废弃为止。

然而，渡爷这一人物形象之所以能够概括凝结唱河渡的一段既往历史，并不仅仅是因为他那长达五十多年的摆渡人生涯，更是因为他在摆渡的过程中曾经先后帮助过红军、国军，甚至美军等各色人等。其一，他曾经冒着枪林弹雨摆渡过一个名叫何青山的红军战士。为了拯救何青山，不仅渡爷自己身受严重枪伤，而且他所情有独钟的女人沈山灵竟然付出了生命的代价。从此，渡爷一生再也未娶。因为任是什么样的女性都不可能再进入渡爷的情感世界。其二，他曾经于抗战时期在唱河渡的浪高风疾中冒险救出过一个迫降的盟军（也即美国）飞虎队队员的生命。因此，一直到很多年之后，这位飞行员在访华的时候还曾经动念试图寻找自己当年的这位救命恩人。其三，抗战胜利后，国共两支军队对决的时候，渡爷曾经摆渡拯救过两位国军的军人。这其中值得特别注意的是那位国军军官和渡爷之间的对话。国军军官说：“感谢老乡了，大难当前，只想见老父老母一面，然后回去复命。如果老乡认为不该救我们，船到河中心，相信你有办法把我们推下水淹死，吃粮当兵前，就听过唱河渡渡爷的故事，有的是能耐，所以，我们绝不反抗。渡爷也可以上岸去告密，解放军的先头部队下午就已经到上水了。”渡爷给出的回答是：“长官言重了，渡口就是渡人的，不渡人要渡口干什么？我也是外地逃难到唱河渡的，接替渡爷，纯粹是个意外，从老渡爷手中接过渡爷的职责，我只知道渡口就是要渡人的，来的都是过路人，南来北往一竿情，船到对岸，撑竿放倒，转身人走了，走了就忘了。”

我们之所以一定要在这里引述上面的对话，主要是因为在对话的过程中已经非常充分地表达了作家杨志鹏在《唱河渡》这部长篇小说中设计渡爷这一人物形象的根本用意。那就是借助于渡爷那足称丰富的人生经历凸显如下的一种人生理念：“人这一辈子，就是在不停地过渡，无论过去还是过来，过渡的是人，那些钱财只是随身携带的东西，人没有过去，东西过去了有啥用呢？人只要过去了，没有东西又何妨？渡爷说，他这一辈子做了五十年摆渡人，唯一的体会是：渡人首先渡己，连自己都没有过去，咋撑船渡别人呢？”之所以说渡爷的这种人生理念特别重要，关键在于它深刻地影响到了当下时代现实生活中的郝东水、夏清河、侯山川，甚至也包括钱黎青在内的一众人物形象。而这，自然也就涉及了作为《唱河渡》艺术结构主线的现实生活那一条故事线索（当然，说到渡爷如此一种人生理念的重要，除了引领后来者的人生之外，另外一个方面，恐怕就是作家杨志鹏某种人道主义价值立场的凸显。当渡爷能够摒弃或者说超越社会政治层面上的对立和差别，一视同仁地以摆渡人的方式对待红军、国军、盟军的飞虎队队员，乃至一切生命的时候，我们所真切感受到的，就肯定既是渡爷更是作家杨志鹏自己的某种慈悲情怀）。

当我们的分析重心由历史叙事转向现实叙事的时候，首先必须指出的一点是，《唱河渡》艺术层面上最突出的特点除了双线艺术结构的并置交织之外，更重要的是故事情节的反转。所谓故事情节的反转就是，当我们根据此前的一些蛛丝马迹感觉下一步的故事将会向比如东这个方向发展的时候，最终的故事情节却出人意料地一百八十度大转弯。这一点再突出不过地表现在《唱河渡》中的现实叙事这一故事脉络之中。小说一开始，抖出的就是一个很是有一点艺术悬念色彩的“大包袱”。那就是，当唱河渡新区管委会主持工作的副主任郝东水，兴致勃勃地参加曾经及时地拯救过红军战士何青山，因而给革命做出过突出贡献的渡爷李万昌盛大百岁寿宴的时候，却突然在寿宴现场接到了市委书记的紧急电话。原来，一个突发情况是，分管副市长夏清河在参加市委一个临时召开的会议时，在会议现场被省纪委的同志带走隔离审查。由此，郝东水不得不联想到了最近发生的一连串事件：“十天前，新区生态文化公园商水长街的投资商钱黎青，被监察机关带走。在此之前，上水市城市建设投资集团董事长刘亦仁，被省纪检委宣布接受调查。”仅仅借助于市委书记的这一个电话，杨志鹏便比较成功地营造渲染出了某种“山雨欲来风满楼”的状况：“可他们（指钱黎青和刘亦仁）接连出事，无疑在上水市引起巨大震动，不过最后传闻，刘亦仁是因为接受开发商的贿赂被查，钱黎青犯事与上水市无关，是因为他投资的终南别墅项目出事引起的。可夏清河副市长被带走，似乎使事情变得扑朔迷离，因为唱河新区和城市建设投资集团，都是他分管的范围，不得不使人产生联想，隐含了某种不祥。”实际的情形也的确如此，从这样的一个开头方式来判断，大概率很多人都会认为《唱河渡》将会是一部以揭示表现官场腐败为根本主旨的社会小说。

想不到的是，伴随着故事情节的循序展开，尤其是到了整部长篇小说的后半部分，故事情节开始反转之后，我们突然意识到自己此前的预判是有问题的。这一点再集中不过地体现在郝东水和夏清河这两个基层官员身上。但对这一问题的分析我们首先需要从钱黎青入手。作为一个以商业利润最大化的追求为根本目标的投资商，因为早已清楚地认识到中国的官本位性质，以及只有官商结合才可能获取更大利益，所以钱黎青便一直想方设法在郝东水和夏清河这两位“现管”身上做文章。具体来说，钱黎青所遵循的基本逻辑就是：“可是，他在很长一段时间里，不相信眼下官场，特别是手握重权者却分文不取给人办事，他绝对不相信，他认为夏清河、郝东水是高手，是在等待最佳时机的最大利益。所以，他给他们上了一手，只不过做得巧妙，他们似乎心安理得地接受了，不过他们的表现，令他不解，因为贪官的规则是一事一议，即办一件事得一次好处，一次结清，互不相欠。要办第二件事了，重新计算，再次结清。”很大程度上，正是依循着这样的一种基本原则或者说“潜规则”，钱黎青分别给郝东水和夏清河他们两位下了套。

首先是一直置身于故事前台的郝东水。那一次，为了更好地促成一个外资合作的教育培训项目，夏清河在表示支持的同时，要求他找郝东水汇报一下。因为考虑到郝东水的态度将从根本上决定这件事情最终的成败，所以钱黎青便以总投资额估算，准备了用来贿赂的三十万元，装到一盒进口苹果的箱子下面，在某一天晚上，送到了郝东水的办公室里。出乎意料的是，郝东水不仅很快便识破了他的计谋，而且还当着两位部下的面公开表示，如果钱黎青不拿走这三十万元，他将原封不动地把这些钱全都上交给纪委。关键在于，钱黎青尽管第一次下套失败，但并没有由此而收手，反而从自己的“小人之心”出发，对郝东水进行着更进一步的恶意推断：“钱黎青把三十万拿回去，实在有些不解，思来想去，得出的结论是：郝东水爱色不爱财。他的理由是：对男人而言，爱财大多数时候是给别人攒钱，爱色才是自己真正的享受。”正是在如此一种认识的基础上，他才使出了自己其实早已准备好久的美女穆小碟这一招，试图利用郝东水的“爱色”这一人性弱点而把他一举拿下。但就在他以为这一招“美人计”肯定可以让郝东水上套，并且在被监察部门询问时，已经举报了郝东水之后，方才从侯山川这里了解到，事情的真相并非如此。却原来，在再度识破了钱黎青的计谋之后，为了保护穆小碟个人不受伤害，郝东水早已以一种“明修栈道，暗度陈仓”的方式想方设法对穆小碟做了妥善的安置。

其次是那位被省纪委带走调查的副市长夏清河。钱黎青给夏清河也曾经先后下过两次套。我们先来看后一次，也即所谓的珊瑚玉雕事件。珊瑚玉是上水市这一带多少年来一直“藏在深山人未识”的好东西：“它的花纹保留了种类繁多的珊瑚纹理，它的颜色受到碳酸盐岩中的元素矿化置换，而形成了绚丽多彩的色彩，其特性结构鲜明，色彩明亮，质地温润，油性十足。”在认识到珊瑚玉的价值之后，一直搞文化策划的侯山川便准备联手钱黎青搞一次大规模的珊瑚玉雕展览。没想到的是，钱黎青竟然会“见缝插针”地利用这次展览的机会“巧妙”地给夏清河行贿：“我不是让你在那个名叫《天心》的玉雕作品的下面，开了一个三寸宽、五寸长的口子吗？我在那里面插进去一张一百万的银行卡，送给了夏清河。”当然，正如我们已经了解到的，对于钱黎青所作所为一点都没有察觉的夏清河，一直到监察部门说明了事件真相的时候，方才搞清楚自己原来早就在不知不觉间中了钱黎青的套。接下来，就是前一次，即发生于十五年前的终南别墅事件。那一次，因为终南别墅的开发而迟迟过不了“环评”一关的钱黎青，通过朋友的介绍，找到了时任副省长秘书的夏清河。想不到的是，最后夏清河还是因为低价购房一事而着了钱黎青的道。对此，他曾经追悔莫及地向郝东水讲明过真相：“他第一次见我，就送了二十万块的卡，我当然不会要。后来这个项目开盘时，他一次拿了几套别墅和花园洋房，低价向外抛售，说是为了回笼资金。在朋友的鼓动下，大家团购，我也就向朋友借钱要了一套。事后我打听的结果是，那十套花园洋房都卖给了政府官员，其中一半以上是给他帮过忙的，另外一些也是帮过忙的朋友的朋友。当他的房价特别是别墅一套卖到一千多万，大赚一笔时，我才听朋友说，他当时给我们的房价低于成本价。”事实上，当夏清河掏心窝子地给郝东水讲这一番话的时候，他内心已经明白，自己的低价购房行为已经涉嫌变相受贿了。尽管如此，因为时过境迁，他早已回天无力了：“我担心这是颗定时炸弹，一旦决定拆除，搞不好就要引爆，尽管我是通过正常销售手续买的房，可你给他办过事。一旦整个项目出现问题，你就是长上一百张嘴也说不清。”此后的事实证明，夏清河的预感是准确的。等到钱黎青不仅被控制而且开始吐口交代的时候，他和郝东水两人肯定会“在劫难逃”。由于郝东水“拒腐蚀永不沾”，没有任何受贿的把柄，所以不仅没有受到影响，还被上水市委进一步提拔到更重要的领导岗位上。然而，尽管属于被蒙蔽状态下的“被动受贿”，夏清河的结局仍然比较凄惨。省纪委网站发布消息称：“上水市原市委常委、副市长夏清河，接受开发商钱某低于成本价终南违建住宅一套（现已拆除），一百四十平方米，有可能影响执行公务的公平公正，经省委研究决定，免去夏清河同志中共上水市委常委，给予党内警告处分，并建议上水市人大，按照法定程序，接受夏清河同志辞去上水市副市长的辞呈。”其实，通过和钱黎青的这一番“行贿”与“受贿”的较量，我们所看到的夏清河却是一位虽然称不上十全十美，但的确是敢作敢为，勇于担当，能够全身心投入工作中的基层干部形象。很大程度上，这样的一位有缺点的基层干部形象，甚至可以让我们联想到鲁迅“有缺点的战士终竟是战士，完美的苍蝇也终竟不过是苍蝇”的名言。

就这样，伴随着故事情节的向前推进，一个原本还以为会“揪出”几个腐败分子的长篇小说，在不经意间发生艺术反转，最终演变成为一部自觉或不自觉地替领导干部“洗地”张目，颂扬如同郝东水、夏清河这样一类具有自觉奉献精神的基层干部的作品。首先，作家杨志鹏能够在一部长篇小说中相对熟练地操持情节反转这样的一种艺术手段，当然值得充分肯定。其次，无论如何我们都得承认，从杨志鹏个人的生活经验或者说世界观出发，当下时代的现实生活中肯定会存在如同郝东水、夏清河这样一类既有超强的工作能力，又有积极奉献的精神，同时也能够做到廉洁自律的领导干部形象。但是，在承认有“郝东水、夏清河们”存在的同时，从一种普遍人性或者说人性真实性的角度来说，即使包括领导干部在内，其真实的人性构成也肯定是复杂的，既有善也有恶，不可能全是焦裕禄或者孔繁森式的好干部。因此，假若我们可以把小说创作看作是作家从一定的思想价值立场出发的一种文学想象行为，那么，在充分肯定杨志鹏《唱河渡》所取得的思想艺术成就的同时，我所质疑的一点就是，如同郝东水和夏清河这样一类理想化基层干部形象的人性基础到底是不是足够坚实。无论知我罪我，我觉得还是有必要把这种感觉明确讲出来，以与杨志鹏先生商榷共勉。

从小说文体的角度来说，最近若干年来，在中篇小说领域不仅持续发力，而且取得了突出成绩者，孙频乃是极有代表性的一位。尤其值得肯定的是，孙频已经开始自觉地酝酿打造带有相对贯穿性思想主题的小说系列。比如，包括《以鸟兽之名》《天物墟》《骑白马者》在内的所谓“山林文学”系列。或许因为这个系列更多地依托于孙频个人的故乡记忆以及对故乡现实的深切了解，目前已经呈现出某种驾轻就熟的态势。还有一个尚在打造过程中的，大约可以被命名为“海洋文学”系列。既包括2020年发表在《收获》杂志上的《我们骑鲸而去》，也包括我们在这里要专门加以讨论的《海边魔术师》（载《收获》2022年第1期）。作为一位打小就生活在内陆地区，成年之后才开始接触海洋，最近几年有机会长期生活在东南沿海，方才对海洋生活与海洋文化有相对深入了解的作家，孙频能够挑战自我，进一步拓宽自己的文学表现视野，单是如此一种非凡的书写勇气就值得我们充分尊重。

实际上，作为“海洋文学”的《海边魔术师》，其书写的起点却仍然属于日常生活的范畴。文本中身兼第一人称叙述者功能的“我”是一位典型的北方女性。整部小说的叙述全都围绕“我”的哥哥刘小飞展开。一方面，因为母亲早在“我”只有六岁的时候就不幸去世，另一方面，因为父亲在厂里的工作一直很忙，总是要加班，所以，日常生活中照顾“我”的重任自然就落在了比我大不了多少的刘小飞身上。自己只是一个小学生却要被迫承担到幼儿园接“我”的任务，其艰难程度当然可想而知。然而，正是在照顾“我”的长期过程中，刘小飞在妹妹“我”的心目中变成了一位貌似总是能无中生有的“魔术师”：“到后来，他真的能徒手变出一些小东西给我了。”从一只香瓜灯笼到一只草戒指或者一串项链，或者一支自动铅笔，一块彩色橡皮，可以说层出不穷：“我一边对这些小东西爱不释手，一边已经开始有了隐隐的恐惧感，我有些怀疑它们真正的来路，但又实在无法抵御这点诱惑，所以我情愿相信，他真的会变魔术，这些东西都是被他变出来的。”就这样，从小学时开始一直到整个中学阶段，身为“魔术师”的刘小飞总是时不时地送给“我”一些意想不到的小礼物。等到刘小飞后来去省城上大学之后，因为他一段时间不再送“我”什么东西，“我”顿时感觉轻松了许多。没想到的是，“一直到大三快结束的时候，某一天，他忽然背着大包行李回家了。因为屡次偷同学的东西，他被学校开除了”。尽管如此，刘小飞却依然习性难改。半年之后，他终于因再次行窃而被判刑一年。虽然从表面上看，刘小飞的偷窃只是他的个人行为，但“我”却因此而羞愧不已：“毕竟，他最早偷东西就是因为我，而我，早就知道这个秘密，却一直充当着他的同谋。”正因为刘小飞的偷窃与“我”紧密相关，所以，在刘小飞被判刑一年时，“我”才会做这样的一种自我反省：“我无数次想象过那个开头，想象他到底是如何开始的……因为母亲去世了，他开始照顾一个比他更小的小女孩，他想哄她开心，于是慢慢学会了变魔术，想为她变出更多的惊喜来。再到后来，行窃变成了一种瘾，又变成了一种疾病。在持续不断的行窃中，他越跑越快，越来越身轻如燕。”因此，倘若追根溯源，刘小飞的积偷窃以成瘾，甚至干脆就变身为无法自控的“魔术师”，主要还是为了让“我”开心，想要带给“我”过多惊喜的缘故。我们完全能够想象得到，一个过早缺失了女主人的残破家庭，父亲不仅成天忙于工作，而且后来还被迫下岗（父亲被迫下岗后，为了谋生，在县城开了一个小小的杂货店。其逼仄程度，甚至“小得就像一只蜗牛壳”，久而久之，父亲自己，似乎也干脆就变成了“挂在货架上”的一件物品），只有身为小学生的哥哥刘小飞在拼尽一己之力照顾着还在上幼儿园的年仅六岁的妹妹。这该是一种怎样的生存困境。事实上，正是在如此一种匮乏的生存困境中，身为兄长的刘小飞为了慰藉年幼的妹妹，才不惜打破道德和法律的底线成为一位嗜偷成癖的惯犯，到最后，不仅被大学开除，甚至还落得个锒铛入狱的可悲结局。以如此一种精神被扭曲以至于畸形的方式来书写表达生存困境中兄妹间相濡以沫的感情，孙频已经达致了相当的思想艺术高度。

但孙频很显然并不满意仅仅完成这种事关亲情的日常书写，更进一步说，如此一种日常书写根本就与所谓的“海洋文学”无涉。很大程度上，这种日常书写只是拉开了《海边魔术师》的序幕而已。关键的问题还在于，“娜拉走后怎么样”。肯定是因为感觉到刘小飞因偷窃被判刑丢了自己面子，等“他出狱之后，父亲就不许他在家里住，让他搬出去自己住”。因是之故，无家可归的刘小飞便开始了在县城里的流浪生活。尽管说“我”曾经试图找到刘小飞在县城的实际寄身之处，但却怎么努力也都无果：“我想，原因只有一个，那就是，他根本就不想让我找到他。”到后来，刘小飞干脆就离开了县城，一路向南云游天下，一直抵达了位于大陆最南端的木瓜镇。自打刘小飞不复归家后，“我”和他之间的联系，就剩下了时不时地通信这样一种方式：“那时候我在报社已经工作几年了，有一天忽然收到刘小飞写来的一封信。不知道他是怎么找到我的地址的，我们已经很久没有联系也没有再见过面了。他一开始在县城的工地上打工，后来听别人讲，他离开县城去省城找工作去了，后来又听说他已经不在省城了，好像去外省找工作去了，至于到底去了哪里就没人知道了。我甚至不知道他用不用手机，因为他从未给我打过一个电话。”我们必须看到的一个事实是，正是从刘小飞在信中描述自己的游历状态开始，整个小说文本开始偏离初始部分的日常书写，显示出了某种不容忽视的浪漫传奇色彩。请看其中的这样一个段落：“我养了一匹马，纯黑色的，像个王子，漂亮极了。我骑着马儿慢慢从北到南，白天走路，晚上就随便搭个帐篷，在河边，在森林里，在草原上，在某个村庄。无论走到哪里，白天都能看到太阳，晚上，在我的头顶都有月光和满天星斗。”事实上，正是在这样一种长期游历的过程中，刘小飞开始生出了一些特别的人生感受。比如，他会认识到一万年前的月光和现在的月光没有任何差别。再比如，他会说大地上根本就不存在什么偏僻之处，“大地让人分不出尊贵卑贱，直至万物平等”。在一个已经进入现代甚至后现代的火车高铁时代，一个人竟然可以保持前现代的生活方式，竟然可以骑着马不无优雅地在广袤的大地上一路向南，过一种类似于游牧民的生活，在实际的现实生活中无论如何都是不可能的一件事情。如此一种艺术描写的过程中，某种浪漫传奇色彩的具备乃是无法被否认的事实。事实上，除了骑马游历之外，小说中的其他一些描写，包括刘小飞今天住在树上，明天住在船上，后天便住在一个残破的老屋里的居无定所的生活方式，“披着日月星辰，枕着霞光，听着风从海上赶来，餐风饮露，像个苦修的隐士，又像个孤独的类人猿”等等，也都非常明显地散发出了一种浪漫传奇的气息。

然而，孙频探索性书写的艺术“野心”却并未到此为止。离家出走后的刘小飞只和“我”有着断断续续的通信联系，从来都没有和父亲联系过一次。因此，只有借助于“我”，父亲才能对刘小飞的情况有所了解。到后来，一方面是刘小飞的来信不仅戛然而止，而且邮戳全是那个名叫木瓜的海边小镇，另一方面则因为年迈的父亲突然被查出身患癌症，“我”毅然决定辞去工作，购买了一辆房车带着父亲一路南下，并且把木瓜镇当作了此行的终点。父女俩彼此心照不宣，他们此行的根本目标正是为了寻找那位早已“云深不知处”的刘小飞：“我知道，若不是因为刘小飞，父亲到死都不会出这趟门的。而若不是为了父亲，也许我也不会出这趟门的（这里的后一句话，我以为孙频的书写或许有一点问题，倘若我们承认他们父女俩的一路南下寻找刘小飞的这一趟人生行旅，带有某种程度上的自我救赎意味，那么，这后面的一句话，恐怕就应该是“而如果父亲不在了，我其实也还是要出这趟门的”）。”就这样，伴随着开着房车的父女俩的最终抵达，此前只是在刘小飞的来信中有所描述（请注意，刘小飞的这种描述，往往带有一定的夸张色彩）的木瓜镇这个海边小镇的异域图景便不无逼真地呈现在了广大读者面前。从根本上说，正是因为孙频在关于木瓜镇的书写中透露出了非常明显的海洋气息，所以我们才更愿意把《海边魔术师》看作是一种“海洋文学”。

且让我们首先对“异域”作一简单的释解。不知道南方朋友们的感觉如何，反正在我这个典型北方佬看来，不论是木瓜镇人日常交流所使用的地方方言，还是那些充溢着南方气息的繁茂植物，比如木瓜、波罗蜜、椰林、木棉树、龙眼树等等，又或者是那种万物有灵的观念方式：“在这个小镇上，很多边界都是模糊的，人和植物动物之间，活人和死人之间，地下和地上之间，都是可以相互穿梭往来的，万物有灵，且共同生活在一个大家庭里，真是热闹啊”，所带给我的都是一种陌生化的异域感觉，尽管孙频所描写的雷州半岛最南端那个地方，我也曾经有机会履足过一次。关键的问题是，尽管他们父女俩来到木瓜镇后，四处寻访，虽然在寻访过程中，不仅从很多人口中听到过刘小飞这个人，而且也还看到过不少他曾经居住过的残破地方，但正如同我们一开始就已经预料到的，他们父女俩的寻访努力到最后肯定是“竹篮打水一场空”，以至于在预感到这个结局后，父亲竟然主动提出要返回故乡。作家的如此一种情节安排很容易就能够让我们联想到卡夫卡的《城堡》。正如同那个倒霉的土地测量员K永远也无法抵达城堡一样，他们父女俩也永远都不可能找到刻意隐踪的刘小飞。

那么，我们到底应该如何理解孙频在《海边魔术师》里意欲传达给读者的复杂思想意蕴呢？首先的一个问题是，刘小飞为什么要不管不顾地坚持自我放逐？这一问题的答案，其实隐藏在小说临近结尾处的这一段叙述话语中："我呆呆站在那里，一句话都说不出来。只有我明白，这是刘小飞的另一个魔术，他让自己凭空消失了。这次，他把自己变没了，那个他一直试图惩罚的自己。"如果说刘小飞的惯偷行为的确是一种不仅触犯道德底线甚或是犯罪行为，那么，他的自我放逐就毫无疑问是一种带有自我惩罚色彩的精神救赎。其次，"我"和父亲开着房车一路向南，最终抵达木瓜镇，并企图在木瓜镇寻找到刘小飞，显然可以被理解为是他们俩的自我救赎。无论如何，刘小飞惯偷行径的养成都与他们父女俩脱不开干系。如果不是因为父亲必须为了解决家庭生计问题而好好工作，不是刘小飞在母亲早逝后必须承担起照顾妹妹的重任，就肯定不会有刘小飞的嗜偷成癖。就此而言，他们父女俩的木瓜镇之行具备一种自我救赎的意味就是无可置疑的事实。再次，在浸透着海洋气息的关于木瓜镇异域生活图景的描写中，极有可能潜藏着的一种"反现代"的思想倾向。这一方面，最值得注意的除了"万物有灵"之外，就是在和他们父女俩的交谈过程中，那个"北方饺子店"老板反复提及的"着相"和"实相"这样的佛教语词，以及潜隐于其中的别一种生存顿悟。说到这里，不管怎么样都不能被忽视的就是文本中曾经被一再提及的英国作家康拉德《黑暗之心》及其主人公库尔兹。假如说康拉德的《黑暗之心》有着不容忽视的某种"反现代"思想倾向，那么，孙频这部同样带有鲜明异域色彩的《海边魔术师》也应该作如是观。

面对薛忆沩的短篇小说《海燕》（载《作家》2022年第1期），我不仅联想到了苏联作家高尔基的同题散文诗名篇，还本能地感觉到二者之间会有一定的关联。高尔基的《海燕》是我个人非常熟悉的一个文学名篇，尽管我并不了解现在的中学课本是不是还会选用高尔基的《海燕》，但我自己最早接触《海燕》的确是在那个时候的中学课本上。大约正因为如此，高尔基的《海燕》才会成为我们一代人的共同记忆，即使到了现在，其中的一些段落我也还是能够背诵得出。实际的情况果然如此，薛忆沩的小说不仅与高尔基的名作有关，而且从一种艺术构思的角度来说，薛忆沩极有可能是把自己年事已高的母亲和高尔基的名篇联系在一起，当成了小说构思与想象的起点。尤其难能可贵的一点是，这篇以高龄老妇为第一人称叙述者（薛忆沩此前曾经有一篇老龄关怀题材的长篇小说《空巢》，所设定的第一人称叙述者也是一位年逾八旬的高龄老妇）的短篇小说，在极其有限的文本篇幅内采用记忆与现实相拼贴的方式，借助于高尔基《海燕》这样一个经典化的文学文本，竟然容纳了长达九十年的时间跨度。小说的现实时间从头一天即头一天晚上快要十点时小儿子从北美的波士顿打过越洋电话来算起，一直到第二天上午“我”所在的老年合唱队迎接师范大学新生专场演出的成功，前后叠加在一起也不过十二个小时左右。但在这十二个小时里，由于小儿子越洋电话的触动所引发的“我”那堪称纷繁复杂的人生记忆，时间的长度竟然是与叙述者相同的九十年。其他且不说，单是如此一种非同寻常的艺术结构方式就已经充分体现出了薛忆沩的小说写作智慧。

小说的叙事触发点是那位身在波士顿的小儿子在晚上快要十点时一个打破常规的越洋电话。促使小儿子打破常规的主要事由，是他刚刚在网上读到一篇自觉与母亲“密切相关”的名为《人生的十字路口》的回忆文章，急于和母亲分享的缘故。《人生的十字路口》的作者是一位旅居英国的生物学家。她在文章中所真切回忆的是自己在1975年春夏之交的人生低谷阶段，一次不期然间从根本上改变了自己人生信念的谈话。具体来说，这位后来的生物学家是由于父亲在1974年春夏之交时意外被环卫系统的卡车撞伤致瘫而获得了“留城”安排工作的机会，因而得以避免如同她的两个哥哥那样下放到农村去“插队落户”。没想到，她因此而获得的工作竟然是去清扫马路：“经过一个星期的实习，她被安排负责清扫以雨花亭十字路口为中心向四个方向各延伸一公里的马路。”如此一个“卑贱”的工作对一位豆蔻年华的少女来说根本无法接受。她之所以会做出妥协，一方面固然是迫于亲友的压力，另一方面是因为大舅曾经做出过的一个预言：“他还说像她这么聪明能干的人，不到半年就会被从基层抽调上去，获得重用。”尽管说满心的不情愿，但她的性格还是决定了她会以特别认真的态度去对待自己的工作，以期有朝一日真的可以如同大舅所预言的那样被抽调上去。关键的问题是，半年时间已经过去了，她却因为没有看到命运转机而倍感心灰意冷。因此，等到她十九岁生日的那天清早，由于对未来的人生彻底绝望，“她突然觉得自己人生道路的前方是一片黑暗，看不到任何变化，看不到任何希望”，便一个人坐到了小推车的把手上放声哭泣。就是在这个特殊的时刻，一位老人出现在了她的身边。这位老人不是别人，正是那位她除了节假日之外每天早上都能看到的在十字路口公交站等早班车的老人。尽管她根本就叫不出老人的名字，但老人早就以其“从容”而给自己留下了深刻的印象：“她从来没有见到过如此有风度的老人，她的一举一动都显得不仅很有教养，也很有见识。而最让她欣赏的是她那自然又坚定的从容。”“她总是那么从容。她记得她初中时代的一位语文老师曾经说过‘美就是从容’的话，直到看到了这位老人，她才终于懂得了这句话是什么意思。而那一天，这从容的美更是在她的眼前达到了极致。”那一天早上，由于要乘车的缘故，突然出现在她身边的老人只来得及和她说了一句话：“她用压低了的声音对她说：‘这只是黎明前的黑暗。’说完，她又从容地转过身去，从容地上了车。”到了第二天早上，果真如她所期盼的那样，这位“从容”的老人不仅再次出现在她的身边，而且还和她展开了一番对话。那一次的对话过程中，老人首先问了她三个问题，其中的第三个问题主要“问她是不是觉得从事这样的工作非常丢脸，也毫无前途”：“这第三个问题让文章作者的身体深深地抽搐了一下。这是她渴望自己的父母问她而他们却从来没有问过的问题。这是触及灵魂的问题。这是对她真正的在意，真正的关心。”面对她所给出的肯定答案，老人没有直接安慰，而是带有强烈暗示性地给她讲述了自己一位“最好的朋友”（其实是老人自己）的人生漂泊故事。她讲到，她这位朋友无忧无虑的童年是在北京度过的，没想到后来却因为中原大战而被迫举家迁往上海。尽管一开始她非常绝望，但很快就“入乡随俗”地成为了一个地地道道的上海人。就在她刚刚适应上海的生活后不久，日本鬼子却从海上攻进了上海，她被迫再度随着家庭四处漂泊，由武昌而长沙，而桂林，而昆明：“她的青年时代就在这不断的逃难中展开、延伸。后来她非常感激这一段动荡不定的日子，因为这地理上的不断后退，伴随着认知上的不断前进，她离那将令她终身受益的真理越来越近……”什么样的一个真理呢？“‘所有的现状都只是暂时的。’老人终于从容地说。”“‘大多数人都看不到这一点，’老人继续说，‘他们或者是因好的现状而自满，或者因差的现状而自卑，一句话，他们总是被现状蒙蔽，为现状左右。要知道，现状是会改变的，是可以改变的。而青春的魅力就在于它有能力去改变差的现状，去创造好的未来。’”进行了如此一种真理式的宣喻之后的第二天，这位“从容”的老人再一次走近了清扫大街的年轻人，虽然由于要赶车的原因而没有能够多说什么，但在匆忙间还是交给了文章作者一份东西：“老人连忙从挎包里掏出两张折叠得很整齐的稿纸递给文章的作者，说那是她昨天晚上特意为她抄的散文诗，接着转身上车了。”这篇散文诗不是别的，正是高尔基的名篇《海燕》，是身为第一人称叙述者的高龄老妇“我”的平生最爱：“‘高尔基的《海燕》，你的最爱。’我儿子说，‘我们从小到大都听腻了，’稍稍停顿了一下，他又补充说，‘我记得你都用俄语给我们朗诵过。’”尽管说文章作者仍然对这位“从容”的老人充满期待，但此后竟然再也未能谋面。未能再谋面虽然让文章作者备感遗憾，但关键处在于，就在萍水相逢的她们谈话后的那个星期，文章作者命运的转机果然出现：“而在随后的那个星期，她果然首次获得了重用，被抽调去负责城市西区的清扫队。”等到高考恢复后，文章作者考取了中山大学，就读生物专业。最后去英国留学，从帝国理工获取博士学位后，成了一名学有所成的生物学家。由于1975年春夏之交那位“从容”老人的出现从根本上影响到自己的人生信念，并对自己未来命运的走向产生过重要作用，这位生物学家一直珍藏着“从容”老人手抄的《海燕》。前不久，因为在海滩上偶然间看到一只濒死的海燕，文章作者便不由自主地回想起了当年这段难忘的人生记忆：“马上想到自己已经从一只雏燕变成了一只老燕，又估计自己当年在人生的十字路口遇见的那只老燕大概已经不在人世，突然产生了强烈的乡愁。这篇文章就是在那种乡愁的推动下写成的。”

小儿子之所以一定要不惜干扰母亲的睡眠也要打越洋电话复述这一篇名为“人生的十字路口”的文章的主要内容，关键原因在于，他发现故事中那位曾经专门抄写《海燕》送给文章作者的“从容”老人，正是自己年已九旬的老母亲。吊诡之处在于，由于年事已高，当年的“从容”老人已然处于经常性失忆的状态之中。有些事情能够回忆起来，有些事情则无论怎么努力都想不起来。这一点再突出不过地表现在《人生的十字路口》这篇文章所记述的相关故事上：“我疲惫的意识在文章里的事实与我自己的经历之间出出进进：雨花亭的十字路口当然没有错。那的确是除了寒暑假和其他节假日之外，我每天五点之前赶去等早班七路车的地方。”“1975年也没有错。那正好是我退休的那一年。当时我是五十五岁，在一个年轻女子眼里也的确可以算是‘老人’。”“《海燕》也没有错。它的确是我非常喜欢的作品。”“还有那些关于理想和现状的话，世界上是不是还有第二个人那么说我不知道，但是我自己的确可能会那么说。”“至于那位‘最好的朋友’，她的人生轨迹也的确和我自己的相吻合。那位老人为了保护自己的隐私使用这样的伪装我也完全可以理解。”但也有一些更为关键的内容，“我”却无论如何都想不起来了：“但是，难道那位老人真的是我吗？我怎么就一点都不记得那个年轻女子？怎么就一点都不记得那亲手的抄写？怎么就一点都不记得那位老人？”

一方面，对于一位年已九旬的老人来说，失忆现象的出现，是再正常不过的一件事情。但在另一方面，富有艺术智慧的薛忆沩正是巧妙地借用了老人的记忆与失忆，把20世纪中国历史上的一些史实拼贴到了自己的小说文本之中，做到了纪实与虚构的相互渗透与交融。首先是“比如在庆祝完我们一家在北京生活一周年后的第二天还是第三天，我父亲从学校回来，情绪异常激动，不停地说：‘这真是太残忍了！这北洋政府真是太混账了！’吓得我和母亲都哭了起来”。作家在这里所插入的显然是发生于1926年的“三一八惨案”。其次是“我”们一家搬迁到上海后第二年暑假中的某一天，“我”曾经跟着父亲一起到一家主要售卖日语书的书店，见到过《故乡》的作者。但由于害羞，“我”没有敢于向父亲的那位朋友请教相关的问题，以至于事后懊悔不已：“不过，我也生自己的气，怪自己已经读了那么多小说，已经在小说里见识过各色人物，却还是那么胆小，那么害羞。没有与我父亲的那位朋友说上一句话是我一生的遗憾。如果那一天真向他请教了关于《故乡》的问题，我少年时代的作家梦也许不至于那么早就夭折。”这里《故乡》的作者当然是鲁迅先生，那家书店，是内山书店，而“我”则似乎是马幼渔的女儿马珏。再次，则是“我”在昆明读大学期间，曾经同时收到过两封情书，它们来自两个性格完全不同的男青年。其中一个是历史系的学生，因思想激进后来曾经到过延安，50年代中期突然销声匿迹。另一个是物理系的学生，后来去了美国，50年代中期开始名扬天下，年届九十岁仍然是热点人物。这两位男青年的具体所指到底是谁，我实在不好随便蠡测，但他们与现实生活中两位鼎鼎大名人物的内在关联却又是无可置疑的一种客观事实。这一点，明眼人不可不察。遗憾处在于，尽管以上所有这些“我”都记忆犹新，“但是我怎么就一点都不记得那‘黎明前的黑暗’？怎么就一点都不记得自己就是在人生的十字路口给那个环卫工人带来勇气和信心的‘老人’？”一直到第二天在去往师范大学演出的路上，“我”才在“一见钟情”的小女友小简（请一定不能忽视小简这一人物形象，借助于这一能够及时给予年已九旬的高龄老妇“我”以充分关照的人物形象，薛忆沩试图传达出的，是一种曾经在长篇小说《空巢》中已经表达过的老龄关怀主题意涵）女儿的影响下，终于回忆起了那个十字路口的环卫工人：“我感谢小简的女儿在我的记忆里划开了一条裂痕，将我带回到了‘古代’，让我再次看到了那个在黎明前的黑暗中失声痛哭的环卫工人，让我终于可以确信那个出现在她人生十字路口上的‘老人’就是我。”在我的理解中，薛忆沩之所以要煞费苦心地进行这种历史史实的穿插与嵌入，一个根本意图就是要借用“我”人生阅历的丰富以充分传达出一种通透人生观念之所以能够生成的说服力。毫无疑问，从根本上支撑“我”得出令人信服的“所有的现状都只是暂时的”的如此一种真理性结论的，正是她那足称丰富驳杂的人生经历。

有了以上所有这些足够坚实的情节铺垫，小说最后自然也就顺理成章地推进到了老年合唱队的演出，尤其是作为压轴节目的“我”的配乐散文诗朗诵《海燕》。虽然年已九旬，但“我”却创造了一个难能可贵的奇迹，那就是，不仅完整地朗诵了高尔基的《海燕》，而且还在朗诵之前，代表合唱队给师范大学的学生们讲了一番语重心长的话语。其中这样的一段特别励志：“我们和你们最根本的不同是不管我们多么妖多么疯，我们的前面只有死路一条，（部分人大笑）而你们的前面却是广阔的天空。（一段较长的停顿）是的，天空是广阔的，但天空也是未知的，经常会乌云密布，经常是危机四伏。要想在广阔的天空实现自己的理想，你们必须具备巨大的勇气、伟大的激情和坚定的信心。”毋庸讳言，这段励志的话语，与高尔基《海燕》中的“在苍茫的大海上，狂风卷集着乌云。在乌云和大海之间，海燕像黑色的闪电，在高傲地飞翔……”所欲传达出的凭借自身强大的生存意志必将战胜一切困难的信念是完全一致的。因此，对于薛忆沩的短篇小说《海燕》，我们最后得出的结论就是，年已九旬的第一人称叙述者同时也是小说主人公的“我”，正是因为有着足称丰富驳杂的生存经验，所以才能够在通透（也或者说，此处的通透，可以被理解为“在看清生活的残酷真相之后却依然热爱生活”的那样一种说法）地看待人生的基础上，彻底实现某种生命的自我超越：“从这经久不息的掌声里，我像那只海燕一样听到了未来的欢乐和必胜的信心。”

南京大学的王彬彬教授不仅是优秀的学者和活跃于文学现场的批评家，写得一手既有思想锋芒，也有艺术感觉的文学研究文章，也是一位写散文随笔的高手。作为优秀的散文随笔作家，自有他这些年来在《钟山》杂志长期开设的历史随笔专栏为证。一位优秀的文学批评家，能够同时兼擅历史随笔的写作，其实是非常不容易的一件事情。要想写好历史随笔，除了恰到好处的遣词造句之外，尚需同时有对历史别具只眼的高明见识。尽管如此，在2022年之初，多少有点出乎预料的是，我竟然在开年第一期的《收获》杂志上看到了他一个新的随笔专栏“尘海挹滴”，读到了开栏的第一篇文章《废墟与狗》。与他在《钟山》杂志开设多年的历史随笔专栏有所不同，这一次的《收获》专栏带有明显不过的生活随笔的意味，完全是王彬彬在日常生活中有感而发的一种直接结果。作为开栏之作的这一篇《废墟与狗》，更以其对狗性的深入剖析和批判而特别引人注目。

话题是从王彬彬生活习性的改变而起始的。由于身体日益变胖，乃至于总是“大腹便便”的缘故，最近一两年来，一贯奉行“四不主义”即“不戒烟，不戒酒，不节食，不运动”的王彬彬，先后被迫变“四不”为“三不”甚至“两不”。不仅开始节食，而且也开始运动，尽管说他的“运动”也只不过是“走路”而已。正是在周遭山里走路锻炼的过程中，王彬彬首先发现了大片看上去很有点令人震惊的废墟：“又走了几步，拐过一个弯，一大片断壁残垣在我眼前支棱参差，让我不禁停住脚步。一户接一户，两层或三层的没有房顶的房子，鳞次栉比着，整体上呈半圆形，四周是山。这些房子，有的被拆除得多一些，剩下的少一些；有的被拆除得少一些，剩下的多一些。”如此大面积的废墟，甚至可以让王彬彬不由自主地联想到当年的汶川地震后县城的不堪情形。通过与留守在此地的一个男子聊天，王彬彬进一步了解到，这片废墟的形成原因，乃是由政府主导的搬迁行为：“原来，这是一个大村子，有五百多户人家。政府要把此处建成科技园，便要把村民迁走，在别的地方建造安置房，村民三年后可去领房。在这三年里，村民自行到外面租房过渡。租房费用当然由政府出。”

关键的问题在于，人可以搬走，家里养的那些狗却不可能随着主人搬走。这样一来，王彬彬就非常自然地由废墟而引出了关于狗以及狗性的话题。首先，王彬彬明确区分了何为流浪狗，何为丧家犬："我一直以为丧家犬与流浪狗是差不多的意思。见到这群废墟边的狗，我才知道二者意思并不一样。丧家犬未必是流浪狗，流浪狗也未必是丧家犬。第一代流浪狗当然是丧家犬，但'流二代''流三代'，则是母亲在流浪中产下，在母腹中便流浪着，从来就无家可丧。"在区分了丧家犬和流浪狗之后，王彬彬不无惊讶地发现，要想让这些丧家犬转换观念成为流浪狗，其实是极其艰难的一件事情："那些狗，仍聚集在那里，但狗毛一天比一天长，狗身则一天比一天瘦，身上也越来越脏，渐渐地透过长长的狗毛能看见狗骨了。但是，它们没有显露出任何离开这片废墟的迹象。"尽管说从废墟到城市，用狗的速度跑起来，大概也就只需要几十分钟的时间，但这些被主人遗弃了的丧家犬，却偏偏就是完成不了身份的如此一种转换："然而，要让它们完成从丧家犬到流浪狗的身份转换，似乎比登天还难。这不只是生活方式的转变，更是思维方式和价值观念的更新。"

那么，导致狗们由丧家犬到流浪狗身份转换如此艰难的根本原因究竟何在？王彬彬一番苦苦思索的结果，乃是因为狗们意识以至无意识深处对人近乎本能的一种依恋："对人的依恋、依赖，是人喜欢狗的根本原因；对人的依恋、依赖，却又是狗被抛弃、被杀戮的根本原因。据说，狗是从狼'进化'而成。我以为，'进化'这个词肯定用反了。从狼到狗，分明是生命的退化。"这里，一个无法回避的问题是，虽然狗近乎本能地依恋或者干脆说相信着人，但在实际生活中，人却在很多时候都背叛或者辜负着狗们的信任："狗如此黏着人，也是因为对人的无条件信任。而它们不知道，人是多么不堪信任的东西。抛弃狗算得了什么？

抛弃父母、抛弃孩子，在人类那里，也不算稀奇事。狗如果有思想，早就应该对狗与人的关系进行深刻的反思。”这些被迫无奈地整日价游荡在废墟上不肯离去的狗们的存在，就可以说是人的“不堪信任”的一个强力明证。

事实上，正是因为有了对废墟上的这群狗的长期观察，王彬彬到最后才会做出一个极具力度的假想性提问，提出了一个狗的觉醒，狗的启蒙运动问题：“我又想，假如这山上山下的狗里，在长久的饥饿后出现了一只两只觉醒者，明白了只要依附人类，任何一只狗，包括那些正被抱在怀里、拥在被里、贴在唇上、被万分宠着的狗，都有沦为丧家犬和流浪狗的可能；要让丧家犬和流浪狗不再出现，必须彻底改变狗人关系，必须彻底放弃对人的信任。觉醒了的它或它们，先觉觉后觉，在狗界里发起启蒙运动，呼吁所有的狗撤离人的世界，重返丛林。那结果会怎样？”对于这样一个触及了要害的根本问题，王彬彬自己给出的答案特别令狗（更令人）绝望。那就是：“我想，那结果，应该是它或它们被群狗活活咬死。”如果说那些觉醒了的狗可以被看作是狗界的思想先知，那么一个无比悲凉的结果竟然是，狗界这些为狗们的幸福着想的思想先知，到最后竟然被作为“乌合之众”的群狗活活咬死了。王彬彬的这样一种思考，无论如何都不能不让我们联想到一百多年前鲁迅先生的短篇小说杰作《狂人日记》，联想到那位有着“被吃”恐惧的迫害狂患者，那个带有突出启蒙性质的思想先知。

很大程度上，正是王彬彬的这一篇《废墟与狗》促使我进一步联想到了安徒生那个影响巨大的早已为公众耳熟能详的童话作品《皇帝的新装》。我们都知道，《皇帝的新装》里的皇帝虽然一丝不挂地走在大街上，但所有的人都众口一词地称赞皇帝身上的新装太漂亮了。只有那个“不怕虎”的“初生牛犊”，那个天真无比的孩子，才口无遮拦地讲了真话。他说，皇帝的身上其实什么都没有穿。安徒生的童话作品讲到这里就结束了。但在我的理解中，故事也还有进一步延展的可能。具体来说，我自己延展出的两个想法分别是：一、那个皇帝自己是否知道自己身上没有穿衣服。二、当那个天真无比的孩子讲完真话之后，他马上就被包括皇帝在内的所有人给活活打死了。在我的理解中，讲真话的孩子被活活打死极其类似于王彬彬文章结尾处，作为觉醒者的它或它们被群狗活活咬死。

第十章　新旧杂糅、文化乡愁与金色人生书写

如果连同《酱豆》与《青蛙》这两部迄今仍然未能正式发表的长篇小说在内，《秦岭记》（人民文学出版社2022年5月版）应该已经是贾平凹的第二十或二十一部长篇小说。尽管我们一向诚如强调张若虚的《春江花月夜》曾经以“孤篇盖盛唐”一样地强调某一文本思想艺术品质的重要性，但这并不意味着作品数量的毫无意义。虽然说在现代文化市场形成之前的中国古代，很多杰出的小说家终生所贡献的也不过只有一部长篇小说，比如所谓的“四大名著”，但在进入现代文学阶段之后，伴随着现代文化市场的形成，那种“一本书”的现象便不复继续，很多杰出作家都已经呈现为体量庞大的“著作等身”状况。一种实际的情况是，对于那些已经拥有了足够影响力的大作家来说，作品数量的多与寡肯定是有意义的。很多时候，正是数量庞大的一系列高品质作品的存在，从根本上支撑起了某一大作家的形象。比如托尔斯泰、陀思妥耶夫斯基、福克纳，比如鲁迅、沈从文，中外的情形均属如此。我想，我们无论如何都应该在这样的一个意义层面上来理解看待贾平凹的“著作等身”现象。如此一种庞大的创作体

量本身就充分证明着贾平凹那不容小觑的巨大思想艺术创造力。

首先应该注意到，《秦岭记》是一个以新文本为主体的新旧文本杂糅而成的小说文本。对此，贾平凹自己在后记中有明确的交代："全书分了三部分。第一部分当然是'秦岭记'，它是主体。第二部分是'秦岭记外编一'，要说明的是它是旧作，写于1990年的《太白山记》，这次把'记'去掉，避免与书名重复。第三部分是'秦岭记外编二'，还是收录了2000年前后的六篇旧作。可以看出，'秦岭记外编一'虽有二十个单独章，分别都有题目，但属于一体，都写的是秦岭最高峰太白山世事。而'秦岭记外编二'里的六篇，则完全各自独立。也可以看出，'外编一'写太白山，我在试验着以实写虚，固执地把意念的心理的东西用很实的情节写出来，可那时的文笔文白夹杂，是多么生涩和别扭。'外编二'那六篇又是第一人称，和第一部分、第二部分有些隔。我曾想过能把'外编一'再写一遍，把'外编二'的叙述角度再改变，后来这念头取消了。还是保持原来的样子吧，年轻时脸上长痘，或许难看，却能看到我的青春和我一步步是怎么老的。"由此可见，整部《秦岭记》乃由作为主体的"秦岭记"与"秦岭记外编一"（也即原来的《太白山记》）和"秦岭记外编二"三部分组构而成。严格说来，如果把后面的两部分去掉也丝毫不会影响这部长篇笔记小说自身的完整性。因此，一个关键的问题就是，贾平凹到底为什么一定要把这两部分旧作收入《秦岭记》的文本之中。对此，按照贾平凹自己的说法，是想要让广大读者从其中看出"我的青春和我一步步是怎么老的"。但问题紧接着又来了，要想让读者看到"我的青春和我一步步是怎么老的"，为什么非得是《太白山记》和另外的六篇，而不是贾平凹的其他作品呢？关键原因在于，正如同作为主体部分的“秦岭记”一样，由二十个短章组成的《太白山记》以及另外的六篇，从文体的归属上看都可以被判定为笔记小说。正因为都是笔记小说，彼此之间才存在着一定的可比性。在一篇关于贾平凹与中国文学传统的文章中，关于《太白山记》我曾经做出过这样的一种评价与阐释：“第三个阶段是90年代前后，他的小说面貌发生了重大的转型，这一次转型对贾平凹是更为关键的。从两个层面来谈转型的原因：第一，从社会层面上，当时重大的社会事件对他的精神世界和世界观造成了影响，使得他对社会的理解和判断产生了变化；第二，从他个人层面上，他那一时期身体不好，个人身体素质对生命理解和认识都会产生影响。从这两个层面上讲他的作品产生了重大转型，转型标志性作品是他那一系列短篇小说《太白山记》，作品中开始出现了生命文化的色彩，叙事层面上与中国本土传统小说发生了关联。”“另外从叙事层面讲从《太白山记》开始他进一步开始对中国本土传统小说的继承和发扬，《废都》对中国传统小说继承进入一个更自觉层面，将《废都》与《红楼梦》《金瓶梅》等明清小说建立某种内在的关联。”如果说贾平凹的小说创作中的确存在着一个对中国本土小说传统进行创造性转化的命题，那么，这种转换最早明确的尝试也正是从《太白山记》开始的。遗憾之处在于，在当时，我并没有明确强调《太白山记》的笔记小说性质，并把它进一步与中国古代文学中的笔记小说传统联系在一起加以考察。

现在看起来，虽然未必那么自觉，但最起码写作这部《秦岭记》的时候，贾平凹自己已经明确地认识到被收入《秦岭记》中的三部分内容已经全都属于笔记小说这一文体了。而且，诚如贾平凹所言，将以上三部分内容放到一起进行比较，我们还可以明确感受到从1990年到2000年前后，以及当下时代这样三个不同阶段贾平凹笔记小说写作的一些变化。首先是总计二十篇的《太白山记》。一方面，贾平凹的确试图借助于或真或幻的情节设计，以暗示的方式传达某种深层的精神意蕴。比如《寡妇》一篇，明明爹已经在一个寒冷的冬天被冻死，但年仅三岁的孩子却偏偏连着数晚看到爹在娘的身上："后来就感觉到炕上有什么在蠕动。孩子看了看，竟是爹在娘的身上，爹和娘打架了！爹疯牛一般，一条一条的肌肉在背上隆起，急不可耐，牙在娘的嘴上啃，脸上啃；可怜的娘兀自闭眼，头发凌乱，浑身痉挛。"尽管后来，当孩子询问说"爹今夜还来吗？"的时候，"娘说爹不会来，永远也不会来了"，但到了深夜的时候，孩子却发现爹又出现在了炕上。这一次，为了让爹叫出声来，孩子摸出个东西向爹掷去。没想到，"掷出去的竟然是枕头，恰砸在爹身子中间的那个硬挺的东西上"。问题在于，等到娘被惊醒后，爹却找不到。只是在墙上爹贴过的地方，发现了一个木橛："你这孩子，钉一个木橛吓娘！娘在被窝里换下待洗的裤衩，挂在那木橛上。木橛潮潮的，娘说天要变了，木橛上也潮露水。"令人惊异处在于，等到第二天娘携着孩子去坟地的时候，却竟然发现棺木早已开启："爹在那里边睡得好好的，但身子中间的那个东西齐根没有了。"到最后，一是孩子曾经把爹打娘的故事讲述给同伴听，二是等到娘过了数年想要改嫁的时候，却没有人愿意娶"年轻""漂亮"的她。那么，我们到底应该如何理解这篇尽管看上去晦暗不明但又处处充满着暗示的笔记小说呢？其一，孩子在爹刚刚去世后总是会在晚上看到"爹和娘打架"，或许是因为他曾经看到过爹生前和娘在一起的情形的某种幻觉式重现。其二，娘在被窝里换下待洗的裤衩一个细节，可谓意蕴丰富。裤衩之所以要待洗，肯定是湿且脏的缘故。一个寡妇，裤衩为什么会湿且脏？难道说孩子幻觉中的“爹”另有其人？否则，我们也就难以理解为什么到后来“年轻”“漂亮”的娘竟然改嫁不成。这个地方木橛的“潮”，其实也有不容忽视的暗示意味。其三，带有明显神秘色彩的一点是，晚上在炕上孩子用枕头打爹身子中间的那个地方，与墙上突然出现的那个木橛，以及棺木里爹身上那个东西的“齐根没有了”，三者之间到底是一种什么关系？难道说阴阳两界果然可以互通吗？比如《公公》一篇，写一个采药翁的儿子不幸亡故后，儿媳孝顺，“不忍心撇公公，好歹伺候公公过”。小说中一个关键的细节是，“公公是个豁嘴，但除了豁嘴儿公公再没有缺点”。接下来的日子里，公公和儿媳过着相安无事的日子，一直到公公前往儿子曾经采过药的主峰上去采药再没有回来，奇怪的事情方才发生。那就是儿媳竟然好端端的“并没有结交任何男人”的情况下就有了身孕，而且，先后三次生下的孩子，全都是豁嘴。正所谓“十月怀胎”，经过了三个“十月”，儿媳先后埋了三个豁嘴孩子，公公呢？“公公永远不会来了吗？或许公公明日一早就回来。”故事的结局是，等到儿媳第三次把孩子埋掉的时候，被散居于沟汊中的山民们发现，不仅用鞋底“扇她的脸和她的下体”，而且还“把女人背负小石磨坠入涧溪”。蹊跷处在于，女人坠下去后，涧溪里竟然出现了一条“极大的似人非人的鱼”：“自此，娃娃鱼为太白山一宝，山归于重点保护。”对这一笔记小说的解读是，其一，如果说儿媳的确有与豁嘴公公私通之罪，那么，这其中就毫无疑问充满着道德的训诫意味。其二，女人被坠入涧溪后，变身为娃娃鱼这一细节，所呈示出的，很显然是一种人与自然万物之间可以实现生命互通的世界观。这一点，与《寡妇》中围绕爹身上的木橛所发生的诡异细节所传达出的大概是一种相同的意思。从这个意义上来看，贾平凹自己所说的“以实写虚”其实更多地体现为借助于一种真幻莫名的情节来书写表达隐含的复杂意绪。其次，是2000年前后的另外六篇笔记小说。如果说《太白山记》中到处充斥着真幻莫名的情节，那么，到了总是有“我”现身，以“我”为视角的另外六篇笔记小说中，情节被明显淡化后，更多的只是在表达着“我”对秦岭物事的观察与思考，主观特色非常突出。比如《云塔山》一篇，写“我”在云塔山第一次体验到了什么叫“出世”。一座道观，建在高高的云端里，“我”战战兢兢地爬上去之后，与道士有了这样富有禅意的对话：“我问：为什么要把道观盖在这里呢？”“道士说：你不觉得在天上吗？”“我”遂顿悟，的确“是在天上”。同样富有深意的一点是，下山后“我”面对牛羊发出的“天问”：“我有些不解，牛和羊是吃草的，并不是掠食者，怎么还长着犄角？”尽管我们也完全可以以“防身自卫”来回答这个问题，但我却肯定地知道，这并不是贾平凹或者文本中的“我”所要的答案。再比如《眼睛》一篇，主要写“我”由远到近地观察着秦岭深处一个小镇上的各种景象。倘若说“此中有深意”，那么，这“深意”就毫无疑问地体现在结尾部分。倒数第二段：“还是坐下来吧。久久地坐在镜子前，镜子里是我。”最后一段：“我是昨天晚上从城里来到了秦岭深处的小镇上，一整天都待在这两层楼的客栈里。我百无聊赖地在看着这儿的一切，这儿的一切会不会也在看着我呢？我知道，只有我看到了也有看我的，我才能把要看的一切看疼。”其一，既然是“我”坐在镜子前面，那镜子里看到的肯定是“我”。当作家把这样一种常识刻意表达出来的时候，他的意思很显然就已经抵达了所谓“看山还是山”的那种境界。其二，眼睛的功能是用来看的，但是能够做出“看”这一行为的只能是作为主体的“我”。但贾平凹偏偏就要在一种哲思的层面上强调，当“我”在观察周边各种物事的时候，其实那些被看的物事也都在看着“我”。尤其是最后一句，正是在“物”与“我”两相看的过程中，“我”才能把一切都“看疼”。什么叫“看疼”？达到什么样的一种程度才算得上“看疼”？能够引发相关的思考恐怕也正是贾平凹意欲抵达的某种书写目标。通过以上的分析我们不难看出，一方面，在创作这两组小说作品的时候，贾平凹并没有在一种明确的文体自觉意义上创作笔记小说；另一方面，从思想内涵来说，尽管其中也不乏对世道人心的独到体悟与发现，对人生与存在或一侧面的沉思，但如果与这一次新写出的《秦岭记》相比较，作家的“识”其实还是没有达到通透的程度；从表达方式来说，《太白山记》貌似纯“客观”地一味走奇诡的路数，《云塔山》等稍后的六篇，情节不仅差不多淡化到无，主观化倾向也过于凸显，总体而言，并没有能够如同新写出的《秦岭记》那般抵达某种鲜活通畅、圆融无碍、行云流水的自然状态，真切地写出了秦岭外在的自然万象与内蕴的精神气象，着实做到了物我两忘、天人合一、得大自在的高远思想艺术境界。然而，尽管不尽如人意，但“外编”的一和二这两个部分也容不得轻易否认。道理说来也简单，如果没有1990年前后的《太白山记》以及2000年前后的另外六篇作为必要的实验式铺垫，也就不会有我们现在所看到的作为《秦岭记》主体构成的那一部分新写的“秦岭记”。我想，贾平凹之所以执意要把早年的这两部旧作以“外编”的形式收录到《秦岭记》之中，恐怕与此有关。

老藤的《北障》（湖南文艺出版社2022年2月版）是一部旨在聚焦打猎现象的长篇小说。但请注意，既然是一部以猎人生活为主要表现对象的小说，那在我们具体展开文本中主要矛盾的分析之前，首先还是要注意到狩猎因素在其中的相关体现，尽管说到了“后打猎”时代，这些狩猎因素已经变成了明日黄花，已经积淀成为遥远的历史记忆。比如，在和好友苗魁一起去寻找猞猁踪迹的路途上，金虎曾经不厌其烦地告诉苗魁很多狩猎的知识与学问（其实，从小说写作的角度来说，这更是老藤在巧妙地把狩猎因素纳入这部主体故事发生在“后打猎”时代的小说文本中的一种艺术手段）：“狩猎不是打枪准就行，因为大多时候猎物在暗处，猎手在明处，如果猎物手里有枪，哪个猎手都会死上许多回，真正的学问在于‘隐、辨、闻、听、卡、诱’六字要诀上。隐，就是猎手要会隐藏、伪装，你追踪猎物，猎物也在观察你，你明晃晃大张旗鼓地出现在树林草丛，什么猎物也会逃之夭夭；辨，就是辨别兽迹、粪便、洞穴等等，野兽从来不是胡乱行走，它有自己的路径、洞穴，很多动物的排泄地点也相对固定，有经验的猎手闻一闻粪便就知道这是什么动物，最近吃了什么食物，排便的时间有多久；闻，就是闻气味，不同的动物有不同的气味，动物之间是靠气味相互辨别的，猎手要学会闻动物散发的气味，比如食草动物的气味发膻，食肉动物的气味发臊，飞禽散发的气味是鸡屎腥，獾貉刺猬等杂食动物的味道发臭；听，就是听动物发出的叫声、相互的呼唤和行走的声音来辨别它的群体和所处方位；卡，就是设卡，无论用什么工具，打猎必须设卡，卡得准，十有八九能得手，卡错了地点，就会竹篮打水一场空；诱，是一种手段，用诱饵、模仿动物发情期的叫声来引诱猎物，这一点达斡尔族用得最好，他们专门发明了一种诱捕雄鹿的鹿笛，现在已经变成了一种民族乐器。”正如同中医的诊断有所谓“望、闻、问、切”的四字要诀一样，在猎区，经验丰富的猎人们也总结出了如上所引述的六字要诀。因此，无论如何都要请读者理解并原谅我竟然将小说中的这么一大段叙事话语摘录在此。倘不如此，就很难说清楚狩猎的基本情况。可进入全面禁猎的“后打猎”时代之后，金虎所讲述的这一切打猎经验，除了作为一种知识和学问传授进行之外，似乎已经失去了任何实践的可能。根本不需要再等很多年，即使是在当下这个“后打猎”时代，金虎所念念不忘的这一套“狩猎经”，这样的六字要诀，也已经被迫以“古董”或“文物”的形式而存在了。

其实，早在政府采取果断措施全面禁猎之前，作为一个异常敏感的优秀猎手，“一枪飙”金虎就不仅已经注意到了包括三林区在内的整个北障生态环境的日益恶化状况，也已经对包括自己在内的北障猎人们的狩猎行为有所体认与反思。倘若追根溯源，这个话题还得从金虎的父亲金喜仁说起。从年龄来推断，金喜仁所在的那个时代正是生态意识普遍觉醒前的时候。由于生态保护意识的缺失，金喜仁亲眼见证了北障这个地方茂密的森林大量被采伐的全过程。伴随着森林的大量被砍伐，“先是打鹿沟没了鹿，接下来狍子、野猪也不再成群，后来连打鹿沟的名字都被‘三林区’这三个干巴巴的汉字所取代……”作为一个从小就生长在林区，一直依靠打猎为生的猎人，金喜仁对此种情形真正是看在眼里，痛在心里。那个时候的他虽然并不懂什么叫作生态保护，却忧心忡忡地直觉到了问题的严重性：“水抽干了，还能有鱼吗？北障是大甸的屏障，屏障不在，大甸不保啊！”而金虎自己，只有过了很多年，进入“后打猎”时代之后，方才意识到父亲的那种忧心忡忡，其实是一种难能可贵的先知先觉：“金虎那时尚小，不知道父亲说的大甸其实就是地理课本里的松嫩平原，只是觉得父亲有点杞人忧天，家里不种地，操那么多心干啥，当林场职工挣工资有啥不好？父亲去世多年后，北障猎手们变得无猎可打，金虎才想起了父亲关于鱼和水、北障和大甸的话，觉得父亲很有远见卓识，父亲的忧虑正在变成现实。”无论如何，我们必须承认父亲金喜仁的相关忧虑的确有着无可否认的超前性。这一方面，一个必须直面的冷酷事实就是，与“打鹿沟没了鹿，接下来狍子、野猪也不再成群”这样一种野兽资源空前凋敝的情形形成鲜明对照的，是金虎面对小汪这个在城里长大的年轻警官所回忆起的三十年前北障野兽成群结队的一片繁盛景象：“三十年前，北障还是野生动物的天下，只要背枪进山，回来时便是满爬犁的收获，以野猪和狍子居多，运气好的还会打到黑瞎子和马鹿。冬季进山，你进入的是一个童话世界，破解这个神秘世界的密码就在雪地上，各种野兽会把自己的一切都涂写在雪地上。在猎手眼里雪地就像一块巨大的画板，各种野兽在画板上勾勒出自己的形态和行踪。猎手只要沿着足迹就不愁找不到它的藏身之处，除非那些蹲仓的黑熊，但即便黑熊蹲仓，也会在树洞入口处留下哈气凝霜。”如果金虎的如此一种回忆性描述可以被看作是北障一幅鲜活、生动的冬季打猎图的话，那么，由于森林资源被大量砍伐所造成的环境破坏，那些只有依仗着繁盛广袤的森林资源才能够得以生存的野生动物数量便随之而急剧减少。既然连狩猎的对象都不存在了，那猎人们狩猎生涯的自然终结也就是无法避免的一种必然结果。更主要的一点是，通过以上我们对金虎他们那个狩猎世家（说到这个狩猎世家，除了超乎一般的打猎能力之外，不应该忽视的还有他们某种精神操守的传承。比如，祖父金克野。尽管金虎并没有见过爷爷，却总是能够从长辈们口中听到大家对他的议论：“从长辈口中金虎知道爷爷金克野是个识文断字的老猎手，说话办事喜欢引用圣人之言，在北障猎手中属于‘儒猎’。”何以为“儒猎”，尽管作家并没有做具体的阐释，但根据我们的体会，大约就是不一味地蛮猎，而是在打猎的过程中坚持某种道义的原则，要有所为有所不为。比如，父亲金喜仁。就在亲眼看到父亲“辨声打雁”的那一次，金虎曾经问父亲为何不打头雁，“父亲说，雁不是狼，雁不伤人，打雁要适可而止，头雁担负领航责任，打掉了头雁，一群大雁就不知去向，那是造孽，打猎不能造孽。父亲的话让他沉吟良久，从此他在打猎生涯中记住了一个词：适可而止”。其实，也不只是打雁时不打头雁，到后来，作为一个捕狼的顶级高手，父亲竟然还动了恻隐之心，见到狼都会心软。当金虎再一次不解地询问时，父亲给他的回答是：“好猎手是活在猎物中的，猎物在，猎手才有价值，没有了猎物，猎手还有存在的必要吗？狼也好，虎、豹、狮子也罢，一旦吃饱了就不再猎杀，哪怕獐、狍、野鹿从跟前走过都懒得看一眼，连动物都知道适可而止，猎手为什么就不能这样想问题呢？它害你，你可以报仇；它躲着你，你也应该放过它。人和猎物不是死敌，是一对儿欢喜冤家。”很大程度上，正因为不断地从父亲这里获得教诲，所以，“适可而止”才成为金虎自己的座右铭）的了解，我们就可以知道，这个狩猎世家在长期狩猎的过程中早已在无形中形成了一系列带有明显自我约束性质的行为规范。正所谓“盗亦有道”，对此，我们或可以称为“猎也有道”。

由以上的分析可见，一方面，固然是因为北障地区生态环境被破坏，森林与狩猎资源已然大幅度减少，但在另一方面，作为一位“猎也有道”的优秀猎人，自律的金虎其实早在政府正式颁布禁猎令，采取各种禁猎措施之前，就已经尽可能地不再肆意打猎了。从某种程度上说，政府的禁猎与“一枪飙”金虎所秉持的“猎也有道”原则，完全称得上是一种目标一致的殊途同归。既如此，作为猎人代表者的金虎和政府意志体现者的北障三林区派出所胡所长之间，又为什么会发生尖锐到“剑拔弩张”地步的矛盾冲突（请注意，很大程度上，正是他们俩之间的矛盾冲突以一种内在的张力从根本上支撑起了老藤的长篇小说《北障》）呢？我们恐怕更多的只能从他们这两位强者的性格方面来寻找原因了。从胡所长的角度来看，他之所以甫一上任，在宣扬自己一定要成为三林区猎手终结者的同时，把矛头对准了赫赫有名的“一枪飙”金虎，正是因为他通过事先的调查已经了解到金虎在三林区一众猎手中的精神领袖地位。正所谓“擒贼先擒王”或者“枪打出头鸟”，依照胡所长的逻辑，要想彻底终结三林区的打猎行为，首先必须从金虎这里着手。对于胡所长肚子里的这点小九九，金虎心知肚明：“金虎知道胡所长一定会在三林区猎手中掐尖，当猎手终结者不拿下‘一枪飙’怎么当？他也明白，是‘一枪飙’这个绰号把自己推上了风口浪尖，出头的钉子挨锤，胡所长不对自己下死手才怪。”尽管如此，桀骜不驯、轻易不肯低头认输的个性还是促使他做出了对抗性的选择。这里的一个关键问题在于，胡所长对“一枪飙”金虎的理解与判断很明显带有不容否认的主观化武断与猜忌色彩：“金虎不能接受胡所长的武断和猜忌……胡所长一到三林区就公开宣扬要做猎手终结者，话里明显带有挑战的意味，丝毫没把三林区几十号猎手放在眼里。三林区的猎手都是什么人？那可是驿站人的后裔，当年驿站人的第二营生就是狩猎，想终结站上人延续了几百年的生活习性谈何容易。在金虎看来，适可而止的狩猎也是一种文明，因为人是靠狩猎走出愚昧的，你一个初来乍到的派出所长，能改变的无非狩猎方式而已，要做终结者就是吹牛了。收了枪难道就不能狩猎了吗？枪的出现不过百十年，可是人类狩猎却有着超过七千年的历史。”从根本上说，正因为金虎和胡所长所拥有的都是一种特别自信、自尊、争强好胜，认定了的事便不会轻易认输的强者性格，所以一场类似于“三岔口”（请注意，这里的“三岔口”乃是借用了京剧《三岔口》的典故。京剧《三岔口》主要描写焦赞、任堂惠和店主刘利华三个人在暗夜里的旅店里彼此发生误会的故事。在这个意义上，所谓“三岔口”也就是自家人竟然会不认识自家人的意思）式的矛盾冲突的发生也就势在必然，难以回避。

多少带有一点巧合意味的是，恰恰就在“一枪飙”金虎和强势的胡所长针尖对麦芒地开始发生冲突的时候，金虎的好邻居兼铁哥们，那位制箸公司的老总苗魁（他们俩碰撞冲突的开端，就是一场和苗魁有关的下套猎野猪事件。打猎出新规之后，金虎本来并不想下套逮野猪。没承想，苗魁说自己最近身上发干，吃两顿野猪肉就好了。为人一贯仗义的金虎便自告奋勇下套去逮野猪。想不到，野猪虽然如愿套上了，却被派出所的警察人赃俱获。胡所长不仅罚了他钱，还在一个小黑屋里关了他一夜。两个人的过节就此结下）却遇上了一件令人挠头不止的为难事情。那就是他的媳妇不仅给他生了第三胎，而且是个男娃。苗魁为此而高兴得要发疯，因为“苗魁很不幸，大儿子患先天性心脏病不幸夭折，二儿子生下来就有听觉障碍，长大后也难以继承产业，这个刚出生的小儿子便成了苗魁全部的希望”。正因为在这个孩子身上寄予了太大的希望，苗魁才在各方面都小心翼翼。即使是取名这样的事情也要找一个能掐会算的高人指点。这样也就有了装神弄鬼的姜大先生粉墨登场的机会。姜大先生“在看过孩子的八字后，不容置疑地说，贱名好养，贵名易折，乳名叫狗剩吧，大号就叫占鳌，独占鳌头的鳌”。不仅如此，这位看似神秘莫测的姜大先生还主动示好，撂下一句话说，孩子有什么差池都可以随便来找他。想不到的是，这个小占鳌果然不省心，夜里总是毫无来由地啼哭不止。虽然到医院去检查没有查出什么毛病，但苗魁却一直不放心，只好再去求助于那位姜大先生。这一次，姜大先生给苗魁推荐了四林区有名的大仙儿即江湖医生莫叉玛。金虎陪着苗魁找到莫叉玛之后，没想到他所给出的竟然是这样一个让人意想不到的奇特“药方”：“去北障里猎猞，剥下猞猁头皮，做一顶带双耳的猞猁帽给孩子戴，妖魔鬼怪就不敢来骚扰孩子了。”面对莫叉玛给出的这么一个方子，金虎一时备感惊异。尽管对于大名鼎鼎的“一枪飙”来说，猎猞并不是什么太大的难题，但关键在于，进入“后打猎”时代之后，猞猁已经成为国家的保护动物：“金虎吃了一惊，猞猁是保护动物，猎杀猞猁要蹲笆篱子。

他觉得莫叉玛这个方子是个圈套，明明知道不能猎猞，却又出这个难题，搞不来就休怪大师不灵。”正所谓“旁观者清，当局者迷”，尽管旁观者金虎一眼就看穿了莫叉玛的圈套，但怎奈深陷其中的苗魁对这个“方子”深信不疑，坚持着一定要去猎猞。关键的问题是，身为公司老总的苗魁一点猎猞的能力都不具备。这样一来，猎猞这一“光荣的使命”自然也就责无旁贷地落到了素来便豪爽仗义的“一枪飙”金虎身上。

事实上，真正构成了长篇小说《北障》最主要情节线的正是“猎猞”这一核心事件。整部《北障》从第四章结尾处苗魁强烈要求金虎制订一个猎猞计划开始，一直到第二十一章为止，全都是围绕金虎和苗魁的想方设法猎猞，以及胡所长千方百计地阻止猎猞（尽管胡所长并不清楚金虎他们俩的猎猞计划，但他凭借着曾经做过侦察连长的敏感嗅觉，断定了三番五次寻找各种借口进山的金虎他们俩肯定有着某种不可告人的意图）这样一个不可调和的矛盾冲突而展开的。如果说贯穿茅盾长篇小说《子夜》的矛盾冲突主要是所谓围绕资本市场的“吴（民族资本家吴荪甫）赵（买办资本家赵伯韬）斗法”，那么老藤《北障》的矛盾冲突，也就可以被概括为围绕猎猞计划的“金胡斗法”。这期间，由于金虎坚决信守不再使用猎枪的承诺（尽管富豪苗魁曾经一下子就买了两杆猎枪，在派出所强制交枪时只交了一杆，家里还偷偷地藏了一杆，以备不时之需），一定要通过下套的方式来完成猎猞计划（金虎给自己拉的一条底线就是在红箭上交之后不再动枪，主因是自己答应了胡所长，说出去的话就是钉在地上的钉，猎手一旦失了信誉，就是能降龙伏虎也没用，信誉是立身之本），所以便无端地给猎猞增加了不少难度。唯其难度极大，所以在金虎先后搭进去一只红獒（我以为，作家关于红獒这一物象的设定，在《北障》中有着一定的象征意义。从当初的购买红獒，到后来红獒的生长，作家在这一物象身上的确花费了不少笔墨。原本以为围绕红獒将会发生一些与主题相关的精彩故事，没想到最后这只看上去凶猛无比的红獒竟然在没有发生什么作用的前提下就被偷袭的猞猁活活咬死了。如果联系金虎个人的命运遭际，不妨把这只看似凶猛实则无所作为的红獒看作是主人公命运的象征和隐喻）和四只鸡的代价之后，他们俩精心制订的猎猞计划仍然一无进展。在心里对金虎生出隐隐失望之意的同时，苗魁把猎猞成功的愿望寄托到了四林区准备动用猎枪的猎手高老大身上。无论如何都应该提及的一点是，在这个过程中，三林区曾经发生过三十棵珍贵的水曲柳被盗伐事件。眼看着胡所长陷入一筹莫展的破案焦虑中难以自拔，是金虎凭借自己的智慧不动声色（所谓不动声色，就是指金虎并没有把相关的想法直截了当地告诉胡所长，而是让自己的徒弟，为人忠实的六子借此机会立功。就此而言，金虎绝对称得上是一个无名英雄）地帮助胡所长解决了这个问题。到最后，在一个大雪之夜，金虎抱着一只小羊羔再度冒险进山，试图完成已经拟议实施很久了的猎猞计划。没想到的是，胆大包天的高老大不仅出现在了四方台，还骤然向着那团灰影子开枪射击。只有到这个时候金虎才发现，原来曾经三番五次地戏弄自己，致使自己做出错误判断的，竟然是一只特别狡猾的三条腿的残疾狐狸：“这三脚狐简直成精了！金虎也颇感意外，万万没想到与自己捉迷藏的一直是这只受过伤的狐狸。”就这样，金虎和苗魁他们俩准备很久的猎猞计划最终以失败告终。面对此情此景，“苗魁一句话也说不出来，今天的事被他搞砸了，他不但是猎猞计划的终结者，而且成了狐狸恶作剧的终结者，但所有的终结都没有价值”。但故事并未到此为止，就在听到高老大的枪声之后，早就尾随着金虎他们俩的胡所长突然现身。面对面有得色的胡所长，金虎只好万般无奈地俯首称臣，承认失败。在了解到一切都是因为唐胖子背后出卖之后，当金虎以为唐胖子肯定会因此得到难得的转正指标的时候，事情再一次柳暗花明、峰回路转：“‘我已经改主意了，转正指标给六子，’胡所长说，‘是六子对你的忠诚打动了我。’”对此，金虎的本能反应是：“金虎忽然就想起不知谁说过的一句话：没有忠诚，能力一文不值。”

虽然六子命运意外的峰回路转给小说增加了些许亮色，但从根本上说，作家老藤在《北障》中所集中聚焦的“一枪飙”金虎仍然是一位带有鲜明悲情色彩的末路英雄形象。正如同他和苗魁所精心准备的猎猞计划最终功亏一篑一样，在进入全面禁猎的生态时代或者说“后打猎”时代之后，优秀猎人金虎的存在本身就天然地携带着无法否认的浓重悲剧意味。从根本上说，彻底终结了他狩猎梦想的，与其说是同为强者的胡所长，不如说是我们置身于其中的这个生态时代或者说“后打猎”时代本身。

周瑄璞长篇非虚构文学作品《像土地一样寂静：回大周记》（河南文艺出版社2022年1月版）的价值主要体现在三个方面。其一，作家力图呈现在读者面前的是一个盘根错节的伦理化乡村：“村里周姓人的交往和称呼，并不因年龄而论，而是以辈分来喊。有年轻人当爷的，也有老头儿当孙子的，那位住在村后路边姓冯的八十多岁老太太，辈分最低，总是管别人叫点什么，我们大家称呼她呢，只能是一个字：冯。她头发全白，每次叫完我名字，又笑着说，看看，该喊你姑姑哩，年龄太大了，没办法讲规矩，你别怪我，胡叫乱答应吧。”与此相类似，村主任秋风虽然和“我”年龄相仿，但因为辈分，却必须得喊“我”姑姥，只因为细细论起来，周瑄璞跟她丈夫那早已不知化为泥土多少年的祖爷爷居然是一个辈分。之所以会是如此，与前现代中国乡村社会的构成方式紧密相关。那个时候的乡村社会往往是一个或者几个家族聚族而居，长期以来更有着所谓“安土重迁”的传统。由于很多代人都以叠加的方式居住在一个村庄，久而久之便形成了一个彼此间知根知底的“熟人社会”。很大程度上，正因为乡村社会乃是一个伦理化的“熟人社会”，所以它才形成了将所有的矛盾冲突都沉潜在恬静平和表象之下的特点，诚所谓“静水深流”者是也。对此，周瑄璞在《像土地一样寂静：回大周记》中同样有着明确的体认：“乡村并非一个淳朴精美的世界，也不是田园诗那么简单，错综复杂的关系，所有的心机与争斗，都潜伏在平静谦和的表象之下。人们表面上和气地度日，因为世代生活在这片土地，大家都是爷们儿，要为自己的名声和形象负责，应付的客气话说起来一套一套，听起来亲得不行，共同维护安定团结的大好局面。”比如，在城市里原本“钉是钉，卯是卯”的买卖交易，到了如同大周村这样的乡村社会，因为诸如七大姑或者八大姨此类亲缘关系的缠绕，一定要在经过一番反复的推让之后才会最终了结。具体过程中肯定会有虚伪的嫌疑，却也因此而显得人情味十足。很多时候，只有在城市的参照下，我们才能够更加清楚地看明白乡村社会的状况：“可在这平静平和之下，盘根错节，草蛇灰线，包裹覆盖着大量的心理活动，攀比竞争，有意义无意义的闲言碎语、窃窃私语。假如城市里的钩心斗角是有层级的，立体的，层层摞起的，随时可以相识和决裂的，因为人们的阶层差别较大，人员众多而复杂，很多人转身之后，一辈子再也不见。那么乡间的这一切，有稳定性长期性，呈摊开状平面化，大家在同一个水平线上，都是以村为单位世代居住，几辈子守在一起，知根知底，无论怎样，大家要维护表面的和谐与融洽。”

其二，借助于生动鲜活的笔触，周瑄璞在强有力揭示乡村社会所面临的严重困境的同时，也展示出了它某一方面的活力和生机。首先是大家早有共识的乡村空洞化现象。一方面是因为人事自然更易，另一方面却也与城市化的强劲冲击有关，等到周瑄璞回到自以为非常熟悉的大周村深入生活的时候，触目却是异样的景观：“再回大周村，我认识的人，越来越少，大都是中老年男性，因为闺女们嫁走了，媳妇们大都是别村闺女变成的，互不认得。”除了那个看似还算熟悉的村庄本身，周瑄璞一个突出的感受是，自己童年的那些伙伴如同在人间蒸发了一般地都踪影全无：“只是我童年的小伙伴，都不见了，女孩嫁人，男的出外打工。”是的，外出打工无论如何都是导致当下时代中国乡村社会普遍空洞化的主因所在。因此，周瑄璞才会做这样一种真切的描述：“村里设施齐备，自来水入户，做饭用的煤气灶，住房都高大亮堂，却也留不住人，只有老弱病残留守。青壮年们，男男女女，被火车拉向全国各地，或者自己开车上路，只在每年腊月中下旬，匆匆回到家乡，村子里热闹十来天，好像是把他们憋得够呛了，过完初五就蠢蠢欲动，外面那个世界离不了他们，城市离了他们转得不快不好不圆展了，恨不得早一天出发。”但请注意，除了这种常态化的空洞现象之外，《像土地一样寂静：回大周记》的一个特别之处乃是有根有据地写出了乡村社会青年（甚至也包括壮年）男性婚姻上所面临的艰难处境。先看各种可怕的数据：“拥有2956人的王曲村，超过三十岁找不到对象的小伙子，有60多个，离婚者20多个。我感到惊讶，询问村支书，是否这20多个离异者，包括在60多个之内。他肯定地说，不包括。那就是说，没有媳妇的年轻人，加起来八九十个。”马李自然村：“全村四个村民小组（也就是生产队），共有780口人，三十岁以上没有结婚的男青年28人，结过婚又离婚的有16人，二十五岁至三十岁没有结婚的就更多了。”胡刘大队：“有465户，人口2100人，没有结婚的男青年有近300人，其中小敏（婶婶的侄媳妇）家的队就有60多个，这些未婚青年家的房子都盖得相当好。显然，这60多个适龄青年，年龄下延至了二十七八岁，这是农村人眼里的大龄线。”之所以会是如此，一个原因是男女比例的失衡，另一个原因则是县城里房价的快速上涨：“内陆小县城的房价，已经四五千元一个平方米，还有上涨的趋势，开盘一座楼，很快卖完，县城面积不断扩大，周边村庄都被吸纳。因为现在农村青年结婚，必得在县城购房。”至于男女比例的失衡，则很显然与二三十年前的计划生育政策有关。一方面是没有任何通融余地的“一胎化”政策，另一方面则是农民内心深处根深蒂固的传宗接代观念，二者两相碰撞的必然结果就是无论如何都要生一个儿子。请看周瑄璞在作品中的这样一段描述：“不生儿子不罢休，继续四下里跑、八处里藏。地也不种了，活儿也不干了，家具被抬走，粮食被挖光，房子捅了个大窟窿。反正就是和小分队斗智斗勇，亲戚邻居打探消息，提供帮助。生个女儿，交一回罚款，有时一千，有时五百，有时两千。终于第四胎是个小子，高兴地回家，一次性缴纳罚款四千元。从此安生过日子，四处打工还债。”如此一种情形只有当年那个影响极大的小品《超生游击队》差堪比拟。之所以会男女比例失衡，关键还在于，那个时候只要是通过B超证实是女孩，很多就会流产或引产。然而，带有强烈反讽意味的一点是，当年那些生下男孩而兴高采烈的父母根本就不可能料想到，二三十年之后，这些男孩的婚姻竟然会成为令人头痛不已的大问题。

这一方面典型的例证之一，就是周瑄璞童年好友大妮家的情形。大妮是一个天生热心肠真性情实心眼的乡村女性，最令她苦恼的事情就是两个儿子的婚姻问题。大妮的大儿子是一个天生一表人才的大帅哥，有一个大学本科毕业正在读研的姑娘竟然看上了他，但提出的必要条件只有一个，那就是必须在县城有房。“看来买房是躲不过了。家里这么好的两层小楼，后面楼上装修好的单元房，也都没用。大妮算了一笔账：县城的房买下来装修好，家具置办齐，至少五十万，订婚换毛巾，手绢里头包一包，待待客，请请桌，彩礼，婚礼，至少十万，那么两个儿子少说一百二十万。而他们夫妻俩，这几年打工挣的钱，盖了楼，买了房，还了债，现在所剩无几。夫妻俩苦干一年，吃喝花销，能落五六万就是好事。”真的是不算不知道，一算吓一跳。一年五六万，等到攒够一百二十万，最起码二十四五年时间。天哪，二十四五年，那不得到了猴年马月？到那个时候，两个正当婚龄的儿子已经都四五十岁了吧。大妮之所以会强调两个儿子弄了自己一个“夜夜愁”，根本原因正在于此。怎么办呢？即使如此艰难，大妮也总得鼓起勇气活下去吧。但正所谓“屋漏偏逢连夜雨”，或许是与生活的过于艰辛有关，还没有等到大儿子把婚事办了，热情而乐观的大妮却因为查出了晚期胃癌而躺在了病床上。之后也只是坚持了短短的半年时间，大妮就被迫撒手人寰了。

尽管乡村社会肯定存在着这样或那样的问题，但最起码周瑄璞并没有对乡村失去信心，所以，她才会在揭示生存困境的同时，关注到另外一些带有亮色的事物和现象。比如周大国。一直强调周瑄璞在未来的非虚构文学作品中写到自己时一定要用真名的周大国，是大周村以及周边村庄一位少见的能人："现在全大队所有两千多亩土地，被大国和另一个腿有残疾的涛两人承包，再分转给别人。腿脚不好的大国，脑子里比别人的弯弯绕要多很多，口才更是一流，就差能把死人说活。据说一年下来，不少挣钱。"在周边的绝大多数青壮年男性都外出打工的情况下，身有残疾的周大国能够不失时机地抓住空当，以流转的方式集中经营大周村的两千多亩土地，凭借的正是那颗弯弯绕要比寻常人等多得多的聪明脑袋瓜。身为一个商人，周大国的一个突出特点就是在不触碰法律底线的前提下尽可能无利不早起一般地精于算计。这一点，在他处理与外地来的房地产商人W女士的关系中表现得淋漓尽致。再比如，那位在大规模种植经营红薯的同时也酷爱着文学的"儒商"王永杰。如果说在周大国身上多多少少还带有一点混江湖的"黑社会"味道的话，那么，王永杰就的确如周瑄璞所言，乃是当下时代乡村社会里耕读世家的一个代表性人物。尽管说王永杰的事业肯定少不了泼辣却又善良的母亲与温顺乖巧的妻子的积极扶助，但从根本上说，也与他那端正的人格力量息息相关。尤其是他在事业之余对文化的向往和追求，更是充分地体现出了新一代农民的强大精神状态。"繁忙的事业，挣钱的目标，没有让王永杰放弃对文化的追求，白天奔忙，晚上读书，有时候写点小文章，写几幅字。好在农活是一阵一阵的，闲的时候，他把自己交给阅读和书法。”悉心体会这一段带有温度的文字，我们一种直观的感受就是，真正有可能代表了未来中国乡村发展方向的正是如同王永杰这样拥有精神情怀和文化追求的现代农民。

其三，即使在大周村有如同王永杰这样可以代表乡村未来方向的现代农民，但对于有着浓得化不开的乡村情结或者说文化乡愁的“周瑄璞们”来说，要想回到乡村世界已经是不可能的一件事情。在阅读《像土地一样寂静：回大周记》的过程中，我曾经不止一次地注意到，周瑄璞在行文的过程中反复表示，将来退休后一定要想方设法重新回到大周村来度过自己的晚年生活。然而，真诚的愿望是一回事，将来到底能不能回来是另一回事。根据我的阅读体会，这一问题的答案只能是否定的。为什么呢？主要原因有二，首先，是乡村那盘根错节的复杂人情关系网实在令人望而生畏。这一方面，一个突出的例证就是周瑄璞的叔叔那曾经周折反复了很多次的盖房经历。尽管周瑄璞他们一家和叔叔一家都已经不在大周村生活，但爷爷奶奶留下的老宅子和一块被称为南院的宅基地还在。之所以到后来会围绕南院这块地发生纠葛，主要是因为在漫长的演变过程中，这块地的归属问题曾经有所变故：“先是相邻的一个生产队变换过道，多出来一过道的地方，我家又从村后某个地方补给人家一点；因为当年我哥结婚时，新划宅基地，生产队将我家旧院后面一片土地划给我哥，可那里面有我们生产队周庆洪的一部分，大家口头协议南院我家那里，有五分之二置换给周庆洪，也就是说，实际上，现在南院，只有五分之三属于我家。”需要注意的是，由于没有子嗣的周庆洪已经去世，这块宅基地已经归他的弟弟周理洪经管。这就意味着，“要么周理洪同意我们家盖房，要么经我哥同意他家造屋”。因为与我家结有仇怨的宗理叔的儿子树功流露出了想在南院盖房的企图，得知讯息后的叔叔便不管不顾地坚决要回村在南院盖房。叔叔的理由是：“我哪怕把那片地白送给别人，我不能眼看着我仇人的儿子在那上面盖房。”尽管一开始的时候，周瑄璞他们一家人对叔叔执意盖房的行为都表示不理解不支持，但终究还是抗不过叔叔的一再争取，最终决定各自凑一点钱支持叔叔的盖房行为。关键的问题是，叔叔这个人不仅脾气倔，而且还不太通人情世故，再加上村里那简直就是错综复杂的政治和伦理关系的缠绕，明明很简单的事情最后也会被他搞砸。在南院盖房的事情正是如此，沟通来沟通去，到后来，反倒是把周理洪给得罪了。他放出话来，谁都可以在那片地上盖房子，只有叔叔这个郑州人（退休后的叔叔和婶婶一起长期在郑州生活）不行。万般无奈之下，只好由周瑄璞的父亲和哥哥出面周旋，但即使如此，由于村里复杂人事关系纠葛的缘故，周理洪的态度仍然是一会儿同意一会儿又不同意式地摇摆不定。到最后，叔叔的全部努力还是落了个“竹篮打水一场空”。这个过程中，需要注意的，是周瑄璞对叔叔这一多少有点心理变态的人物个性的展示与剖析。其实，这一点早在盖房之前的一些日常生活的细节中，比如，叔叔对一只六十八元道口烧鸡的无端攻击，比如，为了省下打出租车的钱，叔叔坚持一定要用自行车送“我”到高铁站，周瑄璞就不仅有所洞察，还和姐姐一起展开过相应的分析：“回到西安后，我跟姐姐说，叔叔怎么是这样的人？跟他在一起，太累了。姐姐说，你知道为什么吗？太穷了，人穷脾气大，全世界都欠着他。

这样一说，我又很同情叔叔，后悔这次去只给了婶婶五百块钱，应该多给一些。”正因为如此，等到周瑄璞他们一家人从大周村离开的归途上，周瑄璞曾经对叔叔做出这样一种进一步的评价：“我想起刚离开时，叔叔一个人站在街里的身影，突然觉得他可怜，不，是又可气，又可怜。经过两天的团聚，我们走了，他一个人留在村上，再弄出几个假想敌，继续像圣斗士一样，跟他们争斗，屡屡做出错误的决定，把事情搞到更为糟糕的地步，使自己更加生气。我开始后悔刚才对他的发火，没有走出两公里，就觉得他不再可气，只有万分可怜。”能够以相当犀利的笔触突破“为尊者讳”的心理障碍，对叔叔的精神扭曲与变态做一种深度审视，对周瑄璞来说其实并不容易。

其次，正是这一次不过只有两天的家乡之旅的过程中，周瑄璞他们真切地感受到，已经被城市生活方式规训改造过的他们，事实上已经不再能够适应乡村的生活。别的且不说，只是如厕这一点，乡村的条件之简陋就让他们无法接受。在接受过乡村那简直带有某种冒险色彩的晚上如厕的考验之后，周瑄璞的切身体验就是：“上个厕所要搞成一场小冒险，想念城市生活，马桶、热水、淋浴。看来乡情只是隔着车窗看看风景，只是远远地想起时才会发生的虚幻情愫，一旦置身其中，是件麻烦而严峻的事情。”唯其如此，在《像土地一样寂静：回大周记》这部长篇非虚构文学作品快要结束时，周瑄璞才会不无总结意味地认真思考如同自己这样的城市人到底应该如何面对曾经的家乡的重要问题：“家乡对于一个人，到底意味着什么呢？为什么又想回去，又想离开？”一方面，曾经有过乡村经历的人，大概每一个人心中都有一个不可能被遗忘的家乡：“乡愁是流动在血管里的隐性基因，一个人，不管走到多远，穿起再好的衣服，换了再多的妆容，都会为家乡动情，也会为乡音召唤，一句土得掉渣的老家话可让我们的心融化。”从根本上说，“这里不是天堂，也不只是苦难之地，而是一个热乎乎的真实人间，这里有纯朴善良、踏实肯干、热情乐观的人们，也有懒汉滑头、奸佞小人、鸡鸣狗盗。人性有多么复杂，这里就多么丰富；生活有多么广阔，这里就有多么深厚，尽我一支弱小之笔，此生书不尽、写不完”。唯其已经真切地体悟到了自己所肩负的使命，身为写作者的周瑄璞才会做这样一种近乎宣誓性质的表达：“只有尽可能真实地记录，凭借一己之力，将这个普通而平凡的村庄，将这些平凡而又各具特点的人和事，推送到文学语境之中。”不管怎么说，一个不容回避的现实问题是，“要回去你如此热爱的故乡，住一两天麻烦就来了。除了下水道问题，还有许多错综复杂的关系”。因此，周瑄璞才会慨然喟叹：“回不去的故乡。”但反过来说，“正因为回不去了，才会热爱与想念”。

樊希安这部旨在描写展示中国人民解放军黄金部队的长篇小说《黄金团》（四川人民出版社2022年3月版），从题材的角度来说，带有突出的填补空白意味。我自己也是在读了这部作品之后，方才知道了曾经存在过这样一支特殊的部队。对于自己的创作主旨与动机，作家在“后记”中有着明确的交代：“由于历史的原因，这支世界上独有的黄金部队鲜为人知，且笼罩着一层神秘的面纱。我曾向许多人询问，他们都说不知道这支部队，不知这支部队曾经存在过，更不知他们为国家做出过如此重大的贡献。我对此是感到遗憾的，也正是出于这种遗憾，我决定以黄金部队为题材创作一部长篇小说，用艺术手法记载这支部队的前世今生、成长过程和指战员历尽千辛万苦勘查找金建矿的英勇事迹，反映他们为国家做出的贡献和个人承受的种种牺牲，发扬传承他们的精神和血脉，为他们立一座文学的丰碑。”关键的问题是，怎么样才能完成这个预定的目标。樊希安所采用的是一种真实基础上进行必要虚构的方法：“本书是依据真实历史背景、真实存在部队、真实施工工程进行创作的，具有客观真实性。在引述历史事实时，使用的是真实历史事件、真实人物姓名，具有可靠的事实根据，但书中的人物，绝大部分是虚构的，是艺术加工创造的。书中十一团所有人物都是艺术塑造，切不可对号入座，以免造成不必要的误解。”尽管樊希安自己并没有直接在黄金部队生活过，但作为基建工程兵部队（黄金部队即隶属于基建工程兵部队）曾经的一员，他有过参加煤矿建设的直接经验。二者虽不相同，却也在某些方面尤其是战胜克服自然界困难方面，差堪比拟。这样的一种特殊经历，再加上为了创作这部长篇小说，作家不仅曾经深入故事的主要发生地三山岛实地考察，而且还查阅了多种翔实的第一手资料，所有的这些都为小说对一种金色人生相对成功的锻造与书写提供了必要的保障。根据个人的阅读体验，我以为《黄金团》的思想艺术成就主要体现在以下几个方面。

其一，宏大叙事和日常叙事可以说是详略得当的紧密结合。所谓宏大叙事指的就是小说中那些关于黄金的勘探与挖掘过程中劳动生产流程的展示与描写的部分。具体来说，也就是从第十三章，即第401页才开始正式展开的，关于十一团将士如何依照总工程师金昌浩和年轻的助理工程师王兴昌所精心设计的科学的设计方案而展开的施工工程的描写。其中，无论是王玉波的“梅花桩”形的爆破法，还是牛幸娃与王兴昌他们两人的双双入水排除风泵的险情，抑或是牛幸娃携手慕古秀的第二次入水排除龙头险情，牛幸娃最后的因此而壮烈牺牲，都给读者留下了相当深刻的印象。所谓日常叙事就是指樊希安在进行宏大叙事的同时，还把更多的笔墨花费到了以牛幸娃为突出代表的一众黄金人日常生活的展示与描写上。举凡他们的喜怒哀乐、爱恨情仇，乃至于鸡毛蒜皮的家长里短，作家都以非常细腻的笔触进行了真正可谓是鞭辟入里的生动书写。尤其是围绕牛幸娃、杨玉琼、阎芳州他们三位的爱情婚姻纠葛最为引人注目。我们都知道，中国当代文学史上之所以特别缺少思想艺术品质优秀的工业题材小说作品，一个不容忽视的重要原因就是作家们在小说文本中过分地或者说只是一味地进行所谓的宏大叙事，而从根本上忽略了更能够见出人情冷暖的日常叙事。从这一点上来说，樊希安能够在写作过程中秉承一种“前事不忘，后事之师”的基本原则，相对完满地做到宏大叙事和日常叙事详略得当的紧密结合，就应该得到我们的充分肯定。

其二，核心情节冲突上一种别出心裁的奇妙设定。作为一部体量多达四十五万字的长篇小说，核心情节冲突的设定是否合理对小说的成功与否当然至关重要。依照常理，既然是一部集中展示黄金部队英雄事迹的长篇小说，那作品最核心的情节冲突肯定应该被放置到三山岛上，应该集中聚焦在这场前所未有的海底建矿掘金攻坚战上。但事实上，樊希安所别出心裁设定的核心情节冲突，却是这场海底建矿掘金攻坚战真正打响之前黄金部队本身的去留问题。依照小说中的相关交代，这支黄金部队的建制时间是

1979年3月7日，它的主要任务就是从事黄金地质普查、勘探和生产，向国家交储量，交黄金。作为三山岛海底建矿掘金攻坚战先遣队的十一团，接到任务后，在团参谋长牛幸娃的带领下，率先于1982年即抵达三山岛前沿工地。但没想到，仅仅到了1983年情况就发生了变化，根据1982年8月19日由国务院和中央军委联合颁布的《关于撤销基建工程兵的决定》的相关内容："1983年冬撤销核工业部、黄金指挥部和驻深圳的部队"，"黄金部队在撤销改编之列，而且要在1983年冬撤销完成"。这边厢刚刚接受了重要的三山岛攻坚任务，那边厢，却已经连黄金部队的建制与否都已经成为问题，这样一来，面对着急遽变化的形势，十一团到底该采取怎样的应对措施，自然也就成为迫在眉睫的重要问题。整部《黄金团》一共549页，从引子开始，一直到第400页，因为三分之二的篇幅都在围绕黄金部队的去留问题展开叙事，所以，我们便不难断定作品最核心的情节冲突，其实就是面对着部队即将被撤销的决定，以苏继轩为政委，梁占刚为团长的十一团党委一班人，到底该如何决策应对的焦点问题。在团党委以集体决策的方式决定全团将从河北沙河褡裢提前搬迁到三山岛的时候，背后有人因为考虑到未来的安家和就业等一系列问题，竟然以匿名举报的方式举报了一些莫须有的罪名，致使黄金指挥部不得不派出以初福兴副政委为组长的调查组来进行专门的实地调查，以正视听。如此一番不应有的耽搁的结果就是，不仅这个十一团被迫推迟整体搬迁到三山岛，而且三山岛的这场海底建矿掘金攻坚战也迟至1984年春天才正式打响。

其三，是阎芳州这一人物形象的特别设定。阎芳州是《黄金团》中一个非常个性化的人物。他的个性化突出体现在大学毕业后的坚持重返黄金部队工作这一点上。正如同小说中所描写的那样，身为武汉大学这样一所名校的77级学生，也是恢复高考制度后的第一届大学毕业生，阎芳州原本有着可以“分到国家机关和留在大城市”的各种选择，但他最后毅然决定重新返回自己上大学之前所在的这支隶属于基建工程兵序列的黄金部队。导致他做出如此一种人生抉择的原因，除了内心里对杨玉琼的一份留恋之情，更主要的是要在充分体验感受部队生活的基础上，最终创作完成一部旨在反映基建工程兵生活的长篇小说：“首长过奖了，我选择回部队，只是出于个人爱好，我想写一部反映基建工程兵指战员生活的长篇小说。”“我毕业后选择回部队，就是想继续体验生活，继续搜集素材，待条件成熟时，完成这部长篇小说。待我回到部队后，方知原先的部队已划归人民解放军基建工程兵黄金部队。这个成立于1979年的新兵种，更引起我的兴趣，我想结合过去的生活，加上新的体验，为黄金部队写一部立传的长篇小说，这也是我报名参加三山岛金矿先遣组，后又同意到十一连任指导员的目的。”在接受了初福兴副政委的建议后，阎芳州决定把这部拟议中长篇小说命名为“金色”：“初副政委的一席话，使阎芳州了解了黄金部队成立的来龙去脉，也对《金色》这部小说的构思提供了帮助。他感激地说：‘首长，听了您的介绍后，进一步打开了我的思路，也将丰富我的构思。我这部长篇小说是为黄金部队立传，是用艺术手法，歌颂四十九万为我国基本建设和国防建设做出突出贡献的基建工程兵将士们。我立下的志向就是：写和平时代的军人们，写施工现场的军人们，写我的基建工程兵战友们，为他们立一座精神纪念碑。’”正因为如此，小说最后的结尾一句就是：“由阎芳州执笔创作的叙写黄金部队的长篇小说即将出版发行，它讲述的就是其中一支部队留下的动人故事。”尽管我们无意于简单地指认小说中的阎芳州这个人物形象就是樊希安，即作者本人，但毫无疑问的一点是，我们这里所谈论分析的长篇小说《黄金团》正是阎芳州那部拟议中的小说《金色》。二者之间的一种互文指涉的艺术效果无论如何都不容轻易否认。

其四，考察衡量一部长篇小说一个非常重要的方面就是人物形象的塑造。樊希安《黄金团》的思想艺术成就之一，就是比较成功地塑造了牛幸娃、杨玉琼、阎芳州、苏继轩、梁占刚、王永学、范玉枝等一系列人物形象。其中刻画最为深入的应该还是那位最后为祖国的黄金事业而勇敢献身的团参谋长牛幸娃。出生于四川泸州的牛幸娃是一个吃百家饭长大的孤儿。一方面由于他这种特殊的身世，另一方面也因为部队和军营对他的确有培养和哺育之恩，牛幸娃对部队有一种如同家一般的真切眷恋之情。很大程度上，正是因为如此一种特殊感情发生作用，部队的任何一丝风吹草动，尤其是去与留这样的大问题，才会特别牵动他的敏感神经：“听说十一团要撤销改成金矿井巷队，他一股子火蹿上来得了急性阑尾炎；到北京听说十一团不撤销，即使撤销后也会妥善安置，连老婆都顾不上见一面说一声，就连夜赶回部队传达上级精神；他原本是想转业到嘉峪关市的，确实动了心，但当听说上级让我们继续执行三山岛金矿建设任务后，就放弃转业，放弃了那么好的职务安排，连你费那么大心办成的事都不吝惜，下决心留在三山岛与十一团共存亡。他是太喜欢部队了，太愿意在完成任务中展示风采了，把这放到了第一位，把自个儿、把家庭、把妻子都放在脑后了。”关键还在于，牛幸娃不仅全身心地投入金矿的建设之中，还总是能够身先士卒。不仅总是出现在第一线的工作现场，而且每每遇到险情的时候，总是会奋不顾身地想方设法去排除险情，到最后，终于光荣地牺牲在了又一次排除险情的过程中，真正做到了“鞠躬尽瘁，死而后已”。工作之外，能够见出其个性的还有与妻子杨玉琼之间的情感牵绊。他们俩的结合与牛幸娃的舍身救人紧密相关。当年，杨玉琼因为感情纠葛和被人诬陷，一气之下跳了北大河的时候，不管不顾地挺身相救的正是牛幸娃。虽然杨玉琼后来“出于感恩之心和对英雄的敬仰”主动示好，和牛幸娃结为秦晋，但这结果却与牛幸娃最初那高尚的救人动机了然无关。因为杨玉琼此前曾经和阎芳州有过情感纠葛，所以，尽管他们夫妻俩已经结为秦晋，但牛幸娃总是会屡屡在不经意间遭受嫉妒心理的折磨。这一方面，尤其值得注意的是他围绕子嗣问题所生成的那种强烈焦虑。虽然已经成婚多年，但杨玉琼却一直都没有能够如牛幸娃所愿地生下孩子。这样一来，对于一向信奉“不孝有三，无后为大”观念的盼子心切的牛幸娃来说，子嗣自然就成了一块难以解脱的心病。为了解决这个问题，他甚至还生出过借阎芳州的身体以生子的荒唐想法。到最后，虽然杨玉琼由于得到相应的治疗，不仅终于生下孩子，而且还通过了亲子鉴定这一关，但牛幸娃自己却不幸壮烈牺牲。总之，以上这些林林总总的细节有机地综合在一起的一个必然结果，就是牛幸娃这样一位血肉丰满的现代军人形象相对成功的塑造。

但请注意，虽然说《黄金团》思想艺术层面有以上这些可圈可点处，但这并不意味着它的完美无缺。在充分肯定《黄金团》所取得的思想艺术成绩的同时，我们也有必要指出文本的若干不足之处。其一，很可能与作家试图充分凸显思想政治工作的重要性这个写作目标有关，作品中不仅多次写到过各种动员会、总结会、团常委会，而且还总是要让比如初福兴副政委、苏继轩政委、梁占刚团长他们发表连篇累牍的各种讲话。相关的讲话内容，一写就是好几页。对此，我的感觉是，我们固然应该强调思想政治工作的重要性，但在小说中却没有必要一再重复这些明显缺少情节性的讲话内容。其二，我们注意到，小说中借助于阎芳州之口曾经这样谈论牛幸娃："但无论怎么说，牛参谋长是一块金子，但这块金子还没有经过提炼，还很粗粝，随着时间的磨炼，这块金子必然会金光闪闪。"与此相关，在"后记"中樊希安也专门写道："我的目的是告诉人们有这样一支部队曾经存在过，他们身上金子一般的品质在今天仍然熠熠生辉，为下一代提供着精神动力。如果能产生这种效果，此愿足矣！"以上这些，再加上作家所描写展示的这支黄金部队的生活内容，一个直接的结论就是，樊希安所意欲挖掘表现的乃是如同牛幸娃这样一众黄金人那熠熠生辉金色人生中的精神亮色。本文的标题，很显然也是由此而来。但正所谓"成也萧何，败也萧何"，在充分肯定作家书写表现金色人生的同时，一个不应该出现的缺憾就是，因为缺失了对一些负面人性因素的必要表现，所以作品在对人性复杂层面的关注与呈示方面，恐怕也还的确有不小的提升空间。

虽然说鲁迅的小说很早就跟鲁镇或未庄（其原型很显然是先生的故乡绍兴）联系在一起，沈从文的小说也很早就跟湘西这样的文学地标联系在了一起，但从根本上说，中国作家一种自觉意义上的文学地标的建构应该还是进入新时期之后的事情。贾平凹与商州、莫言与高密东北乡、阎连科与耙耧山脉、李锐与吕梁山等等，简直比比皆是。一贯特立独行的70后作家曹寇，多年来致力于打造的文学地标乃是鸭镇。既如此，中篇小说《鸭镇往事》（载《收获》2022年第1期）将故事的发生地设定为鸭镇也就自在情理之中。

阅读《鸭镇往事》，首先值得注意的是一种后设性第三人称叙述方式的设定。所谓后设性，就是指作家采用了一种事后追述的叙述方式。尽管说主体故事的时间发生在1996年到2000年（男主人公刘利民到鸭镇中学报到上班的时间是1996年，调离鸭镇中学的时间是2000年），但对故事的追述，却很显然已经是在二十年或二十多年（如果从2000年算起，是二十年，假如从1996年算起，则是二十多年）之后。这一点，在叙述话语中留下了明显的痕迹。比如："在桥头，专事补胎打气的孙大个子（鸭镇电器修理师傅孙矮子之弟）在树荫下沉睡，并不知道那个中学的小刘老师曾于二十多年前某个暑假的午后时分在他摊子上偷过一把红把手的起子。"这是二十多年。再比如："为什么和你没成？利民问二十年后的东昶。""你问我，我问谁？东昶在二十年后的酒桌上砸了一拳，强调他也不知道。"这是二十年。一种无法否认的事实是，整个《鸭镇往事》小说叙述的起点，其实源于二十年后也即2020年，刘利民和老同事罗东昶的一次相聚："刘利民2000年离开鸭镇，二十年后得了一场大病，险些丧命。酒量不复存在，嗓门陡然减小。卧床期间，往事浮现，发现人生这部大书委实叫人感慨万千，虽说一切人事不外乎因果，却也有不少未明之处，如鸭镇一章，实在唐突潦草。故一俟大病初愈，就不顾妻儿阻拦，决意作一趟鸭镇之旅。"其实，二十年来，包括鸭镇，刘利民以及罗东昶在内的一切，早已经物是人非。离开鸭镇中学后，刘利民进入机关工作，目前享受的是副处级待遇。至于一直留在鸭镇中学的罗东昶则一直坚守在教学岗位上，已经评上了高级职称："没多久，只见道路上走来一条中年大汉，腰板挺直，昂首阔步，一看就是教研组长和学科带头人的派头。可不是嘛，二十年后的罗东昶扑面而来。"故人相见，不仅感慨良多，而且自然会勾起很多往事，尤其是与刘利民、罗东昶他们俩切身的那些往事。标题之所谓"鸭镇往事"，其具体落脚点恐怕也正在于此。正因为小说采用了事后追述的这样一种叙述方式，所以我们才将其看作是一种后设性叙述。从根本上说，曹寇之所以要采用这样的一种叙述方式，正是为了充分地传达出某种只有在时过境迁之后方才能够看得出的复杂人生况味。虽然常言说"当局者迷，旁观者清"，我想要说的却是"事中人迷，事后人清"。很多事情，只有在过去很多年回望的时候，才能看清楚一些基本的面目。在其中，一种令人感慨万端的生命无常命运感的具备，乃是无可否认的客观事实。

其次，是曹寇对刘利民那种简直就是不可名状的嫉妒心理的精彩描摹与呈示。《鸭镇往事》的核心情节之一就是刘利民对同为鸭镇中学教师的同事杜娟不管不顾的热烈追求。刘利民、罗东昶、杜娟、钱晓华他们四位，都是1996年9月进入鸭镇中学任教的同一批教师。由于他们正属于求偶的青春岁月，所以，带有一定竞争色彩的凤求凰式的异性追求就是再正常不过的事。因为罗东昶已经公开宣布对钱晓华有着强烈的兴趣，刘利民只好退而求其次地把自己的追求目标定位在了杜娟身上："刘利民喜欢杜娟。""所有人都会这么去想，利民自己也从未否认。但他喜欢杜娟还有另外一个可能，那就是罗东昶经常在宿舍当着他的面怀念刚刚在校门口消失的钱晓华丰腴的肉体，迫使利民不得不放弃喜欢钱晓华的权利，而只能去喜欢杜娟。”但谁知“落花有意，流水无情”，虽然刘利民软硬兼施地采用了各种手段接近杜娟，向杜娟多次主动示好，但不知道是否因为杜娟从来都没有对刘利民动过心，反正杜娟的反应一直都是事不关己的无动于衷。尤其是在这个过程中，还有过一次省城最高学府一批大学生在鸭镇中学长达一个月的暑期社会实践活动。暑期社会实践活动倒也罢了，关键还在于带队的是一个姓彭名飞的青年教师：“虽然看不出与其他大学生有什么区别，介绍却是个助教，众大学生以彭老师呼之。二八分头，带着一副金丝眼镜，面部线条清晰，就刚站起来看，能有个一米八的样子。”或许是因为彭老师太过于拥有竞争力，刘利民和他初次见面就已经心生按捺不住的醋意：“难怪杜娟坐在他的身边。不仅如此，吃饭过程中，二人交头接耳有说有笑，看着委实叫人胀气。”这个人不是别人，正是刘利民自己。从一般常情常理的角度来推断，彭老师和杜娟初始见面时的亲热状极有可能只是互有好感而已，但很可能是出于刘利民对杜娟因心存爱意进而过分关注的缘故，当然，从另一方面来说，这也反映了刘利民的生性格外敏感。事实上，正因为刘利民对彭老师生出了无法遏制的嫉妒心理，他才会陷入一种严重的心理失衡状态之中。比如：“利民注意到杜娟仍然在与那个姓彭的坐在一起。所以这堂课他完全没听进去，都什么玩意儿，真是一堂乏味的又臭又长的课啊。利民几乎已经坐不住了，他觉得如果再不下课，他可能会站起来走上讲台给那个时髦姑娘来一个拥抱。”那一堂音乐课很有可能没有那么乏味。刘利民之所以会感觉到“又臭又长”，只在于又看到杜娟和彭老师坐在了一起。再比如：“也不知道是怎么出的校门，他站在马路边的烈日下相当难受，无遮无挡，酷热难耐。而平时在马路上川流不息的三轮蹦蹦车此时踪影皆无。身后是他想象的六道目光（姓彭的戴了眼镜）不停地戳弄着他汗津津的脊梁，更是让他忍无可忍。他索性迈开步子走了起来。”正所谓怕什么偏偏就是遇到什么，内心里一直猜疑杜娟和彭老师之间关系不够正常，没想到，等他风尘仆仆赶到学校时所目睹的，果然是坐在自己床上做亲密谈话状的杜娟和彭老师。如此一种情形对刘利民自然形成了极强烈的刺激。正是在这样一种情形下，他才不仅短暂失忆，而且还会无端地感受到直射在脊梁上的六道目光的存在。亏得刘利民还能够幡然悔悟，在屡次遭受打击后，终于及时制止了自己对杜娟的妄念。

说完刘利民，话题就应该转向杜娟。刘利民固然可以“跳出三界外”地不再嫉妒，但杜娟却无法避免自己由情欲而必然导致的人生悲剧。如果说刘利民对杜娟的追求曾经有一点不管不顾，那么，杜娟对彭老师的追求就完全谈得上是失却理性控制后的疯狂。首先必须明确，在相互之间谈不上什么了解的情况下，杜娟便不可救药地迷上了萍水相逢的彭老师，肯定不是因为爱情，而只能被看作是一种本能的情欲。要害处在于，正如同杜娟对刘利民曾经是“落花有意，流水无情”一样，彭老师对她所实际采取的也是这样的一种冷漠与决绝态度。从根本上说，杜娟人生悲剧的质点是心理脆弱的她没有能够从情欲控制下对彭老师的迷恋中解脱出来。到最后，虽然被认定为罹患了精神分裂妄想症，但因为其父的坚决反对，她并没有被送到精神病院。没想到，成为精神病人之后的杜娟竟然被人轮奸以至有孕在身。虽然由父亲做主拿掉了孩子，但这个时候的杜娟实际上已经彻底疯了："这时候有坏东西逗她，问她那孩子是谁的？她想都不想，一口咬定是彭老师的。那彭老师人呢？她突然满地打滚哭了起来，说，都怪我啊都怪我啊，彭老师在龙塘淹死了！"更加令人惨不忍睹的却是他们父女俩最后万般无奈下的同归于尽："现在看来，村民们擅自判断，估计是老头先把女儿吊死，然后自己上吊。对此，派出所没有如此定论。"关键问题在于，究竟谁才应该为杜娟的人生悲剧承担责任。是那位彭老师吗？答案肯定是否定的。尽管他们俩的关系一度看似亲密，但小说文本自始至终没有交代过一句彭老师也同样喜欢杜娟。由此可见，杜娟对彭老师不管不顾的疯狂追求其实完全是一厢情愿的单相思。从这个角度来说，彭老师并非罪魁祸首。因此，一种相对可信的结论就是，杜娟的悲剧既与社会无关，也与他人无关，在一种终极的意义上，只能被理解为情欲或人性本身的悲剧。

但在结束本文之前，尚需提及的一点是，除了杜娟这一形象，曹寇《鸭镇往事》中另外一个饶有趣味，能够令人眼前一亮的人物形象，就是那位似乎一直都不停地处于留级状态的顾益群。关于顾益群这一人物形象，突出的矛盾处在于，倘若说他心智不全，他却又在很多日常生活技能方面有着不俗的表现，倘若说他心智健全，他却又在学业上一无所能，总是在不停地被迫留级，甚而至于，当他的同学都已经中师毕业成为他的老师，他却仍然还是在如同那位无休止地推石上山的西西弗斯一样不停地处在留级的状态之中。

杜斌给他的这个短篇小说命名为《唐诗三百首》（载《黄

河》2022年第2期）。杜斌之所以要把他的这一字数甚至不到六千字的短篇小说命名为“唐诗三百首”，乃因为小说中男女主人公约会的具体场所是位于蛇城铁匠巷一个名叫“晋面香”的小酒馆。相识已久的男女主人公，情窦初开时第一次进行带有明显异性约会性质的地点就是这个小酒馆：“那天，进了晋面香，柜台后坐着一个小平头，手捧一本《唐诗三百首》点头打盹，不愧为资深的诗歌爱好者，在梦中还不忘向古人致敬。”此后，叙述者还专门提到过两次《唐诗三百首》。一次是“两瓶再干完，小平头的小眼从《唐诗三百首》里出来，对他们说酒没了”。再一次是“小平头说留给明天的，然后就把头埋到《唐诗三百首》里”。究其根本，正因为这本《唐诗三百首》现场见证了男女主人公美好感情的最初发生，所以杜斌才征用它作了小说的标题。

事实上，要想更好地理解《唐诗三百首》，就必须同时对杜斌的另外一部命名为“马儿啊，你慢些走”的中篇小说有所了解。某种意义上，《唐诗三百首》完全可以被看作是《马儿啊，你慢些走》的“副产品”，尽管从故事发生的时间顺序来看，前者要明显早于后者。从一种艺术逻辑来说，只有读过了《马儿啊，你慢些走》，只有对小说中的男老板牛布思与女县长马自若他们如何想方设法在极其艰难的处境下，联手拯救豆腐产业园的故事有所了解，我们也才能够更好地理解他的这部短篇小说。原来，女县长之所以要出手帮助男老板，乃是因为他们之间有情感“前科”。这个“前科”就变成了短篇小说《唐诗三百首》。

饶有趣味的一点是，杜斌在《唐诗三百首》中干脆彻底放弃了给人物命名的权力，所有出场人物（当然，出场人物也数量极少。除了男女主人公之外，也不过还有那个经营“晋面香”小酒馆的小平头，以及两个小警察）全都以头部的特征来指称。女主人公一直被指称为“马尾辫”，男主人公则先后被分别指称为“寸头”“长发”“光头”。与作家在人物命名上的如此一种俭省特点相对应，整个短篇小说所采用的也是能少一字就绝不多一字的俭省原则。男女主人公之间长达数十年的人生与长达最起码十五年的情感，作家只用了“晋面香”小酒馆里的三次约会场景来加以表达。

第一次是“定情”，即他们俩的第一次“男女异性约会”。由于两个人的酒量都很大的缘故，最终都喝到了东倒西歪，开车锁时连各自自行车的锁眼都找不到了。之所以会如此这般尽兴，主要由于他们俩真正称得上是情投意合、两情相悦。第二次是“诀别”，即他们俩的被迫分手。既然那么情投意合，为什么一定要分手呢？从根本上说是他们俩由于家庭出身的不同，“人各有志”的缘故。“马尾辫的脸平静得像一块冰，她告诉光头，她和她父母商议了一夜，确定了从政目标。说我出身官宦之家，别无选择，唯有报北大政治系。”“光头是剃了长发成了光头的，脸阴得能拧下雨来。他死盯着马尾辫，喉结失去节奏地上下乱跳。他说，为了三福堂牛家豆腐，他想了三个晚上，决定接受家里的建议，把志愿由北大政治系改为山西农业大学，身为豆腐世家的后代，有责任有义务，不能让三百多年的三福堂在我手里断了香火。”正因为从此之后，他们俩一个经商，一个从政，成了两股道上跑的车，所以只能在一场豪饮之后“一别两宽”，各自走向自己的人生目标。第三次是在2020年的时候（尽管作家并没有做出明确的时间交代，但根据“岁月已晃过了十五年”“掏出三十年的两瓶高粱白酒”等时间因素，我们就不难推算出，他们俩分手时的时间是2005年，第三次相聚在“晋面香”小酒馆的时间是2020年）。这个时候，在经过了长达六年时间的积极努力之后，在县长马尾辫的鼎力支持下，豆腐产业园的难题终于得到了圆满解决。很大程度上，正是为了纪念并庆祝这一难题的解决，才有了他们俩之间的这一次时隔十五年之后的相聚。需要注意的是，这一次相聚，作家只是写到马尾辫进入“晋面香”小酒馆，看到似曾相识的场景的时候，就戛然而止：“突然风收住了脚步/从窗外能看到里面那张熟悉的小桌，桌上摆着一碟牛家豆腐干，一碟老陈醋泡花生米，一瓶和她手提袋里一样的宝贝，还有两个口杯/那个熟悉的光头坐在老位子上，他对面的位置空着/他的目光守在门口，指尖在桌面上有节奏地舞蹈/如期的琴声高山流水般地向马尾辫倾泻过来。”端的是“此时无声胜有声”，单是这一幕熟悉的场景就已经道出了作家试图传达的无穷情思。

实际上，只要有小说写作经验的朋友就都知道，要想在如此短小的篇幅里写出男女之间某种美好的情感来是非常不容易的一件事情，但杜斌偏偏就做到了。因此，尽管男女主人公并没有成为真正的夫妻，没有能够真正做到“佳期如梦”，但在我的理解中，他们俩之间跨越了这么多年却依然未有丝毫减损的美好感情，无论如何都称得上是“金风玉露一相逢，便胜却人间无数”。

阅读朱朝敏短篇小说《治愈期》（载《大家》2022年第1期）既是一个让人倍感痛苦的过程，也是一个激励人的生存意志的过程。作家朱朝敏在这一字数只有一万字左右的短篇小说中，采用的是一种彼此映照的双重第一人称叙述方式。两位第一人称女性叙述者，一位名叫燕缺，另一位名叫周一舟。而这也就意味着，在这个共由六节内容组构而成的短篇小说中，单数节也即一、三、五节的叙述者，是燕缺，偶数节也即二、四、六节的叙述者，则是周一舟。燕缺所主要讲述的，是周一舟的故事。而周一舟所集中讲述的，则是燕缺的故事。通过如此一种彼此互为镜像且互为叙述主体的设定，朱朝敏在精准呈现一种艰难生存困境的同时，强有力地彰显出了某种足够坚韧的生存意志。

燕缺和周一舟，不仅曾经一度是邻居，在江城的一个农机大院里共同度过了各自的童年和少年，而且年龄相仿。周一舟仅仅年长燕缺五岁，和她的姐姐燕小七同龄。尽管如此，我们的关注点还是首先要落脚在燕缺身上。即使在燕缺自己的回忆中，她也有着足以自傲的青春岁月：“十四五岁，发育成熟的我，高挑，丰满，满脸英气。那样的女孩子通常也清傲，而清傲标注了她们的本事。优秀，做什么都优秀，天生被人仰慕和妒忌。”当然，还有“那张朝气蓬勃的脸庞，清澈的眼睛、高挺的鼻梁”。天生丽质倒也罢了，关键处还在于，燕缺不仅能歌善舞，打得一手好排球，而且还是一个名副其实的学霸，高三还没毕业就被保送到华中科技大学。没想到的是，所有的这一切美好，连同燕缺的整个人生，却因为二十岁时的一场严重车祸而被彻底改变。那一次，因为公交车被大货车撞翻，一根被折断的钢条扶手斜插进燕缺的腹部。不容忽视的一点是，身体受创的同时，燕缺的精神也受到严重打击。同在一辆公交车上的男朋友，把燕缺送到医院后，就跑路了。不要说是如同燕缺这样年轻美丽的优秀女性，即使是一般人，遭遇如此一种严重打击后，也很可能被彻底击垮。但燕缺却并非如此。首先是她的身体，在经过了几个月的康复治疗后，竟然奇迹般地恢复了行走。但与身体的奇迹相比较，更加难能可贵的，是她那不屈的强力精神意志。用周一舟的话来说，就是“燕缺能够站起来，还能治愈自己”。这一方面，尤其令人不可思议的一个细节，就是她竟然不仅和一个雕塑家谈恋爱，而且还因为怀孕而再一次做了一个大手术。但即使如此，燕缺也仍然还是那个特别令人敬重的乖戾命运的强力抗争者。尽管手里拄着拐杖，身体严重受损，但却依然坚持晨练，坚持练习瑜伽里的拜日式。以至于，面对她的瑜伽拜日式，周一舟甚至会生出这样的一种突出感受：“她的拜日式，缓慢、虔诚、寂静。然而，那高举过脑袋的艰难合拢的双手，尽量拉直她的背部。那份努力带着战栗的喘息，不亚于绝境中的求生挣扎。”也因此，无论如何都不容否认的一点是，在拜日式的相关描写中，的确携带着某种突出的象征色彩。

与燕缺相对应且彼此映照的是周一舟。如果说燕缺的生存困境更多源于自身，那么，周一舟的生存困境则主要来自她所处的生活环境。其一是那位成天价只知道酗酒，以及酗酒后打人骂人的糟糕父亲。作为领导的司机兼单位的办公室主任，老周也曾经一度享受过权力的好处。但后来，由于领导被查，老周“被牵出，也查出有经济问题，数额不小”，并因此而失去工作。原本就有酗酒以及酒后打人骂人恶习的老周，从此更为变本加厉。终于在一次酗酒后外出，不幸暴死在外面。其二是她的妹妹周三舟的彻底失踪。那是在老周暴死三年后，大院里突然来了一支玩大把戏的队伍，在一块空地上做各种表演。想不到的是，就在玩大把戏的这一天，周三舟意外失踪，从此再也没有回家。用燕缺的表达就是：“三舟却像水蒸气被即将到来的炎热提前蒸发掉。”其三是第一任军人老公的不幸病亡。虽然说两个人结婚后很快生了一对龙凤胎，家庭堪称完美，但没想到，这位军人却因为患上渐冻症，孩子出生仅仅三四年的时间后便不幸亡故。尽管如此，残酷的命运仍然不肯放过周一舟。这样也就有了其四，她的第二任丈夫，竟然因家庭冲突而变成了植物人。周一舟的第二任丈夫是一个离异男人。那时候，两个龙凤胎已经是十五岁的少年，正值严重的叛逆期。既逃学，也离家出走，还拒绝和人交流，成天耽溺于网络世界里。继父无论如何看不过眼，“就教训，还伸出拳脚教训”。后来在一次冲突中，男孩子操椅子击中继父脑袋。结果，不仅继父昏厥后再没有醒来，就此成为植物人，男孩子自己也被关进了教管所。既然如此这般的遭受来自生活的打击，周一舟的生存困境之艰难便是确凿无疑的事实。但朱朝敏在充分展示周一舟生存困境的同时，意欲传达的更是她的一种面对困境的不屈努力。这一方面的突出标志就是业已步入中年的她，每天早上仍然会坚持锻炼，不仅会如同燕缺一样做瑜伽拜月式，还要做头倒立。

事实上，只有在对燕缺和周一舟她们两位的情况了解之后，我们也才能够真正理解小说标题所蕴含的深切意味。首先我们必须明确，小说的标题来自燕缺自己一组被命名为“治愈期”的雕塑。那一次，周一舟去北京的798参观，看到了这一组竟然令她一时间“眼泪和鼻涕纷涌”的雕塑作品：“那组作品是身体器官，分别是：肋骨、脊椎、盆骨、阴道、腿骨、脚踝……我慢慢地挪动脚步。一件作品跃入我眼帘的刹那，石块般击中我的心脏。那是一排牙齿，带血的牙齿红白相映。”面对着燕缺的这一组雕塑，周一舟的表现之所以会如此强烈，主要因为其中那件“带血的牙齿”完全取材于令她一直心痛不已的父亲老周的暴死。那次，父亲的尸体被抬回来之后，“他脸上蒙一块白布，与脑袋并排放的还有三颗门牙。血水凝固在牙根，包了红漆似的，就像假牙”。如此一种情形，说明燕缺的雕塑创作或者取材于自己的亲身体验，或者取材于她在日常生活中所观察到的他者的生活状况的同时，更能说明一件或一组雕塑作品之所以能够产生相应的艺术效果，正因为它可以召唤出观众类似的生存经验。但与此同时，更需引起我们高度注意的却是如同《治愈期》这样的一组雕塑，以及相应的小说标题所传达出的燕缺和周一舟她们在面对必然的生存困境时一种不屈不挠的强力反抗意志与坚韧生存意志。正是在这个意义上，我才特别看重小说中的这样一段叙事话语：“一步步朝前走，直至路的尽头。这条道路笔直修长，我走了两三年，却不知其名。也许我记过，它却没留下印象。这不是问题，有名无名都改变不了道路的实质。道路于我，就是依靠拐杖挪动脚步一步步向前……”一方面，这肯定是一条具体的道路，另一方面，这又可以被理解为人生道路的一种抽象式隐喻。事实上，正如燕缺和周一舟她们一样，现实生活中的人们，肯定也都会置身于各种不同的生存困境中。如果“有名无名都改变不了道路的实质”，那我们恐怕也只能凭借一种坚韧的强力生存意志而坚持不懈地“向前”走下去。朱朝敏短篇小说《治愈期》的深层寓意，或者另一层面的微言大义，我以为正在于此。

第十一章 《镜中》的间谍叙事，《影子宫》与非虚构写作

众所周知，《千里江山图》乃是中国古代影响巨大的一幅名画。这一幅由北宋画家王希孟创作的绢本设色画，以罕见的长卷形式，立足传统，细致入微地描摹展示了由烟波浩渺的江河与层峦起伏的群山组构而成的江南山水图。一般认为，该作的突出特点在于，画家能够巧妙地把渔村野市、水榭亭台、茅庵草舍、水磨长桥等静景穿插于捕鱼、驶船、游玩、赶集等动景之中，做到了动与静的完美结合。《千里江山图》可以被看作是中国绘画史上青绿山水发展的一个里程碑，是中国十大传世名画之一。尽管王希孟的《千里江山图》早已青史留名，但我们这里所要谈论的，却是作家孙甘露新近创作完成的一部同名长篇小说。在对王希孟的《千里江山图》早已有着真切了解的情况下，仍然把自己的长篇小说命名为《千里江山图》（上海文艺出版社2022年4月版）所充分说明的，就是孙甘露一种带有挑战性色彩的艺术勇气。其实，知道孙甘露正在从事一部长篇小说的写作已经是数年之前的事情了。其间，由于对他的小说创作充满期待，我曾经在有机会谋面的时候多次询问小说的进展情况，但低调的孙甘露却

只是不置可否地笑一笑，认为此事不值一提。等到这一次终于把《千里江山图》拿在手中的时候，我才彻底搞明白，原来，孙甘露这部酝酿日久的长篇小说竟然是一部聚焦20世纪30年代中共地下工作的间谍小说。我们都知道，作为一位作家，孙甘露不仅是以先锋小说家的姿态携带着《访问梦境》《信使之函》《请女人猜谜》《我是少年酒坛子》，以及长篇小说《呼吸》等一系列作品在80年代中期登上中国文坛，而且一直到今天为止，打在他身上的依然是先锋小说家的艺术标签。从一位特别注重于以实验性的方式经营小说叙事艺术的先锋小说家，到《千里江山图》这样一部关注表现当年中共地下工作的带有一定主题写作特征的间谍小说，其间思想艺术转换的跨度之大足以令人咋舌。孙甘露所长期酝酿的如此一种剧变，直如“乾坤大挪移”一般，其腾挪闪动之姿绝对称得上精彩绝伦。别的且不说，单是如此一种巨大的思想艺术转型本身，就是非常不容易的事情。

面对这部间谍叙事的长篇小说，我们首先需要解决的一个问题就是，孙甘露到底为什么要把自己的作品命名为“千里江山图”。原来，所谓的“千里江山图”乃是上海的中共地下党组织必须完成的一个重要政治任务的代号。“暗语”一章中，尽管上海的地下党组织已被严重渗透，但是陈千里仍然强调：“‘千里江山图计划’早已启动，这是一项无法撤销的任务，上海临时行动小组是计划中关键的一环，所以组织上临时决定，把我调来上海，要求我迅速肃清内奸，保证计划顺利实施。”面对着突然现身于自己身边的陈千里，通过暗语确证来者完全值得信任的前提下，特派员林石向陈千里和盘托出了“千里江山图”的计划内容：“首先，我要把‘千里江山图’的整个计划向你说明。中央早在八七会议上就确定了土地革命和武装反抗国民党反动派的总方针，而我们这次的任务，简要地说，就是安全地把中央有关领导从上海撤离，转移到瑞金，转移到更广阔的天地里去。”“为了保证撤离成功，同时也为了在今后更加艰苦卓绝的斗争环境下，让红色血脉保持畅通无阻，中央决定重建绝密交通线。”“我们负责打通从上海到汕头这一段。从上海到瑞金，三千多公里，少山同志说，好呀，那我们就把这次行动称为‘千里江山图计划’。”但在我的理解中，“千里江山图”除了是小说中必须完成的一个政治任务的代号外，最起码还隐含有另外的三层意思。其一，小说所集中描写的，虽然只是上海一个临时小组的地下斗争情况，但正所谓“草蛇灰线，伏脉千里”，这个临时小组的斗争情况，又与中国整个的革命事业紧密相关。诚如少山同志所言：“他说，这不仅是千里交通线，更是千里江山，我们撤离上海，就是要把革命的火种撒遍全中国。”从这个角度来说，所谓“千里江山”乃可以被看作是宏伟壮丽的革命事业代名词。这样，“千里江山图”也就具有了非常重要的历史和现实意义。其二，孙甘露之所以要把小说的主人公命名为陈千里，绝不是简单的无意之举。陈千里与“千里江山图”里的“千里”之间的内在关联是一种不容否认的客观事实。如果没有胆识过人、精明干练、身手利落、训练有素的陈千里在关键时刻现身上海滩，以惊人的智慧和勇气力挽狂澜，那肯定也就不会有“千里江山图”计划的最终落实。就此而言，我们其实也不妨干脆把“千里江山图”理解为拥有陈千里的“千里江山图”。其三，尽管现实生活中的孙甘露一向特别谦虚低调，但是从“千里江山图”的命名过程中，我们却也不难窥见他内心深处所潜藏的某种艺术“野心”。他试图把自己的长篇小说《千里江山图》努力经营打造成如同王希孟的名画一样的优秀作品。正如同王希孟巧妙地把渔村野市、水榭亭台、茅庵草舍、水磨长桥等静景穿插于捕鱼、驶船、游玩、赶集等动景之中，做到了动与静的完美结合一样，孙甘露也努力以一种貌似不动声色的方式尽可能客观冷静地呈示出地下工作者当年那种惊心动魄的斗争情形。

《千里江山图》的文本中，除了正文部分之外还附录有另外的三个部分（虽然第一部分并没有被明确地标记为“附录”，但它很显然不属于正文部分，从性质上看，似乎也只能被归类到附录之中），一个是作为“龙华牺牲烈士的遗物”的“一封没有署名的信”，龙华为上海的一个古老名镇，不仅有著名的龙华寺，而且还每到春天便会有绚丽的桃花盛开。从革命历史的角度来说，龙华还曾经是南京国民政府所属淞沪警备司令部的所在地，与警备司令部紧密相关的，就是在1927年到1937年之间先后关押过大批共产党人和爱国志士的龙华看守所（又称龙华监狱），其中的很多人甚至被杀害于此，所以也才会有“龙华牺牲烈士”之称。在这封没有署名的出自某位无名烈士之手的信中，书写者在显示自身坚定不移的革命意志的同时，也更是在以一种富有诗意的语言向收信人传达着一种真切的极富人性色彩的炽烈感情：“也许该用密写的方式写在纸上，或者用莫尔斯电码编成一段话，但是所有这些方式，都只是试图在万一被发现时无法破译。而我真正想对你说的并非秘密，可以写在云上，或者写在水上，世间任何人都可以看到，但那只是写给你的。”无论是“密写”的方式还是“莫尔斯电码”，都是当年的那些仁人志士从事地下活动时的惯用手段，写信者的身份由此可证。但他在这封信里所试图表达的，却是与地下活动没有直接关系的似乎更像是爱情的一种美好感情。尽管我们已经无法证明写信者就是曾经活跃于《千里江山图》这一文本中的哪一位革命烈士，但由此而得出的一个结论却是，即使是视死如归的革命志士，心里也会有一个足称饱满的人性世界，也会有柔软的感情存活。另一个是保存于某省档案馆里一篇未曾发表过的口述记录稿的部分节录，标题为“我所了解的陈千里同志”，记录稿忠实地记录了记录者在1979年专门去水利局采访陈千里的经过。那一次，记录者对陈千里的总体印象是一种出乎意料的惊人冷漠：“因为他好像对人并不十分热情，一点也看不出当年国民党统治最黑暗的时刻，他在对敌斗争中所表现出来的那种大无畏的革命精神，以及那种敏感和智慧。”当年，即小说故事发生的主体时间的1933年农历新年前后，“在短短的一个多月时间里，陈千里和他的战友们，不仅查清了内奸，建立了一条从上海绕道广东抵达瑞金的秘密交通线，还成功地营救了党中央重要的领导人浩瀚同志。这是需要多么大的勇气和智慧啊”。这次采访过程中，记录者不仅提及了作为陈千里最主要斗争对手的叶启年，还专门谈到了有争议的卫达夫其人。当记录者询问卫达夫到底有没有背叛革命事业的时候，陈千里给出的回答是毫不犹豫斩钉截铁地：“他是死间。是烈士。”所谓“死间”，乃是间谍领域的专有名词，最早出自《孙子兵法》，意思是指通过我方的间谍故意将假情报传递给敌间，诱使敌人上当，一旦事情败露，我间难免一死，也有用死来达到迷惑敌人的目的。因此可见，在活跃于《千里江山图》中的诸多人物中，敌我双方的首领陈千里与叶启年他们两位都熬煎过了残酷的战争岁月，其生命一直延续到了后来的和平时代。还有一个则是“在相关行动中牺牲的中共地下组织成员”名单。被列入这一名单的成员分别是叶桃、无名氏、方云平、凌汉、林石、陈千元、董慧文、卫达夫、李汉、梁士超、田非、秦川安等十二位烈士。其中后两个部分的内容所充分证明的一点就是，出现在《千里江山图》中那一众人物形象，以及作为主体故事情节的陈千里和他的战友们不惜冒着生命危险建立秘密交通线，成功营救党中央重要的领导人浩瀚同志这一历史事件的绝对真实性。否则，孙甘露无论如何都不可能把这些相关人物的真实姓名全都毫无讳饰地直接移用到长篇小说《千里江山图》之中。从这个角度来说，我们不妨把《千里江山图》看作是一部建立在真实历史人物与事件之上的带有某种非虚构色彩的历史长篇小说。

最近几年，艾伟的小说创作可以说是风生水起，进入了一种井喷的状态。先是以包括《敦煌》《过往》《乐师》《最后一天和另外的某一天》等一系列中短篇小说而惊艳文坛，紧接着，又是我们将要重点展开阐释分析的长篇小说《镜中》（载《当代》杂志2022年第2期），端的是好一个了得。或许与艾伟置身于越剧之乡浙江有关，他的这一系列作品，一个是和一个名叫永城（其实也就是甬城，或者干脆说就是宁波，因为甬城是浙江宁波的简称。某种程度上，我们完全可以把“永城”看作是艾伟这些年来精心打造的一个文学地标）的城市紧密相关。这一点，在《镜中》同样有所体现，尤其值得注意的是，作为一部长篇小说，艾伟《镜中》的空间视野不再仅仅局限于永城，而是达到了空前阔大的程度。从杭城出发，以杭城为中心，不仅远至位于西南边陲的云南丽江，而且还跨出了国界，在笔触抵达缅甸的同时，更是抵达了美国纽约。如果说杭城因素在《镜中》有着突出体现的话，那么，它理应被看作是艾伟创作空间视阈的一大拓展。再一个就是以越剧为主体的戏剧因素的巧妙嵌入。对于如此一种情形，我曾经在一篇文章中将其称为“戏中戏”。[①]应该指出的一点是，到了长篇小说《镜中》，尽管已经不再属于主体情节，却依然有戏剧因素的明显存在。这一点突出地体现在易蓉那“来历不明”的身世之谜上：“易蓉不清楚自己的身世，从她记事起关于母亲的脸就是这宅子的主人——昆曲名伶。”在获悉自己被抱养的身世之后，易蓉曾经询问过母亲具体的抱养过程：“母亲想了想说，雪地上捡回来的。易蓉明白这故事是母亲随口编的。以后易蓉再也没有问过此类问题。”易蓉之所以不再追问这个问题，不是说她对自己的身世来历不再感兴趣，而是说，她已经从母亲那不配合的态度中判断出再问都不可能获得自我身世的真相。尽管此后再未涉及这一话题，但自我的来历不明不仅会成为易蓉的一种无言之痛，而且会对她性格的脆弱和敏感产生一定的影响。我们所强调的戏剧因素就与易蓉这个身为昆曲名伶的养母紧密相关。由于内心里有着对昆曲的由衷热爱，所以，母亲才会特别热衷于收集各种真正可谓是千姿百态的演出服：“中国的戏曲有着热烈而清冷的双重性格，既张扬又带着空白和隐晦，客厅里的戏服仿佛是中国戏剧的一个注释，天生和古旧的建筑应和，和房间里那把古琴弹出的雅韵合拍。”身为昆曲名伶，养母的整个生命都和演戏密不可分地交织在一起，以至于“易蓉觉得母亲睡着了恐怕也在演戏，演一出《牡丹亭》或《西厢记》，表达的都是中

① 王春林：《“戏中戏”、精神分析与存在的幽微》，载《当代文坛》2021年第4期。

国式的曲折情感，既细腻又伤感，三生三世，因缘前定，然而天地不仁，悲剧注定”。请一定注意，这里的“三生三世，因缘前定，然而天地不仁，悲剧注定”，一方面，固然是在说《牡丹亭》或《西厢记》所表达的“中国式的曲折情感”，另一方面也是在暗示艾伟自己的长篇小说《镜中》。某种程度上，围绕着庄润生、甘世平、易蓉、子珊他们四位所发生的一切，也都称得上是“三生三世，因缘前定，然而天地不仁，悲剧注定”。还有一点就是，尽管易蓉的养母一直到去世时都在遗憾没有能够如愿把易蓉培养成一个戏剧演员，但在看似水波不兴的日常生活中，易蓉却无论如何都称得上是一个优秀的演员。因其说来话长，这一点容后再表。当然，从小说的叙述过程来说，养母这一形象的主要功能，就是扮演将庄润生和易蓉联系在一起的触媒角色。正因为她邀请庄润生为自己建造那个昆曲剧场，才有了庄润生和易蓉的最初结识以及此后的人生纠葛。

如果戏剧因素的穿插运用对艾伟来说相对轻车熟路，那么，因为小说的主人公之一庄润生乃是一位优秀的建筑学家，所以，艾伟要想更好地完成《镜中》这部长篇小说的另一个必要前提，就是建筑学知识的相对丰富。比如，关于云南丽江那所希望小学的建筑：“润生在世平的陪同下考察了白族人的生活方式和传统民居。他吃惊于白族建筑的繁复与古旧，有一种类似魏晋时期的建筑风格。润生创造性地吸取白族民居的传统元素，建筑材料最后以当地随处可见的石料为主，为了营造适度的年代感，润生购买了一些已被当地百姓废弃的石头房子，拆来被岁月风化的石料，随机分布在新的石料中间。”“润生保留了白族民居的屋顶，只是在线条上更多使用几何形状，把原本夸张的飞檐做成庄严的三角形，不过屋顶处白族的彩画被保留了。”正因为庄润生在设计建造边地的这所希望小学时很是费了一点心思，所以学校建成后，遂因其建筑特色而被誉为“全国最美希望小学”。当然，与一所希望小学的建筑相比较，小说中更为炫目的则是曾经获得过建筑学界最重要的阿迦汗建筑奖的庄润生关于山口洋子那个道场的创造性建筑理念的构想与实践。因此，一个不容回避的问题就是，作家艾伟为什么会拥有如此丰富的建筑学知识。只有到这个时候去查阅作家的履历，笔者方才注意到，却原来，艾伟上大学时所学的专业就是建筑学（1988年毕业于重庆建筑工程学院城建系，该学院现已并入重庆大学）。如果不是科班出身，接受过系统的建筑学教育，要想如此得心应手地把丰富的建筑学知识有机地嵌入一部长篇小说的文本中，其实是非常不容易的一件事情。通常情况下，只要谈到理想的长篇小说，我们都或许会强调史诗性品格的具备，会强调某种“百科全书”式丰富性的具备。中国那部可谓是空前绝后的《红楼梦》，往往会被当作“百科全书”类长篇小说的一个杰出典范。其中建筑学、园林学、植物学、药物学、气象学、服饰学、食物学等各方面知识，简直可以说是包罗万象一般的丰富驳杂。要想完成如此一部“百科全书”式的长篇小说，一个必要的前提就是创作主体一定要尽可能地了解把握各方面的知识，要成为某种意义上的“杂学家”。正所谓“巧妇难为无米之炊”，在拥有足够的艺术智慧和审美创造能力的前提下，一个作家的知识储备或者说“杂学”谱系越丰富，就越是有可能创造出优秀的长篇小说来。因此，尽管肯定谈不上“百科全书”式品格的具备，但对于艾伟在长篇小说《镜中》对于诸如建筑学、戏剧等方面知识的积极征用，我们最起码应该从这个向度上做出相应的理解和判断。

“事实上，在艾伟近期的这些中短篇小说中，正因为作家一方面巧妙设定‘戏中戏’，另一方面积极有效地征用精神分析手段，所以才会对人性和生命存在的种种曲折幽微处做出相当深入的理解与挖掘。”[①]毫无疑问，与建筑学、戏剧因素的巧妙穿插嵌入相比较，对“人性和生命存在的种种曲折幽微处”的理解与挖掘，才应该被看作是艾伟小说创作更为本质的一种特征。这一点，同样延续性地表现在了《镜中》这部长篇小说中。其具体表现就是艾伟在中国当下的现实语境下，对作为文学永恒主题之一的“罪与罚”的命题，进行了别具一种深度的个性化挖掘与表现。整部小说的起始点是易蓉那场最终导致车毁人亡的严重车祸的发生。在此之前，围绕四位主要人物的日常生活，不仅显得风平浪静波澜不兴，而且还很是有一点幸福的模样。建筑设计师庄润生所主导的润生建筑设计事务所，借助于庄润生荣获阿迦汗建筑奖的东风，正处于蒸蒸日上的发展状态之中。正因为这个事务所已经走出国门，已经在全球范围内产生了相当的影响，所以，日本的山口洋子才会找上门来，特别邀请庄润生为她在长崎设计建造一个用来参拜和祭祀的道场：“我想在走之前尽我所能建一个道场，一件不负长崎这片土地的艺术品，我想要有一个精妙的设计，告慰无辜的牺牲者，也能慰藉未来的参拜者，我希望这个道场能让众生对觉悟有情有深刻的体认。”仅仅通过山口洋子这一案例，就能够让我们“窥一斑而知全豹”地了解到润生建筑设计事务所实际上的影响力。需要强调的一点是，事务所之所以能

① 王春林：《“戏中戏”、精神分析与存在的幽微》，载《当代文坛》2021年第4期。

够产生如此之大的影响力，一方面固然是因为有着庄润生这样一个天才的建筑设计师，另一方面却也与甘世平这样一个行政主管出色的组织能力紧密相关。对此，庄润生自己有着清醒的认识："这几年多亏了世平打理，他才有所成就，在博采众长的基础上，形成了自己的建筑思想和特色。"从个人家庭和感情生活的角度来说，庄润生有一个漂亮出众，堪称是"贤妻良母"的爱妻易蓉，易蓉虽然由于生二胎的缘故失去了公职，但却能够全身心地投入家务之中，能够悉心照护一铭和一贝这两个正处于成长期的孩子，可以说是庄润生得心应手的贤内助。当然，还有那位尚且处于海平面之下的身为电视台记者的子珊，除了庄润生自己和身为读者的我们，小说中的其他人，还都不知道他们之间那不能见光的隐秘关系的存在。关键问题在于，虽然这种关系看似有违社会道德，但两情相悦的两位当事人却仍然能够在其中获得相应的情感慰藉。

但所有这一切看似幸福无比的平静生活，却因为一场严重车祸的发生而发生倾斜，而被彻底颠覆。一向以善于挖掘勘探人性幽微而著称的作家艾伟，正是凭借着这一场突如其来的车祸，在彻底撕开生活那温情脉脉的表象之后，围绕"罪与罚"这一命题展开了很多时候甚至会令人窒息的艺术书写。不由分说地被推上道德和人性审判台的，正是那位天才的建筑设计师庄润生。庄润生之所以会因为这场车祸的发生而追悔自责不已，乃因为车祸发生的时候，他正在西湖边那个名叫刘庄的高级酒店里与情人子珊幽会，正处于两情缱绻的温柔乡里。依照庄润生的习惯，每一次和子珊幽会的时候，都会把手机关掉。这一次，当易蓉第一时间向他打求救电话的时候，所遭遇的情况正是关机。尽管说即使庄润生开着机第一时间接到了易蓉的电话，他也已经无力回天，根本不可能改变车祸已然发生、悲剧已然酿成的残酷事实，但他却还是认为车祸的发生与自己有关，痛感自己必须承担相应的罪责。对于这一点，身为当事人的子珊早已心知肚明：“凭子珊对润生的了解，负罪感正折磨着他。子珊看到润生虽然强忍着情感，还是泛出泪光，子珊也跟着流下泪水。子珊从润生的神情中知道他没说出的话。润生已做出了选择。这也是子珊这几天反复在心里盘旋的。发生这个事件后，她意识到她和他难以继续了，障碍是如此确定无疑，仿佛一座大山横亘在他和她之间。是的，他们的关系不再像从前那样单纯了，从前中间只有易蓉，他们可以假装忘记，现在完全不一样了，润生儿女的死亡令他们的关系沉重到难以承受。”需要注意的一点是，作为一位有责任感的男人，庄润生虽然因为车祸的发生，因为一双儿女的惨死而主动断绝了和子珊的情人关系，但却仍然希望在最后时刻满足子珊曾经的愿望，那就是想方设法把她送到纽约去学习她热爱的动漫电影编导专业。很大程度上，正因为庄润生自己的做贼心虚，所以哪怕是躺在病床上的易蓉无意间的一个目光都会让他心生愧疚：“易蓉直愣愣地看着他，润生觉得这目光穿透了他，或正在解剖着他。她知道了一切了吗？她出事时他关机了。一个无可挽回的错误。他怀疑她的目光里不仅仅是哀伤，还有对他的审判。”然而，正所谓隔墙有耳，庄润生原以为自己和子珊的事情做得非常隐秘，没想到，长期伴随在他身边的甘世平却早已对这一切都明察秋毫。因此，为了能够帮助润生早一点从痛苦和愧疚中有所摆脱，甘世平在经过了一番犹豫之后，最终还是决定把易蓉车祸发生时处于醉驾状态的残酷真相告诉润生：“或许有一件事可以拯救润生，可以减缓润生的负疚感，就是告诉润生真相。世平昨晚想了整整一宿，纠结着是不是要把车祸当天的一切告诉润生。他不能让润生沉溺于舔舐自己的伤口而不能自拔。”一个不可否认的事实是，出事那天，驾车的易蓉处于醉酒状态，血液里的酒精浓度竟然高达一百二十毫克，竟然达到了酗酒的程度。不出甘世平所料，在地下室不无惊讶地找到了易蓉储藏着的各种各样的酒，确证她的确有着饮酒恶习之后，庄润生的愧疚心理果然暂时有所缓解：“那一刻，强烈的愤怒从润生心中涌出，消解了出事以来充斥他心中的愧疚。原来如此，原来是易蓉杀死了一铭和一贝。”问题在于，尽管“对易蓉的怨怼和某种程度上的仇恨缓释了润生的愧疚感，好像就此他终于找到一个可以生活下去的借口”。虽然如此，一个无法回避的情况却仍然是，由于包括后来自杀的易蓉在内的一家三口亲人的死亡这一事实，一直会时不时地袭击庄润生，令他生出某种难以言说的生存虚无感。实际的情况是，一直到这个时候，有一个问题仍然没有得到合理的解释，那就是易蓉到底为什么会在酗酒之后驾车，而且车上明明还载着一铭和一贝兄妹俩。这个问题的解决，有赖于庄润生在一个偶然的机会了解到，自己和子珊经常幽会的那个刘庄高级酒店，其实到处都暗设有监控摄像头。这些摄像头，可以随时随地把他和子珊在酒店里的活动情形记录下来。关键更在于，正是在查看监控屏幕的过程中，庄润生方才得以进一步发现，其实易蓉和两个孩子早就知道了他和子珊之间的隐秘私情：“原来如此，那天他和子珊约会时，易蓉带着孩子们一直跟踪着他。易蓉一定亲眼看到他挽着子珊进入刘庄的某个房间。孩子们也都看到了。”到这个时候，曾经一度有所解脱的庄润生再次确认，自己才是导致悲剧发生的根本原因所在："一切明明白白，最终的源头在他这儿。易蓉知道了他和子珊的事。他想象易蓉见到他出轨后的心情。也许易蓉酗酒就是在怀疑他出轨之后。"依循如此一种逻辑，在庄润生的想象中："她遭受到巨大的打击，失望和愤怒让她失控，她飞快地开车，驶向钱塘江大桥，她失去了判断力，汽车不幸撞到了钱塘江大桥北堍的铁围栏上。"一场车毁人亡的大悲剧就此而彻底酿成，而悲剧的根本源头却在身为丈夫和父亲的庄润生这里："至此润生明白他是所有不幸的源头。他意识到自己罪孽深重，不可饶恕。"从这个时候开始，"罪孽深重，不可饶恕"这八个字就如同一座巨型建筑（请注意，正所谓三句话不离本行，既然身为建筑设计师，即使在被愧疚感将要压垮的时候，想到的比喻，也仍然与建筑紧密相关）"在不断膨胀，压迫着他"，直至"让他喘不过气来"。

虽然是一部由两个人合作完成的长篇非虚构文学作品，但我们的话题却首先需要从其中的主导者鲁顺民说起。晋西北河曲人鲁顺民，在一所地方性师范大学中文系毕业后，尽管由于那个时候大学生分配制度的缘故，被迫回到故乡，在河曲县中学担任了差不多十年之久的中学语文教师。关键的问题是，身为中学语文教师的鲁顺民虽然教学成绩相当突出，但因为心怀文学梦想（对于如同鲁顺民这样其成长的关键阶段恰好遭逢80年代那样一个文学的黄金时代的一代中文系大学生来说，某种根深蒂固的文学梦想的生成，乃是一种不容否认的普遍事实），他总是要在完成本职工作之余，抓紧点滴时间从事自己早在大学期间就已经心仪的小说创作。这样一种长期努力的直接结果，就是因为有若干小说作品的发表引起了省作协主要领导的注意，鲁顺民遂于1996年终于如愿以偿地被调动到隶属于省作协的《山西文学》编辑部从事编辑工作。既然已经由中学语文教师摇身一变而为文学编辑，那鲁顺民的从事文学创作也就由此前的“不务正业”而变成了名正言顺的本职行当。从那个时候开始，在由普通编辑最终发展成为《山西文学》主编的同时，鲁顺民更是在文学创作上取得了骄人的成绩。但需要注意的一点是，虽然一开始从事文学创作时候的鲁顺民，也曾经一度钟情过小说这一文体，但不知道从什么时候，大约也就是时间的脚步进入新世纪的那个时候开始，他的写作兴趣竟然在不知不觉间转向了以纪实为根本特征的非虚构文学这种新兴文体。对于作家如此一种写作兴趣转移的原因，笔者曾经在一篇文章中展开过相对深入的探讨：“在这期间，除了受到周围一些作家朋友影响的缘故之外，我以为，一个不容忽视的重要原因，恐怕就是他对于社会学经典著作的大量接触与浸淫。至今犹记，应该是在世纪之交的时候，鲁顺民仿佛突发奇想地对各种社会学经典著作发生了浓厚的兴趣。于是乎，什么费孝通、吴文藻，什么涂尔干、韦伯、齐美尔、吉丁斯，无论中西，那些社会学大师的经典社会学著作，他都曾经一部又一部地抱回到他在南华门东四条的蜗居里。现在想来，鲁顺民文学趣味的逐渐转移，应该与这些社会学著作对他的影响有关。又或者，在小说写作的过程中，对于中国乡村社会一向抱有强烈探究兴趣的鲁顺民，越来越丧失了虚构的热情，越来越觉得只有充分地借助于社会学的研究考察方法，方才有可能帮助他更深入地理解把握乡村社会。总而言之，一种大家都看得见的突出表现就是，越是到了晚近一个时期，鲁顺民便越是远离小说写作，到最后，他干脆就彻底放弃了小说写作，把全部精力都义无反顾地投入了以乡村社会为主要表现对象的非虚构文体写作中。”①

既然我们特别强调对社会学所抱有的浓烈兴趣从根本上影响到了鲁顺民文学文体的选择，那首先一个不容忽视的问题，就是必须对作为一种显学的社会学有相应的了解。依照百度百科给出的说法，所谓社会学是一种系统地研究社会行为与人类群体的社会科学，最早起源于19世纪三四十年代，是从社会哲学演化出来的一门现代学科。社会学是一门具有多重研究方式的学科，主要涉及科学主义实证论的定量方法和人文主义的理解方法，它们相互对立、相互联系，共同发展及完善一套有关人类社会结构及活动的知识体系，并以运用这些知识去寻求或改善社会福利为这一学科的主要目标。当然，一个无法否认的事实是，不管我们再怎么强调对社会学所抱有的兴趣在多大程度上改变了鲁顺民的写作方向，但他也终归还只是一位以写作为己任的作家，并不可能干脆就彻底地变身为一位社会学家。因此，当我们指认社会学的确在某种程度上影响到鲁顺民的文学选择，以及重新选择后的非虚构文学写作的时候，其实也只是在强调社会学给他的写作提供了相应的方法论。具体来说，这来自社会学的方法论又集中体现在两个方面，一个是脚踏实地的或者说特别接地气的细致深入的田野调查，另一个则是书写过程中的定量分析方法，很多时候，鲁顺民一系列以乡村为主要关注对象的非虚构文学作品，之所以会较之于一般意义上的同类作品显得更富有思想的深度和力度，根本

① 王春林：《一个农裔作家的社会学情怀》，载《黄河》2016年第6期。

原因其实正在于此。毫无疑问，正是在社会学提供的如此一种足称坚实的方法论的基础上，鲁顺民及其合作者比如他学生辈的青年作家陈克海等，才有可能在此前已经推出《天下农人》《掷地有声》等以乡村为观察表现对象的非虚构文学作品之后，进一步写出如同《赵家洼的消失与重生》（为行文方便计，接下来简称为《赵家洼》，湖南教育出版社2020年6月版）这样仍然非常“掷地有声”，依然有着非同寻常的思想艺术品质的长篇非虚构文学作品来。

其实，按照鲁顺民在“后记”中的说法，这部《赵家洼》乃可以被看作是《掷地有声——脱贫攻坚山西故事》这样一部全景式反映山西省脱贫攻坚的长篇非虚构文学作品的副产品。那部作品，“虽然是受命之作，但把脱贫攻坚放置在‘三农’问题的框架内考察，新一轮帮扶以‘精准扶贫’为主题的意义便凸显出来”[①]。为了完成《掷地有声》的写作，鲁顺民他们真正可谓是跑断了腿地在山西全域进行了足够深入广泛的田野调查：“2018年，接受山西省委宣传部和山西省扶贫办委托，跑遍全省五十八个贫困县中的二十一个，其中深处吕梁山、太行山两大集中连片贫困区域的10个深度贫困县是采访重点。这十个县的贫困人口。占到全省建档立卡贫困户的一半以上。历时六个月的采访，行程上万里，最后写成一部全景式反映山西省脱贫攻坚的长篇纪实文学作品《掷地有声——脱贫攻坚山西故事》。”[②]事实上，也正是在这一

---

① 鲁顺民、陈克海：《后记》，见《赵家洼的消失与重生》，湖南教育出版社2020年6月版，第219页。

② 王春林：《一个农裔作家的社会学情怀》，载《黄河》2016年第6期。

次深入广泛的田野调查过程中，鲁顺民他们萌生出了最初的关于《赵家洼》的写作念头：“将一个村庄作为主角，早就在写作构思里头。但没想到是赵家洼，没想到是一个匆匆邂逅，又匆匆消失了的村庄。”[①]然而，也只有当我们把《掷地有声》与《赵家洼》这两部长篇非虚构文学作品并置在一起加以审视的时候，才会发现，一个是全景式的呈现，是面，一个是麻雀式的个案细微解剖，是点，如此一种点面结合的结果，方才能够真正称得上是对山西脱贫攻坚故事的完整叙述与呈现。

行文至此，正如你已经明确意识到的，无论是此前的那部《掷地有声》，还是我们这里要重点讨论的《赵家洼》，全都是如鲁顺民所说的那样，是“受命之作”，是艺术地反映在政府精准扶贫政策的积极影响下，山西那些贫困县脱贫攻坚的所谓主旋律作品。但仅仅把它们看作主旋律作品，很明显还是看低了它们，考虑到鲁顺民个人的农裔作家身份，再加上他长期以来对中国乡村问题的关注与思考，以及他对社会学的长期浸淫，如果我们把从2015年开始的新一轮脱贫攻坚也都看作是当下时代乡村现实的一部分内容，那么，鲁顺民所先后或独立，或以合作的方式完成的几部以乡村为关注表现对象的非虚构文学作品，尤其是这一部以个案的方式解剖麻雀的《赵家洼》，就可以被看作是作家熟练运用社会学的方式对前后加起来差不多一个世纪时间的北中国乡村历史与现实的一种深度理性透视。其意义和价值或许正如鲁顺民自己所清醒认识到的：“这个小山村承载着太多历史信息，承载着太多黎庶苍生求生存的艰难与成就，悲苦与欢乐，一

① 鲁顺民、陈克海：《后记》，见《赵家洼的消失与重生》，湖南教育出版社2020年6月版，第219页。

段村落史，就像一曲高亢激越悲壮昂扬的晋北唢呐曲。赵家洼，既是历史的，也是现实的，关乎土地，关乎生存，关乎命运，在某种程度上讲，赵家洼其实是中国近现代史的一个侧影，赵家洼村民的一张张面孔，其实是中国亿万农民的一个侧影，这个侧影倒映在碧蓝的岚漪河上，如此清晰，如此生动，也如此启人思索。”[①]

不管怎么说，一个无法被否认的事实是，伴随着村民们的整体搬迁，那个名叫赵家洼的北中国小山村的确最起码从物质形态的层面上“消失”了。对此，鲁顺民他们曾经给出过不无辩证色彩的论述：“赵家洼作为一个行政村是消失了，将近百年历史形成的村落社会，并不会轻易消失。像赵家洼这样本来靠地缘维系将近百年的村庄，此刻，地缘关系尤其显得重要。老宅旧屋已然拆除，土地也将流转，坡梁要恢复到祖先开荒前的山林模样，能丢的都丢了，能舍的都舍了。没有丢的，怕只有‘赵家洼’这个村名。”“不是不能丢，是丢不掉。就像身上的胎记，会跟人一辈子。”一方面，我们当然承认鲁顺民他们这些言说的相对合理性，另一方面，难道作为一个胎记或者说村名的“赵家洼”真的会丢不掉吗？我看未必。如果说在搬迁后的第一代、第二代这里，作为一种地名符号的“赵家洼”肯定无法被遗忘，那么，到了第三代、第四代，乃至于更为久远的将来，情况恐怕就没有那么乐观了。无论如何，历经半个多世纪才缓慢成形，在集体化时代一度“最红火”（这种“最红火”是一种畸形的存在吗？），到了精准扶贫时代整体搬迁后的赵家洼，的确是消失了。尽管从

① 鲁顺民、陈克海：《后记》，见《赵家洼的消失与重生》，湖南教育出版社2020年6月版，第219页。

辩证的角度，我们不妨把后面的“消失”这一过程理解为某种浴火后的重生，但到底如何看待这种“重生”仍然是一个有待解决问题。因此，在行将结束本文的时候，我们只想特别强调一下鲁顺民们非虚构书写的价值和意义。“九十多年前，赵家洼老一辈人拖家带口就从这眼前的官道来，然后进入村庄，九十多年后，最后一茬人离开村庄，也是从眼前这条干线公路走过。”“来来去去，这就是历史。”不知道别人的感觉怎么样，在我，面对着赵家洼的消失与重生，总是会莫名地生出一种生命轮回的感觉。所以，尽管鲁顺民他们不无乐观地说：“这不会是一个村落叙述的结尾，或许是另外一个漫长叙述的开端。”嗯，或许是吧。相比较而言，我所看重的更是鲁顺民他们借助于社会学方法对赵家洼这个带有突出流动性的成形、发展与消失过程的完整记录。或者，再过很多年之后，读者们会像我们今天看待费孝通的江村，费孝通的《乡土中国》一样来看待鲁顺民和他的伙伴们如同《赵家洼》这样一种关于乡村的非虚构书写也未可知。

虽然土地面积范围不大，经济的发展也乏善可陈，但位于西北边陲的宁夏却绝对称得上是一块文学的沃土。早已名垂青史的张贤亮自不必说，单是稍后一些时候出现的“三棵树”与“新三棵树”就特别引人注目。或许与宁夏的民族杂居特点有关，少数民族作家的创作乃是其中不容忽视的一个重要组成部分。年轻一点的作家中，既有已经捧得鲁奖在手的回族作家马金莲，也有正处于上升期的写作状态良好的东乡族作家了一容。前不久，了一容突然给我发微信，要我给他即将出版的已经入围“中国少数民族文学之星”丛书的一个名叫《玉狮子》的小说集作序。虽百般推托但最终无果，只好勉为从命。了一容这些年来小说创作日渐进入状态是文坛有目共睹的一个客观事实。能够有小说集先后入选中国作家协会主其事的21世纪中国文学之星和这一套“中国少数民族文学之星”丛书，就是无可否认的明证。这两套丛书，每年面向全国遴选一次，其规格之高、入选难度之大，自然可想而知。能够有小说集分别入选这两套丛书，充分说明了一容在小说创作上所取得的实绩。

被收入《玉狮子》的除了那个同名的短篇小说之外，还有其他十一篇小说。其中，除了中篇小说《远离人迹》，另外十一篇全都是清一色的短篇小说。由此可见，这些年来，了一容更多的是在短篇小说这一文体上用力甚勤。细细翻检这些小说即不难发现，了一容这些年的小说创作不妨被概括为“对社会现实和人性世界的多向度书写”。尽管会有所交叉，但约略看来可以被切割为以下四类：第一类可以说是表达社会关怀的，主要包括有中篇小说《远离人迹》，短篇小说《移民区的警察》。某种意义上可以被看作“公路小说”的《远离人迹》所叙述的，是身兼第一人称叙述者的主人公“我”在一个风雪交加的除夕独自一人驾车从水城前往故乡黑山的故事。“我”之所以排除一切困难赶回黑山，是因为在大年三十同时也是自己生日的这一天，常年在水城打工以谋生的单身汉的他一定要去陪伴孤身一人的年已八旬的年迈老母亲。没想到，由于时处疫情期间（用小说中的话来说，就是一种可恶的病毒开始普遍流行。因为病毒的存在，人被简单地区隔为健康的好人和不健康的“坏人”），处处都在封路的缘故，“我”的归途一下子就变得道阻且长，困难重重。亏得在看似距离不太遥远的“漫漫”长途上得到了包括无名的女大学生等一众萍水相逢的陌生人的鼎力相助，“我”才终于克服重重阻力回到黑山，接到了念想中的年迈老母亲。疫情所造成的阻力与亲情和友情之间的冲突乃是小说最主要的艺术张力。能够以如此迅疾的方式密切关注疫情现实，当然值得肯定。遗憾处在于，作家对疫情所造成的现实与人性困扰的思考力度还是更多地停留在浅表层次，未能从中挖掘表现出更具冲击力的深邃思想内涵。相对来说，艺术表现上更令人满意的是《移民区的警察》一篇。在与同行们比较的层面上相对成功地刻画塑造出白子民这样一位表面上看似窝囊没出息，实际上却特别敬业的基层警察形象的同时，了一容更是巧妙地借助白子民的视角，积极有效地把自己的笔触探入了移民区普通民众苦难现实人生的书写与表达之中。无论是那位智商不足的女人被拐骗，抑或是张军军和他的连襟所处的糟糕到极点的工作环境，我们都可以从中看出移民区普通民众日常生存的艰难。其中，作家一种人道主义悲悯情怀的存在是不容否认的客观事实。

第二类是看似童话，实则带有鲜明成长叙事特点的短篇小说《两只蚂蚁》。诚如标题所示，小说的主体内容是叙述两只分别被命名为耶尔孤和麻乃子的工蚁如何齐心协力，克服重重阻力，最终把对蚂蚁们来说如同一座糖山一般的“比指甲盖略微大一点的一块干板糖的碎屑”搬运回蚁穴中的故事。我们之所以认定其中有着成长叙事的内涵，乃因为耶尔孤和麻乃子这两只蚂蚁完成以上“浩大”工程的观察者，自始至终都是一个出生于条件优越家庭的名叫马小兵的少年。很大程度上，正是由于家庭条件优越的缘故，马小兵一个突出的特征就是缺少读书毅力的厌学倾向。在观察两只蚂蚁搬运“糖山”的过程中，马小兵总是会不断地被它们那锲而不舍的精神所打动：“那种锲而不舍的耐力比平日里贪玩的马小兵要靠谱得多，它们似乎毫无懈怠之心，没有一点要轻言放弃的意思。”“这一丝干板糖的碎屑，对于这两只蚂蚁而言，却是一座糖山，需要它们费上九牛二虎的力量拖回洞穴里去。这一点竟然令马小兵感到非常惭愧。”从根本上说，正是在这两只蚂蚁那种锲而不舍精神的感召和影响下，马小兵的内心世界方才得以酝酿并发生了相应的变化：“他也暗下决心，想长大了做一个研究大自然的科研人员。”

第三类是旨在透视表现复杂人性世界的小说作品，主要包括《牡丹》《高房子上的女人》《古城黑牛儿》。其中一些篇目甚至会多少带有一点现代主义的意味。先来看现实主义味道突出的《牡丹》。小说中的一个焦点问题是，女主人公牡丹（用当地的方言叫作“毛丹”）差一点成为第一人称叙述者“我”的大嫂。人长得特别“干净”（当地方言中“漂亮”的意思）的牡丹，由于家境贫寒的缘故，在燕儿姨娘的强力促成下，多少带有一点无奈地答应了和“我”大哥，那个朴实憨厚，简直一点都不解风情的努的婚事。这一方面的一个细节就是，在牡丹恶作剧地摘走了努头上的帽子，努本应该马上去追逐她的时候，看上去“有些害羞”的努，竟然根本就“不懂得女人需要的那种她跑你追的浪漫劲儿”。结果，等到县城里召开物资交流大会，来了一帮马戏团的人的时候，“我”未来的大嫂牡丹在结识了其中的一个男演员之后，居然不管不顾地跟着马戏团跑了。正因为叙述者经常思念着这位“未遂”的大嫂，小说所采用的才会是“时间已经很久了，不知红牡丹和他们的马戏团现在还好吗？”这样一种暗含关怀之意的开放性结尾。另一篇同样以女性为主人公的是《高房子上的女人》。这位长时间蹴在娘家高房子里的女性是一个名叫苏芙蓉的漂亮少妇。她之所以要回到娘家蹴在高房子里足不出户，主要因为那位身为驴贩子的丈夫有着一种匪夷所思的怪癖。或许是由于长期做驴贩子，被驴贩子生活异化的缘故，在这位驴贩子丈夫的眼里，总愿意把妻子苏芙蓉也看作是一头如同“潘金莲”（驴贩子习惯于把草驴叫作“潘金莲”）一样的草驴。这样一来，两人之间矛盾的产生就不可避免了：“不仅如此，她竟然还渐渐发现丈夫有些常人难以理解的病态，所以两个人就出现了一些矛盾。苏芙蓉不愿意当他所贩卖的那些‘潘金莲’。可是驴贩子不依不饶，逼迫她一定要向那些草驴学习。这可把苏芙蓉折腾苦了，也让她心中的屈辱与恼火在周身逐渐蔓延。”既如此，苏芙蓉不仅逃离丈夫回归娘家，而且还要蹴在高房子里足不出户就是一种必然的人生选择。但吊诡之处在于，苏芙蓉蹴在高房子里足不出户倒也罢了，关键的问题是，等到若干年后她终于从高房子里走出来的时候，怀里竟然抱着自己的儿子。这孩子是什么时候生下来的？他的生身父亲又究竟是谁？所有的这一切作家并没有做进一步交代，在留下这些必然的疑问之后，小说遂以一种开放的方式迅疾收尾。小说某种不容置疑的现代主义倾向再突出不过地体现在这一点上。另一篇同样带有现代主义倾向的是《古城黑牛儿》。黑牛儿是古城一个普通人家的孩子，父母以打工为生。虽然不是娇生惯养之辈，黑牛儿却生性不爱读书学习，他除了对漂亮异性的兴趣之外，便是无师自通地拥有一种出色的画技。文本的焦点有二，一是父母带黑牛儿到西安看病时，黑牛儿曾经因怜惜自己的发型而拒绝就医。二是他进入农校读书时，不仅曾经为一个名叫黑金莲的学姐害过相思病，而且到后来，当黑金莲要求他给奶奶作画的时候，他竟然特别精益求精，乃至一时间技惊四座。概而言之，黑牛儿大约可以被看作是一位画技惊人的非典型纨绔子弟。比较下来，两篇现代主义倾向的作品中，艺术上更为圆熟的恐怕还是《高房子上的女人》。

第四类可以被看作是了一容的一种草原书写。代表性作品主要是《玉狮子》和《夏季牧野》。其中被移用作书名的《玉狮子》可能是了一容迄今为止影响最大的一篇小说。小说所集中讲述的是一个名叫伊斯哈格的放牧少年和一匹名叫玉狮子的英俊骒马的故事。特别热爱读书，只要有时间就会手不释卷，竟然把一部《老人与海》读过五百遍的伊斯哈格是从内地跑到新疆来的乡村少年。他之所以要做这样的一种选择，主要是因为受到现代性（小说中的现代性因素，集中体现在洋种子和洋庄稼的业已普及上）的冲击，他家乡的土壤已经被严重破坏，人们被迫放弃家园，纷纷逃往口外。这其中所隐含的主题很显然是一种对现代性的批判。与伊斯哈格一起，可以被看作小说中双重主人公的玉狮子是一匹个性鲜明的英俊骒马。生性高傲的玉狮子不愿意屈从于马群中的统治者“大特级”的淫威，向往并积极践行一种“特立独行”的生活方式。小说中富有诗意的一个故事场景就是伊斯哈格在草原的月夜里四处寻找这一匹迟不见归的玉狮子。总体上来说，小说的精妙处大约在于伊斯哈格和玉狮子之间的一种对位同构关系。写伊斯哈格就是在写玉狮子，写玉狮子也是在写伊斯哈格。《夏季牧野》中的主人公依然是伊斯哈格。只不过，从故事发生的时间顺序来说，《夏季牧野》肯定应该排在《玉狮子》的后面。小说所集中聚焦的可以说是伊斯哈格与“长脚”母子俩的情感故事。“长脚”是一匹残疾驴，因为一只脚长一只脚短，所以才被称作“长脚”。尽管说艾布是出于无奈才收留了它，但出乎艾布预料的一点是，这只看似累赘的“长脚”却在和“大特级”交配后，生下了一只非常讨人喜欢的土黄色的骡子。后来，因为土黄色的骡子已经成为耕地的“能手”，艾布便乘着“长脚”还能生育便把它给卖了。由于长期以来的相处过程中，伊斯哈格已经和“长脚”母子俩结下了深厚的情感，所以，眼睁睁地看着“长脚”被卖，伊斯哈格内心里才会感到特别难受：“也许，只有在夏季牧野的草原上，长脚那咀嚼享受青草的状态，才是它最为放松的时候。只有在宽广的草原上，长脚才能远离人们的歧视。伊斯哈格觉得他仿佛是失去了一个忠实厚道的老朋友，而变得忧伤起来。土黄骡子也将被迫和母亲永远地分开了，也许今生它们再也无缘相见了。想到这里，伊斯哈格跑回板棚，一下子瘫软在床上，他咀嚼和体会到了生命的一丝苦涩。”事实上，当伊斯哈格从“长脚”母子，以及自己和“长脚”的分别中体会到“一丝苦涩”的时候，他就也同时获得了一种难能可贵的成长体验。从这个角度上，我们不妨把《夏季牧野》看作是一篇成长叙事的小说文本。

被收入此集中的另外几篇小说，因其思想艺术的不够成熟而未能进入我们的关注视野。然而，从总体来说，尽管还有其未脱青涩处存在，但作为一位年轻的东乡族作家，了一容能够取得这样的创作成绩已属不易。行将结束我这篇不像样子的序言之前，给出的具体建议有二。其一，了一容在今后的创作过程中不妨有意地继续强化打造“黑山”这一文学地标式建筑。其二，了一容应该尽快摸索形成某种带有个性化特色的艺术范式，以更为深入地勘探挖掘社会现实和人性世界的奥秘。总之，希望了一容能够再接再厉，在未来不长的时日内真正成长为一位成熟度很高的优秀作家。

在很多人的理解中，“美人”一词俗不可耐，怎么可以被征用做一部中篇小说的标题，而且这部小说偏还就刊发在国内顶级文学大刊的头条位置上。但张惠雯偏偏就这么写了，而这家文学大刊偏偏还就这么发了。能够这么做，无论是对作家张惠雯还是对这家文学大刊都需要相当的勇气。这部中篇小说就是《美人》（载《收获》杂志2022年第2期）。不知道从什么时候开始，大约也就是一向被称为文学的“黄金时代”的80年代吧，伴随着各种文学新潮的出现，一种约定俗成的观念也开始浮出水面，那就是所谓的写作方法也存在先进与落后之别。比如，现代主义就是先进的，而现实主义就是老掉牙的，落伍的。现在看起来，这种观念的误区是一目了然的。文学的写作方法只有运用得恰切或者不恰切之分，根本就不存在什么先进和落后的区别。之所以要说这么一段话，就是因为张惠雯的这部《美人》除了“俗不可耐”的标题之外，很可能会被人诟病的就是写作方法上的“老套”。在那些总是喜欢追新逐异的文学界人士的眼里，这种老掉牙的明显借鉴了鲁迅《祝福》的现实主义写法早就该弃之如敝履了。但张惠雯偏不，她偏偏就是以如此一种看似非常保守的“旧瓶新酒”方式打造出了一部优秀的中篇小说。

前不久，在一篇关于张惠雯的文章里我就曾经强调，如果当下时代的汉语写作大概存在着日常叙事、宏大叙事、传奇叙事、荒诞叙事这样几种不同的类型，那么张惠雯所熟练把握的就是其中的日常叙事，她总“能够从看似波澜不惊的日常生活中写出某种内在的惊心动魄”。[①]到了这部《美人》中，一样还是看似寻常的日常叙事，但张惠雯的难能可贵之处是在敏锐地关注并透视社会变迁的同时，潜入人性的深处，扎扎实实地写出了几个令人印象深刻的人物。说到人物形象塑造的重要性，我还是忍不住要引述作家白先勇的一段话：“写小说，人物当然占最重要的部分，拿传统小说《三国》《水浒》《西游》《金瓶梅》来说，这些小说都是大本大本的，很复杂。三国里面打来打去，这一仗那一仗的我们都搞混了，可是我们都记得曹操横槊赋诗的气派，都记得诸葛孔明羽扇纶巾的风度。故事不一定记得了，人物却鲜明地留在脑子里，那个小说就成功了，变成一种典型。曹操是一种典型，诸葛亮是一种典型，关云长是一种典型，所以小说的成败，要看你能不能塑造出让人家永远不会忘记的人物。外国小说如此，中国小说像《三国》《水浒》更是如此。”[②]这一方面，一个无可否认的事实就是，即使是在那些真正优秀的现代主义小说作品中也同样会有人物形象的成功塑造。比如，乔伊斯那部真正堪称“天书”的《尤利西斯》，虽然一直以晦涩难懂而著称于世，但其中也有对布卢姆、斯蒂芬、莫莉等一系列人物形象的深度刻画。因此，哪怕再饱受文学观念的落后与保守之讥，我也坚持要强力捍卫人物形象在小说创作中的重要性。而张惠雯《美人》的成功就主要体现在这一点上。

首先进入我们分析视野的是女主人公何丽那个命运悲惨的哥

---

① 王春林：《日常生活中的精神尖刺》，见《收获》微信公众号2022年1月29日。

② 白先勇：《细说红楼梦》（上），广西师范大学出版社2017年2月版，第192—193页。

哥。作为一个普通的平民子弟，在20世纪80年代初中期中国内陆的一个小县城，哥哥算得上是一位能够引领风气的时代青年。这一点，单是在他的装束上就表现得非常明显："一天晚上，哥哥突然来高中门口接她放学。他穿着一件浅蓝色T恤衫，下摆扎进牛仔裤里，站在校门口的一棵树下等她。他的样子潇洒气派，就像个大城市来的人。"当然，能够勇敢地保护天生丽质的妹妹这一行为本身，首先说明的是哥哥一种自觉责任感的具备。更能说明这一点的是他很快在电影院对面开办了县城的第一家音像商店。但正所谓"成也萧何，败也萧何"，导致哥哥最终锒铛入狱的那些罪行，包括偷盗摩托车，聚众看黄色录像，以及和不止一位女性发生性关系，也都与他在改革开放之初的得风气之先紧密相关。那个夏天，哥哥因以上这些罪行而被捕入狱后，最终被判处了六年有期徒刑。关键的问题在于，他这些犯罪行为发生的时间点恰巧是在1985年的那个夏天之前。那个时候，恰恰赶上了所谓1983年"严打"的尾声。也因此，出乎意料的一点就是，时间仅仅过去一年，等到1986年的时候，"哥哥的事急转直下。家人得到通知，哥哥犯下的盗窃和流氓罪经重新审理，改判死刑"。尽管何丽此后曾经付出百般努力，最终的结果却仍然是无济于事。无论如何，哥哥的那些犯罪行为都罪不至死。由于国家强势政策的缘故，一条冤魂就此而被无奈铸成。但正所谓此一时彼一时也，等到进入90年代之后那样一个"三级片"和"小姐"简直随处可见的时代，何丽才会不无感慨地想："哥哥如果活到今天，他肯定不会死。"

接下来是那位"既不是好人，也不是坏人"的县城纨绔子弟李成光。李成光能够进入何丽的生活主要还是因为何丽在走投无路的时候曾经央求他帮过忙，希望借助他的力量使哥哥免于死刑。没想到事与愿违，哥哥的死刑没免掉，反倒是她自己由此而陷入一种情感的磨难之中。一方面，李成光这个纨绔子弟确实在心里深深地喜欢着何丽，但在另一方面，除了迫使身为县财政局长的父亲帮着何丽解决了财政所的工作之外，他并没有能力忤逆父母的意志，与不仅身为平民子弟，而且还有一个死刑犯哥哥的何丽结婚。既如此，一番情感交往下来，等待着何丽的只能是李公子的始乱终弃。尽管在何丽的丈夫孙向东去世后，一直对何丽旧情不忘的李成光曾经再度纠缠何丽，但心意已决的何丽无论如何都不可能和他重归于好。然而，尽管何丽如此这般地“恩断义绝”，但是等到宋斌被捕，再次陷入人生困境中的何丽求助于他的时候，李成光还是不计前嫌地慨然伸出援手。因此，何丽对李成光其人的认识更加入木三分：“他是这样的人，我了解他。人也不坏，感情也是真的，可该做决定的时候，他就软弱、退缩了。”“他人还好吧，挺温柔，爱玩儿，爱唱歌……就是不怎么负责任，有时候挺软弱，大概和他的家庭有关，他从小到大可能就是那种由着性子、不必负责的人。”九九归一，最终一句结论性的“点睛之笔”就是：“从来不是什么好人，但也不是坏人。”

然后就是何丽那位短命的丈夫孙向东。作为何丽的初中同学，孙向东之所以既不“顾忌”死刑犯的哥哥，也不“顾忌”何丽当年和李成光之间的那一段总是被小县城人“津津乐道”的旧情，甚至不顾父母的坚决反对也要和何丽结婚，正是因为打心眼里真诚爱着何丽。但由于心胸不够豁达，尽管他不管不顾地和何丽“毅然”结婚，但在内心深处，对于何丽与李成光之间的那段旧情还是不能够做到真正的释怀："但日子久了，何丽发现孙向东也有他的问题，他的脾性温柔起来就像天使，但暴躁起来也会失去理智。最能点燃他的爆点的，就是别人对她的议论，而这些说法总是与李和她那段过去有关。"由此可见，何丽和李成光的那段旧情已经成为孙向东无论如何都难以释怀的一种精神情结。从这个角度来说，孙向东无疑是一位被张惠雯写出了精神分析深度的人物形象。

再有就是那位曾经一度因贪腐而锒铛入狱的县基层官员宋斌。虽然从一般的社会道德的层面来说，如同宋斌这样的贪官总是难免要处于"人人喊打"的境地，但宋斌的贪腐也从另一个侧面说明着他工作能力的非同寻常。与此同时，这位基层官员形象的新意，更是突出地表现为他身为一位男性的勇于责任担当和有情有义。尤其是与李成光和孙向东相比，他的男儿本色表现得格外突出。他不仅在和何丽的情感问题上无论如何都不"始乱终弃"，而且在锒铛入狱后也仍然坚持不吐口，所充分凸显出的正是他迥然不同于李成光的责任担当。如果说对何丽既往情事的不依不饶说明孙向东的心胸偏狭，不够开阔，那么宋斌能够毫无顾忌地与何丽一起谈论包括李成光在内的一切往事，充分说明这个男人胸怀的异常豁达。即使马上就要投案自首，他也要不管不顾地不仅把一大包钱连夜送给何丽，而且还要和她挤在一张单人床上同床共枕大半晚，这样的细节便是宋斌有情有义的极好证明。所以，要想合理评价宋斌其人，我们还是要充分参照枕边人何丽对他的看法："她胡思乱想的时候多了，忍不住琢磨他究竟是怎样的一个人：他不像李一样温柔、会说动听的话，但似乎也不会轻浮、软弱；他也和孙向东不一样，没那么年轻，也没那么单纯憨直，他似乎是个心思很深的男人，但似乎又没有那么坏，至少在这个没有任何墙不透风的小地方，她从未听说过关于他的流言蜚语。她尽力想让自己多想想实际的东西：想想他是仕途上升期的、野心十足的男人，这种人通常不会把情感看得太重……”但正如小说所展示的那样，实际生活中的宋斌却是一个既看重仕途，更看重情感的男人。

最后必须展开分析的就是位居文本核心地位的身为“美人”的女主人公何丽。虽然是一个为公众所瞩目的小县城的知名美人，但何丽自始至终的一个突出特点，除了发自内心的善良之外，便是用情之真。面对先后以各种不同的方式出现在她情感过程中的李成光、孙向东、宋斌三位男性，不管他们的态度如何，何丽都是以真情相对。当然，她的用情之真还表现在对哥哥和父母的态度上。这一点，无须赘言。与此同时，尤其不容忽视的一点是，由于何丽是从80年代初中期一直贯穿到小说结束为止的一位人物，所以，张惠雯难能可贵的一点在于，还写出了何丽身上的那种“成长性”，或者说她一种“自我主体”的确立过程。李成光时期的何丽，虽然也曾经一度下决心为了拯救哥哥的性命而献祭自己的身体，但她的男女观念从本质上说却还是“顽固而保守”的，不仅面对李成光的“肆意侵略”无以防范，而且更是被一种贞操思想所控制。到了孙向东时期，曾经沧海的何丽最大的愿望就是能够守护着丈夫，做一个名副其实的贤妻（因为一直都生不下孩子，所以成为良母是不可能的）。只有到了最后的宋斌时期，在经历了那么多的艰难曲折之后，伴随着自我主体性的确立，她才能够从自我的角度来理解看待一切问题。很多时候，她不知不觉中的变化（其实是生长）甚至连她自己都会感到诧异：

“她自己早已不再感觉到那种得不到名分的耻辱和焦虑了，她只想极力抓住自己还有的这点儿幸福。她想，她变了多少啊！”这一方面最不容忽视的一点就是：“她的哭泣不只有悲凄，还有愤怒和不甘。她觉得有一股她永远无法理解也够不着的力量像黑暗一样死死地罩住她，是那看不见的巨大厄运杀死了她哥哥、带走了她丈夫，现在又让她喜欢的男人身陷囹圄……她恨那个厄运！她想，如果它现在变成一个实实在在的东西，站在她面前，不管它多庞大、多可怕，她都会扑过去用拳头砸它，用指甲掐它，用牙齿咬它，她要不顾性命地和它斗，哪怕被撕碎。”如果说这个厄运意味着来自命运的一种邪恶力量，那么，何丽的想法就无疑意味着她凭借自身的力量对邪恶命运的某种强力反抗。到最后，无论这种反抗成功与否，它都确证着何丽自身主体性的足够强大。

一部数万字的中篇小说能够塑造这样几位令人印象深刻的人物形象，不管怎么说都证明着张惠雯《美人》的思想艺术成功。但在结束本文之前，必须提及的一点乃是叙述人称的变换问题。整部《美人》一共采用了第一和第三两种不同的叙述人称。除了开头和结尾的最后五个自然段采用了第一人称，其他或者干脆说小说的主体部分采用的是第三人称。如果把第一人称的部分舍弃，这部小说同样不失完整，同样能够成立。那么，问题自然也就来了，张惠雯到底为什么一定要设定开头和结尾处的第一人称部分。除了鲁迅《祝福》的示范性影响（无论张惠雯自己承认与否，我觉得这种影响都是存在的，尽管说二者的具体处理也不尽相同）之外，作家的主要意图，一是凸显小说某种程度上的纪实性[①]，二是在交代何丽人生结局的同时，给出何丽一定的评价。比如这样一段："在过去三十年中，我所断断续续地见过的她的样子，从少女到中年，浓缩在那几幅褪色的，时空模糊的印象照里。我把它们当作她于其中沉浮的那些已逝年代的美丽碎片，我珍存着这些碎片，以及和她有关的所有传闻。我感到我们所有人——我哥哥，那天在树下注视着她走过的那几个少年，还有那位无端地告诉我她的现况的朋友，那个说起她就显得骄傲和快乐的出租车司机——都从她那里获取了某种东西：一种最初的美的启蒙或震动？一些原本不会有的感伤和怀想？一种动人的、遥望的和暗慕的经历？……无论是什么，这些东西曾深深打动过我们，伴随着我们的成长，其美丽回响甚至绵延至中年。以这种方式，她属于我们每一个人，也仿佛成为地方的另一种历史。"诚如斯言，张惠雯借助于美人何丽人生经历的书写，的确在某种意义上切入了那个小县城的地方历史。如果说"我们所有人"都能够在其中有所领悟，那么，阅读完中篇小说《美人》的朋友你呢，实际的领悟情况又会如何？

在中国当代作家中，如同李浩这样同时兼备小说、批评、诗歌三方面写作能力的作家并不是很多。然而，尽管李浩自己可以三管齐下，但在我这里，还是更看重他的小说写作。与此同时，如果从创作方法的角度来说，虽然说李浩也完全能够操持得了业已成为中国小说界主流的所谓现实主义，但一方面因为受到了西方现代主义的影响，另一方面，更可能是契合自己艺术天性的缘

① 王春林：《一个农裔作家的社会学情怀》，载《黄河》杂志2016年第6期。

故，李浩更热衷或者说倾向于现代主义。这一点，同样再突出不过地表现在短篇小说《影子宫》（载《收获》2022年第2期）里。在具体展开对《影子宫》的分析之前，我们所首先注意到的，却是身为小说艺术“叛逆之徒”的李浩这样一段“离经叛道”之言：“当然从想法到小说要经历一系列复杂变动。我不惮承认，自己的写作更多的时候是‘理念先行’，我希望自己写下的是自己的真实认知和真实感受，当然落实到故事中它往往是另一种样子，一种‘不那么真实’的寓言化呈现……”[①]所谓“离经叛道”，指的就是他对“理念先行”那种简直不管不顾的一力呵护。众所周知，在中国现当代文学领域，长期以来形成的一种写作观念就是，作家的思想倾向愈隐蔽愈好，无论如何都不应该“理念先行”，不能够先形成某种先验的理念，然后再围绕这一理念去编织故事情节。这一方面，最令人诟病的常常就是茅盾的那部长篇小说《子夜》。因此，问题显然是，对于李浩在这里以“离经叛道”的方式所坚执的“理念先行”，我们到底应该给予什么样的评价。虽然不能说原先那些反对“理念先行”的看法就一无是处，但在我看来，在经过了20世纪西方现代主义思潮的洗礼之后，对“理念先行”继续持有一棒子打死的想法，恐怕也的确应该有所反思了。事实上，只要认真观察一下那些现代主义的代表性作品，比如《等待戈多》《变形记》《城堡》《恶心》《局外人》等等，甚至鲁迅那篇现代主义色彩非常突出的《狂人日记》，我们即不难发现，其中都有着相当突出的先验理念。既如此，一个关键的问题就是，“理念先行”并不可怕，可怕的是

① 李浩：《修改过程，和“理念先行”的写作》，见《收获》微信公众号2022年3月17日。

你没有足够的才能以充分的艺术说服力证明某种先验理念的合理性。而李浩自己包括《影子宫》在内的很大一部分现代主义小说作品，所充分证明的就是这样一个艺术真理。

话题回到《影子宫》。《影子宫》是一篇历史题材的短篇小说。不知道实际的情况究竟如何，反正我个人的印象是，以现代主义的方式书写表现现实题材的居多，关注表现历史题材的相对稀少。之所以会是如此，一个潜在原因恐怕就是以现代主义的方式书写历史可能有着更大的艺术难度。如果实情的确如此，那么，李浩如此一种“明知山有虎，偏向虎山行”的写作选择就更应该赢得我们的理解与尊重。事实上，两相对照，只要是对中国明代的历史有所了解，尤其是读过黄仁宇那部影响巨大的杰出历史著作《万历十五年》的朋友，马上就能够意识到李浩《影子宫》里的主人公，就是那位曾经在位时间长达四十八年，同时也创造了后期三十年不上朝的传奇纪录的万历皇帝。既然主人公是万历皇帝，那么，活跃于文本中的那些并没有实指其名的诸多历史人物的真名实姓，我们自然也能够一目了然。比如，魏公公很显然是魏忠贤；“疯子”张差是那一桩影响极大的“梃击案”的主角；张公公是司礼太监张宏；郑贵妃是万历皇帝的爱妃，福王的生母；雒于仁曾经一度官至大理寺评事；慈圣太后原名李彩凤，是万历皇帝的生母；张首辅，即宰相张居正，历史上大名鼎鼎的改革家；曹公公是大太监曹化淳；申首辅指的是申时行；福王是万历皇帝的爱子，他曾经千方百计地想要立福王为太子；洋人“窦”指的是意大利人利玛窦；徐大人指的是明代的科学家、政治家徐光启。当然，还有其他一些人物，比如李公公、齐公公、邱大人，或许是因为我的无知，或者是出于李浩的虚构，一时未能指明其真名实姓。但无论如何都绕不过去的一位却是身兼第一人称叙述者功能的那位大太监冯伴伴。冯伴伴者，乃是不仅曾经伴随在万历皇帝左右的，而且还对明朝万历年间的政治产生过不小影响的冯保。但正所谓“伴君如伴虎”，即使是身为曾经一度权倾一时，甚至能够影响朝政的大太监，深知祸从口出，或者说业已目睹了多少祸从口出悲剧的冯保，以“我”的口吻在讲述皇上“影子宫”的故事时，也仍然是战战兢兢，小心翼翼。这一点，在小说开头的叙事话语中就已经表现得十分明显：“那好吧，我就和你说说吧。我把我知道的都告诉你——可怜的人儿啊，反正，和你说也没什么危险。你不知道，天天被‘不能说决不能说决不能说出半个字’的提醒给紧紧地憋着，那种如鲠在喉的感觉是多么的难受。你不知道，相对于说出之后遭受的惩罚，我反而觉得‘不能说’其实更难受些……”既然无论如何都不能说，那胸有城府的大太监冯保却为什么还是滔滔不绝地说，甚至干脆还把自己的这一番说辞到后来竟然说成了一个短篇小说，关键原因在于，他所面对的那位言说对象，乃是一位因为误闯紫禁城寻找所谓“影子宫”（“魏公公猜测，你一定是在找什么，说不定就是想找咱们皇上的‘影子宫’——如果是这样，可就大得不得了喽”）的无名氏。依照早已对一切都“草木皆兵”的魏公公的规定，“宁可打错了，杀错了，也不能放错了”，这位无名氏已经被灌下去了结果肯定是必死无疑的一杯毒酒：“我看着你喝下这杯酒，看着你倒在地上挣扎，看着你的嘴角和鼻孔里蚯蚓一般的血……直到看着你再也没有了呼吸。”正因为面对着的是这么一位已经被处死的无名氏，“我”即冯保才会如此感叹：“我说给你听，又有什么用？我说给具尸体听，又有什么用？”

然而，关键在于，如果不是面对这么一位将死或者说已死之无名氏，城府极深的大太监冯保又怎么可能滔滔不绝，看上去简直有点放肆地讲述皇上和他那隐秘无比的“影子宫”的故事呢?！这位看上去一直在絮絮叨叨的冯伴伴到底说了些什么？你不难发现，除了介绍所谓“影子宫”的由来，以及居于其中的各色人等的基本构成情况之外，冯伴伴的言说立场是非常鲜明的。那就是他自始至终都在想方设法地维护皇上的利益。但即使如此，还是“不能说决不能说”。为什么不能说？作家的如此一种描写很容易就能够让我们产生相关的现实联想。“敢怒而不敢言”，无论如何都要设法“噤声”，以至于只能够“道路以目”，如此一种情形，无论是在历史抑或是在现实中，我们都有着强烈的似曾相识之感。

实际上，正如你所理解的那样，李浩所“奇思妙想”出来的如此一个肯定是子虚乌有的“影子宫”，乃是建立于在位四十八年的万历皇帝，竟然有长达三十年的时间不上朝的历史真实之上的。既然不上朝，那万历皇帝成天会干什么呢？李浩颇具艺术说服力关于“影子宫”的想象性虚构，正因此而具备了相当的合理性。问题在于，明明已经贵为一言九鼎的皇上，万历皇帝为什么会在这么长的时间不上朝呢？用曾经冒死给万历皇帝上《酒色财气四箴疏》的那位雒于仁的话来说，就是：“咱们皇上迷恋于酒色财气，完全是一个愚蠢的、志大才疏的、刚愎自用的昏君。”然而，实际的情况却并没有这么简单。究其根本，万历皇帝的坚决拒绝上朝，与他在很多问题上与朝臣们那不可调和的矛盾冲突紧密相关。用冯伴伴的话来说就是：“我只说咱们皇上吧，他可不是这样的，别说为所欲为啦，就是一些本来顺理成章、碍不着他人的家事儿，他也做不到，做不成。”因为明显站在皇上立场上，在冯伴伴看来，那些大臣其实是在变着法儿与皇上作对。这一点，集中不过地表现在万历皇帝意欲立生母为太后和立爱子福王为太子这两件冯伴伴口口声声强调乃是“家事儿”的重大关节上。面对着万历皇帝的强烈意愿，朝臣们依凭所谓“祖宗之法”，所持有的是近乎全面一致的反对姿态。同样借用冯伴伴的话来说就是：“他们手里总是握着最最锋利的矛、最最坚固的盾，需要矛的时候拿矛来对付皇上，需要盾的时候就用盾来对付皇上。”这其中一个不容忽视的重要细节就是，皇上指责那个邱大人既三妻四妾，又收受各种礼金，但邱大人却在痛斥皇上乃是血口喷人的同时，一头撞柱而亡。却原来，按照其他朝臣们的说法，实际的情况是：“邱大人是因为删减司礼监花销得罪的东厂，他们自然要网罗罪名——现在邱大人以死明志，有道的皇帝都会明白啊！”那么，皇上给出又是什么样的一种理由呢？“‘你们，你们的影子可是都认了的啊！你们的影子，可不是这么说的！’皇上喃喃自语，他颓丧地瘫坐在龙椅上。”其实，从这样的一个细节里，我们已经能够知道万历皇帝为什么会三十年不上朝的根本原因，就是他在由那两位崂山道士所费心竭力建立起的“影子宫”里，所获得的全都是无原则的“顺从本分”。即使是那些被收入“影子宫”里的美人影子，也总是会被皇上所每每乐于亲近：“她们不会妒忌，不会争宠，不会哭哭啼啼地朝皇帝要这要那，不会相互残害也不会钩心斗角，不会为了家里的哥哥弟弟争这个争那个，但也不会为了犯错的亲戚向皇上亲情——‘咱皇上，可是烦透了这一点啦！’”一句话，在这个“影子宫”里，皇上可以真正地为所欲为，可以不遭遇任何抵抗地执行自己的专制意志。所以，久而久之，无论如何都不想再上朝的皇上便会心满意足地习惯于待在“影子宫”这样一个彻底虚拟的世界里：“我不知道可不可以这么说，咱们皇上，和‘影子宫’里的那些影子，建立起了一个真正属于他的影子王国。他把这个‘影子宫’当成了自个儿的大明，而前宫的那个大明，他慢慢地失去了兴致。”

除以上所论之外，《影子宫》里还有两处特别耐人寻味，一处是第六节，皇上曾经要求影子们回答一个问题：“假如你是皇上，你会怎么做？你最想做的是什么？”没想到，由此而得到的答案竟然会是五花八门。书生说要重塑孔子金身，实现大儒治国；饥民说一天三顿都吃饺了；农夫说要打造一个金粪叉子；将军说想得到天下所有的奇珍异宝和美人；叛将赵十初说要把所有坑害和反对过自己的人全都杀掉；侍卫说要释放自己某位遭冤屈的亲戚；京都卫指挥使知事说要重新安排各种人事……端的是让人“大开眼界”。常言说“贫穷限制了人的想象力”，一种实际的情形是，每一个人的具体处境限制并决定着他的想象力。借助于这一处艺术设计，李浩对真实人性的某一侧面进行了相对深入的勘探与挖掘。另一处，就与利玛窦这个意大利传教士紧密相关了。尽管对利玛窦带来的那些“奇技淫巧”（其实是西方的科学和文化）很感兴趣，但皇上所采取的应对策略却是一方面拒绝觐见，另一方面又不仅要把他留在京都，而且还要给他一个官职。很大程度上，冯伴伴在叙述过程中表现出的对利玛窦的态度：“（皇上）怎么会有心思去见一个让咱皇上成为什么上帝的奴仆、一肚子歪理的洋人？就是我，我也不见啊。再说啦，咱皇上哪有那个时间？”这里，极富反讽意味的一点就是，皇上可以三十年不上朝，但就是没有接见利玛窦的时间。借助于这个处理，李浩的意图很显然是在痛惜中国未能在明朝时便实现所谓“现代化”的发生。

九九归一，三十年不上朝的万历皇帝，“实际上是把这个‘影子宫’当成了他的真实的国。他的雄才、大略，只有在这个影子的国中，才能那么好、那么好地施展”。当一个皇上成日价沉浸于一个臆想的虚拟世界中不可自拔的时候，你还能够对这个国君抱有什么样的指望呢？大约也正因为如此，作家才会借冯伴伴之口发出如此一声浩叹：“想想，也是寒凉啊。”是啊，怎么能不感觉到寒凉呢？一般来说，优秀的现代主义作品都会具有一种寓言化的象征品格。李浩的《影子宫》也同样如此。但也正是在这个意义上，我最后无论如何都不能不发出的一个诘问：我们现在是不是也仍然万般无奈地生活在一个类似于“影子宫”的现实世界中呢?!

前不久，曾经专门撰文评价南京大学王彬彬教授《收获》专栏“尘海挹滴”的开栏第一篇《废墟与狗》，没想到，读完第二篇《吃肉》（载《收获》杂志2022年第2期）之后，却觉得还是有话要说，这样一来，也就有了这又一篇肯定是“狗尾续貂”的批评文字。

如果说王彬彬的上一篇是关于“狗性的剖析与批判”，那么，到了这一篇，他的笔触就转向了自己关于“吃肉”的记忆。吃肉？在当下时代的年轻人看来，这个题目的确没有什么好写的。想吃肉了，上街去随便买几块，或者干脆到饭店里去点来吃就是了，这还有什么好写的？但或许因为我和王彬彬也算是同龄人（尽管他比我稍微年长几岁），有着共同的历史记忆，出现在他《吃肉》里那些饥饿时代与“吃肉”紧密相关的一幕幕场景，总是能够在我这里产生强烈的精神共鸣。

首先是那个年代无论如何都不可能被过滤掉的饥饿记忆。比如，“㸆着了”这一语词的释义与由来。不知道别的地方的具体情况如何，反正在王彬彬的家乡，肯定会把“一个人极度缺乏油水而身体出现病状，称作‘㸆着了’”。何以为“㸆”：“字典上说，‘㸆’的意思是用微火把鱼肉的汤汁变浓或耗干。人是血肉之躯，过日子便如受微火煎熬。煎熬久了，身体内部的油水都耗干了，便浑身不适。”人“㸆着了”怎么办？用那位黄埔军校曾经的毕业生的话来说，一种立竿见影的治疗方式就是“吃点肉就好了”。在王彬彬的记忆中，与“㸆着了”发生关联的往往会是岁数大了的女性。之所以会是如此，“我想，这是因为岁数大了的女性，在家里是主妇，终日劳累，而在餐桌上又特别谦让，稍好一点的东西，总让长辈、丈夫、儿子吃，进不了她的嘴。久而久之，身体就亏欠下了，就‘㸆着了’。本来，‘㸆着了’不用找人看病，自己就能感觉到。但不找医生看病，没有医生的药方，一个家庭主妇，怎么能够独自吃肉，何况往往还要借钱买肉呢！其实，不只是妇女，任何人，都不能仅仅因为想吃肉便吃肉，必须是肉成了药，才能让家中特意去买一点”。人为什么只有“㸆着了”的时候才可以名正言顺地想方设法吃一点肉，很显然是因为那个时候物质特别匮乏。连肚子都吃不饱的时候，又怎么可能去理直气壮地吃肉呢？如此一种情形，再加上买肉时一定要花五毛一分钱去买七两肉，通过这种方式占国家一厘钱便宜的精打细算方式，正是那个饥饿时代留给王彬彬的深刻印记。

很大程度上，那些一直到现在想起来都令王彬彬羞愧不已的难堪的“吃肉”记忆，都是拜那个饥饿时代所赐。一次，王彬彬曾经和一个同学合伙掏出三毛七分钱，在一家小吃店买了一碗粉蒸肉，两个人当街分而食之。但在时过境迁的回忆中，王彬彬却为此而颇感羞愧：“当时，应该恨不得把那钵里面也舔一舔吧，但幸亏并没有舔，否则，后来回忆起此事，会更为难堪。但即便当时没有舔那钵里，回想起这件事，我仍然有着羞愧。”因为当王彬彬和同学一起“大快朵颐”的时候，父母都在家中“熣着”呢！还有一次，王彬彬到同学家去做客。晚餐时上了一盘做样子的荤菜猪大肠焖黄豆。按照当地那个时候一种不成文的规矩，这盘荤菜只能看，不能吃。但由于肚子里馋意严重作怪的缘故，他尽管也曾经一忍再忍，最终还是抵挡不住猪大肠的诱惑，把筷子伸向了某块猪大肠。既然是馋意战胜理智与毅力的又一次记录，那王彬彬当然会为此而倍感羞愧。

但与这些令人羞愧的吃肉记忆相比较，更令王彬彬难以忘怀的是另外两件居然可以让他联想到阿伦特那著名的“平庸的恶”的命题的陈年往事。一件事，是全村人的吃牛肉。虽然在当时，杀牛是严重违法的行为，但由于一头水牛已经过于年老，无法继续耕田犁地的缘故，却最终还是落入了全村人的肚腹之中。但只有在成年之后回想往事的时候，王彬彬才明确意识到了其中的确存在着“平庸的恶”的问题：“大家偷偷杀了它，并非出于对它在饥渴中受煎熬的怜悯，而是出于对它身上的肉日渐变少的痛惜。我们相信一定是这样。我相信那些大人，没有一个人为刻意让这头劳作了一辈子的老牛忍渴挨饿而有过一丝丝的愧疚。当然，他们这样做，也是没有办法的事情。这也是那个时代‘平庸的恶’

吧。”自然，在这个过程中，无论如何都逃不掉的，也还有王彬彬自己：“后来，我一次次审视那时的自己：每天看着那老牛时，心中是否有过难受？是否有过哪怕些许的哀怜？但我无法从那时自己的心灵中找到一点点我希望找到的东西，我不能确认我对这头老牛曾经生出过丝毫可怜之心。”关键还在于，“我没有。其他的孩子也没有”。也因此，王彬彬不得不进一步追问：“那个时代的孩子，怎么如此冷酷无情？”是啊，到底为什么呢？无论如何，我们不能不把王彬彬提出的这个问题和那个总是强调阶级斗争的具体时代背景联系在一起加以思考。

然而，与杀牛一事相比较，更能凸显人性深处潜藏的恶，也更加令人难以接受的，是70年代前期那个看山佬特别残忍的吃猫肉事件。其实，我们都知道，除了广东的个别地方，中国的绝大多数地方的一个饮食禁忌，就是不能吃猫肉。王彬彬的家乡也同样如此。但令人发指的一件事情是，在当时，那个看山佬竟然不管不顾地把他们家喂养的一只麻猫（所谓“麻”，就是灰色的毛上有着黑色的条纹）给活生生地剥皮后吃掉了：“他也绝对没有想到猫的主人会找上门来。外公推开小屋的门，肮脏的油灯下，看山佬正坐在小凳子上剥猫皮。”肯定是因为当时的那个场景过于刺激，“快半个世纪了，我一直忘不了家里那只皮被剥了一半的猫，也忘不了看山佬那张丑陋脸上的一双惊恐的眼睛”。虽然说置身于一个空前饥饿的时代，但最起码的道德规范依然约束着人们不去逾越一般的饮食禁忌：“没有人想到杀猫吃肉，更没有人会为了吃那几片肉而偷杀别人家的猫。”究其根本，正是从这样的一种基本前提出发，王彬彬得出了以下的结论：“到如今，我坚信这个看山佬本就是一个内心极其凶残的人。能够以这样的手段杀猫，就能够以这样的手段杀人；能够这样平心静气地剥猫皮，就能够这样平心静气地剥人皮。”更进一步说，“到如今，我坚信，能够这样地吃猫的人，就也能这样地吃人”。面对王彬彬这一看似有点极端，有点石破天惊的结论，谁又能说不是呢?!

第十二章　现实批判与历史沉思或者艺术的奇思异想

我们的分析将从《灶王传奇》（北京十月文艺出版社2022年8月版）艺术结构的角度切入。贯穿于《灶王传奇》始终的有三条时有穿插、彼此交叉的结构线索。由于小说被命名为“灶王传奇”，所以其中最主要的一条线索就是身兼第一人称叙述者功能的主人公豆腐灶王（实际上，伴随着故事情节的演进，豆腐灶王的身份曾经先后发生过三次变化。最早在谭豆腐家做灶王，自然是豆腐灶王，后来到广灵直峪，做过大槐树董姓的田家灶王，再后来又被重新安排，成为蔚州一个官宦大户人家曹家灶王。但为了叙述的方便，我们姑且还是笼统地把他称之为豆腐灶王）置身于其中的仙界，也可以称之为以灶王为核心的一整套民间道教传说谱系。由于这一谱系过于庞杂，我们又可以更进一步地把它切割为天庭、地府、水族以及城隍四个旁系。其一，看似整日价被祥云缭绕的天庭（也即天界）。天庭最重要的当然是两位最至高无上的玉皇大帝（全称为昊天金阙无上至尊自然妙有弥罗至真玉皇上帝）和王母娘娘（全称为上圣白玉龟台九灵太真无极圣母）。除他们俩之外，天庭的神仙还有四大金刚、四灵二十八宿、北斗七星君、十方天尊等。其二，人死后魂魄的归属地地府（也即下界）。主要神仙分别是北阴酆都大帝、十殿阎罗、判官、牛头马面、黑白无常，以及那些总是拿着布袋四处搜寻亡者魂魄的黑皂吏。如果一个人的魂魄在死后的三天之内不能被黑皂吏用布袋携至地府，那它就变成无所依归的所谓孤魂野鬼。当然，无论如何也都少不了的，也还有所谓的孟婆汤与奈何桥。其三，以龙王为核心的专门主管水域负责解决降水问题的水族。其四，其实也是最重要的一支旁系，就是与豆腐灶王关系最为密切的城隍这个脉络。主要包括蔚州的城隍老爷，以及他身边的高经承（所谓经承，依照百度百科的说法，就是清代时候各部院衙门里专门承担书写文稿等事的吏人的总称。用现在的话语来说，应该也就相当于领导干部身边的秘书）、仓大吏，还有就是他所下辖的土地爷，以及门神、灶王，等等。当然，因为小说被命名为“灶王传奇”，所以灶王自然就是其中非常重要的一个群体。除了主人公豆腐灶王之外，活跃于文本中的其他灶王还有铁匠灶王、饼店灶王、田家灶王、大车店灶王、王家灶王等。

在介绍以上四种旁系构成情况的同时，不能不指出的一点是，诚如李浩自己所言，在民间道教谱系方面，他其实也带了一点“私货”，多多少少对既有的传说有所改造：“我承认，我在完成这部小说的时候略略地改造了民间传说的‘神仙谱系’——这个所谓改造是局部的。在大的方面，我遵从了道家神仙职阶的一般设置，譬如三清四祖、玉皇与王母、五方五老、北极四圣、五斗星君、四灵二十八宿、四值功曹等等，但另一方面出于我想要的艺术效果，而将灶王、土地安排归城隍管理，为他们建立更明确的仙阶层次，更重要的是为灶王建立了有序、有层的‘管理制约’‘行政条约’和‘规章制度’，这样，他身上所能承担和呈现的那部分才会更好地呈现出来，同时也有了管理上的逻辑线……为了艺术效果，我也更多强化了城隍的‘地位’，让城隍成为联通人间、乡间小神小仙、天庭和地府的‘中转衙门’，同时强化了‘龙王’这一民间神的地位和职阶……当然这一切都是为在写作伊始就已经设置好的，在完成了这一想象性的‘现实’之后，灶王、门神、城隍和玉皇都需要遵从小说开始前预设的律令，他们需要接受‘必然结果’。”[①]无论如何，从研究者的角度出发，我们都得感谢李浩的如此一种“自供状”。一方面，有了他的“自供状”，我们才能够确认《灶王传奇》中肯定带有支撑性的民间道教谱系中，哪些部分是真实的，哪些部分是虚构的。即使是那些真实的部分，也同样需要作家专门去查找相关的资料。这些东西，都不是坐在书斋里能够凭空获知的。但在另一方面，更重要的一点却在于，只有那些合理虚构的部分，方才能够充分凸显出作家那“天马行空”一般的艺术想象力。很大程度上，对李浩《灶王传奇》的阅读，能够让我们联想到莫言那部同样以其“奇思异想”，以一种出色的想象力而著称的长篇小说《生死疲劳》。如果说莫言的《生死疲劳》在构思上非常成功地借鉴了佛教所谓“六道轮回”的理念，让主人公西门闹冤死后的灵魂先后经历六次轮回转世的方式来巧妙切入到自土改开始一直到改革开放时代的中国乡村社会生活，那么，李浩毫无疑问就是通过自己有所改造后的民间道教传说谱系，借助于豆腐灶王这一主人公形象的巧妙设定，很好地切入到明代的一段历史之中。

① 金赫楠、李浩：《“寓言化写作”的深度和它“自成一体的天地”》，载《芳草》杂志2021年第6期。

两相比较，二者之间的异曲同工之妙是显而易见的事实。不知道其他读者的阅读感觉如何，反正我在阅读《灶王传奇》时最感觉畅快淋漓的就是李浩的那些既匪夷所思却又在情理之中的“奇思异想”，也即一种出类拔萃、绝对非同寻常的艺术想象力。这种令人赞佩不已的艺术想象力集中不过地表现在作品中的民间道教传说谱系这一方面。这其中，尤其令我由衷赞叹的就是作家关于灶王来历的那种创造性想象性虚构。当然，这种想象性虚构是从灶王所具有的主要功能而展开的（城隍说）：“‘你要知道，灶王，就是一项负责记录家庭发生、呈报给城隍和地府的公务差事，属于仙人中的差役，没什么法力；当然你可不能因此轻视你的工作，它意义重大，非常非常的重要，要知道对人间的赏罚和民情的了解，都要依据你们的提供！灶神职重，秉下民倚伏之权，这话你应当早就听过……’或者，我从我的前生开始说起，那时我是一个穷困的书生，希望自己能记下圣贤书里的每一个字，希望得到一个功名，为此……”与此相对应的，是城隍面对豆腐灶王时的如此一种话语表述：“哟，你是谭豆腐家的灶王？是是是，还是我点的你呢，当时我看到你的秋闱试卷，就觉得这个人可用，不用可惜……”再加上铁匠灶王的如此一种牢骚：“‘还读书人呢，’铁匠灶王有些愤愤，‘自私，怯懦，虚伪。书都读到狗肚子里去啦？说得比唱得都好，可遇到事儿，就一心想着自己！我怎么和他们……这个破灶王，不做也罢！再去轮回也罢！’”以及“咱们都是归属仙界的读书人，能不能不像那些乡野村夫——起码你也是人家的一家之主啊，对不？”还有就是：“你们灶王，能管什么，能做什么？不过就是负责记记事，记录每天这家人的情况，他们家婚丧嫁娶用不着你们，过得好坏你们也帮不上忙，遇到什么头疼的事儿你们其实也毫无办法……”综合以上细节和叙事话语，我们所得出的结论就是，第一，为城隍所管辖的所有灶王，他的前生不仅全都是男性（如此一种设定背后，是不是有一种男权主义的嫌疑？我觉得，一种可能是，李浩或许并没有意识到如此一种嫌疑的存在，另一种可能是，在已经明确意识到了这样一种嫌疑存在的前提下，李浩却仍然坚持这样一种表达。如此一种现象所说明的，只能是某种无可奈何的残酷现实），而且全都是在科举时落第的书生（用现代的话语来说，就是知识分子）。第二，在这个仙界或者说民间道教传说谱系中，灶王所处的地位最为卑微低贱。没有任何法力（既不能腾云驾雾，也不能呼风唤雨）且不说，其职事只能是作为一位旁观者，在无法进行任何介入的前提下，做一种真实的记录。其他且不说，单只是能够把只具有旁观者功能的灶王形象与现实生活中“百无一用”的书生或者知识分子联系在一起，就足以说明李浩某种天才艺术想象力的存在。这里，还有一个潜在的命题就是，进入现代社会之后，知识分子阶层一个标志性的特征就是能够以一种独立的批判的品格积极介入各种社会事务。就《灶王传奇》来说，借助于灶王尤其是豆腐灶王这一富有正义感的人物形象（知识分子形象）的设定而寄托作家某种真切的反思与批判意旨，恐怕也同样是李浩的某种艺术寄寓之所在。

《灶王传奇》中的第二条结构线索就是由豆腐灶王所先后供职过的三户人家联袂构成的充满了日常烟火气的人间生活这一条故事脉络。第一家是蔚州西南堡依靠做豆腐为生的谭豆腐家。一个虽然谈不上多么富有但却也算不上贫穷的中等普通人家。他们家共有三口人，除谭豆腐夫妇之外，还有一个年仅六岁的独生子小冠。小说开始的时候，豆腐灶王已经在谭豆腐家整整做了七年灶王。没想到的是，因为受到明朝和瓦剌之间战争的影响，整个西南堡惨遭大祸，不少人家被亡门灭户，其中就包括谭豆腐一家。因此而失业的豆腐灶王被蔚州城隍重新安排到远在广灵直峪的大槐树董姓人家，做了田家灶王。如果说谭豆腐家算得上是一个家境尚可的普通人家，那么，这个董姓人家就是一个生活条件非常糟糕的穷苦人家。难能可贵的一点是，尽管满心的委屈和不情愿，但一向忠于职守、忍辱负重的豆腐灶王，还是千方百计地坚持在这个贫苦人家做了长达六年之久的灶王。很大程度上，正因为豆腐灶王与城隍老爷、高经承之间某种特殊关系的具备，还没有等到豆腐灶王在董姓人家任职期满，他就被重新安排到了蔚州一个曹姓的官宦之家继续他的灶王生涯。其他的几个姓氏或许是随意的选择，但曹姓的选择，却一下子就让我联想到了那个写《红楼梦》的曹雪芹。由于胡适和俞平伯他们这些新红学家的积极努力，在目前的红学界，不仅认定贾宝玉身上很明显地有曹雪芹自己的影子存在，而且还认为现实生活中的曹家也曾经如同小说中的贾府一样，遭遇过被抄家的惨痛劫难，已经是一种为公众所普遍接受的事实。当然。如此一种联想之所以能够得以发生，主要还是因为：第一，曹家如同贾府一样，也是一个钟鸣鼎食的官宦大户人家。李浩在小说中不无细致地开列出的那些琳琅满目的食谱，便足可以从某个侧面折射这一点。第二，这个曹家也如同另一个曹家，当然也还有贾府，都曾经惨遭过被抄家的灭门大祸。能够从董姓这样一个穷苦贫贱之家“摇身一变”成为曹家这样一个富贵人家的灶王，对于豆腐灶王来说，某种扬眉吐气、一步登天感觉的生成就是自然而然的事情。就这样，在一步登天成为显赫一时的曹府灶王之后，一直等到曹家后来因抄家而彻底败落，豆腐灶王才结束了自己灶王史上最鼎盛的一个阶段。到小说结尾处，经过了一段候补灶王的短暂等待，豆腐灶王终于被城隍老爷重新安排，又开始了自己新的灶王生涯。

小说的第三条结构线索是故事发生的具体朝代，即明朝皇室高层的政治斗争与军事行动。在讨论这条线索之前，我们首先需要思考并加以澄清的一个问题，就是《灶王传奇》到底能不能被理解成一部历史小说。这一问题提出的前提是金赫楠和李浩他们俩所持有的这样一种观点。先是金赫楠认为："所以，《灶王传奇》尽管和明朝那些事有关，但它却绝不是历史小说，它指向的仍旧是你一直以来都关注的那些东西。"[①]对此，李浩给出的回应是："我写下的《灶王传奇》当然不应看作历史小说，它的支点不是历史，历史只是一个背景的作用，我用来考察的是人和人生，是人在命运中、秩序中、荒谬中、无奈中、欲念中、悲苦中或欢愉中的种种'可能性'。"[②]一方面，我们固然不能说他们俩的观点毫无道理，但在另一方面，我想特别强调的是，在很多小说作品中，无论是历史还是现实，实际上都只能作为背景存在。通常情况下，被一位真正的作家置于中心位置的，肯定是如李浩所强调的"人和人生"。那么问题也就来了，难道我们就能够因此而把所有的小说都称之为"人生小说"吗？事实上，历史也罢，现实也罢，都属于题材层面上的文学外部问题。尽管这种外

① 金赫楠、李浩：《"寓言化写作"的深度和它"自成一体的天地"》，载《芳草》杂志2021年第6期。

② 金赫楠、李浩：《"寓言化写作"的深度和它"自成一体的天地"》，载《芳草》杂志2021年第6期。

部的表象未必能在多大程度上影响到小说作品的内在艺术品质，但我们也不能轻易忽略它的客观存在。更进一步说，我们也应该认识到，《灶王传奇》从根本上说仍然是一部具有突出现代主义或者说先锋特点的长篇小说。当一位作家试图以现代主义的方式去切入表现历史的时候，其书写的难度必然会有所增加。正是因为以上的理由，我还是不能认同金赫楠和李浩关于《灶王传奇》并非一部历史小说的判断。尽管没有机会和李浩就相关问题做深度交流，但我坚持认为，要想如其所愿地写好《灶王传奇》，除了必须在民间道教传说谱系方面下足够的考古学或者说别一种“田野调查”功夫之外，李浩同时也必须在明史方面下足够的功夫。说到足称云诡波谲的明代历史，与《灶王传奇》紧密相关的最起码有两个地方。其一，是标志着明朝由盛转衰的“土木之变”。所谓“土木之变”指的是明朝正统十四年，也即1449年，雄踞北方的瓦剌人入侵中原。明英宗朱祁镇亲率十万大军出征迎敌，不料却最终兵败被俘的事变。因这一次战争的发生地为土木堡，所以又被称为土木堡之变或者土木之祸。小说中谭豆腐一家三口的惨死，西南堡的变为一片废墟瓦砾，就是因为土木之变的缘故。其二，是明英宗朱祁镇在被废七年多之后重新复出，再次执掌朝政：“田家灶王告诉我，太上皇朱祁镇真的又当起了皇帝。而当了七年多皇帝的他的弟弟朱祁钰，又回到了郕王——田家灶王问我，你知道太上皇复位的那天有多惊心动魄不？我讲给你听……”明英宗兄弟俩如何颠倒着做皇帝倒也罢了，关键的问题是，朝政的更迭竟然影响到了曹家的盛衰。正所谓“一着不慎，满盘皆输”，由于曹家的大少爷多年在吏部任职，有意无意间受到牵连的缘故，曹家到最后竟然落了个被抄家的悲剧结局：“也就是那天早上，我在蔚州衙门的外面读到秋后问斩的告示，曹家父子一十七口赫然在列。告示上，他们所犯的罪名或是结党营私、以官爵私所亲、胁君误国，或是祸乱纲纪，蝇苟谋私、干扰刑训，或是草菅人命、淫乱奢靡、为害乡里，并没有之前所传的试图谋反之类的罪名。”但即使侥幸逃脱了诸如谋反之类的大逆之罪的指控，曹家父子一十七口的被秋后问斩，却是注定无法逃脱的必然结局。更进一步说，曹家的被抄也还罢了，关键是这一抄家的直接后果就是豆腐灶王被迫再一次流离失所，成为等待城隍老爷重新安排的候补灶王。

最早接触常芳长篇小说《河图》（载《收获》长篇小说2022年秋卷）是2021年的秋天。当时，因为担任首届凤凰文学奖评委的缘故，我曾经有幸在作品尚未正式出版前就阅读到了一批长篇小说，其中就包括有常芳这一部篇幅字数多达四十万字的《河图》。没想到，这一次，由于刊发时的版面限制，我所具体谈论的版本竟然被压缩了四分之三的篇幅，只剩下了区区十万字左右。既如此，我所展开讨论的，也就只能是这个被压缩后的版本。至于完整版的《河图》，只能等到以后择机再论了。

面对这部长篇小说，首先引起我们注意的，就是小说标题的特别及其由来。由“河图”二字，我们所不由自主联想到的，便是中华文化中源远流长的所谓“河图洛书”。因为本人这一方面知识结构的欠缺，所以这里姑且只能照录百度百科中的相关说法。“河图洛书，是中国古代流传下来的两幅神秘图案，蕴含了深奥的宇宙星象之理，被誉为‘宇宙魔方’，是中华文化、阴阳五行术数之源。语出易经《系辞·上》，‘河出图，洛出书’，河，黄河。洛，洛水。”“河图洛书是远古时代人民按照星象排布出时间、方向和季节的辨别系统。”“河图洛书的来由，是中华文明史上的千古之谜。‘河图洛书’最早收录在《尚书》之中，其次在《易传》之中，诸子百家多有记述。但从实证的角度确定河图洛书出在某个具体地点，很难找出严格的科学依据。”尽管未能从常芳那里得到确切的证实，但据我猜测，作家之所以一定要征用“河图”来为自己的小说命名，其原因极有可能与传统所谓“河图洛书”的说法紧密相关。当然，这种关联无论如何也只能从一种象征的层面上来加以理解。从象征的层面上来说，常芳的深层意图或许是借助于自己笔下的历史故事以探究、挖掘中华民族内蕴的某种精神密码。与此同时，无法被忽略的另外一点是，“河图”这一标题的征用也有可能与故事的发生地有关。无论是作为省府所在地的济南，抑或还是距离济南不太遥远的泺口镇，所依傍着的均是作为中华民族母亲河的黄河。既如此，从以十万字的篇幅绘制一幅缩略版的转型期历史图谱的角度来说，小说标题的含义也完全解得通。需要强调的一点是，这里转型期的具体所指，就是1911年辛亥革命前后的那个特定历史时期。以对封建帝制的终结为显著特点的辛亥革命，从社会政治的角度来说，无论如何都应该被看作是中国社会由传统转向现代的一个重要历史转型时期。借用李鸿章那句“数千年未有之大变局”的名言来说明这个历史时期，一点都不为过。正因为常芳的小说紧紧地抓住了这个重要的历史关节点来展开自己的小说故事，所以，我们才更愿意把《河图》看作是一部旨在对转型期中国社会各种现象进行素描式艺术表现的长篇小说。

尽管说作品的整体叙事脉络比较繁多（原因在于，常芳的初衷或许是试图全方位、立体化地对那一特定历史时段的社会生活做一种全景式的艺术呈示），但相比较而言，由于南氏家族在文本中所处的核心地位，所以《河图》又可以被看作是一部带有一定家族叙事意味的长篇历史小说。某种意义上，整部小说的故事情节全都是依托于南氏家族的醋园（南氏家族主要经营酿醋生意）而渐次向外辐射展开的。活跃于文本中的南氏兄妹主要有大少爷南海珠、二少爷南怀珠、大小姐南明珠以及她的丈夫，那位身为泺口镇巡警局长的谷友之。三兄妹中，社会政治立场最激进的是那位身为记者老爷的二少爷南怀珠。南怀珠激进行为的突出标志，就是在武昌起义发生的消息传到济南后，他和一群貌似“志同道合”的朋友，热衷于效仿武昌，在山东济南也宣布独立。用他对哥哥南海珠的话来说，就是：“不过，你肯定想不到，就在今天，在諮议局召开的各界代表会议上，我们共和派拿出了拟定好的《山东独立大纲》。可惜的是，最后时刻，事情却砸在了从北京请来的那帮和平派手里。只差一小步，我们就能跟武昌城那样，宣布与清政府断绝关系，宣布独立，成立中华民国山东军政府了。”面对弟弟所持有的激进社会立场，对世事有着更清醒认识的南海珠所持有的是一种不赞成的态度。他的不赞成态度乃是因为受到了洋太太（也即我们稍后会提及的那个名叫马利亚的英国女人）相关观念影响的缘故：“南海珠低头看着手里的烟斗。庆幸也完全可能是这样：他们前脚推翻紫禁城里的小皇帝，后脚就变成了那对洋人夫妇讲过的法国革命，断头台上的刽子手们，个个都忙得脚打后脑勺。”尤其令南海珠倍感忧心的一点是，弟弟南怀珠他们以“独立”为招牌的那个什么“革命”，甚至一定会影响到他们南氏家族以酿醋为中心的平稳生活。问题在于，南海珠的反对态度并没有能够影响到一心一意地投身于独立运动的南怀珠他们。到最后，经过一番相互扯皮，一番彼此“讨价还价”的努力，在“谘议局”换名为“保安会”之后，南怀珠他们的独立终于宣告成功。但出乎南怀珠他们意料的一点是，宣布独立后仅仅过去了不到两个星期的时间，曾经的“独立”就被宣布取消了。就在独立被宣布取消的同时，“在城里一处叫作五龙潭公园的地下密道里，还发生了一场令人震惊的爆炸案”。若非南怀珠侥幸地恰好躲在咸新枝的温柔乡里一晌偷欢，这一场爆炸案他恐怕就在劫难逃了。

问题在于，在劫难逃者尽管侥幸逃过一劫，却也终归还是在劫难逃。革命者南怀珠尽管在德国领事馆的帮助下，偷偷地溜回到了醋园（“当然，他没有告诉周约瑟，德国人愿意帮助他们的条件，是日后山东重新取得独立后，他们要把德国人在胶州湾的使用权限，再延长一百年。而且，他已经说服他们，在城里重新宣布独立前，他们首先要帮助他取得泺口独立。”），企图东山再起，但他根本就不可能料想到，正所谓“螳螂捕蝉，黄雀在后”，自己的行踪在被妹夫谷友之发现之后，竟然会命丧于这个很是有些城府的巡警局长之手。在巧妙设计让南怀珠与冯一德会面后，他先把两颗子弹射进冯一德的身体，紧接着又把接下来的两颗子弹射向了毫无心理准备的南怀珠：“最后，他打出了第四颗子弹，并将那把枪迅速塞进冯一德手里，让它暂时回到了它的主人身边。”这样一来，谷友之就貌似神不知鬼不觉地成功制造了一个南怀珠和冯一德他们俩人相互火并的假象。尽管没有看到所有的这一切，但周约瑟却凭借本能感觉到了巡警局长的过分阴险：“现在，他唯一能记起来的，是二老爷带着热乎先到了他家里，后面，是巡警局长带了那个陌生客人来；眼下，二老爷跟那个客人都死了，只有巡警局长老爷还活着。这是他唯一确定的。他心里慌乱地跳着，拿不准这位局长老爷会不会忽然冒出个歹念头，把他和热乎全给杀了。”此后发生的事实果然再度证明了周约瑟预感的精准。他虽然又多活了几天，但终归还是由于巡警局长的进一步设计而难逃意外死亡的结局：“‘一定是火车鸣笛的声音和它喷出的蒸汽，让那两匹牲口忽然受到了惊吓。’车夫周约瑟死去那天，巡警局长谷友之从出事现场回到泺口，对南家花园和醋园里每个询问他的人，都在这样解释。”尽管说关于谷友之一定要杀害南怀珠的心理动机作家并没有给出直接的交代，但认真想来，巡警局长如此一种作为，一方面固然是为了保住手中的权势，另一方面恐怕也与他对南氏家族财产潜意识中的觊觎有关。

事实上，只有在目睹了革命者南怀珠的由最初向往独立，到后来宣布独立，再到独立被取消后他自己也命丧谷友之之手的整个过程之后，我们方才能够明白作家为什么一定要在叙事过程中穿插讲述那个带有深邃寓意的“鹅笼书生”的故事。所谓“鹅笼书生”的故事，典出南朝梁吴均《续齐谐记》，说一个坐在鹅笼里的书生，先是从口中吐出一个女人，那个女人又从口中吐出一个男人，那个男人又从口中吐出一个女人……如此循环往复，意在传达一种人生幻中生幻、命运变化无常的意味。将“鹅笼书生”的典故与南怀珠他们流产的“独立”或“革命”联系在一起，所首先凸显出的就是南怀珠他们激进行为的某种“乱哄哄你方唱罢我登场”，到头来“落了个白茫茫一片大地真干净”的人生虚无况味。更进一步说，不只是南怀珠他们的“独立”与“革命”，包括《河图》中所有的那些出场人物在内，他们的人生所具有的又何尝不都是如同“鹅笼书生”一样变化无常的虚无本质呢?!

然而，且慢，虽然说南怀珠他们“独立”“革命”的激进行为构成了《河图》的核心故事，但《河图》又绝不仅仅是一部讲述“独立”与“革命”故事的长篇小说。除了围绕“独立”与“革命”所生发出的那些故事，作家的视野还投向了更为广阔的社会层面。其中，最不容忽视的一个部分，就是对辛亥革命前后西方思想观念进入中国后所引发的中西纷争的关注与表现。与这一个部分紧密相关的就是南氏家族的大小姐南明珠。因为马利亚身为南明珠在女子学堂读书时的英文教师的缘故，她们俩的关系便日渐亲近起来，甚至干脆亲密到了更像一对姐妹的地步。至于马利亚的丈夫，则是那位宣教士的儿子，正在黄河上建造铁路大桥的工程师戴维。用马利亚父亲的说法，“上帝派他们到大清帝国来的目的，完全是为了把东方人的灵魂从毁灭中拯救出来，而不是奴役他们的身体”。很大程度上，正是出于如此一种理念，南明珠和马利亚她们才会通过自己的努力，既想方设法救济旱灾，也在泺口建立了一所初级学堂。事实上，尽管不能说所有的现代文明观念都是由马利亚与戴维夫妇带来的，但从根本上说，现代性这一物事及其相关观念，都与包括传教士在内的西人进入中国存在着密切的内在关联。无论是铁路与火车的出现，抑或是世界理念（“在那张地图上，咱们整个大清国，也不过像片桑树叶子那么大。但那上面，那片深蓝颜色的海水，莫多克先生说那片海水叫大西洋，仅是那个大西洋上，就能铺开多少张这样的桑树叶子。”“他说那张地图上标出的国家，不过是人们现在所知道的，这个地球上很多地方中的一部分。”“所以，莫多克先生总是喜欢给我们说：你们闭上眼睛想想看，这个世界到底有多大吧。”）的生成，全都是现代性进入中国的突出表征。正如你已经预想到的，面对着来自于西方的现代性这一物事，国人所采取的是颇为复杂的应对方式。除了南明珠这样理性方式的拥抱者之外，一种是如同周约瑟这样的虽然搞不明白其中的含义，却出于本能的接受者，甚至于他的名字也都是拜神甫苏利士所赐的结果，另一种则是如同来家祥这样莫名仇视现代的民粹主义者。在他的想象中，一旦拥有了生杀予夺的权力，立马就会磨刀霍霍，不管青红皂白地杀向洋人洋物：“到那时候，他选择去做的第一件事，就是带领上一众人，先去把德国人正在修建的那座铁路桥给拆毁了，或者干脆到机器局里去，弄上几吨火药，痛痛快快地把它炸烂了。炸完后，再把修桥那些洋人，他们的老婆孩子，以及帮洋人干活那帮男人，全都四脚捆绑起来，扔进黄河里去喂鱼喂虾。不过，那个叫马利亚的洋女人，他倒是可以考虑，把她留下来。他要先睡上她几天，睡疲了，再找铁匠打造上一副铁链子，跟拴狗那样，拴住她的脖子或是一只脚，让她老老实实地教他的孩子们念书。”不知道是不是受到过义和团思维的影响，反正，细细琢磨来家祥如此一种看似无端的“莫名狂想”，我们在其中强烈感受到的，正是一种毫无理性可言的敌洋仇外心理。尤其需要注意一点是，虽然表现方式肯定有所不同，但一直到当下时代的中国，如同来家祥这样一种反现代文明的极端民粹主义思想仍然有着很大的市场，无论如何都不能不令人警醒。常芳《河图》书写的重要现实意义，于此可见一斑。

由于篇幅所限，关于缩略版《河图》的探讨到这里就要告一段落了。但请注意，以上的分析也仅仅只是抓住了其中的若干重要关节而已。除了以上两个方面，其他一些，比如文本中关于辛亥革命前后真正可谓是众声喧哗的民间社会的悉心描摹与呈示，以及作家对这一问题的深度思考，便很遗憾地没有能够触及。情况之所以会是如此，关键原因在于，缩略之后只剩下骨架的《河图》，民间社会这一方面那毛茸茸的生活细节已经被舍弃了不少，因而不太容易展开深度的分析。事实上，即使仅仅是从这个十万字的缩略版中，我们也不难感觉到作家常芳那种意欲全方位、立体化地对辛亥革命前后那一特定历史时段的社会生活做一种全景式艺术呈示的高远志向的存在。因此，如果读者您的确对常芳的这部长篇历史小说《河图》感兴趣，那就请您继续去关注并阅读她另外的那个四十万字篇幅的完整版。

《芳华颂》（载《中国作家》杂志文学版2022年第10期）是军旅作家石钟山又一部聚焦军旅生活的长篇小说。只不过，与作家的其他作品相比较，这部《芳华颂》的一个显著特色在于，石钟山把艺术的聚焦点集中在了一个名叫董红梅的女军人身上。虽然说《汉语词典》的相关释义里并没有明确规定这一语词只能使用于女性身上，但或许与释义中的“香花”会让使用者情不自禁地联想到女性有关，在长期的使用过程中，人们却约定俗成地把这一语词更多地使用到了女性身上。具体到石钟山这里，情况也同样如此。他之所以要把这部长篇小说命名为“芳华颂”，从根本上说，也正是因为主人公董红梅乃是一位身披戎装的女军人的缘故。

既然小说被命名为“芳华颂”，肯定也就存在着一个颂什么的问题。细读文本即不难发现，石钟山所首先要赞颂表现的乃是一代军人身上的无私奉献精神。比如，那位父亲身为守备区司令的高干子弟马平阳，因为打小就成长在部队环境中耳濡目染的缘故，在平时的训练中，刻苦努力，不仅很快成为部队的训练标兵，而且在参军第二年的时候，就已经入了党。他舍生忘死的一件事迹就是，当一位新兵因为过度紧张，实弹演习时，手榴弹不仅没有扔出去，反而掉落在后面人群中的时候，毅然冲了上去，一脚踢开了那只还冒着烟的手榴弹："手榴弹在远处爆炸了，所有人都木在那里，他却像没事人似的露出一口白牙冲众人笑。"比如，那位家在四川巴中的平民子弟李来权，不仅当满四年兵都没有回家探过一次亲，而且在一次部队野营拉练的过程中，他还曾经奋不顾身地在一条川流的河里，救出过两名因洗澡而被大水冲散的儿童。当然，相比较而言，无私奉献精神最集中的体现者，还是身为主人公的女军人董红梅。如同李来权一样四年都没有探过一次亲之外，董红梅的难能可贵更为突出地体现在她对养猪事业的倾心投入上。除了一有时间就会上山打猪草，她更是像对待亲人一样地对待那些猪，以至于"她侍弄的猪舍和养的猪，被全团评为第一名。不仅猪舍干净，所养猪的头数和膘肥体壮的样貌，都超过了其他连队的猪"。正因为如此，等到猪们被杀的时候，她才会不仅远远地躲开，而且还坚决拒绝吃杀猪菜。到后来，即使她已经被提干成为军官，进入军区教导队学习的时候，依然在内心深处牵挂着那些猪："对她来说，从夹皮沟连队来到省城近郊的教导队，有着天上人间的变化，她却对夹皮沟的连队牵肠挂肚，确切地说，是对猪舍里那些猪不放心。"这样一来，也才有了她对于新来的饲养员的远程指导这一事实的形成。

然而，与一代军人的无私奉献精神相比较，小说更令人动容的却是那些感人的情义书写。人间最贵是真情，《芳华颂》中的情义体现在很多个人物身上。比如，那位自己原本就是高干子弟，后来却嫁入了更高贵门庭的江雪。虽然只是在教导队期间一段短暂时间的相处，江雪却把曾经长期在基层连队养猪的董红梅当成了自己的好朋友。正是出于战友之间的一种情义，她才不仅想方设法把董红梅的工作调动至北京总部的会议接待中心，而且还特别关心董红梅个人问题的解决，一厢情愿地把谢秘书这样一个拥有美好政治前程的年轻少壮介绍给她做男朋友。比如，董红梅父亲的战友胡叔。为了能够帮助董红梅参军成为一名女军人，胡叔百般努力，一直到最后找到当年抗美援朝时的老排长，才在如今已经身为师长的段玉龙的鼎力相助下，使董红梅如其所愿地穿上了军装，成为部队的一员。比如，董红梅那位令人敬重的极富自我牺牲精神的姐姐。父亲去世，母亲失踪，仅仅比董红梅大八岁的姐姐，自己尚未成人，便不得不承担起了姐妹二人日常生活的全部责任。因为有妹妹的拖累，姐姐被迫嫁给了村里边一个不仅比自己年长十岁，而且还罹患有羊角风病症的男人。为了能够彻底斩断好不容易才从贫困乡村挣扎出去的董红梅与家乡和自己的关联，她竟然貌似极端无情地写信给妹妹：“小梅，你走出去了，以后就当没有家吧，把部队当家，别再回来了。”比如，那位后来竟然成为董红梅干爹的段玉龙师长。董红梅命运的被改变，可以说与段玉龙之间，存在着过于紧密的内在关联。如果不是他在关键时刻施以援手，董红梅不仅无法参军，也不可能被提干。他之所以会把董红梅认为干女儿，一方面固然是因为膝下无女的夫人特别希望能够有一个女儿的缘故，但在另一方面，也很显然与他内心里特别体恤这个战友的遗孤有关。他对董红梅的那一片父女深情，最突出不过地体现在得知董红梅姐姐罹患重病的情况下，在夫人已经把一沓钱硬塞给干女儿的同时，段玉龙更是明确表示：“红梅，你有情有义，我们都记在心里了。我们全家支持你。你两个哥哥也说了，缺钱他们那儿还有，随时给你汇来。”比如，那位最终成为董红梅丈夫的马平阳。刚刚入伍时即给予董红梅多方面的帮助之外，他的情义更是突出地体现在了解到董红梅竟然要为姐姐捐肝的情况下：“她把捐肝救姐的决定告诉了马平阳。他的表情很平静，她以为他没听清自己说什么，于是又重复了一遍自己的决定。马平阳还是那个表情，嘴角又一次上翘，就像他每次从连队出来走着小路，到猪舍来看她的表情一样。最后马平阳说：我支持你。”为了筹措姐姐的手术费用，马平阳不仅拿出了自己的多年积蓄，而且动员他们家施以援手。自然，说到情义，无论如何都少不了的还有董红梅自己。她的情义集中表现在和姐姐的情感关系上。除了不顾姐姐的坚决反对，一定要跑回家乡去看望生存依然艰难的姐姐之外，董红梅的情义更是特别突出地表现在获悉姐姐患病的情况下，面对着身体状况异常糟糕的姐姐，她不仅和丈夫马平阳一起迅即把姐姐带到医院治疗，而且在了解到肝源稀缺的情况下，毅然决定捐出自己的肝。

阅读石钟山的《芳华颂》，我们无论如何都不能忽视的一个关键性情节，就是本来身为平民子弟的董红梅，曾经在相当长的一段时间内被普遍地误认为是有着隐秘出身的高干子弟。这一误会得以生成的一个重要前提，是在她参军入伍的那个时候，可以说所有的女兵都有着特别的家庭背景和社会关系：“从编制上，全团就没有一个女兵编制，更不用说基层连队了。但每年接兵，又总会接几个女兵回来，领导们都心照不宣，这些兵都是后门兵，有部队首长关照的，也有地方领导打过招呼的。”既如此，女兵们天然地被认为是高干子弟，也就并非是军营里乃至于社会上一种毫无根据的空穴来风。具体到董红梅，一方面，她的真实出身果然是普通的平民家庭，另一方面，她之所以能够穿上军装成为一名女兵，也是因为在胡叔的恳求下，段玉龙师长介入干预的结果。如果没有段玉龙师长的强势干预，一介平民子弟的董红梅，单凭自己的力量恐怕既入不了伍，也提不了干。不管怎么说，董红梅个人命运的改变，都是强大的权力发挥作用的结果。隐秘的“高干子弟”身份对于董红梅人生所产生的微妙作用，在决定她是否可以提干的过程中表现得非常明显。且让我们来看林满坐连长的那一番别有意味的发言：“理由有三：其一，董红梅超期服役是第四年老兵了，一年前又入了党；其二，自从入伍就到炊事班工作，后山坡上的猪圈里的猪为证，哪一只不长得膘肥体壮？凭这一点，我认为董红梅功劳苦劳都够格了；其三，她是高干子女，不娇气不傲气，比咱们一些工农子弟还朴素。”尽管说林连长发言中的相关部分遭到了言辞谨慎的指导员的巧妙反驳与补充，但在董红梅被提干的过程中，她那传说中的“高干子弟”身份发生了相应的作用，却是无可置疑的客观事实。以至于，连同身为当事人的董红梅自己也都为此而困惑不已：“她不知道，这次连队把她当成破格提干的骨干，是因为自己的高干子女的身份，还是她这四年来努力的结果。”这一方面，一种无法被否认的实际情况是，无论走到哪里“高干子弟”这一不无神秘的身份印记都曾经长期如影随形一般地伴随着董红梅的人生轨迹。如此一种情形甚至一直延续到她被江雪介绍结识了政治前程一片坦途的谢秘书的时候。那一次，致使他们俩心生不快的一个根本原因，正是因为谢秘书一句“你家人和父母都好吧”的问候，触动了潜藏在她内心深处一种永远的痛。尽管董红梅到最后也没有能够搞明白，谢秘书后来带有道歉性质的“对不起，我不该问你的家事”那句话的具体所指，“是他认可了自己的真实具体情况，还是仍把她当成了高干子女，父母仍是做保密工作的”，但她的神秘身份一直到这个时候都在发生着某种作用，却是一种难以被否认的事实。

但请注意，正是由谢秘书探问董红梅的父母家事这一细节，我们无意间发现了石钟山小说叙事上的一个破绽所在。那就是，一方面从谢秘书谈话时专门提到的“父母”这一语词来判断，谢秘书并不知道董红梅父亲早逝和母亲失踪这样的家庭情况。但在另一方面，按照江雪的说法，她自己很早就已经了解到了董红梅的真实身世：“江雪告诉她，在教导队时就注意到了她，也对她的身世产生了兴趣，自己的父亲和段师长是多年的战友，她是通过自己的父亲了解到她的身世的。江雪说，从了解到她身世那天就决定帮助她，于是才有了后来毕业合影时，把她拉到自己的身边，又想方设法推荐她调到了北京，又好心给她介绍了谢秘书。江雪还告诉她，这么做的目的就是希望她能够和她们一样，过上应该属于她的正常生活。”只要我们把以上两个细节进行对照就不难发现问题所在。如果说江雪早在教导队的时候就已经知道了董红梅的真实身世，那么，等到后来给谢秘书介绍董红梅的时候，她就应该将这些情况没有任何隐瞒地和盘托出。但从谢秘书曾经专门询问董红梅家庭情况，尤其是竟然还提及了她父母的情形来判断，谢秘书对董红梅的真实身世其实是一无所知的。如此一种情形的出现，唯一可能的解释就是江雪为了撮合他们俩而主动在谢秘书那里刻意隐瞒了董红梅的贫民身世。但认真地想一想，这种处理既不合情理，又与江雪那快人快语的性格特征有所违和。正因为如此，在我的理解中才会把这一情节上的自相矛盾看作是作家石钟山一种百密一疏的小说叙事破绽。但与此同时，另外一个必须指出的事实是，在阅读《芳华颂》的过程中，我的确曾经不止一次地联想到过俄罗斯作家果戈理那部影响巨大的讽刺喜剧《钦差大臣》。这一剧作主要描写一个名叫赫列斯达可夫的纨绔子弟，因为与人打赌输得精光，正为此而一筹莫展的时候，偶然从彼得堡途经外省某市，没想到竟然被当地官僚误认为是肩负特殊使命的“钦差大臣”，并因此而闹出了许多笑话。如此一种联想之所以能够生成，盖因为二者都在主人公的真实与虚假身份上大做文章。虽然赫列斯达可夫的顺水推舟和董红梅的很多次试图澄清真相之间存在着明显的差异，但两部作品艺术构思上却也的确存在着不容否认的异曲同工色彩。不管怎么说，在《芳华颂》中，主人公董红梅的身世之谜作为一种根本动力，自始至终都在强有力地不断推动着故事情节的演进，乃是一种无可否认的文本事实。

一方面，如前所述，《芳华颂》诚然是一部以情义书写为基本主旨的长篇小说，但另一方面，在强调情义书写主题重要性的同时，我们更应该敏锐地洞察隐藏于这一主旨背后的一种社会批判主题的存在。必须申明的一点是，这一主题的存在依然与作为小说主要叙事动力的董红梅的身世之谜紧密相关。从小说文本的实际情形来看，董红梅那真实的平民身份并没有导致她被歧视。从段玉龙师长，到马平阳，再到江雪，都可以被看作是这一方面的强有力例证。关键问题在于，人们为什么会由董红梅的参军入伍，到她后来的被提干，乃至于工作的调动这一系列事实而推测她可能拥有着“高干子女”身份。虽然事实充分证明董红梅的“高干子女”身份乃是一种纯粹子虚乌有的传说，但细细地推想一下这一传说为什么能够得到普遍承认的现实社会基础，我们就不难明白，这一看似荒诞的身份传说背后所实际隐藏的，正是现实社会中高干子弟和平民子弟两个不同阶层之间存在着的巨大等级差异。如果承认这种社会不公平事实的客观存在，那么，石钟山借助于董红梅那由丑小鸭而最终变身为天鹅的跌宕起伏人生故事所试图抵达的一种思想意图，恐怕正是对于如此一种不公平社会现实的潜在揭示与批判。

与社会批判主题紧密相关的一个人物形象是和董红梅一样同为平民子弟的李来权。最初，李来权和马平阳、董红梅一起竞争两个提干名额而无奈败北。这位李来权眼睁睁地看着自己就要被迫以普通士兵的身份打道回府，却不期然间在站最后一班岗的时候有了立功的表现。为了扑灭团部军需仓库突如其来的一场大火，奋不顾身的李来权竟然被严重烧伤。很大程度上，正因为李来权有着这样突出的表现，所以他好不容易在避免复员命运的同时获得了一次破例的提干机会，成为了连队的一名基层干部。但尽管如此，出身于普通平民阶层这一事实，仍然不仅使他倍感自卑，而且更是成为了内心深处一种难以释解的精神情结。李来权后来之所以会在执行排雷任务时，为了掩护战友而光荣牺牲，从心理动因的角度来说，正是这种精神情结发生作用的结果。这一点，在他写给董红梅的信中可以得到充分的证实：“你身为高干子女平易近人，这对我们平民子弟是莫大的荣幸和安慰。像我们这些农民子弟，在和平年代没有更多立功受奖的机会，要不是复员时的前一夜团部军需仓库失火，我就不会立功，更不会破格提干。部队又一次执行排雷任务，属于我的机会来了，也许我们平民子弟，只能等待这样的机会吧。”正因为董红梅惺惺相惜地非常了解李来权的如此一种精神情结，所以在李来权牺牲后，她才会情不自禁地产生这样的一种想法：“她的耳旁又响起李来权说过的话：属于我的机会来了，也许我们平民子弟，只能等待这样的机会吧……如果李来权不是平民子弟，也是干部子弟，他还会奋不顾身地扑上去，还会牺牲吗？”一方面，李来权奋不顾身的牺牲精神当然毋庸置疑，值得肯定，但在另一方面，当李来权的壮烈牺牲与他的平民子弟身份联系在一起的时候，又不能不让我们联想到不那么公平的社会现实。从这个角度来说，李来权这一人物形象的存在，在充分凸显某种社会批判主题的同时，也给《芳华颂》这一小说文本增加了一点悲怆的艺术色彩。

面对葛芳的长篇小说《云步》（中国言实出版社2022年6月版），我们首先需要思考的就是它的文体归属问题。一方面我们已经承认它是长篇小说，另一方面又要专门来讨论文体归属问题，这个现象本身就说明《云步》肯定不是一部通常意义上的长篇小说。我注意到，其实早在2018年葛芳就出版过一部名为《六如偈》（中国书籍出版社）的小说集，其中不仅收入了《六如偈》这部中篇小说，还把它移用来做了书名。《云步》中的卷一《六如偈》，卷二《云步》，卷三《山月照》，卷四《垂钓声音》，卷五《归去来》这五个部分，在组构为长篇小说之前也都曾经以中篇小说的形式分别发表于《花城》《钟山》《上海文学》《天涯》《芙蓉》等文学杂志。尽管无法从葛芳那里得到证实，但从以上两个方面的情况来判断，极有可能的一种情况就是，在写作当初，葛芳或许并没有创作一部大体量长篇小说的艺术自觉。一种合乎艺术逻辑，也合乎创作实际的判断恐怕就是，只有在完成了以上五个部分，并且也已经以中篇小说的形式分别发表之后，葛芳方才突然意识到这五个部分其实完全可以整合成为一部结构相对松散的长篇小说。既如此，《云步》究竟能不能被看作是一部长篇小说自然也就成为一个无法回避的问题。对于这个根本性的问题，根据自己多年来的阅读经验，我所给出的是一个肯定的答案。一方面，我们必须承认《云步》肯定不是一部合乎艺术常规的长篇小说。既缺乏贯穿文本始终的整一（更不用说跌宕起伏或者曲折离奇）的故事情节，也没有任何一个始终处于文本核心地位的主人公形象，所以总体的艺术结构就必然是枝蔓松散的。但与此同时我们又应该看到，不仅只有卷五的故事游离了同玄镇这个特定的地域，前面四个部分的主体故事全都发生在同玄镇，而且五个部分出现的人物形象也还彼此互有交叉勾连。卷一《六如偈》中活跃的人物形象，主要有评弹艺人司文育、桂月、萧岚，书店老板陈家洛，原先的镇长，后来被提拔的马市长，擅长于装神弄鬼的汪道士，以及司文育那个不成气候的浪荡儿子司斌等。卷二《云步》的核心人物虽然变成了昆剧演员林平山，还有他那个名叫程心佑的妻子，但与卷一交叉的人物也有司文育、萧岚，以及那个浪荡子司斌。卷三《山月照》虽然增加了陈良运、何君华、潘总等人物形象，但居于中心位置的，却毫无疑问是前两部分都曾经出现过的萧岚。卷四《垂钓声音》中的故事虽然围绕甄岭与鸣芝这一夫妻而展开，但引发矛盾的焦点人物之一，却仍然是已经在同玄镇开了小店的萧岚。卷五《归去来》的故事地点由同玄镇转移至太湖里一个名为迁山岛的小岛，主要人物是渔民作家芹菱，相对次要的一个女性人物就是萧岚。如上所述，既然五个部分之间存在着人物形象的彼此交叉与勾连，那么，尽管结构的确显得比较松散，但一部长篇小说所要求的总体意义上的整一性也还是具备的。

换个角度说，虽然葛芳的《云步》缺少能够贯彻始终的主人公形象，很是有一点五部分的主人公各自为政的感觉，但只要我们不再拘泥于传统意义上要求主人公只能是小说中的某一个具体人物形象的狭义理解，解放或者说打破习惯性的思维方式，那么《云步》中就同样是有主人公形象存在的。这个主人公不是别的，正是那种看似抽象无比实则触目处皆是的“文化”。其他且不说，只要我们细细地端详揣摩一下五个部分的标题，就能够强烈感觉到其中所蕴含的那种文化意味。且让我们来一一加以分解。首先是“六如偈”。六如偈是一个来自于佛教经典《金刚经》中那个其实已经广为人知的说法。那就是“一切有为法，如梦幻泡影，如露亦如电，应作如是观”。其大概的意思就是说，人生在世，一定要想方设法摆脱欲望旋涡的困扰，这样才可能不再苦恼无边，才有望真正通达大道。只有把一切都看明白之后，才能够做到既可以拿起，也可以放下。然后是“云步”。所谓“云步”是戏曲表演中的一个专有名词，其具体表现形式就是，演员在舞台上表演时走路的一种基本程式：双脚并拢，先脚跟分开，脚尖相对，再脚尖再分开，足跟相对，如此连续反复，使身体向左右横向移动。向左时，右脚为着力点，向右时，左脚为着力点。卷二之所以要命名为“云步”，与身为核心人物的昆剧演员林平山紧密相关。这一部分快要结尾时，曾经出现过这样的一种描写："挥手之间，他走起了云步，甩起了水袖，'梦回莺啭，乱煞年光遍……'一番吟唱之后，似乎所有的离愁别恨，所有的哀怨情思，都在天地之间一笔勾销了。"从一种象征的意义上说，云步所传达出的应该是一种舒缓自在的精神姿态。接下来是"山月照"。"山月照"语出王维的诗歌《酬张少府》中的"松风吹解带，山月照弹琴"一句。所谓迎着吹来的松林之风解开衣带，在山间明月的映照下独坐弹琴，所传达出的乃是摆脱俗务的羁绊之后精神所抵达的一种自由自在状态。紧接着是"垂钓声音"。"垂钓声音"这一标题具体来源于日本一位名叫坂本龙一的作曲家。用萧岚的说法就是："想不到吧，坂本龙一坐在冰山的边缘，牵着一根绳，将录音设备沉入冰原。那是北极圈的某一天，冰原之下传来汩汩水流声。'我正在垂钓声音啊。'他小声说，说完笑了。是的，他在收集冰川死去时的呻吟声。比起弹奏完毕就会随着时间消逝的琴音，坂本龙一一直以来都钦慕长久、不灭的声音，大概就像是江河流淌、海浪击岸、树叶被吹动的声音吧。"最后就是"归去来"。所谓"归去来"的具体出处，肯定是陶渊明那堪称杰作的《归去来兮辞》。其中传诵最为广泛的一个段落是："归去来兮，田园将芜胡不归？既自以心为形役，奚惆怅而独悲？悟已往之不谏，知来者之可追。实迷途其未远，觉今是而昨非。"既然已经意识到自己的精神世界为物所役，已经以今天的正确衡量出了昨天的错误，那为什么还不赶快采取相应回归田园、回归大自然的行动呢?！虽然不能说其他作家在为小说命名的时候就不考虑文化内涵的问题，但相比较而言，如同葛芳这样五个部分的标题全都很讲究，有来历，典有所出的状况，其实是非常少见的。因此，如果我们把这种真正耗费了一番心思的标题，与小说中那种悉心呵护以评弹、昆剧、古琴、茶道、美食等器物为代表的江南吴地文化，以及如同陶渊明那样一种回归田园向往大自然的生活与精神态度结合在一起，断言葛芳这部结构的确略显松散（这里一个需要注意的问题就是，松散的艺术结构本身是不是也可以在某种意义上被看作是江南吴地文化的一种外化表征）的《云步》，乃是一部以“文化”为潜在主人公的，试图以小说的形式为“文化”赋形立传的长篇小说，就应该是可以成立的一种说法。从文体的角度来说，也正因为有“文化”这一主人公统摄全篇，所以，我们才更有理由把《云步》界定为一部长篇小说。

事实上，《云步》的五个部分，作家所聚焦的可以说全都是围绕某种文化器物而生发出的矛盾冲突。《六如偈》中，是评弹。首先是现代性强势冲击下评弹艺术的整体低迷状态：“评弹团越来越不景气，这倒是的。这么好的演员不好好珍惜，实在是作孽。有个性的人早早跳槽，凭嘴上功夫去当司仪，公司开业小型演出啦，有人家做寿啦，结婚啦，都用得着。”司文育的女徒弟桂月，之所以要经常性地跑到师傅的评弹书院来和师傅一起搭档演出，便是迫于这种整体情势的缘故。某种意义上，如果我们可以把桂月看作是评弹艺术的象征载体，那么，葛芳通过她的不幸命运遭际所试图传达出的，就是在评弹艺术总体走衰的情势下，权力对评弹艺术的强势凌辱。当然，如此一种象征性表达得以成立的前提，就是马市长甫一上任就立马进行了古戏台的搬迁：“马市长就是当年同玄镇的马镇长，自从他被汪道士点化官运亨通，成为分管旅游的副市长后，第一目标就是全力打造千年古镇同玄镇，把原本在运河边上的古戏台搬到胭脂街，说这里资源集中，好开发。”就这样，“领导一声令下，三百多年的古戏台就挪了地方”。如此一种貌似扶持文化实则在戕害文化的行为，自然会令司文育这样的文化人倍觉齿寒。所谓象征性表达，就是指桂月有一次专门给司文育打电话请假，说自己要随团去上海演出半个多月，要师傅另外请个搭档，以免耽误生意。没想到，等到桂月从上海回来之后，却差点因为宫外孕而丢了命。尽管葛芳采用了非常含蓄的处理方法，但根据若干带有暗示性的细节来判断，那位致使桂月不幸宫外孕的作恶者就是这位马市长。其一，“桂月从上海回来时乘着一辆黑得锃亮的高级轿车。人从车上下来，还没来得及站稳，汽车喷了几口尾气，‘唰’地消失了”。其二，“那人曾给她许下什么诺言，什么花好月圆，什么良辰美景，全都是戏文里唱的，假的”。其三，“马市长派专车来接司文育和萧岚，说省里文化厅的领导来了，点名要听评弹《钗头凤》。马市长的高级轿车黑得锃亮，司文育觉得眼熟，一时也想不起来哪里见过。和萧岚坐在后排座，只闻到一股股香味，也不知是萧岚身上的香，还是轿车里本身就有的，还未开唱司文育就有点犯迷糊”。将以上三个细节整合在一起，如果马市长可以被看作是政治权力的一种象征，那么，葛芳所试图形象表达的，恐怕正是政治权力对评弹艺术，对文化的一种“强奸”。

《云步》里是由林平山代表昆剧艺术。虽然出生于普通的乡村人家，但林平山却有着十足的昆剧艺术天赋：“林平山的扮相实在是堪称惊艳。”“长得俊，再加上化妆师笔墨点染，在舞台上水袖一闪，别说女人心动，连男人看了也会爱煞。昆曲里的曲词又是雅致，光听那曲牌名，就让人浮想联翩，什么【玉山颓】、【醉扶归】、【霜天晓角】、【桂花锁南枝】，一个个场景让人恍若到了另一个世界。”一方面是出于天性，另一方面肯定也与后天的长期浸染紧密相关，林平山简直就变成了昆曲的优美化身。如果说《六如偈》更多关注政治权力与文化、艺术的冲突，那么，到了《云步》中，作家所集中思考表现的便是文化、艺术与经济的矛盾。这一点突出不过地体现在林平山和他的妻子程心佑之间。爸爸在省政府大院里办公的程心佑，原本是林平山戏曲学院的同学，也曾经酷爱昆曲艺术，但后来，由于时代浪潮习染影响的缘故，她竟然越来越看重世俗的经济利益：“程心佑多年前就改行了，她开服装公司，开化妆品店，她的观点要赚就赚女人和孩子的钱，赚得合情合理。”一个固执地心仪文化、艺术，另一个则早已经随波逐流地向往拥有更多的金钱，林平山和程心佑矛盾冲突的发生无论如何都不可能避免。既然如此这般地“同床异梦”，那曾经一度志同道合的他们夫妻俩最后的分道扬镳也就是必然的一个结果。

到了《山月照》里，文化的载体变成了那张古琴以及萧岚那位不仅极善于弹琴而且还能够斫琴的师弟何君华。首先是那张战国时代的古琴：“古琴没有名字，孤独似在湖里任意漂荡的一艘船，要去向何方，谁也不知道。暗沉的漆面，像满腹的心事要倾诉。”尽管现实生活中的为人着实有不堪之处，但小说中的人物陈良运对古琴那样一种“独琴于室，无人无响，正所谓大音希声”的评价，却还是颇值得一听。尽管并非全然都与情爱有关，但萧岚所面对的却是在陈良运与何君华之间的一种艰难选择。陈良运从日本来到同玄镇，不仅不断地游走于上海和同玄镇之间，而且看上去较堂兄陈家洛更有飘逸之气，更见神采。如此一种情形，再加上看似不俗的谈吐，以及他一度的疯狂追逐，自然会令萧岚不由得着迷。但此后的一系列事实，包括他不仅四处兜售日本房产投资一站式服务，而且很快就和一个被称为邢总的女性打得火热，都充分证明着他做人的无底线与不可信任。与陈良运形成鲜明对照的恰好是萧岚那位月朗风清的师弟何君华。“君华弹琴，着玄色上衣，千层底布鞋，正襟危坐，神色悯然。指尖铿然有力，右手弹拨，左手抚弦，疾速之处快而不乱，徐缓之处慢而不断。《高山流水》《渔樵问答》。似在山林野外徘徊，又疑在潺潺溪涧逗留。拂过清风，风呈波浪之相。越过阡陌，明月相照。”别的且不说，单只是葛芳这一段绝对称得上妙笔生花的文字所勾勒出的何君华形象，其精神之超拔就足以令人印象深刻。说到这里，无论如何都不能不提及的就是葛芳整体行文时文字与姿态的优雅与蕴藉。如果不是长期接受着以评弹、昆曲为代表的姑苏文化的滋养与熏染，这样的文字与姿态恐怕既很难写出，更很难做出。不管怎么说，陈良运与何君华两相对比，真正可谓精神境界高下立现。既如此，一直心慕能够借助于文化与自然获得某种精神自我提升的萧岚之弃陈良运而择何君华，也就自是一种必然的结果：“萧岚揉揉眼睛伸个懒腰，皓月当空。她想起李白的诗，我歌月徘徊，我舞影零乱。写得真好，时至今日，她才体味出真正含义。”

到了《垂钓声音》中，文化的承载体变成了萧岚店里的那一杯苏式玄米茶。与苏式玄米茶紧密相关的一个核心人物是那位前后截然不同的甄岭：“店里没有其他人，甄岭得了折扇，喝了玄米茶，神清气爽，仿佛做了半天神仙。其实之前他也是忙得要命，开店，做生意，接待一茬一茬的人，宾朋满座。现在一下子人生转了个弯。朋友评价说他简直是前后判若两人。的确，他对物质生活要求越来越简单，人却越来越清瘦，有奕奕神采。”如果说《山月照》中面临抉择的人物是萧岚，那么，到了《垂钓声音》中，需要做出抉择者就是这位前后判若两人的甄岭。甄岭面对的一方面是那位长期在官场打拼，只是一味想着怎么样购房赚钱的妻子鸣芝。鸣芝“炒股炒房，买基金理财，忙得不亦乐乎，平时办公室只有她一个人的时候，她盯着股市潮涨潮落，心情也随之起伏不定”。除了钱财上的贪婪之外，鸣芝一直隐瞒着丈夫的一个小九九，就是那一次去香港游玩时，在维多利亚港曾经差一点失身于一个萍水相逢的男子。另一方面则是那个冰清玉洁似乎一尘不染的脱俗女子萧岚。很大程度上，正因为萧岚的超凡脱俗，他们俩才能够彼此惺惺相惜：“萧岚是特别随性的人。或者说，他们俩之间互相随对方的性格，你想喝茶就喝茶，你想写字画画就写字画画，你不说话就不说话，发你的呆想你的事，你想海阔天空聊生活，可以！有机锋有内容。”毫无疑问，正是彼此间如此一种高度的精神契合，才使得甄岭情不自禁地联想到了唐代的王维与裴迪：“甄岭想到王维在辋川和裴迪的山居岁月，真是好啊，古槐树的白花开得粉嘟嘟的，压满了枝梢，群蜂嗡嗡响，像刮风。王维和秀才裴迪有一搭没一搭聊，对诗，喝酒，饮茶。”当然，葛芳的艺术处理方式也还是相当克制的，到最后，作家并没有让甄岭简单地放弃鸣芝，而且安排甄岭携带鸣芝一起去北欧旅游，让他们一起去坂本龙一曾经“垂钓声音”的北极圈做一种亲身体验，尝试着以如此一种方式召唤已经迷失了自我的鸣芝精神世界的魂兮归来。

最后一部分《归去来》可以说通篇都在围绕陶渊明那种向往、回归大自然的世外桃源的精神理想做文章。某种意义上，那座孤悬在太湖之上的迁山岛就可以被看作是世外桃源的一种现实镜像。除了那个带有贯穿性质的人物萧岚之外，最主要的人物形象是那个尽管没有考上大学，只能做一个普通农妇，但却依然有自己的精神追求的芹菱。芹菱那种追求精神自由的独立意志在她的这样一段话语中表现得淋漓尽致：“你知道吗？我在学生时代就特别痴迷写作，可是很倒霉，高考的时候因为数学发挥不利，和大学失之交臂，永远错过了。二十多年过去了，我的女儿也上大学了，我忽然意识到——我自由了，这很重要！可以随心所欲干我喜欢干的事情，我可以暂时离开他们，就像你现在一样，去一个想去的地方！没有人能干涉我！就像我的祖母金枝一样，任性，有主见，我知道她最后跑了，扔下丈夫和五个孩子，在那个时代她多有勇气啊！”饶有趣味的一点是，小说中有着文学写作梦想的芹菱，也在写作一部名为《乘着月色逃离》的以祖母金枝为主人公的长篇小说。现实中芹菱的故事与作品中祖母金枝的故事，二者相互交织推动着故事情节的演进。到最后，尽管芹菱的努力一再遭受来自于大自然的打击，但意志坚定的她却始终“回也不改其乐”地坚持着自己所选择认定的人生方式。请一定不要忽略临近结尾处芹菱想象中祖母对自己说的那段话：“芹菱，人生什么都不重要，忘不掉的可能还是故乡啊！你从小出生在这里，是地地道道渔民的孩子，那就守着这片湖，这个岛，这样，你的心会特别舒服！”关键的问题在于，我们千万不能简单地把这里的故乡仅仅理解为芹菱他们所在的这个迁山岛。从一种象征的意义上说，葛芳所意指的，其实是所有如同陶渊明的世外桃源一样的理想精神居所。

由以上的分析可知，带有江南一带东吴地域特色鲜明的一些文化器物，比如评弹、昆曲、古琴、茶道，甚至类似于陶渊明式的“世外桃源”的精神方式，的确在很大程度上构成了《云步》这一长篇小说的核心事物或者说“主人公”形象。以这些器物为突出标志的一种精致的传统文化，在当下这样一个日益世俗、功利、粗鄙化的，现代性已然弥漫一切的时代，其颓败与衰亡似乎也是合乎逻辑的必然命运。但所有的这一切并不妨碍饱受江南文化浸淫的葛芳，以她那虽然温婉但却从不退让的小说笔触来为这种看似无形的文化赋形立传。在一个传统文化必然会颓败衰亡的时代，虽然貌似没有那么剑拔弩张，那么慷慨激烈，但如同葛芳这样坚韧的书写行为本身，就意味着对日益世俗、功利、粗鄙化的社会现实的一种强烈反抗。正是在这样的意义层面上，对葛芳的长篇小说《云步》，我所持有的就是一种无条件的认同与肯定态度。

由小说的标题“化蝶”，我们所马上联想到的就是那发生在古越地的早已耳熟能详的梁山伯和祝英台的故事。事实果然如此，哲贵这次在他的中篇小说《化蝶》（载《收获》2022年第3期）中所呈现给读者的故事，的确与梁山伯、祝英台之间有着格外紧密的内在关联。只不过，正如你已经预料到的那样，既然是哲贵的小说，那故事的发生地一定是那条早已为公众所熟悉的信河街。从文学地标打造的意义上来说，信河街早已成为哲贵的一个代名词。因为活跃于文本中的都是越剧演员或者粉丝，所以《化蝶》又可以被看作是一部典型的以艺术家为主人公的艺术家小说。

小说一开始，主要围绕两件互有关联的事件展开。一个是对早已家喻户晓的越剧《梁山伯与祝英台》的改编，另一个则是信河街剧团团长人选的确定。先来看团长人选的确定。因为前任团长，同时也是老艺术家的杜文灯退休在即，她的徒弟剑湫和梅如烟的徒弟肖晓红到底谁来继任，自然也就成了一个问题。这里的一个重要前提是，不管是作为生角的杜文灯、剑湫，还是作为旦角的梅如烟、肖晓红，二者之间的相互依存关系，都是不容否认的客观事实："可以这么说，生和旦是每出戏的魂魄所在，所有悲欢离合都因他们而产生。"照理说，既然有着明显不过的师承关系，那么，在团长的选任问题上，梅如烟无论如何都应该支持徒弟肖晓红，但由于肖晓红一方面显得对团长一职跃跃欲试，另一方面却又没有专门来给自己打招呼，所以，梅如烟就既没有给肖晓红打钩，也没有给剑湫打钩。她没有给剑湫打钩的理由很明确："剑湫是杜文灯的学生，杜文灯已经当了团长，难道还让她的学生接着当？天底下哪有这样的道理？"而杜文灯，则由于内心里某种嫉妒心理作祟的缘故，也同样地既没有给剑湫打钩，也没有给肖晓红打钩。她拒绝给肖晓红打钩的理由是："肖晓红是梅如烟的徒弟，梅如烟没有坐上的位子，她的徒弟也不可能坐。"没想到，就在团长的选任一事处于胶着状态的时候，信河街剧团却接到了参加华东六省一市会演的任务。为了参加会演，剑湫提出了两点建议。第一，将《梁山伯与祝英台》改名为《化蝶》："名字一改，这个戏的立意和重心调整过来了，更开阔，更有时代意义。"第二，压缩场次，增加"山伯临终"那场的内容："唱词不动，只动旋律，既表现梁山伯临终前的神志模糊，又体现梁山伯对祝英台爱情的坚定。"到后来，由于以上合理改动，再加上剑湫在表演时把梁山伯演绎到了出神入化的地步，不仅《化蝶》获得了华东六省一市会演一等奖，而且剑湫也同时拿到了最佳表演奖。正所谓形势比人强，到这个时候，虽然也还是会有枝节生出，但剑湫终归还是成为继任的团长。

难道说哲贵的《化蝶》仅仅是一部沉陷于权力和名利之争窠臼中的艺术家小说吗？就在我们误以为作品将沿着这一方向继续推进的时候，哲贵却忽然峰回路转，出人意料地把艺术重心转向了对艺术家的人性与艺术之间深度纠葛的挖掘与书写。这就必须说到对《梁山伯与祝英台》的改编。依照新任团长剑湫的设想，在保留原剧基本框架的前提下，主要进行四个方面的调整：“第一，充实了第一场‘思读’的内容，目的是突出祝英台的性格，她向往外面的世界，渴望知识，渴望自由，为后面情节的发展埋下‘种子’；第二，拿掉‘山伯临终’那一场，她不让梁山伯死，在戏里弄死一个人太容易，活下去才难；第三，她将‘楼台会’和‘祝父逼嫁’次序对调，‘逼嫁’在前；第四，最后一场‘哭坟’拿掉，梁山伯没死，哭什么坟？改成‘私奔’，她要让祝英台和梁山伯私奔，剧名就叫《私奔》。”同样是按照剑湫的想法，这次改编只有一个目的，那就是通过赋予这个戏以“现代”的内涵，争取让更多的年轻观众走进剧场。虽然在讨论的过程中，改编方案曾经遭到很多质疑，但由于剑湫的一力坚持，最终还是获得通过。正是在接下来的拍戏过程中，艺术家的人性与艺术之间的深度纠葛，才在哲贵的笔端得到了真正可谓是淋漓尽致的书写与表现。在其中，无论如何都不容忽视的一点，就是哲贵对艺术家一种痴迷于艺术追求的魔怔化状态的深度挖掘与生动状写。

小说中，对于戏剧演员的魔怔化人格，作家曾经借助于叙述者之口进行过这样的一种揭示：“不能说这种方式独属于演员群体，剑湫想，其他职业群体也应该有，但是，对于演员来讲，这种方式更为普遍，更为激烈。他们在舞台上是戏中人，悲欢离合，相爱相杀，这个时候，他们是一体的，是彼此交融的。当他们走下舞台，错觉产生了：舞台上的生活变成了现实，舞台下的生活反倒成了虚拟，两者混淆在一起了。”但在具体展开对演员们魔怔化人格的分析之前，我们需要首先领略一下哲贵描摹展示戏剧表演的高超艺术手段。比如，关于剑湫所饰演的梁山伯三次重复“爹娘啊，儿与她”这句唱词时的精彩呈示：“更主要的是，剑湫改动了戏中人物和观众的关系，她的三次重复，每一次重复都将观众的感情拉升一个浓度和高度，到第三遍，两种感情交融在一起了，纠缠在一起了，那是火，那是风，是雷声，更是雨声，那是病人垂危的呻吟，更是婴儿落地的哭声。毁灭了，重生了。”再比如，关于剑湫的出场“亮相”，哲贵的描写是这样的：“剑湫在抬眼之际，眼睛一瞪，射出两道金光，一下将剧场照亮了。一个优秀的演员，肯定明白一个道理，不只是‘眼睛一瞪’那么简单，那是一个演员内心世界的呈现，是与观众的沟通，甚至是与观众的‘角力’。”我相信，尽管很多人都有过看戏的经历，但能够如同哲贵这样，以精准而形象的语词和出神入化的笔触把戏剧表演的情形做如此一种惟妙惟肖呈现者，肯定非常罕见。

戏剧演员魔怔化人格的体现者，首先是身为前辈的杜文灯和梅如烟她们两位。一开始，先是被称为剧团“双姝”的她们俩同时喜欢上了那个身为文化局某处处长的男人，等到她们俩同时意识到自己早已深陷于舞台上的“梁山伯”和“祝英台”角色中不可自拔的时候，便不约而同地“委婉而坚决地拒绝了那个男人”。到后来，她们俩虽然各自成立家庭，却无法如同寻常人等那样拥有世俗的幸福。杜文灯和一个军官的婚姻，维持了十二年后无疾而终。至于梅如烟，虽然没有离婚，但“她的家庭生活并不和谐，更谈不上美满”。说到底，她们俩都没有能够彻底走出舞台上的“自己”，所以才最终形成了“一种既疏离又胶着的关系。她们谁也不需要谁，可谁也离不开谁”。相比较而言，魔怔化人格更为集中也更为极端的体现者，却是身为杜文灯和梅如烟徒弟的剑湫与肖晓红。需要特别强调的一点是，正如同当年的杜文灯和梅如烟之间夹杂了一个文化局的处长一样，到了剑湫和肖晓红这里，夹杂于她们俩中间的是一个名叫尤家兴的成功商人，一个她们俩的超级粉丝。人都说“三个女人一台戏”，想不到的是，两个越剧名角，再加上一个男性的超级粉丝，他们仨之间的情感与精神之戏，其精彩和诡异程度竟然会更加出乎人的意料。

当然，剑湫、肖晓红和尤家兴他们三位之间相互缠绕的那简直就是“剪不断理还乱”的一团乱麻故事，主要发生在改编后的越剧《私奔》的排练过程中。排练《私奔》的过程中，剑湫首先遇到的障碍是扮演祝英台的肖晓红竟然怎么都入不了戏：“肖晓红不在状态，很不在状态。她演的还是原来的祝英台，还是悲剧的祝英台。她依然在老路上横冲直撞，‘轨道’不对，‘跑’死了也是白死。”即使剑湫心急如焚地再三给她“讲戏”，怎奈肖晓红仍然不在状态，就是出不了戏。万般无奈之下，同样被焦虑缠绕着的肖晓红，只好找尤家兴来解决问题。一向仗义的尤家兴当然是有求必应，立即就把她带到了自己那个琳琅满目的陈列室里。没想到的是，他这一带，竟然在带给肖晓红一种演出状态的同时，却也把自己和肖晓红“带”到了一起。原来，身为超级戏迷的尤家兴，不仅“是剑湫和肖晓红的戏迷”，而且更是“剑湫的戏迷”：“有一点是肯定的，尤家兴是追求剑湫时间最长的人，他的追求是一以贯之的。但是，尤家兴对剑湫的追求又是隐晦的，甚至是若有若无的。”既如此，尤家兴最终为什么要舍剑湫而取（娶）肖晓红呢？“对于他来说，娶剑湫还是肖晓红是有区别的，也是没有区别的。当然，剑湫和肖晓红是不同的，剑湫的‘气场’比他大，他‘驾驭’不了。正因为‘驾驭’不了，他对剑湫的想象更旺盛，对剑湫的渴望更猛烈。或者，换句话说，在他心里，对剑湫更‘珍惜’，更‘宝贝’，他会‘让’着剑湫，不敢‘放肆’。相对来说，肖晓红没有对他构成任何‘震慑’，这是没有任何道理可言的，是无法解释的。对于肖晓红，他可以肆无忌惮，可以为所欲为，他思想上没有任何负担，在行为上不用任何收敛，肖晓红对于他来说，犹如囊中取物。”之所以说没有区别，是因为不论是娶剑湫还是肖晓红，充分体现出的都是尤家兴对越剧的疯狂痴迷。之所以说有区别，主要因为剑湫与肖晓红无论如何都是不同的个体。虽然说尤家兴由于内心里某种畏惧心理作祟的缘故，不敢“放肆”地亲近“气场”更大的剑湫，但他更喜欢一些的无疑还是强势的剑湫。从这个角度来说，相对弱势的肖晓红只能被看作是剑湫的替代品。对于这一点，婚礼上身为旁观者的杜文灯真正可谓心知肚明：“自始至终，尤家兴的眼睛都围绕着剑湫，剑湫在哪里，他的眼睛就跟到哪里。他眼里没有肖晓红，肖晓红仿佛是透明的，不存在的。除了剑湫，整个世界都是不存在的。”尤其令杜文灯揪心不已的是：“现在，肖晓红成了尤家兴妻子，而尤家兴眼里没有妻子肖晓红，他眼里只有剑湫，只痴迷剑湫。三个人结成解不开的结，错综复杂了。这事怎么弄？杜文灯觉得没法弄。”

不只是杜文灯，同样觉得“没法弄”的更有身为作者的哲贵。既然“没法弄”，那哲贵也就只能如实地描摹呈现了。在肖晓红因为实在出不了戏而被尤家兴带到陈列室的时候，根本未曾预料到，在不经意间“出戏”的同时，自己以及尤家兴的人生竟然会和艺术发生一种深度的彼此互渗：“演出结束了，她不是祝英台了，她是肖晓红。可是，她又返回了舞台，她不是以肖晓红的身份回去的，是祝英台；尤家兴也不是尤家兴，而是梁山伯。可是，肖晓红似乎又是清醒的，她知道自己另一个身份是肖晓红，或者说，她这么做时，两个身份是混淆在一起的；而尤家兴也不是单纯的尤家兴，他和梁山伯合二为一了。”从根本上说，正因为现实人生与舞台上的艺术人生发生了严重的混淆，所以，也才会有现实生活中肖晓红最终成为“尤总的夫人”这一事实发生。一方面，从艺术的角度来说，能够借助于现实人生而促进品味和技能的提升固然是幸事：“剑湫惊奇地发现，仿佛一夜之间，肖晓红扮演的祝英台，与以前不同了。祝英台显得迷离，同时，又决绝，又孤注一掷。”“只有肖晓红知道，她为什么会有这种状态，那不是舞台上的祝英台，不是戏中的祝英台，而是现实中的自己。她在演绎着自己。”但如果反过来，从现实人生的角度来说，如果受到了艺术的强势干扰和深度介入，那就未必是幸事了。这一点，突出不过地表现在小说的最后一个部分也即第八节之中。首先值得注意的，是尤家兴陈列室里的“布景坟茔”这样一个特别耐人寻味的细节：“那是一座有三个墓碑的馒头形坟茔，左边墓碑上写着‘祝英台肖晓红之墓’，右边墓碑上写着‘梁山伯剑湫之墓’，中间墓碑上写的是‘梁山伯祝英台尤家兴之墓’。”再一个不能忽视的细节来自于剑湫的出人意料：“出乎尤家兴意料的是，剑湫将肖晓红化装成了小生——梁山伯，她化装成了花旦——祝英台。明白这一点后，尤家兴不只激动了，是蠢蠢欲动。”还有一个细节，就是剑湫和肖晓红表演时尤家兴的强烈感觉：“伴奏音乐响起来，梁山伯与祝英台站在戏台上。尤家兴站在戏台下，又不像站在戏台下，似乎他也站在台上，他既是梁山伯，也是祝英台。”“他觉得自己是梁山伯，同时也是祝英台。似乎都不是，是个说不清道不明的结合体。”到最后：“一声巨雷炸响，将戏台上的坟茔劈成两半，祝英台大喊一声‘梁兄’，水袖甩到两肩，纵身扑向坟茔。与此同时，正在后台的梁山伯冲出来了。出来了，或者说‘进去了’，确实是剑湫‘带’的，合情合理，身不由己。站在台下的尤家兴灵魂出窍了，想喊，喊不出来；想动，动弹不得，但他能够感觉到，另一个尤家兴已经跃上戏台了。”无论如何我们都不能不承认，到这个时候，现实人生和舞台艺术的确已经乱成了一团糟。我们根本就分辨不出，哪个是生活中的剑湫、肖晓红、尤家兴，哪个又是舞台上的梁山伯与祝英台。毫不夸张地说，到了小说的结尾处，剑湫、肖晓红以及尤家兴的现实人生与舞台艺术已然混淆到了真假、虚实不分的地步。事实上，正是借助于以上这些含蕴丰富的细节，哲贵意味深长地写出了如同剑湫、肖晓红这样一些优秀艺术家身陷艺术之中而难于自拔的魔怔化精神状况。又或者，哲贵所真切揭示的，是艺术对艺术家所造成的一种精神和情感层面上的深度异化和扭曲。

与其他小说作品的阅读不同，阅读孙频中篇小说《棣棠之约》（载《钟山》杂志2022年第4期），对我来说是一种特别的体验过程。之所以特别，主要因为这是一部以我非常熟悉的一位朋友为生活原型而精心打造的小说作品。其中所讲述的很多故事，我不仅熟悉，而且还曾经不同程度地介入其中。尽管如此，在阅读过程中，我的感觉却是既熟悉更陌生。熟悉，当然因为生活原型是我的朋友，而陌生，则主要因为小说从本质上说就是一种想象虚构的文体。正是由于孙频在写作过程中充分地发挥了小说家那样一种简直就是“点石成金”“化茧为蝶”的想象虚构能力，所以，出现在我面前的戴南行才不复是我曾经非常熟悉的那位莫逆之交，而变成了一位有血有肉的颇具人性深度的现代知识分子形象。

细细品读《棣棠之约》即不难发现，从思想内涵的角度来说，小说其实由两部分意涵组构而成。其一，是对三位异性兄弟之间殷殷手足情义的真切书写。小说标题中的“棣棠”，很显然与小说中戴南行一首题名为“棣棠”的诗歌有关：“一滴雨珠/又一滴雨珠/因与棣棠花有约/从遥远的晴空/长驱直下/轮椅上的母亲/不让我为她撑伞/她说，她忆起了谁的诗句/‘因为花朵的渴望，/人间才有了春雨’。”一滴又一滴的雨珠从天而降，如约地降落人间。目睹这一情景的母亲，便忆及了“因为花朵的渴望/人间才有了春雨”这一诗句。春雨对花朵的不离不弃，可以说是这首诗的重点。诗人借此而传达出的，是一种总是会如期而至的践约精神。一种无法被否认的事实是，“棣棠”作为一种花名，很容易就可以让我们联想到字序颠倒后的“棠棣”这一语词。“棠棣”的重要义项之一就是兄弟间手足之情。而孙频《棣棠之约》重要内涵的一部分，就是对戴南行、桑小军和身兼第一人称叙述者功能的“我”也即赵志平他们三位异性兄弟之间从80年代中期的大学时期一直延续到当下时代的手足之情的描写与记述。大学期间的志同道合且不必说，单只是桑小军为了给戴南行要到住房，竟然揣着菜刀在校长办公室门口守了一天一夜，戴南行为了陪伴已经身陷囹圄的桑小军，竟然不惜以身试法，“偷盗”图书馆里的珍贵古籍，出外漫游的戴南行总是会委派信鸽如期给赵志平送信，以及赵志平对戴南行不离不弃的执意守候与寻找，这样一些令人难忘的细节都可以被看作是他们兄弟之间手足之情的真切见证。

其二，是对戴南行这样一位思想定格成形于20世纪80年代的精神浪子令人印象深刻的勾勒与塑造。尽管我们很难谈论一个人的天性如何，但在戴南行身上，他那种似乎总是远离包括物质在内的人间世俗烟火生活的超然精神性品格的形成，肯定与他思想的被塑形于80年代紧密相关。我们注意到，在叙述过程中，孙频曾经借助于叙述者之口以比较的方式谈论过几个不同时代的差异。在指认80年代是一个诗歌的年代之后，孙频写道：“过了很久我才慢慢想明白，一个所有人都在谈论诗歌的年代其实并不正常，但像90年代那样，所有的人都在谈论下海经商显然也不正常，两千年之后，网络加入到人世间，社会变得更光怪陆离了一些，却连80年代那点可爱的土气也荡然无存了。”在承认以上时代差异存在的同时，我们试图进一步思考追问的一个问题是，人世间是不是果真存在着一个正常的时代。以我愚见，正如同根本就不存在一个绝对正常的理想或者说标准的人一样，事实上，也不可能存在一个绝对正常的理想或者标准的社会与时代。但与此同时，如果联系戴南行，那我们无论如何都得承认，身为精神浪子的戴南行，某种意义上的确应该被视为80年代那个崇尚浪漫的诗歌年代的产物。无论是为了诗歌写作而执意地从物理系转到中文系读书，还是孤身一人夜宿破庙为大地守夜，还是躺在夜晚的雪地里仰望星空，所凸显出的，全都是大学期间的他对精神性的迷恋与向往。身为戴南行好友的赵志平，其实很早就洞察到了他身上的这一特点：“事实上，他对所有精神性之外的事物都只字不提，自动与世俗绝缘，他像一团庞大坚固的气体，一种精神性的存在，而并没有真正的肉身。”既如此，这样一位执迷于精神性的诗人，在步入物质的90年代乃至于网络的新世纪之后因其不合时宜而遭遇难以化解的精神痛苦，就是必然的结果。正因为如此，叙述者才会这样谈论那位虽然置身于时代的洪流之中但却一点都没有与时俱进的精神性“动物”戴南行：“如果有人站在原地不动，只任凭时间像河水一样从他身边流过去，那就会产生一种奇特的效应，这个人的周围就会形成一个黑洞，这个人就变成了一个被包裹在黑洞里的人，时间对于他来说就是失效的。无论时代如何更新迭换，他都岿然不动地站在他自己的浪漫和尊严里。”很大程度上，正因为孙频认为即使是乌托邦这样的语词都无法对应说明戴南行的精神构成，所以她才不无巧妙地化用了异托邦这样的语汇：“一个人是可以创造异托邦的，它们不同于乌托邦的虚幻，它们是实实在在存在于大地之上的，甚至可以成为一个人真正的居所。”毫无疑问，无论是他对于棋道和《易经》的迷恋，抑或是更为决绝地干脆在抛弃工作后四处漫游，所强力凸显出的依然是戴南行的精神浪子本质。如果允许我稍作发挥，把小说中的人物和作家本人联系起来，我们固然无法简单指认戴南行就是孙频，但二者之间精神气质上某种投契处的存在，也是难以被否认的一种客观事实。

除以上两方面的思想内涵之外，孙频这部《棣棠之约》的另外一个特点，就是艺术书写上浪漫品质的具备。事实上，孙频近期的一些作品中也都有着浪漫传奇品质的具备。具体到《棣棠之约》中的戴南行，无论是他派遣信鸽大鸢如期而至地给赵志平的递送信件，还是他后期那简直就是回归到原始状态的四处漫游生涯，一种浪漫传奇意味的存在都是无可置疑的文本事实。请一定不能忽视小说临近结尾处关于戴南行寄居于古老黄河边的这样一些相关描写："没有人，中间有一张桌子，也是用船木做的，桌子上摆着几只陶土做的茶杯和碗，还有一只陶土烛台，有点返回到了石器时代的感觉。除了这一张桌子和两只树根做的凳子，就再没有一件多余的家具了。"到了晚上，"烛光立刻在黑暗中挖出一个洞来，我和戴南行面对面坐在洞中。我们像退回到了几百万年前的大洪荒时代，正坐在原始人的洞穴里"。其实，较之于浪漫书写更为重要的，是孙频近作中为什么总是会出现回归古朴原始时代的相关描写。对此，我们恐怕无论如何也都只能从一种对现代性进行深度反思和批判的那种"反现代性"的思想维度上来做出相应的理解和判断。

一部以高校知识分子为表现对象的中篇小说，之所以要被命名为"弯道超车"，主要与小说开头处那一场车祸的细节紧密相关。开篇伊始，主人公西北某大学人文学院教授奚鸣久自驾车，携带自己的研究生魏丽娜，从省城去某地级市的一所专科学院参加活动。由于急于赶路，行车途中，路遇一个较大弧度的弯道，奚鸣久试图强行弯道超车，孰料前后两车操作不当，结果发生了三车追尾的事故。亏得损伤不大，没有影响到他们的行程。张学东的睿智之处在于，从这样一场不期而遇的车祸出发，竟然创造性地在中篇小说《弯道超车》（载《当代》2022年第4期）中把这一交通用语和自己所供职的高等学校联系在一起，进而对高校体制和知识分子的生存与精神状态进行了足称深入的批判与反思。

虽然算不上有多么超群出众，但奚鸣久也算得上是一位相对成功的高校教授。不仅自己的职称评审之路一路绿灯，而且身兼人文学院的教学副院长，同时也是学院一家公开出版发行的学刊编委会主任。但即使优秀如奚鸣久者，却也仍然少不了来自于工作和生活的困扰。具体来说，奚鸣久所面临的乃是两个方面的困扰。一方面的困扰来自于家庭。儿子刚刚参加完高考，成绩不够理想，只是刚刚达到了二本线。为了能够让儿子上一个相对理想的大学，在奚鸣久眼里一贯庸俗不堪的妻子赵婉，又总是在不停地唠叨折腾。如此这般来自于日常生活的难题，自然会让颇有些自命清高的奚鸣久备感不胜其扰。但相比较而言，更严重的困扰，却来自于他的工作领域。其中最具代表性的一个事件，大约就是那个橘子皮脸男人的意外出现。那一次和魏丽娜一起去参加活动，因为奚鸣久不胜酒力，在老师房间里照顾导师的魏丽娜，竟然遇到一个深夜前来造访的不速之客。这个拥有一张橘子皮一样的脸庞的男人，在送上一袋土特产的同时，也送上了一篇自己的论文。他的意图其实非常明确，那就是希望论文能够在奚鸣久的帮助下在学刊发表。没想到的是，因为日常事务太过繁忙的缘故，奚鸣久竟然把这件事情全都忘到了九霄云外。这样一来，才有了那个橘子皮脸男人和魏丽娜之间冲突的发生。为了达到发表文章的目标，橘子皮脸男人竟然以魏丽娜深夜待在老师房间里为诬陷的依据，强行要求奚鸣久一定要认真对待自己的论文。用魏丽娜的话来说，就是：“后来临走前，他居然还厚颜无耻地说，让我务必把这些稿子亲手交给你，他说，请转告你的导师，他必须看我的论文，他答应了别人，不能出尔反尔……”

尽管文章后来得以在学刊发表的事实证明这个橘子皮脸的男人倒也并非只是一味想要“弯道超车”的不学无术之徒，但奚鸣久因此而进一步联想到现行高校体制的相关弊端，倒也并非空穴来风：“更让他没有料到的是，这个卑鄙的家伙居然想用一个无辜的大学生来逼他就范，这是怎样的一个世界，他简直不能理解也无法想象。一个知识分子，既可以埋下头去专心致志撰写学术论文，同时，又可以挖空心思不惜使用任何一种卑劣的手段，试图寻找一条所谓的捷径，只为让自己的论文得以快速发表，为此便可以罔顾知识分子的品行和操守。这应该是他执教二十年来，头一次遇到这么龌龊透顶的事情。”事实上，只要你对中国当下时代的高校生活有所了解就不能不承认，如同奚鸣久所指出的这样一种不堪情形，在日益世俗化了的中国高校的确是一种无法被否认的客观事实。很多时候，实际的情况较之于张学东的相关描述只会有过之而无不及。之所以会是如此，一个不容忽视的原因，就是现行高校体制的不尽合理。正因为中国高校随处可见各种“弯道超车”的急功近利现实，所以，奚鸣久那篇《人文学科不应放弃知识分子的精神高度》的文章的现实意义，就无论如何都不容忽视。尤其是其中“一旦功利主义的色彩，涂满了人文学科领域的每一面墙壁上，我们的所有研究不过是在趋名逐利，未来，它将给整个学科领域乃至社会注入一种懒洋洋混生活的精神毒剂”这一中心论点，更是犀利尖锐地直指当下时代中国高校一种普遍的体制性弊端。

但请注意，在对高校体制的弊端进行深切批判的同时，张学东更是把批判的矛头对准了包括奚鸣久自己在内的那个长期生活于高校的知识分子群体。这一方面，那个文章虽然写得不差但却在发表路径上总是无所不用其极地试图“弯道超车”的橘子皮脸男人自不必说，更值得关注的是如同奚鸣久这样曾经一度自命清高的教授学者们甚至都不怎么自觉的精神堕落。关键还在于，即使是奚鸣久自己，也只有到阑尾炎突然发作被迫躺到病床上的时候，方才对自己不自觉的“精神堕落”状况有所察觉和反省。首先，奚鸣久认识到，“也许，他骨子里就是一个善于投机取巧的人”。一个典型的事例，就是跟自己并不喜欢的赵婉的结合。很大程度上，正是这样的联姻，使他实现了“人生道路上的一次成功的提速和超车”，使他超越了诸多同事，顺利地得到了梦寐以求的职称和职位。其次，他认识到，自己和那位橘子皮脸的男人之间的关系，也只充其量是“五十步笑百步”而已：“由此，他也更加深切地洞悉了自己性格中优柔寡断的一面，这就是他的宿命，一如当初接受了这桩自己并不满意的婚姻，每一个人不过是局限性的现实存在。现在他有什么资格瞧不起那个橘子皮脸男人，人家不过是想发一篇论文，他却横加阻挠上纲上线，此刻扪心自问，自己的所作所为难道就无可指摘？他不是完人，或许他曾试图追求完美，但在人生关键几步，他都习惯性地选择抄近道，依附了裙带关系，向权力和欲望低下了高贵的头颅。说白了，他不过是高校体制里的一个爬虫，与那些被他鄙视的人本质上并无二致。”再次，奚鸣久对自己和妻子赵婉的关系也有了新的发现：“直到这一刻，他才深深意识到，一直以来他对别人的态度总是这样，其实他打骨子里就瞧不起赵婉，她作为他的人生伴侣，不过是替他生育儿子操持家务，他从来没有从精神的层面上去看待她和关心她，老婆在他生活中更像一个女佣，而他时常还对她报以冷嘲热讽。”最后，在对待自己学生方面，他也明显存在问题：“很多时候，他把研究生也看成是自己的私人助手和免费劳工，不停地吩咐他们做这做那，起草论文、整理录音、校对文稿，甚至帮他打理日常琐事，他从来没有认真地考虑过那些学生的感受……”综合以上四个方面的情况，奚鸣久清醒地认识到，一贯自命清高的自己，其实也同样是一个总是追求“弯道超车”的“既自我又自私”的知识分子。关键的问题是，奚鸣久的自我批判却并没有到此为止。等到那个橘子皮脸男人的文章在学刊上发表之后，被一种庞大的生存荒谬感团团包围的奚鸣久，更是不由自主地想起了“螳臂当车”这样一个成语：“继而，他又无比真切地感悟到，这辆战车之所以如此强势不可一世，其实也有他的‘功绩’，二十年来他既是车上的乘客，又是它的驭手，是他们所有人共同铸造了这样的体制战车，而他却不明就里，甚至自不量力地想要抵制它，这未免太可笑了。他从来没有像今天这样清醒地意识到，自从做了系主任的女婿那天始，他始终被牢牢地绑在这辆车上，如若抵制，首先应该抵制的就是他自己！”说实在话，当张学东把批判的矛头如此犀利地对准奚鸣久的时候，其力度很显然已经达到了如鲁迅先生所言那样一种“抉心自食”的程度。

掩卷沉思，中国高校从根本上说也只是中国当下时代社会现实的一部分，高校体制以及生活于其中的那些知识分子所面临的各种问题，其实也与中国的社会现实密不可分。从这个角度来说，张学东的《弯道超车》这部中篇小说那犀利尖锐而又深刻的现实批判意义，无论如何都不容小觑。

图书在版编目 (CIP) 数据

中国当代文学现场. 2021-2022 / 王春林著. — 北京 : 北京十月文艺出版社，2024. 4
ISBN 978-7-5302-2353-6

Ⅰ. ①中… Ⅱ. ①王… Ⅲ. ①中国文学—当代文学—文学评论—文集 Ⅳ. ①I206.7-53

中国国家版本馆 CIP 数据核字 (2024) 第 040615 号

中国当代文学现场 2021-2022
ZHONGGUO DANGDAI WENXUE XIANCHANG 2021-2022
王春林　著

出　版　北京出版集团
　　　　北京十月文艺出版社
地　址　北京北三环中路 6 号
邮　编　100120
网　址　www.bph.com.cn
发　行　新经典发行有限公司
　　　　电话 010-68423599
经　销　新华书店
印　刷　河北鹏润印刷有限公司
版　次　2024 年 4 月第 1 版
印　次　2024 年 4 月第 1 次印刷
开　本　880 毫米 ×1230 毫米　1/32
印　张　17.25
字　数　373 千字
书　号　ISBN 978-7-5302-2353-6
定　价　58.00 元
如有印装质量问题，由本社负责调换
质量监督电话　010-58572393